ONDE REPOUSAM AS MENTIRAS

FARIDAH ÀBÍKÉ-ÍYÍMÍDÉ

ONDE REPOUSAM AS MENTIRAS

TRADUÇÃO
JIM ANOTSU

PLATAFORMA21

TÍTULO ORIGINAL *Where Sleeping Girls Lie*

Plataforma21 é o selo jovem da VR Editora

GERÊNCIA EDITORIAL Tamires von Atzingen
EDIÇÃO Thaíse Costa Macêdo
EDITORA-ASSISTENTE Marina Constantino
ASSISTÊNCIA EDITORIAL Michelle Oshiro
PREPARAÇÃO Marina Constantino
REVISÃO João Rodrigues
ILUSTRAÇÃO DE CAPA © 2024 by Aykut Aydoğdu
DESIGN DE CAPA Elizabeth H. Clark
ADAPTAÇÃO DE CAPA E PROJETO GRÁFICO Pamella Destefi
DIAGRAMAÇÃO Pamella Destefi
PRODUÇÃO GRÁFICA Alexandre Magno

Aviso de conteúdo:
Onde repousam as mentiras é uma obra de ficção, mas trata de muitas questões reais, incluindo agressão sexual, estupro, suicídio e ideação suicida, luto e morte de familiares (incluindo pais). Para obter mais avisos de conteúdo, acesse faridahabikeiyimide.com/wsgl-content-warnings.

Dados Internacionais de Catalogação na Publicação (CIP)
(Câmara Brasileira do Livro, SP, Brasil)

Àbíké-Íyímídé, Faridah
Onde repousam as mentiras / Faridah Àbíké-Íyímídé; [tradução Jim Anotsu]. – Cotia, SP : Plataforma21, 2024.
Título original: Where sleeping girls lie

ISBN 978-65-88343-80-7

1. Ficção juvenil I. Título.

24-204413 CDD-028.5

Índices para catálogo sistemático:
1. Ficção: Literatura juvenil 028.5
Cibele Maria Dias – Bibliotecária – CRB-8/9427

VR Editora S.A.
Via das Magnólias, 327 – Sala 01 | Jardim Colibri
CEP 06713-270 | Cotia | SP
Tel.| Fax: (+55 11) 4702-9148
plataforma21.com.br | plataforma21@vreditoras.com.br

PARA AS MINHAS IRMÃS:
MALIHA E TAMERA

A você que está lendo,

ONDE REPOUSAM AS MENTIRAS é sobre muitas coisas. É sobre a necessidade de se ter uma comunidade e o prazer das relações de amizade. É sobre os fantasmas que nos assombram e que por nós são assombrados. É sobre as muitas formas válidas como respondemos a experiências dolorosas.

Mais do que qualquer coisa, este livro fala de sobrevivência, e como podem ter notado pelo longo intervalo entre o lançamento de *Ás de espadas* e o deste livro, levei alguns anos para escrevê-lo de uma forma que me parecesse fazer jus à história, às personagens e a todos os leitores que, por ventura, se enxergassem na história. (Além disso, os segundos livros são muito difíceis por si só.)

Quando me perguntam se eu escrevo sobre mim nas minhas histórias, sempre respondo que não, porque sou mais uma observadora do que uma memorialista. No entanto, *Onde repousam as mentiras* é, definitivamente, uma das minhas histórias mais pessoais até hoje. Ainda que eu não tenha me colocado exatamente em nenhuma das personagens, algumas experiências e sentimentos aqui representados são coisas com as quais, infelizmente, eu me identifico muito. Queria que este livro exibisse uma protagonista cheia de vida apesar dos traumas prévios, como eu mesma tento fazer, e, desta forma, este não é um livro de apenas um tipo de história. É parte mistério-suspense, parte romance de formação contemporâneo, parte jornada de uma anti-heroína.

Quando escrevo histórias, estou sempre escrevendo em resposta a determinados sentimentos do momento, assim como a pessoas e lugares. Em *Ás de espadas*, escrevi, principalmente, para jovens adultos negros da comunidade *queer* que frequentavam escolas privadas brancas e se sentiam esmagados pelo peso da supremacia branca, afogando-se ao mesmo tempo que se sentiam invisíveis e não ouvidos. Em *Onde repousam as mentiras*, escrevo para garotas que sentem muita raiva, e que necessitam que alguém ou algo lhes diga que a raiva delas é importante e que se curar de feridas profundas não é, de forma alguma, uma tarefa impossível. Enquanto escrevia este livro, me encontrava pensando em Oluwatoyin Salau e outras mulheres como ela, que merecem muito mais do que este mundo lhes oferece. *Onde repousam as mentiras* é a minha tentativa de não apenas curar algumas de minhas próprias feridas, mas também ajudar outras pessoas a buscarem ferramentas para fazer o mesmo.

Quero muitas coisas deste livro, mas, claro, o que quero é menos importante do que o significado que este livro possa vir a ter para você, e por isso peço para que, como sempre, se cuide durante a leitura e espero que goste das personagens e da história tanto quanto eu gostei de escrevê-las nestas páginas.

Com amor,
Faridah

"Se ele for aquele que se esconde, pensou,
eu serei aquele que procura."

—*O médico e o monstro*, Robert Louis Stevenson

"Hora alguma é perene eternidade, e ainda
assim tem-se o direito de lamentar."

—*Seus olhos viam Deus*, Zora Neale Hurston

O MUNDO ESTAVA EM SILÊNCIO QUANDO ELA SE AFOGOU.

O peso das estrelas, do universo e da mente dela era feito uma âncora a puxando cada vez mais rumo ao esquecimento.

À medida que os pulmões pegavam fogo e a visão dela escurecia...

... seu coração começou a ficar mais lento.

Os pensamentos finais se alongaram, atravessando a confusão de veias e de espaços vazios, vazios.

E, então, ela sussurrou a mesma palavra que seria encontrada mais tarde, no bilhete que tinha deixado:

– Desculpa.

Desculpa. Desculpa. Desculpa. Desculpa. Desculpa. Desculpa. Desculpa. Desculpa.
Desculpa. Desculpa. Desculpa. Desculpa. Desculpa. Desculpa. Desculpa. Desculpa.
Desculpa. Desculpa. Desculpa. Desculpa. Desculpa. Desculpa. Desculpa. Desculpa.
Desculpa. Desculpa. Desculpa. Desculpa. Desculpa. Desculpa. Desculpa. Desculpa.
Desculpa. Desculpa. Desculpa. Desculpa. Desculpa. Desculpa. Desculpa. Desculpa.
Desculpa. Desculpa. Desculpa. Desculpa. Desculpa. Desculpa. Desculpa. Desculpa.
Desculpa. Desculpa. Desculpa. Desculpa. Desculpa. Desculpa. Desculpa. Desculpa.
Desculpa. Desculpa. Desculpa. Desculpa. Desculpa. Desculpa. Desculpa. Desculpa.
Desculpa. Desculpa. Desculpa. Desculpa. Desculpa. Desculpa. Desculpa. Desculpa.
Desculpa. Desculpa. Desculpa. Desculpa. Desculpa. Desculpa. Desculpa. Desculpa.
Desculpa. Desculpa. Desculpa. Desculpa. Desculpa. Desculpa. Desculpa. Desculpa.
Desculpa. Desculpa. Desculpa. Desculpa. Desculpa. Desculpa. Desculpa. Desculpa.
Desculpa. Desculpa. Desculpa. Desculpa. Desculpa. Desculpa. Desculpa. Desculpa.
Desculpa. Desculpa. Desculpa. Desculpa. Desculpa. Desculpa. Desculpa. Desculpa.
Desculpa. Desculpa. Desculpa. Desculpa. Desculpa. Desculpa. Desculpa. Desculpa.
Desculpa. Desculpa. Desculpa. Desculpa. *Desculpa. Desculpa. Desculpa. Desculpa.*
Desculpa. Desculpa. Desculpa. Desculpa. Desculpa. Desculpa. Desculpa. Desculpa.
Desculpa. Desculpa. Desculpa. Desculpa. Desculpa. Desculpa. Desculpa. Desculpa.
Desculpa. Desculpa. Desculpa. Desculpa. Desculpa. Desculpa. Desculpa. Desculpa.
Desculpa. Desculpa. Desculpa. Desculpa. Desculpa. Desculpa. Desculpa. Desculpa.
Desculpa. Desculpa. Desculpa. Desculpa. Desculpa. Desculpa. Desculpa. Desculpa.
Desculpa. Desculpa. Desculpa. Desculpa. Desculpa. Desculpa. Desculpa. Desculpa.
Desculpa. Desculpa. Desculpa. Desculpa. Desculpa. Desculpa. Desculpa. Desculpa.
Desculpa. Desculpa. Desculpa. Desculpa. Desculpa. Desculpa. Desculpa. Desculpa.
Desculpa. Desculpa. Desculpa. Desculpa. Desculpa. Desculpa. Desculpa. Desculpa.
Desculpa. Desculpa. Desculpa. Desculpa. Desculpa. Desculpa. Desculpa. Desculpa.
Desculpa. Desculpa. Desculpa. Desculpa. Desculpa. Desculpa. Desculpa. Desculpa.
Desculpa. Desculpa. Desculpa. Desculpa. Desculpa. Desculpa. Desculpa. Desculpa.
Desculpa. Desculpa. Desculpa. Desculpa. Desculpa. Desculpa. Desculpa. Desculpa.
Desculpa. Desculpa. Desculpa. Desculpa. Desculpa. Desculpa. Desculpa. Desculpa.
Desculpa. Desculpa. Desculpa. Desculpa. Desculpa. Desculpa. Desculpa. Desculpa.
Desculpa. Desculpa. Desculpa. Desculpa. Desculpa. Desculpa. Desculpa. Desculpa.
Desculpa. Desculpa. Desculpa. Desculpa. Desculpa. Desculpa. Desculpa. Desculpa…

PARTE I

O TÚMULO DOS SONHOS

"Nunca aparentava ser tão terrível quanto era e isso a fazia indagar se o inferno também era um lugar bonito. Sempre com fogo e enxofre, mas encobertos por luvas rendadas."

—*Amada*, Toni Morrison

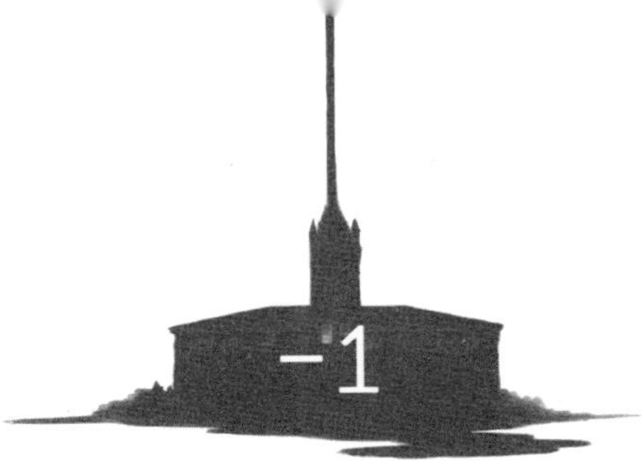

PESCARIA

NA NOITE DO OCORRIDO, HOUVE uma festa.

Ainda que festas não fossem incomuns para os alunos da Academia Alfred Nobel, esta era.

De vez em quando, havia alguma noitada secreta fora do campus, numa casa alugada por algum dos alunos do último ano da Hawking. Algo digno de fofoca acontecia, tipo alguém do terceiro ano que enchia a cara e acabava dando uns pegas no ex-namorado na frente de todo mundo. Ou alguém do quarto ano que ficava tão chapado que acabava se esquecendo de onde estava e correndo sem roupas pela piscina, exibindo tudo para todos.

Depois, na segunda-feira seguinte, todos os acontecimentos do fim de semana se tornavam o assunto do internato, e sussurros apressados sobre os ungidos circulavam pelos corredores, pelas salas de aula e pelos dormitórios.

O que tornou aquela noite particularmente estranha, no entanto, foi o que aconteceu quando não havia nenhum olhar observador ou câmera – *pelo que ela sabia* – por perto para documentar:

Uma garota descendo pela sacada. Os dedos trêmulos segurando o corrimão da escada em espiral. A noite engolindo seus gritos à medida que cambaleava rumo ao carro que esperava por ela.

Ela não ousou olhar para trás.

Olhar para trás seria reconhecer o que tinha acontecido.

O que tinha feito.

O carro cinza estava escondido num canto da estradinha pacata que levava até a casa, misturando-se com as sombras, visível apenas para aqueles que sabiam o que procurar.

O clique da porta do veículo ecoou alto no momento em que ela sentou no banco do passageiro, fechando a porta rapidamente, antes que alguém visse.

Outra garota estava no banco do motorista, a preocupação talhada em seus contornos sombrios – o cabelo loiro e curto que caía em ondas suaves, ondulando pela cabeça, sacudindo e ondulando ainda mais pelas lágrimas da garota trêmula.

– Você pegou o… – A loira parou de falar, notando as bochechas manchadas de lágrimas da amiga. – O que aconteceu? – perguntou.

A garota limpou o rosto em silêncio, evitando o escrutínio da outra.

– Sade? – a jovem loira perguntou num sussurro gentil.

Sade, por fim, ergueu o rosto e a encarou nos olhos.

– E-ele está morto.

0

CINCO SEMANAS ANTES
SEGUNDA-FEIRA

NOVATA

SADE HUSSEIN ESTAVA ACOSTUMADA A ouvir mentiras.

Aos sete anos de idade, ouviu que a mulher que ela vira saindo de fininho do quarto do pai pela manhã bem cedo era a fada do dente, certamente *não* a babá dela. Aos dez, quando encontrou a mãe encolhida na banheira, imóvel, com um frasco de comprimidos apoiado na borda – ela ouviu que a mãe estava tirando um longo cochilo e que acordaria em breve. Aos catorze anos, ela implorou ao pai que lhe deixasse frequentar uma escola normal e fazer amizade com crianças reais, da idade dela, em vez de sua única amiga de verdade ser a tutora de matemática que às vezes a deixava dormir no meio da aula. Ela ouviu do pai que o ensino médio não era o que parecia. Que passava longe da magia em que os filmes a tinham levado a crer.

Mas assim que o carro preto de luxo adentrou os portões da Academia Alfred Nobel e o prédio do internato gigantesco que se parecia com um castelo surgiu à vista, nem a chuva como a lembrança do aviso do pai foi capaz de diminuir sua empolgação.

A escola parecia um palácio.

As paredes de arenito, os picos elegantes e a vegetação viva junto à fachada, que parecia se estender por quilômetros, capturaram toda a sua atenção. Até o motorista arregalou os olhos ao ver o enorme edifício, muito diferente da estreita casa em que a garota crescera.

Uma batida na janela tirou os dois do transe quando um homem vestindo um uniforme de segurança se inclinou sobre o carro.

Sade baixou a janela.

– Nome e motivo da visita? – o segurança lhe perguntou.

– Sade Hussein, aluna – disse ela, e logo acrescentou: – É o meu primeiro dia.

Ele assentiu e depois murmurou alguma coisa no walkie-talkie.

– Tudo certo. Pode passar. Vai ter alguém te esperando na entrada – falou.

– Obrigada – a garota respondeu.

O carro avançou pelo caminho, e Sade tentou observar mais dos arredores da escola.

Roseiras aparadas com esmero, gramado uniforme e cerejeiras selvagens. Ao longe, ela podia ver fileiras de belos edifícios. Antigos e novos.

– Acho que só vou até aqui – disse o motorista, parando o carro diante do prédio principal.

– Quanto foi? – ela perguntou.

O motorista a encarou pelo retrovisor.

– Já está pago, está na conta do seu pai – disse, apressando-se a dizer a última parte, num tom abafado, como se o mero pensamento tivesse o poder de despertá-lo dos mortos.

Era estranho como mesmo depois da morte o pai dela ainda mantinha aquele efeito sobre as pessoas.

Era como se ninguém de fato acreditasse que ele tivesse partido.

O grande Akin Hussein, derrotado pelo próprio coração. Não parecia real.

Ela tampouco os culpava – ela mesma ainda sentia a presença dele no ar. Observando cada movimento dela, como sempre havia feito.

Mas ela sabia, com absoluta certeza, que ele tinha que ter morrido.

Afinal ela não estaria ali se o coração dele ainda estivesse batendo.

Sade ofereceu um sorrisinho forçado ao motorista e enfiou a mão na bolsa à procura de algum dinheiro.

– Aqui – disse, entregando ao motorista duas notas novas de cinquenta libras.

Ele já estava prestes a protestar.

– Eu me sentiria bem melhor se você aceitasse.

O motorista hesitou antes de pegar o dinheiro.

– Obrigada – ela agradeceu ao sair do carro, tomando cuidado para não deixar vincos no tweed preto cheio de vontade própria do vestido Chanel feito sob medida.

Enquanto o motorista descarregava as malas, a entrada principal da escola se abriu, revelando uma mulher alta e esquelética, de coque no topo da cabeça, saia lápis e uma expressão rígida talhada no rosto.

– Sade Hussein? – a mulher chamou ao se aproximar do carro, errando a pronúncia tanto do nome como do sobrenome: SEIDE RU-SEM no lugar de SHA-DÊ HOO-SEIN.

Sade notou a expressão desaprovadora com que a mulher avaliava suas roupas, fazendo uma careta para os sapatos.

– É *Sade Hussein* – Sade corrigiu, só depois se dando conta de que talvez fosse um erro.

Pelos anos que passou assistindo a seriados e lendo livros que se passavam numa escola de ensino médio, ela sabia que os professores raramente apreciavam ouvir que estavam errados. Diferente dos tutores dela, que sempre recompensaram sua tendência de ser uma sabichona, a mulher não parecia contente.

– Você está atrasada – disse.

– Desculpe. O trânsito no caminho...

– Quatro semanas atrasada – a mulher a interrompeu.

Sade não disse nada a respeito, apesar de os motivos pelo atraso lhe perfurarem o crânio e pesarem em seus ombros. Ela tinha a impressão de que a mulher não ligaria para as desculpas dela, justificadas ou não.

– Existem regras, srta. Hussein, e esperamos que todos os alunos as cumpram. Não sei como eram as coisas na sua última escola, mas aqui não aceitamos atrasos, tampouco que apareça no seu primeiro dia sem uniforme. Por favor, que esta seja a última vez que esteve... no trânsito – disse a mulher, com as veias do pescoço ficando roxas. Ela fez uma pausa, como se esperasse que Sade respondesse, mas continuou já que houve apenas silêncio. – Seus pais devem ter recebido todos os documentos e os encaminhado a você... não obstante, o seu formulário de acomodação está incompleto. Precisaremos resolver tudo isso hoje e você provavelmente perderá as aulas, ficando ainda mais para trás na matéria. Imagino que também não tenha feito nenhuma das leituras, visto que não conseguiu nem completar a tarefa básica de se vestir adequadamente para o primeiro dia de aula. Sério, seus pais não...

– Eles estão mortos – Sade falou calmamente. Foi sua vez de interromper a mulher.

Ela pareceu desconfortável.

– Perdão? – perguntou, como se já não estivesse bem claro.

– Meus pais... os dois estão mortos. Minha mãe morreu quando eu tinha dez anos e o meu pai morreu mês passado, alguns dias antes do meu início esperado aqui. Disseram-me que não haveria problema e que estaria tudo registrado no meu histórico. Parti do pressuposto de que o tivesse lido... Peço desculpas pela suposição – respondeu com um sorriso forçado.

O motorista, encabulado, limpou a garganta.

– Já tirei toda a sua bagagem do porta-malas, senhorita. Gostaria que eu levasse as malas até o dormitório? – perguntou.

Sade olhou da expressão chocada da mulher para o rosto inquieto do motorista.

Juntamente com a herança de *muitos* milhões de libras, Sade também herdara o fardo do luto e o constrangimento que vinha com ele.

– Quanto quer para levar as minhas malas? – perguntou.

Ele pareceu ainda mais desconfortável.

– Está tudo bem, senhorita. Está na conta...

A voz de Sade se tornou trêmula.

– Quanto?

O motorista permaneceu quieto, e Sade suspirou fundo antes de enfiar a mão na bolsa e entregar a ele um bolo de notas de vinte sem nem se dar ao trabalho de contar desta vez.

Ela se voltou para a mulher, o sorriso fraquejando.

– Onde posso arrumar o uniforme?

O INTERIOR DA ACADEMIA ALFRED Nobel era ainda mais bonito do que o exterior, que lembrava um castelo. Era como entrar num sonho.

Os olhos de Sade vagavam enquanto ela se via parada à entrada do prédio principal, reparando na perfeição de tudo. O assoalho de madeira, as janelas altas e arredondadas de vidro, o teto com pinturas que a princípio ela pensou serem anjos, mas, depois de uma boa olhada, deixou de ter certeza.

Sentia como se tivesse acabado de entrar num museu em vez de no lugar que seria sua casa pelos próximos dois anos.

Era exatamente como as fotos que tinha visto na internet.

– Certo.

A mulher – que Sade descobrira ser a srta. Blackburn, a supervisora da escola – lhe interrompeu os pensamentos.

– Você pode preencher o formulário de acomodação. O formulário contém uma simples seleção de perguntas que irão avaliar as suas necessidades e lhe designar o melhor ambiente de convivência na AAN. Tente responder da forma mais honesta possível. Levamos isto muito a sério e é extremamente raro permitirmos transferências para outras casas... Não que haja muitas pessoas querendo mudar. O formulário é muito abrangente e costuma ser incrivelmente preciso.

Sade tinha lido sobre as casas da escola. Todas os oito: Curie, Einstein, Hawking, Mendel, Franklin, Turing, Jemison e Seacole. Cada casa parecia servir a um propósito específico e, por sua vez, recebia alunos que se enquadravam nele. Havia a casa dos acadêmicos, a casa dos atletas prodígios e assim por diante. Ela se perguntou para que casa seria selecionada.

A srta. Blackburn guiou Sade até a sala, que continha uma única mesa marrom, um livreto e lápis número dois. Havia uma porta atrás da mesa, com a inscrição SALA DE SEGURANÇA.

– Quando terminar, bata duas vezes na parede e deslize o formulário pela fenda ali. Ele será corrigido, e trarei um uniforme para você assim que tivermos o resultado do teste. Não deve demorar muito. Alguma pergunta? – indagou a srta. Blackburn, piscando com agressividade dissimulada para Sade.

Sade negou com a cabeça, apesar de sentir que estava em algum tipo de romance distópico esquisito e que o formulário, na verdade, era um teste destinado a determinar todo o seu futuro ou coisa do tipo. Colocou a bolsa no chão.

– Ótimo – disse a srta. Blackburn, dando um sorriso forçado.

Sade puxou uma cadeira.

A srta. Blackburn se virou para sair, então parou à porta e baixou o olhar até o formulário de Sade antes de se voltar para o rosto da garota.

– Escolha com sabedoria – disse antes de partir, fechando a porta atrás de si.

• • •

A SRTA. BLACKBURN ESTAVA CERTA. O formulário não tomou muito tempo – ainda que as perguntas parecessem muito estranhas.

Uma questão indagava se ela preferia chuva ou sol, o que não lhe parecia fazer muito sentido. Afinal, não era como se fosse possível controlar o clima do dormitório ao qual ela seria designada. Outra perguntava se ela preferia janelas grandes ou pequenas, e uma pedia que ela escolhesse o seu animal silvestre favorito.

Ao terminar, ela bateu duas vezes e deslizou o teste pela fenda dourada na parede, jurando que tinha sentido um puxão esquisito do outro lado. Quando a srta. Blackburn lhe dissera que o formulário seria corrigido, Sade presumiu que ela se referia a algum tipo de computador.

Mas o puxão pareceu humano, e Sade se perguntou se havia uma velhinha sendo mantida atrás da parede somente para avaliar aqueles formulários e nada mais. Ela não ficaria surpresa se houvesse. Porque, ainda que fosse um lugar bonito, algo parecia estranho na Alfred Nobel. Talvez fosse porque tudo era perfeito *demais*.

Sade estava acostumada ao luxo, por isso sabia que a riqueza vinha acompanhada de uma abundância de segredos. Apostava que a Academia Alfred Nobel tinha muitos deles. Enterrados a sete palmos, sob as roseiras bem-cuidadas junto à entrada.

Uma batida soou, e a srta. Blackburn entrou na sala carregando algo dobrado nas mãos manicuradas, o que Sade acreditou ser o uniforme.

– Instruí o motorista a levar as suas coisas para o seu quarto – disse a srta. Blackburn. – Chutei o seu tamanho – continuou, entregando o uniforme a Sade –, mas, se precisar de algum ajuste, pode descer até a loja da escola depois de se acomodar.

Sade olhou para as roupas diante dela. O uniforme parecia ser composto de muito preto. Saia preta, suéter preto e gravata preta. Parecia mais uma roupa de enterro do que qualquer outra coisa.

– Obrigada... Preciso vesti-lo agora ou posso me trocar mais tarde?

O olhar da srta. Blackburn se concentrou nela.

– A escolha é sua.

Sade teve a sensação de que a srta. Blackburn queria que ela se trocasse na mesma hora, claramente ainda ofendida por seu traje inadequado. Ela não sabia precisar o que havia de tão ofensivo em um vestido de tweed e botas Doc Marten com cadarços.

– Mais alguma pergunta? – indagou a srta. Blackburn.

Sade assentiu.

– Duas. Em qual casa vou ficar?

A srta. Blackburn se empertigou.

– Ah, sim. Você está na Casa Turing.

Assim como tinha feito com relação às outras casas, Sade tinha lido de passagem sobre a Casa Turing. Era descrita como a casa para alunos que sabiam de tudo um pouco, alunos sem nenhum interesse em especial por uma matéria só; casa irmã de Seacole; e, diferente das outras casas, Turing não produzira muitos alunos célebres.

Que empolgante, pensou.

– Turing, que nem o cientista? – perguntou Sade, querendo soar interessada.

Ela se lembrou da história trágica de Alan Turing, o cientista queer, que ouvira em uma de suas aulas sobre a Segunda Guerra Mundial.

– Sim. Assim como todas as outras casas... batizadas com os nomes de cientistas, quero dizer. Saberia disso se tivesse lido o livreto. Mas qual é a sua outra pergunta? – perguntou a srta. Blackburn, ainda, obviamente, ressentida por Sade não ter vindo preparada.

O que não era bem verdade. Ela tinha pesquisado as coisas que achava que mais iriam ajudá-la em seu propósito ali, mas, claramente, se equivocara a respeito do que a srta. Blackburn considerava digno de nota.

– Será que posso fazer um tour pela escola? Não quero me perder – disse.

– Claro. A sua irmã de casa vai lhe mostrar o lugar... Ela está nos esperando lá fora.

– Irmã de casa? – perguntou Sade.

A srta. Blackburn assentiu.

– Uma irmã e um irmão da casa são designados aos alunos... geralmente, no primeiro ano, mas como a senhorita chegou mais tarde tivemos que lhe arrumar irmãos de última hora. – A srta. Blackburn deve ter notado a expressão confusa de Sade, porque acrescentou: – É uma tradição. O costume é que um aluno de um ano acima assuma a responsabilidade, mas, no seu caso, será alguém do mesmo ano... convenientemente, ela também é sua colega de quarto, então tenho certeza de que irão se conhecer bem até o fim do semestre.

Sade ficou aturdida com aquilo. Ela nunca tinha compartilhado quarto.

– Isto é opcional?

Ela já tinha se acostumado com a sua condição trágica de órfã aos meros dezesseis anos e não estava procurando uma nova família.

– Não – a srta. Blackburn respondeu, direta. – Como falei, é uma tradição. Designei um aluno da Casa Hawking como seu irmão de casa. Ele tem aulas até o fim do dia, mas vou me certificar de que se conheçam ainda esta semana.

Tradições. Irmãos de casa. Sade ainda não se via empolgada com a ideia de uma família forçada. Isso tudo estava se parecendo cada vez menos com um internato e mais com um culto esquisito. Embora talvez isso fosse esperado, já que o lema da escola era, literalmente, *Ex Unitate Vires,* que pode ser traduzido como "Força Pela União".

O lema de um culto, se alguém pedisse a sua opinião.

A srta. Blackburn voltou a falar, provavelmente sentindo a confusão prolongada de Sade.

– Se adaptar ao internato pode ser difícil. Os irmãos de casa são uma forma de garantir que nossos alunos tenham uma rede de apoio pelos quatro anos que passam conosco. Visto que você está no terceiro ano e é a primeira vez que frequenta um internato, acho que seria bastante benéfico. Elizabeth está esperando por nós lá fora.

Sade passou a bolsa pelo ombro e dobrou o uniforme sobre o braço antes de seguir a srta. Blackburn pelo corredor, que agora estava cheio de estudantes. Sade notou os uniformes pretos idênticos e as gravatas de cores diferentes conforme passavam por ela.

– Sade, esta é a sua irmã de casa e colega de quarto, Elizabeth Wang. Ela vai lhe mostrar os arredores e responder a todas as suas perguntas prementes – disse a srta. Blackburn, gesticulando para a linda garota de cabelo escuro diante dela.

Sade analisou a aparência meio desleixada da menina. A maquiagem de olho borrada, o esmalte preto descascado e os rasgos na meia-calça. A menina também a avaliou, uma expressão esquisita lentamente tomando conta do rosto enquanto encarava Sade.

Era como se ela tivesse visto um fantasma.

– Oi – disse Sade com um sorriso amigável.

– Olá? – Elizabeth respondeu depois de um momento de silêncio, ainda a analisando de um jeito esquisito. Houve uma leve inflexão no final, como se a saudação fosse, ao mesmo tempo, uma pergunta.

– Vejam só, vocês já se deram bem – disse a srta. Blackburn sem nenhuma gota de entusiasmo ou carinho na voz. – Sade, por favor, passe na recepção depois do jantar para pegar o seu pacote de boas-vindas e uma cópia da chave da casa. A sra. Thistle estará lá para lhe entregar tudo. Não tive tempo de montá-lo hoje antes da sua chegada.

Sade assentiu, acrescentando isso à lista mental.

– Certo, então... uma volta rápida? – Elizabeth disse por fim, o rosto relaxando conforme o espaço era preenchido pelas vibrações do claro sotaque irlandês.

Ela parecia ter saído do estado em que se encontrava antes, fosse qual fosse.

– Seria excelente – Sade respondeu, sentindo o olhar da srta. Blackburn ainda lhe perfurando o vestido. – Mas, se não tiver problema, gostaria de vestir o meu uniforme primeiro.

1

SEGUNDA-FEIRA

PÁSSAROS ENGAIOLADOS

DEPOIS DE VESTIR O UNIFORME rígido de tão engomado, Sade seguiu Elizabeth para o saguão de entrada, indo na direção de um prédio marcado como DEPENDÊNCIA DOS FUNCIONÁRIOS.

– Achei que deveríamos começar pelos dormitórios. A Turing fica a uns cinco minutos seguindo por aqui... É um incômodo se você se atrasar de manhã e precisar correr, mas poderia ser pior. Poderíamos estar na Casa Einstein – disse Elizabeth enquanto caminhavam às costas do prédio principal, seguindo um caminho comprido e estreito de pedra, cheio de folhas molhadas e castanhas caídas de árvores.

De onde estava, Sade conseguia ver que havia vários prédios nos fundos da escola, a maioria deles escondidos atrás do prédio principal. Alguns eram conectados, outros se erguiam solitários.

– Este é John Fisher, o fundador deste belo estabelecimento – prosseguiu Elizabeth, apontando para a gigantesca estátua que ficava no meio do caminho: um homem velho e branco de bigode retorcido e um casaco antigo e cartola. – Gostosão, hein?

Sade ergueu a sobrancelha para ela. Ela achava que ele parecia bizarro, mas, bem, sempre considerou estátuas meio perturbadoras. Ainda que não tão perturbadoras quanto a declaração de Elizabeth.

Elizabeth abriu um sorriso.

– Estou brincando. Eu preferiria arrancar todos os meus sisos de novo a dar uns pegas no velho Fisher aqui. Além disso, ele provavelmente me odiaria até o talo, já que não curtia mulheres ou gente de outras raças. Duas caixinhas nas quais me encaixo.

John Fisher olhava para Sade e Elizabeth do alto, como se estivesse zombando delas.

– Dá pra ver – disse Sade.

Prosseguiram pelo trajeto, e Sade observou mais da arquitetura. Um prédio lhe chamou a atenção: mais novo e que, definitivamente, não aparentava ser um castelo. Notou que estava escrito CENTRO ESPORTIVO NEWTON em letras garrafais na lateral.

Sua mente divagou por um instante, submergindo nas fossas de uma memória de um ano atrás.

– Tem uma piscina aí? – perguntou.

– A srta. Blackburn não estava brincando quando falou que você não sabia de nada – disse Elizabeth, virando-se para olhar o prédio. – A Academia Alfred Nobel tem uma equipe de natação famosa; Newton tem a segunda maior piscina do campus, que, na maioria das vezes, é usada para treinos. Na verdade, estão construindo uma piscina de treinos ainda maior lá dentro neste momento.

Sade conseguia ouvir o barulho distante da obra vindo do interior do centro.

– A maior piscina, que é usada para torneios e jogos, fica no Centro Spitz, atrás da capela da escola... Você nada? – perguntou Elizabeth.

Sade sentiu de novo a agitação da memória, que tentava agarrar as bordas de sua mente.

O corpo da garota. Sem vida. Frio. Os lábios azuis, as tranças espalhadas na água. Uma piscina de sangue vermelho e espesso cercando a cabeça dela que nem uma auréola...

– Antigamente – respondeu Sade.

– Bem, neste caso, você deu sorte. Apenas duas casas do campus ficam bem perto do Centro Newton: Hawking e Jemison – disse Elizabeth, apontando para um prédio do lado esquerdo e outro na direção oposta, que parecia uma versão em miniatura do centro esportivo. Era moderno, com vidros e painéis solares, e uma placa frontal na qual se lia CASA JEMISON. A Casa Hawking era branca e gigantesca, pelo menos duas vezes maior do que a Jemison.

– A maior parte dos residentes das duas estão nos vários times esportivos. Mas... a terceira casa mais próxima é a nossa, Turing. Por isso você não vai precisar andar muito para chegar no Newton se quiser nadar um pouco depois das aulas.

Sade balançou a cabeça, em parte ouvindo o que a garota dizia e em parte observando a Casa Hawking, vendo figuras sombrias sumindo e reaparecendo por detrás das cortinas cerradas uma e outra vez.

Quando enfim chegaram à Turing, Sade ficou chocada com quão incrível era a casa. Parecia um castelo assombrado. Diferente do prédio principal, as pedras dali eram quase pretas.

– Cá estamos – disse Elizabeth, pegando o cartão dela e o passando num painel perto da entrada.

Sade seguiu pelas portas duplas, as botas criando um eco à medida que ela caminhava pelo piso xadrez de preto e branco, lembrando-a de um tabuleiro.

No meio da entrada principal da casa ficava uma larga escada em espiral e, atrás dela, um elevador de portas pantográficas. Na parede, havia uma pintura enorme e, diferente das que vira antes, essa Sade era capaz de discernir. Era um retrato de um homem de aparência cansada, e abaixo havia um letreiro que dizia ALAN TURING.

Nas laterais do hall de entrada da casa havia duas portas. Uma das placas douradas dizia REFEITÓRIO; outra, SALA COMUNAL.

Apesar de ser a primeira vez dela ali, ela já tinha visto a entrada centenas de vezes, em suas buscas obsessivas, tarde da noite, no site da escola.

Tudo era igualzinho às fotos.

Um *ping* alto tirou Sade de seus pensamentos ao mesmo tempo que Elizabeth pegava o telefone para conferir o que Sade imaginou ser uma mensagem. Elizabeth encarou o telefone por alguns instantes antes de enfiá-lo de volta no bolso.

Sade notou a mudança na expressão de Elizabeth, mas, antes que pudesse decifrá-la, a garota substituiu a careta por um sorriso.

– Esta é a Casa Turing, onde você provavelmente passará a maior parte do seu tempo na AAN – continuou Elizabeth, com a voz estranhamente trêmula no início, mas logo recuperou o equilíbrio. – Tomamos café da manhã e jantamos no refeitório da casa e almoçamos no prédio principal com todos os outros alunos. Por ali fica a sala comunal, onde as pessoas costumam se juntar depois das aulas ou antes do jantar, e os dormitórios ficam no andar de cima. O primeiro andar é para os alunos do primeiro ano, o segundo para os do segundo ano, e assim por diante – disse Elizabeth. – Como a Academia Alfred Nobel é uma escola internacional, adotamos o sistema norte-americano. Pense nos alunos do primeiro como calouros e nos alunos do quarto ano como veteranos. É estranho, e tenho certeza que é muito diferente da sua última escola, mas você logo se acostuma.

Sade balançou a cabeça.

– É bem diferente. Eu recebia educação domiciliar antes, então é tudo novidade para mim.

Elizabeth ergueu a sobrancelha.

– Quer dizer que esta é a sua primeira vez tendo que lidar com essa besteira que é o ensino médio? Eu te invejo.

Eu te invejo.

Era engraçado que Elizabeth dissesse aquilo. Sade estava pensando a mesma coisa: como Elizabeth era sortuda por estar ali, ser livre há tantos anos.

Mas agora ela estava ali.

Enfim livre.

Isso é o que importava.

– Vou mostrar rapidamente o nosso quarto – disse Elizabeth, guiando Sade para o elevador. Sade a observou fechar as grades antes de apertar o botão do terceiro andar.

Elevadores pantográficos sempre a deixaram incomodada. Diferente dos elevadores normais, estes se pareciam com gaiolas. Era possível observar e sentir a subida pelo fosso conforme o elevador subia. Era possível sentir o tremor e os puxões do maquinário.

Por sorte, a subida não demorou muito. Antes que Sade se desse conta, as garotas já andavam pelo corredor rumo ao quarto que compartilhariam pelo próximo ano.

Sade ainda processava a ideia de compartilhar o quarto, um espaço tão íntimo, com uma estranha, e nem notou que Elizabeth tinha parado.

E nem notou a inspiração profunda ou a expressão no rosto de Elizabeth.

Quando ela finalmente percebeu a ausência de movimento, primeiro olhou para a porta com a inscrição QUARTO 313 e o nome de Elizabeth escrito com giz branco abaixo do número, e só depois a coisa na qual Elizabeth fixava os olhos.

O rato morto no capacho da porta.

Sade ficou congelada ao lado da garota.

O animal estava imóvel e pálido, de rabo curvado e cabeça esmagada, como se tivesse sido amassada e colocada no lugar. Os olhos pequenos e sem vida a encaravam inutilmente.

– Isto é um… – começou Sade, tomada por choque, mas foi interrompida por Elizabeth.

– Espera um pouco – Elizabeth falou calmamente, pegando a chave de bronze do quarto 313 e abrindo a porta.

Sade observou Elizabeth saltar o roedor morto e desaparecer no quarto, deixando-a sozinha do lado de fora. *Ou melhor, relativamente sozinha,* pensou, mantendo contato visual com *Jerry*.

Elizabeth reapareceu momentos depois com uma sacola de compras usada. Fez uma careta enquanto envolvia cautelosamente a carcaça com a sacola e colocava o rato ali dentro antes de amarrar e jogar na lixeira na curva do corredor.

– Prontinho! – disse com um sorriso que parecia forçado. – Deixe-me mostrar o nosso quarto. Já peço desculpas pela bagunça; só fiquei sabendo da sua chegada hoje – falou enquanto abria a porta mais uma vez, deixando Sade processar o que tinha acabado de acontecer.

Havia um rato morto. E Elizabeth agiu de forma tão desinteressada. Aquilo era uma coisa que acontecia com frequência? *Alguém colocou o rato ali*?

– É normal ter roedores em decomposição no corredor? – perguntou Sade, olhando desconfiada para o quarto e para o piso.

Houve silêncio por um instante e então a voz de Elizabeth saiu, um pouco abafada, pela porta aberta.

– Bem, a AAN é uma escola muito antiga. Mas não se preocupe demais com isso; é uma coisa rara. Espero que não haja mais ratos mortos depois de hoje.

Se é o que você diz…, pensou Sade.

Ela adentrou lentamente no quarto 313, evitando a porção úmida no chão onde o contorno do cadáver do rato ainda era visível.

Ela observou Elizabeth ir logo até a pilha de roupas descartadas no chão, jogando-as num canto qualquer. O quarto ainda estava escuro, as cortinas cerradas bloqueando toda luz solar. Elizabeth estava preocupada demais com a remoção de roupas do piso para notar.

Sade apertou o interruptor e os detalhes do quarto saltaram às vistas.

Havia duas camas, cada uma de um lado. Dois guarda-roupas; as malas dela, que repousavam ao lado de um dos armários, esperando para serem desfeitas; duas mesinhas; e uma mesa de centro em que havia várias canecas empilhadas.

Elizabeth seguiu o olhar de Sade até as canecas e rapidamente as tirou de lá, colocando-as no chão do corredor do lado de fora.

Quando voltou para o quarto, tinha o rosto bastante corado e parecia perturbada.

– De novo, me desculpa. De verdade, eu teria limpado se... – Elizabeth começou a falar.

– Está tudo bem – interrompeu-a Sade, antes de acrescentar: – Gostei da decoração.

O lado de Elizabeth do quarto esbanjava personalidade. Havia pôsteres de bandas, uma chaleira elétrica em formato de vaca ao lado de uma quantidade exorbitante de pacotinhos de chá Yorkshire, um tapete de girassol no chão e plantas aleatórias espalhadas por ali.

As sobrancelhas de Elizabeth se ergueram.

– Ah, obrigada... Fique à vontade para usar o que precisar do meu lado do quarto. Não deveríamos ter equipamentos elétricos nos dormitórios, mas meio que sou viciada em chá e por isso é um risco que encaro como necessário.

Sade sorriu ao ouvir aquilo.

– Não vou contar a ninguém sobre a sua reserva secreta de chás.

Elizabeth ergueu o mindinho.

– Jura?

Sade olhou para os dedos de Elizabeth e se lembrou de que estiveram bem próximos do rato morto havia apenas alguns instantes. E, por isso, em vez de envolver o mindinho de Elizabeth com o seu, ela simplesmente balançou a cabeça e falou:

– Palavra de escoteira.

Elizabeth ficou exultante, satisfeita com a resposta de Sade.

– Um pequeno aviso sobre mim já que estamos compartilhando segredos. Tenho uma leve tendência ao sonambulismo quando estou estressada e, de vez em quando, durmo de olhos abertos – acrescentou Sade.

– Anotado – respondeu Elizabeth, não parecendo incomodada com aquilo.

Elas tinham um acordo.

– Bem, agora que fizemos isso, acho que é melhor eu te mostrar o resto da escola, então. Tem muita coisa para mostrar.

DEPOIS DE MAIS UMA HORA e meia vagando pelo campus, Sade deduziu que a Academia Alfred Nobel era boa demais para ser verdade.

Alguns destaques do passeio incluíam o aquário; a fonte dos desejos que ficava na frente da escola e que, de algum modo, ela não tinha notado ao chegar; e a Biblioteca Noite Estrelada, que, pelo visto, abrigava várias edições especiais dos livros favoritos dela.

Quando, por fim, terminaram o passeio, já estava na hora do almoço, e Sade podia ouvir o barulho de alunos se aglomerando, um ribombar suave de vozes se erguendo nas proximidades.

Estavam outra vez na entrada principal. Elizabeth foi buscar o cartão de almoço de Sade com a srta. Blackburn, deixando Sade se recuperar das muitas emoções do tour. Ela se viu observando novamente o hall de entrada principal, como havia feito antes, desta vez com novos olhos. O saguão não era tão impressionante quanto pensara inicialmente, agora que vira as outras salas e prédios da escola. Os painéis de madeira nas paredes estavam opacos e um pouco arranhados. As janelas arredondadas não eram tão impressionantes quanto os vitrais da Biblioteca Noite Estrelada. E o lustre que pairava no alto não brilhava tanto quanto os do refeitório.

Enquanto olhava para o alto, no entanto, reparou nas pinturas que tinha visto antes e, estreitando os olhos, conseguiu discernir algumas formas e figuras.

– Pintura legal, né? – Elizabeth perguntou, juntando-se a ela.

Sade assentiu. Era mais do que legal. De alguma forma, era, ao mesmo tempo, glamorosa e triste. Provavelmente por causa das cores. Eram suaves, mas também brutais, e a forma como os rostos foram desenhados os tornavam tão belos como misteriosos.

– Ela se chama *A senhora chorosa*. Foi encomendada por um diretor que, aparentemente, tinha um caso com a pintora. Eu sempre amei a história por trás dela – disse Elizabeth.

– Qual é a história? – perguntou Sade, notando mais detalhes que tinha deixado passar antes.

Tal como as lágrimas caindo pelo rosto das mulheres na pintura, a dor por trás de seus olhos e os sorrisos forçados em seus lábios. Suas expressões desmascaravam as mentiras, ocultas por detrás das faces desenhadas com primor.

Sade também notou os pássaros pela primeira vez. De cores diferentes, que iam do azul ao vermelho até o amarelo acobreado. Cada pássaro engaiolado e cada gaiola firme na mão de uma das mulheres chorosas.

– A artista, madame Alarie, esposa de monsieur Alarie, um alcoólatra abusivo, um dia se fartou das merdas que ele fazia e envenenou o jantar dele – disse Elizabeth.

Sade olhou para os pássaros, atenta ao azul – aquele que, diferente dos outros, tinha a boca aberta. Notou que a gaiola dele também estava entreaberta.

A história parecia complementar a pintura de alguma forma; Sade agora a via com clareza.

– Madame Alarie parece uma lenda – disse Sade.

– Concordo – uma voz suave falou detrás das duas.

Sade tomou um susto e se virou em busca da fonte do comentário, um menino de cabelo rosa, pele marrom e um sorriso enorme com covinhas. Jogou braços ao redor de Elizabeth, repousando o queixo no ombro dela.

Sade notou a mudança imediata na expressão de Elizabeth; era como se a presença dele fosse um interruptor, o rosto dela se iluminava com a visão dele. Sade se perguntou se ele era o namorado de Elizabeth ou coisa parecida.

– Puta merda, você me assustou pra caralho – Elizabeth gritou, batendo na cabeça do estranho de cabelo rosado.

– Sinto muito... Isso não vai se repetir – disse ele com um sorriso que segredava a Sade que aquilo iria, sim, com certeza, se repetir. – Esta é a sua nova colega de quarto? – perguntou, se afastando de Elizabeth.

Ela fez que sim com a cabeça.

– Baz, Sade, Sade, Baz.

O garoto – Baz – sorriu para Sade e acenou.

– Gostei do seu nome – disse.

Sade nunca ouvira alguém elogiar seu nome.

– Obrigada, eu também gostei do seu... É uma abreviação? – perguntou.

Ele assentiu.

– Basil, que nem como se diz "manjericão" em inglês. A minha mãe gosta de salada.

Sade balançou a cabeça devagar, sem saber se este garoto alegre estava ou não falando sério.

– Como foi a prova de alemão? Recebi suas mensagens de *sanduíches* urgentes – Elizabeth falou para Basil, e então se virou para Sade. – Nós mandamos emojis de sanduíche quando há uma emergência. É que nem um SOS muito dramático.

– Foi terrível. Na escala dos sanduíches eu classificaria como três.

Isso fez a expressão de Elizabeth mudar de repente para levemente chocada, como se aquilo fizesse completo sentido.

– Caralho, ruim nesse nível?

Sade, por outro lado, ainda não conseguia acompanhar.

Ele assentiu, solene.

– Pelo menos não vou ter que ver o sr. Müller até quarta-feira. Ele pode gritar comigo então, ainda que seja culpa dele por dar uma prova nível três na escala sanduíche.

– Tenho certeza de que não vai ser tão ruim – disse Elizabeth, bagunçando o cabelo do garoto e batendo na cabeça dele de leve. – E, por falar em sanduíches, a gente precisa almoçar.

– Meu Deus, estou morrendo de fome – disse Baz animado, a prova de alemão subitamente esquecida.

Sade concordou com a cabeça, apesar de não estar com tanta fome; o nervosismo daquela manhã, assim como a memória do rato morto, afastava-lhe o apetite.

Deu uma última olhada para o teto antes de tirar os olhos dele e seguir a dupla pelo corredor.

O SALÃO DE ALMOÇO, que mais parecia um salão de danças, estava cheio de alunos uniformizados que conversavam e comiam em grupinhos.

Sade pediu um dos pratos do especial do dia – *stromboli* com recheio de purê de tomate com ervas e creme de queijos artesanais sortidos, acompanhado de *pommes* (também conhecido como enroladinho de pizza com batata frita) – e seguiu Baz e Elizabeth até uma mesa no canto do salão.

Baz imediatamente pegou o ketchup e pôs uma quantidade absurda no prato que pegara de batatas, dando a elas a aparência pouco apetitosa de sangue coagulado.

Sade encarou o prato dela, já sem vontade de comer.

– Pois então, *quem, exatamente, é você,* Sade? – Baz perguntou de repente.

Ela levantou o olhar, pega de surpresa. Era uma pergunta fraseada de modo tão estranho.

– O quê? – respondeu, sem saber o que de fato responder.

Ele a encarou enquanto continuava ensopando as batatas de ketchup. Ela não conseguia mais ver as batatas; o prato dele era apenas uma montanha vermelha.

– O que você fazia antes de vir para cá? – perguntou com os olhos curiosos.

Era uma pergunta complicada. Ela não sabia se dava a ele a resposta ensaiada ou dizia a verdade.

Não tinha certeza de que ele acreditaria na verdade.

Conseguia sentir Elizabeth e Baz a observando, ansiosos.

Uma meia-verdade, então.

– Eu recebia educação domiciliar antes. O meu pai viajava bastante à trabalho, por isso assim era mais fácil.

As sobrancelhas de Baz se levantaram, como que impressionado.

– E como era isso?

– Estudar em casa? – perguntou ela.

Ele fez que sim com a cabeça.

Sade recordou as memórias domésticas e então respondeu:

– Honestamente, bem chato.

– Ora, posso te assegurar que não há nada de chato nesta escola – Elizabeth murmurou com desprezo, fatiando um dos seus enroladinhos de pizza.

Baz sorriu ao ouvir aquilo.

– O que achou da AAN até o momento? – indagou, passando o que sobrara do ketchup para Elizabeth.

– Estou gostando… Elizabeth me levou para passear pelo terreno. A escola é incrível.

Baz sorriu e olhou para Elizabeth.

– Ela já te levou para o passeio de verdade pela escola?

Elizabeth suspirou.

– Ignore, ele é muito bobagento.

Sade levantou a sobrancelha.

– Qual é o passeio de verdade?

– O único que importa. Um tour das pessoas, panelinhas, fofocas, tudo o que você precisa saber para sobreviver aqui. Conhecimento é poder.

– Viu? Muito bobagento – disse Elizabeth com um sorrisinho.

Baz deu uma cotovelada de leve nela antes de se voltar outra vez para Sade.

– Você quer esse tour? – perguntou ele quase num sussurro, como se a desafiasse.

Desta vez, foi Sade que pegou o ketchup e espremeu um pouco em seu prato.

– Prossiga – respondeu.

Baz sorriu, então examinou a sala, antes de acenar para uma das mesas no canto.

– Ali temos o grupo das universidades de elite, os que se acham melhores que todo mundo. Na verdade, são tão ferrados da cabeça quanto a gente... só que vão bem nas provas. Aquela garota ali, a das mechas loiras, pegou mononucleose do namorado e passou para o ex-melhor amigo dele, agora inimigo jurado – Baz disse calmamente.

Sade observou a garota sentada ao lado de um cara loiro que ela presumiu ser o namorado, notando o modo como a garota lançava olhares furtivos para outro cara, do outro lado da mesa, que parecia tão culpado quanto ela.

– Ali está a turma do teatro; a especialidade deles é começar a cantar do nada e, no meio-tempo, irritar todo mundo. Mas não vem ao caso. Aquele cara ali atrás, ouvi dizer que no último festival da Hawking, ele quase matou o cara de cabelo laranja ali por um carregamento de *comprimidos* "desaparecidos". – Baz apontou para um ruivo em uma mesa diferente.

– Ele faz parte da equipe de natação, o que é significativo, porque o nadador é enteado do diretor da escola e provavelmente acabaria no exílio se fosse encontrado com as referidas drogas...

Baz desferia tantas informações que Sade achava cada vez mais difícil de acompanhar.

– O que é um festival da Hawking? – ela perguntou, em vez de tentar entender o que ele acabara de dizer.

– São, em resumo, festas de faculdade dadas no ensino médio pelos vagabundos que ocupam a Casa Hawking – Elizabeth murmurou, comendo de seu potinho de gelatina e mexendo no telefone.

– Muita gente até mataria por um convite, Lizzie... e me incluo nessa. Ouvi dizer que, na última festa, alguém do quarto ano deu um relógio Rolex para cada um dos convidados – disse Baz, arregalando os olhos.

– Baz, você já tem um Rolex – disse Elizabeth.

– É, mas não é o mesmo que ganhar um do veterano bonitão chamado Chad.

– Parece muito divertido – disse Sade.

– Longe disso – Elizabeth respondeu, no mesmo instante em que Baz dizia:

– Com certeza.

Os dois começaram a discutir e Sade parou de prestar atenção, agora observando outros grupos no refeitório e fazendo as próprias observações. Era como testemunhar um experimento social, o instinto aparentemente primitivo de se levantar e se infiltrar nesses grupinhos. Era tão diferente de sua vida doméstica e a lembrava dos filmes a que assistia quando criança. Ela se perguntou se as pessoas tinham consciência de quantos clichês representavam diariamente.

Em meio às panelinhas, à supervisora desagradável e ao drama, Sade não ficaria surpresa se, ao se virar, desse de cara com uma equipe de filmagem e a plateia de um estúdio acompanhando o desenrolar de seu primeiro dia de ensino médio como uma cena de *O show de Truman*.

Uma mudança súbita no clima do lugar a removeu de seus pensamentos.

O ribombar alto de vozes no corredor começou a morrer, cabeças se viraram para a entrada do salão.

Sade também se virou, imaginando o que tinha causado aquela mudança.

E foi então que as viu: as três garotas que tinham capturado o interesse de todos.

Sade as observou tomarem seus lugares em uma mesa no centro do salão, parecendo não notar a forma como sua presença tinha transformado o lugar.

– Quem são elas? – Sade perguntou a Baz enquanto encarava as meninas, os olhos presos na loira de pele marrom e cabelo ondulado no estilo da década de 1920.

Ela parecia ter saído de uma pintura... Todas elas.

– As garotas estonteantes que acabaram de entrar? – perguntou Baz, olhando na mesma direção que ela.

Sade assentiu.

– As pessoas as chamam de muitas coisas: endiabradas, as vacas más do oeste e, meu apelido favorito, a *Profaníssima Trindade*. Nomes dramáticos, mas bem adequados mesmo quando se sabe o mínimo sobre elas. Ouvi dizer que elas se reúnem aos fins de semana e realizam rituais satânicos para manter a pele perfeita.

– Baz, não me diga que você acredita nisso – Elizabeth falou, dando a ela um olhar seco.

– Olha, eu sou um antropólogo social. Só estou relatando o que ouvi! – respondeu ele, erguendo as mãos.

– Elas são populares? – perguntou Sade.

Em todo filme sobre panelinhas, sempre havia a das meninas populares.

– Acho que sim, é. Não que nem as meninas do Anel de Diamante, que são as garotas das famílias mais antigas e ricas que puder imaginar – disse ele, apontando para um grupo de meninas glamorosas em outra mesa. – A Profaníssima Trindade é mais popular pela beleza, que, honestamente, é uma mina de ouro – falou Baz.

Sade mastigou uma das batatas enquanto voltava a observar a loira, sentindo os pelos dos braços eriçarem e o peito vibrar.

Olhou as outras duas: uma sul-asiática de pele marrom-escura e longos cabelos pretos e ondulados que pareciam cair além da lombar e, no meio, possivelmente a garota mais bonita que Sade já tinha visto na vida. E Sade claramente não foi a única a perceber isso. A garota fazia com que todos olhassem em sua direção, ainda que parecesse não ligar para o encanto que exercia sobre as pessoas do refeitório. Ela tinha cabelos pretos longos e lisos, pele escura; e lembrava a Sade uma Naomi Campbell mais jovem e curvilínea.

– Aquela com *o cabelo* é a Juliette de Silva. Ela é a goleira do time feminino de lacrosse e tem um conhecimento enciclopédico de tudo e todos... *supostamente*, o pai dela é o *dono* do cara que é dono da gigante da tecnologia que rima com macarrão tipo *noodle*.

Sade não sabia se Baz estava falando sério ou não, mas pela expressão dele não parecia estar sendo irônico.

– A loira assustadora é a Persephone Stuart. Ouvi dizer que, certa vez, ela decepou... *aquilo*... de um cara enquanto ele dormia porque a encarou por tempo demais, e agora ela o guarda em um pote no quarto – continuou, como quem fala trivialidades. – E a do meio é a líder delas, April Owens... ela, na verdade, costumava ser colega de quarto da Elizabeth.

Elizabeth não pareceu gostar que Baz desse aquela informação.

– O que aconteceu? – Sade perguntou.

Elizabeth lançou um olhar mortal para Baz antes de apunhalar a comida com um garfo.

– Nada. As pessoas trocam de quarto o tempo todo, nada de mais... Será que a gente pode parar de falar delas agora? São apenas umas garotas.

Sade lembrou-se do comentário anterior da srta. Blackburn sobre as transferências serem uma ocorrência rara, mas decidiu passar. Não queria deixar Elizabeth chateada e arruinar o que poderia ser sua única amizade pelo resto do tempo que passaria na Academia Alfred Nobel.

O rosto de Elizabeth ficou embotado mais uma vez. Sade se perguntou qual seria a história. Estava claro que não era nada bom.

Baz parecia se sentir mal. Em uma aparente oferta de paz, ele empurrou seu pote de gelatina para Elizabeth sem dizer nada e ela o aceitou com um fraco "obrigada". Isso o fez sorrir.

Havia alguma intimidade na forma como os dois interagiam. O tipo de intimidade que se compartilha com aqueles que conhecemos há toda uma vida. Sade sentiu algo se contorcer por dentro e engoliu o constante nó que havia em sua garganta.

Desviando os olhos deles, voltou a examinar o salão, concentrando-se nos outros em vez de em seus próprios demônios internos.

Sem querer, seu olhar pousou novamente no trio profano e ela se deixou perder nelas.

Era tão fácil.

Fazia sentido que a beleza fosse o motivo pelo qual eram conhecidas. Até ela caíra no feitiço natural delas.

Seus olhos se concentraram em April, que estava aplicando uma fina camada de brilho labial. Depois, em Juliette, que ria de algo que alguém devia ter dito.

Então, devagar, seu olhar se voltou para a loira que vira primeiro, detendo-se quando um par de olhos curiosos a fitou de volta.

A loira – Persephone, como a chamara Baz – estava bebendo de um copo, a cabeça ligeiramente inclinada, a sobrancelha arqueada como que pensando em alguma coisa.

O mais importante é que ela também estava observando Sade.

2

SEGUNDA-FEIRA

ESTUFA

SADE SÓ ESTAVA NO INTERNATO havia apenas algumas horas, mas já tinha o pressentimento de que algo de ruim estava para acontecer.

Conseguia sentir o pavor se acumulando no estômago, o aperto no peito que geralmente se seguia a um de seus pensamentos irracionais sobre um desastre iminente em sua vida normalmente entediante.

Era um ataque de pânico. Um efeito colateral irritante de seus pensamentos e sentimentos desordenados.

Isso foi um erro, a voz em sua cabeça sussurrou. *Você não deveria ter vindo.*

Aquela vozinha chata a enchia de mentiras e aumentava as verdades. Costumava ganhar força quando Sade se deparava com algo novo ou assustador – que nem uma casa completamente nova, uma escola nova, *tudo* novo.

Uma memória estava à deriva em sua mente. Indo e vindo a bel-prazer, fazia o pânico no fundo do estômago subir ainda mais.

Sempre que tinha um ataque de pânico particularmente ruim, a mãe colocava o rosto de Sade entre as mãos e a beijava na testa, sussurrando:

– Ei, adie kekere… o céu ainda não caiu.

De alguma forma, ouvir a mãe dizer aquelas palavras, ouvir o apelido que tinha recebido da mãe, adie kekere – meu pintinho –, conseguia tirá-la do navio náufrago em que se encontrava.

Agora que sua mãe não estava mais ali para acalmar a tempestade, seu cérebro tinha encontrado outras maneiras imperfeitas de lidar com o pavor. Às vezes ela acordava gritando, o subconsciente torturado por terrores noturnos. Outras vezes, simplesmente tinha episódios de sonambulismo. Vagando pela casa, procurando a esmo por algo desconhecido. Em sua maioria, porém, apenas se manifestava *assim*. Nesses ataques de ansiedade equivocados.

Era como ser constantemente assombrada por si mesma, sem nenhuma folga dos fantasmas interiores.

As mesmas memórias angustiantes persistiam. Primeiro com pausas, como se o disco em sua mente estivesse defeituoso, então rebobinando, rodando, parando no mesmo quadro depravado de novo e de novo...

– Você está bem? – perguntou Elizabeth, parecendo preocupada, enquanto um Baz intrigado a encarava também.

Sade enfiou as unhas na palma das mãos, relaxando ao sentir o tinir das terminações nervosas, que a levaram de volta à entrada da Turing.

Balançou a cabeça:

– Desculpa... viajei por um momento... o que você estava dizendo?

– Perguntei se você queria ver a estufa. Não é chique, mas, como presidente do clube de biologia, sou a única aluna com acesso, por isso gosto de relaxar por lá de vez em quando.

– Você é a presidente do clube de biologia? – indagou Sade.

– Bem... ela *era*, antes de ter sido expulsa por matar o coelho da turma – disse Baz.

Elizabeth deu uma pancada nele.

– Primeiro, era o hamster da turma; segundo, eu *não* matei o sr. Fofura. Isso é um rumor. Mas, de qualquer modo, ainda tenho as chaves. Quer vir com a gente? – disse Elizabeth, balançando-as na frente de Sade.

Já passava das sete da noite. Sade esperava explorar mais as dependências da escola sozinha antes do toque de recolher, visto que o passeio que fizeram não poderia cobrir tudo. Depois do almoço, Basil voltara às aulas e Elizabeth mostrara a Sade mais salas e prédios na imensidão do terreno da escola enquanto esperavam que as últimas aulas de Basil terminassem. Apesar de passar o dia inteiro mostrando o local a Sade, Elizabeth mal se aprofundara nas instalações da escola, e ainda havia lugares que Sade queria ver.

A mente dela se voltou para as sombras que vira à janela da Casa Hawking.

– Claro – respondeu Sade, sem querer recusar o convite de Elizabeth e estragar a sua primeira chance de uma amizade verdadeira.

Além disso, ela ainda tinha um tempinho.

– Na verdade, vou ter que furar. Tenho treino de remo até as nove – disse Baz.

– Ah, sim, como é que fui me esquecer – respondeu Elizabeth com um sorriso maroto. – Baz se juntou ao time de remo este ano por causa daquele cara lá da Hawking... Qual o nome dele mesmo? Kyle... Kieran...

– O nome dele é Kwame, e eu não entrei no time por causa dele, entrei porque acho a correnteza relaxante. Enfim, por mais que eu goste de falar com vocês, tenho que ir – disse, exibindo uma expressão que dizia a Sade que, sim, era por causa daquele tal de Kwame.

– Traga alguma coisa achocolatada para mim – Elizabeth falou quando ele a abraçou.

– Vou tentar – disse ele, beijando-a na testa com gentileza antes de se afastar.

Sade assistiu, sentindo-se como se estivesse segurando vela. Notou-os trocando olhares ao longo do dia, como se estivessem lendo a mente um do outro, e notou o modo como a fachada cautelosa de Elizabeth desvanecia quando Baz estava por perto. Observar a amizade deles era... interessante. Sade sabia como era ter alguém próximo o bastante para ser capaz de ler cada um dos seus pensamentos ao primeiro olhar. Sabia o que era amar alguém tão profundamente que essa pessoa se tornava a única no mundo inteiro a conhecer todas as suas falhas e defeitos e ainda assim permanecia.

Baz então se virou para Sade:

– Você gosta de abraços?

Sade sacudiu a cabeça.

– Não muito.

Baz assentiu, parecendo pensativo por um momento.

– Vamos ter que criar um aperto de mãos secreto – disse.

– Um aperto de mãos secreto? – respondeu Sade, as sobrancelhas franzidas.

– É, e vai ser incrível.

– Não sei se vou me lembrar dos passos, mas claro – disse ela.

Aquilo pareceu satisfazê-lo.

– Manda um sanduíche se precisar dos meus serviços, caso contrário vejo vocês mais tarde – disse, agora andando para trás. – Foi bom passar tempo com você hoje, Sade – Baz concluiu com um sorriso, antes de oferecer um último aceno e ir embora através do corredor e da entrada do dormitório Turing.

As duas o observaram partir, e o rosto de Elizabeth voltou a ser o que Sade vira antes naquele dia. Aquele de expressão fria e olhos tristes. Foi como se, com a partida de Baz, a máscara que ela usava rapidamente se desgastasse.

– Vamos subir, a estufa fica no telhado do prédio de ciências – disse Elizabeth, tirando o cabelo do rosto e prendendo-o com um elástico dourado.

– Legal.

Sade não tinha certeza se deveria ou não perguntar se Elizabeth estava bem. Afinal, elas mal se conheciam.

Mesmo assim, Sade não conseguia afastar a sensação de que alguma coisa estava errada. Enquanto seguia Elizabeth, porém, ela se lembrou da lição que a vida tinha ensinado a ela.

Nem todos os seus sentimentos refletiam a realidade e nem todo mundo precisava ser salvo.

Ao saírem da Turing, Sade sentiu o pânico de antes subir e baixar, balançando suavemente na superfície, desafiando-a a afundar. A mesma lembrança assustadora veio à tona junto com ele, seguida pelo silvo familiar da voz em sua cabeça.

Você não deveria ter vindo.

A ESTUFA ESTAVA CHEIA DE criaturas monstruosas.

Ou, como Elizabeth as chamava: *Monstera deliciosa,* também conhecida como costela-de-adão.

– ... são muito difíceis de matar, conhecidas pela resiliência e facilidade no manejo, fáceis de serem mantidas como plantas de estimação – continuou Elizabeth, apontando para as plantas enormes nos cantos da estufa, com buracos nas folhas que lembravam uma caixa torácica. – Assim como faço com as outras, tento regar essa aqui uma vez por semana, porque se eu não fizer isso ninguém mais faz... O zelador é um inútil. Se não fosse por mim, estas plantas já teriam morrido de sede.

A estufa tinha muitas plantas como essa, com nomes estranhos e cuja aparência era ainda mais estranha. Sade tocara em uma e podia jurar que tinha sido mordida.

Elizabeth passara os últimos vinte minutos apresentando Sade a todo tipo de planta esquisita maravilhosa que havia ali. As plantas, claramente, eram muito importantes para ela.

Até o momento, a favorita de Sade tinha sido a escutelária, conhecida por lá como crânio encapuzado – que, apesar do nome, não tinha, realmente, o formato de caveira.

– Provavelmente estou te entediando com todo esse papo sobre plantas – disse Elizabeth.

– Nem um pouco, acho muito informativo – respondeu Sade, o que era verdade. Ela nunca tinha ouvido uma pessoa que parecesse tão interessada em plantas e natureza. – Então, quer dizer que você gosta de biologia? – perguntou.

Elizabeth concordou com a cabeça.

– Quero ser uma botanista quando for mais velha. Diferente das pessoas, plantas são honestas. Se estão com fome, elas falam.

Sade nunca tinha pensado desta forma.

– Isso é profundo.

Elizabeth olhou para Sade e deu um sorrisinho. Enfiou a mão entre algumas plantas em vasos e tirou dali um vasinho com flores azuis.

– Aqui – disse, entregando o vaso a Sade. – São não-me-esqueças.

Sade pegou, relutante.

– Um presente de boas-vindas à AAN – Elizabeth acrescentou.

Sade examinou a esquisita planta azul.

– Obrigada.

– Você deveria batizá-la. Acho que as plantas reagem melhor quando recebem um nome – disse Elizabeth, saindo da estufa pequena e indo se sentar na laje.

Sade baixou os olhos para as não-me-esqueças.

– Vou ter que pensar num nome. Não quero que ela se torne uma adolescente rebelde por que dei o nome errado.

– É sempre importante levar isso em consideração ao nomear sua planta bebê – Elizabeth respondeu em concordância, esticando as pernas e as deixando balançar na beira do telhado.

Sade notou os adesivos colados de forma aleatória nas botas de Elizabeth. Quatro trevos-de-quatro-folhas

– Gostei desses adesivos nos seus sapatos – disse Sade.

Elizabeth desceu os olhos junto com ela.

– Ah, obrigada. São para trazer boa sorte.

Sade, definitivamente, precisava de sorte em abundância.

Desviou os olhos das botas da colega de quarto e passou para a borda do telhado. De lá, sentia-se como um dos pássaros da pintura na recepção. Mas, em vez de ferro, sua gaiola era feita de vidro e repleta de plantas selvagens.

Lá de cima ela conseguia ver a maior parte do campus, e o que anteriormente parecera tão grande diminuíra a partir daquela perspectiva.

– Você vai se sentar? – perguntou Elizabeth.

Sade assentiu, ficando ao lado dela.

– Desculpa, fiquei distraída com a vista. É muito bonita.

– É, sim. De vez em quando venho aqui quando preciso esvaziar a cabeça, e funciona que é uma maravilha. Tudo parece menos importante quando se está em um telhado. Num minuto você está triste porque tirou oito na prova final de inglês, e aí, logo depois que chega aqui, você pensa... Shakespeare que se foda, eu quero mesmo é ser bióloga – Elizabeth falou sorrindo.

Sade riu.

– Tão profundo.

– Não é? Eu deveria ser a representante de bolsistas de todos os lugares. O meu lema: Faça o mínimo necessário para não perder a bolsa e, ao mesmo tempo, a sanidade – disse Elizabeth, segurando sua garrafinha de água como se fosse um microfone. – Sinta-se à vontade para vir aqui, a propósito, se precisar escapar de toda a loucura da AAN. Eu abro para você.

– Tem certeza? Não gostaria de invadir o seu cantinho especial...

Elizabeth dispensou a preocupação com um aceno.

– Não se preocupe, este não é o meu único lugar especial.

Sade balançou a cabeça devagar.

– Vou aceitar a oferta, então.

– Ótimo – disse Elizabeth, que então juntou as pernas e apoiou o queixo nos joelhos.

Enquanto ficavam sentadas ali observando a escola abaixo, o silêncio invadiu lentamente a cena, e Sade pôde sentir os pensamentos barulhentos dela chegando com ele.

– O Baz é bem legal – disse, afastando a quietude para impedir o avanço dos pensamentos.

– Ele é o melhor de todos – respondeu Elizabeth.

– Vocês estão juntos? – perguntou Sade.

Os olhos de Elizabeth se arregalaram e ela riu alto.

– Meu deus, de jeito nenhum... eu preferiria ter pedra nos rins a namorar Basil dos Santos. Eu o amo, e ele é um baita amigo, mas seria um péssimo namorado. Além disso, eu não faço o tipo dele.

– Ah, me desculpa...

– Você não é a primeira a pensar isso, então nem te culpo. Por um tempão até a mãe dele achou que a gente namorava em segredo. Eu enxergo o Baz mais como o meu irmãozinho gêmeo de cabelo rosa em vez de alguém que eu beijaria voluntariamente – disse Elizabeth.

– Há quanto tempo vocês se conhecem? – indagou Sade.

– Desde quando éramos crianças. Minha mãe era a enfermeira da vó dele, e nós fomos criados juntos. Nunca tive irmãos, por isso, para mim, o Baz sempre foi um irmão mais novo não oficial.

Sade sorriu ao ouvir aquilo.

– Eu também já tive alguém assim, antes – disse.

– Do lugar onde morava? – perguntou Elizabeth.

Sade assentiu, ainda encarando a escola abaixo delas. Estava começando a ficar com a visão dupla e embaçada.

– Você acha que vocês vão manter contato?

Sade pausou e olhou brevemente para Elizabeth.

– A pessoa está morta.

– Ah... Lamento.

– Está tudo bem, já faz um tempo – Sade disse com naturalidade, como se estivesse contando um fato mundano e razoável.

Não havia nada de mundano ou razoável na morte.

No entanto, as pessoas em seu entorno tinham o costume de fazer isso.

Morrer.

Ainda que Sade já estivesse tão acostumada com isso que às vezes o luto se parecia uma parte quase intrínseca de si mesma. Uma vez, brincara dizendo que iria mudar o seu nome para Vampira. Já que, tal como a personagem de *X-Men*, possuía um toque mortal.

Ela conseguia sentir o incômodo de Elizabeth. As pessoas costumavam ficar desconfortáveis sempre que ela mencionava os muitos parentes e amigos mortos. Era como se a sentissem como um mau augúrio e estivessem planejando escapar.

– Acho que sei como é perder alguém assim... É um saco. Não sei o que faria se perdesse Baz; ele é, basicamente, tudo que tenho. Também é o meu único amigo, então acho que me sentiria mais solitária do que sou agora – Elizabeth falou, hesitante.

– É solitário. Estou aberta para todas as amizades que puder neste momento. Você está recebendo currículos? – Sade falou meio brincando.

– Tenho certeza de que o Baz já te adotou, então você oficialmente já tem dois novos amigos... se quiser, quero dizer; somos uma dupla peculiar... provavelmente há um bom motivo para as pessoas não se aproximarem da gente na escola – disse Elizabeth.

Sade pensou naquilo. Apesar de querer amigos, ela não tinha certeza se merecia a amizade de ninguém. Especialmente levando em consideração seu histórico desastroso.

O pai dela sempre a tinha alertado sobre o ensino médio. Que as pessoas não tardariam a descobrir que ela era amaldiçoada. Mas ela não lhe devia mais satisfação.

Ela estava ali. Seria normal. Faria amigos.

– Eu gostaria – respondeu depois de alguns instantes, estendendo a mão para que Elizabeth a apertasse.

Elizabeth a cumprimentou.

– Você foi avisada.

Sade riu. Antes que pudesse comentar sobre o seu passado de decisões equivocadas, o telefone de Elizabeth emitiu um alerta alto, como o de antes. Mais uma vez, isso tirou o sorriso do rosto da garota imediatamente.

– Está tudo bem? – indagou Sade.

Elizabeth parecia ter visto outro rato morto, ou talvez algo muito pior do que isso.

Ela ergueu a cabeça e assentiu.

– É-é, eu, hum... tenho que ir fazer uma coisa, esqueci de pegar o meu dever de casa do laboratório hoje de manhã. Você não tinha que pegar alguma coisa na recepção? – perguntou.

Os olhos de Sade se arregalaram quando se deu conta.

– Precisava pegar o meu pacote de boas-vindas e as chaves de casa. Você acha que a srta. Blackburn vai me matar por aparecer atrasada? Tenho essa impressão de que ela já me odeia horrores – falou Sade, levantando-se com Elizabeth.

– Você provavelmente vai encontrar a sra. Thistle por lá; a srta. Blackburn não trabalha à noite... e não se preocupe, ela odeia todos os alunos – disse Elizabeth. A máscara que Sade vira descascando anteriormente agora estava firmemente assentada em seu rosto.

– Posso te levar até a recepção se quiser... – disse Elizabeth.

Sade sacudiu a cabeça.

– Está tudo bem. Meio que quero andar por aí. Acho que vai me ajudar a me familiarizar com os arredores.

– Então, pode ir na frente... Preciso trancar a estufa.

Sade balançou a cabeça.

– Obrigada mais uma vez... por me mostrar por aí – disse.

– Sem problemas. Te vejo mais tarde no nosso quarto? – Elizabeth respondeu abruptamente, toda a familiaridade sumindo da voz.

– É... até mais tarde – disse Sade antes de se afastar de Elizabeth, indo até a saída do telhado.

Antes de ir, Sade olhou mais uma vez para Elizabeth, que agora parecia estar digitando no telefone.

Sade sentiu vontade de voltar, ir até ela e perguntar *o que havia* de errado. Porque estava claro que havia alguma coisa errada.

Mas elas ainda estavam começando uma relação amigável. Ainda não tinham aquele tipo de relacionamento.

Olhou para Elizabeth uma última vez antes de partir. Uma máscara nova agora se prendia à pele de Elizabeth.

Esta era feita de vidro, como o teto da estufa.

SEGUNDA-FEIRA

MAR DE PROBLEMAS

PARA A GRANDE SURPRESA DE SADE, a sra. Thistle era o completo oposto da srta. Blackburn.

Enquanto Blackburn era toda tempestade e terninhos escuros de alfaiataria, Thistle era composta de suéteres coloridos, óculos de gatinho com bolinhas e um sorriso caloroso que combinava com a temperatura de sua pele amarronzada.

Sade ficou aliviada ao ver que, no fim das contas, nem todos os funcionários do internato estavam predispostos a odiá-la.

A alegre recepcionista do turno da noite abriu um dos grandes armários de arquivo etiquetados atrás de sua mesa e entregou a Sade um pacote volumoso cheio de informações sobre a escola, a chave para entrar na Casa Turing, a chave do dormitório e um mapa.

– Obrigada, sra. Thistle – Sade respondeu com um sorriso.

– Sem problemas, querida. Apenas tome cuidado para não perder a chave do dormitório; a srta. Blackburn não gosta que eu faça novas cópias.

Sade fez uma anotação mental. *Perca a chave. Enfrente a fúria da srta. Blackburn.*

– Entendido – respondeu.

– A srta. Blackburn me contou que você já conheceu a sua irmã de casa, Elizabeth. Pedi ao seu irmão de casa que viesse aqui depois do jantar também, mas acho que ele se esqueceu. Não me surpreenderia, vindo daquele garoto – disse ela, murmurando a última parte. – De qualquer forma, teremos que tentar novamente ainda esta semana! Me avise se você tiver alguma dúvida ou pergunta. Estou sempre aqui para ajudar – concluiu a sra. Thistle, organizando alguns papéis e colocando-os ao lado do teclado.

– Obrigada... Aviso se tiver alguma dúvida – disse Sade, enfiando a pasta na bolsa junto com a chave. Ela se virou para ir embora, mas fez uma pausa e voltou-se novamente para a sra. Thistle. – Na verdade... eu tenho uma pergunta.

A sra. Thistle olhou para ela.

– Sim, claro, pergunte.

– Como funciona o acesso às outras casas? Se eu fizer um amigo em outra casa, posso visitar a qualquer hora?

A sra. Thistle assentiu.

– Você tem permissão para visitar outras casas antes do toque de recolher. As portas podem estar fechadas e, nesse caso, alguém precisará deixá-la entrar, mas, se estiverem abertas e for antes do toque de recolher, pode entrar sem problemas!

Sade deu um sorriso.

– É muito bom saber disso. Obrigada, sra. Thistle.

– Sem problemas. Tenho certeza que você fará amigos rapidamente e, se não for o caso, será sempre bem-vinda para passar um tempo aqui. Espero que tenha uma boa noite, querida.

Sade enfim se despediu, também desejando boa-noite antes de sair pela porta que havia usado minutos atrás.

Ela ergueu o mapa, examinando a legenda para encontrar o prédio que queria.

Ela o encontrou depois de alguns equívocos e dobrou o mapa, guardando-o dentro da bolsa. Então seguiu o caminho de pedra que circundava o prédio principal até chegar onde estivera mais cedo com Elizabeth, perto da estátua do fundador da escola e do prédio onde se lia CENTRO ESPORTIVO NEWTON.

Estava frio, e ela teve a estranha sensação de estar sendo observada por alguém... ou alguma coisa.

Ela se virou, esperando ver estudantes fazendo hora ou sombras diabólicas bruxuleando. Mas não havia nada, apenas a presença iminente da Casa Hawking.

Ela ignorou a sensação e entrou no centro esportivo.

Seus passos ecoaram no piso de ladrilhos, e ela ficou imediatamente impressionada com o silêncio do interior. Lembrou-se do som distante de construção que vinha do centro mais cedo. Quão morto estava agora, em comparação.

Exposto em um mural na entrada havia um mapa dos diferentes andares e salas do Centro Newton. Ela o examinou em busca de instruções de como chegar à piscina. Este andar parecia ter quadras cobertas de basquete e tênis, mas a piscina estava no subsolo.

À medida que descia, o silêncio ensurdecedor do centro parecia apenas crescer.

Havia algo de enervante nisso. *Cadê todo mundo?*

Ao chegar ao subsolo, ela seguiu as indicações nas paredes e se viu diante de um painel de vidro gigante.

Lá dentro pôde ver o que parecia ser um grande tanque com paredes de azulejos verdes e brancos e um buraco no lugar da piscina, com andaimes e materiais espalhados por toda a área.

Ela imaginou que aquela deveria ser a piscina que Elizabeth havia mencionado: a nova, que ainda estava sendo construída.

Ela olhou ao redor, procurando a outra, e notou mais setas nas paredes com uma placa laminada que dizia PISCINA.

Desta vez, elas a levaram até outra parede com painéis de vidro, e, através deles, conseguiu ver a superfície límpida e ondulante de uma piscina.

Ela pressionou a palma da mão na porta, hesitando antes de entrar.

O cheiro familiar de cloro atingiu suas narinas e ela relaxou, logo antes de entrar no corredor vazio.

Pela primeira vez naquele dia, sentia-se em casa.

À distância, pensou ter ouvido o rumor de uma conversa, interrompendo o silêncio, mas não tinha certeza. Ela não tinha visto ninguém por perto. Era possível que fosse outra coisa: o som às vezes viajava de forma estranha ao redor de uma piscina.

A piscina tinha o dobro do tamanho da que ela tinha em casa. A piscina em que costumava praticar dia e noite.

Era mais funda também.

Ela se aproximou da borda, olhando para o fundo da piscina, observando o reflexo distorcido ondular para a frente e para trás.

Abaixou lentamente para tocá-lo, traçando o contorno de seu rosto.

Se ela semicerrasse os olhos para a água, era capaz de ver. As poças vermelhas de sangue fresco e turvo, derramando-se e misturando-se com o cloro. Não que fosse real. Nada disso era. Nem o sangue, o corpo ou o reflexo que a encarava.

– Você não deveria estar aqui – disse uma voz, ecoando pelo corredor.

Sade tomou um susto, fraturando o reflexo com a mão.

Ela se levantou, girando-se para encontrar a origem do barulho. Um menino de pele escura e cabelo bem curto, vestindo apenas uma sunga e um sorriso travesso no rosto.

Ele parecia... familiar, mas ela não conseguia apontar exatamente como ou o porquê.

– O-o quê? – disse ela.

– Eu falei... – Ele deu um passo à frente e ela seguiu a dança, dando um passo para trás. – Você não deveria estar aqui, vestida assim. Você está de sapatos – disse ele, apontando para as botas Doc Marten nos pés dela.

Ela ficara tão envolvida na busca pela piscina que tinha se esquecido disso.

– Desculpa... Já estou saindo...

Ele deu de ombros.

– O estrago já foi feito... agora pode ficar – disse ele antes de saltar na piscina.

Ela sentiu respingos da água nos dedos, por isso se afastou de novo.

Ainda que ele tivesse dito que tudo bem se ela ficasse, ela queria ir embora, envergonhada pelo fato de ter entrado ali vestida daquele jeito. Se a antiga professora de natação dela a visse assim, ficaria desapontada.

Ele ressurgiu e nadou em direção à borda, perto de onde ela estava.

– Você é nova – afirmou o estranho.

– Isso é uma pergunta? – Sade perguntou.

– Na verdade não, apenas uma observação. Não recebemos muitos novatos – disse.

– Foi o que ouvi – disse Sade, lembrando-se do que a srta. Blackburn lhe dissera sobre a seletividade da escola.

Ele a olhou por alguns momentos, como se estivesse tentando ler seus pensamentos.

– Qual o seu nome?

– Sade.

– Que nem a cantora?

– Não, que nem a minha avó.

– Sua avó é cantora?

Sade estreitou os olhos para ele.

– Estou brincando. – O estranho olhou para ela com uma expressão brincalhona, como se quisesse provocá-la um pouco mais.

– Estou indo – disse ela, segurando a bolsa pela alça.

Ele se empurrou para trás, flutuando na água.

– Tudo bem então.

– Tudo bem então – ela respondeu, querendo ter a última palavra.

Ela se virou para sair da piscina.

– Ei, novata. – Ela o ouviu dizer, e por isso se virou para olhar para ele.

– Sim?

Ele sorriu para ela.

– Bem-vinda à AAN.

DEPOIS DE PASSAR OUTROS VINTE MINUTOS andando pelos corredores labirínticos do centro esportivo, ela enfim encontrou a saída, emergindo da parte de trás ao invés da entrada principal que usara antes.

Na tentativa de não se perder novamente, ela tirou o mapa da bolsa, tentando descobrir a direção da Casa Turing.

O som de portas abrindo e fechando, bem como o suave tamborilar de passos vindos do centro esportivo, ecoavam pela noite.

Ela espiou pela porta, esperando ver alguém, mas não viu nada. Foi como se uma sombra tivesse passado, no lugar de um ser humano real.

Provavelmente já passava das nove da noite a esta altura, mas parecia muito mais tarde.

Sade voltou a se concentrar no mapa, seguindo o caminho até seu dormitório.

Turing parecia uma torre gótica ao luar. Havia algo perturbador, mas caloroso, em sua escuridão, e, se não ficara óbvio antes, isso deixou claro que Turing era perfeita para ela.

Ela entrou no elevador pantográfico e subiu até seu andar, pegando a chave do quarto.

Quarto 313.

Fez uma pausa para olhar bem para a porta. Tinha a caligrafia confusa de Elizabeth na pequena placa que pendia abaixo do número da porta. Dizia:

QUARTO DE ELIZABETH WANG. Embaixo disso havia um adesivo de um pato segurando uma faca que dizia CUIDADO.

Ela sorriu com o detalhe. Não o tinha notado quando estivera lá mais cedo. Possivelmente preocupada demais com o rato morto.

– O que está fazendo aqui? – uma voz chamou, fazendo seu coração bater mais forte.

Sade virou-se.

Uma garota branca e pálida com longos cabelos castanhos e uma expressão severa a olhava de braços cruzados.

– Indo para o meu quarto... – Sade respondeu.

– Já quase passa do horário do toque de recolher durante a semana. Você já não deveria estar fora do quarto – disse a garota.

Sade não se incomodou em responder; em vez disso, olhou para a garota, perguntando-se por que ela se importava tanto com o toque de recolher. Afinal, ela também não estava fora do quarto?

A garota semicerrou os olhos para Sade e uma expressão de clareza cruzou seu rosto.

– Você é a novata do terceiro ano? – perguntou.

Sade assentiu devagar, sem ter certeza da relevância daquela informação.

– Eu sou Jessica, a monitora da casa. A srta. Blackburn me disse que você chegou hoje – disse a garota, encarando-a. – Já que você é nova e esta é sua primeira falta, vou deixar você sair ilesa dessa vez. Só não me deixe te ver aqui de novo depois do toque de recolher, ok? – disse.

A garota só devia ter alguns meses a mais que Sade, mas agia como se fosse anos mais velha.

Sade fez um sinal de positivo com o polegar e a garota – Jessica – respondeu com um sorriso tenso antes de recuar pelo corredor.

Tentando ignorar a interação, Sade entrou no dormitório, a porta se fechando atrás dela.

Arrastou-se pelo quarto escuro, sem querer acordar Elizabeth, e silenciosamente vestiu o pijama antes de subir na cama dura de solteiro.

Ela se virou para o lado, olhando para o relógio no canto do cômodo, que agora marcava 21:26.

O olhar de Sade pousou na cama de Elizabeth, notando um contorno protuberante sob as cobertas.

Parecia que Elizabeth já estava dormindo.

Ela provavelmente deveria fazer o mesmo, já que o dia seguinte seria o seu primeiro dia de aula.

Uma brisa suave entrava no quarto vinda da janela aberta, trazendo consigo o frio de outubro.

Com preguiça de fazer qualquer coisa em relação à janela, Sade se acomodou, deitando a cabeça no travesseiro e enchendo a mente com as palavras de uma du'a familiar, como frequentemente fazia à noite, até que sentiu, enfim, que estava ficando sonolenta.

No canto da sala, as sombras tremeluziam, transformando-se em uma figura sólida e conhecida.

Uma garota. Sempre a mesma. Com longas tranças, idênticas às dela, uma camisola branca e uma expressão solene e translúcida.

A garota que, pé ante pé, entraria nos pesadelos de Sade e imploraria que Sade a salvasse.

Agora fazia parte de sua rotina noturna. Sade fechava os olhos e a garota aparecia.

Ela *sempre* aparecia.

Às vezes, o corpo de Sade esquecia que estava sonhando e ela se levantava, caminhando adormecida, em busca da garota. Não querendo deixá-la escapar novamente.

Na maioria das vezes, porém, a garota simplesmente ficava ali, cuidando de Sade. Segurando-a.

E, embora para outros, um pesadelo como este fosse assustador o suficiente para impedi-los de dormir, para ela trazia conforto. Fazia com que ela se sentisse menos sozinha.

Antes que o mundo escurecesse, Sade a sentiu, a garota das sombras de seus pesadelos, rastejar para a cama e abraçá-la.

4

TERÇA-FEIRA

RECOMEÇOS

ELIZABETH NÃO ESTAVA NO QUARTO quando Sade acordou.

Ela também não estava lá no café da manhã.

Provavelmente havia acordado mais cedo ou saído para encontrar Baz, por isso Sade se arrumou sozinha para seu primeiro dia no internato.

Era muito diferente da rotina que tinha em casa. Lá ela acordava de madrugada para praticar natação com sua treinadora, saía para correr, se vestia com roupas normais e passava o dia tendo aulas particulares em um dos gabinetes, onde também tomavam café da manhã e almoçavam, antes de terminar o dia com outro treino cansativo com a treinadora de natação. Seus músculos estavam acostumados a um ciclo constante de lesões e rupturas, então seu corpo provavelmente a agradeceu por essa mudança na rotina.

No refeitório da Casa Turing, a maioria das pessoas ainda estava de pijama; só algumas poucas, como Sade, estavam de uniforme. Depois de um *pequeno* café da manhã – já que a maioria das opções não era *halal* –, ela voltou para o quarto, com a intenção de arrumar o cabelo antes de ir para a aula.

Ficou na frente do espelho alisando as pontas para dar às tranças a aparência de mais novas do que eram. Fazia mais de um mês que não trançava o cabelo. Entre o funeral do pai e a chegada na Academia Alfred Nobel, não houve tempo suficiente.

Ela abriu uma das malas e procurou alguns sapatos, pulando de leve um quando ouviu uma batida forte à porta.

– Já vai – gritou, pegando um par de sapatos Mary Janes pretos e colocando-os, antes de correr para a porta.

Quando ela abriu, uma estudante branca, loira e de olhos castanhos apareceu com um pedaço de papel rosa na mão.

– A srta. Blackburn quer te ver antes da aula – disse a aluna, entregando o papel a Sade.

Sade esperava evitar outra interação com a srta. Blackburn tão cedo, mas, como sempre, a sorte nunca estava a seu favor.

– Ok, obrigada.

A aluna assentiu e imediatamente se afastou.

Sade se olhou uma última vez no espelho, engolindo o nervosismo do primeiro dia.

Estava pensando no ditado de sua mãe, *o céu ainda não caiu*, conforme pegava a bolsa e saía.

– VOCÊ ESTÁ ATRASADA – A SRTA. BLACKBURN disse a Sade, que ainda estava sem fôlego por ter vindo correndo, antes de entregar o horário das aulas à garota.

– Vim assim que recebi o recado...

– Como falei ontem, as suas desculpas não vão levá-la muito longe aqui. Por favor, que isso não se repita – interrompeu-a a srta. Blackburn, os olhos já em outro lugar enquanto rabiscava num diário de capa de couro.

Sade considerou perguntar à srta. Blackburn se, da próxima vez, gostaria que ela se teletransportasse, mas decidiu não fazer isso, tendo em vista que valorizava a própria vida o suficiente.

Uma batida soou à porta e a srta. Blackburn enfim ergueu os olhos.

– Deve ser o seu irmão de casa. Queria apresentar vocês dois o mais rápido possível – disse, levantando-se da cadeira.

Sade virou-se para a porta quando a srta. Blackburn a abriu, revelando um estranho alto e familiar.

Sade fixou os olhos nele, notando a expressão chocada no rosto do garoto, que rapidamente se dissolveu em um sorriso pequeno e questionador.

– É um prazer ter finalmente sido agraciada com a sua presença, Augustus; tivemos dificuldades para localizá-lo ontem – disse a srta. Blackburn, de modo seco, cruzando os braços.

– Qualquer coisa por você, srta. B. – disse o menino, Augustus.

A srta. Blackburn afastou-se e apontou para Sade.

– Esta é Sade Hussein. Estudante transferida e sua nova irmã de casa. Sade, Augustus Owens, o suplente do nosso monitor-chefe – disse a srta. Blackburn, apresentando Sade formalmente ao garoto que ela conhecera na piscina na noite anterior.

Agora que ele estava vestido, ela podia observá-lo sem que fosse constrangedor.

Bem, pelo menos era menos constrangedor do que antes.

Ele vestia o mesmo uniforme preto; no entanto, suas mangas estavam arregaçadas e a gravata que usava era preta e azul. Sua pele era de um marrom escuro; cachos fechados; e um rosto afiado e angular.

Ele parecia a Sade mais uma escultura que uma pessoa.

– Prazer em conhecê-la, Sade – disse Augustus, estendendo-lhe a mão.

Ela notou alguns cortes nos nós dos dedos.

Encarou a constelação de hematomas, depois voltou a olhar para o rosto dele antes de lhe apertar a mão.

– Igualmente – disse ela.

– Ótimo – disse a srta. Blackburn, olhando para o relógio. – As aulas começam em alguns minutos. Se eu fosse vocês, andaria rápido. Especialmente você, Sade, devido a seu *histórico*.

Augustus abriu a porta do escritório para ela.

– Depois de você – disse, e então Sade saiu, seguida por ele.

Ela finalmente olhou para seu horário de aulas. Achara que o receberia na noite passada junto com o pacote de boas-vindas, mas a sra. Thistle lhe dissera que eles ainda estavam organizando a logística de suas matérias com os professores, devido à sua chegada tardia.

Só recebera permissão de escolher quatro disciplinas para cursar este ano, então escolheu Inglês, Mandarim, História e Psicologia.

Aparentemente, a primeira aula seria Inglês.

– Você tem aula com o sr. Michaelides no primeiro período, que azar – disse Augustus, assustando-a.

Ele estava inclinado sobre ela, também verificando seus horários.

– Ele é rígido ou algo assim? – perguntou.

– Não... apenas extremamente chato. O cara consegue falar por *horas* se deixarem. Normalmente levo um *sudoku* para a aula dele, só para garantir – disse ele.

– *Sudoku*? Você tem setenta e cinco anos? – ela perguntou.

Augustus riu.

– Sim. Você me pegou. Acho que é verdade o que dizem, pretos não envelhecem.

Sade se viu querendo revirar os olhos diante da resposta cafona.

– Certo – respondeu, puxando a bolsa por cima do ombro.

– Isso aí parece pesado; já lhe mostraram seu armário? – ele perguntou.

Sade assentiu.

– Sim, minha irmã de casa fez isso ontem. Mas, honestamente, tudo bem. Não vou ter tempo de guardar as coisas antes da aula. Acho que já vou me atrasar.

Ela olhou para o horário e depois para o corredor em busca de alguma indicação de onde seria sua aula.

– O Edifício Austen fica logo ali, se estiver se perguntando. Não é fácil de achar – disse Augustus, apontando para uma grande porta de carvalho.

– Ah, obrigada.

– Sem problemas, apenas cumprindo os meus deveres de irmão de casa – disse ele, fingindo tirar um chapéu da cabeça.

– Bem, é melhor eu ir andando... Não quero que a srta. Blackburn me mate. Obrigada de novo, Augustus – disse ela.

– Na verdade, eu me chamo só de August. Assim como você, a srta. Blackburn também acredita que sou um homem de setenta e cinco anos preso num corpo de dezessete.

– Por que você não a corrige? – indagou Sade.

– Porque não quero morrer – respondeu o garoto.

– Faz sentido.

August olhou para Sade em silêncio por um momento. Ficou claro que ele a estava analisando. Assim como ela estava fazendo com ele.

– Preciso ir – disse Sade, aproximando-se da porta.

– Sim, claro, boa sorte – disse August.

– Obrigada – ela respondeu, agora virando-se.

– Espere... – disse ele, e ela se virou de volta.

– Sim?

Ele vasculhou sua mochila e dela tirou um livrinho. Ela o observou rasgar uma página e rabiscar algo antes de entregá-la.

A página estava cheia de números e quadrados em branco e, no topo dela, o número de telefone dele.

Ela o observou conforme ele recuava agora com as mãos nos bolsos e um brilho nos olhos.

– Caso fique entediada – disse, então se virou e partiu na direção oposta, deixando Sade sozinha no corredor.

SADE CHEGOU NA AULA MAIS OU MENOS sete minutos atrasada, enquanto o professor, o sr. Michaelides, discorria sobre uma morte precoce.

Ela tentou parecer lamentar o atraso enquanto se arrastava em direção a uma cadeira vaga no fundo da pequena sala de aula. Silenciosamente, colocou a bolsa no chão e pegou o caderno e a caneta.

– Em última análise, sua hamartia, sua falha fatal, era sua ambição, e a dela... sua ganância – disse o sr. Michaelides, com seu sotaque canadense reverberando por toda a sala. Fez uma pausa para olhar Sade através dos óculos. – Obrigado por se juntar a nós... Sade? Presumo.

Ela assentiu e ele sorriu.

– Bem-vinda! Sempre fico feliz em ter outra amante da literatura se juntando à minha turma. Pessoal, esta é Sade. Sade, pessoal. Você tem o texto?

Ela negou com a cabeça e ele pegou um volume surrado de sua mesa.

– Pode usar o meu exemplar por enquanto. Tenho tudo aqui, de qualquer maneira – disse, batendo na têmpora enquanto lhe entregava um exemplar de *Macbeth*. – Você já leu este antes?

– Sim – ela respondeu.

Seus tutores a tinham obrigado a ler todas as peças de Shakespeare. Sua favorita era *A tempestade*, embora *Macbeth* viesse logo atrás.

Ele sorriu novamente.

– Que bom. Pois bem, estamos apenas revisando os temas e nos preparando para as apresentações no fim da semana. Já que você só chegou agora... –

O sr. Michaelides examinou a sala de aula e depois gesticulou para alguém no canto. – Persephone vai ajudá-la a correr atrás do atraso. Ela trabalhará com você pelo resto do semestre em todas as nossas tarefas.

Sade se virou para Persephone, e a garota loira daquele grupo que Baz chamou de *sei lá o que profanas* também a olhava.

Persephone não pareceu muito satisfeita.

– Sr. Michaelides, como espera que eu me concentre em minha própria apresentação e tarefas se também estou ajudando outra pessoa? – perguntou.

Sade não esperava que a voz dela soasse assim. Um pouco áspera e com uma mistura de sotaques diferentes, fundindo-se, vindo à tona e desaparecendo. Algumas palavras tinham a entonação do inglês britânico, outras não.

– Persephone, acho que nós dois sabemos que isso não será um problema. Não foi você que me disse que já tinha terminado a sua apresentação? – O sr. Michaelides perguntou com um brilho nos olhos, os braços cruzados sobre o peito.

– Sim, mas tenho outros trabalhos...

– Então está decidido. Você ajudará Sade a recuperar todo o conteúdo que ela perdeu até agora, certo?

Persephone ficou quieta por alguns momentos antes de concordar.

O sr. Michaelides sorriu ainda mais.

– E é por isso que ela é a suplente da monitora-chefe, sempre tão prestativa e compreensiva. Agora, passando ao tema dos relacionamentos no texto. Vou dividi-los em duplas para discutirem o que pensam sobre a representação dos relacionamentos na peça...

Sade olhou ao redor da sala. Incluindo a si mesma, havia oito alunos participando desta aula.

Michaelides os agrupou, colocando-a com um ruivo pálido e sardento chamado Francis.

– O que você achou do relacionamento entre Macbeth e sua esposa? – Sade perguntou a ele depois de um longo e doloroso minuto em que nenhum dos dois dissera nada.

Francis parecia preocupado em olhar pela janela.

Ele encolheu os ombros, os dedos batendo na mesa, as pernas balançando enquanto seu olhar permanecia fixo no que quer que estivesse chamado sua atenção do lado de fora. Ela olhou para a janela, tentando ver no que ele estava tão concentrado. Mas não havia nada.

– Acho que eu chamaria de um relacionamento tóxico, os dois se aproveitando um do outro – disse Sade, respondendo à própria pergunta.

Francis inclinou-se para a frente, agora apoiando o queixo na mão, ainda focado na janela e não em Sade.

Ela colocou a mão no ombro dele, dando-lhe um tapinha gentil.

– Francis?

Ele deu um pulo, olhando-a chocado, como se até aquele momento não tivesse percebido que ela estava a seu lado.

– O quê? – disse com rispidez, as sobrancelhas franzidas. Ela olhou incisivamente para o texto em cima da mesa.

– Devíamos estar discutindo a pergunta da aula – ela respondeu.

Ele olhou para o texto e depois para ela, com o olhar desfocado.

– Ah, certo – disse, coçando a cabeça e recostando-se. – Qual era mesmo a pergunta?

– Macbeth e Lady Macbeth, o relacionamento deles... – ela repetiu.

Ele a olhou impassível, os olhos injetados de sangue.

– Não sei... o mesmo que você estiver pensando, sei lá – disse, a voz minguando enquanto voltava-se para a janela misteriosa.

Ela o perdera mais uma vez – não que tivesse tido a atenção dele em algum momento. Francis estava claramente em outro lugar.

Observou-o com atenção. As luvas sem dedos e surradas dele. A maneira como roía as unhas, o leve tremor na ponta dos dedos, as unhas amareladas indicando que ele era fumante, algo confirmado tanto pelo cheiro que lhe impregnava as roupas quanto pelo cigarro preso na orelha, além do uniforme desarrumado.

Francis estava um caco.

Perdido. Em outro mundo, ou talvez pensando em algo que, sem dúvida, era mais importante do que a lição jamais seria. Ela se perguntou se fazia sentido tentar interagir com ele ou se deveria simplesmente continuar a fazer os próprios apontamentos.

A última opção pareceu ser a mais produtiva.

Quando ela começou a fazer anotações, Sade percebeu que Francis se empertigou bruscamente, como se tivesse sido eletrocutado. Então, do nada, ele se levantou, deixando a cadeira fazendo barulho.

– Francis? Está tudo bem? – o sr. Michaelides perguntou, todos os olhos agora em ambos e os de Francis ainda na janela.

Francis olhou para o rosto preocupado do sr. Michaelides, voltando a si.

– S-sim... Eu preciso, hum... ir ao banheiro – disse, antes de pegar a bolsa e sair da sala de aula.

Nossa, que esquisito, Sade pensou.

O sr. Michaelides limpou a garganta.

– Sade, pode se juntar ao grupo de Ezra e Liv até Francis voltar – disse, apontando para outra mesa.

Sade assentiu, pegando seu caderno e uma cadeira para ir até a mesa onde um garoto magro, pálido e sardento sentava-se diante de uma garota baixa e de pele escura.

Ela se sentou ao lado de Liv, mas, em vez de participar da discussão, se viu olhando pela janela, tentando verificar para onde Francis estava olhando. À distância, conseguia distinguir o contorno tênue de duas figuras.

Pareciam estar discutindo sobre alguma coisa.

Sade semicerrou os olhos, fixando-se em uma das figuras, que parecia ter o uniforme amarrotado e uma cabeleira ruiva brilhante.

A AULA ACABOU SEM QUE Francis voltasse.

Sade saiu da sala carregando as folhas de exercícios do professor falastrão na bolsa.

– Oi – uma voz familiar chamou.

Sade ergueu os olhos e viu a garota loira e profana. Ela estava vestindo uma jaqueta marrom por cima da camisa branca e levava a gravata roxa levemente frouxa no pescoço. Aproximou-se de Sade, com os braços cruzados. Sade notou o piercing de septo prateado em seu nariz.

– Estou livre amanhã, depois do último período. Encontro você na biblioteca principal para ajudá-la com a apresentação e avisarei amanhã quando estarei livre para me encontrar com você nos outros dias – disse a garota. Persephone.

– Ah... tudo bem – respondeu Sade, percebendo que Persephone não havia perguntado a ela sobre sua disponibilidade.

Elas se encararam, e Sade sentiu pequenos alfinetes espetando seu rosto e braços. Parecia que o olhar de Persephone era capaz permear a pele. Como se, de relance, Persephone pudesse vê-la por inteiro. Todos os seus pensamentos, seus sonhos, seus pesadelos. Tudo em um único olhar.

Era bem intimidador.

Persephone por fim desviou os olhos do rosto de Sade e descruzou os braços.

– Não se atrase – disse antes de dar as costas para Sade sem dizer mais nenhuma palavra.

Nem mesmo um *te vejo mais tarde.*

Sade a observou por mais tempo do que talvez seria socialmente aceitável, tendo que, em determinado momento, se forçar a tirar os olhos da garota.

Pegou a tabela de horário de aulas mais uma vez.

De alguma forma, ainda tinha que sobreviver ao resto do primeiro dia de aula.

COMO VEIO A SABER NAS próximas horas, a escola era bem mais intensa do que Sade havia pensado antes.

Ela passou o tempo entre o último sinal e o jantar trancada na biblioteca. Embora o dever de casa fosse importante em alguns aspectos, não era tão importante como as outras coisas que precisava fazer, e ela precisava planejar como iria dar conta de tudo.

Quando voltou para a Turing, ouviu o som de outros estudantes se preparando para o jantar, alguns na sala comunal e outros já no refeitório.

Fixou os olhos na pintura do homem que nomeava a casa, identificando-se com a expressão exausta dele.

Caminhou até o dormitório, parando ao avistar uma pessoa de cabelo rosa sentada ao pé da porta, olhando de modo febril para o que parecia ser um Nintendo Switch.

Baz apertava os botões com força, a língua aparecendo pela concentração em qualquer que fosse o jogo que estivesse jogando.

– Baz? – Sade disse, fazendo-o erguer os olhos arregalados, quase como se estivesse surpreso ao vê-la, apesar de este ser o dormitório dela.

– Ah, ei... Você está bem? – ele perguntou.

– Sim... Você? – ela respondeu, ainda sem saber o que ele estava fazendo ali.

Ele se levantou, guardando o aparelho no bolso.

– Você viu a Elizabeth hoje? Ela não respondeu às minhas mensagens.

– Ela não estava com você de manhã?

Baz sacudiu a cabeça.

– Eu não a vejo desde ontem, quando deixei vocês.

Isso é estranho, pensou Sade, com um mau pressentimento.

– Talvez ela esteja no quarto... Já tentou bater? – perguntou.

Ele assentiu.

– Sem resposta. Eu até fui ao nosso ponto de encontro normal depois da aula, mas ela também não estava lá. Esperava que você a tivesse visto.

– Eu não. Talvez ela esteja com outro amigo?

Baz sorriu ao ouvir isso.

– Elizabeth não é do tipo que *gosta* de gente.

Isso realmente não surpreendeu Sade. A Elizabeth com quem ela passara a véspera não parecia muito sociável.

Baz passou a mão pelos cachos rosa e suspirou.

– Ela às vezes faz isso. Afasta-se um pouco, geralmente quando quer ficar sozinha. Tenho certeza de que vai me mandar uma mensagem quando estiver se sentindo melhor – disse ele, como se estivesse tentando convencer Sade e a si mesmo, mas sem sucesso.

– Talvez você possa contar a um professor, se estiver de fato preocupado – ela sugeriu, e a Baz olhou como se fosse a sugestão de alguém esquisito.

– Talvez – disse, de um jeito que informava Sade de que ele provavelmente não faria isso. – Enfim, vou te deixar jantar – disse ele, esticando-lhe a mão naquele instante.

Sade ergueu a sobrancelha. *Ele queria que ela apertasse a mão dele?*

Ele avançou e pegou a mão dela com um tapa.

– Este é o primeiro passo do nosso aperto de mãos extremamente complicado – declarou.

– Certo – disse Sade, grata por ele ter se lembrado de que ela não gostava de abraços.

Ela não tinha se dado conta de que ele falara sério sobre o aperto de mão, e no entanto, pelo pouco que conhecia de Baz, devia ter esperado por isso.

– Você poderia me avisar se a vir? – perguntou Baz.

Sade assentiu.

– Sim, claro. Posso te mandar uma mensagem? – disse ela.

Os olhos dele brilharam antes de pegar um telefone surrado e passar para ela.

– Deixei o meu telefone normal cair por acidente dentro do chá durante o jantar. Provavelmente vai levar uma eternidade para consertarem e, por enquanto, infelizmente estou preso ao antigo Nokia da minha avó – disse.

– Como caiu no chá? – Sade perguntou enquanto digitava seu número no antigo dispositivo antes de devolvê-lo.

Ele deu de ombros.

– Coisas da vida, acho. – E então, sem nenhum aviso, ergueu o telefone para tirar uma foto dela para a página de Contatos. A luz do flash quase a cegou. – Vou te ligar para que você tenha o meu número também.

– Tudo bem – disse Sade, ainda se recuperando do flash do telefone.

– Até mais – disse ele com um aceno, antes de seguir para o outro lado, em direção à escada em espiral que levava ao andar térreo de onde ela acabara de vir.

Sade abriu a porta e encontrou o quarto exatamente como o havia deixado naquela manhã.

Vazio.

Ignorou a sensação estranha que tomava conta dela, a sensação de que algo ruim iria acontecer. A sensação de que talvez algo ruim *já* tivesse acontecido. Em vez disso, desceu para o refeitório movimentado, onde jantou sozinha, comendo lasanha e tentando se proteger da mesma sensação estranha.

Certamente, se Baz pensasse que algo de ruim tivesse acontecido, ele contaria a alguém, certo? Afinal, ele era o melhor amigo de Elizabeth; saberia se algo estivesse errado.

Talvez ela só precisasse ficar sozinha, como ele dissera.

Sua mente retornou à expressão estranha de Elizabeth sempre que chegava uma notificação no telefone. O rato morto, sua súbita mudança de humor no telhado.

Pensamentos sombrios sobre o que tudo isso poderia significar lhe causavam incômodo.

• • •

NAQUELA NOITE, DEITADA NO ESCURO, observando a porta, esperando que Elizabeth entrasse, Sade sentiu um peso sobre o peito. Cada vez se tornava mais difícil respirar.

Ela continuou observando a porta. Continuou esperando.

Mas Elizabeth não apareceu. De alguma forma, era como se Elizabeth tivesse simplesmente desaparecido da face da Terra. Num momento estava lá, mostrando a Academia Alfred Nobel, apresentando-a a Baz, levando-a até a estufa no telhado. No momento seguinte, sumira.

Sade se perguntou o que seria o normal a se fazer quando alguém parecia ter desaparecido da escola. Seus instintos disseram para contar a alguém, mas ela se lembrou da hesitação de Baz e ponderou que talvez aquela não fosse a reação normal. A escola não notaria se um dos estudantes não tivesse comparecido às aulas? Certamente a monitora da casa notaria uma mudança dessas; ela parecia ser o tipo de pessoa que percebe coisas do tipo.

Se Elizabeth não aparecesse até o final do dia seguinte, ela contaria à sra. Thistle.

Só por precaução.

Olhou para a planta que Elizabeth lhe dera no dia anterior. Agora descansando no peitoril.

Você deveria batizá-la, Elizabeth dissera.

Sade decidiu que lhe daria um nome assim que Elizabeth voltasse. Elas dariam um nome juntas.

À medida que seus olhos ficavam pesados, a garota que ela via todas as noites ressuscitou das sombras.

Mas desta vez ela não foi até Sade.

Desta vez permaneceu no canto. Seu rosto se contorceu em um sorriso enquanto lágrimas escorriam de seus olhos.

– *Sinto muito* – sussurrou Sade.

Mas era tarde demais.

5

QUARTA-FEIRA

GAROTA DESAPARECIDA

NO DIA SEGUINTE, SADE ACORDOU sozinha de novo.

A cama de Elizabeth estava vazia, e a mente de Sade cheia de preocupação.

Elizabeth provavelmente estava bem e de fato reapareceria no fim do dia. Sade sempre foi do tipo que pensa demais nas coisas. Se Baz não estava tão preocupado, então talvez ela também não devesse estar.

Deixando a inquietação de lado, Sade desceu para tomar café da manhã, vestiu o uniforme e saiu da Turing.

Estava tão ocupada lendo seu horário que nem percebeu a princípio.

O som de pneus no cascalho.

A multidão de pessoas.

Os sussurros abafados.

Foi só quando chegou ao prédio principal e enfim viu os homens de uniforme preto da polícia sendo conduzidos pela srta. Blackburn até seu escritório que percebeu o que estava acontecendo.

Junto com alguns dos outros estudantes reunidos ao redor, ela observou a srta. Blackburn segurar a porta aberta para os policiais. Os batimentos cardíacos de Sade pararam quando a srta. Blackburn girou a cabeça, e o olhar da supervisora pousou nela.

A srta. Blackburn semicerrou os olhos para Sade, questionando-a em silêncio.

Então desviou o olhar, dirigindo-se aos outros estudantes, que encaravam boquiabertos a polícia.

– Vocês não deveriam estar indo para a primeira aula do dia? Vamos, apressem-se, não há nada para ver aqui – disse.

Mas, claramente, aquilo não era verdade.

Policiais, ao que parecia, não eram uma presença comum na Academia Alfred Nobel.

Sade sabia que seu pensamento seguinte era irracional, mas não pôde evitar.

Que, de alguma forma, eles estavam lá por causa dela.

AS HORAS PASSARAM E SADE tentou esquecer a perturbação daquela manhã.

Era a última aula antes do almoço, a aula de inglês do sr. Michaelides.

Naquele dia estavam discutindo quem era o vilão de *Macbeth* e se os protagonistas realmente estavam errados.

Sade voltou a fazer dupla com Francis, que, felizmente, estava presente na aula daquele dia – tanto física quanto mentalmente. Ele parecia muito mais calmo do que no dia anterior.

– Lady Macbeth é a vilã – afirmou Francis, recostando-se na cadeira enquanto equilibrava um lápis no nariz. – Ela forçou Macbeth a fazer toda aquela merda que ele não queria porque era o cachorrinho dela. Não é culpa dele que ele a amasse e ela abusasse de seu amor.

Sade ergueu a sobrancelha.

– É mais como se *ele* abusasse dela. Ela era tratada como uma propriedade; ela nem tinha nome próprio. O nome dela é literalmente *a mulher de Macbeth*. É claro que ela iria querer um pouco de poder e governança.

Francis revirou os olhos.

– Nem começa com essa besteira de feminista.

Sade de repente sentiu falta de Francis sem abrir a boca, ignorando-a. Antes que ela pudesse retaliar e dizer a ele exatamente por que sua besteira feminista era importante, houve uma batida à porta da sala.

– Entre! – disse o sr. Michaelides.

Um estudante alto e desengonçado apareceu com um envelope branco e o entregou ao professor.

O sr. Michaelides o pegou, baixando os óculos para ler.

– Sade Hussein, você foi convocada a comparecer ao gabinete da diretoria – disse o professor.

A turma toda se virou para encará-la.

E, embora fossem apenas nove pares de olhos, se incluíssemos o sr. Michaelides e o aluno que veio entregar o recado, parecia que o mundo inteiro a estava observando e julgando, fazendo suposições sobre que crime ela poderia ou não ter cometido para ser intimada a ir até a diretoria.

Sua mente se encheu de preocupações; seu estômago, de pavor.

Pegou suas coisas e se dirigiu à frente da sala. O sr. Michaelides lhe disse que a avisaria sobre qualquer coisa que ela perdesse. Ela agradeceu e depois seguiu para a sala do diretor com o outro aluno.

No trajeto até lá, seus pensamentos se encheram de milhares de teorias sobre o motivo pelo qual estava sendo chamada ao escritório do diretor.

Ocorreu-lhe que nem sabia como ele era. Webber era uma entidade assustadora e sem rosto que queria repreendê-la por motivos desconhecidos.

E se ela tivesse quebrado alguma regra sagrada e tácita e estivesse sendo expulsa depois de apenas dois dias?

Ser expulsa não era uma opção.

Voltar para a casa de horrores em que crescera, com seus corredores assombrados, repletos de fantasmas de todos os mortos e memórias de coisas que ela desejava havia muito esquecer.

Isso não era uma opção.

Ela tentou avaliar a expressão no rosto pálido e sardento do aluno, tentando ver se era neutra ou crítica, mas não obteve nada. Talvez ele também não soubesse por que ela fora chamada.

Chegaram ao escritório do diretor Webber. Seu nome estava gravado em dourado na porta.

O estudante bateu duas vezes e uma voz severa e familiar reverberou:

– Um momento.

Ouviram-se passos pesados atrás da porta e pareceu demorar uma eternidade até que a porta se abrisse.

Ela foi recebida pela expressão impassível da srta. Blackburn, que a mandou entrar com impaciência. Ela a conduziu até o canto da grande sala, onde um homem branco de meia-idade, de cabelo castanho-escuro e queixo quadrado esperava sentado atrás de uma mesa de carvalho. Diante dele havia uma placa na qual se lia DIRETOR WEBBER.

Ao que parecia, ele com certeza gostava de exibir o próprio nome.

A seu lado, um de cada lado da mesa, havia dois policiais.

Sade engoliu em seco; seu coração estava acelerado enquanto o suor se acumulava em sua têmpora.

– Sente-se, não vamos segurá-la por muito tempo – disse o diretor.

Sade forçou-se a avançar, sentando-se cuidadosamente no banco à sua frente.

– Você provavelmente está se perguntando por que foi chamada ao meu escritório. Não se preocupe, você não está com problemas, só queríamos fazer algumas perguntas. Vou deixar o agente Park e o agente Laurence assumirem agora. Basta responder às perguntas deles honestamente, e você ficará bem – Webber disse, dando-lhe um grande sorriso que ela presumiu que deveria ser tranquilizador, mas parecia assustador como o do Gato de Cheshire.

Um oficial alto com a inscrição Park no uniforme deu um passo à frente.

– Fomos informados de que você é colega de quarto de Elizabeth Wang, correto?

Sade assentiu devagar, seu coração batendo mais forte, fazendo com que se sentisse tonta.

– Há quanto tempo você conhece a srta. Wang?

– Nos conhecemos anteontem e ela me mostrou a escola.

– Então quer dizer que vocês não eram próximas? – indagou o policial.

– Não, eu sou nova na escola. Acabei de chegar – respondeu Sade, se perguntando se Elizabeth estava bem.

– Quando foi a última vez que você viu a srta. Wang ou falou com ela?

– Aconteceu alguma coisa com ela?

– Por favor, apenas responda às perguntas, srta. Hussein – disse o policial.

– Hum, acho que eu a vi pela última vez antes de ir para a cama na segunda-feira... Ela estava dormindo, então a gente não conversou nem nada do tipo. A última vez que falei com ela foi depois do jantar. Ficamos conversando durante um tempo no telhado da estufa do prédio de ciências – disse, preocupada que a menção pudesse causar problemas a Elizabeth.

Será que ela ao menos poderia voltar ali?

– A que horas você diria que foi isso? – perguntou o agente Laurence.

– Por volta das oito da noite, eu acho... – respondeu Sade.

– E a que horas você foi para cama?

– Pouco depois das nove – disse.

O agente Laurence inclinou a cabeça.

– Pouco depois das nove? E você ficou na cama a noite inteira?

Sade se perguntou sobre o rumo daquela conversa.

– Acho que sim.

– Você *acha* que sim? – repetiu o policial.

Sade pensou em seus terrores noturnos e no sonambulismo, e sentiu apreensão. Ela não tinha certeza de que havia ficado na cama a noite inteira.

Às vezes passava horas sonâmbula, vagando pelo terreno como um fantasma sem rumo, antes de voltar para a cama e acordar como se nada tivesse acontecido. Era um hábito de anos.

Não seria a primeira vez que ela não conseguiria confirmar seu paradeiro à noite, e certamente não seria a última.

– Sim, fiquei na cama a noite toda – disse, tentando parecer certa, embora não estivesse.

Ela não poderia ter certeza. Nunca se lembrava de suas desventuras de sonambulismo. Na maioria das vezes não perambulava muito; ela simplesmente caminhava aos tropeços pelo limite do quarto e era encontrada desmaiada no chão na manhã seguinte, a poucos metros de sua cama.

Outras vezes, havia evidências de suas desventuras noturnas – como aquela vez que comeu uma bandeja inteira de brownies no meio da noite. Ela acordou na manhã seguinte com gosto de chocolate na boca e recebeu a maior bronca de sua vida da cozinheira da família.

Os oficiais trocaram um olhar curioso. Um deles fez uma anotação em um bloco amarelo.

– Obrigado pela ajuda. Agradecemos muito.

– Está tudo bem? – Sade perguntou, o coração ainda batendo descontrolado.

– Bem, não há uma maneira fácil de dizer isso – começou o agente Park, parando para ponderar suas palavras.

– Acreditamos que alguma coisa tenha acontecido com sua colega de quarto.

Sade sentiu seu coração parar.

– O quê? – perguntou, para ninguém e para todos.

– Não há nada confirmado, mas abrimos uma investigação formal sobre o caso e esperamos algumas respostas nos próximos dias.

Parecia que eles estavam falando em código.

– Uma investigação sobre o quê? – Sade perguntou.

Desta vez foi o diretor Webber que falou, com uma expressão de pesar no rosto.

– Receio que Elizabeth esteja desaparecida.

EIS A ARMA, LÁ POR TI[1]

Querido Diário,

Ontem à noite acho que morri. Mas não tenho tanta certeza.

Não me lembro muito.

É como se eu tropeçasse num quarto escuro, procurando o interruptor para iluminar as coisas novamente. Para me fazer lembrar. Mas o interruptor não está lá. Uma vez já esteve?

---

[1] Um anagrama

QUARTA-FEIRA

UM NAVIO QUE AFUNDA

O RESTO DO DIA FOI repleto de olhares críticos e insinuações sussurradas.

Logo após a reunião daquela manhã, começaram a circular pela escola rumores sobre o desaparecimento de Elizabeth. Parecia que todos, de repente, suspeitavam da *novata*.

Até os professores a olhavam de forma estranha, observando-a com cautela nos corredores e durante as aulas, como se ela também pudesse sequestrá-los de salto.

Agora tudo o que Sade queria era ficar longe de todo mundo, pelo menos até que os rumores diminuíssem.

Mas, infelizmente, graças ao professor de inglês, ela já tinha um compromisso.

– Desculpe pelo atraso – disse Persephone, sem fôlego, como se tivesse corrido até a biblioteca para encontrar Sade na hora combinada.

No entanto, apesar disso, sua aparência ainda era perfeita. Seu cabelo estava trançado em estilo nagô, dividido em várias partes, e não havia uma única mecha fora do lugar.

Era como se ela fosse incapaz de imperfeição.

– Tudo bem, não esperei muito – disse Sade.

Persephone assentiu.

– Vamos encontrar uma mesa, então?

– Claro – disse Sade.

Depois de alguns minutos de busca, encontraram uma pequena mesa escondida em um canto entre duas estantes.

Sade sentou-se e Persephone fez o mesmo, antes de pegar sua pasta e seu laptop.

– Aqui estão as minhas anotações do último mês de aula e todas as coisas de que precisa estar a par sobre as próximas tarefas deste ano, assim como datas e prazos importantes. A apresentação da sexta-feira é bem direto ao ponto; vamos apresentar todos os pontos de discussão listados... aqui – disse, apontando o dedo bem-cuidado para uma das seções de suas anotações.

– Obrigada – disse Sade, atônita com tudo o que ainda tinha para colocar em dia, bem como pela ansiedade da qual ainda não havia se recuperado desde o encontro prévio com Webber.

– Sem problemas. Posso te dar uma cópia da minha apresentação, quer? Persephone perguntou, olhando para Sade com expectativa.

Sade sentiu o pescoço esquentar com o repentino contato visual. Forçou-se a balançar a cabeça para cima e para baixo, tendo perdido a capacidade de falar.

– Deixe-me ir até a fotocopiadora. Geralmente há fila neste andar, então posso demorar um pouco – disse Persephone antes de se levantar da cadeira, levando sua pasta consigo. – Você quer alguma coisa da máquina de venda automática? Vou aproveitar para pegar uma água.

– Estou bem, obrigada – disse Sade, e Persephone assentiu antes de se afastar na direção das escadas.

Ao contrário da Persephone que ela conhecera na aula e avistara brevemente no refeitório, esta versão dela parecia muito mais agradável. Menos fechada.

Sade a observou partir, concentrando-se na silhueta dela, que desaparecia, e não nos olhares dos alunos que passavam ou no silêncio que se seguia quando percebiam que era ela. A novata que supostamente estava por trás do sumiço da colega de quarto.

A mesa oposta, em particular, parecia ter problemas em sussurrar suas opiniões e, em vez disso, optou por falar em um volume normal.

– *Minha amiga da Casa Turing disse que as viu brigando por algum motivo* – disse um deles.

– *Ouvi dizer que ela foi expulsa da última escola porque esfaqueou uma garota no ombro* – outro anuiu.

Sade sentia como se alguém tivesse escrito a palavra "culpada" em sua testa com um marcador permanente. Não tinha certeza de como o fato de ser colega de quarto de Elizabeth a tornava culpada ou fazia parecer que as mentiras sobre ela fossem tão verossímeis.

Talvez fosse simplesmente o fato de ela ser nova. Uma tábua rasa.

Seria muito mais fácil pintá-la à imagem de qualquer pessoa. Escrever uma história elaborada para ela. Dar a ela um motivo.

Depois de ouvir um deles sugerir que ela era traficante de drogas, ela decidiu que esperaria por Persephone em outro lugar.

Ela se levantou, o que naturalmente chamou a atenção do grupo de fofoqueiros, e caminhou até as portas que davam para a escada de emergência, onde esperava poder se esconder por algum tempo sem o escrutínio de estranhos.

Ao se aproximar da saída, porém, ouviu alguém ao telefone.

Uma voz familiar.

Empurrou as portas de leve, avistando o familiar cabelo rosa de Baz.

– Sim, tia. Vou mantê-la atualizada, fique bem logo, te amo, tchau – disse, parecendo quieto e taciturno.

Sade deslizou pelas portas lentamente enquanto ele desligava, enxugando os olhos com a manga do suéter preto.

Ele ergueu os olhos do lugar em que estava sentado na escada, assustando-se um pouco ao vê-la.

– Jesus amado – disse, parecendo assustado de verdade.

Ela se perguntou se ele também conseguia ver a marca em sua testa. As palavras invisíveis anunciando seu suposto crime.

– Desculpa, não sabia que você estava aqui – disse ela.

Ele balançou a cabeça.

– Tudo bem.

Os olhos de Baz estavam vermelhos, como se ele não tivesse dormido nada na noite passada.

Ao vê-lo agora, ficou claro que ele sabia que Elizabeth estava desaparecida e que estava preocupado, muito mais do que estivera na véspera.

Ela caminhou em direção a ele, sentando-se.

– *Você está bem*?

Odiava fazer essa pergunta quando sabia que a resposta era tão óbvia. Era uma indagação que ela mesma odiava ouvir, especialmente depois das muitas tragédias em sua vida.

Você está bem é o que as pessoas perguntam quando não sabem mais o que dizer. É uma pergunta fácil para quem a faz, mas insuportável para quem a responde.

– Não sei. – Ele fungou. – Eu estava ao telefone com a mãe dela e tive que agir como se tudo estivesse bem. A mãe dela não sabe nem metade.

– A escola não contou tudo para ela?

– Eles contaram. Quero dizer, eu sabia... Você me entende? Eu sabia que havia alguma coisa errada, e agora ela sumiu e eu sabia.

– Não faça isso – disse Sade. – Não é sua culpa...

– Então de quem é a culpa? – ele perguntou, encarando-a.

Ela podia ver seu rosto todo molhado. Seus olhos injetados de sangue. Como ele se culpava pelo ocorrido.

Ela conhecia aquele olhar muito bem.

– Não sei, mas se culpar por algo que está fora de nosso controle não ajuda em nada.

– Eu deveria ter ficado com ela. Eu não deveria ter ido praticar remo; eu sabia que havia alguma coisa errada – ele murmurou, e Sade achou que fosse mais consigo mesmo.

Sade também sabia que tinha alguma coisa errada com Elizabeth. E ela também não fizera nada.

– Eu devia ter ficado – ele sussurrou outra vez.

Sade sentia uma comichão mental, uma lembrança começando a afetá-la:

– *Você deveria ter ficado com ela.* – Ouviu alguém gritar ao longe.

Mas ela sabia que vinha de dentro. Que não era real. Só um eco do passado.

– *Você a deixou morrer, você fez isso.*

– *Não, eu não queria...*

O estalo da mão *dele* ecoou em sua mente, trazendo-a de volta ao presente, Baz junto dela, a cabeça dele de alguma forma tendo repousado em seu ombro. Ela percebeu como ele tremia, por isso passou o braço em volta dele com delicadeza.

Então Sade disse algo de que se arrependeria:

– Ela vai ficar bem; eles vão encontrá-la.

Na verdade, havia apenas uma regra em situações como essa. Não faça promessas que sabe não ser capaz de cumprir. Somente um deus poderia fazer uma promessa dessas, e ela era tão mortal quanto parecia.

Eram palavras destinadas a confortá-lo. Mas não havia nada de reconfortante na fortaleza da ilusão ou da falsa esperança.

• • •

MAIS TARDE, QUANDO ELA VOLTOU ao quarto, havia cinco policiais uniformizados espalhados pelo espaço, examinando a possível cena do crime.

– Muito chá no quarto desta aqui, hein? – um policial disse espontaneamente para um dos outros, cuja risada reverberou pela sala, vazando para os corredores.

Ele viu Sade o observando e sorriu, depois voltou a fazer comentários e piadas, como se tudo aquilo fosse perfeitamente rotineiro. Como se eles não estivessem revistando o quarto de uma estudante desaparecida, mas sim brincando de algum tipo de caça ao tesouro.

Sade se voltou para o próprio lado do quarto enquanto os policiais se movimentavam, passando os olhos por suas malas, sua cômoda e sua cama. Ela podia ouvir o som do seu coração zumbindo em seus ouvidos e sentia o estômago revirar enquanto mantinha os olhos colados nas gavetas.

Depois de passar cerca de uma hora observando os policiais remexerem nas coisas de Elizabeth, Sade foi autorizada a entrar no quarto novamente.

Aparentemente, haviam terminado a busca e coletado todas as amostras de DNA de Elizabeth que puderam encontrar, e agora estavam de partida.

A srta. Blackburn aparecera a certa altura para acompanhar o trabalho dos policiais e, quando eles terminaram, estava lá para acompanhá-los à saída.

Antes de partir, ela se virou para Sade, com a careta de sempre no rosto.

– Os policiais liberaram o quarto, mas, devido às circunstâncias, eu compreenderia se você quisesse trocar de aposento. Avise-me se for o caso e terei prazer em providenciar isso para você – disse a srta. Blackburn.

Sade olhou fixamente para o quarto, sentindo por dentro o ardor da culpa por não ter relatado o desaparecimento de Elizabeth mais cedo.

– Acho que vou ficar por aqui mesmo – disse, concluindo que preferia esperar o retorno de Elizabeth a ter que se instalar em outro espaço com outra estranha.

– Muito bem – respondeu a srta. Blackburn antes de sair rapidamente do quarto, levando consigo a polícia. Os olhares curiosos e observadores das garotas nos quartos 314 e 315 seguiram o grupo pelo corredor.

Uma vez de volta ao quarto, enfim sozinha, Sade foi direto até a cômoda e as gavetas para as quais estivera olhando ansiosamente. Abriu a primeira gaveta, examinou o conteúdo e depois empurrou tudo para o fundo, longe dos olhares indiscretos de estranhos.

Suspirando, caiu pesadamente na cama, sentou-se imóvel e olhou para o lado que era de Elizabeth do quarto como se fosse um quebra-cabeça.

A polícia não enxergava o quarto como uma cena de crime em potencial, então por que ainda parecia uma?

O silêncio consumia tudo, lembrando a Sade como aquele quarto realmente estava vazio, sem mais ninguém além de si.

Era estranho, já que ela mal chegara a compartilhar o quarto com Elizabeth. Mas o cômodo sentia a ausência dela e gritava isso para Sade.

Ela se levantou devagar, atraída para o lado de Elizabeth. Passou os olhos pelas coisas dela, correndo a mão pela cabeceira da cama, notando marcas de desgaste do tempo. Antes que percebesse, já estava abrindo e espiando as gavetas de Elizabeth, procurando pistas embaixo da cama e mesmo sob o colchão.

Nada parecia anormal. Deu um passo para trás, sentindo-se mal por fazer isso. Invadir o espaço de Elizabeth. Cruzar esse limite.

Ao que parecia, ela precisava de um descanso daquele quarto.

Foi até suas próprias malas, remexendo em suas coisas e tirando seu maiô, touca e óculos de natação. Sentindo-se um pouco nervosa, saiu do quarto rumo ao único lugar no mundo que sempre lhe trazia paz.

A piscina.

Em casa, na casa do pai, e até fora dela, estar perto da água, estar em uma piscina, era o seu santuário, sempre foi. Até não ser mais.

Decidiu não jantar e ir direto até o Newton; comeria um lanche de uma máquina automática. Preferia comer um pãozinho de canela processado a receber encaradas e comentários durante o tempo que levasse para terminar o prato do dia.

Enquanto caminhava pelos corredores do Newton até a antiga piscina, ela podia ouvir as marteladas não tão sutis do canteiro e o som dos trabalhadores da obra conversando. Felizmente, estar na outra piscina parecia abafar o barulho.

Sade ficou nervosa ao vestir o maiô pela primeira vez em muito tempo, os dedos trêmulos ao segurar o tecido de náilon. Ela não tinha certeza se era pelo nervosismo de estar tão perto de uma piscina novamente ou se era sua empolgação.

De qualquer forma, sentia-se enjoada.

Saiu do vestiário e entrou na piscina cheia de cloro, onde outra pessoa parecia estar praticando no fundo.

Sentou-se no banco e observou, invejando a facilidade com que nadava. Os braços cortavam a água como uma navalha, a forma reta como uma flecha.

Quando enfim voltou à superfície para respirar, ela reconheceu o rosto do nadador. Era seu suposto irmão, ou pelo menos o que a srta. Blackburn havia lhe atirado nos braços.

– Ei, novata – disse ele, notando-a então.

– Eu tenho nome – respondeu.

Ele sorriu.

– Foi mal. Você vem hoje? – perguntou.

Sade presumiu que ele se referia a *entrar* na piscina.

Ela *não* tinha certeza. Não fazia isso havia muito tempo. Tinha quase certeza de que havia esquecido como nadar.

Se é que isso fosse possível.

– Não sei... – disse ela.

– Por que não? – ele perguntou.

– Acho que esqueci como se nada.

Ele começou a boiar de costas.

– Então o que está dizendo é... que está com medo?

Sade não gostou de como ele falou aquilo. Era como se a estivesse chamando de fraca.

– Não...

– Então qual o problema, novata? – perguntou.

Sade estreitou os olhos para ele, percebendo que ele a estava desafiando.

– Não estou com medo – disse ela, baixando os óculos e ajustando-os enquanto caminhava até a escada.

A água logo abaixo oscilava, e isso a fez sentir-se enjoada. Mas ela não recuou, não queria que o sr. Imbecil saísse vitorioso.

Suas pernas balançavam com os degraus escorregadios, a energia nervosa percorrendo-a enquanto descia para a água lentamente, ignorando os batimentos cardíacos.

Quando seus pés tocaram o último degrau e ela sentiu o maiô moldar-se a ela na água, as fibras se agarrando desesperadamente a sua pele, Sade começou a relaxar. A água estava quente e acolhedora.

Foi como voltar para casa.

– Viu, novata? Não é nem um pouco assustador – disse August antes de espirrar água nela com gentileza.

Sade tentou se afastar rapidamente, mas não foi rápida o suficiente para se esquivar da água, que molhou todo o seu rosto e a touca de natação dela. Ela jogou água de volta, mas ele se abaixou, emergindo a certa distância dela.

– Ganhei – disse ele.

– Você trapaceou. Eu não sabia que era uma competição, então não conta!

Sade se viu sorrindo. De alguma forma, a água tinha lavado momentaneamente todas as suas preocupações. A voz interior provocadora, os sussurros na biblioteca e nos corredores, até mesmo Elizabeth; tudo foi esquecido em um instante, agora que ela, mais uma vez, estava ali na água com aquele garoto estranho.

– Certo, tudo bem. Vamos apostar – disse ele, levantando os óculos, que ela notou serem velhos e desgastados. – Uma chegada. Ganha quem for mais rápido.

– Tudo bem por mim – disse ela.

As provas longas sempre foram o seu ponto forte. Ela sabia que era rápida. Aquilo seria fácil.

A dupla nadou até o fundo da piscina, escalando pela borda para ficarem em suas posições iniciais. O menino começou a contagem regressiva.

– Três... dois... um... – disse, e então ela mergulhou de cabeça na piscina.

Sade sentiu a água abraçá-la, envolvendo-a como uma velha amiga que desejava contato.

Nadou como se fosse uma questão de vida ou morte, fatiando a água, prendendo e soltando a respiração repetidas vezes. Sentiu-se invencível. Seu corpo parecia mais forte na piscina do que antes.

Assim que chegou a uma extremidade, começou a sentir o cansaço nas pernas, mas se impulsionou adiante novamente, seguindo em frente e deixando o trabalho para a memória muscular. Chegaram ao final da volta, e a mão dela bateu primeiro na parede.

August emergiu em busca de ar, o choque no rosto enquanto arfava.

– Onde você aprendeu a nadar assim?

Ela deu de ombros.

– Minha treinadora foi medalha de prata nas Olimpíadas e nos treinava de acordo com o padrão dela.

Sade se permitiu um sorriso tímido para August.

– Você deveria se juntar à equipe feminina de natação – disse ele.

– O quê?

– Você é muito boa. As seletivas oficiais deste ano já foram, mas tenho certeza de que se te vissem nadar teriam que a considerar para o time – disse.

Ela não pensava em competir desde a última vez que treinou ou até que entrou na piscina. Havia quase um ano. Costumava ser tudo na vida dela. Considerar aquela proposta pareceu – ainda que só por um breve momento – natural.

– Ah... Eu não faço mais isso. Não quero que vire algo sério.

Ele pareceu ainda mais surpreso, pronto para desafiá-la.

– Sério?

Ela assentiu, esperando que ele desistisse. Nada de bom viria de desenterrar o passado.

– Bem, se você mudar de ideia, tenho certeza de que consigo convencer o treinador a deixá-la fazer um teste – disse ele.

– Você está no time? – perguntou.

– Sim, sou da reserva no momento, mas estou treinando para ser o capitão no quarto ano – disse.

– Vai precisar treinar muito, então – disse ela, resultando em mais respingos em sua direção.

Desta vez ela conseguiu se esquivar a tempo.

– Não posso provar, mas você definitivamente trapaceou. Quero uma revanche.

– Outra chegada? – ela perguntou.

– Não... Alguma coisa mais difícil – disse ele. – Ela podia ver as engrenagens da mente dele funcionando. – Quem consegue prender a respiração por mais tempo debaixo d'água.

– Tudo bem – ela disse.

Ela sentiu a comichão mental retornar. Parecia que o céu estava caindo.

– Certo. Três... dois... – ele começou, fazendo pausas mais longas entre cada número.

– Um – ela terminou para ele, e ambos afundaram na superfície da água.

Sade manteve os olhos fechados a princípio, querendo se acostumar com a sensação de estar lá embaixo novamente.

A comichão persistia.

Ela abriu os olhos e sorriu para August, deixando-o saber como aquilo era fácil para ela.

Ele ergueu as sobrancelhas e cruzou os braços em resposta. Nadou ainda mais fundo, tocando o chão com as mãos e plantando bananeira.

Ela examinou a piscina, tentando pensar em algo impressionante para fazer, mas logo se distraiu com o brilho de algo próximo.

Sade semicerrou os olhos para as profundezas, notando agora uma nuvem vermelha misturando-se com o azul da água.

O mesmo vermelho espalhando-se pelo chão da piscina.

O mesmo vermelho manchando-lhe a palma das mãos.

E então ela o viu ao olhar para cima.

O cadáver flutuando na piscina ao lado deles.

7

QUARTA-FEIRA

PROFANA

SADE GRITOU, MAS A ÁGUA abafou o som que saiu da boca dela.

Seu peito estava em chamas enquanto ela engasgava, com o cloro inundando-lhe os pulmões.

Ela não conseguia respirar.

Ela conseguia ouvir alguém chamando por ela enquanto o mundo começava a desaparecer.

– SADE. – A voz soou novamente.

Ela não sentia mais o abraço quente da água, apenas pele. Pele fria, fria.

– Ei, está tudo bem – disse ele, e Sade percebeu que estava sendo puxada.

Sade tossiu e a água jorrou de seus pulmões, que ela sentiu se expandirem outra vez.

– Você está bem? – August perguntou.

Ela olhou de volta para a água, agora clara. Desprovida de sangue e corpos sem vida, então assentiu.

– Estou bem.

Percebendo que ainda estava presa nos braços dele, ela se afastou.

– *O que aconteceu?* – ele perguntou, a preocupação nítida em suas feições.

O que aconteceu? Era uma pergunta capciosa.

Difícil de realmente explicar para alguém que não vivia dentro de sua cabeça o motivo pelo qual ela imaginava coisas que não deveria.

O que tinha acontecido? O céu simplesmente caíra, esmagando-a sob seu peso enorme.

– Você venceu – ela respondeu, depois avançou em direção à escada.

Saiu da água, tirando os óculos, sentindo as coxas pesadas.

Na beira da piscina, ela podia ver respingos de sangue vermelho-carmesim contornando os ladrilhos. Sabia que era sua mente pregando-lhe outras peças, convencendo-a de falsas realidades.

– Não quer uma revanche? – August perguntou, parecendo um pouco esperançoso.

Ela balançou a cabeça.

– Acho que cansei de brincar por hoje; talvez outra hora – disse ela antes de sorrir e ir embora sem se despedir.

Quando ela se viu sozinha em seu cubículo, suas pernas finalmente cederam e ela caiu no chão, grata pela forma como a água podia mascarar suas lágrimas.

QUINTA-FEIRA

NA MANHÃ SEGUINTE, OS ALUNOS da Academia Alfred Nobel acordaram com a notícia de uma assembleia de emergência.

Era óbvio, mesmo para aqueles que raramente prestavam atenção ao que acontecia na escola, do que se tratava a "emergência".

Tomando o café da manhã às pressas, Sade seguiu a multidão de vozes entusiasmadas e curiosas até o Salão Principal – que, Sade aprendera em seu passeio com Elizabeth, levava o nome de Alexandre, o Grande.

Eu me pergunto qual é o lance desta escola com essa obsessão de nomear lugares em homenagem a homens brancos mortos. É meio preocupante, Elizabeth falou depois de compartilhar o fato com Sade, parecendo muito pouco impressionada por tudo aquilo.

Agora, parecia estranho voltar para o salão sem ela. Fazia apenas três dias, mas parecia que Elizabeth estava desaparecida havia muito mais tempo.

O salão era grande o suficiente para receber o público de um estádio pequeno, com piso de mármore e paredes aconchegantes de painéis de cerejeira. A sala era estruturada como um auditório, com assentos espalhados nas laterais, virados para o palestrante no palco central.

Sade podia sentir os olhos novamente sobre si.

Era aparente que as pessoas ainda queriam acreditar nos rumores que diziam que Sade sequestrara ou fizera *coisa pior* com a colega de quarto. Ela conseguia até ver o desprezo em seus olhares, como se fosse por culpa dela que estivessem ali em vez de em uma aula chata de Química Orgânica.

Ela examinou o salão em busca de rostos que reconhecesse, não que tivesse amigos com quem se sentar, mas mais ainda na esperança de que um rosto familiar pudesse julgá-la menos.

Avistou Basil no canto e sentiu alívio. Baz não suspeitava que ela fosse uma sequestradora – ou pelo menos ela esperava que fosse o caso – e, por isso, não se importaria que ela sentasse com ele. Seu cabelo, como sempre, chamava a atenção mais do que tudo.

– Oi – disse.

– Ei – ele respondeu, ainda parecendo tão cansado quanto no dia anterior.

Mas, apesar disso, ele parecia estranhamente feliz em vê-la, cumprimentando-a com um sorrisinho e um aceno.

Sentou-se ao lado dele.

– Calma, por favor, encontrem um assento rapidamente, vamos tornar esta reunião o mais simples possível – disse Webber ao microfone no palco.

O barulho no salão persistiu e a srta. Blackburn bateu o dedo no microfone antes de gritar:

– FIQUEM QUIETOS!

O salão imediatamente ficou em silêncio. Os alunos logo sentaram-se e as conversas entre amigos cessaram.

– Hum, obrigado, srta. Blackburn – disse o diretor Webber ao se acomodar no palco. – Como alguns de vocês devem saber, houve um incidente. Uma estudante do terceiro ano, Elizabeth Wang, está desaparecida desde segunda-feira. A polícia local, em cooperação com a escola, está trabalhando duro para encontrar a srta. Wang e garantir que ela esteja bem. Se alguém acha que pode saber algo sobre o paradeiro de Elizabeth ou se acha que a viu naquela noite, pode preencher um cartão de comentários de forma anônima e passá-lo para a srta. Blackburn, que transmitirá essa informação para mim e para a polícia.

Sade pensou em sua própria interação com a polícia e se perguntou o que eles acharam dela. Se consideraram que estaria entre os suspeitos.

Ela deveria ter dito mais?

Eles não voltaram a lhe entrevistar, então ela presumiu que estava tudo bem.

Mas então por que essa culpa profunda continuava a corroê-la?

Olhou ao redor do grande salão mais uma vez, notando as câmeras nos quatro cantos. Como uma escola perde uma pessoa, afinal de contas? Não há câmeras de segurança por toda parte?

Por que parecia haver mais coisa nesta história?

– Seus pais foram informados do que está acontecendo, e garanti a eles que nossa prioridade é a segurança de cada um de vocês...

– A prioridade dele é mais o dinheiro e as doações dos nossos pais – Baz murmurou.

– Agora podem ir. A srta. Blackburn vai dispensá-los em ordem para evitar acidentes, obrigado – disse o diretor Webber antes de sair correndo do caos e sair por uma porta nos fundos do palco.

Quando chegou a vez da fileira deles, Sade e Baz caminharam juntos pelo corredor lotado até à saída do prédio.

– O que você tem no primeiro período? – ele perguntou, pegando um pacotinho de biscoitos do bolso. Depois abriu a embalagem e enfiou os biscoitos amanteigados na boca.

– Hum... Mandarim no Edifício Chomsky, e você? – disse.

– Tenho Alemão, também no bloco C; eu mostro o caminho – disse, com a voz abafada pelos biscoitos.

Ela estava grata pela companhia de Baz. Havia se familiarizado com algumas áreas da escola, mas ainda tinha dificuldade de se orientar. Pelo menos agora poderia enfim chegar a uma aula no horário.

– Mandarim parece difícil; você já o estudou antes? – ele perguntou enquanto passavam por uma porta que levava até outro prédio e depois para um corredor mais silencioso.

– Vivi em Pequim por alguns meses quando tinha doze anos, por isso falo um pouco – disse ela. – Você é bom com idiomas?

– O português é a minha língua materna porque a minha família é brasileira, depois veio o inglês, e acho que aprendi um pouco de irlandês na escola primária, mas, fora isso, sou bem inútil – disse.

– Você fala duas línguas e meia! Isso não é inútil – disse ela enquanto viravam uma esquina.

– Meu professor de alemão discordaria – respondeu Baz. – Ele fica tipo, *Seu alemão é tão confuso quanto o seu nome, Basil* e *Pare de dormir na minha aula, Basil* e *Você me deve lição de casa, Basil*! Coisas do tipo.

Sade riu.

– Ele realmente parece um pesadelo – disse.

– Não é? Ele não me deixa em paz – disse Baz.

Viraram outra esquina, um corredor completamente desprovido de pessoas e salas de aula e cheio de caixas descartadas e carteiras antigas.

– Hum, Baz...

– Sim?

– O bloco C é por aqui? – ela perguntou, consciente, de repente, da passagem do tempo.

Ele parou de supetão. Um olhar estranho cruzou suas feições quando ele se virou para encará-la.

– Não – disse. – Mais ou menos... Tudo é relativo...

– Onde estamos? – ela perguntou, sentindo-se um pouco assustada demais.

Baz olhou para ela com calma, procurando algo em seu rosto.

– Posso confiar em você?

Ela assentiu devagar.

– Acho que algo ruim aconteceu com Elizabeth – disse ele, com os olhos injetados.

– O que você quer dizer? – Sade respondeu, sentindo um nó no estômago.

Ele passou a mão pelos cachos.

– Não posso provar nada, mas tenho uma sensação estranha. E sei que eles não vão acreditar em mim. Webber acha que Elizabeth fugiu de madrugada. De alguma forma, escapou das dependências da escola...

– Ela já fez algo assim antes? Fugir de madrugada? – Sade perguntou.

Baz parecia tão indefeso e pequeno. Ele suspirou.

– Talvez. Mas ela me diria se fosse fazer isso. E, mesmo nas raras ocasiões em que foge durante o dia, nunca desliga o telefone. Liguei para ela tantas vezes, mas continua caindo na caixa postal. Fico me perguntando se... Não sei se...

Ele parou de falar, como se estivesse com medo de admitir algo em voz alta.

– Se o quê? – Sade perguntou, seu sistema nervoso começando a se inquietar.

Ele suspirou antes de falar outra vez.

– Se alguém a levou. Eu sei que isso pode soar dramático.

Sade balançou a cabeça.

– Não soa. Não para mim.

Baz pareceu aliviado.

Sade percebeu, ao observá-lo, que ele necessitava de alguém que acreditasse nele. E ela acreditou.

Porque ela também sentia aquela sensação estranha.

– Aonde ela costuma ir... Quando sai da escola? – Sade perguntou, indagando-se por que os alunos conseguiam fazer isso.

A escola era cercada de bosques. Seria tão fácil, ela suspeitava, escapar sem que ninguém soubesse.

– Ela costuma ir sozinha à cidadezinha vizinha, normalmente até a cafeteria com gatos que existe lá. Ela sempre volta dentro de algumas horas. Nunca esteve tanto tempo longe – disse ele, esfregando os olhos.

– Você tem alguma ideia de por que ela saía com tanta frequência? – Sade perguntou.

– Ela sempre diz que estar na AAN às vezes é como estar numa gaiola. Acho que sair era o jeito dela de escapar. Lembro-me de uma vez em que ela demorou mais do que o normal, perdeu a hora, acho, e recebeu um aviso de suspensão por sair. Webber mencionou isso quando falei com ele ontem. Fez parecer que ela era uma delinquente imprevisível e que seu desaparecimento não tinha a menor importância.

Sade ergueu a sobrancelha. Ela não tinha se dado conta de que ele já tinha falado com o diretor Webber.

– Você conversou com Webber?

Baz fungou e assentiu.

– Sim, e foi inútil. Perguntei a ele o que sabiam e ele basicamente respondeu alguma besteira sobre não poder me fornecer detalhes pessoais, que vários ângulos estavam sendo explorados, mas que não podiam dedicar muitos recursos a isso, e que, dado o *histórico* dela, era provável que o caso se estenderia um pouco.

Não é como se ela fosse a única aluna a sair do campus, e sei que ele sabe disso. Ele só não se importa.

Sade analisou o que ele dizia, tentando pensar em algo que pudesse ajudar. Não duvidava de que Webber era inútil. Ela não era ingênua, sabia que as figuras de autoridade nem sempre eram merecedoras das posições em que encontravam.

Mas, ainda assim, algo parecia estranho naquilo tudo... na história de Baz.

Não acreditou muito na ideia de que Elizabeth saía da escola por horas a fio e ficava na cidade para fugir da bolha da Academia Alfred Nobel. Ela tinha a estufa, por exemplo. Aquele parecia ser o refúgio dela.

– Você tem certeza de que Elizabeth não ia se encontrar com ninguém?

Baz encolheu os ombros.

– Acho que não. Eu saberia se ela estivesse com alguém, contamos tudo um ao outro – disse.

– Tudo? – Sade repetiu.

Ele assentiu.

– Mais ou menos.

Ele parecia tão certo daquilo. Como se soubesse com certeza quase absoluta que ele e Elizabeth não mantinham segredos um do outro. Mas a verdade é que todo mundo tem segredos. Coisas muito sombrias, muito feias para serem compartilhadas com as pessoas que mais ama.

Sade sabia disso mais do que ninguém.

Era possível que Elizabeth também tivesse segredos assim. Coisas que ela não queria que Baz soubesse.

Sade pensou na expressão no rosto de Elizabeth. No medo em seus olhos, assim como uma espécie estranha de... determinação. Como se ela enfim tivesse tomado uma decisão.

Se Baz soubesse tudo sobre ela, certamente não estaria ali agora, especulando.

– O que acha que devemos fazer? – perguntou a ele.

– Eu estava pensando que poderíamos fazer uma busca – disse. – Sei que a polícia está fazendo a parte dela, mas eles não têm como saber de tudo, certo? Talvez eu possa descobrir coisas que eles não conseguem. Posso mostrar a foto dela às pessoas da cidade e ver se alguma coisa aparece. Sinto que tem alguma coisa por trás disso e não posso ficar de braços cruzados. Parece que a estou traindo.

Os olhos dele estavam vidrados, como se ele estivesse prestes a chorar. Ele compartilhava do mesmo medo, da mesma determinação que Elizabeth tivera.

Baz estava certo. Tinham que fazer alguma coisa.

– Uma busca parece uma boa ideia – disse Sade.

Havia a chance de Elizabeth estar bem e de eles estarem se preocupando à toa. Mas também havia a chance de que não estivessem. Ela estava desaparecida havia três dias.

E não fazer nada era pior do que fazer demais.

– Pensei em fazer a primeira busca depois da aula, se você estiver livre? – ele disse, a voz mutilada pelo nervosismo.

Sade assentiu.

– Sim, claro. Estarei lá.

– Obrigado, Sade. Significa muito – disse com outra fungada, e então olhou para a hora no telefone. – É melhor a gente ir andando; a aula começa daqui a pouco. Me desculpa por te sequestrar.

Ela acenou.

– Fico feliz de ser raptada por uma boa causa – disse ela, tentando aliviar o clima e impedir que o pavor voltasse a se instalar.

Isso o fez sorrir e ela sentiu como se tivesse conseguido cumprir o objetivo.

Ao saírem do corredor abandonado, ela ainda sentia o peso da culpa ao ponderar outra coisa sobre Elizabeth e seu desaparecimento.

Algo mais sombrio.

E se Elizabeth tivesse saído de madrugada, tivesse se machucado de alguma forma e Sade fosse a única que pudesse tê-la ajudado?

E se Sade tivesse falhado novamente?

DEPOIS DE CHEGAR QUASE DEZ MINUTOS atrasada à aula de mandarim, Sade não achava que seu dia pudesse piorar.

Entre um desastre de prova surpresa e os olhares constantes que recebia sempre que ia a algum lugar – que ela não sabia dizer se eram desencadeados por sua condição de novata ou por sua crescente reputação como assassina de colegas de quarto residente –, ela estava exausta à hora do almoço.

Sade decidiu ir ao refeitório pela primeira vez desde segunda-feira, imaginando que as pessoas iriam pensar coisas a seu respeito, fosse verdade ou não, e que ela deveria, pelo menos, comer direito antes de ser condenada pela opinião pública.

Como já esperava, a maior parte do cardápio do refeitório não era halal, e então, novamente, ela se viu comendo macarrão.

Pegou a bandeja, passou o cartão, colocou a bolsa e o cardigã em uma cadeira e sentou-se à mesma mesa que os três haviam compartilhado na segunda-feira. Ela, Elizabeth e Baz.

Desta vez ela estava sozinha.

As pessoas pareciam muito envolvidas em suas próprias conversas para notar a presença dela.

Ela se sentiu relaxar, agora apunhalando o macarrão em sua tigela e mexendo à deriva no telefone, procurando uma distração para a hora do almoço.

Enviou uma mensagem para Baz, perguntando a ele se viria almoçar. Ele respondeu que tiraria uma soneca na enfermaria. Parecera quase à beira do colapso mais cedo, portanto ela ficou feliz em ouvir isso, mesmo que significasse que ficaria sozinha. Estava acostumada a almoçar sozinha em casa, mas, por algum motivo, comer sozinha em uma sala cheia de gente provou ser uma experiência bastante solitária.

Sade estava tão preocupada em procurar algo digno de nota em seu telefone que não percebeu quando o salão ficou silencioso. Também não sentiu os olhares curiosos dos estudantes das mesas que a cercavam.

Tampouco sentiu a presença *delas*.

As três garotas pairavam sobre ela conforme mexia no telefone.

Só quando uma delas pigarreou é que Sade voltou a si.

– Estes lugares estão ocupados? – perguntou a do meio, com um sorriso doce.

Eram as garotas profanas.

Sade balançou a cabeça, ainda atordoada. Seus olhos se voltaram para Persephone, que não parecia feliz de estar ali.

– Obrigada – disse April, sentando-se na frente de Sade.

A garota à sua esquerda, Juliette, fez o mesmo, e Persephone ficou de pé por um instante. Segurava um romance de Octavia E. Butler nas mãos e contraía o rosto quando finalmente se sentou.

– Sade, certo? Eu sou April e estas são Jules e Sephy. Ouvimos dizer que você é nova aqui; não recebemos muitos alunos de transferência – disse.

– Sim, eu, hum... ouvi dizer – ela respondeu.

Largou o garfo, sentindo-se constrangida de repente.

– Onde você estudava? – April perguntou.

De perto, April era ainda mais perfeita. Tinha a pele imaculada e o cabelo perfeitamente cacheado. Ela parecia uma boneca.

– Eu estudava em casa – respondeu Sade, percebendo que estava olhando para April havia muito tempo.

– Isso é tão fascinante. Nunca conheci alguém que estudasse em casa antes. Está sendo difícil se adaptar à vida no internato?

– Mais ou menos, foi uma semana bem intensa – disse Sade, o que provocou uma faísca nos olhos de April.

– Posso imaginar – disse.

– Ela era a sua colega de quarto, não é? – Juliette disse abruptamente, enquanto enrolava os cabelos.

Sade imaginou que ela se referia a Elizabeth.

– Sim – respondeu.

– Vocês eram amigas? – Juliette perguntou.

Sade ponderou a pergunta, relembrando o acordo feito no telhado do prédio de ciências:

Você oficialmente já tem dois novos amigos, se quiser... foi o que Elizabeth dissera.

Pareceu tão simples na hora, mas agora todo aquele papo não parecia tão verdadeiro assim. Elas eram amigas?

Ela não sabia.

– Mais ou menos... eu acho. Não cheguei a conhecê-la por muito...

Juliette interrompeu Sade no meio da frase.

– Uma vez eu assisti a um documentário sobre uma garota que foi morta a facadas pela colega de quarto da faculdade. Foi muito triste. Alguns colegas de quarto são bem estranhos, então meio que não dá pra culpar as pessoas... Não que eu esteja dizendo que você fez alguma coisa, mas, se tiver feito, eu não contaria a ninguém – ela concluiu com um sorriso que parecia inofensivo, mas que deixou Sade nervosa.

April riu.

– Jules, você não pode sair desse jeito acusando as pessoas de assassinarem suas colegas de quarto. Não é educado.

Ela arqueou a sobrancelha perfeitamente desenhada para Sade, como se a desafiasse a lhes sussurrar seus segredos mais profundos e obscuros.

– Mas, de qualquer forma, achamos que, como você é nova aqui e tudo mais, poderíamos convidá-la para almoçar com a gente amanhã, se quiser? Convidaríamos hoje, mas já estávamos de saída – disse April.

Sade ficou surpresa, sem saber se ela falava sério ou não.

April bateu os dedos na mesa enquanto ela aguardava a resposta de Sade, que notou um padrão incomum que pareciam ser queimaduras recentes ao longo de seu antebraço. Sua mão saiu de vista, para debaixo da mesa e longe dos olhares indiscretos de Sade.

– Isso é um sim? – April questionou.

E Sade percebeu então que ela estava quieta havia mais tempo do que era socialmente aceitável.

– Desculpe, sim, claro – disse, vendo o sorriso de tubarão de April se alargar.

Sade olhou para Persephone, para quem evitara olhar antes. Persephone a olhava com uma expressão entediada em seu rosto igualmente perfeito ao das amigas.

– Maravilhoso! – April disse, levantando-se. – Espero que a intensidade desta semana não te assuste. As coisas geralmente são bem menos...

– Mortais? – Sade respondeu brincando.

Mas nenhuma delas riu.

– ... bem menos pesadas – finalizou April.

Sade percebeu que fazer piadas com assassinato provavelmente não a ajudava a parecer menos culpada.

– Bem, até amanhã? – April perguntou.

Sade assentiu.

– Sim, até amanhã.

April sorriu e disse em um tom mais baixo, quase ameaçador:

– Perfeito, estou ansiosa para te conhecer, Sade.

– Igualmente – disse Sade, a voz subindo uma oitava enquanto engolia em seco, ansiosa.

Observou as três se levantarem outra vez e irem embora.

O que essas garotas querem de mim? Ela não tinha certeza.

Mas, talvez, a pergunta não devesse ser o que elas queriam dela, mas sim: o que Sade poderia obter delas?

8

QUINTA-FEIRA

ACHADO NÃO É ROUBADO

O ÚLTIMO SINAL TOCOU, INDICANDO que o dia letivo estava oficialmente encerrado.

Sade concordara em encontrar Baz na recepção para fazerem a busca; só que, quando ela chegou, o lugar estava vazio.

Nenhum professor cuidando da mesa, nem um garoto de cabelo rosa esperando por ela.

Ela se encostou no balcão e pegou o telefone, prestes a enviar uma mensagem para Baz quando, falando no diabo, na mesma hora seu telefone vibrou.

Nova mensagem de Basil: Estarei aí em 3

Ela respondeu com um emoji de joinha, saiu do aplicativo de mensagens e vagou por outros aplicativos do telefone, procurando novamente algo para passar o tempo. Conseguia ouvir os alunos circulando pelos corredores, saindo do prédio principal rumo às diversas atividades extracurriculares ou indo para as respectivas casas.

Ela se viu em um dos muitos aplicativos de redes sociais que tinha em seu telefone, mas que não usava para nada além de bisbilhotar a vida dos outros.

Viu uma notificação anunciando que Baz começara a segui-la, assim como duas das garotas profanas, Juliette de Silva e April Owens.

Estava certa de que Persephone provavelmente tinha um perfil, mas optou por não a seguir pelo mesmo motivo que a tinha rejeitado no almoço.

Não sabia o que havia feito para irritar a loira e não sabia se se importava. Já tinha muitas coisas na cabeça para ficar obcecada com o motivo pelo qual uma linda estranha não gostava dela.

Coisas como Elizabeth.

Começou a seguir Baz de volta e então passou a percorrer a longa lista de pessoas que Baz seguia, à procura de Elizabeth, eventualmente encontrando-a.

Clicou em seu perfil e, como Sade suspeitava, a página de Elizabeth estava praticamente desatualizada.

Ela só tinha três fotos.

A mais recente era de um ano antes: ela lendo um romance de Stephen King sentada em um carrinho de supermercado. A próxima era do mesmo período. Esta continha Elizabeth sozinha, em uma sala com uma parede de azulejos verdes e brancos, usando óculos de sol gigantes e olhando diretamente para a câmera. Ela parecia estar usando uma regata, mas Sade não podia dizer ao certo.

A última foto era de um ano e meio atrás. Uma selfie com Baz. O cabelo dela estava rosa, o cabelo de Baz era um afro azul. Ela levava um enorme sorriso no rosto enquanto ele pressionava os lábios em sua bochecha.

Nenhuma das fotos dizia muito a Sade. Só que Elizabeth não parecia muito interessada em redes sociais.

Fechou a página e digitou *Academia Alfred Nobel* no aplicativo de mapas, olhando a imagem de satélite da academia e da cidade vizinha. Parecia um labirinto.

Tão fácil de se perder por completo.

– Olá – Baz disse, a voz dele tirando-a de seus pensamentos e afastando seus olhos da tela do telefone.

Ele parecia mais alegre do que antes. As olheiras estavam menos proeminentes e seu rosto ganhara cor.

Sade quase pulou ao ver a srta. Blackburn atrás dele. Parecia estar olhando para Sade com uma pequena carranca. Embora pudesse ser apenas o rosto normal dela.

– Ei – disse ela, tentando ignorar a presença iminente da srta. Blackburn.

– Pronta para ir? – perguntou-lhe Baz.

Ela assentiu com firmeza.

– Sim.

Baz deve ter notado sua expressão de desconforto, porque se virou para encarar a fria supervisora também.

– A srta. Blackburn disse que nos acompanharia – Baz explicou.

Sade assentiu, sem saber se a explicação fazia alguma diferença.

Era estranhamente gentil da parte da supervisora deixá-los sair da escola para procurar Elizabeth. Por outro lado, talvez tivesse concordado com isso só para evitar parecer uma idiota.

– Vocês têm até pouco antes das sete. Quero assistir a um episódio de *EastEnders* às sete – disse a srta. Blackburn, olhando incisivamente para o relógio.

Baz assentiu.

– É melhor irmos, então – disse com um largo sorriso.

Tanto a expressão dele quanto o moletom verde com o que pareciam ser orelhas de sapo presas ao capuz contrastavam bastante com o sobretudo preto e a carranca da srta. Blackburn. A esperança que irradiava dele em grandes ondas era envolvente. Tanto era que Sade sentiu-se um pouco contagiada por ela, afastando os seus pensamentos nervosos e mórbidos. Ele deu o braço a Sade e eles seguiram a srta. Blackburn pela porta da academia.

– Eu me pergunto se teremos tempo o suficiente para jantar na cidade. Estou com vontade de comer peixe com batata frita – disse Baz.

– Sete – repetiu a srta. Blackburn com severidade.

– Sim, senhorita – ele respondeu com um brilho travesso nos olhos.

Chegaram ao estacionamento da escola, escondido em um caminho diferente, perto da entrada, cheio de carros pretos idênticos, todos com placa AAN seguida de um número.

Pareciam muito com algo que o Batman dirigiria.

A senhorita Blackburn apontou as chaves do carro para o AAN 5, e o carro emitiu dois bipes antes de as portas se abriram automaticamente.

– Entrem – disse, indo até o banco do motorista.

Eles obedientemente entraram no *Batmóvel*, e a srta. Blackburn os fez colocar os cintos de segurança antes de pisar no acelerador, sair do estacionamento e seguir pelo caminho que o motorista de Sade havia percorrido para chegarem aos portões da escola apenas alguns dias antes.

Ela olhou para Baz, que mirava atentamente para uma foto de Elizabeth na tela de seu telefone. Era uma que Sade não tinha visto no perfil da garota. Ele parecia determinado. Batia o pé no chão acarpetado do carro, as coxas tremendo, envolto na energia ansiosa que emanava dele.

Ela quase podia ouvir os pensamentos dele. *Isto tem que dar certo. Tenho que a encontrar.*

Sade tentou não pensar no que poderia acontecer se não o fizessem. Tentou não pensar em como, a cada momento que passava, a probabilidade de encontrar Elizabeth com vida diminuía exponencialmente. Ela poderia ter se machucado ao sair da escola – ou, pior, ter sido sequestrada – e então, tal como outras garotas que se perderam, poderia vir a desaparecer no éter, sem nunca mais ser vista ou dar notícias.

Baz respirou fundo, como se os pensamentos negativos de Sade estivessem transbordando dela e abalando suas convicções. Ela decidiu desviar o olhar dele e, em vez disso, encarar a janela, desejando acalmar os próprios nervos.

A floresta circundante passava zunindo em um borrão conforme saíam do terreno da escola e entravam na cidade vizinha. Sade afundou no assento e deixou a mente voar – tentando (sem sucesso) ignorar os flashes de luz que via aparecendo e desaparecendo pela janela, e então se aproximando enquanto o carro se movia adiante.

Era uma garota de camisola branca, observando-a sair da escola. Uma careta de decepção gravada em sua pele cor de mogno brilhante.

Sade pensou em fechar os olhos, mas sabia que a garota continuaria seguindo-a, espreitando sua mente e forçando-a a se lembrar da grande verdade.

Você nunca deveria ter vindo.

A garota de vestido branco agora se esmagava contra o vidro, bloqueando toda a luz externa.

Sinto muito, Sade queria lhe dizer, como já tinha feito inúmeras vezes. E como continuaria a fazer até que as palavras abrissem um buraco em sua garganta e lhe arrancassem tudo que ainda tinha.

Mas pedir desculpas nunca foi o bastante.

A única forma válida de acertar as coisas seria pagando com sangue.

Mesmo que fosse o dela.

• • •

A CIDADE FICAVA PERTO O suficiente da escola para que não demorassem muito para chegar lá.

Não tendo prestado muita atenção antes, Sade ficou surpresa ao ver como o lugar parecia normal. Havia fileiras e mais fileiras de edifícios que encarnavam o antigo estilo medieval inglês, modernizados pelas lojas que os ocupavam. Ela meio que esperava encontrar um cavalo e uma carruagem passando a qualquer momento. Mas, como era de se esperar para uma cidade nas proximidades de um dos internatos mais caros do país, tudo o que viu foram Teslas.

A srta. Blackburn estacionou em frente a uma floricultura e eles saíram do carro, com instruções estritas para não se afastarem muito da cidade.

Logo chegaram à primeira parada.

O café dos gatos ficava no cruzamento movimentado e parecia mais uma lan house do que uma cafeteria – com fileiras e mais fileiras de idosos digitando em computadores de mesa antigos.

Baz mostrou ao dono, que se parecia muito com um gato, uma foto de Elizabeth.

– Fico aqui a semana toda e não posso dizer que a reconheço, não – disse o proprietário.

– Ela vem muito aqui – Baz disse, pressionando-o. – Tem certeza disso?

O proprietário soltou um suspiro e semicerrou os olhos para a fotografia mais uma vez, depois manteve uma expressão que deixou Sade desconfortável.

– Sinto muito, garoto. Acho que reconheceria uma moça tão bonita quanto essa.

O rosto de Baz se contorceu.

– Ela tem dezessete anos.

– E daí? Agora é crime dizer isso? – O cara perguntou, como se não houvesse nada de errado em falar daquele jeito sobre uma garota. Principalmente uma que estava desaparecida. – Enfim, eu disse que não a reconheço. Como mencionei, fico aqui a semana toda e com certeza me lembraria dela, mesmo que ela não viesse sempre. Tenho memória fotográfica – disse, batendo na têmpora e mostrando-lhes um sorriso assustador.

Sade não acreditava nele e estava claro que Baz também não.

– Podemos ver as fitas do sistema de segurança interno, então? – Baz perguntou, agora cruzando os braços.

O proprietário pareceu irritado.

– Escute, garoto. Eu lhe fiz um favor respondendo às suas perguntas. A menos que tenha um distintivo de policial ou um mandado de busca, você não tem o direito de exigir todas essas coisas. Se não vai comprar nada, quero que saia da minha loja agora.

Baz ainda não parecia pronto para desistir.

– Vamos embora. Ainda há muitos lugares para visitarmos – disse Sade, puxando Baz pela manga.

– É melhor dar ouvidos à garota. Às vezes elas sabem do que estão falando – disse o proprietário com uma piscadela.

Os olhos de Baz se estreitaram, mas, de modo surpreendente, em vez de responder, ele se virou e caminhou em direção à porta.

Por um momento, pareceu que estava prestes a sair furioso dali, mas então puxou uma cadeira da frente da loja e subiu nela.

Os olhos de Sade se arregalaram quando Baz começou a gritar.

– O proprietário é um machista pervertido e, se eu fosse vocês, iria cuidar dos meus assuntos em outro lugar – disse Baz de modo que todos na loja ouvissem, incluindo os gatinhos.

Isso fez com que várias cabeças se virassem.

O proprietário parecia sem palavras, mas antes que pudesse fazer algo, como chamar a polícia ou ir atrás deles, Baz pegou na mão de Sade e puxou-a para fora da loja, correndo para longe.

Quando finalmente pararam em uma esquina da rua principal, longe das vistas do proprietário e um pouco sem fôlego, Sade enfim falou:

– Baz, ele poderia processá-lo por calúnia! – comentou, exasperada.

Julgava as ações dele ao mesmo tempo chocantes e engraçadas.

Baz encolheu os ombros, ainda recuperando o fôlego.

– Aquele pervertido pode ir se ferrar, tô nem aí. De qualquer forma, não seria a primeira vez que sou processado – disse, antes de tirar um pedaço de papel amassado do bolso. – Certo, o próximo item da lista é o bar de sucos aqui na esquina.

– Espera – Sade disse enquanto Baz começava a avançar, parando agora para olhá-la.

– Sim?

– Você não achou aquele café dos gatos estranho?

As sobrancelhas de Baz se franziram.

– Estranho como? O cheiro? Também reparei...

Sade balançou a cabeça.

– Não, estou falando dos computadores. Quando você disse café dos gatos, imaginei uma cafeteria normal, com gatos perambulando. Por que Elizabeth iria num lugar desses? Não há computadores na escola?

Baz assentiu, ficando pensativo por alguns momentos.

– Somos monitorados nos computadores da escola. Até mesmo os nossos laptops e telefones pessoais possuem um programa instalado para monitorar atividades. Muitas vezes as pessoas contornam isso levando dispositivos que a escola desconhece. Elizabeth não tinha um laptop, então acho que fazia sentido vir para cá.

– Não acho que meu telefone tenha esse programa.

– Eles costumam revistar os dispositivos na primeira semana do semestre. Como você chegou mais tarde, e com tudo o que aconteceu esta semana, a escola provavelmente se esqueceu de revistar o seu. Eu diria que é uma sorte. Pelo menos você não terá que lidar com uma ligação do diretor Webber por escrever *fanfics* inapropriadas em seu laptop – disse ele.

Sade ergueu a sobrancelha ao ouvir isso, mas não inquiriu mais, pois era melhor manter algumas coisas privadas.

Ela não gostava da ideia de ser monitorada tão de perto. Já passara tantos anos de sua vida sob o olhar minucioso de seu pai.

Entretanto, isso a fez questionar: o que Elizabeth queria esconder?

Ela digitou *café dos gatos* em seu telefone, e os resultados da pesquisa exibiram o café que eles tinham acabado de visitar; agora, no entanto, estava listado como *Cyber* Café dos Gatos, com a descrição: *Um lugar para desfrutar de nosso café, acariciar um gato e acessar a internet por uma taxa mínima por tempo de uso.*

– Se Elizabeth vinha aqui para usar os computadores, talvez haja coisas em seu histórico de pesquisa. Coisas que poderiam nos ajudar a descobrir onde ela pode estar.

– Mas o histórico não seria limpo regularmente, já que é um servidor público? Talvez eu devesse voltar e fazer mais perguntas sobre os computadores...

– Não, você com certeza *não* deveria fazer isso. Por um lado, acho que é seguro dizer que agora estamos banidos daquele lugar para sempre. Acho que deveríamos explicar isso à srta. Blackburn, pedir a ela que conte à polícia ou coisa do tipo. Eles podem olhar as imagens do circuito de segurança ou pedir para analisarem os computadores, verificar se há algo suspeito.

Baz deu de ombros e respondeu:

– Ok.

Sade olhou para a lista com os lugares a serem visitados feita por Baz.

– Elizabeth disse que ia ao bar de sucos com frequência?

Baz balançou a cabeça.

– É só um palpite. Ela gosta de coisas orgânicas, então achei que valeria a pena arriscar.

– Isso foi perspicaz, muito sherlockiano – Sade respondeu, o que fez Baz sorrir de leve.

Baz olhou para o café dos gatos à distância com uma expressão cansada e depois para o bar de sucos, guardando a lista.

– Pronta para ir então, Watson? – Baz perguntou a Sade.

Ela conseguia ver o medo retornando aos olhos dele, juntamente com o desejo de desvendar tudo aquilo.

Não tinha certeza de o que aconteceria se passassem o dia procurando e obtivessem o pior tipo de resposta. Do tipo que só levantaria mais perguntas ou do tipo que os conduziria a uma possibilidade sombria que ela nem queria cogitar.

Sade assentiu, determinada a ajudá-lo a encontrar o tipo certo de resposta. As que não causariam mais dor e sofrimento.

– Quando você estiver, Holmes.

DEPOIS DE MUITA CAMINHADA, INDO de loja em loja no frio congelante, sem mais informações sobre o paradeiro de Elizabeth do que quando começaram, o clima já sombrio foi piorado pela chuva.

– Ótimo – Baz murmurou enquanto sua lista começava a se desmanchar.

– Tinha mais algum lugar na lista? – Sade perguntou, tremendo enquanto segurava a bolsa acima da cabeça para se proteger.

Em busca de abrigo, correram até a porta de um bazar de caridade fechado.

Ele balançou a cabeça, o cabelo grudado na pele. Parte da tinta rosa aplicada recentemente escorria, deixando marcas sutis nas laterais do rosto.

– É melhor dizermos à srta. Blackburn que terminamos a busca – disse, com a voz trêmula como se estivesse prestes a falhar.

Era como se eles tivessem partido em algum tipo de perseguição inútil, voltando de mãos abanando.

Aparentemente, *havia* algo pior do que uma resposta ruim.

Resposta nenhuma.

Ela era capaz de afirmar pela expressão no rosto de Baz que ele acreditava ter falhado com Elizabeth.

– Você fez o melhor que pôde – disse.

Ele enxugou o rosto e desviou o olhar.

– Não sei se acredito nisso. Acho que, se tivesse feito o melhor que posso, teria encontrado alguma coisa de útil. Não consigo nem chutar onde ela pode estar. Supostamente, ela é a pessoa que eu mais conheço no mundo inteiro, e os últimos três dias me mostraram que talvez não seja assim. Talvez eu seja apenas um amigo de merda.

Sade os tinha visto juntos. Não havia como Elizabeth não ser muito importante para ele.

– Você definitivamente não é um amigo de merda. Não há dúvida de que ela era a sua melhor amiga...

– É – Baz a interrompeu. – *É* a minha melhor amiga.

– É – Sade repetiu, sem saber por que tinha dito aquilo no passado. Por que aquilo lhe escapara com tamanha facilidade.

– Desculpa, foi um longo dia – Baz falou, olhando para a chuva que caía e se intensificava. Não parecia que a tempestade iria diminuir tão cedo, então ele saiu do coberto. – Vamos embora.

Ela o seguiu até o carro estacionado da srta. Blackburn, que lia um jornal no banco do motorista.

Ele bateu na janela e a mulher se virou brevemente, depois apertou um botão diante de si que fez as portas se abrirem.

– Prontos para ir? – perguntou a srta. Blackburn.

Baz assentiu solenemente e a srta. Blackburn franziu os lábios, observando--os com uma expressão estranha.

Ela parecia... lamentar.

– Certo, tudo bem. Está escurecendo. Vamos voltar o mais rápido possível.

Baz e Sade sentaram-se novamente, e a srta. Blackburn enfiou o jornal no porta-luvas e deu a partida.

Sade recostou-se, esperando sentir a vibração abaixo dela e o balançar rápido dos movimentos do carro, mas, em vez disso, tudo o que ouviu foi o som impressionante do motor engasgando, morrendo e depois engasgando novamente.

A srta. Blackburn soltou um suspiro antes de tentar a ignição outra vez e falhar miseravelmente.

– Tem alguma coisa errada com o motor. Terei que ligar para o socorro – anunciou ela, depois murmurou: – Esses carros elétricos são inúteis.

Como se o dia não pudesse ficar pior, mas, de alguma forma, ficou.

Sade olhou para Baz, que encarava o chão em silêncio, as sobrancelhas franzidas como se estivesse pensando demais. A chuva batia no teto sobre sua cabeça como se fosse uma nuvem escura que o perseguia.

– Já volto – disse a srta. Blackburn, segurando o telefone no ouvido e abrindo a porta, antes de batê-la novamente.

Sade apoiou a cabeça na janela, a chuva aumentando seu pavor habitual. Enquanto tentava se distrair, a garota apareceu mais uma vez – como sempre acontecia quando Sade deixava a mente vulnerável.

Desta vez, apenas as mãos estavam visíveis.

Ela bateu em todas as janelas do carro, batendo e esperando que Sade a notasse. Quando a garota teve certeza de que tinha conseguido o que queria, começou a desenhar algo no para-brisa.

Dois pontos e um arco virado para baixo.

Uma cara triste.

A porta do carro se abriu de repente e Sade deu um pulo, contendo um grito. A srta. Blackburn voltou a entrar, com o cabelo, geralmente arrumado, agora encharcado e grudado na testa e no pescoço.

– Certo, o socorro está enviando alguém para ajudar, disseram que levaria meia hora no máximo – disse.

– Eles não podem mandar outro carro da escola? – Baz perguntou.

A srta. Blackburn balançou a cabeça.

– É melhor esperarmos.

A ajuda demorou mais de uma hora e meia para chegar. Quando o socorro chegou, a chuva já tinha diminuído um pouco, mas o rosto da srta. Blackburn tinha ficado mais assustador. Até o mecânico pareceu temer por sua sobrevivência enquanto falava com ela. A srta. Blackburn havia saído do carro, e Sade podia ouvi-lo gaguejando enquanto contava a ela qual era o problema.

Baz ficou quieto durante a maior parte do tempo, o rosto vazio.

Foi só quando Sade ouviu o estômago dele roncar é que ele enfim voltou a falar.

– Desculpa – disse. – Não comi hoje.

Os olhos dela se arregalaram em alarme.

– Nada?

Ele assentiu, jogando a cabeça para trás.

– Basicamente. Os meus biscoitos acabaram antes do primeiro período.

– Sinto muito – ela disse depois de um momento.

Ele sorriu preguiçosamente, olhando-a nos olhos agora.

– Se há uma coisa que os irlandeses e os ingleses gostam de fazer é pedir desculpa por nada.

Ela quase se desculpou por se desculpar, mas se conteve.

– É verdade, diria que é um péssimo hábito.

Baz assentiu.

– Se ao menos os ingleses criassem o hábito de pedir desculpas pelo que de fato fizeram... – disse ele no momento em que a srta. Blackburn entrou novamente no carro, completamente encharcada pela chuva e carregando um saco plástico branco que não tinha consigo antes.

Enquanto ela se acomodava e se ajeitava no banco do motorista, o atrito do material de suas roupas com o banco produzia um som engraçado.

– Enfim podemos ir – disse, colocando o cinto de segurança com força. – Ah, antes que me esqueça, já que definitivamente perdemos o jantar, trouxe algo para vocês dois comerem no trajeto de volta – disse a srta. Blackburn, enfiando a mão no saco branco e lhes estregando dois pacotes cheios de algo que cheirava fortemente a bacalhau.

– Obrigado, senhorita – Baz disse, enquanto Sade olhava a comida com desconfiança, antes de finalmente agradecer também.

A srta. Blackburn assentiu e ligou o carro, seguindo novamente pela avenida principal.

Enquanto comiam em silêncio no banco de trás, Sade ponderava os fatos.

O mundo não começava nem terminava nos limites daquela cidade. Se ela mesma pudera ter ido ali por vontade própria, era perfeitamente possível que Elizabeth tivesse saído escondida e pegado um ônibus para sair de lá. Quem sabe até um trem. Elizabeth poderia estar em qualquer lugar do país, talvez até do mundo.

Sade não tinha certeza se dizer isso ajudaria Baz ou apenas o machucaria.

Era difícil pensar que nunca mais veria alguém. Embora, tendo a sorte dela, fosse possível vê-los novamente, em devaneios e pesadelos. Usando vestidos brancos e brincando com os resquícios de sua sanidade.

O terreno da escola estava silencioso quando voltaram. Os estudantes estavam em seus dormitórios, relaxando antes do final do dia.

A srta. Blackburn os acompanhou de volta à recepção, onde assinou um formulário de liberação, informando o paradeiro deles naquela noite.

A srta. Thistle parecia estar ausente, então restavam apenas os três na entrada silenciosa.

– Certo, é melhor eu ir agora. Mais uma vez, lamento que a busca não tenha produzido os resultados esperados. Mas estou acompanhando todos os detalhes do caso e, com certeza, avisarei se encontrarem alguma coisa – disse a srta. Blackburn com um sorriso tenso.

Sade percebeu pelo relógio na parede que já passava das oito – eram quase nove – e imaginou que a srta. Blackburn se ressentia de ter voltado tarde. Embora, Sade admitisse, fosse surpreendente que a supervisora tivesse concordado em ajudá-los.

Talvez ela não fosse tão ruim quanto parecia.

– Obrigado, srta. Blackburn. Na verdade, tenho uma pergunta sobre as buscas que a polícia está fazendo... Você acha que eles vão dar uma olhada na cidade e nas lojas de lá também? Especificamente, no café dos gatos – Baz perguntou.

A srta. Blackburn ergueu a sobrancelha.

– Por quê? Você viu alguma coisa?

Baz balançou a cabeça rapidamente.

– Não, nada. Eu só estava pensando – disse, com os olhos arregalados como um cervo diante de faróis.

A srta. Blackburn assentiu, inquisitiva.

– Bem, pelo que entendi, eles já visitaram todas as lojas da cidade e entrevistaram os funcionários. Incluindo a dos gatos.

Baz franziu a testa.

– Por que você nos deixou ir à cidade se a polícia já tinha feito isso?

A srta. Blackburn o olhou em silêncio antes de responder.

– Para que você pudesse ficar mais tranquilo, Basil. Sei que a srta. Wang era sua amiga, e sua colega de quarto e irmã de casa, Sade. Por isso permiti. Espero que agora vocês possam deixar os adultos fazerem seu trabalho. Afinal de contas, foram treinados para isso – concluiu a srta. Blackburn, com um olhar gelado e a voz condescendente. – Vou embora agora, mas avisem-me se tiverem alguma preocupação legítima ou se lembrarem de algo útil que possa ajudar a polícia a encontrar a srta. Wang.

E então, sem dizer mais nada, a srta. Blackburn passou pela dupla, deixando-os sozinhos no corredor.

Sade reconsiderou o que havia pensado antes. A srta. Blackburn continuava fria como sempre.

– Que *chatonilda* – disse Sade depois de alguns instantes.

Baz inclinou a cabeça para o lado.

– Chatonilda?

– É, sabe? Parece que não tem coração.

Baz parou por um momento, observando-a.

– Sade, você não xinga?

Palavrões eram uma coisa que o pai dela sempre tinha desencorajado.

– Às vezes... – ela disse, ficando de rosto quente.

Sade não tinha pensado que isso não era normal.

Sentiu Baz cutucá-la levemente enquanto sorria.

– Achei isso fofo, Watson. Devo avisá-la, porém, que depois de algumas semanas comigo você será uma marinheira completa. Eu concordo, ela *é* uma chatonilda.

Os dois caminharam até os dormitórios em um silêncio pesado e frio. A chuva era agora uma garoa leve, e o céu noturno estava escuro, denso e preto.

O dormitório de Baz, Seacole, ficava em frente ao dela, então, quando chegaram à Casa Turing, Baz não precisava ir muito longe.

Antes de ir embora, ele estendeu a mão para ela. Ela olhou-o no rosto, confusa, e então se lembrou do aperto de mão com que concordara. Depois de uma breve pausa, ela relutantemente bateu na dele. Ele levantou ambas as mãos e as fechou em punhos. Ela bateu os punhos contra os dele, fazendo-o concordar, satisfeito com a reação dela.

– Estágio dois do aperto de mão secreto, concluído – disse ele.

– Ah – ela respondeu.

– A propósito, obrigado – disse ele, e acrescentou: – Por hoje.

– Sempre que precisar – disse ela, querendo se desculpar, mas resistindo.

Ela não tinha certeza do que lamentava.

Desculpa por não ter ajudado a encontrar nenhuma pista?

Ou *Desculpa, talvez poderia ter visto Elizabeth sair do quarto naquela noite e impedido o que quer que tenha acontecido com ela, mas talvez estivesse com muito sono para perceber?*

Ou talvez:

Desculpe por estar aqui no lugar dela...

– Vejo você amanhã. No almoço? – ele disse.

Ela assentiu.

– Sim, a gente se vê.

Ele acenou e se virou, seguindo pelo caminho que levava à Casa Seacole.

Sade o observou abrir as portas e desaparecer dentro de casa, antes de ela mesma entrar na dela.

Turing não estava tão silenciosa quanto o prédio principal. Ela podia a movimentação das pessoas nos andares de cima, assim como o barulho suave de panelas e pratos sendo recolhidos pela equipe na sala de jantar.

Ao entrar no elevador em direção a seu andar, ela teve a estranha sensação de que algo estava errado.

A sensação se tornou real quando saiu do elevador e vasculhou a bolsa em busca da chave do quarto, mas não conseguiu localizá-la.

Sacudiu a bolsa para ver se conseguia ouvir o familiar tilintar de metal, mas não houve som. Foi tomada pelo medo. Era provável que tivesse deixado a chave cair durante a noite, enquanto estavam na cidade.

Lembrou-se do aviso da sra. Thistle sobre perder a chave do dormitório; ela teria que enfrentar a ira da srta. Blackburn. Já era ruim o suficiente que a supervisora pensasse que Sade era uma incompetente: aquilo seria a gota d'água.

Olhou para a porta, pesando suas opções.

Poderia pedir uma chave nova ou ficar para fora durante a noite toda. Nenhuma das duas opções parecia agradável. Aquele seria um ótimo momento para saber como arrombar uma fechadura.

Aproximou-se da porta mais uma vez, esperando que, por algum milagre, sem querer a tivesse deixado destrancada naquela manhã. Mas, como indicado pelo barulho infrutífero da maçaneta, a porta estava realmente trancada.

Ao se afastar, sentiu algo sólido sob seus pés. Olhou para o capacho em que pisava, depois saiu dele e empurrou-o para o lado com o sapato, lembrando-se do roedor morto da segunda-feira.

Um alívio se espalhou por ela quando, ao sair do lugar, o capacho revelou uma chave. Provavelmente uma sobressalente. Elizabeth devia tê-la colocado ali em caso de emergência. E aquilo definitivamente era uma emergência. Ela preferia dormir no corredor a deixar a srta. Blackburn ficar sabendo de seu descuido.

Estendeu a mão e pegou a chave no chão, franzindo as sobrancelhas ao inspecioná-la.

Havia o que parecia ser um pequeno S escrito com marcador preto na base.

Exatamente como a chave dela, que tinha um S de *Sade* escrito com a caligrafia da srta. Blackburn ou da sra. Thistle.

Este era um S de *sobressalente,* ela imaginou.

Quais são as chances disso?

Ela ignorou a estranheza e ajeitou o capacho no lugar antes de inserir a chave na fechadura e girá-la.

O interior do quarto parecia mais frio do que pela manhã. A janela, que ela tinha fechado depois do café da manhã, agora estava aberta e rajadas de vento entravam no quarto, fazendo as cortinas dançarem e os pelos de seus braços se arrepiarem.

No escuro, ela conseguiu distinguir o formato de sua cômoda, com as gavetas abertas, como se alguém tivesse remexido em suas coisas. O pânico começou a se espalhar.

Sade logo acendeu as luzes, percebendo quão imaculado estava o lado de Elizabeth. Os lençóis antes desgrenhados estavam cuidadosamente esticados no colchão, as roupas largadas agora se encontravam dobradas em sua cômoda aberta.

Alguém estivera ali.

Examinou novamente o lado de Elizabeth do quarto, esperando que ela saísse de seu esconderijo.

Ela a imaginou aparecendo de repente, com um sorriso, dizendo "Gostou da nova decoração?", sem saber do caos que o desaparecimento dela tinha causado.

Mas o quarto ainda estava vazio. Sade ainda estava sozinha.

Olhou para o seu lado do quarto então, procurando por mais sinais de invasão.

E foi então que ela viu: a caixa de madeira em sua cama.

9

QUINTA-FEIRA

A CAIXA DE MÚSICA

A CAIXA PARECIA AMEAÇADORA SOBRE a cama de Sade.

Imóvel e silenciosa, como se a observasse.

Sade meio que esperava que ela criasse pernas e a expulsasse do cômodo. Ou, pior, que começasse a apitar e explodisse na cara dela.

Em vez disso, porém, ficou ali, imóvel. Esperando ser tocada.

Sade já tinha assistido a filmes de ação e terror suficientes para saber que encostar em uma caixa estranha que aparentava ter sido deixada para você sempre era algo ruim. Ainda assim, ela se viu movendo-se lentamente na direção da caixa, até ficar bem de frente para ela.

Soltou um suspiro, curvando-se para tocá-la. Seus dedos bem-cuidados roçaram a madeira e os intrincados entalhes de flores e espirais, que formavam um padrão na parte externa da caixa.

Alguém esteve aqui, pensou outra vez.

Alguém deixou esta caixa na minha cama.

Uma voz, a voz dela, incentivou-a a pegar a caixa, abri-la, ver o que havia lá dentro.

Sade agarrou a caixa, erguendo a trava antes de abrir a tampa. Imediatamente, uma música lenta e encantadora começou a tocar enquanto uma garota feita de vidro girava no centro.

A tampa aberta revelava uma mensagem gravada em ouro. *Para minha querida Elizabeth.*

Sade sentiu o coração parar por completo.

A caixinha era da Elizabeth... Então, por que estava na cama de Sade?

O mau pressentimento cravou-se nela outra vez, subindo por seus braços. Ela não acreditava em coincidências. Sua vida sempre fora uma série de ratoeiras dispostas com cuidado, armadas pelo universo. E Sade nunca era a última a rir.

Ela tinha a sensação de que aquela caixa era o ato seguinte de uma série de truques que o universo lhe reservava nesta vida.

Mas quem dera a caixa para Elizabeth? Um parente talvez, ou um amigo... Sade pensou em Baz por um momento.

Mas por que a caixa estaria ali agora?

Ao analisar com atenção, Sade notou mais uma trava no lado de dentro, embaixo da garota que girava. Esta era muito menor que a externa.

Sade a abriu, e a garota rodopiante se dobrou sobre si mesma quando uma segunda tampa se abriu.

O compartimento secreto revelou o que pareciam ser pedaços de papel e notas manuscritas.

Ela reconheceu a caligrafia de Elizabeth, pela maneira como ela havia escrito o seu nome no quadro-negro pendurado à porta do quarto. A mesma caligrafia estava por toda parte.

Sade pegou uma das notas. A letra se parecia mais rabiscos apressados do que com palavras de verdade. Em meio a frases sem sentido, ela conseguiu distinguir uma palavra que se parecia com *Pescadore*... alguma coisa, quem sabe *Pescadores*? Mas, tirando isso, aquilo tudo poderia muito bem ser alguma besteira sem sentido.

Sade viu um envelope preto enfiado sob os pedaços de papel e as anotações. Enfiou a mão e puxou-o para fora.

O envelope era grosso e parecia caro. Na frente do envelope havia o contorno de um peixe, gravado em prata, e no verso um daqueles selos de cera antigos com um símbolo de peixe semelhante. Sade abriu a carta e viu algo escrito em tinta prateada no papel.

Para Elizabeth

.-. .- - --- ... / --.- ..- . / --. .-. .. - .- -- / ... . / - --- .-. -. .- -- / .-. .
..-. . .. -.-. .- --- / / ..- -- .- / -.-. .. - .- -.-. .- --- / -.. --- / .-.. . -. -..
.- .-. .. --- / .--- --- .... -. / ..-. .. ..-. --..-- / -. --- ... ... --- /

..-. ..- -. -.. .- -.. --- .-. --..-- / --- / .--. . ... -.-. .- -.. --- .-. / --- .-. ..
--. .. -. .- .-.. .-.-.- / .-.. . -- -... .-. . -....- ... . / ... .- -... .. .- -- . -. - . /
-.. .- ... / .--. .- .-.. .- ...- .-. .- ... / -.. . .-.. . --..-- / .. -. - . .-. -. .- .-..
.. --.. . -....- .- ... --..-- / .--. --- .. ... / .- --. --- .-. .- / ...- --- -.-. . /
..-. .- --.. / .--. .- .-. - . / -.. --- ... / . ... -.-. .- .-.. --- . ... / -- .- .. ... /
. .-.. . ...- .- -.. --- ... / -.. --- / -- ..- -. -.. --- .-.-.- / -.-. .- .-. .- / . / .
... - .. -- .- -.. .- / -.-. --- -. ...- .. -.. .- -.. .- --..-- / - . -. .... --- / --- /
.--. .-. .- --.. . .-. / -.. . / .. -. ..-. --- .-. -- .- .-. / --.- ..- . / ...- --- -.-.
. / ..-. --- .. / ... . .-.. . -.-. .. --- -. .- -.. .- / -.-. --- -- --- / ..- -- .- /
-.. .- ... / .--. --- ..- -.-. .- ... / ... --- .-. - ..- -.. .- ... / .- / .--. .- .-. - ..
-.-. .. .--. .- .-. / -.. . / ..- -- .- / .-. . ..- -. .. .- --- / -.. .- / -.-. .- ... .- /
.... .- .--- -.- .. -. --. .-.-.- / .--. --- .-. / ..-. .- ...- --- .-. --..-- / ...- .
.--- .- / --- ... / -.. . - .- .-.. .... / -. .- / .--. .- .-. - . / -.. . / - .-. .- ...
/ -.. . ... - . / -.-. --- -. ...- .. - . .-.-.- / . ... - .- -- --- ... / .- -. ... .. ---
... --- ... / .--. .- .-. .- / .-. . -.-. . -... . .-. / ...- --- -.-. . --..-- / . / .-..
. -- -... .-. . -....- ... . --..-- / -. .- --- / --. .-. .. - . .-.-.- / / --- .--. ...

Sade franziu a testa para a página, observando a combinação de traços, pontos e barras. Demorou-se olhando o início da mensagem... Parecia ser algum tipo de mensagem codificada...

Uma batida forte na porta a fez pular, e Sade logo enfiou a caixa e o envelope debaixo do edredom.

Foi abrir a porta e encontrou a monitora da casa, Jessica, do lado de fora.

– Vi que as luzes ainda estavam acesas – disse ela.

– Eu estava estudando – mentiu Sade.

Jessica ergueu a sobrancelha.

– As luzes devem ser apagadas às nove e meia.

Já era tão tarde?

– Desculpe, eu não sabia...

Jessica a interrompeu com um sorriso tenso.

– Só não faça isso de novo, ok?

Sade sentiu vontade de fechar a porta na cara dela.

– Ok – respondeu em vez disso.

Jessica lhe lançou um último olhar desdenhoso antes de se virar.

– Espere... hum, Jessica? – disse Sade.

A monitora se voltou.

– Sim?

– Acho que alguém entrou no meu quarto hoje – disse Sade. – Minhas coisas não estavam no lugar habitual. Existe alguma maneira de você conferir as câmeras do circuito interno ou...

– Foi a faxineira – disse Jessica, interrompendo Sade mais uma vez.

– A faxineira? – Sade questionou.

– Sim, ela limpa os quartos às quintas-feiras. Isso é tudo? – Jessica perguntou, parecendo entediada com a conversa.

Sade assentiu, incerta. A faxineira provavelmente tinha encontrado a caixa nas coisas de Elizabeth e se esquecera de colocá-la de volta no lugar certo. Não havia nada de profundo ou misterioso.

No entanto, Sade não conseguia se convencer.

– Boa noite, então – Jessica falou, virando-se bruscamente mais uma vez e sumindo no corredor.

Sade voltou ao quarto e vestiu o pijama antes de apagar as luzes. Foi para a cama, tirou a caixa de baixo do edredom e abriu-a novamente, usando a lanterna do telefone como fonte de luz.

O barulho suave da música lhe encheu os ouvidos enquanto a garota dava voltas sem fim, e Sade logo puxou o edredom sobre a cabeça para abafar o som e não alertar Jessica de que ainda não planejava dormir.

Abriu o envelope e procurou novamente desvendar os símbolos.

Era, claramente, algum tipo de convite.

Para Elizabeth. Era assim que o convite começava. Que tipo de mensagem precisava ser ocultada daquela forma?

Seu olhar se voltou para a caixinha de música. Para a dançarina. Para seu rosto, seu cabelo, sua expressão. Alguma coisa parecia familiar nela. Alguma coisa que Sade não tinha notado antes.

A garota se parecia com Elizabeth.

Leu a gravação de novo, notando a leve marca de duas letras extras.

Para a minha querida Elizabeth – TG

T.G.

Quem era TG?

Era a pessoa que tinha enviado aquela carta para ela?

De repente, ouviu o barulho fraco de passos do lado de fora de sua porta e rapidamente enfiou a carta na caixa e fechou-a, interrompendo a música.

Esperou alguns momentos até que os passos se aquietassem antes de guardar a caixa debaixo da cama e deitar-se pesadamente.

Teria que dar uma olhada melhor no dia seguinte, quando a ameaça da monitora da casa não estivesse tão próxima.

Ao fechar os olhos para tentar adormecer, a conversa que tivera com Baz na terça-feira se repetiu em sua mente:

Talvez ela esteja com outro amigo?, ela perguntou.

Elizabeth não é do tipo que gosta de gente, Baz respondeu.

Se Elizabeth não gostava de pessoas, então por que tinha uma caixa que parecia ser de uma pessoa misteriosa chamada TG?

TG eram as iniciais de alguém? Ou alguma coisa totalmente diferente?

10

SEXTA-FEIRA

COISAS DE FAMÍLIA

SADE ESTAVA ATRASADA.

De novo.

Desta vez, a falta de pontualidade foi causada por uma noite agitada, que resultou em despertar uma hora mais tarde do que o normal.

Apressou a rotina matinal, comeu uma barra de cereal como café da manhã e correu para o bloco A como se fosse uma questão de vida ou morte – o que chegava a ser, se a srta. Blackburn a visse de algum modo.

Entrou no meio da aula do sr. Michaelides, ofegando enquanto se desculpava pelo atraso. A turma toda olhou para ela, alguns rostos com expressões nada impressionadas. Especialmente Persephone, que ameaçava queimá-la com os olhos.

Pelo visto, Sade havia interrompido a apresentação de Persephone sobre *Macbeth*.

A apresentação que, em meio ao caos dos últimos dias, ela agora se dava conta, havia se esquecido de terminar.

Ótimo, pensou. Justo o que precisava para encerrar a semana, a primeira detenção.

Rapidamente ocupou um lugar vazio, pegando o pen drive que continha a sua muito mal elaborada apresentação, que consistia em um slide de introdução e nada mais.

– ... Lady *Macbeth* é frequentemente vista como uma vilã, mas não acho que ela seja... – A voz de Persephone ecoou na sala enquanto a imagem de uma garota ensanguentada era projetada atrás dela. – Acho que ela é uma mulher que perturba as ideias dominantes de feminilidade, destruindo o patriarcado e desafiando o olhar masculino.

A imagem da apresentação foi substituída por um rei em um trono feito de ossos humanos.

– Se ela é uma vilã, então Macbeth também o é. E se Macbeth pode ser considerado um herói imperfeito, mas ambicioso, ela também pode. Obrigada – concluiu Persephone, provocando leves aplausos pela sala de aula.

– Brilhante como sempre, srta. Stuart – disse Michaelides.

Ela não sorriu nem reagiu ao elogio dele. O silêncio de Persephone foi alto e afiado como uma faca.

O sr. Michaelides pigarreou sem jeito.

– Sempre adorei leituras feministas de Macbeth! A seguir, Francis *Webber,* e depois Sade Hussein.

Sade franziu o cenho à menção do sobrenome de Francis. Webber. Como o diretor Webber? Ela não ligara os pontos antes.

Francis se levantou e ficou diante da turma, o cheiro de fumaça de cigarro e de algo terroso que o impregnava pairando no ar. Suas sardas ruivas e seu cabelo laranja reluzente brilhavam à luz do projetor.

Ela se lembrou da menção que Baz fizera ao enteado do diretor durante o curso intensivo sobre as panelinhas da escola, na segunda-feira, mas não tinha percebido que o enteado em questão era Francis.

Os dois não se pareciam em nada.

Persephone sentou-se ao lado de Sade, que lançou um olhar furtivo para a loira, como vivia fazendo.

Persephone tinha uma constante expressão indecifrável.

Era difícil adivinhar o que ela estava pensando. Às vezes, Sade pensava que Persephone também a observava, como no seu primeiro dia. Então, outras vezes, como na véspera, era como se Persephone quisesse estar em qualquer outro lugar, menos perto de Sade.

Talvez Persephone nem a estivesse olhando na segunda-feira. Talvez Sade nem passasse por sua cabeça.

Sade desviou o olhar da garota profana, distraindo-se enquanto Francis declamava em tom monótono a sua opinião sobre Lady Macbeth e o relacionamento com Macbeth, para a surpresa de ninguém, uma baba misógina escorrendo de seus lábios dele.

As pessoas aplaudiram quando ele terminou, e o sr. Michaelides ofereceu um sorriso tenso.

– Foi, certamente, muito diferente da apresentação de Persephone – disse.

– Tento não descrever mulheres como sendo *psicopatas* e *fubangas*, então, sim, muito diferente – disse Persephone.

Francis revirou os olhos.

– Persephone está furiosa porque assusta todos os namorados em potencial com essa personalidade encantadora.

– Primeiro, não que seja da sua conta, mas sou lésbica, então tenho pouquíssimo interesse em espécimes como você, especialmente quando se parecem e agem assim, e, em segundo lugar... – Ela ergueu o dedo médio em resposta.

Alguns alunos da turma riram quando o rosto de Francis enrubesceu.

– Já chega. Tenho certeza de que todos nós somos capazes de ter um debate animado sem recorrer a assuntos pessoais – disse o sr. Michaelides, parecendo ainda mais desconfortável. Ficou claro que ele não disciplinava ou confrontava os alunos com frequência. – Sade, agora é a sua vez – continuou, na tentativa de seguir em frente.

Ainda se recuperando de ter presenciado Persephone acabando com Francis, Sade quase se esqueceu da sua punição iminente. Saiu do torpor e pegou o pen drive antes de ir até a frente da turma.

Sua apresentação apareceu atrás de si quando ela o conectou ao computador.

E lá vamos nós.

Ela já havia estudado esta peça tantas vezes que a essa altura não precisava da apresentação para poder falar sobre ela.

– Quando estiver pronta, Sade – disse Michaelides.

Ela assentiu, sentindo-se quente sob os olhares penetrantes dos colegas.

– Sim, hum... Lady Macbeth – começou.

– Não consigo ouvir – disse um garoto lá de trás, o que tirou risadinhas de toda a turma.

– Acho que Persephone apresentou vários bons argumentos – prosseguiu, falando um pouco mais alto. – Mas, hum... Eu diria que Lady Macbeth é e deveria ser considerada uma vilã, talvez até mais do que Macbeth. Ainda pior que os dois personagens, porém, é o próprio dramaturgo: Shakespeare. Esta apresentação se propõe a ser sobre os relacionamentos e personagens presentes em *Macbeth*, e eu gostaria de falar sobre o motivo de Shakespeare ser o vilão e a respeito do relacionamento entre ele, o autor, e seus personagens.

A turma inteira ficou em silêncio. Sem inquietação, sem sorrisos maliciosos ou rostos pouco impressionados. Apenas silêncio e expressões vazias.

– Você poderia explicar? – perguntou o sr. Michaelides, também parecendo um pouco confuso.

Sade estava, em grande parte, apenas enrolando. Mas então se lembrou de um exercício que a sua antiga professora de inglês, a sra. Samuels, sempre a obrigava a fazer.

A entrevista com o autor.

Envolvia um tipo de interrogatório com o autor do livro que ela estava estudando na semana, e como Shakespeare escreveu um monte de peças, ela constantemente se encontrava cara a cara com o próprio William – metaforicamente falando, é claro.

– Shakespeare era um homem de meia-idade, infeliz no casamento e com tendência a escrever mulheres muito unidimensionais, mas homens complexos. Eu diria que a única forma como Shakespeare sabia escrever uma mulher forte era despojando-a de sua feminilidade e tornando-a cruel. Ele teve que a desumanizar e a reduzir a nada para demonstrar por que ela era diferente. Ela é a antítese da esposa perfeita. Ela odeia crianças, quer exercer o domínio e fala o que pensa... – Sade divagou.

Não tinha certeza de onde vinha tudo isso. Talvez anos numa dieta forçada de Shakespeare finalmente tivesse estourado as comportas e liberado aquela enxurrada de pensamentos que, aparentemente, ela tinha dentro de si.

Por fim, concluiu a apresentação:

– Lady Macbeth não empodera as mulheres, apesar do que diz a crítica feminista moderna. Ela carrega a moral de Shakespeare. Quem perturba o patriarcado acaba sofrendo.

Ninguém bateu palmas. O olhar de perplexidade no rosto da maioria dos alunos ainda era evidente.

– Uau, foi uma análise brilhante, Sade. Muito impressionante – disse, por fim, o sr. Michaelides.

Contrastava com a expressão inexpressiva com que Francis olhava pela janela, claramente desinteressado. Pelo menos o sr. Michaelides pareceu gostar e ela, de alguma forma, tinha evitado acabar na detenção.

Ela realmente precisava colocar a enorme carga de estudos em dia para evitar que aquela situação se repetisse. Como raramente tinha a sorte a seu favor, era improvável que conseguisse fazer algo assim outra vez.

Enquanto o sr. Michaelides falava sobre o que estudariam na semana seguinte, Sade se distraiu. Sua mente foi mais uma vez consumida pela caixa e pela estranha carta com o código e o símbolo esquisito de peixe.

E se realmente significasse algo?

Ela tinha que mostrar a Baz e ver o que ele achava, se poderia ser uma pista.

– ... *A menina que roubava livros* é uma ótima introdução à Segunda Guerra Mundial e à literatura ambientada naquela época. Também assistiremos a *O jogo da imitação* na próxima semana, que, caso não saibam, é um filme sobre como o grande Alan Turing decifrou o código Enigma durante a Segunda Guerra Mundial. – O sinal o interrompeu. – Ah, vejo que estou sem tempo. Venham pegar seus exemplares de *A menina que roubava livros* aqui na frente; vocês têm uma semana para ler as primeiras cinquenta páginas antes de discutirmos o texto. Certifiquem-se de ler até o capítulo quatro para a aula de segunda-feira.

As pessoas começaram a se levantar, pegando um exemplar antes de sair da pequena sala de aula. Mas Sade ficou imóvel, pensando nas palavras do sr. Michaelides.

Código Enigma.

Aquele código da caixinha de Elizabeth... os pontos repetidos, o padrão que formavam.

Como ela não se dera conta antes?

Código Morse.

A carta tinha sido escrita em código Morse.

Enquanto estudava em casa, aprendera brevemente sobre os muitos códigos usados na Segunda Guerra Mundial e, embora não soubesse ler código Morse, sabia que usava pontos e traços.

Ela teria que encontrar algum tipo de guia de tradução na internet, mas talvez o código os deixasse mais perto de descobrir quem enviara o convite e, por sua vez, quem mais poderia saber o possível paradeiro de Elizabeth. Com sorte, isso confirmaria as suas suspeitas de que Elizabeth estava ferida ou, ainda melhor, as refutaria.

Ela não conseguiria decifrá-lo até o fim das aulas, mas tinha a impressão de que enfim estava chegando a algum lugar.

Certamente, uma carta tão enigmática queria dizer *alguma coisa.*

Ao sair correndo da sala de aula, seus pensamentos foram interrompidos.

– Ei – disse uma voz.

Sade encontrou os olhos castanhos e profundos de Persephone ao erguer a cabeça. A garota estava encostada em uma parede próxima, olhando para Sade. Parecendo muito intimidadora.

– Oi – Sade respondeu.

– Gostei do que você disse na aula.

– Ah? Obrigada.

Elas se encararam por alguns instantes, que para Sade pareceram horas. Era como se Persephone estivesse vasculhando os seus pensamentos, tentando ler a sua mente. Levando em conta tudo o que havia de escondido lá dentro, Sade esperava que ela não fosse capaz disso.

– Te vejo no almoço, então? – a garota perguntou.

Sade quase havia esquecido o convite para almoçar da véspera. Assentiu.

– S-sim, te vejo lá.

Os cantos dos lábios de Persephone se repuxaram; não era exatamente um sorriso, mas algo parecido com isso – embora Sade possa ter imaginado. Persephone se afastou e Sade ficou olhando para ela.

Persephone parecia ser outro código que Sade não tinha certeza se conseguiria decifrar. Mas sentiu que a garota a estava desafiando a tentar mesmo assim.

A PROFANÍSSIMA TRINDADE NÃO ESTAVA lá quando Sade chegou para o almoço, por isso ela pegou a comida e foi até a mesa que estava se tornando habitual para ela. Ficou surpresa de encontrar Baz construindo uma espécie de torre com seus salgadinhos.

– O que você está fazendo? – perguntou ao se sentar ao lado dele.

– Construindo uma torre – ele respondeu.

– Eu quis dizer o que está fazendo aqui. Normalmente não vejo você no refeitório.

– É dia de *salsicha com purê de batata* – afirmou ele com naturalidade, como se isso explicasse tudo.

Sade fez uma careta.

– Odeio purê de batata – disse.

Baz olhou para o prato de lasanha vegetariana dela e fez uma cara de nojo parecida.

– Diz a pessoa que come lasanha verde.

– Ei, é a única opção halal do cardápio – disse, e depois deu uma grande mordida com um olhar de satisfação exagerado. – Muito melhor do que batatas grumosas.

– Deveria ser ilegal odiar purê de batata – respondeu Baz.

Ela sorriu.

– A alegria da liberdade de expressão!

– Vamos mudar de assunto antes que eu seja forçado a renegá-la – disse ele.

Ela estava receosa de que a busca pudesse ter piorado tudo. Mas ele ainda tinha aquele olhar determinado, como se ainda não tivesse perdido todas as esperanças.

– Você sabe alguma coisa sobre uma caixinha de música que era da Elizabeth? A faxineira a deixou por acidente na minha cama ontem quando limpou o dormitório.

Baz parecia confuso.

– Uma caixinha de música?

Sade assentiu, a expressão dele acabando com um pouco da esperança que ela tinha de que aquilo pudesse ser uma pista relevante.

– Ela nunca mencionou nenhuma caixinha de música... Também acho que nunca vi nenhuma no quarto dela. Tem certeza de que era dela?

– Sim, o nome dela está gravado. Mas de um jeito bem estranho.

– Como assim?

Sade rememorou a caixa, lembrando-se das gravuras, da garota rodopiante, dos papéis dentro dela.

– Dizia: "Para a minha querida Elizabeth – TG."

O rosto de Baz pareceu impassível à menção de TG. Talvez ele também não soubesse o significado da sigla misteriosa.

– Parece que foi presente de alguém, talvez da mãe dela ou coisa parecida? – Sade continuou.

Baz balançou a cabeça.

– Não, não seria da mãe dela ou de qualquer parente – garantiu.

Como ele tinha tanta certeza?

– Por que não? – perguntou Sade, ajeitando-se no lugar.

Ele hesitou, examinando a área com os olhos antes de falar, baixinho agora:

– Elizabeth não tem um bom relacionamento com a família dela. Antes da morte de minha avó, a mãe dela era enfermeira da minha avó, e Elizabeth via a minha avó bem mais do que qualquer outro membro da própria família dela. Não tenho certeza de todos os detalhes, mas Elizabeth foi criada pela mãe e pela tia-avó, Julie, mas principalmente por Julie. Hoje em dia eu falo com a mãe dela mais do que ela, e ela não guarda nenhuma recordação da mãe na escola. É um assunto espinhoso e que não me diz respeito, e é por isso que não o mencionei antes.

– Oh – ela respondeu simplesmente, sem esperar nada daquilo.

Baz coçou a cabeça e voltou para sua torre.

– Bem, de qualquer maneira, rolou muita merda, e aí a mãe dela ficou muito doente, e elas tiveram uma briga feia durante o segundo ano. Elizabeth nem volta para casa durante as férias. Ela geralmente fica aqui, vai para casa comigo, ou, antigamente, costumava ir para a casa da tia Julie. Mas, via de regra, Elizabeth gosta de manter a escola e a vida familiar separadas. Ela sempre foi assim, então é bastante improvável que a caixa seja algo da família – finalizou, encolhendo os ombros.

Sade assentiu.

Ela se assemelhava a Elizabeth nesse aspecto. De querer manter a escola e a vida familiar separadas. Entendia o encanto de começar de novo e deixar toda a carga para trás.

Quase toda ela, de qualquer maneira.

– Então a caixa pode ser de alguém aqui da escola? – perguntou.

Baz a encarou por alguns momentos desconfortáveis.

– Acho que poderia, sim. – Então desviou o olhar sem jeito. – O que mais tinha nessa caixa? Encontrou mais coisas?

Sade assentiu.

– Havia anotações, mas não consegui entender o que diziam. E uma carta escrita para Elizabeth em código Morse...

– Código Morse?

– Eu tenho certeza que é. Posso te mostrar tudo isso depois das aulas? Ver se pode haver alguma pista?

Ele assentiu lentamente, assimilando todas as novas informações. Provavelmente não era fácil processar tudo aquilo. O fato de que Elizabeth, sem sombra de dúvida, estava escondendo coisas dele.

Está escondendo coisas. No presente.

Ela tinha que parar de fazer aquilo.

Baz parecia ter desistido de sua torre e então passou a comê-la enquanto olhava fixamente ao longe. Sade notou um policial conversando com uma das merendeiras. Os policiais estavam bem mais presentes desde a véspera, passando pela porta durante as aulas, perambulando pelos corredores depois do horário. Parecia que todos estavam sendo vigiados.

Sade prosseguiu com sua lasanha, comendo devagar, sabendo que, com seu apetite, provavelmente iria enjoar dela em breve.

– Sade... – Baz disse calmamente, trazendo-a de volta ao planeta.

– Sim?

– Por que April Owens está acenando para você?

Sade ergueu os olhos; pedaços de lasanha pendiam de seus lábios.

April Owens estava, de fato, acenando para ela, sentada à mesa do centro. Um sorriso perfeito estampado em seu rosto perfeito.

– Ela meio que me convidou para sentar com elas...

– Vai se foder – Baz disse, com os olhos arregalados.

Sade não respondeu, sem saber se Baz estava dispensando-a ou não.

– Você está falando sério? – ele perguntou.

Ela assentiu.

– O que você ainda está fazendo sentada comigo? – disse, olhando para Sade como se ela fosse uma aberração.

– Na verdade, eu gosto bastante da sua companhia... – ela dizia quando foi outra vez interrompida por Baz.

– Isso é como recusar um convite para se encontrar com a realeza ou algo assim. Você precisa ir logo, antes que elas mudem de ideia.

– Tudo bem, eu vou – disse, revirando os olhos enquanto se levantava.

Baz puxou sua manga enquanto ela se virava para ir.

– O que foi? – ela perguntou.

– Me conta tudo mais tarde – disse, e então a soltou, despachando-a para a cova dos leões.

Enquanto Sade se deslocava até a mesa, os olhares de alguns dos outros estudantes no salão a seguiam.

A mesa era um pouco maior do que aquela em que estava com Baz, mas, ao contrário de segunda-feira, quando vira as garotas profanas entre outras, hoje elas eram as únicas que a ocupavam.

– Ei! Sente-se – disse April com um largo sorriso.

– Obrigada – agradeceu Sade, sentando-se em uma das cadeiras vazias.

Sentiu o suor acumular-se em sua testa, como se houvesse um holofote gigante apontado em sua direção. O lugar não parecia tão quente antes, mas estar diante delas tendo tão pouca perspectiva do que exatamente queriam fez com que as entranhas de Sade queimassem de ansiedade.

– Como está sendo a sua primeira semana? Tirando a situação da sua colega de quarto, é claro – Juliette lhe perguntou.

Era uma pergunta simples, mas, de alguma forma, parecia um teste.

– Em grande parte, boa. Estressante, mas boa – respondeu Sade.

– Sim, a carga de trabalho é difícil no início, mas eventualmente se pega o jeito – disse April.

Sade assentiu, aliviada por não ser a única a considerar o trabalho difícil.

– Como foi a semana de vocês? – perguntou, direcionando a pergunta para as três, ao mesmo tempo que tentava não ignorar Persephone a encarando silenciosamente de canto.

– Sem nenhum acontecimento – respondeu April.

– A mesma coisa comigo, mas parece que esta época do ano é sempre assim – disse Juliette.

– E o meu aniversário? – April perguntou, erguendo a sobrancelha.

– A única coisa boa de outubro – emendou Juliette.

– Seu aniversário é este mês? – Sade perguntou.

April a olhou com os buracos escuros e vazios de seus olhos.

– Sim, dia trinta e um – ela respondeu com um sorriso frio.

Parecia bastante apropriado que o aniversário de April fosse no Halloween, visto que a garota a assustava.

– Saudações a todos! – Era uma voz familiar.

Sade ergueu os olhos e encontrou August, que passou os braços em volta de April, puxando-a para um abraço. Ele ergueu a cabeça como se pudesse sentir os olhos de Sade sobre ele e sorriu.

– Oi, nadadora – disse.

Vinha acompanhado por um estranho pálido, com feições nítidas e cabelos quase brancos. O cara de cabelos brancos sentou-se ao lado de Juliette, mas, assim como os de Persephone, April e Juliette, seus olhos estavam fixos em Sade, o interesse claramente despertado.

– Vocês dois se conhecem? – April perguntou enquanto August se sentava ao lado de Persephone.

– Ela é a minha nova irmã – disse ele.

Agora mais olhos se voltavam para os dois.

– Irmãos de casa – pontuou Sade, desviando brevemente os olhos do garoto de cabelo cor de neve. – Visto que meu nome não é nadadora, acho que não nos conhecemos nem um pouco.

– Coisas de família – disse April com um sorriso. – Sinto muito pelo meu irmão gêmeo; ele é meio chato.

Sade não havia feito a correlação antes. August e April Owens. *Gêmeos.*

– E sinto muito pela minha irmã; ela esquece que o mundo não gira em torno dela – respondeu ele.

April jogou uma batata frita nele, que se esquivou, rindo.

– Você vai apresentar a novata? – o cara de cabelos brancos interrompeu.

Juliette se animou, pegando o telefone antes de limpar a garganta.

– Sade Hussein, natural de Wandsworth, mas que morou em outras cidades e países, recebeu educação domiciliar antes de vir para cá e... é geminiana com ascendente em Gêmeos.

Sade olhou para Juliette em estado de choque. Como ela sabia tudo isso?

– Não se assuste. Juliette sabe de tudo e, quanto antes aceitar isso, menos surpresa ficará – disse o garoto de cabelos brancos, continuando com: – A propósito, meu nome é Jude. Jude Ripley. Monitor-chefe. Capitão da equipe de natação...

– Nós sabemos, figurão... Isso aqui não é uma entrevista de emprego – interrompeu Juliette.

Jude apenas sorriu para ela.

– Ei, eu só queria me apresentar adequadamente à garota nova.

Juliette revirou os olhos para ele.

– Acho que você já deixou claro o seu ponto de vista... Sade, não tome a aparência e o sorriso convencionais dele como uma personalidade agradável. Ele roubou meu burro de pelúcia no segundo ano e ainda não o devolveu.

Agora era Jude quem revirava os olhos.

– Não tenho a menor ideia do que você está falando, Jules.

Enquanto Juliette o acusava de ser um ladrão mais uma vez, Sade encarou o garoto por alguns minutos, observando-o.

Ele tinha olhos azuis penetrantes, do tipo que quase chegavam a ser assustadores, mas na verdade eram apenas um pouco perturbadores. Havia um círculo roxo desbotado ao redor de suas sobrancelhas, um hematoma, coberto pelo que parecia ser corretivo.

Ele era exatamente como ela imaginaria alguém chamado *Jude Ripley*.

– ... Escuta, esse garoto aqui não é apenas um ladrão e mentiroso, mas também se acha uma celebridade. Apresente-se como uma pessoa normal ao menos uma vez na vida, Jude. Não como se devêssemos ficar felizes por sermos agraciados com a sua presença.

Jude sorriu para ela, depois olhou para Sade, que sentiu mais suor escorrendo pela testa.

– É o oposto, na verdade... sinto que fui agraciado com a presença dela.

Ela se sentiu ainda mais quente sob o holofote invisível. Forçou um sorriso.

– É bom finalmente ser agraciada com a sua presença também – disse. Em seguida, acrescentou: – Jude Ripley.

A boca dele se abriu em um sorriso largo e encantador.

Sade notou Persephone e seu silêncio ensurdecedor, agora concentrada no livro que lia, sem dar atenção à conversa.

– Vocês ouviram sobre a vigília para aquela garota desaparecida? – Juliette perguntou.

Sade virou-se para ela, sentindo o coração pular à menção de Elizabeth.

– Eu não entendi; ela não está morta – disse April, aplicando uma fina camada de brilho labial.

– Não sabemos disso. Ela sumiu há quase uma semana, e você sabe o que dizem sobre as chances de se encontrar uma pessoa desaparecida com vida depois de setenta e duas horas – acrescentou Juliette.

Sade tinha pensado nas estatísticas. Sobre como, a cada hora que passava, a chance de Elizabeth estar bem se tornava cada vez mais remota. Ela precisava desvendar aquela caixinha de música, e rápido. Era a sua única pista no momento. Sua única pista até uma garota que ela de fato não conhecia.

– Por que você sabe tanto sobre crimes, Jules? Tem um fetiche secreto por assassinato? – Jude perguntou.

Ela encolheu os ombros.

– Gosto de podcasts sobre casos reais; assim durmo mais fácil. Acho que você *poderia* chamar isso de fetiche por assassinato...

Enquanto Juliette falava sobre sua predileção por sangue e cadáveres, Sade pensava nas estatísticas dos casos de desaparecimento.

Segundo a internet, as primeiras setenta e duas horas eram vitais. Havia maior chance de encontrar a pessoa com vida naquela janela de tempo. Depois disso, os números ficavam deprimentes.

Cada minuto contava.

Sade viu fios vermelhos à distância enquanto um ruivo familiar ziguezagueava por entre a pequena multidão das mesas do entorno, aparentemente avançando em direção ao grupo.

Era Francis e ele parecia estranhamente agitado. Tinha os olhos vermelhos e os membros trêmulos.

– Ei, Francês! Parece que não vejo você há muito tempo – August gritou por cima do barulho do refeitório enquanto Francis se aproximava da mesa.

Francis gritou de volta de forma exagerada:

– Talvez eu o esteja evitando, Auggie.

April se virou e a agitação de Francis pareceu desaparecer enquanto a olhava.

Ela passou os braços pelo pescoço dele e ele se inclinou para enfiar a língua na boca dela.

Sade tentou permanecer com uma expressão neutra e disfarçar seu desgosto. Examinou a mesa para avaliar as reações dos outros. Certamente, ela não poderia ser a única a ver que Francis estava muito aquém de April. Ela, por outro lado, nunca entendera o apelo de idiotas sexistas.

– Há pessoas tentando comer aqui – disse Persephone, enfim se pronunciando.

Francis retaliou mostrando-lhe o dedo, ainda focado em beijar April. Ele segurava o rosto de April com aquelas mãos calçando luvas surradas e descoloridas. Sade estranhou April deixar que aquelas luvas chegassem perto dela.

O amor era uma coisa estranha.

– Sim, arranjem um quarto – disse Jude, rindo, mas continuou a observá-los.

Os dois enfim se soltaram para respirar e April se virou para ela.

– Vai ficar para o almoço? – perguntou.

Ele negou com cabeça.

– Só queria o capitão – disse, acenando para Jude.

Jude tinha o queixo apoiado na mão e uma sobrancelha levantada.

– O que foi, Francês?

Francis sorriu.

– Natação, como sempre. O treinador disse que não vai me deixar nadar na próxima semana, o que é uma sacanagem. Preciso que você o convença de que posso fazer isso.

Jude suspirou e olhou para o grupo, encontrando os olhos de Sade brevemente.

– Tenho que ir, pessoal. O dever me chama – disse, levantando-se. – Espero te ver por aí, Sade – acrescentou, seus olhos azuis penetrando os dela.

Ela assentiu.

– Espero te ver por aí também.

• • •

SUA AULA DE PSICOLOGIA DO último período terminou alguns minutos mais cedo, e Sade correu de volta para o dormitório antes que a multidão pós-aula se formasse.

Mandou uma mensagem para que Baz a encontrasse lá assim que as aulas dele acabassem, para que pudessem abrir a caixa de Pandora e observar todos os mistérios escondidos dentro dela, juntos.

Pegou a chave assim que chegou ao andar, os dedos tremendo em antecipação.

Abriu a porta, correu para dentro e jogou a bolsa no chão antes de enfiar a mão debaixo da cama para pegar a caixa.

Ligou a lanterna do telefone e se abaixou ainda mais, iluminando o carpete sob a cama para lá e para cá, repetidas vezes. Mas não adiantou.

A caixa havia sumido.

11

SEXTA-FEIRA

NÃO-ME-ESQUEÇAS

SADE VASCULHOU O QUARTO POR sinais da caixinha de música, apesar de ter certeza de que a havia colocado debaixo da cama.

Simplesmente desaparecera.

A menos que tivesse criado pernas e saído correndo do quarto durante o dia letivo, era óbvio que alguém entrara no quarto e a levara.

Mas quem?

– Sabe onde posso encontrar Jessica? – Sade perguntou a um aluno que passava ao sair de seu quarto.

– Ela deve estar no quarto dela. Quarto 412.

Sade agradeceu e subiu até lá.

O quarto andar era idêntico ao dela. A única diferença notável era o carpete, que era lilás com padrões florais, em vez do bege liso que revestia o terceiro andar.

Ela bateu no 412 e esperou um momento enquanto o som de alguém arrastando os pés vinha de trás da porta. Por fim, ela se abriu, revelando Jessica em um roupão e uma espécie de máscara facial grudada ao rosto.

– O que foi? – ela perguntou.

– Acho que alguém entrou no meu quarto...

– Já não tivemos essa conversa?

– Sim, mas isso foi ontem. Agora é hoje. Dei por falta de uma coisa minha faltando e eu só queria ver se há gravações do circuito interno...

– Não – Jessica falou sem rodeios.

– Não com relação à existência do circuito interno ou não sobre verificá-lo? – Sade perguntou.

– As duas coisas. As únicas câmeras de segurança nos dormitórios ficam na entrada e no refeitório. Por uma questão de privacidade, não temos mais circuito interno nas partes residenciais do edifício.

– Você poderia verificar a câmera da entrada, então...

– Não – Jessica repetiu.

Não havia sentido em discutir com ela ou incomodá-la por mais tempo.

– Mais alguma coisa? – a monitora perguntou.

– Não. Só isso.

– Que bom – disse Jessica, fechando a porta na cara dela.

Aparentemente a aluna do quarto ano não tinha achado nada perturbador que, na mesma semana em que a colega de quarto de Sade havia desaparecido, ela estivesse relatando que seu quarto poderia ter sido invadido. Duas vezes.

Que bela monitora ela era.

A ideia de que alguém pudesse ter estado no quarto dela a assustou mais do que tudo. Ainda mais considerando o que tinha sido levado e o fato de terem mexido nas coisas dela. Se quisesse respostas, ela mesma precisaria ir atrás delas.

Sade lembrou-se de ter visto a sala de segurança perto da recepção no dia em que preencheu o formulário que definira sua acomodação. Ela só precisava descobrir como entrar.

Saiu da Casa Turing em direção ao prédio principal, onde, com alívio, viu a sra. Thistle se preparando para o seu turno e nem sinal da srta. Blackburn.

A sra. Thistle sorriu para Sade, que retribuiu o sorriso.

– Posso te ajudar, querida?

Ela ponderou se a sra. Thistle lhe daria ouvidos se ela pedisse para ver as imagens do sistema de segurança da entrada da Turing. Ela parecia muito mais compreensiva do que Blackburn, mas Sade ainda não tinha certeza se poderia tentar, correndo o risco de Thistle dizer não. Era muito mais fácil fazer aquilo sozinha.

– Não, estou bem, só esperando um amigo.

Tecnicamente, não era uma mentira. Embora tivesse pedido a Baz para se encontrar com ela na sala comunal da Turing.

A sra. Thistle assentiu com entusiasmo.

– Fico contente em saber que você está fazendo amigos. Me avise se precisar de alguma coisa, fico feliz em ajudar.

– Obrigada, senhora – respondeu Sade, continuando a sorrir de um jeito forçado até que a sra. Thistle enfim se levantou na direção da fotocopiadora na sala que ficava atrás da mesa, e o seu rosto pôde retornar a seu estado neutro e ansioso.

Sade olhou em volta, procurando por algum professor que vigiasse a área, parando ao olhar para o teto e perceber os olhinhos cansados das mulheres que a encaravam como se a estivessem julgando. Desviou os olhos da pintura e dirigiu-se à sala onde havia preenchido o formulário na segunda-feira.

Felizmente, encontrou o lugar destrancado e entrou rapidamente antes que alguém notasse, fechando a porta atrás de si.

A sala estava vazia, a mesa que usara ainda no mesmo lugar.

Atrás dela ficava a porta da sala de segurança, que estava entreaberta. Em sua linha direta de visão, podia ver o brilho azulado de um monitor e o contorno de alguém sentado em frente à tela.

Sade congelou.

Ela não tinha planejado adiante.

Sentiu as batidas do coração enquanto a ansiedade a inundava.

O cara na sala de segurança começou a cantarolar uma música, e Sade rapidamente examinou a área, procurando um esconderijo.

Avistou um armário na parede perto dos equipamentos e rastejou em direção a ele, depois girou a maçaneta e se espremeu dentro do espacinho.

Estava cheio de caixas empilhadas. Teve o cuidado de não se mover muito, para não as derrubar e, potencialmente, morrer soterrada pelo peso de todo o papelão – tudo por causa de um palpite.

A cantoria parou e foi substituída pelo que parecia ser a estática de um walkie-talkie.

– Ei, Harry, só para avisar, tô indo pro pântano. – Ela ouviu a voz rouca do segurança dizer.

Ouviu o barulho de passos no carpete e o som de uma porta se abrindo e fechando, e então, quando sentiu que era seguro, saiu do armário e marchou rapidamente para a salinha de segurança.

O cara disse que estava indo para *o pântano*. Ela presumiu que isso significava que faria uma pausa ou coisa do tipo, então ela tinha cerca de dez ou quinze minutos antes que ele voltasse.

Precisava trabalhar rápido.

Sade examinou a mesa à sua frente. Havia várias telas e um teclado – cada botão controlava uma tela, ao que parecia, e cada tela mostrava uma câmera do campus.

Sade encontrou o botão que dizia TURING e apertou-o, o que fez com que imagens atuais da entrada da casa aparecessem na tela grande ao centro.

Usando o mouse, ela moveu o cursor até o botão de retroceder na tela e observou nervosamente enquanto a filmagem começava a voltar no tempo. Tentou ver se conseguia identificar alguma coisa ou alguém suspeito.

No início nada aconteceu, com os alunos nas salas de aula pela maior parte do dia. Então, logo após a hora do almoço, uma figura encapuzada saiu do prédio. Sade pausou a imagem, tentando ver melhor. Mas a pessoa estava de costas para a câmera. Em vez disso, ela se concentrou em outras coisas, como a estatura, a largura dos ombros, qualquer sinal de cabelo. Parecia ser alguém baixo, embora fosse difícil determinar daquele ângulo. Deixou a filmagem rolar um pouco mais e pôde ver o desenho das costas do moletom.

Algum tipo de logotipo branco e borrado. Quase parecia o contorno de um foguete ou... de um peixe.

Que nem o peixe do convite da caixa.

Muito estranho...

Tirou uma foto com o telefone.

A figura parecia estar abraçando o peito, então Sade rebobinou a filmagem mais uma vez e diminuiu a velocidade de reprodução. Desta vez, os braços da figura se tornaram um pouco mais visíveis. Não ficou claro na primeira vez que ela assistira, mas daquela vez não havia dúvidas.

A figura segurava uma caixa.

Uma que tinha a mesma cor e formato da que ela encontrara em seu quarto. Podia até ver os mesmos entalhes na madeira no vídeo levemente desfocado.

– Sabia – ela sussurrou.

Alguém *tinha estado* no quarto dela.

Desejou poder soltar um *eu te disse* na cara de Jessica. Mas aí teria que explicar como tinha obtido aquela informação, o que levaria a uma denúncia por parte de Jessica e então ela seria expulsa da Academia Alfred Nobel.

Precisava que Jessica ou até mesmo algum professor olhasse aquela filmagem e visse por si só.

Sade podia ouvir os sons distantes das pessoas andando no corredor, as risadas dos estudantes, o som dos sapatos batendo no carpete, assobios baixos.

Ela precisava ir embora.

O assobio se aproximou e Sade ouviu a voz profunda de alguém se acercando.

Seu coração acelerou quando a maçaneta da porta da sala de segurança chacoalhou e ela mergulhou sob a mesa, escapando de ser pega por pouco.

A porta se abriu e o segurança entrou, sentando-se na cadeira e arrastando-a para frente, quase pisoteando as mãos de Sade. Ela ouviu um clique e o som de uma estação de notícias local veio do que ela presumia ser um rádio, preenchendo um pouco do silêncio.

Sade esperava que ele não percebesse que a tela aberta era diferente da que ele havia deixado.

O homem girou na cadeira, quase pisando diversas vezes em Sade, que percebeu como estava ferrada. Ela não tinha ideia do tempo que ele ficaria ali. Poderia levar horas, e ela odiava espaços pequenos.

Podia sentir o pavor crescer dentro de si e o pânico se espalhar.

Isto é o que acontece quando você não me escuta, a voz sibilou para ela.

Sade fechou os olhos, tentando respirar o mais uniformemente possível.

Tudo ficaria bem.

Ela sairia dessa.

Só precisava ficar quie...

Seu telefone vibrou e ela sentiu o coração saltar do peito por um instante.

Esperava que ele não tivesse ouvido isso. Felizmente, o zumbido suave do rádio no canto parecia alto o suficiente para encobrir a vibração.

Devagar, ergueu o telefone, diminuindo o brilho da tela. Era uma mensagem de Baz. Desligou a vibração antes de responder.

B: Onde você está?

Que pergunta, ela pensou. Se ao menos ele soubesse.

S: No prédio principal, onde você está?

B: Estou na Turing, esperando por você. Queria ver a caixa e saber do seu encontro na hora do almoço com aquelas endiabradas

A caixa. Como diria a ele que aquela caixa estranha e mística não estava mais com ela porque uma figura estranha e mística parecia ter invadido seu quarto e a levado embora? Seria melhor explicar pessoalmente.

S: Eu não sei por que você as chama assim, elas foram bem legais, ela mandou de volta, só de fato respondendo à segunda parte da mensagem dele.

B: Ok, então venha para cá e me conte quão legais elas foram

Sade olhou para o telefone e então para as pernas do segurança.

S: Preciso que me faça um favor primeiro.

B: O quê?

S: Preciso que ligue para a recepção e diga que houve uma briga ou que aconteceu alguma coisa em outro prédio. Algo que os fará chamar a segurança.

B: Por quê?

S: Apenas faça isso, por favor?

A princípio, os três pontinhos indicando que Baz digitava apareceram, e ela temeu que ele fizesse mais perguntas ou se negasse, mas, em vez disso, ele sumiu.

Ela esperava não ter sido abandonada. Não que fosse novidade; a esta altura de sua vida, estava se tornando bastante recorrente.

Minutos se passaram, e Sade teve quase certeza de que Baz havia ignorado seus apelos. Ela ficaria presa ali sabe Deus por quanto tempo.

No mesmo momento, o toque agudo do telefone soou na sala e o segurança atendeu.

– Alô? – ele disse. – Você o quê? Como foi que isso aconteceu? Jesus Cristo, estou indo.

Ela o ouviu desligar o telefone antes de se levantar outra vez e sair pela porta.

Sade soltou um suspiro de alívio. Pelo visto, Baz a havia ajudado, afinal.

Saiu sem demora de baixo da mesa e deixou o escritório do segurança, depois saiu da sala onde havia feito o teste, sem antecipar que daria de cara com a srta. Blackburn.

– O que diabos você estava fazendo naquela sala, Sade? – ela disse.

O universo parecia incapaz de dar uma folga. Só daquela vez.

– Eu, hum... Eu só estava, hum...

– Você vai falar? – a srta. Blackburn disse.

Sade sentia as mãos tremendo e um nó se formando na garganta.

– Desculpe, eu estava, hum, procurando pela senhorita.

A srta. Blackburn ergueu a sobrancelha para ela.

– Para quê, srta. Hussein?

Ela precisava pensar em algo rápido, antes que a srta. Blackburn descobrisse que estava mentindo e lhe desse uma detenção, ou coisa pior.

Olhou em volta, procurando por algo que a ajudasse.

Avistou a parede próxima com a inscrição dos nomes de todos os monitores--chefes da história da escola.

– E-Eu... queria perguntar como funciona se tornar uma monitora-chefe? Não tinha certeza se ainda era muito cedo para perguntar, já que sei que as vagas de monitora-chefe são reservadas aos estudantes do quarto ano, mas resolvi começar cedo.

A srta. Blackburn a olhou de cima a baixo, os olhos estreitados.

– Você quer ser monitora-chefe?

Sade encolheu os ombros.

– Não sei, só estou considerando a ideia. Eu sei que isso contribui para o processo de seleção nas universidades e pensei: por que não?

A srta. Blackburn assentiu devagar, parecendo acreditar na história.

– Bem, os professores nomeiam alguns alunos... aqueles com as melhores notas, comportamento exemplar. Em seguida, os alunos votam a partir desta seleção. Eu não me preocuparia com isso por enquanto, mas me concentraria em colocar em dia todo o conteúdo que perdeu. Você pode começar a pensar na cobiçada posição de monitora-chefe assim que começarmos a ver notas perfeitas vindas de você. De qualquer modo... Preciso ir, há uma emergência no bloco de ciências. Até mais ver, srta. Hussein – disse a srta. Blackburn, cumprimento Sade com a cabeça antes de sair do prédio com um walkie-talkie junto à boca.

Sade sentiu que enfim poderia voltar a respirar normalmente.

Olhou para o telefone, uma mensagem de Basil à sua espera.

B: Feito :)

S: O que você disse? Eles pareciam tão em pânico.

B: Eu disse que algum idiota deixou todos os hamsters e porquinhos-da--índia do laboratório de ciências escaparem das gaiolas.

Sade ouviu gritos distantes, vozes se confundindo e o grito alto de uma voz.

– UM RATO! Eu vi a porcaria de um rato!

A comoção continuou.

– Sem chance – ela sussurrou, com os olhos arregalados.

S: Baz... você soltou os animais dos laboratórios de ciências?

B: Um mágico nunca revela seus segredos

Sade olhou para o telefone em estado de choque.

Baz devia ser a pessoa mais estranha que ela conhecera na vida.

B: Encontre-me na sala comunal da Turing em 15. Primeiro preciso lavar as mãos do mijo de hamster.

CERCA DE DEZESSETE MINUTOS DEPOIS, Sade se encontrava na Casa Turing.

Ela teria chegado antes se não tivesse sido parada por uma garota de sua turma de inglês chamada Liv, que lhe entregou um panfleto colorido sobre uma vigília para Elizabeth que aconteceria no dia seguinte à tarde.

– Gostaríamos de mostrar a Elizabeth que as pessoas daqui se importam. Dizem que os fugitivos respondem melhor a vigílias – disse Liv enquanto abraçava os panfletos e sorria com toda a sinceridade forçada do mundo.

Aquela era a teoria atual sobre Elizabeth? Sade ainda não sabia no que ela mesma acreditava. A fuga era a opção mais otimista, mas, de alguma forma, todo o resto apontava para algo mais sinistro.

– Foi você que planejou? – Sade lhe perguntou, olhando para o folheto.

Liv balançou a cabeça.

– Não... Acho que talvez um dos amigos de Elizabeth? Eu só me ofereci para distribuir os panfletos, visto que é uma boa causa e tudo mais.

Um dos amigos de Elizabeth. Aquilo não fazia sentido. Quase estava a ponto de revirar os olhos em resposta.

As pessoas eram tão oportunistas.

– Elizabeth não tinha amigos – Sade se pegou dizendo antes que pudesse pensar sobre como aquilo soaria.

O sorriso de Liv se apagou de imediato.

Sade tentou pensar em coisas que a fizessem parecer menos idiota.

– Quer dizer, eu sei que ela era reservada.

Liv assentiu.

– Acho que ela era do tipo quieta. Eu não a conhecia, na verdade. Mas acho legal o que estão fazendo, organizando essa vigília.

Era legal mesmo?

Ela achava que não, porque gestos vazios eram apenas isso. Vazios.

Ninguém parecia se importar. Não de verdade.

– Você está certa – Sade disse a Liv. – É legal.

Liv voltou a sorrir.

– Espero te ver por lá?

Sade assentiu.

– Sim, vou ver se consigo ir.

No folheto, havia uma foto de Elizabeth, que Sade presumiu ter sido tirada do anuário, na qual estava com uma expressão deprimente. Havia flores e estampas nas laterais e, embaixo, a hora e o local da vigília. Parecia menos um panfleto de vigília e mais um pôster de procurada.

Ela o dobrou e o enfiou no bolso antes de seguir para a sala comunal da Turing.

Baz lhe disse que estava com a mascote da casa, Marx, num canto da sala comunal. Sade caminhou pela área onde havia sofás, a mesa de pebolim e alunos descansando, até chegar à sala onde residia a mascote da Turing.

Baz estava sentado de pernas cruzadas no chão, com o gato branco e fofo aninhado perto da coxa e o que parecia ser um porquinho-da-índia pequenino embalado nos braços. Não estava usando uniforme e, em vez disso, vestia um suéter marrom e calça jeans.

Sade fechou a porta atrás de si devagar e, ao ouvir o clique da fechadura, Baz olhou para ela.

– Ei! – ele falou.

– Oi... – ela respondeu, olhando para o animal em seus braços. – Isso é um... porquinho-da-índia? – perguntou, observando-o coçar o topo da cabeça do bicho.

– Sim – ele respondeu, como se não houvesse nada de estranho nisso.

– De onde ele veio? – perguntou, sentando-se na frente dele, no tapete.

– Encontrei a coitada vagando pelo campus, resolvi trazê-la para cá comigo. Acho que vou chamá-la de Muffin – disse Baz, sorrindo.

Por *encontrá-la vagando pelo campus*, ela presumiu que ele quis dizer: *Ela se perdeu depois que soltei os animais no laboratórios de ciências, e decidi pegar esta aqui.*

Mas quem era ela para julgar? Ela não estava fazendo a coisa mais moralmente correta na mesma hora. Além disso, a culpa disso poderia muito bem ser dela, visto que pedira a Baz que criasse uma distração. Talvez devesse ter sido mais específica.

– Por que Muffin? – ela perguntou.

– Peguei um muffin na máquina de venda automática e a menininha aqui devorou tudo.

– Porquinhos-da-índia conseguem digerir muffins?

Ele deu de ombros.

– Veremos.

O porquinho-da-índia escapou dos braços de Baz e foi até Sade, cheirando-a antes de se acomodar em seu colo. Sade nunca esteve muito à vontade com animais e ficou paralisada, imóvel enquanto o bichinho se acomodava.

– Nunca entendi por que são chamados de porquinhos. Eles não são porcos de verdade, não é? Apenas hamsters grandes – disse.

– Acho que é apenas uma daquelas esquisitices – ele respondeu, acariciando então o gato Marx, que ronronou com bastante desdém para Muffin. – Como foi o almoço?

Ela sabia que, por *Como foi o almoço?*, o que ele queria mesmo saber era se algo digno de nota tinha acontecido. O que não era o caso, mas ela sentiu que dizer aquilo seria decepcionante para os dois. Estaria mentindo se dissesse que ter sido escolhida por elas não a fazia se sentir especial.

– Foi bom. Elas me convidaram para comer com elas na segunda-feira – disse.

Os olhos de Baz se arregalaram de empolgação.

– Você já está subindo a ladeira e ainda não faz nem uma semana. Precisa me ensinar os seus truques.

– Para ser honesta, acho que só estão sendo legais comigo porque sou nova.

– Eu nunca vi a Profaníssima Trindade dar atenção a outros novatos – respondeu Baz.

– Interessante – disse Sade, agora se perguntando por que a tinham convidado.

Ela se lembrou dos detalhes de sua primeira conversa com elas. O fascínio por Elizabeth e seu desaparecimento.

Claro, não era por ela ser nova, mas porque ela era a colega de quarto de uma aluna desaparecida. Nada de especial nela em si, apenas o fato de que ela poderia ser uma assassina.

– E a caixa? Trouxe ela para cá? – Baz perguntou, olhando para suas mãos abanando.

Ela negou com a cabeça.

– Sumiu.

Ele pareceu confuso.

– A caixa?

– Sim, e acho que alguém a tirou deliberadamente do meu quarto. Fui até a sala de segurança para descobrir quem tinha sido. E não é que meu palpite estava certo? Vi pelas câmeras de segurança alguém saindo da Turing com uma caixa nas mãos, mas infelizmente não consegui distinguir o rosto. Mas acho que deve haver um motivo para a terem pegado... devem saber de algo que nós não sabemos sobre Elizabeth. Caso contrário, por que alguém roubaria uma caixa aleatória? Ou se dar ao trabalho de invadir o meu quarto, aliás? Como entraram, afinal? Estou divagando, desculpe, acho que não tinha processado isso até agora... Foi uma longa tarde – disse Sade, finalmente soltando um suspiro.

Baz, no entanto, parecia estar refletindo seriamente nas palavras dela.

– Isso *é* realmente estranho... e suspeito. – Fez uma pausa. – Mas eu sei que a Casa Turing é famosa pelos roubos. As pessoas estão sempre perdendo coisas para os *Ladrões de Turing*. É possível que um deles tenha percebido que você é nova e seria um alvo fácil. Elizabeth costumava esconder o estoque secreto de lanches em lugares que os Ladrões não pensariam em procurar.

Os Ladrões de Turing?, pensou, mais confusa do nunca. Seria possível que o roubo da caixa não tivesse nada a ver com o desaparecimento de Elizabeth, mas sim com uma notória quadrilha de ladrões domésticos? Mas então parecia como se alguém a tivesse deixado lá para que Sade a encontrasse...

– Levaram alguma coisa sua? – Baz perguntou.

Ela encolheu os ombros.

– Não tive oportunidade de verificar. Espero que não.

– Você pode sempre fazer uma denúncia. Provavelmente, porém, nunca mais a verá... – Baz disse, a voz baixando e seus olhos vagando um pouco. – Mas *é mesmo* estranho...

– O quê? – Sade perguntou.

– Nunca soube de os Ladrões de Turing atacarem no meio do ano escolar. Eles geralmente esperam até mais tarde, quando os alunos começam a receber pacotes caros de familiares e amigos. Aí há muito a se levar. Eu também nunca fiquei sabendo de roubarem algo assim. Geralmente são sapatos, lanches e joias. Coisas úteis, suponho... Você se lembra de algo específico sobre a caixa, como aquele código ou algo assim? Talvez ainda possamos chegar a algum lugar.

Sade pensou na caixa, no envelope preto e na carta codificada estranha. Pegou o telefone e procurou um tradutor de código Morse antes de digitar o que conseguia lembrar.

– Acho que me lembro apenas da primeira combinação de símbolos...

.-. .- - --- ...

Pressionou o Enter e o tradutor rapidamente transformou os símbolos em letras que ela reconhecia. A combinação formava...

Ratos.

Ela se lembrou do rato morto no primeiro dia, jogado no capacho do dormitório. Uma coincidência estranha, ou, quem sabe, uma ligação deliberada. Ela não sabia dizer e, de qualquer forma, não era uma coincidência particularmente útil.

– Não é tão útil, acho – disse.

– Talvez os Ladrões de Turing agora tenham uma queda por caixas enigmáticas. Ou é possível que nem soubessem o que estavam roubando – disse ele, encolhendo os ombros, antes de olhar para o colo dela. – O que é isso? – Baz perguntou, apontando para o bolso dela e para o papel rosa que agora estava na boca de Muffin.

Puxou-o com delicadeza para longe do porquinho e hesitou antes de falar, sem saber se a menção a Elizabeth o perturbaria.

– Nada de mais, é só um panfleto daquela vigília que vai acontecer amanhã.

– Ah – Baz disse, acenando com a cabeça.

Silêncio.

– Você vai? – ela perguntou.

Ele balançou a cabeça.

– Acho que não. Na verdade, Elizabeth odeia esse tipo de coisa, sem falar na maioria das pessoas que compareceriam. São todos uns *posers* que não dão a mínima para Elizabeth ou para o fato de que ela está desaparecida. E você, vai?

Sade encolheu os ombros.

Ela supôs que havia uma vantagem em ir que Baz não enxergava. Isso poderia ajudá-los a entender o que tinha acontecido naquela noite. Poderia lhes fornecer pistas sobre quem dera a caixa a Elizabeth para início de conversa.

Tudo o que ela tinha no momento era a caixa. E não sabia o que isso significava ou quem era o misterioso *TG*.

Dizer tudo isso a Baz parecia um pouco insensível, então ela se conteve. Ele tinha o direito de não ir.

– Você sabia que o irmão de April, August, é meu irmão de casa? – ela disse, mudando de assunto.

As sobrancelhas de Baz se ergueram, quase toda a tristeza se dissolvendo de seu rosto em um instante.

– Sem chance! Você realmente conheceu toda a realeza da AAN. A família Owens é praticamente dona da escola. Quero dizer, eles literalmente possuem parte do terreno ou alguma maluquice do tipo. Você sabia que o diretor Webber é padrinho deles? É tudo muito incestuoso.

Eu não sabia disso, pensou Sade, encolhendo-se ao lembrar do beijo de Francis e April.

– Eu também conheci o capitão da equipe de natação... Jude? Sabe alguma coisa sobre ele? – ela perguntou.

Os pálidos olhos azuis e o sorriso dele pareciam estar gravados na mente dela.

Baz olhava para Marx agora, brincando com as orelhas do gato.

– O galinha residente de AAN – murmurou.

– Um galinha? – Sade perguntou.

– É, sabe... um cara que fode com o coração de suas conquistas.

– Eu sei o que é um galinha, Baz – ela disse, rindo. – Acho que faz sentido que ele seja um. Aprendi a não confiar em *exteriores bonitos*.

– Exteriores bonitos soa como uma maneira sofisticada de dizer "Eu acho ele um gostoso". – Baz sorriu, mexendo as sobrancelhas. – Tem uma queda?

– Não – Safe falou. – Sou apenas observadora.

– Bem, eu não a culparia caso tivesse. Jude Ripley é o tipo de cara por quem quase todo mundo tem uma queda em algum momento. E ouvi dizer que, quando ele está interessado, ele se esforça. Ele levou uma garota, Dina Leslie, para passar a noite em Paris uma vez, e terminou com ela no dia seguinte.

Sade podia sentir Muffin tentando comer a saia dela, então ergueu o porquinho-da-índia do colo antes de acariciar seu pelo.

– Parece um idiota – disse ela.

– A esta altura, qual garoto da Casa Hawking não é? – Baz respondeu, com um tom amargo.

Sade suspeitava que ele próprio tivesse tido experiências ruins com garotos da Casa Hawking .

Olhou novamente para o panfleto da vigília.

Elizabeth ainda era o relógio fazendo tique-taque em sua mente.

Sade sabia, mais do que ninguém, que a diferença entre salvar e perder era só uma questão de tempo. Quanto tempo se leva para decifrar as pistas? Para descobrir o óbvio? Para impedir que o pior aconteça?

Muitas vezes, muito tempo.

Sem se dar conta, começa a passar o tempo se perguntando o que deixou de perceber. Se perguntando se havia alguma forma de impedir. Se perguntando se poderia tê-la salvado.

– Ainda pensando em Jude e em seu *belo exterior*? – Basil perguntou, tirando-a de seus pensamentos.

Sade forçou-se a sorrir. De certa forma, ela estava, sim, pensando nele.

Ela tinha de admitir, sempre gostou de Paris.

12

SÁBADO

NIRVANA

A VIGÍLIA FOI REALIZADA NA capela da escola, no sábado à tarde.

Velas adornavam todas as paredes da sala escura, as chamas lançando sombras estranhas que se mesclavam à luz colorida que penetrava pelos vitrais. Os estudantes estavam ao redor do altar no centro, espalhando-se pelos bancos que o margeavam.

Sade não sabia bem o que fazer em um evento como esse, nem mesmo o que vestir. Preto parecia muito formal, a admissão de algo sinistro. Cores vivas, insensíveis demais.

Optou por uma combinação das duas coisas: uma blusa simples de gola alta verde-floresta, saia cinza e botas oxford pesadas.

Antes de sair para ir à capela, sentia que havia passado horas andando de um lado para outro no quarto, oscilando entre comparecer à vigília ou ignorá-la por completo. Ainda remoía os comentários de Baz e se sentia culpada por aparecer em um evento tão superficial. Ela de fato conhecia Elizabeth? Seria ela igual a todos os demais, querendo se mostrar pelas aparências?

Mas Elizabeth fora gentil com ela. E Sade sabia como era importante que ela e Baz continuassem a procurar pela garota. Ela devia estar aqui.

Sade examinou a capela enquanto percorria o corredor. Ficou surpresa quando avistou um rosto familiar perto do altar. Caminhou até ele, dando-lhe um tapinha no ombro.

– Ei, novata – disse August, virando-se para encará-la. Ele segurava um copo plástico. Suco de maçã, presumiu Sade; havia uma mesa de bebidas na lateral da capela.

Aparentemente, o pessoal achava difícil encarar o luto de estômago vazio.

– Olá, August – respondeu Sade.

Ele estava sozinho, ao lado de uma foto escolar de Elizabeth ampliada em um pôster e posicionada num suporte.

– Tem bastante gente – disse Sade.

Ele assentiu, tomando um gole de sua bebida.

– Sim, acho que muita gente se sente mal, sabe? Não é bom saber que algo ruim pode ter acontecido com alguém conhecido.

– Você a conhecia? – Sade perguntou.

August pareceu um pouco surpreso, mas balançou a cabeça.

– Não, apenas prestando uma homenagem – disse ele.

Sade fez uma pausa. As pessoas não prestavam homenagem apenas aos mortos? As pessoas não acreditavam que Elizabeth ainda estivesse viva? Olhou ao redor novamente. Para os alunos vestidos de preto. Abutres, vindo se alimentar de fofoca e tristeza.

Sade assentiu.

– Eu também.

Um grupo de alunos conversava sobre Elizabeth ali perto.

– Ouvi que ela tinha um namorado mais velho, matou aula para ir vê-lo.

– Sério? Bem, seja lá o que tiver acontecido, aposto que foi o namorado. É sempre o namorado.

É sempre o namorado..., Sade repetiu mentalmente. As palavras reverberaram como se seu cérebro fosse uma caverna vazia e cheia de ecos.

Ela se lembrou de como Elizabeth verificara o telefone várias vezes e de sua expressão facial sempre que recebia uma mensagem. Também se lembrou de como Baz estava certo de que Elizabeth não passava tempo com mais ninguém.

É sempre o namorado.

E se Elizabeth *estivesse* saindo com alguém? Alguém que ninguém conhecia.

E se a caixa de música e aquelas cartas escritas em código tivessem sido enviadas por ele?

E se fosse TG?

E se TG soubesse, de alguma forma, sobre a caixa de música e fosse a pessoa de moletom preto que a levou embora?

Sade pegou o telefone e a conversa com Baz, hesitando antes de enviar:

S: É possível que Elizabeth estivesse namorando alguém?

– Enviando mensagens para alguém especial? – August perguntou.

Sade o olhou, bloqueando a tela e guardando o telefone no bolso.

– Só um amigo... – disse, as engrenagens em sua mente ainda a todo vapor no que tangia a questões urgentes. – Ei, August – disse calmamente.

– Sim?

– Como suplente do monitor-chefe, o que você faria se alguém lhe dissesse que suspeitava que roubaram algo de seu quarto?

Ele ergueu a sobrancelha.

– Primeiro, eu perguntaria se viviam na Casa Turing. E então, se a resposta fosse sim, eu desejaria boa sorte – disse. – Alguém pegou alguma coisa sua? – perguntou.

Um lado dela quase se ressentia de ter sido selecionada para a Casa Turing, considerando a reputação do lugar.

Sade hesitou antes de concordar. Se alguém saberia ajudá-la ali, provavelmente seria o suplente do monitor-chefe.

– Nesse caso, eu pediria a um professor para verificar qualquer gravação do sistema de segurança interno disponível, para ver se algo parece suspeito – disse ele.

Era o que planejava fazer depois do dia anterior, mas achou que obter uma segunda opinião poderia lhe fornecer outro ponto de vista.

Ela já sabia que havia algo gravado; só precisava que um professor visse a imagem também, para que pudesse fazer uma denúncia formal sem se incriminar. Em seguida, identificar quem tinha roubado a caixinha de música e descobrir qual era a ligação da pessoa com Elizabeth.

– Acho que vou fazer isso. Obrigada Augustus – disse.

– Sem problemas, novata – ele respondeu com uma cutucada.

Uma pessoa aleatória, que, Sade tinha quase certeza, não sabia nada sobre Elizabeth, anunciou lá na frente que um orador diria algumas palavras em breve.

Baz estava certo sobre os abutres que se aproveitariam desta oportunidade para ficarem com fama de bonzinhos.

– Do que deu falta e acha que foi roubado? – August perguntou.

Sade olhou para ele.

– Uma caixinha de música.

Ele assentiu, pensativo.

– Devia ser importante para você.

– Não é tanto sobre a caixa, mas as coisas que estavam dentro dela. Isso era importante.

Era uma meia-verdade, algo com que se acostumara.

– Tenho certeza de que vai acabar aparecendo – disse ele.

Ela esperava que sim.

O som de batidas num microfone reverberou pela sala. O diretor Webber estava ao lado do altar com uma expressão solene no rosto.

– Desculpe interromper a reunião de vocês, mas trago notícias sobre o paradeiro de Elizabeth. Fui informado esta manhã, por meio de uma correspondência da tia-avó de Elizabeth, Julie, que Elizabeth está com ela em Birmingham e decidiu se afastar dos estudos por ora. A mãe dela foi informada, e nossa comunidade escolar vai mantê-la em nossos pensamentos, aguardando seu retorno quando ela estiver pronta. Como agora sabemos que Elizabeth está segura, a polícia irá desocupar o campus hoje. Somos gratos pela ajuda em localizá-la. Obrigado a todos.

Sussurros encheram a sala enquanto o diretor Webber se afastava.

Sade continuou a olhar para onde o diretor estivera muito depois de ele ter partido, já não enxergando os arredores enquanto processava a reviravolta. Ela tinha que contar a Baz.

– Bem, que boa notícia – disse August. Sade quase se esquecera de que ele ainda estava ao lado dela.

Era uma boa notícia, mas por que não parecia?

Assentiu, distraída.

– Sim. Muito boa notícia...

Observou enquanto as pessoas seguiam com suas vidas, pegando mais bebidas nas laterais da capela, rindo e sorrindo juntas, como se, um minuto atrás, não estivessem todos supostamente de luto pelo desaparecimento de uma colega de escola.

A vigília terminou pouco depois, e Sade e August saíram juntos da capela, espremidos em meio aos demais alunos e funcionários que tinham comparecido à reunião.

Assim que saíram, Sade sentiu que enfim podia voltar a respirar.

– Bem, tenho que ir. Tenho treino de natação, e o treinador fica bem irritado quando não chego cedo – disse August.

– Em um sábado? – ela perguntou.

– Levamos a natação muito a sério na AAN. O técnico nos treina como tubarões.

– Ouvi dizer – disse ela.

Ele sorriu.

– Sabe, ouvi dizer que o time feminino ainda está procurando reservas. Você deveria fazer um teste... se quiser, claro.

– Obrigada, mas não nado mais – disse ela, sentindo a comichão mental irritante, as garras de uma lembrança.

Ele inclinou a cabeça.

– E quanto àquela noite? Você foi incrível...

– Aquilo foi só uma coisa pontual. Não pretendo fazer isso de novo.

– Fazer o que de novo? – ele perguntou lentamente.

Sade conseguia ver a confusão em seu olhar.

– Não pretendo voltar a nadar.

Para alguém como August, nadar era como a água para um peixe. Ele sufocaria sem isso.

Sade conhecia outras pessoas assim. Ela *tinha sido* assim, até que teve de deixar de ser.

Aquela noite fora a última; tinha que ser.

Ele pestanejou.

– Você que sabe, eu acho.

Os dois se olharam e parecia que August queria lhe dizer alguma coisa, mas não sabia como. Então ele apenas a encarou.

Por fim, desviou os olhos e colocou a mão no bolso.

– Te vejo por aí?

– Claro – ela respondeu.

Então o observou se afastar, desaparecendo por uma porta no jardim.

Olhando o seu telefone novamente, Sade se pôs a voltar para a Casa Turing. Ainda não havia nenhuma mensagem de Baz. Enviou outra mensagem.

S: Você ouviu a boa notícia sobre Elizabeth?

– Sade. – Ouviu ao quase esbarrar em uma figura.

Ergueu a cabeça e se deparou com óculos grossos familiares e um sorriso amigável.

– Olá, sr. Michaelides – disse, notando a xícara de café na mão dele.

Felizmente, evitara por pouco causar queimaduras de segundo grau nele.

– Não estamos uniformizados, não precisamos ser tão formais. Pode me chamar de Adrian – ele disse. Ela assentiu educadamente, mas decidiu não se corrigir. Não se sentia muito confortável em chamar um professor pelo primeiro nome. – Indo para *algum lugar*? – perguntou, tomando um gole da bebida quente.

Ela planejava passar pelo dormitório de Baz a caminho da Turing, mas, como ele não estava respondendo às mensagens dela, ela não sabia mais ao certo.

– Na verdade... Tenho uma pergunta – disse ela.

Os olhos dele se animaram.

– Vá em frente.

– Acho que alguém invadiu o meu quarto e roubou uma coisa ontem, uma caixinha de música... É possível ver as imagens do sistema de segurança da Casa Turing? – perguntou.

– Ah, sinto muito em ouvir isso! – disse o sr. Michaelides, com as sobrancelhas levantadas em alarme. – Vou ver se consigo acesso ao sistema de segurança e te aviso, tudo bem?

– Sim, obrigada – disse ela, sentindo-se aliviada.

Apesar de saber que Elizabeth estava bem – ou, se não estivesse bem, que pelo menos tinha sido encontrada em algum lugar –, Sade permanecia com aquela estranha sensação de que havia algo errado. Provavelmente era, mais uma vez, apenas sua sensação perpétua de pavor, mas preferia se certificar antes de deixar a cabeça finalmente descansar.

– Não tem problema, Sade... de qualquer forma, preciso ir! Tenho que corrigir trabalhos. Te vejo na segunda-feira – disse ele.

– Tchau, sr. Michaelides – disse Sade.

Ele ergueu a sobrancelha.

– Desculpa... Adrian – ela se corrigiu.

– Adeus, Sade – ele respondeu sorrindo antes de partir na direção oposta.

• • •

ELA SABIA QUE ERA UMA péssima ideia, talvez até ilegal, mas, sentada no silêncio de seu dormitório, os pensamentos de Sade começaram a perturbá-la com perguntas sobre Elizabeth. Por que ela simplesmente se levantaria e iria embora de madrugada se fosse para ficar com a família?

Talvez fosse uma coisa que as pessoas simplesmente fizessem. Talvez ela só precisasse fugir.

Talvez Elizabeth estivesse bem. Afinal, ela estava com a tia-avó, Julie, em Birmingham. Ela não estava desaparecida. Estava com a família.

Então por que ainda parece que o céu está caindo?

Enquanto olhava para o lado de Elizabeth do quarto, Sade deixou que os pensamentos dela levassem a melhor quando sentiu um estalo e, de repente, viu-se caminhando naquela direção.

Vislumbres de Elizabeth podiam ser vistos nas bugigangas que mantinha. Os pôsteres de suas bandas favoritas nas paredes, o tapete de girassol que havia no chão. Aquilo tudo fazia parte de Elizabeth. Tudo aquilo.

Deve ter algo que explique tudo isso, ela pensou enquanto mais uma vez passava dos limites e vasculhava as coisas pessoais de Elizabeth, procurando por novas respostas.

Sade vasculhou a cômoda de Elizabeth, mas não encontrou nada além de joias de luxo aleatórias que contrastavam com a estampa xadrez e as peças de roupa rasgadas. Assim como a caixa de música, aquilo parecia não combinar com quem ela achava que Elizabeth era.

Continuou a procurar, vasculhando a escrivaninha, debaixo da cama e do colchão, e... não encontrou nada. Nenhum bilhete escondido escrito em código Morse ou outros presentes com as iniciais TG.

Ela não deveria estar exultante? Por Elizabeth estar bem?

Fazia sentido suspirar aliviada agora. Parar com aquela caçada infrutífera.

Mas era como se a mente dela não conseguisse desligar.

Ao recuar, observando a bagunça que havia feito e pensando em como colocar tudo de volta no lugar, Sade percebeu que uma das pontas do pôster do Nirvana de Elizabeth se soltara, entortando o pôster. Na agitação, Sade devia ter esbarrado nele acidentalmente.

Colocou uma toalha na cama antes de subir nela para colocar o pôster de volta no lugar.

Começou a soltar o adesivo dos cantos com cuidado, mas, quando chegou ao canto inferior direito, tomou um susto ao encontrar algo preso atrás dele. Puxou o pôster completamente da parede e, no verso, encontrou um envelope colado.

Esquisito.

Removeu a fita gentilmente, abrindo o envelope e tirando dele uma pequena pilha de fotos.

Na primeira Elizabeth parecia estar na estufa, usando óculos escuros e mostrando o dedo para a câmera. Ela virou a foto e, no verso, parecia haver rabiscos na caligrafia de Elizabeth.

A próxima era da ex-colega de quarto em um dormitório, sentada no parapeito da janela e sorrindo.

A outra era de Elizabeth num biquíni preto, sentada diante de uma parede com azulejos verdes e brancos, ainda olhando para a câmera.

Por que ela esconderia essas fotos?

Sade continuou examinando as imagens, notando como em cada uma delas Elizabeth estava com os olhos fixos na câmera... Ou talvez não na câmera, mas na pessoa por trás dela.

Uma foto de Elizabeth com uma camiseta grande demais, sentada em um dormitório diferente, ainda olhando para quem a fotografava, ainda sorrindo.

Quando pegou a última fotografia, Sade ficou tão chocada que quase a derrubou.

Aproximou a foto de si e virou-a para ver se havia alguma coisa escrita no verso. Custou a decifrar.

Três meses

– O que é isso? – sussurrou para si mesma.

Seu telefone apitou, interrompendo o silêncio do quarto e fazendo seu coração bater mais forte.

Ela pegou o aparelho.

B: Desculpa, tirei uma soneca – fiquei acordado a noite toda fazendo um ninho para Muffin

Sade tinha certeza de que os porquinhos-da-índia precisavam de uma gaiola e não de um ninho, mas antes que pudesse responder, seu telefone apitou de novo.

B: Que boa notícia sobre Elizabeth??

Baz perguntou, ignorando a primeira mensagem dela.

Sade sentiu um arrepio na nuca.

S: Na vigília, Webber anunciou que ela está com a tia-avó dela, Julie, em Birmingham, tirando um ano sabático. É estranho porque ela não te contaria uma coisa dessas? Você a conhece melhor do que eu, então vai saber. Em todo caso, estou feliz por ela estar em segurança.

Enviou a mensagem para Baz, querendo dizer mais, mas precisando organizar os próprios pensamentos antes.

Olhou novamente para a foto que segurava, saiu do bate-papo com Baz e abriu o perfil de Elizabeth, voltando para a foto dela na sala azulejada, comparando as duas.

Não percebera aquilo antes, o reflexo nos óculos, o fotógrafo.

Você a conhecia?, ela perguntara.

Não, apenas prestando uma homenagem, ele respondera.

Sade olhou para a fotografia física dos dois em suas mãos. Uma selfie.

Elizabeth beijava a bochecha dele e o menino sorria para a câmera. O garoto que Elizabeth provavelmente estava namorando, aquele refletido em seus óculos, aquele que empunhava a câmera em todas as fotos, o garoto que Sade tinha visto hoje e que lhe dissera que não conhecia Elizabeth.

August Owens.

Seu telefone apitou mais uma vez e, de alguma forma, a mensagem que apareceu na tela conseguiu tirar ainda mais o fôlego de Sade, arrancando seu chão por completo.

B: A tia-avó de Elizabeth, Julie, morreu há dois anos

13

SÁBADO

FANTASMAS NÃO DIGITAM

BAZ IRROMPEU NO QUARTO DELA com uma expressão de alarme no rosto e seu novo porquinho-da-índia nos braços.

– Me conte exatamente o que Webber falou – disse assim que entrou.

Fazia apenas três minutos que enviara a mensagem, por isso ele devia ter se teletransportado depois de enviá-la ou, de alguma forma, feito tudo ao mesmo tempo: digitado a mensagem enquanto corria segurando o animal.

Sade percebeu que tremia de leve.

– Ele disse que recebeu a notícia de que Elizabeth estava com a tia-avó Julie em Birmingham. Que ela ia fazer uma pausa nos estudos... O que você quis dizer com ela morreu? Como assim? – Sade perguntou.

– Exatamente o que falei. A tia-avó dela morreu de câncer no cérebro no final do nosso primeiro ano – ele disse, respirando rapidamente, seus olhos vagando devagar para o lado do quarto que era de Elizabeth.

Sade deixou-se cair sentada na cama antes que seus membros cedessem.

– Provavelmente foi por escrito – disse Sade, calmamente.

– O quê?

– Bom, em primeiro lugar, ele disse que eles se corresponderam, o que só pode querer dizer que foi por escrito, e, em segundo lugar, a tia-avó dela está morta, não é? Do jeito como Webber descreveu a notícia, deu a entender que a tia-avó dela tinha conversado com ele, e não a própria Elizabeth. Então, seja lá como tenha chegado essa mensagem, foi por escrito. Mas por quê, ainda mais com Elizabeth estando desaparecida há cinco dias, será que ninguém olhou a fundo ou fez mais perguntas? Imaginaria que a polícia iria querer, no mínimo, interrogar Elizabeth ou a tia-avó dela, ou ambas, antes de encerrar o caso?

– Fantasmas não digitam, então como isso é possível? – Baz perguntou.

Sade lembrou-se de sua própria candidatura à Academia Alfred Nobel. Como ela mesma tinha preenchido o formulário, passando-se pelo pai com facilidade. Parecia que Alfred Nobel não fazia perguntas. Qualquer um poderia forjar um e-mail. Ela mesma tinha feito isso.

– Exatamente, fantasmas não digitam. Claramente, a escola não sabe que a tia-avó Julie está morta – respondeu Sade.

Os olhos de Baz se arregalaram.

– É claro que eles não... A mãe de Elizabeth nunca contou a eles.

Sade ergueu uma sobrancelha.

– Mas espera um pouco, Webber disse que a mãe de Elizabeth foi informada de que a filha estava com a tia-avó. Se ela sabia da morte de Julie, por que não falou nada?

Baz passou a mão pelos cachos vibrantes e sentou-se ao lado de Sade na cama dela. Olhou para o chão por alguns momentos antes de voltar de novo para ela.

– A mãe de Elizabeth está doente. Ela sabe que Julie morreu... já contaram isso para ela antes, ela só não se lembra.

– Como assim, ela não se lembra?

Baz suspirou, demorando-se um momento.

– A mãe de Elizabeth foi diagnosticada com Alzheimer precoce há alguns anos. É por isso que ela e Elizabeth brigaram. Elizabeth tentou persuadi-la a buscar ajuda, mas a mãe se recusou; ela não queria ficar desempregada ou acabar indo para uma casa de repouso. As coisas só pioraram desde então.

Um ganido baixo veio dos braços de Baz enquanto Muffin tentava se livrar do aperto do garoto. Baz enfiou a mão no bolso e tirou um potinho que parecia conter migalhas de muffin, colocando-o então na frente do porquinho-da-índia.

– Lamento ouvir isso – disse Sade.

– Elizabeth não gosta que as pessoas saibam. Até me sinto mal por contar sem a permissão dela, mas acho que não tenho escolha num momento desses – disse. – Está claro que outra pessoa enviou esse e-mail. Ou foi a própria Elizabeth quem escreveu e está sacaneando a escola por algum motivo, ou... – A voz desvaneceu.

Sade terminou a frase mentalmente.

Ou alguém que conhece a tia-avó de Elizabeth enviou o e-mail, sabendo do paradeiro de Elizabeth.

Um barulho alto soou no cômodo e Baz pegou o telefone dele. Praguejou baixinho e logo se levantou, segurando Muffin com mais força.

– Tudo bem? – Sade perguntou.

– Sim, estou atrasado para o treino de remo – disse. – Claramente, não há nada mais importante no mundo do que fazer um barco se mover muito rápido. Preciso ir antes que nosso treinador mande alguém até Seacole com um forcado, mas obrigado por me informar sobre Webber. Está na hora de um novo plano A.

Sade assentiu, levantando-se e indo com ele até o corredor.

– Alguma ideia?

– Encontrar esse e-mail e descobrir quem o enviou.

– Como? – ela perguntou. Não era como se pudessem invadir o escritório de Webber e roubar o computador pessoal dele ou coisa do tipo. *Ou será que poderiam*? – Você quer invadir os e-mails do diretor? – indagou, esperando que ele não estivesse falando sério.

– Conheço um cara – Baz respondeu, dando de ombros.

– Você não pode estar falando sério – disse ela, mas, pela expressão dele, ele estava mesmo. Até Muffin se contorceu, parecendo desconfortável com o plano arriscado. – Mando uma mensagem contando o que ele me diz – Basil respondeu simplesmente.

E aí ele se despediu como se não estivesse planejado uma invasão cibernética como quem não quer nada.

Só quando voltou ao quarto é que Sade percebeu as fotos jogadas em sua cama.

Na agitação por todo aquele assunto de tia morta, ela tinha se esquecido de mostrá-las a Baz ou de lhe contar sua nova teoria.

Que, de alguma forma, August estava envolvido em tudo aquilo.

As fotos não eram necessariamente incriminatórias, mas as mentiras dele sem dúvida eram. August estava escondendo alguma coisa, e Sade iria descobrir o quê.

14

DOMINGO

O PROBLEMA DOS MUFFINS

SADE ACORDOU NO CHÃO DE seu dormitório, como era de costume após uma noite de sonambulismo, com uma dor de cabeça latejante e uma mensagem de Baz.

B: Então, pelo visto muffins são ruins para porquinhos-da-índia.

A mensagem de Baz foi a coisa menos estranha das últimas vinte e quatro horas, o que já era um começo.

Levando em conta a revelação de que a tia-avó morta de Elizabeth estava, de alguma forma, escrevendo e-mails; a possibilidade de Elizabeth ter um namorado secreto; e de que o dito namorado secreto fosse August Owens, Sade não tinha certeza de quantas mais surpresas do universo seria capaz de aguentar.

Tudo isso explicava a dor de cabeça e o episódio de sonambulismo. Toda aquela energia ansiosa daria conta de abastecer uma cidade inteira.

Sade pensou em ir até a piscina para falar com August sobre Elizabeth, mas não teve coragem de sair do quarto. Seu cérebro continuava levantando frases que começavam com *"e se"*. E se foi August quem invadiu o quarto dela? E se August soubesse mais sobre o desaparecimento de Elizabeth do que deixava transparecer?

De repente, o mundo lá fora parecia muito mais assustador do que as quatro paredes do seu dormitório assombrado.

S: O que você vai fazer?

B: Preciso levá-la ao veterinário

A mensagem foi seguida por uma batida à porta e, pela segunda vez em menos de vinte e quatro horas, Baz estava do outro lado, parecendo quase em pânico. Ele usava uma camisa que dizia RIBBIT, uma jaqueta de aviador marrom e algo um chapéu verde que lembrava um *sapo*.

A terceira coisa estranha a acontecer nas últimas vinte e quatro horas: a vestimenta de Baz.

– Gostei do chapéu – disse ela, sem saber o que mais dizer.

– Obrigado – ele respondeu.

A visita abrupta resultou nela sentada em um ônibus ao lado dele, a caminho da cidade. A partir do terceiro ano eles podiam sair do campus nos fins de semana. Baz conseguiu sair com o porquinho-da-índia depositando-o dentro do suéter, mas, agora que estavam no ônibus, ele o colocara no colo. Sade torcia para que o motorista do ônibus não percebesse e os expulsasse no meio da viagem. Ela odiava caminhadas longas.

Quando enfim chegaram ao veterinário, Baz entregou Muffin com um olhar solene e eles se sentaram na sala de espera.

Descansou a cabeça contra a parede.

– Eu sou uma pessoa de merda. Estou com ela só há alguns dias e já estamos numa sala de emergência.

Sade sorriu com o drama dele.

– Baz, primeiro, estamos em uma clínica veterinária encantadora, não no pronto-socorro, e, em segundo lugar, ela ficará bem. O veterinário disse que é improvável que seja algo sério.

Ele a observou, ainda triste.

– Quando as pessoas dizem que as coisas estão bem, geralmente significa que não estão – respondeu.

Sade não soube o que dizer a princípio. Afinal, ela sabia que era verdade. Pegou a mão dele e a apertou.

– Escuta, desta vez, estou falando sério – disse.

– Se você diz – ele murmurou.

E, como esperado, dez minutos depois o veterinário entregou Muffin, cheia de vida e saudável, de volta para Baz, que parecia aliviado e prestes a chorar.

Ele abraçou Muffin junto ao corpo.

– Sinto muito por quase matar você, não vai se repetir, prometo.

– Você deveria comprar ração de porquinho-da-índia para Muffin, para que ela não fique com fome e saia por aí comendo o que não devia – disse o veterinário.

Um conselho que Baz entendeu como vasculhar o centro da cidade em busca de coisas para animais de estimação. Quando Baz sugeriu colocar Muffin em uma sacola de tecido, em vez de comprar uma gaiola, ficou bem claro que Sade precisava intervir.

Depois de algumas horas procurando itens para Muffin viver confortavelmente (e clandestinamente) no dormitório de Baz, os três estavam de volta no ônibus.

Sade descansou a cabeça na janela; Baz, que estava sentado ao lado dela, apoiou a cabeça em seu ombro; e Muffin permaneceu em segurança na nova gaiola portátil que Baz havia comprado.

O telefone de Baz apitou e ele se empertigou rapidamente, os olhos examinando a tela com ansiedade antes que a decepção se instalasse em seu rosto.

– Tudo bem? – Sade perguntou.

– Estava esperando uma mensagem do cara que está investigando a origem da mensagem de tia Julie, mas, em vez disso, tudo que recebi foi um e-mail do monitor da Seacole me dizendo que recebi um pacote.

Que rápido, ela pensou. Eles tinham falado de hackear a escola apenas na noite anterior e, de alguma forma, ele já tinha alguém trabalhando naquilo.

– Eu não sabia que dispositivos antigos recebiam e-mails – disse ela com um sorriso, enquanto ele guardava o Nokia no bolso.

Ele a cutucou levemente, retribuindo o sorriso.

– Você está rindo agora, mas, quando o meu aparelho moderno uma vez feito de chá retornar, vai ver que ele não corresponde ao padrão da Nokia.

– Se você diz... – ela respondeu.

Estava chovendo muito quando chegaram à escola. Isso a deixou em pânico. Sade podia sentir aquele incômodo em seu cérebro, as batidas de seu coração. A chuva às vezes a lembrava de estar submersa.

Está tudo bem, sussurrou a voz tranquilizadora em sua cabeça, fazendo, com uma simples frase, o seu coração se acalmar, o formigamento em suas mãos desaparecer e o pavor sumir.

Enquanto Sade colocava a jaqueta sobre a cabeça, Baz tentava proteger a gaiola de Muffin e, juntos, correram para se abrigar, eventualmente acabando no dormitório de Baz, a Casa Seacole.

O exterior de Seacole era todo feito de tijolos vermelhos cobertos de musgo e um telhado vitoriano.

No interior, os tons vermelhos e terrosos continuavam. Havia uma escadaria de carvalho escuro com paredes de tijolos expostos, armários de madeira escura e um retrato da pessoa que dava nome à casa, Mary Seacole.

A sala comunal era repleta de papel de parede cor de vinho e cadeiras de couro marrom, com uma lareira de tijolos no canto.

Parecia um cômodo em que uma pessoa séria residiria.

Ao contrário da sala comunal da Turing, que estava sempre lotada de gente, a de Seacole estava quase vazia.

– Bem-vinda à Casa Seacole! Onde ninguém gosta de ficar porque as outras casas são muito mais divertidas – Baz anunciou quando entraram.

Sade percebeu o porquê. Apesar da aparência aconchegante, ainda que séria, parecia um lugar muito chato.

Não havia nem televisão. Era como se os residentes da Seacole estivessem sendo punidos por alguma coisa.

– Por que você foi selecionado para a Casa Seacole? – Sade perguntou.

Baz era o oposto de brando.

Ele encolheu os ombros.

– É a casa onde colocam as pessoas com quem não sabem o que fazer, imagino. Não sou obcecado por esportes como o grupo da Hawking ou da Jemison, nem por assuntos acadêmicos, como o pessoal da Mendel e da Curie, ou por arte, como o da Einstein e da Franklin, e então sobra a Seacole.

Faz sentido, Sade pensou. Ela se sentou em um dos sofás de couro, e Baz colocou a gaiola de Muffin ao lado dela, sacudindo as últimas gotas de chuva.

– Vou fazer um chá. Como você bebe o seu? – perguntou, tirando o suéter.

– Sem açúcar e sem leite – disse Sade.

Baz parecia horrorizado.

– Tão preto quanto a sua alma, estou vendo – disse ele.

– Claro – Sade respondeu com um sorriso.

Baz balançou a cabeça e desapareceu na copa que ficava junto à sala comunal. Assim que ele saiu, as garras retornaram, e com elas uma lembrança terrível.

O que realmente aconteceu com Elizabeth... a voz interior sussurrou.

Tanta coisa e, ao mesmo, tão pouco tinha mudado nos seis dias que se passaram.

Elizabeth continuava desaparecida e tudo ainda parecia desesperador, especialmente agora que a escola estava convencida de que um fantasma estava cuidando de Elizabeth.

A aventura na cidade tinha servido como uma boa distração de seus pensamentos agitados sobre a descoberta da véspera, ainda que sentisse a estranheza de voltar ao centro da cidade logo após a busca que fizeram.

Tentou direcionar a mente para a capela lotada.

A pele de um marrom quente, os olhos tranquilizadores e um sorriso que não davam indícios de que fosse um mentiroso.

Apenas prestando uma homenagem, falara com tranquilidade.

Houve alguma pista antes? Algo que ela não percebera que indicava que August estava mentindo?

Os melhores mentirosos, Sade viera a descobrir, eram aqueles que também mentiam para si mesmos de alguma forma. Mentiam tanto para os outros que, a certa altura, ficava bem fácil convencer a si mesmos de suas próprias mentiras.

Baz estava diante dela com uma jarrinha de leite debaixo do braço e segurando duas canecas vazias e um bule fumegante de chá inglês.

– Planeta Terra chamando Sade?

Há quanto tempo ele estivera parado ali?

Ela pestanejou depois que Baz a puxou de volta para o cômodo, e o primeiro pensamento que lhe veio à mente lhe escapou dos lábios.

– Elizabeth estava namorando August – disse.

Baz franziu o cenho.

– O quê?

– August Owens – repetiu Sade.

Os olhos dele se arregalaram.

– O que te faz dizer isso?

Ela pegou o telefone e mostrou a Baz o registro que havia feito da fotografia que mostrava os dois juntos.

Baz olhou para a foto, um pouco boquiaberto. Ela conseguia ver que ele estava pensando. O cérebro zumbindo. Repassando cada coisa, cada interação, tentando juntar tudo.

– Caralho – disse.

– O quê? – Sade perguntou, torcendo para ele ter se lembrado de algo que explicasse tudo.

– Me queimei com o chá – disse ele, colocando um por um os itens que tinha em mãos na mesinha de centro.

– Elizabeth chegou a mencionar August alguma vez? – perguntou.

Baz sentou ao lado dela, de rosto inexpressivo.

– Desculpa, é muita coisa para processar... Acho que não. Acho que de vez em quando ela comentava que ele tinha uma cara de idiota, o que, pensando bem, é o que costuma dizer quando realmente gosta de alguma coisa... Os sinais estavam todos ali – Baz disse, sussurrando a última parte.

Sade sabia que ele ainda estava processando a possibilidade de sua melhor amiga namorar em segredo o queridinho da escola, mas ela se perguntou se ele chegara à mesma conclusão sombria a que ela chegara em instantes.

– Você acha que... que August tem alguma coisa a ver com o desaparecimento dela? – Sade perguntou.

Baz a encarou.

– Não sei – disse. – Já que eu nem sabia que eles estavam se vendo, talvez tenha, talvez não – Baz continuou sobriamente. – Sempre ouvi pela rede de rumores da AAN que August estava até recentemente com Mackenzie Peters, vice-capitã da equipe feminina de natação. Elizabeth estava no segundo ano quando esta foto foi tirada; sei pelas luzes no cabelo dela. Isso pode ter sido quando ela ainda dividia o quarto com a April. Talvez se dessem bem e saíssem juntos na época?

Sade não havia pensado nessa opção. Que eram apenas amigos. Afinal, homens e mulheres podiam ser apenas amigos.

Mas não foi por isso que ela imediatamente fizera aquela suposição.

Foi por conta das mentiras de August.

– Na vigília, perguntei a August se ele conhecia Elizabeth e ele disse que não. Claramente, estava mentindo, o que me leva a pensar que ele a conhecia mais do que queria deixar transparecer. Sem dúvida está escondendo alguma coisa.

– Parece mesmo que ele está escondendo alguma coisa – Baz disse, fazendo careta. – Talvez o fantasma do e-mail seja *ele*.

Sade assentiu. Eles tinham tão pouco com que trabalhar que tudo precisava ser levado em consideração.

– Descobriremos logo. Espero receber uma resposta da minha fonte sobre o e-mail em breve. Senão seguimos a vertente de August e vemos até onde isso nos leva – disse, com o rosto levemente corado.

– Como você sabe que o hacker não vai dedurá-lo para Blackburn ou Webber?

– Ele prometeu que não contaria a ninguém – Baz falou simplesmente, como se a palavra dessa pessoa fosse, de alguma forma, o suficiente. Ela imaginou que Baz fosse o tipo de pessoa que provavelmente enxergava as promessas feitas com o mindinho como juramentos de sangue. – E, mesmo que o faça, o pior que pode acontecer é que me suspendam. Eu já não me importo; tudo que me importa é encontrar Elizabeth. O e-mail é o meu jeito de fazer isso. É a única coisa que me resta no momento.

Sade fez uma pausa antes de falar:

– Na verdade, ainda nos resta o quarto de Elizabeth. – Sua voz falhou. Estava oferecendo, vasculhando, o que não era seu. – Encontrei as fotos no quarto, talvez se você viesse dar uma olhada, pudesse enxergar alguma coisa que eu e a polícia deixamos passar batido, não? As coisas que ela escondia podem nos ajudar a descobrir quem mais pode saber o que aconteceu com ela.

Baz assentiu.

– É uma boa ideia – disse, com um olhar distante ao longe.

A sala comunal continuava diminuindo de tamanho à medida que o peso de tantas incógnitas caía sobre eles.

– Quer um pouco de chá? – ele perguntou, voltando a si de repente.

– Claro – respondeu Sade.

Ela o observou servir o chá do bule em uma caneca cor de vinho, antes de fazer o mesmo com uma caneca idêntica, mas acrescentando leite e três cubos de açúcar. Entregou a caneca com o líquido marrom-escuro a ela e pegou a dele.

O silêncio retornou enquanto ela o observava lutar para abrir um pacote de biscoitos.

– Você está bem? – Sade perguntou, sem saber mais o que dizer.

Ele encolheu os ombros.

– Não sei. Eu só odeio essa escola às vezes. Se um dos membros da elite desaparecesse, haveria buscas de helicóptero dia após dia. Eles não se contentariam apenas com um e-mail. O diretor Webber só se preocupa com as questões que afetam o bolso dele. Ou seja, os nossos doadores não se importam, e por isso nós também não. É tudo tão previsível – disse quando o pacote por fim se abriu.

Enfiou um biscoito recheado com geleia na boca e ofereceu o pacote a ela.

– Quer um? – perguntou, com a boca cheia.

Sade estendeu a mão e pegou um.

– Obrigada.

Um grito estridente soou atrás dele.

– Acho que Muffin está com fome – disse Sade.

– Acha que ela gostaria de alguns biscoitos? – perguntou.

– Sim, mas, a menos que você queira fazer outra visita ao veterinário amanhã, sugiro apenas alimentá-la com ração de porquinho-da-índia.

– Bom argumento – disse ele, limpando algumas migalhas de sua calça jeans.

Baz se levantou, erguendo a sacola de compras que tinham trazido da cidade.

– Só vou pegar uma tigela na cozinha – disse antes de desaparecer mais uma vez.

Ela olhou para a foto de August e Elizabeth, prestando atenção em detalhes além de suas expressões faciais e linguagem corporal.

Como os azulejos ao fundo. Por que pareciam tão familiares?

Baz voltou com um prato cheio de comida de porquinho-da-índia. Abriu a gaiola de Muffin e colocou o prato na frente dela. Muffin avançou e começou a mordiscar o que pareciam ser pedaços de floco de milho coloridos enquanto Baz lhe acariciava.

– Sade – disse enquanto os dois observavam Muffin comer.

– Sim? – respondeu ela.

– Você acha que porquinhos-da-índia gostam de chá?

Ela o atingiu de leve com uma almofada.

– Tá bom, tá bom, vai ser água mesmo.

– Meu Deus, nesse ritmo, eu já sinto que sou a mãe responsável de Muffin – disse ela.

Baz riu.

– Por mim tudo bem, sempre quis ser o pai divertido, não o mal-humorado. Sinto que talvez as minhas habilidades como tutor de animais de estimação também refletam as minhas habilidades como amigo. Parece que sou ruim em ambos. Intoxiquei um porquinho-da-índia e perdi a minha melhor amiga, tudo em uma semana – disse com um sorriso triste, ainda acariciando as costas de Muffin.

– Isso não é verdade – disse Sade, sentindo-se mal por chamá-lo indiretamente de irresponsável.

Ele balançou a cabeça.

– Pode ser verdade, quem sabe? Talvez eu esteja exagerando e a polícia esteja com a razão. Talvez nunca tenha chegado a conhecer Elizabeth do jeito que pensava. Talvez ela esteja bem, tenha enviado aquele e-mail por conta própria e esteja com alguém em quem confia mais do que confiava em mim. Ela sempre brincava sobre sair da escola, fugir deste lugar... Talvez não fosse piada, talvez eu simplesmente não estivesse ouvindo com a devida atenção – disse. As palavras começaram a sair roucas, as frases emboladas.

Sade não sabia o que dizer a respeito, ou de onde vinha tudo aquilo, mas entendia por que ele estava dizendo aquilo. Era motivado pela culpa.

Ele se sentia responsável por Elizabeth, e a cada dia que passava sem que ela voltasse, ele se culpava mais por isso.

– Não é sua cul... – Sade começou, mas foi interrompida por Baz.

– Está tudo bem – disse ele com uma fungada. – É, sim. Penso nela como uma irmã. Se algo lhe acontecesse, seria por minha culpa. A mãe dela me disse para cuidar dela e eu não cuidei.

O rosto dele agora estava molhado.

Sade sentiu vontade de estender a mão e enxugar as lágrimas, impedi-lo de cair nesse poço de culpa sem sentido.

Muffin continuou comendo, sem se incomodar com o som das divagações de Baz ou mesmo com suas lágrimas.

Os animais de estimação, às vezes, eram insensíveis.

– Sinto muito, Baz – disse Sade.

Ela não especificou por quê, mas lamentava que ele se sentisse assim e que a escola não se importasse.

– Eu também – disse ele, o pedido de desculpas tão vago quanto o dela.

Mas ela tinha certeza de que ele estava se desculpando com Elizabeth, e talvez até com a mãe de Elizabeth... não com ela.

Sade procuraria pelas respostas. A polícia e a escola tinham desistido, mas ela ainda não. E ele também não deveria.

Tudo isso estava conectado de alguma forma, tinha que estar. Ela simplesmente descobriria essas conexões e tudo ficaria bem. Ele ficaria bem.

– Posso te dar um abraço? – perguntou a ele.

Ele a encarou, os olhos vidrados e redondos.

– Achei que não gostasse de abraços – disse ele.

– Normalmente não gosto, pelo menos não com estranhos – disse ela.

Ele assentiu.

– Eu gostaria disso.

Então Sade se ajeitou e passou os braços em volta de Baz, sentindo os músculos antes tensos relaxarem aos poucos.

– Obrigado – ele murmurou.

Isso lembrou Sade dos momentos em que ela precisou de alguém, e sempre teve quem lhe abraçasse e lhe dissesse que estava tudo bem. Até não que não havia ninguém e Sade se viu largada para lidar com o mundo sozinha.

Ela sabia quão letal a solidão podia ser.

E não queria que Baz sentisse isso também.

15

SEGUNDA-FEIRA

ISCARIOTES

A ESTA ALTURA, NA SEMANA PASSADA, Sade estava na casa de sua família em Londres, esperando ansiosa que o motorista a levasse até a sua nova vida.

Uma vida em que deixaria de ser a deslocada da família, ou a órfã digna de pena, distribuindo a sua má sorte para todos. Tampouco eram presunções. Sade tinha ouvido opiniões de mesma natureza nas reuniões de família. Quando Sade era mais jovem, sua tia Mariam costumava espalhar boatos de que ela era um espírito maligno, nascida para trazer infortúnios à família.

Apesar do talento da tia para o drama, Sade sabia que havia algum fundo de verdade nas palavras dela.

Todas as coisas ruins que aconteceram e continuavam a acontecer a seu redor eram, claramente, culpa dela. Ela dava azar e tinha que ir embora para o bem de todos.

Ela recomeçaria nesta nova escola.

Não seria um fardo para ninguém, motivo de vergonha para ninguém. Ela se tornaria um nada. E, sendo nada, de alguma forma estaria livre. Fugiria do passado e dos demônios amarrados à sua sombra, que a perseguiam na ponta dos pés pela casa vazia e silenciosa.

Você nunca deveria ter vindo... A voz com a qual ela estava acostumada sibilou amargamente.

Não havia um manual de instruções de como se livrar de si mesmo. Sade simplesmente parecia ter trazido o azar consigo para a Academia Alfred Nobel.

Agora, uma semana depois de ter saído de casa, ela se via sentada na aula de inglês, imaginando se tudo aquilo tinha sido um erro.

Você nunca deveria ter vindo. O silvo soava como um alarme mental constante, disparando aleatoriamente e azedando os seus pensamentos com uma simples frase.

O sentimento ficou mais consolidado quando o sr. Michaelides deixou uma folha em sua mesa com comentários acerca da apresentação e a sua nota: um sete.

Sade nunca tinha recebido um sete em toda a sua vida.

Ela sentiu a faca que vivia permanentemente enterrada em seu peito se afundar um pouco mais e se torcer dolorosamente, cutucando seus órgãos vitais.

– Nossa, olha só! Tiramos a mesma nota – disse Francis com um sorriso largo. – Acho que, no fim das contas, eu sou inteligente.

Como diabos ela tirou a mesma nota que Francis?

– Vamos passar os primeiros dez minutos discutindo as páginas que pedi que lessem no fim de semana. Formem pares rapidamente ou terei que escolher – disse o sr. Michaelides.

O barulho de cadeiras arranhando no chão ressoou enquanto as pessoas lutavam para conseguir seus parceiros.

Francis arrastou a cadeira até a mesa de Sade e sentou-se.

– E aí, parceira – disse.

Sade suspirou, ainda olhando para a nota em vermelho na folha que o sr. Michaelides lhe dera.

Passado um pouco do choque, ela enfim olhou para o rosto sardento e socável de Francis. Sade estava torcendo para que, de alguma forma, o universo atendesse às suas súplicas e não a obrigasse a trabalhar com ele outra vez, mas o universo nunca foi lá muito receptivo aos desejos dela.

Antes que Sade pudesse responder algo, uma nuvem escura se moveu no alto, bloqueando a luz de ambos.

Ergueram os olhos, sendo saudados pela presença iminente de Persephone.

– Eu vou fazer o trabalho com ela – disse Persephone, de braços cruzados.

Francis pareceu achar graça.

– Eu cheguei primeiro.

– Não estou nem aí, saia daqui agora ou enfrente as consequências. Escolhe.

Francis ficou parado, como se a estivesse desafiando. Mas, assim que Persephone deu um passo à frente, ele se levantou e foi embora. O cheiro que Sade podia jurar que era maconha persistiu.

Como os professores não percebiam isso? Talvez o fato de ser enteado do diretor significasse não ter que encarar nenhuma pergunta com relação a assuntos do tipo.

Persephone colocou a bolsa dela no chão, então sentando-se na frente de Sade.

– Olá – disse.

Sade a encarou, sentindo um formigamento quente no pescoço e o coração acelerando de leve. Parecia que afinal o universo a estava ouvindo, ou talvez Sade estivesse sonhando acordada. O que faria sentido se não fosse pelo fato de que ela raramente tinha sonhos tão agradáveis.

Sade percebeu que estava apenas encarando Persephone e que nem sequer havia respondido ao cumprimento da outra, então rapidamente murmurou um "oi".

Persephone ergueu a sobrancelha em resposta e ela encarou Sade, depois lhe ofereceu um pequeno sorriso.

A cada interação com Persephone, por menor que fosse, Sade podia sentir que havia mais em jogo naquela brincadeira silenciosa delas. Agora, Sade quase conseguia ouvir os pensamentos da garota.

Pensando em mim?

Ao que Sade respondeu mentalmente:

Sempre.

– Você fez a leitura? – Persephone perguntou, interrompendo a conversa não verbal entre elas.

Sade pigarreou e assentiu.

– S-sim. Já li o livro, então só folheei os primeiros capítulos ontem à noite.

– Eu também – Persephone disse antes de pegar o livro e folhear as páginas com os seus dedos perfeitamente manicurados.

– A propósito, o que foi isso? – Sade perguntou, hesitante. – Quando pediu a Francis para sair.

Persephone inclinou a cabeça e lançou um olhar peculiar a Sade.

– Você parecia estar precisando de socorro – disse ela após uma pausa momentânea. – E eu gosto de trabalhar com pessoas inteligentes. Facilita a vida.

Sade tentou não parecer muito surpresa por Persephone achar que ela era inteligente. Se Persephone soubesse que ela tinha tirado a mesma nota que Francis, talvez tivesse pensado melhor sobre ir até ali para salvá-la.

– Devíamos anotar o que discutirmos, caso o sr. M pergunte. Você tem uma caneta? – Persephone perguntou, arrancando Sade de seus pensamentos.

Ela assentiu, procurando o estojo na bolsa. Ao perceber que não o trouxera naquela manhã, deu a Persephone a única caneta que tinha levado para a aula. Sade teria que escrever usando o próprio sangue.

– Obrigada – Persephone falou enquanto pegava a caneta, roçando levemente os dedos nos de Sade.

O resto da aula transcorreu de forma quase indolor, enquanto o sr. Michaelides palestrava acerca de temas, prosa e mais dever de casa.

Sade se perguntou qual seria o propósito de tanto trabalho. Quando ela recebia educação domiciliar, não havia necessidade de lição de casa por um motivo óbvio, mas também porque parecia uma perda de tempo.

O sinal tocou, interrompendo-o no meio da frase. O sr. Michaelides quase sempre ainda estava falando quando o sinal tocava. Às vezes era como se ele nem o ouvisse, envolto demais no que quer que estivesse dizendo.

– Vejo todos vocês amanhã! Sade, pode ficar um pouco, por favor – disse ele, as rugas ganhando destaque enquanto sorria para ela.

– Claro – disse ela antes de pegar suas coisas e ir até a mesa do professor.

Em parte torcia para que ele tivesse obtido acesso ao sistema de segurança, assim ela poderia provar que alguém *tinha* roubado algo do quarto dela e depois tentaria identificar quem havia levado a caixa e por quê. Mas isso era improvável; ela comentara isso com ele havia apenas dois dias, e o sr. Michaelides não tinha a menor ideia do que estava em jogo.

– Só queria falar com você a respeito da sua nota. Espero que não tenha ficado muito decepcionada. Eu queria lhe ter dado uma nota mais alta, mas a tarefa dizia que era para apresentar à turma usando recursos visuais; ou seja, uma apresentação... se você tivesse feito isso, eu teria dado um dez.

– Ah – Sade disse, não esperando nada daquilo.

– Sou um professor severo, mas justo, e sei que você é muito capaz, então não deixe um erro desses lhe impedir de ganhar a nota que merece da próxima vez, ok? – disse ele, colocando a mão fria em cima da dela.

Sade assentiu, os olhos baixando para os dedos bronzeados dele e a aliança de prata que levava no dedo anelar.

– Tudo bem – ela disse.

– Maravilhoso – ele respondeu, retirando a mão. – Eu te vejo amanhã.

Os olhos de Sade permaneceram onde a mão dele estivera, seu estômago se revirando e a faca dentro dela se retorcendo um pouco mais, e então, quando os dedos dele se cruzaram, os cotovelos sobre a mesa, o olhar dela se voltou outra vez para o prateado da aliança de casamento.

Depois de um momento, ela ergueu os olhos, guiando sua atenção outra vez para o rosto dele.

– Te vejo amanhã, sr. Michaelides.

Ao sair da sala de aula, ainda tentando se livrar da estranheza que sentia no momento, ficou surpresa de encontrar Persephone ali mais uma vez, parada perto da fileira de armários escuros.

– Oi – disse Sade.

– Queria te devolver sua caneta.

– Obrigada.

– Te vejo no almoço? – disse ela.

Exatamente como tinha feito na sexta-feira.

Sade assentiu.

O MESMO ACONTECEU NA TERÇA-FEIRA.

Persephone estava ao lado dos armários, pegando um livro, cumprimentando Sade sem olhar para ela.

Desta vez, a conversa durou mais do que alguns segundos.

Enquanto Persephone vasculhava o próprio armário, elas conversaram um pouco mais.

Sade fez um comentário sobre Francis, depois pediu desculpas, sem saber se Persephone de fato não gostava de Francis.

Ao que Persephone riu e disse:

– Ele está namorando a minha melhor amiga. Isso não o torna menos maconheiro ou idiota, por isso fique à vontade para insultá-lo quanto quiser.

– Tudo bem... – Sade disse, sem jeito, e depois continuou: – Por que você o chamou de maconheiro?

Persephone deu de ombros.

– Porque ele é. Não consegue sentir o cheiro nele? Não sei por que April gosta de se cercar de gente assim, mas cada um com seu gosto, acho eu. Não dá para escolher com quem os seus amigos farão amizade.

Aquilo foi surpreendente. Ela tinha achado que eles eram todos amigos. Juliette parecia se dar bem com os meninos.

– É a mesma coisa com os outros...? O irmão de April e o loiro, esqueci o nome dele... – disse Sade, o que obviamente era uma mentira.

Jude Ripley. Como alguém esqueceria um nome desses?

Mas eles só tinham tido uma conversa na sexta-feira, por isso lembrar o nome dele, sem falar do sobrenome, parecia muito estranho. Como se, indiretamente, ela estivesse confessando alguma coisa.

Persephone a encarou, sem piscar, como se estivesse tentando decifrar a bagunça da mente de Sade, apenas desistindo e se virando depois de alguns momentos.

– Eles são todos iguais. August, Jude, Francis, os meninos da equipe de natação. Viciados em cloro, cocaína e demonstrações tóxicas de masculinidade – ela concluiu num tom sarcástico.

Isso explicava os olhos vermelhos de Francis e o constante bater dos pés. Sade não poderia dizer que estava surpresa.

– Eles estão namorando há muito tempo? April e Francis – perguntou, ainda tentando descobrir como a dupla funcionava.

April parecia muito melhor que ele. Mais inteligente também.

Persephone ficou quieta e por fim respondeu com um brusco:

– Não.

O armário se fechou com força e ela se virou para Sade. Como sempre, sucinta:

– Vejo você no almoço?

Avisando a Sade que aquela conversa tinha chegado ao fim.

• • •

QUARTA-FEIRA FOI IGUAL. Persephone no armário dela. Uma conversa amigável.

Ao saírem da aula, Persephone perguntou a Sade sobre a vida dela. Tipo, como era estudar em casa, o que ela estava achando da AAN, se era verdade que havia uma banheira de hidromassagem novinha em folha instalada na Casa Turing.

Sade riu da última pergunta e depois perguntou:

– Como você sabe que estou na Casa Turing? Está me perseguindo?

– Sim, na verdade estou – Persephone respondeu com um brilho nos olhos quando pararam em frente ao bloco Chomsky, onde seria a próxima aula de Sade.

O sorriso de Sade vacilou, e Persephone pareceu satisfeita.

Então ficou de frente para ela e sussurrou:

– Sua gravata é preta.

Sade franziu o cenho. Por que ela estava falando da cor da gravata?

– O quê? – ela perguntou, sentindo-se aquecida pela proximidade do rosto de Persephone.

– É assim que sei que você está na Casa Turing – disse ela, recuando então. – Tenho que ir para a aula. Te vejo no almoço?

Sade assentiu devagar, sentindo-se idiota por perguntar se a garota a estava perseguindo. Olhou para a gravata roxa e preta de Persephone, indicando que ela estava na Casa Curie.

Então Persephone lhe deu um último sorriso e foi embora na direção de onde tinham acabado de vir.

Sade percebeu que Persephone passara direto pelo bloco onde teria aula. Aparentemente a dupla tinha o início de uma amizade ou, pelo menos, um relacionamento de colegas. Depois das trocas amigáveis entre as aulas, porém, vinha o almoço, e as coisas ficavam estranhas.

Como naquele instante.

Persephone mal dava sinais de que percebia a presença dela, ou de qualquer outra pessoa, na verdade. Ficava meramente sentada ali, em silêncio, lendo um livro, quase como se estivesse em um planeta completamente diferente dos outros.

Apesar do aviso de Baz sobre a *Profaníssima Trindade*, assim como os momentos aleatórios de frieza de Persephone, ela se viu se afeiçoando ao grupo.

Eles a faziam se sentir incluída, mesmo que o interesse inicial por ela fosse por causa de Elizabeth.

Na segunda-feira, April, que ela achava a mais difícil de impressionar, sem nunca saber o que a outra garota pensava graças a suas expressões ilegíveis, elogiara o cabelo dela. Ela ainda não tinha certeza se era um elogio genuíno, visto que estava chegando à sexta semana com as tranças e havia um limite do que condicionador e gel de cabelo eram capazes de fazer.

April parecia oferecer elogios muito raramente, então ela interpretou o ato como gentil.

Na terça-feira, April a convidara para a partida de lacrosse de Juliette que aconteceria no fim daquela semana. Sade descobriu que era um convite íntimo, feito apenas às amiga mais próximas – também conhecida como Persephone.

Na quarta-feira, Sade estranhamente sentiu que fazia parte do grupo.

A família dela estava errada. Ela não era a personificação do infortúnio. Ela era alguém que as pessoas pareciam querer ter por perto, apesar do que a tia Mariam dissera ou dos sussurros internos que diziam que ela não deveria estar ali.

Enquanto comia seu macarrão e ouvia Juliette reclamar sobre a nota que recebera na aula de francês, Sade podia sentir os olhos sobre ela.

Aquela não era a primeira vez.

Também pegara Jude a encarando de um jeito nada sutil na terça-feira. Fingira não perceber os olhares dele, mas naquele dia optou por algo diferente, virando-se para encará-lo também. Ela viu o leve rosado que subia pelo pescoço dele, seguido pelo movimento das sobrancelhas conforme acenava para ela. Então ele se levantou de repente, rompendo o contato visual e levando consigo a garrafa de água transparente, provavelmente para encher.

Sade o seguiu com os olhos até o bebedouro no canto do salão.

Um zumbido distante soou, fazendo a mesa vibrar.

– É aquele seu namoradinho outra vez, Jules? – April falou enquanto Juliette pegava o telefone que vibrava e ria.

– Você adoraria saber, não é? – ela respondeu, virando a tela para baixo.

April se virou para o rosto confuso de Sade.

– Juliette tem um namorado secreto. Pelo que ela nos contou, além de ser alto, moreno e bonito, também é calouro em uma universidade no Canadá.

Sade tentou não parecer muito surpresa. Ela não sabia se era a parte do namorado secreto ou da universidade no Canadá que a surpreendia mais.

– Como vocês se conheceram? – perguntou.

– Acampamento de verão – respondeu Juliette, sem hesitação.

Era como se ela já tivesse ensaiado a resposta antes.

– Na Inglaterra? – Sade perguntou.

– Isso.

– Não sabia que tínhamos muitos acampamentos de verão neste país – respondeu Sade.

Juliette fez uma pausa, estreitando um pouco os olhos, depois sorriu.

– Sim, foi em um acampamento sobre Shakespeare. Eu ia reprovar em inglês, por isso os meus pais me obrigaram a ir. Eu deveria ir no próximo verão também, mas vou voltar ao Sri Lanka para visitar os meus avós por algumas semanas, então acho que Shakespeare pode esperar.

Sade assentiu, avaliando as palavras de Juliette. Acreditava que explicações exageradas eram, muitas vezes, um sinal de que alguém estava tentando compensar a verdade. Após um momento de silêncio, enfim voltou a falar.

– A distância é difícil? Entre você e seu namorado?

Juliette encolheu os ombros.

– Na verdade não, parece que ele está sempre por perto.

Sade notou algo tremeluzir naqueles olhos ilegíveis de April, antes que retornassem ao costumeiro tom frio de marrom.

– E por falar em namorados que estão sempre por perto quando precisamos, eu vou matar o meu quando o encontrar. Acreditam que ele me deu o bolo de novo? Alguma coisa a ver com o treino inútil de natação na hora do almoço – disse April.

– Não é inútil, April. É treinando que ganhamos as ligas nacionais – disse Jude ao voltar com uma garrafa agora cheia.

April lançou a Jude um daqueles olhares definitivamente assassinos, mas ele parecia imperturbável enquanto tomava um gole de sua garrafa.

– Tenho quase certeza de que Tweedledum também está nadando, o que me lembra... como capitão, por que é que *você* não está com o resto dos viciados em cloro? – ela perguntou com a sobrancelha erguida.

A menção a August fez Sade se lembrar das fotos e da mentira dele.

Juliette riu.

– Não é óbvio?

Os olhos dela foram até Sade e depois voltaram para Jude.

O rosto de Jude ficou um tom mais escuro de carmesim, mas o sorriso confiante dele não esmoreceu.

– Não faço a menor ideia do que você está falando, Jules.

– Claro – ela respondeu. – Enfim, preciso ir, tenho que pegar algumas coisas no meu armário antes do sinal – disse Juliette, se levantando. – April, Sephy... vocês vêm comigo?

April pegou a bolsa Telfar rosa e o telefone dela, que estava em cima da mesa.

– Estou com tempo sobrando.

Persephone ergueu os olhos pela primeira vez desde o início do almoço.

– Sim, claro – respondeu, soando bem diferente do seu normal.

Não que Sade a conhecesse tão bem assim, de qualquer modo, mas parecia bem diferente da versão dela que Sade conhecera melhor nos últimos tempos.

Sade sentiu a respiração do elefante na sala em seu pescoço – a estranheza de não ter sido convidada. Ela se perguntou se tinha feito algo de errado, dito algo errado... ou talvez elas não tivessem mais serventia para ela. Provavelmente por ter questionado Juliette acerca do namorado. Ela viu que tinha tocado em um tópico sensível. Por que é que não parou de falar?

– Sade? – April disse, olhando-a de um jeito peculiar.

– Desculpa... você falou alguma coisa? – perguntou.

Se April estava irritada por ter que se repetir, isso não transpareceu. A expressão dela ainda era um código indecifrável.

– Você quer ir junto? – perguntou.

Sade olhou para Persephone, que estava de braços cruzados e olhando para ela, também ilegível.

– Claro – respondeu por fim, pegando sua bolsa também.

– Então, vamos, o almoço está quase acabando – disse April, já se virando para sair antes que Sade se levantasse.

Sade se ergueu rapidamente, mas foi impedida por um aperto forte em sua manga.

– Espere... – uma voz grave veio de trás dela. Ela se virou e ficou cara a cara com Jude Ripley. – Olá – disse ele.

– Oi – ela respondeu, observando April, Persephone e Juliette desaparecerem na multidão, antes de se voltar para ele.

–Eu, hum... isso vai soar esquisito – ele começou. Tudo no rosto dele era exagerado. Do queixo forte ao cabelo quase branco passando pelos olhos. Ele parecia um boneco, algo que ela poderia quebrar com facilidade. – Mas queria saber se te conheço de algum lugar? – concluiu.

As sobrancelhas de Sade se ergueram.

– De onde você me conheceria? – perguntou, o coração começando a bater incessante em seu peito.

– Não sei... dos meus sonhos, talvez?

Sade pestanejou para ele.

– Isso geralmente funciona?

– O que geralmente funciona?

– Essa cantada... As pessoas geralmente gostam desse tipo de coisa?

Ele riu.

– Honestamente? Não. Mas esperava que você curtisse. Não é pecado sonhar, não é verdade?

– Aparentemente, você sonha muito – disse Sade.

– Mantém a imaginação viva – respondeu ele.

– Aposto que sim.

– Mas eu estava falando sério. Sinto que já conheço você... – Ele fez uma pausa, estreitando os olhos. A expressão dela se abalou, o sorriso vacilou enquanto ela o observava cuidadosamente. Esperando que ele terminasse a frase. – Embora... – ele continuou. – Acho que eu não me esqueceria do seu rosto se te conhecesse... então talvez não conheça mesmo – disse.

Ela relaxou e encolheu os ombros demonstrando indiferença, como se não conseguisse sentir as batidas do coração na boca.

– Talvez – disse Sade, olhando para a saída, onde as meninas já não estavam, as unhas cravadas involuntariamente na palma das mãos.

– Posso te acompanhar? Eu sei para onde elas foram – disse Jude, provavelmente notando a direção do olhar dela.

Ela fez uma pausa, observando Jude Ripley, em toda a sua glória armada de charme, antes de falar:

– Obrigada. – Ao que ele sorriu ainda mais, como se tivesse ganhado alguma coisa naquela troca.

Enquanto saíam juntos do refeitório e atravessavam os corredores, Sade sentiu os olhares sobre si. Alunos a observam com expressões chocadas. Inveja, raiva e curiosidade se mesclando e passando de pessoa em pessoa.

– Você estudou em casa, certo? – ele perguntou de repente, depois de alguns instantes de silêncio enquanto caminhavam.

– Sim – disse ela.

– O que a fez mudar de ideia?

Era uma pergunta repleta de suposições sobre as circunstâncias de sua vida doméstica. O que o fazia pensar que fora uma escolha?

Mas ela não podia culpá-lo. Tudo o que ela sabia de internatos vinha de filmes e seriados e, apesar de algumas coisas serem verdadeiras, a maioria não era.

– O meu pai morreu e eu fiquei sozinha em casa. Era isso ou ir morar com o resto da família nos Estados Unidos. Escolhi a primeira opção.

– Ah... Lamento ouvir isso, sobre o seu pai, digo – ele falou.

Sade o olhou, procurando por sinais de quem fosse Jude, por sinais de pena ou pesar. Não havia nada ali.

– Está tudo bem – disse.

– Eu também perdi o meu pai, alguns anos atrás... me conforta saber que ele está olhando por mim, e tenho certeza de que o seu pai está orgulhoso, de onde quer que ele esteja te vendo – disse Jude.

Sade quase riu. Na verdade, era *ela* quem observava o pai, ao menos toda vez que olhasse para os próprios sapatos.

– Lamento sobre o seu pai – respondeu, em vez de dizer o que de fato sentia.

Que o pai dela poderia sentir qualquer coisa, exceto orgulho dela.

Ele nunca quis que ela fosse para a escola, manteve-a por perto por toda a vida, até que sua paranoia lhe causou o ataque cardíaco que o fez bater prematuramente às portas da morte.

– Não lamente, isso foi há anos – disse Jude, parando agora. – Só queria que você soubesse que não está sozinha. Poucas pessoas entendem. Como perder alguém é capaz de mudar alguém.

Pareceu inadequado, mas Sade tentou impedir-se de sorrir. O torção da faca em seu peito cumpriu a sua função, causando agonia, fazendo seus olhos vagarem e seus ossos doerem. Ela conhecia o sofrimento muito bem para alguém da sua idade. A princípio, a morte era uma visita indesejada, mas que aos poucos foi se transformando numa companhia amarga.

– Enfim, as meninas estão ali – disse ele, apontando para o armário em que as três conversavam.

April enrolava o cabelo, Juliette remexia em seu armário e Persephone ria de algo que uma delas tinha acabado de dizer.

– Obrigada por me acompanhar – disse Sade, abrindo os punhos e sentindo a ardência das marcas que suas unhas haviam deixado.

– Sempre que precisar – disse ele.

Ela se virou para ir, mas ele a impediu mais uma vez.

– Você está livre na sexta-feira depois da escola? Tenho a competição de nado regional. Fico nervoso depois de competir e sempre me sinto melhor quando tomo um café depois – disse.

Ela o encarou por alguns instantes.

– Você está me chamando para sair?

Ele encolheu os ombros.

– Você que me diz.

– Não estou muito interessada em me envolver com ninguém no momento – disse ela.

Algo na expressão dele se embotou, como se essa não fosse a resposta que esperasse, tampouco a resposta com a qual estava acostumado.

– Quem é que falou em se envolver? Eu só queria tomar um café. Posso até convidar o August para provar como não se trata de um encontro romântico – disse.

Sade ergueu a sobrancelha.

– Achei que não pudéssemos sair do campus durante a semana. Onde tomaremos café?

– Tem uma cafeteria no campus, só para os alunos do quarto ano, mas sou amigo da dona, então ela deixará você entrar – disse ele, dando de ombros.

Sade o observou com atenção, ponderando silenciosamente sobre o assunto antes de assentir.

– Tudo bem – disse.

– Tudo bem – ele respondeu com um sorriso.

O sinal tocaria a qualquer minuto.

– Estou indo – disse ela.

Ele assentiu.

– Te vejo na sexta? – Jude perguntou enquanto se afastava.

– Sim, vejo você e August na sexta-feira! – respondeu, satisfeita de ver o rosto dele se abalar outra vez com a menção a August.

Então ela se virou rumo aos armários onde o trio profano permanecia, agora olhando para ela.

Juliette sorria, Persephone parecia descontente e April tinha a expressão indecifrável de sempre.

O sinal enfim tocou, e antes que Sade pudesse alcançar as três garotas, elas já se afastavam dela.

Os alunos começaram a lotar os corredores, correndo apressadamente para a chamada pós-almoço, deixando-a ao mesmo tempo rodeada e sozinha.

Sentiu o zumbido do telefone e o tirou do bolso.

B: É verdade???

S: O que é verdade?

B: Você e Judas

Sade suspirou. Aparentemente, as paredes tinham olhos.

S: Qual é o lance dos nomes bíblicos, primeiro a Profaníssima Trindade, agora Judas?

B: Você está se esquivando... É verdade, não é!

S: Não.

B: Os corredores nunca mentem

S: Vamos só tomar um café

B: AHA!

S: Desde quando tomar um café é crime?

B: Porque tomar café *é* crime quando se trata de Jude Ripley. É assim que começa. Judas bota os olhos em uma garota, convida-a para um café amigável e, de repente, Paris.

S: Paris seria um código para pegação?

B: Sim.

S: Não se preocupe, não irei para Paris com Jude. Ficarei com os pés bem firmes na Inglaterra.

B: Tenho certeza que as outras disseram a mesma coisa. Mas ele sempre usa o mesmo truque: café, jantar e depois Paris. Sempre o mesmo. E, minha amiga, você caiu nessa.

16

QUINTA-FEIRA

MAUS PRESSÁGIOS

ASSIM QUE UM PASSARINHO DEFECOU em seu uniforme naquela manhã, Sade deveria ter percebido que o resto do dia seria repleto de infortúnios.

Afinal, o infeliz incidente a obrigava a trocar para o uniforme sobressalente, que ela ainda não tinha recebido, por isso teve que o solicitar diretamente à srta. Blackburn, que, Sade tinha certeza, demorou de propósito para entregá-lo, o que, por sua vez, resultou em sua primeira detenção por chegar atrasada.

Sade já estava havia quase duas semanas inteiras no internato e pelo visto os professores estavam finalmente se cansando da inabilidade dela em aprender todas as regras e tradições da escola nos dez dias desde a sua chegada.

A falta de sorte não acabou por aí. Na aula de Mandarim, ela se esqueceu de todas as palavras e frases que era capaz de recitar sem problemas na semana anterior.

Na aula de História, ela, de alguma forma, se esqueceu da prova surpresa que o professor insistia em aplicar toda quinta-feira, passando de raspão. E aí, como se não pudesse piorar, na aula de Inglês, sua caneta estourou, não apenas estragando o estojo, mas sujando também o caderno de Persephone com a substância azul e pegajosa que parecia piche.

A essa altura, Sade estava a ponto de dar uma de Francis e sair da sala de aula sem explicações, para que seus colegas – principalmente Persephone, que a encarava com um olhar de preocupação e pena – não a vissem perder a cabeça completamente sobre a tinta derramada.

Era como se ela tivesse passado por baixo de uma escada invisível e acariciado um gato preto ao mesmo tempo que murmurava o número treze enquanto dormia, causando esse interminável ataque de má sorte.

Enquanto tentava lavar a tinta das mãos, pensou em como a sua sorte sempre fora uma coisa complicada e, a não ser que ela atraísse todos esses maus presságios a cada noite, isso não tinha nada a ver com o cocô de pássaro daquela manhã ou qualquer outra superstição inglesa.

Ela era o mau presságio.

Quando voltou para a sala, depois de conseguir limpar o que foi possível da tinta das mãos, os colegas já tinham sido liberados e guardavam os pertences nas mochilas ao som do sinal.

– Sade. – Ouviu o sr. Michaelides a chamar e imaginou que receberia outra detenção, dessa vez por sua incompetência ao manusear artigos escolares que até mesmo crianças de quatro anos eram capazes de usar.

Ou qualquer outra coisa que apenas comprovaria o quanto aquele dia tinha sido horrível.

Ela se virou, preparando-se mentalmente para mais uma humilhação.

– Desculpa a demora em relação às imagens da câmera de segurança. Estive tão ocupado preparando simulados que acabei me esquecendo. Mas tenho acesso à sala de vigilância, ao lado da recepção, e posso te levar lá agora se não tiver nenhuma outra aula.

Ah.

Ela quase se esquecera das imagens das câmeras de segurança e se sentiu mal por se preocupar tanto com coisas triviais que, no fim das contas, não eram tão importantes quanto Elizabeth.

– Tenho o horário livre – falou apressadamente enquanto juntava suas coisas.

– Certo, que bom. Vamos lá então, ver se conseguimos pegar o culpado – ele respondeu com um sorriso. – Pode me esperar lá fora; só preciso enviar um e-mail rápido antes de irmos.

Quando Sade saiu da sala, ficou e ao mesmo tempo não ficou surpresa por encontrar Persephone ali.

Não ficou surpresa porque, afinal, o armário de Persephone ficava ao lado da sala, mas ao mesmo tempo ficou surpresa porque presumira que Persephone já tinha ido embora.

Mas lá estava ela, ao lado do armário, guardando as coisas dela.

Sade se perguntou se deveria dizer alguma coisa ou apenas fingir que, de alguma forma, não a vira. Depois que as meninas pareceram deixá-la para trás, no dia anterior, ela não tinha certeza se havia sido oficialmente desconvidada dos almoços diários ou se não era mais interessante o suficiente para esperarem por ela. Num minuto parecia que todas estavam felizes por tê-la por perto. No seguinte foi como se ela não tivesse algo fundamental e tivesse se tornado o alvo da piada.

Por outro lado, aquilo também podia ser só a voz da ansiedade.

– Por que você não tira uma foto, seria mais eficaz – Persephone disse ao fechar o armário e se virar para Sade com a sobrancelha arqueada e aquele sorriso sem alegria que ela às vezes mostrava.

– O quê? – Sade perguntou, sentindo-se envergonhada por ser pega encarando, o que ela definitivamente não estava fazendo.

Estava apenas reparando. Reparando que Persephone ainda estava ali, no local de sempre, onde sempre ficava depois da aula, onde iniciavam uma conversa amigável. Sempre parecendo à espera de alguém.

Reparar era diferente de encarar.

Persephone balançou a cabeça, o sorriso entortando enquanto transparecia um traço de diversão.

– É brincadeira – disse.

– Você costuma brincar com as pessoas? – Sade perguntou.

Persephone deu de ombros

– Acho que só com as pessoas de quem gosto.

– Então você gosta de mim? – ela perguntou brincando.

Quando se tratava de Persephone, era difícil de afirmar e, além disso, não era como se elas se conhecessem havia muito tempo.

Mas ela achava que também gostava de Persephone.

– Almoçamos juntas todos os dias, e eu tento não almoçar com pessoas de quem não gosto... embora, infelizmente, devido à companhia de alguns de meus amigos, isso nem sempre seja possível – disse Persephone, com um tom de desgosto.

Ela se perguntou se era assim que se fazia amigos em internatos. Afinal, parecia que, depois de almoçar com Elizabeth e Baz uma vez, eles a convidaram para o círculo deles com prazer. Talvez o almoço fosse um ritual mais importante do que ela pensava. Isso os filmes e livros não ensinavam.

– Entendo – respondeu Sade.

Persephone a olhava em silêncio, como sempre fazia, do jeito que costumava quando estava pensando em algo. Então abriu a boca, mas em vez da suavidade constante de sua voz, Sade ouviu algo mais profundo e não tão agradável.

– Pronta para ir, Sade? – A voz disse.

Sade virou-se para o sr. Michaelides, que agora estava detrás dela com o seu habitual sorriso amigável.

Sade assentiu.

– Preciso entregar o código do dever de casa de Ciência da Computação agora, mas vejo você no almoço? – Persephone perguntou, dando pouca atenção à presença do sr. Michaelides.

Aparentemente, Sade ainda não havia perdido a graça para as garotas profanas.

– Sim, te vejo lá – respondeu.

E então, sem outra palavra ou olhar, Persephone se virou e foi embora pelo corredor, desaparecendo pelas portas duplas.

QUANDO ENTRARAM NA SALA DE VIGILÂNCIA, o segurança abriu as imagens de sexta-feira e começou a rebobinar a gravação da entrada da Turing. O sr. Michaelides semicerrou os olhos enquanto Sade permanecia ao lado dele, com o coração na boca.

Era chegado o momento.

A filmagem aproximava-se da hora em que Sade vira a figura encapuzada na tela, e esperava com a respiração presa.

Mas, conforme o vídeo retrocedia e as sombras no chão de pedra do edifício assumiam diferentes formas com o passar do tempo, o vídeo permanecia desprovido de qualquer atividade humana.

A hora esperada chegou e passou, e o vídeo permanecia o mesmo. Vazio. Nenhuma figura encapuzada segurando a caixa de música de Elizabeth.

Nada.

– Não tem nada aqui – disse o segurança.

O coração de Sade parou.

Não pode ser, pensou. *Alguma coisa deve estar errada*. A data. A hora. De alguma forma, podia ser a filmagem *errada*.

Mas ao examinar os detalhes na tela, tudo, desde a hora até a data, estava como deveria estar.

O que estava acontecendo?

Isso começava a assustá-la mais do que antes. Ou quem quer que estivesse com a caixa sabia que ela estava à procura e agora estava encobrindo os próprios rastros, ou... talvez ela tivesse imaginado tudo.

Mas isso não era possível. Acontecera mesmo. Ela esteve ali e viu a pessoa de capuz preto saindo da Casa Turing. Ela tinha visto...

– Sade? – disse o sr. Michaelides, arrancando-a do mar de conspirações.

– Hein? – ela disse.

– É uma boa notícia. Não há sinal de ladrão nenhum saindo da Casa Turing, e não consigo imaginar que alguém de sua casa tenha pegado algo seu... são seus amigos, com certeza. Sugiro que procure novamente a caixa em seu quarto – disse ele.

Sade pestanejou para a tela pausada. O gato preto invisível empoleirou-se em seu ombro, ronronando conforme outros maus presságios se espalhavam e poluíam seu dia.

– Acho que vou fazer isso – disse. – Obrigada por verificar.

– Sem problemas – disse o sr. Michaelides.

Ela tinha imaginado tudo?

Será que os truques que seu cérebro gostava de pregar estariam afetando outras áreas de sua vida, turvando a realidade a ponto de tornar a verdade e a mentira indiscerníveis?

Você nunca deveria ter vindo. O silvo em seu cérebro persistiu, na hora certa. Sempre ali para lembrá-la de que nunca escaparia de si mesma.

Saiu entorpecida da sala de segurança, com os pensamentos confusos, enquanto o sr. Michaelides continuava falando. Podia ser que lhe tenha feito uma pergunta, podia até ter se despedido, mas não obteve resposta.

Havia algo muito errado.

Pensou em tudo o que havia acontecido nos últimos dez dias. A caixinha de música roubada, as imagens adulteradas, o e-mail da falecida tia-avó de Elizabeth.

Alguém estava de olho.

Alguém devia saber que Sade e Baz não desistiriam de encontrar Elizabeth.

Seu telefone apitou com uma mensagem, assustando-a.

Era apenas Baz.

B: Kwame – a minha fonte da equipe de remo – enfim conseguiu o e-mail fantasma, eu te mostro depois da escola

Pelo menos alguma boa notícia.

S: Vejo você na Seacole?, ela respondeu.

B: Sim, eu levo os biscoitos

O RESTO DO DIA FOI como um borrão.

A mente de Sade estava presa na sala de vigilância, na tela do sistema de segurança, rebobinando e rebobinando. O cérebro se alimentava do mar de conspirações que ela havia criado.

Sade não sabia precisar quanto tempo levou para chegar a Seacole. Só percebeu que estivera andando ao chegar na frente do prédio.

Diferente de domingo, ela conseguia ver alguns estudantes entrando no prédio, mas, assim como no domingo, reparou que a sala comunal era muito mais silenciosa do que a de Turing naquele horário.

Havia um aluno sentado numa poltrona no canto, lendo um livro, e outros dois montando algum tipo de quebra-cabeça.

Baz estava na sala da mascote da Seacole, perto da sala comunal – lar de um lagarto chamado Aristóteles. Baz tinha enviado uma mensagem informando onde estava, e de início Sade questionou a escolha dele para o local de encontro, mas, ao vê-lo sentado diante de um computador antigo que ficava ao lado da gaiola da mascote, ela entendeu a escolha dele.

– Oi – Sade falou enquanto fechava a porta atrás de si, observando o computador antigo em que Baz estava, reparando na ausência de um porquinho-da-índia em suas mãos ou colo. – Onde está Muffin?

– Dormindo, ela ficou acordada a noite inteira... Tenho certeza de que Spencer, meu colega de quarto, já sabe da existência dela agora ou suspeita que temos algum tipo de infestação – disse ele, mexendo o mouse do computador.

– Com sorte, é a última opção – ela respondeu, acomodando-se ao lado dele.

Baz semicerrou os olhos para a tela antes de virá-la para Sade.

– Aqui está o e-mail que foi enviado para a escola.

Sade se aproximou, examinando as palavras na tela.

DE: Julie.Wang@bmail.com

PARA: G.Webber@AAN.org.uk

ASSUNTO: RE: Elizabeth Wang – Licença Escolar

Saudações, espero que este e-mail o encontre bem.

Quem escreve é Julie Wang, tia-avó de Elizabeth Wang. Peço desculpas por não entrar em contato mais cedo. Receio não ter acesso ilimitado ao telefone ou a e-mails no momento.

Envio esta mensagem para informar que gostaríamos de trancar a matrícula de Elizabeth da escola pelo resto do semestre. Ela me procurou na manhã de terça-feira, mas, devido à natureza sensível do bem-estar de Elizabeth, não conseguimos avisar a mãe dela até o dia de ontem. Como pode imaginar, é um assunto difícil de ser abordado. Depois que conversei com a mãe dela, decidimos que, por uma questão de saúde, Elizabeth não está em condições de frequentar a escola num futuro próximo. Lamento por todo e qualquer inconveniente causado pela ausência dela.

Com os melhores cumprimentos,
Julie

Sade ficou repassando tudo aquilo.

Depois que conversei com a mãe dela...

Como o fantasma do e-mail sabia que a mãe de Elizabeth poderia ficar confusa ou não passar informações corretas se a escola telefonasse para falar sobre Julie?

– Kwame obteve o endereço IP, e o e-mail veio de perto, não de Birmingham, onde a tia Julie morava e Elizabeth deveria estar. Ele não conseguiu me dar uma localização exata; explicou que o IP apenas rastreia geolocalizações, mas acho que ainda assim isso nos diz muita coisa. Que o e-mail provavelmente veio de dentro da escola...

– O que significa que quem o enviou estuda aqui – finalizou Sade.

– Exatamente – Baz disse.

Sade pestanejou para a tela. Sentia o pavor lhe percorrendo braços e pernas, como se todo o seu corpo estivesse adormecido até o momento e o fluxo sanguíneo estivesse recomeçando só agora.

– Que dia horrível foi este. A única coisa boa foi que recuperei o meu telefone. Conseguiram consertá-lo – disse Baz, apontando para o telefone, que estava conectado na tomada.

Parecia estar se reiniciando num ritmo constante, agora em trinta por cento. Estranhamente, parecia-se justo com o que Sade esperava do telefone de Baz. Tinha a tela toda quebrada e uma capinha de sapo.

– Tente não deixar cair no chá de novo – disse Sade.

– Vou tentar, mas não prometo nada – respondeu ele. – Pelo menos verei as minhas mensagens antigas com Elizabeth. Nunca fiquei tanto tempo sem falar com ela, é esquisito.

– Posso imaginar – disse Sade, embora não houvesse necessidade de imaginação; ela conhecia bem a sensação.

QUANDO SADE VOLTOU PARA A Casa Turing, o jantar já tinha chegado ao fim – não que ela estivesse com muita fome depois do dia que teve. Passara as últimas horas na sala com Baz, esmiuçando o e-mail e tentando pensar em um plano C. Mas pareciam estar caminhando sobre areia movediça: quanto mais tentavam estabelecer uma conexão, mais rápido o terreno os engolia.

O pavor que passara o dia sentindo a acompanhou até o dormitório. Subindo pelo elevador pantográfico e à sua sombra enquanto Sade se aproximava de seu quarto.

Era difícil acreditar que alguém tinha estado ali, pegado a caixinha de música e apagado as imagens que ela vira no sistema de segurança. Ela simplesmente não conseguia entender o porquê.

A sensação de desconforto a dominou conforme pegava a chave e destrancava a porta. Acendeu a luz e examinou o cômodo, fixando-se ao lado de Elizabeth.

O estado do lugar correspondia ao estado de toda a situação.

E, assim como no quarto, parecia que a culpa de toda a bagunça era de Sade.

Seus olhos vagaram até o canto dela. Pôde sentir o universo puxar as cordas que a transformavam em uma marionete.

Tanto que nem estremeceu ao rever a caixinha de música.

Posta na cama, tal como na semana anterior, de novo esperando por ela.

Desvencilhou-se da bolsa e caminhou entorpecida até a cama. Estendeu a mão, pegando e abrindo a caixa que tinha tanta certeza que lhe fora roubada.

A estatuetazinha de Elizabeth girou, iniciando a música, e Sade ergueu o compartimento seguinte, o que fez a pequena estatueta dobrar-se sobre si mesma.

Desta vez, porém, a caixa estava apenas cheia de joias. Brincos caros, colares de ouro, um Rolex.

A caixa tinha se tornado um baú de tesouro, expectante sob a marca em que fora enterrado.

Sade não conseguiu conter o riso.

Quem roubaria uma caixa cheia de coisas aparentemente inúteis e as substituiria por joias caras?

Alguém que claramente achava que as anotações deixadas por Elizabeth, comparadas com as joias, eram inestimáveis.

Sade sentiu o coração disparar no peito.

Desta vez, ela não perdeu tempo. Pegou o telefone e tirou fotos da caixa, fechando-a e abrindo-a, ouvindo o som torturante da canção infantil cessar e recomeçar. Enviou todas as fotos para Baz antes que a caixa decidisse sair correndo outra vez.

Desta vez ela tinha provas de sua existência.

Fechou o compartimento interno e, quando a estatueta giratória apareceu mais uma vez, Sade semicerrou os olhos para a figura que girava sem parar.

A garota era diferente. Ela tinha cabelo loiro, não os fios castanho-escuros de Elizabeth.

Mas aquela não era a única diferença.

A gravura de trás, aquela que dizia: *Para a minha querida Elizabeth* – TG...

Tinha sumido.

O telefone dela apitou pela mensagem de Baz.

Sade observou a caixa enquanto a garota loira girava.

B: É a caixa de música da qual você estava falando?

Sade não precisou olhar com mais atenção.

Não era.

As caixas tinham sido trocadas.

S: Não, parece ser falsa. A original continha anotações. Esta tem joias.

Hesitou antes de enviar a próxima mensagem.

S: Não sei por quê, mas acho que alguém está plantando coisas.

E se alguém estivesse mesmo plantando coisas, mexendo os pauzinhos, enviando e-mails de dentro da escola, Sade sentiu um aperto no estômago, porque o que quer que tivesse acontecido com Elizabeth era ruim.

Sade pensou na sala de vigilância. Na filmagem adulterada. Além do sr. Michaelides, a quem mais contara sobre a caixa de música?

A resposta surgiu em sua mente de repente, e ela jogou o telefone na cama, dirigindo-se ao guarda-roupa.

Já estava na hora de enfim fazer uma visita a August.

QUINTA-FEIRA

A ARMA FUMEGANTE

– **JÁ DE VOLTA, NOVATA?** – A voz de August ecoou no grande espaço da piscina.

Ele estava de sunga, como na primeira vez que ela o vira. A mesma expressão presunçosa enquanto a olhava, embora desta vez ela estivesse usando um traje de banho adequado – o maiô, short, óculos e touca de natação.

– Sim – disse ela, caminhando em direção aos degraus mais próximos de August e sentando-se.

Ela o observou boiar, movendo-se suavemente de um lado para outro.

À deriva com a mesma facilidade com que mentia.

– Pensei que não nadasse mais – ele falou.

Ela dissera aquilo, e era mentira. Uma mentira em que ela mesma tinha acreditado então, mas ainda assim uma mentira.

A natação era um vício para o qual ainda não havia tratamento. Nadar era uma coisa que ela precisava fazer para sentir-se completa.

Tinha tentado negar, mas ultimamente vinha sentindo-se mal, e talvez aquilo fosse parte do motivo. Ela precisava de água tanto quanto de oxigênio.

– Bem, agora eu nado – respondeu com firmeza, forçando um sorriso para parecer menos perturbada do que estava.

Precisaria entrar no jogo dele, apenas por alguns minutos, para deixá-lo confortável antes de botá-lo contra a parede. Esse era o plano.

August sorriu para ela.

– Bem, fico contente. Sempre quis alguém com quem nadar à noite – disse.

– Por quê? – Sade perguntou.

Ele espirrou água nela, molhando todo o seu torso e causando-lhe um choque.

– Porque aí posso fazer isso – disse, nadando para longe.

Ela fingiu raiva enquanto descia os degraus, pulando na piscina e nadando rapidamente na direção dele, jogando água de volta.

August pareceu chocado por um momento e então colocou as mãos nos ombros dela e a puxou para baixo da água, molhando o rosto e a cabeça de Sade.

Assim que emergiu, Sade pôde ouvir a risada alta dele ricocheteando nas paredes de azulejos.

– Você é um cuzão, Augustus – disse ela, tirando a água do rosto.

– E você é muito lerda, novata – ele respondeu.

– Não sou, não... – Sade começou a falar, mas ele já espirrava água nela mais uma vez.

– Eu vou te matar – disse com naturalidade após um momento de silêncio.

August sorriu, indo em direção à parte funda da piscina.

Era estranho como a água era capaz de transformar o seu humor, mesmo contra a vontade de Sade. Era que nem uma piscina cheia de serotonina, inundando-a e fazendo com que suas ansiedades em relação ao mundo desaparecessem por breves instantes.

Já fazia muito tempo que Sade não conseguia nadar assim, sem um peso de culpa tão insuportável nas costas. Mesmo da última vez que estivera ali, no Newton, carregava o peso consigo. Mas agora, de algum modo, sentia-se leve.

Tão leve quanto um cadáver afogado.

Enquanto nadava e mergulhava sob o manto suave de cloro, o sangue e o corpo sem vida que ela viu flutuando mal a perturbaram. Ao contrário da semana passada, quando a mesma visão despertara a sua ansiedade, desta vez era mais uma companhia na água ao lado de August.

Essa era a magia de estar submersa.

– Quer brincar de outra coisa, novata? – A voz de August cantou em um sussurro abafado.

Sade parou de flutuar, a magia se dissipando.

– Que tipo de jogo? – respondeu.

– Corrida de novo? – ele sugeriu.

Ela moveu os braços no sentido anti-horário, em um semicírculo, permitindo-se flutuar para trás.

– Que tal jogarmos um jogo sobre *a verdade*? – disse, sua voz ricocheteando nas paredes e ondulando pela superfície da piscina.

August ergueu a sobrancelha, parecendo intrigado, enquanto se movia na direção dela.

– Como se brinca com a verdade? – ele perguntou com um sorriso malicioso.

– Bem, eu te faço uma pergunta do tipo: Por que você mentiu sobre conhecer Elizabeth Wang? E você, assim espero, não faltará com a verdade.

Isso apagou o sorriso de August no mesmo instante.

– O quê? – ele perguntou.

– No dia da vigília, encontrei algumas fotos de vocês em nosso quarto. Fotos de vocês dois juntos.

August assentiu devagar, quebrando o contato visual.

– Por que só está mencionando isso agora?

– Encontrei as fotos depois da vigília e não queria que você achasse que eu estava te acusando de alguma coisa... mas acho que não há um jeito certo de se dizer: "Olha, e não é que você conhecia a minha colega de quarto desaparecida, mesmo tendo me dito que não conhecia?" sem que pareça uma acusação.

– Não há – concordou August.

Sade o encarou bem nos olhos, tentando decifrá-lo.

– Bem, e aí?

– E aí o quê? – August perguntou.

Ele sabia do que ela estava falando. Estava tentando evitar a pergunta dela.

– E aí, você conhecia Elizabeth? – Sade repetiu.

O que ela realmente queria perguntar era: "O que realmente aconteceu com ela?" e "Ela está bem?" e todas as perguntas que viriam em seguida: "Vocês estavam namorando?" e "Você enviou aquele e-mail?" e "Você invadiu o meu quarto e roubou aquela caixa?" e "Por quê? Por que isso tudo?"

Mas Sade notou que aquilo soava mesmo como uma acusação séria, e fazê-lo pensar que ela suspeitava de alguma coisa só o faria fechar a boca e voltar a mentir.

– Acho que sim – disse ele.

– Você acha que sim? – ela cutucou.

– Acho que eu conhecia a Elizabeth. Mas ao mesmo tempo eu não conhecia. Não de verdade.

O ar pareceu escapar de Sade quando ele falou aquilo. *Por que ele mentiria a menos que fosse culpado de alguma coisa?*

– Eu sei o que parece... parece que menti, mas juro que não a conhecia. Costumávamos ficar de vez em quando, mas quem é que não faz isso na AAN? Todo mundo está pegando alguém. E isso foi há muito tempo, mais de um ano atrás. Não falo com ela desde a última vez que ficamos – disse August, parecendo envergonhado. – Não estávamos *juntos* nem nada, era sem compromisso. Tenho certeza de que também não fui o único... Então, a menos que ficar de vez em quando me transforme, do nada, num especialista em Elizabeth Wang, eu não a conhecia.

A implicação pairou sobre eles.

Havia outros caras.

TG?

Sade teve vislumbres das fotos que tinha encontrado. Elizabeth não parecia guardar fotos desses outros caras com quem ela, aparentemente, tinha ficado, então por que August?

– Por que ela guardaria fotos de vocês?

August deu de ombros.

– Sei lá, talvez ela tivesse uma queda por mim ou algo assim. Como falei, não sou um especialista.

Sade pensou na foto dos dois abraçados, em como pareciam íntimos.

Ou talvez ela tivesse confundido aquilo com intimidade.

Quem era ela para afirmar? Intimidade não era uma coisa na qual ela fosse uma especialista.

– Como vocês se conheceram? – questionou, sentindo a sua teoria desmoronar e ficando sem chão.

Se August não mentira, quem mais poderia saber da caixa? Quem poderia tê-la roubado?

– Ela foi colega de quarto da April no primeiro ano e numa parte do segundo. Às vezes conversávamos um pouco quando a April não estava por perto... era sempre um pouco estranho, pelo menos no início. E aí, um dia, a gente simplesmente parou de conversar e...

– Acho que já captei o espírito da coisa – disse Sade, não querendo imaginar aquela cena.

August abriu um sorriso sincero.

– Foi você quem pediu detalhes.

– Admito, nunca mais vou te perguntar nada – respondeu ela.

August riu.

Sade ainda se sentia nervosa ao observá-lo, sem saber se acreditava no que ele dizia ou não.

– E, afinal, por que você está perguntando? A mãe dela ou sei lá quem não falou que ela voltou para casa?

Sade assentiu.

– Sim... Acho que eu fiquei curiosa, só isso.

A caixa, a figura encapuzada, Elizabeth, tudo nadava em sua mente.

– Bem, sabe o que dizem sobre a curiosidade, novata.

Matou o gato, pensou.

Sade franziu as sobrancelhas para ele.

– Está desejando a minha morte?

Ele riu novamente.

– Não – disse, nadando mais para perto. O coração de Sade saltou em seu peito enquanto August se movia veloz na direção dela, como um tubarão pronto para atacar. Sangue ao redor dos dois. – A curiosidade faz a cabeça crescer, e a sua já é bem grande – ele concluiu com um sorriso.

Sade jogou água no rosto dele para se vingar do insulto.

– Se a minha cabeça é grande, é apenas um sinal de que sou muito inteligente.

– Acredite no que quiser para ter paz de espírito – respondeu ele.

SEXTA-FEIRA

DEPOIS DAS AULAS DA SEXTA-FEIRA, Sade encontrou Persephone esperando por ela na área da recepção, como ela tinha dito que faria, pronta para acompanhá-la ao jogo de lacrosse de Juliette.

Sade só se deu conta na hora do almoço, quando Juliette voltou a mencionar o jogo, que ele seria no mesmo horário da competição de nado de Jude, e Sade ainda não havia pensado em como faria para abandonar o grupo e correr para se encontrar com Jude e August. Mas decidiu que aquele seria um problema da Sade do futuro.

– Marte é legal nesta época do ano? – Persephone perguntou.

Sade não tinha percebido que Persephone estava parada na frente dela.

– O quê? – perguntou.

– Você não parecia estar na Terra quando te chamei, o que já percebi ser uma ocorrência comum com você, sempre em outro lugar... Portanto, imaginei que fosse Marte – disse Persephone.

– Desculpe, não percebi... – começou Sade.

– Estou brincando – disse Persephone, com a sobrancelha levantada e o quase sorriso de sempre. – Vamos, vamos indo. Jules vai nos matar se chegarmos atrasadas.

– Onde está April? – perguntou.

Persephone deu de ombros.

– Ela disse que nos encontraria lá, precisava cuidar de alguma coisa.

Sade assentiu e elas foram se dirigindo ao grande campo onde, aparentemente, aconteciam as partidas de lacrosse quando o clima estava bom. Apesar do vento frio de outubro, fazia, de fato, um clima bom para o outono da Inglaterra, logo a partida seria externa.

Quando lá chegaram, as pessoas já estavam aglomeradas nos lugares, aguardando o início do jogo. As meninas do time de lacrosse da AAN estavam vestidas com saias esportivas e camisetas pretas, com suas posições e números marcados com uma fonte grossa branca.

O time adversário vestia saias e camisetas quase idênticas, embora fossem marrons, e levavam o brasão da escola gravado na frente das camisetas.

Sade semicerrou os olhos para o emblema, observando os detalhes. Havia um melro bem familiar em seu centro. Uma onda de *déjà vu* a atingiu, deixando-a inquieta.

– Que escola é essa? – perguntou a Persephone.

– Hum, creio que seja a Academia Nightingale; elas são de Londres... ouvi dizer que não são tão boas assim, então espero que tenhamos uma chance... – ela começou, sendo interrompida por uma April sem fôlego, dizendo:

– Cheguei, cheguei.

Ela estava ligeiramente ofegante, como se vindo correndo de onde quer que estivesse.

– Você demorou bastante. Tava parindo?

April revirou os olhos.

– Claro que não, eu só tinha que terminar de fazer uma coisa primeiro – disse ela, enfim recuperando o fôlego.

O cabelo geralmente impecável estava o mais bagunçado que Sade já tinha visto, com mechas escapando em direções diferentes. A maquiagem também não estava perfeita. O suor da corrida parecia tê-la derretido um pouco.

Persephone fez uma cara de nojo.

– Uma coisa que você estava fazendo com Francis? – perguntou.

– Uma senhora de respeito nunca conta seus segredos – disse April, dispensando-a com as mãos.

Sade notou que as mãos habitualmente bem-cuidadas de April estavam parcialmente manchadas de preto. Parecia ser pigmento de caneta ou tinta.

A expressão de Persephone ficou significativamente mais enojada.

O apito do árbitro soou alto, seguido pelo grito grave do treinador em campo.

– O jogo está começando, fiquem quietos!

– Vamos encontrar alguns lugares – disse April.

As três encontraram espaço na seção do meio, nem muito perto nem muito longe da ação.

April colocou um par de óculos escuros gigantes e cruzou as pernas, observando atentamente ao lado de Persephone, como se aquilo fosse um desfile de moda e April fosse Anna Wintour.

Juliette voou pelo campo, com o taco de lacrosse na mão e os olhos na bola, pronta para jogar.

April se inclinou na direção de Persephone e sussurrou:

– Ela vai se sair bem.

Ao que Persephone respondeu concordando com a cabeça, mordendo o lábio nervosamente.

Um pequeno sorriso apareceu no rosto de April, e foi como se a guarda dela estivesse baixando lentamente. Sade nunca tinha visto April parecer tão agradável.

O modo como elas se apoiavam era bacana.

Em campo, enquanto se posicionava na frente de uma aluna do time rival, Juliette pareceu nervosa.

Isso lembrou Sade de como ela sempre se sentia antes de uma competição de natação. O medo que a inundava e a fazia sentir que perder seria o fim do mundo, que decepcionaria sua família e sua treinadora. Em alguns dias, vencer parecia ser tudo o que importava. Mas, como vivia lembrando a si mesma, nadar não era tudo na vida. Às vezes, quando nadar ficava difícil, apenas boiar era suficiente.

O jogo começou e Sade observou as meninas se atacando, a bola passando de taco em taco. Era tão pequenina que às vezes ficava difícil ver quem exatamente estava com ela.

A partida terminou empatada, o que levou a uma prorrogação de morte súbita, ou seja, o primeiro time a marcar um gol seria declarado vencedor.

Sade prendeu a respiração enquanto a bola ziguezagueava pelo campo, passando perto do gol diversas vezes. Então, no último minuto, uma garota do time da AAN recuperou a bola e bateu tão rápido que a goleira não teve tempo de processar a jogada até que a bola já estivesse na rede.

– Equipe vencedora, Academia Alfred Nobel!

Aplausos soaram por todo o campo enquanto as meninas da AAN se reuniam, pulando e gritando. Persephone deu um pulo e aplaudiu, e Sade percebeu então que elas estavam de mãos dadas. Sua mão devia ter encontrado a de Persephone por acidente durante a tensão da partida.

Sade a soltou, as palmas embaraçosamente úmidas pela ansiedade causada pela apreensão. Observou as meninas do outro time, que levavam a decepção estampada no rosto.

Ela conhecia bem aquele sentimento.

Afinal, as meninas Hussein eram vencedoras. Qualquer coisa que não fosse um troféu de ouro era visto como blasfêmia em sua casa.

Sade encarou uma das garotas no campo, que parecia estar observando-a havia algum tempo.

Sade sorriu com cautela, depois desviou o olhar, ignorando a sensação estranha que aquele olhar lhe causava.

– Você foi incrível! – Ouviu Persephone gritar enquanto Juliette corria para abraçá-la.

– Por um instante eu achei que vocês fossem perder, o que teria sido lamentável… Estou usando as minhas botas da sorte, e isso significaria ter enlameado o meu par favorito de Garavani à toa – disse April sorrindo, os olhos bloqueados pelos enormes óculos de sol em seu rosto.

– Obrigada por sua contribuição para a nossa vitória, April – disse Juliette rindo, passando o braço em volta da cintura dela e apoiando a cabeça em seu ombro. – Eu estava muito nervosa antes do jogo, ainda estou meio mal, para ser honesta, mas estou feliz por termos vencido sem que eu vomitasse.

– Se você vomitar no meu cardigã, eu te mato, Jules. Isto é caxemira – alertou April, parecendo enojada.

Juliette apenas a abraçou com mais força.

Assim como Elizabeth e Baz, Sade quase se sentia como um fantasma perto das meninas. Parada ali em silêncio naquele momento privado. Invadindo uma coisa íntima e reservada.

– Parabéns pela vitória – disse.

As garotas se viraram para ela, uma leve expressão de surpresa no rosto de Persephone, como se tivesse esquecido que Sade estava ali.

– Obrigada por ter vindo! Tenho certeza de que você ficou bem entediada. Sei que assistir a competições esportivas não é tão emocionantes quanto participar do jogo – disse Juliette.

Sade balançou a cabeça.

– Não fiquei nem um pouco entediada. Costumava assistir a jogos de lacrosse o tempo todo quando era criança e, na verdade, também costumava competir.

– Lacrosse? – Persephone perguntou de repente.

– Eu era nadadora – respondeu Sade, e Persephone não disse nada, apenas a encarou.

Juliette olhou de uma para a outra, um sorriso lento se formando.

– Sabia que as duas últimas ex-namoradas de Persephone eram nadadoras… – começou a dizer, mas então recebeu uma forte cotovelada de Persephone.

Sade ergueu a sobrancelha, confusa.

– Que legal, elas nadavam pela AAN?

– Uma sim, a outra pelo time rival, St. Lucy's – respondeu Juliette, recebendo uma punhalada visual de Persephone.

– Esse lance casamenteiro já está cansando. A gente vai embora ou o quê? – April perguntou, parecendo entediada.

– Ei – uma voz interrompeu.

Era uma garota do outro time. A que lançara aquele olhar estranho para Sade antes. E lá estava ela de novo, encarando-a de forma estranha.

– Sim? – April respondeu, de braços cruzados.

– Você não... Ela – disse a garota, acenando para Sade.

Isso fez com que o grupo se voltasse outra vez para Sade.

– Oi? – Sade disse devagar.

– Desculpa interromper, eu só... Eu te conheço? Sinto que te conheço de algum lugar – disse a garota.

– Acho que não... – Sade começou, mas a garota balançou a cabeça.

– Juro que já te vi antes. Numa festa, talvez, ou... Sei lá, alguma coisa do tipo – continuou a garota, com as sobrancelhas franzidas como se estivesse tentando desvendar uma equação matemática complexa.

Sade forçou um sorriso.

– Sinceramente, eu não tinha muita vida antes do internato. Eu estudava em casa, então provavelmente não sou a pessoa em quem você está pensando. Lamento... – disse Sade.

A garota pareceu surpresa.

– Ah, me desculpa. Eu poderia jurar...

– Ela disse que não te conhece, ok? Então vá embora – April respondeu de modo seco, baixando os óculos com desdém.

A garota assentiu, ficando séria.

– Não quis ofender ninguém nem nada. Eu só achei...

– Achou errado – disse Sade.

A garota assentiu lentamente, o olhar ainda colado em Sade.

– Foi mesmo. Desculpa. Já estou indo. Parabéns pela vitória – disse antes de se virar e ir embora.

Sade se sentiu mal. Não era necessário ter gritado com ela daquele jeito. Fazer uma pergunta não era crime.

Ficou olhando, observando a garota se juntar ao time dela, antes de ela virar o rosto mais uma vez e desviar logo que topou com os olhos de Sade.

– Que desnecessário, April – disse Persephone.

– O que você disse, Sephy? – April perguntou, piscando rápido, como se não tivesse presenciado o que acabara de acontecer.

– O jeito como você falou com aquela garota.

April ficou em silêncio, ponderando silenciosamente as palavras de Persephone, ou não pensando em nada.

Sade às vezes notava essa tensão sutil entre Persephone e April. A primeira sempre cutucando a segunda, de um jeito que as fazia parecer melhores amigas e completas estranhas ao mesmo tempo.

April disse por fim:

– Sinto muito, ok? Você sabe que fico irritada quando não como nada. *Por falar nisso*, vamos para o quarto de Persephone comemorar? – April perguntou.

– Pensei que íamos para o seu – Juliette disse.

April encolheu os ombros.

– Mudança de planos, meu quarto está uma bagunça.

Sade observou as meninas da Academia Nightingale desaparecem para dentro do ônibus escolar, sem piscar até que os seus olhos ardessem. Então enfim piscou e enxugou os olhos antes que uma lágrima pudesse se formar.

– O que me diz, Sade, quer se juntar a nós? – Juliette perguntou, arrancando Sade de seus pensamentos.

– Eu já tenho planos... desculpa – disse.

– Não precisa se desculpar; podemos sair a qualquer hora – disse Juliette enquanto enrolava um lindo lenço azul-celeste em volta do pescoço. – Mas provavelmente deveríamos ir andando, estou sentindo cheiro de chuva.

Sade olhou para o céu. As nuvens pareciam escuras e pesadas, assim como sua alma, prontas para derramar todo o seu conteúdo úmido e gelado no terreno da escola.

A tia dela costumava dizer que a chuva tinha a capacidade de lavar os pecados. O que era engraçado, já que por ter passado a maior parte de sua vida morando na Inglaterra, a esta altura, Sade pensava, a chuvarada do país já deveria ter feito o serviço.

– Marte, suponho – disse Persephone a Sade, forçando-a a desprender o olhar do céu.

– O quê? – Sade perguntou.

– O planeta em que você está sempre, presumo que os seus planos sejam por lá, certo?

Se Marte fosse o Centro Spitz, onde acontecia a competição de natação de Jude, então, com certeza.

Sade assentiu.

– Sim, Marte – disse, e Persephone deu uma espécie de sorriso.

– Divirta-se – respondeu, demorando-se um pouco antes de abrir o guarda--chuva e passar por Sade, provavelmente para se juntar a April e Juliette, que já haviam partido em direção à entrada do prédio da escola.

Sade não tinha certeza do que a compeliu, mas se viu falando antes mesmo de pensar.

– Quer que eu traga alguma coisa para você? De Marte, quero dizer – Sade perguntou, virando-se para Persephone, que havia diminuído o passo.

Houve uma pausa antes da resposta gritada de Persephone.

– Algo doce.

NO QUE TANGIA ÀS PISCINAS, o Centro Spitz era idêntico a um parque olímpico, só que a piscina do Spitz era um pouco maior. Fazia o já impressionante espaço de natação do edifício Newton parecer um lago insignificante.

Quando Sade chegou, a competição estava quase terminando.

Havia alguns lugares vazios nos assentos espalhados ao redor da piscina, então ela foi até um lugar vago ao lado de uma figura familiar.

– Não vai nadar hoje? – perguntou enquanto se sentava, cruzando as pernas.

August, que estava inclinado para a frente, concentrado na piscina, pareceu pular ao ouvir a voz dela.

– Ah, e aí, novata? – disse, depois balançou a cabeça. – Francis queria muito nadar, então Jude nos trocou no último minuto.

Sade olhou para a beira da piscina, onde os meninos estavam alinhados, prontos para tomarem seus lugares.

– Eu já te falei, o meu nome não é novata – disse, cutucando-o.

Houve silêncio e então o árbitro ergueu uma pistola para o céu e disparou um tiro de festim, que produziu um estrondo retumbante, ressoando e ecoando. Os meninos mergulharam na piscina, deslizando pela água como tubarões. A rapidez deles foi surpreendente e emocionante ao mesmo tempo.

– Desculpa, Sade – August se corrigiu, os olhos ainda grudados na água.

Ela notou a seriedade de seu olhar. Desapontamento.

Ele queria nadar naquele dia.

Treinara todas as noites, com afinco. Provavelmente tinha treinado mais do que Francis e Jude juntos.

Sade ainda não estava certa de que confiava em August. Ele havia se explicado na noite anterior, mas ela não conseguia se livrar do sentimento de que ele ainda escondia alguma coisa, e Sade ainda não tinha decidido se isso o tornava uma pessoa boa ou ruim.

Notou a perna inquieta e os dedos roídos dele.

Ele não apenas queria nadar naquele dia, era como se precisasse.

– Por que Jude trocou vocês? – perguntou, avançando com cuidado.

August deu de ombros.

– Como um favor, acho. Francis queria muito fazer isso... Ele não compete desde o incidente do ano passado... Por isso acho que Jude está dando a ele uma nova chance.

– Que incidente? – Sade perguntou.

August finalmente a encarou.

– Ah, nada, não é uma coisa sobre a qual eu deva sair por aí falando, no fim das contas. Acho que Francis deveria ser grato por ser enteado do diretor, só isso; outras pessoas precisam de históricos completamente imaculados – disse com uma expressão tensa, depois voltou-se novamente para a piscina, mergulhando em outro silêncio.

– Certo – respondeu Sade, ainda se perguntando sobre o incidente.

Ela podia ouvir as pessoas aplaudindo nas arquibancadas, mas, diferentemente do campo de lacrosse, o salão estava lotado de estudantes. Até mesmo o diretor Webber estava no canto, rindo com um dos professores.

Nos filmes, eram sempre os jogadores de futebol americano que provocavam aquela reação.

Pelo visto, quem mandava na AAN eram os nadadores.

Sade podia ver Jude na água. A princípio, não sabia ao certo se era ele, já que as toucas e os óculos de natação dificultavam distinguir entre os meninos. Mas ela viu o cabelo louro-claro escapando por baixo da touca e tinha quase certeza de que nenhum outro garoto da escola tinha o mesmo cabelo quase branco que ele, assim como nenhum outro garoto da AAN tinha o mesmo cabelo afro rosa de Baz.

Seus olhos se arregalaram ao ver como Jude era rápido, como os braços dele fatiavam a água como se fossem lâminas, e ao notar como a habilidade que ele tinha de fazer aquilo sem esforço a deixava invejosa.

– Ele é incrível, não é? – August murmurou.

Sade assentiu.

– Não fazia ideia de que ele podia nadar assim – disse.

– Ele é como um deus da água, está entre os três primeiros da Inglaterra em nossa categoria de idade. O treinador acha que Jude pode competir nas ligas profissionais em dois anos – disse August.

A tensão aumentava à medida que os nadadores alcançavam a última volta, mas ninguém pareceu surpreso quando Jude chegou em primeiro. Sade começava a entender por que as pessoas pareciam adorá-lo.

Jude saiu da piscina, escorrendo e pingando enquanto tirava a touca com confiança e sacudia a água que tinha conseguido entrar. O treinador deu um tapinha nas costas dele e Jude foi apertar a mão de um estranho.

– Quem é aquele? – Sade perguntou.

– Um olheiro – disse August, desanimado.

– Tinha olheiros aqui hoje? – ela perguntou.

Os olhos de August pareceram um pouco vidrados quando ele assentiu.

– Na próxima eu chamo a atenção deles, está tudo bem. Francis e Jude estão no quarto ano, eles precisavam mais. Além disso, Francis ficou o dia todo treinando; ele se esforçou para isso.

Era como se estivesse tentando convencer mais a si mesmo do que a ela.

Sade observou Francis tirar a touca, revelando o ruivo vívido de seu cabelo enquanto caminhava para a borda, com um sorriso no rosto, apesar de ter ficado em quarto lugar.

Não foi nem o bastante para ganhar uma medalha. A voz de sua treinadora penetrou em sua cabeça. Foi acompanhada por outro pensamento.

– Francis ficou aqui o dia todo? – ela perguntou.

August assentiu.

– Sim.

Ela se perguntou onde teria estado April então, se não estava com o namorado.

Jude surgiu de repente ao lado de August e Sade, com um sorriso no rosto.

– Você veio – disse ele.

Ele achou que eu não viria?

Ela assentiu.

– Vim, sim.

– Fico feliz – disse ele, encarando-a durante longos e constrangedores instantes. August pigarreou e Jude enfim voltou a falar: – Bem, vou ali ser coroado como vencedor, depois vou me trocar e já volto.

– Estarei aqui. August é uma boa companhia – disse ela.

Jude deu um tapinha no ombro de August e depois se inclinou.

– Não se meta em problemas, Auggie – disse.

Ao que August respondeu com um sorriso tenso, e então Jude partiu.

A maneira como August estava se comportando com Jude parecia diferente naquele dia, e Sade imaginou que provavelmente fosse por causa da substituição de última hora. Ainda que alguma coisa ali parecesse mais séria.

– Ouvi dizer que temos um encontro depois daqui – disse ela, querendo aliviar o clima, tornar tudo menos estranho e mais tranquilo.

Ela não confiava totalmente em August, mas era difícil vê-lo tão arrasado e não fazer nada.

– Ah, sim, Jude me contou sobre o encontro não romântico para o qual estou sendo arrastado.

– Você não precisava ter dito sim para ele, sabe?

August riu e olhou bem para ela dessa vez. Tinha a expressão tão ilegível quanto a de sua irmã.

– Você conhece Jude Ripley? A resposta é sempre sim.

• • •

O CAFÉ ERA PEQUENO E ficava escondido em um dos muitos cantos ocultos da enorme paisagem da Academia Alfred Nobel.

Quase não havia lugares, vendia um total de quatro bebidas, um punhado de doces e, estranhamente, uma coleção de bugigangas, e pertencia a uma mulher que parecia ter quarenta e poucos anos e odiar a vida e as pessoas.

– Dois do de sempre para mim e Auggie, e para a senhorita... – Jude olhou para Sade, aguardando o pedido dela.

– Acho que vou precisar de mais um tempo para escolher. Não me importo de pagar por mim mesma, já que não é um encontro – respondeu Sade.

– Para início de conversa, quem falou que eu pagaria por você? – Jude perguntou, a sobrancelha levantada de brincadeira.

– Pensei em avisá-lo com antecedência caso estivesse pensando em ser um cavalheiro – ela respondeu.

– Você está enganada. August é o cavalheiro. Eu sou tudo menos isso – respondeu com um sorriso malicioso, antes de dar um tapinha nas costas de August e acenar com a cabeça na direção dos assentos. – Estaremos ali quando você terminar de pedir.

Ela consultou o cardápio, em dúvida entre o chá inglês e um café com leite. Optou por fazer o que costumava quando se via numa encruzilhada.

Oscilava os olhos entre as duas opções.

A-dô-lê-tá, puxa o rabo do tatu, quem saiu foi... tu. Os olhos pousaram no chá.

O café com leite seria.

– Vou querer uma Bebida Bunsen – disse Sade.

Todas as bebidas pareciam ter nomes de cientistas, assim como a maioria das coisas na escola.

– Mais alguma coisa? – a mulher perguntou enquanto Sade pegava a carteira.

Sade olhou para a seleção de doces e balas e depois para as bugigangas. Eram, em sua maioria, cartões-postais, chaveiros e coisas do tipo. Avistou um chaveiro no formato da Torre Eiffel.

Isso a lembrou das últimas férias em família de verdade que teve. O último feriado em que as coisas não estavam tão destroçadas. Quando a mãe ainda estava viva. Quando ela não era constantemente assombrada por pesadelos, memórias e figuras fantasmagóricas no escuro.

Foi uma viagem à França, e do hotel eles podiam ver o marco histórico pela janela. Ela se lembrava de ter feito uma longa viagem de elevador até o topo da torre num dos dias da viagem. Apenas elas. Nenhum pai autoritário por perto.

Certo, vocês duas, esperem e observem com atenção. À noite, a torre brilha, e dá para ver toda a cidade daqui de cima... vocês não vão querer perder isso!

– Só esses dois, por favor – respondeu Sade, pegando uma barra de chocolate e também um dos chaveiros.

Sentiu um leve tremor nos dedos quando pegou um punhado de dinheiro na bolsa.

O ENCONTRO NÃO ROMÂNTICO FOI bem menos estranho do que Sade esperava.

August pareceu bem mais relaxado depois de injetar um pouco de café no organismo, e os três conversaram sobre natação e sobre a escola, depois falaram sobre programas de tevê aleatórios por quase três horas antes de o café fechar e a dona os expulsar dali.

Então passaram outra meia hora na recepção, ainda discutindo se Bob Esponja era realmente o vilão de seu próprio programa – Sade argumentava que sim. Afinal, apesar de seguir diferentes personagens, o programa era, em última análise, visto através dos olhos de Bob Esponja: ele mostrava ao público aquilo que queria que vissem.

– Que balela, ele é uma esponja gentil e atenciosa. O que foi que ele te fez? – August perguntou.

Sade encolheu os ombros.

– Não confio nele. Feliz demais.

Jude riu.

– Você só confia em pessoas tristes, então?

– Ninguém pode ser tão feliz! – ela respondeu.

– Bem, por mais que eu ame apontar como você está equivocada, novata, eu tenho que ir. Preciso treinar – disse August.

Sade revirou os olhos.

– Talvez eu me junte a você, Auggie... Só me dê um tempinho – disse Jude.

August assentiu, olhando para os dois antes de erguer a mão num aceno.

– Até mais, Sade – disse.

– Até – ela respondeu.

E então foi se afastando deles.

Jude enfiou as mãos nos bolsos.

– Foi divertido – disse.

– Foi legalzinho, já tive encontros melhores – Sade respondeu.

Jude sorriu.

– Achei que não fosse um encontro.

– Não foi.

– Você queria que fosse? – Jude perguntou.

Sade estreitou os olhos de leve. Qual era o jogo dele?

– Você queria? – perguntou.

Ele fez uma pausa, sem responder a princípio, apenas a encarando. Talvez também estivesse tentando desvendar qual era a jogada dela.

– Queria – falou por fim, aproximando-se. – Mas como você não está querendo sair com ninguém no momento, acho que vou ter que esperar e ver quando a minha personalidade encantadora vai finalmente te conquistar.

Jude sem dúvida se achava bastante. E por que não se acharia? As pessoas o tratavam como se fosse um deus. Até mesmo o seu melhor amigo. Era como se ele tivesse encantado toda a escola.

Felizmente, os encantos dele não funcionariam com Sade. Ele era tudo menos um deus.

– Boa sorte com isso aí – disse ela.

– Não preciso de sorte – ele respondeu.

– E por quê?

Ele a olhou mais uma vez, dando um passo para trás, então deu de ombros.

– Você vai ver – falou ameaçadoramente.

Antes de voltar para o dormitório, Sade passou pela Casa Curie, pediu informações sobre o quarto que buscava para um transeunte qualquer na sala comunal e subiu. A casa parecia decorada como o chalé de uma senhorinha inglesa, com estampas florais, colchas de retalhos e um cheiro envolvente de sabão.

Sade enfim encontrou a porta que queria: o quarto 301.

O quarto de Persephone.

Foi se arrastando silenciosamente na direção da porta e, em cima da barra de chocolate que tinha comprado antes, deixou um bilhete rabiscado.

Algo doce.

E então saiu da casa e voltou para a sua.

O céu estava ficando escuro conforme percorria o caminho de volta ao prédio de pedras pretas. Ao entrar, foi imediatamente saudada pelo som de um milhão de conversas pairando pela casa. As pessoas ainda estavam na sala comunal e no refeitório. Alguns nos corredores e outros trancados em seus quartos, como ela logo estaria.

Entrou no elevador e saiu no terceiro andar.

Ao avistar sua porta, Sade ficou surpresa com a figura caída ao lado dela. Tufos familiares de cabelo rosa eram contidos por um chapéu verde de sapo.

– Baz? – Sade perguntou.

Ele a encarou, levantando-se de imediato. A primeira coisa que ela notou foi como o rosto dele estava molhado. Depois, sua expressão.

Ele parecia... revoltado.

– Por onde esteve? Eu te mandei mensagens a tarde toda.

– Desculpa. Eu saí com alguns... amigos... Aconteceu alguma coisa?

O que Sade notou a seguir foi que as lágrimas não estavam secas. Eram novas. Ele já estava chorando havia algum tempo.

– É sobre E-Elizabeth – disse ele, com a voz trêmula. – Eles...

– O quê, ela foi encontrada? – Sade quase falou *encontraram o corpo*.

Precisou se conter para não dizer isso em voz alta.

Que Elizabeth era um corpo. Não uma pessoa viva, que ainda respirava. Algo sem vida.

Ela se preparou para receber a notícia, sabendo apenas pela expressão dele que não seria boa.

Ele balançou a cabeça.

– As coisas dela foram levadas... A mãe dela levou tudo.

– O quê? – Sade perguntou, confusa.

– Sumiu tudo. O diretor Webber e a srta. Blackburn não me deram ouvidos... Tentei dizer a eles que o e-mail era falso. Contei a eles sobre a morte de Julie, contei a eles sobre o GPS do meu telefone, contei tudo a eles. M-mas eles me ignoraram. Despacharam tudo para a Irlanda. – Ele chorava ao contar aquilo, engasgando com as palavras.

Sade ouviu em silêncio, depois pegou a chave e abriu a porta. Como que para confirmar o que já sabia ser verdade.

O lado de Elizabeth do quarto agora estava vazio.

Os resquícios de Elizabeth, antes encontrados em objetos espalhados por todo o quarto, desapareceram. Como se estivessem apagando Elizabeth de um quadro-negro.

– Baz, o que você quis dizer com *o GPS do seu telefone*? – Sade perguntou, a cabeça rodando.

Ela não se lembrava de nada sobre o GPS do telefone dele.

Baz fungou.

– Tentei te mandar uma mensagem... meu telefone voltou à vida e me enviou vários alertas perdidos. Você conhece o aplicativo Friendly Links...

– Sim? – disse Sade, o coração saindo pela boca.

Ela nunca teve serventia para ele, mas era um daqueles aplicativos que sempre vinha instalado em um telefone novo, como o da calculadora ou o da previsão do tempo. Era usado para compartilhar a localização com amigos ou, na maioria das vezes, para localizar o telefone quando alguém o perdia.

– Eu tinha me esquecido de que Elizabeth já tinha usado isso antes. Ela compartilhou a localização dela comigo durante o verão em que viajamos juntos de férias. Eu perdi meu telefone, por isso ela habilitou o GPS... Enfim, parece que ela nunca o desligou – disse Baz, pegando o aparelho e o mostrando para Sade.

Na tela quebrada ela pôde ver as notificações que Baz tinha recebido, e havia uma indicando a última localização de Elizabeth.

– O GPS do Friendly Links é mais específico do que um endereço IP, que provavelmente nos daria a área geral da escola... Esse aplicativo nos dá uma área específica da última localização do telefone dela – disse Baz, clicando na notificação. – O aplicativo também permite enviar mensagens ao compartilhar a localização. Elizabeth me enviou cinco emojis de sanduíche.

Ela se lembrou do que Elizabeth havia dito sobre aquilo, como o sanduíche era um código para quando havia alguma coisa de errado.

– Tentei verificar qual é a localização atual dela, mas não tem sinal. A última vez que a localização dela foi rastreada foi na noite de segunda-feira. Na noite em que foi vista pela última vez. Aqui diz que a última localização conhecida do telefone de Elizabeth foi nesta área da escola.

O mapa não tinha legendas e mostrava a localização atual deles em relação ao local de onde o telefone de Elizabeth enviara sinal pela última vez.

Ao se dar conta, Sade sentiu um arrepio a percorrer por dentro.

De acordo com o aplicativo, a última localização conhecida de Elizabeth era próxima do início do caminho que levava aos dormitórios. Em algum lugar entre o Centro Esportivo Newton e a Casa Hawking. Logo depois da Casa Jemison, antes da bifurcação para os alojamentos dos funcionários.

– Se Elizabeth tivesse passado pelo alojamento dos funcionários, haveria imagens do sistema de segurança. No entanto, a polícia não conseguiu encontrar nenhum sinal dela nas dependências da escola naquela noite – disse Baz, baixando a voz como se alguém estivesse ouvindo. – O sistema de câmeras tem pontos cegos por toda a escola; é assim que as pessoas conseguem se safar de muita coisa. Mas para chegar tão longe... ela teria que ter se aproveitado de todos os pontos cegos, o que significa que há um ponto cego secreto que desconheço naquela área e que ela o usou para passar pelos alojamento dos professores e sair da escola à noite sem ser vista, ou...

Sade o interrompeu, completando a frase e sentindo um mal-estar por dentro.

– Ou Elizabeth nunca saiu do terreno da escola. Alguém a pegou primeiro.

Baz parecia verde, como se fosse vomitar.

Ele finalmente estava pensando na coisa terrível em que *ninguém* quer pensar em uma situação dessas.

– Tenho a sensação de que a mesma pessoa provavelmente enviou o e-mail – disse ele, ainda se recusando a declarar a coisa impensável que se transformava no elefante na sala. A possibilidade de Elizabeth ter partido para sempre. – A polícia vasculhou a escola durante uma semana inteira; eles não teriam encontrado *alguma coisa*... DNA ou indícios de luta ou qualquer sinal de Elizabeth... O telefone dela, qualquer coisa que estivesse com ela?

Baz soava indefeso.

– A polícia deixa coisas assim passarem o tempo todo, e vendo como eles pouco pareciam se importar para início de conversa, não é de se admirar que deixassem passa tantas coisas – Sade falou com a voz pesada.

Baz assentiu e ficou quieto por alguns instantes, pensativo.

– E se a escola estiver envolvida nisso? E se tiverem feito alguma coisa com Elizabeth? – Baz falou, parecendo e soando paranoico.

– O quê? – Sade respondeu.

– Eles *estão* me ignorando sistematicamente desde a semana passada. E se o motivo de não explorarem outras linhas de investigação for porque estão por trás de tudo? Quero dizer, as coisas de Elizabeth foram mandadas de volta para a Irlanda... Não é esquisito? Se acham que ela está em Birmingham, por que mandar as coisas dela de volta para casa? E se Webber e Blackburn quisessem que Elizabeth fosse embora por algum motivo, mas ela não os estava obedecendo, por isso a sequestraram no meio da noite e a deixaram em pedaços em um dos armários do Webber?

Sade pestanejou. Uma conspiração escolar envolvendo professores machucando os alunos deliberadamente?

Era evidente que ele estava assistindo a muitos dramas policiais. Ainda que tivesse razão naquilo sobre as coisas de Elizabeth...

Baz suspirou, ainda parecendo choroso e perdido.

– Eu sei, é ridículo, provavelmente haveria um cheiro. Mas não sei mais o que pensar. Parece que não temos nada.

Aquilo definitivamente não era nada. Ainda não tinham respostas concretas, mas aquilo era, de fato, *alguma coisa*.

Se alguém tivesse feito algo com Elizabeth no campus, haveria alguma coisa, alguma pista que pudesse dar a eles um rumo... Talvez não fosse um cheiro, mas alguma outra coisa.

Afinal, supunha que as formas de se ocultar crimes hediondos em uma escola seriam limitadas. Sade odiava pensar naquilo, mas, se houvesse *um corpo*, seria difícil descartá-lo em um internato.

Ela não disse isso em voz alta, é claro.

Pensou em todas as informações que já tinham. A localização do GPS, o e-mail, a caixa de música desaparecida, as imagens adulteradas do sistema se segurança.

– Precisamos de uma arma fumegante – disse Sade.

Baz franziu as sobrancelhas.

– Não podemos trazer armas para o campus...

Sade balançou a cabeça.

– Não quero dizer literalmente. É uma metáfora. Sabemos que uma arma foi disparada porque solta fumaça, não?

Baz ainda parecia confuso. Não estava entendendo.

– O que eu quero dizer é que precisamos de algo irrefutável, algo que obrigue os professores a nos levarem a sério. Acho que, se nos concentrarmos na área do último paradeiro conhecido de Elizabeth e refazermos os passos dela daquela noite, talvez consigamos encontrá-la. Começamos com o lugar mais fácil, Newton, e depois avançamos até o mais difícil. Hawking.

– Como vamos entrar na Hawking por tempo o suficiente para investigar? – Baz perguntou.

Os planos de Sade espiralavam em sua mente como arquivos girando em um disco rígido.

– Deixa isso comigo.

EIS A ARMA, LÁ POR TI[2]

Querido diário,

Algumas semanas atrás, eu acho que morri.

Mas ninguém encontrou o meu corpo ainda. Por isso não tenho certeza de que foi o meu fim.

Ou se é outra mentira
de que me convenci.

---

[2] Um anagrama

PARTE II

UM GRITO DE PESADELO

"Dizem que coisas terríveis acontecem no escuro,
mas coisas terríveis também acontecem sob
luzes fortes demais para serem encaradas."
–*Dear Senthuran*, Akwaeke Emezi

18

DOMINGO

O CONVITE

COMO FALOU O POETA ROBERT FROST: "A vida... ela segue em frente".

Isso também se aplicava a pitorescos internatos ingleses.

Dias se passaram, o sumiço repentino de uma aluna foi varrido para debaixo de um tapete Louis De Poortere, e as pessoas seguiram em frente.

A maioria delas, pelo menos.

Diferente dos demais alunos da Academia Alfred Nobel, Sade tinha passado o fim de semana com Basil, ignorando o dever de casa e, em vez disso, tentando se colocar no lugar de uma garota desaparecida. Precisavam saber o que tinha acontecido naquela noite, para onde Elizabeth fora, e onde ela estava naquele momento.

Começaram pelos fatos. (1) Elizabeth devia ter saído do quarto depois do toque de recolher, quando Sade já dormia (por volta das dez da noite). (2) Visto que a Turing não tinha porta dos fundos e a entrada era monitorada por câmeras, Elizabeth poderia ter escapado por alguma das duas janelas nos corredores da Casa Turing que davam para uma saída de incêndio ou (o que era menos provável) saído pela janela do dormitório, usando os canos que corriam ao longo das paredes como uma escada improvisada. A segunda opção provavelmente resultaria em muitos ossos quebrados, então o primeiro cenário era o mais provável. (3) A estátua do fundador da escola, John Fisher, que marcava o início do caminho rumo aos dormitórios, era vigiada por câmeras. Como Elizabeth não foi apanhada pelos seguranças, era muito provável que ela não tivesse passado pela área.

O que levantava a seguinte pergunta: como Elizabeth – ou qualquer outra pessoa – sairia da escola sem ser pega pelas câmeras?

Planejaram as áreas de busca e então, no domingo à noite, encontravam-se no frio e úmido terreno da escola, em busca da fumaça metafórica de uma arma.

Depois de vasculharem o entorno do Centro Esportivo Newton, percorrendo o caminho que Elizabeth provavelmente havia feito e traçando juntos o perímetro, eles se separaram para verificar cada um dos andares separadamente. Sade se aventurou pela conhecida área de natação, passando pelo canteiro de obras, até a piscina onde se via com frequência, antes de fazer o caminho de volta. Assim como Baz, ela não encontrou nada de útil.

Sade não sabia se era por conta da falta de descobertas ou do clima sempre sombrio, mas era difícil se manter animada.

– O que estamos procurando? – Baz perguntou depois da missão fracassada em Newton. – Parece que estamos só procurando por procurar... Que raios estamos procurando?

Era uma boa pergunta. O que procuravam? Qual era a arma fumegante deles?

Deveria ser qualquer coisa que pudesse ajudá-los a descobrir o que tinha acontecido naquela noite, mas não seria exatamente frutífero se o escopo deles fosse *tudo*. Por outro lado, não tinham escolha.

– E o telefone dela? – Sade sugeriu.

– Do que você está falando?

– Este deve ser o nosso foco quando entrarmos na Hawking. É a última localização conhecida do telefone dela... Talvez ela o tenha deixado cair ou, quem sabe, alguém o tenha pegado.

– São muitas hipóteses – respondeu Baz calmamente. – Como a gente vai entrar na Casa Hawking? Você falou que daria um jeito nisso, mas a Casa Hawking tem, literalmente, alunos do quarto ano guardando as portas da frente como um dos cães de três cabeças de Hades.

– Não se preocupa, estou trabalhando nisso. Vou colocar a gente lá dentro ainda esta semana – respondeu Sade, o que não pareceu dar muita segurança a Baz.

Apesar de seus modos enigmáticos, ela tinha um plano. Um no qual trabalhava havia algum tempo. Ela só precisava de mais alguns dias.

Baz desviou o olhar, observando pensativo o caminho de paralelepípedos que levava aos dormitórios.

– Você acha que ela está viva? – perguntou, surpreendendo Sade. Era a primeira vez que ele fazia a pergunta candente em voz alta. – Pergunto isso porque tem alguma coisa muito sinistra acontecendo. Consigo sentir.

Sade não queria responder, em parte porque não estava certa de que a sua opinião realmente serviria de algo naquele momento, por isso falou:

– Vamos continuar tentando encontrar a próxima pista... Procurar pelo telefone de Elizabeth e entrar na Casa Hawking. Talvez também devêssemos tentar visitar outros lugares que ele frequentava. Tipo a estufa. Você conseguiria nos levar até lá?

– Eu já tentei entrar na estufa, mas a professora de biologia não é uma pessoa das mais agradáveis. Ela não me deixou entrar lá há alguns dias, mas vou tentar mais uma vez.

– Ótimo, já temos dois lugares na nossa lista. Hawking e a estufa – disse Sade.

Baz apenas assentiu em silêncio.

Na segunda-feira, ficou claro que Baz e Sade pareciam ser as únicas pessoas no mundo que ainda se lembravam de Elizabeth.

Aos olhos de todos, Elizabeth Wang tinha abandonado a escola. Um breve mistério, agora águas passadas. A Academia Alfred Nobel agora se voltava para o grande evento seguinte: a Festa Anual de Halloween dos Owens (que também servia como festa de aniversário conjunta).

Como sempre, o mundo não parou nem saiu dos eixos ou levou um sofrimento particular em consideração.

Como sempre... a vida seguiu em frente.

Sade recebeu o convite na noite de segunda-feira, o envelope enfiado debaixo da porta de seu quarto como se fosse um segredo.

O papel era de uma cor vermelho-sangue nefasta.

Ela o pegou, examinou com cuidado. Procurou por algum indício do conteúdo do envelope. Não achou nada.

Por um momento, pensou que fosse outra pista. Algo plantado por quem quer que tivesse trocado as caixas de música.

Sade abriu o envelope e pegou o cartão branco de dentro, que, ao ser desdobrado, revelava a dobradura de um bordo japonês vermelho-carmesim.

O texto manuscrito dizia:

Este é um convite para o 17º Aniversário de August Patrick Owens e April Piper Owens.

Quando: Sábado, 31 de outubro – 19:00.
Onde: Sala Comunal da Casa Hawking
Vestimenta: Uma fantasia de sua escolha
(Fantasias ruins serão barradas na entrada)

Sade ergueu os olhos do cartão e olhou para onde ela o tinha pegado, notando a sombra de alguém do lado de fora projetada no chão. Sentiu o coração parar por um momento e então deu um salto quando uma batida à porta ressoou.

– É a Juliette! – uma voz amigável, familiar, chamou.

Quando ela abriu a porta, encontrou Juliette ali, segurando uma pilha de envelopes vermelhos.

– Oi – disse Sade.

– Oi – Juliette respondeu com um sorriso enorme. – Eu só queria dar uma passada para ver como você estava. Você sumiu de perto na sexta-feira... – disse ela, a voz desvanecendo.

Sade olhou do envelope vermelho em sua mão para a pilha que Juliette carregava.

– São os convites da festa de Halloween de August e April... criados pela própria April. Ela gosta muito de caligrafia.

– Ah, obrigada.

Juliette ergueu a sobrancelha.

– Você parece confusa.

– Eu não... Eu só... nunca fui em nada do tipo antes.

– Uma festa de Halloween? – indagou Juliette.

– Qualquer tipo de festa – Sade respondeu.

– Você não podia dar festas quando estudava em casa? – Juliette perguntou, surpresa, inclinando a cabeça.

– Não tinha ninguém com quem, hum... festejar – disse ela.

O que não era de todo verdade.

Pessoas que recebiam educação domiciliar até davam festas, mas Sade achou que aquela era a resposta mais simples.

A boca de Juliette formou um O, e ela balançou a cabeça afirmativamente, como se agora tudo fizesse sentido agora.

– Bem, é divertido, eu juro. Todo *mundo* está muito empolgado para que você vá! – disse.

Ainda que Juliette parecesse ser o tipo de pessoa que acharia divertidas várias coisas que não eram necessariamente legais.

– Posso levar um acompanhante? – perguntou Sade.

Juliette fez uma careta e não falou nada imediatamente. Depois de um momento, questionou:

– Namorado? Namorada? Interesse amoroso?

Sade negou.

– Só um amigo.

– Hum... sendo assim, tenho certeza de que *April* não vai se importar – ela respondeu de um jeito que a fez pensar que Juliette estava indicando que havia uma outra pessoa que iria se importar se ela levasse alguém que não fosse o seu bom amigo de cabelos rosados e com nome de planta.

– Obrigada... Te vejo amanhã? – Sade falou, dando um passo para trás e se afastando da porta.

– Sim, a gente se vê – disse Juliette, o sorriso reaparecendo assim que ela começou a se virar. – Ah, e a Persephone me mandou te agradecer.

– Pelo quê?

Juliette deu de ombros.

– Alguma coisa a ver com chocolate.

Foi só quando Juliette partiu para entregar outros convites que Sade se lembrou do bilhete que deixara na sexta-feira, depois de voltar do encontro nada romântico com Jude e August.

Algo doce.

Pegou o telefone e mandou uma mensagem para Baz no mesmo instante.

S: Acho que consegui nossa entrada para a Casa Hawking.

• • •

QUARTA-FEIRA

DURANTE A SEMANA INTEIRA, A escola foi tomada pelo zunido das conversas sobre as fantasias que todos iriam usar, aliado ao desespero por um convite vermelho.

De acordo com Baz, um convite para a Festa Anual de Halloween dos Owens era tão cobiçado como um convite para o baile do Met.

E durante a semana inteira, Sade testemunhou o que as pessoas estavam dispostas a fazer pela aprovação de April.

Na quarta-feira, April passou a maior parte do almoço numa mesa que ficava no fundo do salão, entrevistando possíveis convidados de última hora. A fila dos que cobiçavam os convites da festa dela era bem maior do que a fila para do próprio almoço.

– Ela pode fazer isso? – Sade perguntou a ninguém em particular ao testemunhar o poder que April exercia sobre os alunos mesmerizados da Academia Alfred Nobel que a idolatravam apenas por existir.

Baz tinha razão. Se aquela festa era o baile do Met da AAN, então April era, sem sombra de dúvida, Anna Wintour.

Até compartilhavam a mesma expressão fria e o olhar quase indecifrável.

– Isso não é nada. Ela fazia as nossas babás chorarem quando éramos crianças. A minha irmã é uma desalmada, portanto acho que isso já é uma evolução considerável em termos de caráter. Ainda não tem ninguém chorando. Por si só já é uma vitória – disse August com um sorriso.

Assim que acabou de dizer isso, uma garota começou a chorar e saiu correndo da mesa de April.

– Acho que falei cedo demais – murmurou August.

– Perdi alguma coisa? – Persephone perguntou assim que se juntou a eles.

– É só a April atormentando o corpo estudantil – disse August, soando entediado.

– Ou seja, um dia qualquer da semana? – Persephone perguntou, dando uma mordida em sua maçã enquanto encarava Sade.

– Precisamente – August falou.

Só havia os três à mesa aquele dia. Sade preferia assim, tinha que admitir. Parecia mais quieto. Melhor.

– O que vocês vão vestir para a festa? – perguntou, tentando descobrir deles que tipo de coisa era considerada aceitável num evento assim.

Parecia haver regras tácitas envolvendo festas daquele tipo que ela precisava aprender para evitar constrangimentos.

– O que a April me mandar vestir – disse August, dando uma resposta irritante de tão inútil.

Sade olhou para Persephone, esperançosa.

– Eu não vou – disse Persephone.

Sade tentou não parecer muito chocada. Ela acreditava que fosse uma coisa para a qual todas iriam, por decisão própria ou por escolha de April. Era o aniversário da melhor amiga delas, ora.

– Ah... Tem algum motivo? – indagou Sade.

Persephone pestanejou.

– Não gosto de festas.

Era compreensível. Festas eram barulhentas e cheias de corpos suados e luzes brilhantes... Pelo menos era assim que Sade imaginava.

O resto do almoço passou em silêncio, Sade observando April na maior parte do tempo. E se questionando como é que uma garota da idade dela já parecia tão certa de si e conseguira convencer os outros disso também.

Depois das aulas, ela se viu na Casa Seacole, sentada no chão do quarto de Baz, olhando para uma planta antiga da Casa Hawking. Não era completamente precisa, visto que era uma planta da década de 1980 que Sade encontrara na internet, mas ao menos era um começo.

Ela conseguia ver como a resolução de Baz diminuía, ainda que ele não admitisse. Admitir seria desistir de Elizabeth.

Por isso ele se forçava a seguir em frente.

A única coisa que parecia mantê-lo animado era a festa dos Owens. Não era uma prioridade, mas era um belo bônus.

– Enfim consegui as chaves da estufa – disse Baz. – Pedi à sra. Thistle que nos levasse lá em vez de pedir à professora de biologia. Contei que fui ajudar Elizabeth com uma coisa semanas atrás e me dei conta de que esqueci o meu cachecol lá. Ela disse que subiria até lá conosco. Sei que a polícia já vasculhou a área, então provavelmente não vai dar em nada, mas podemos tentar – disse, soerguendo os ombros.

– Podemos ir antes do jantar? – perguntou Sade, olhando para o relógio.

Quatro da tarde. Eles tinham tempo. E precisavam fazer alguma coisa. Logo.

Baz a olhou cheio de gratidão.

– Claro.

– Ótimo, só vou precisar de um cardigã. É bem frio lá em cima.

CERCA DE VINTE MINUTOS DEPOIS, subiam as escadas até o telhado do prédio de ciências com a sra. Thistle, que falava sobre os planos dela para o fim de semana numa feira rural local. Embora Sade não tivesse o menor interesse em nada daquilo, e concentrasse quase toda a sua atenção a problemas mais imediatos, Baz fazia todo tipo de pergunta sobre o evento e os animais que competiriam.

– Aqui estamos – a sra. Thistle falou, destrancando e escancarando a porta para o telhado. O frio da altitude elevada os envolveu conforme o vento gelado soprava pela porta. – Tudo bem, podem ir procurar pelo cachecol, vou ficar esperando vocês dois aqui. Eu não deveria permitir que viessem aqui, por isso vocês tem apenas cinco minutos – disse a sra. Thistle.

– Obrigado, sra. T – disse Baz, oferecendo-lhe um sorriso ao entrar, e Sade o seguiu de perto.

Parecia esquisito estar ali. Não sabia ao certo se era por causa da associação com Elizabeth ou pela mudança de altitude. Ver a escola ali de cima era estonteante.

Teve que admitir que ficou um pouco desapontada de ver a estufa tão vazia e quieta. Uma parte de si esperava que Elizabeth tivesse permanecido escondida ali durante todo aquele tempo. Mas isso teria sido bom demais para ser verdade.

Baz se voltou para Sade e sussurrou:

– Eu procuro no lado esquerdo da estufa e você no direito.

Sade assentiu e os dois se separaram, indo para os seus respectivos cantos.

Ela vasculhou as muitas e muitas fileiras de plantas, uma vez mais observando as cores vibrantes de todos os espécimes com aparência estranha que Elizabeth tinha apresentado a ela. Reconheceu aquela que lembrava uma caixa torácica como sendo a costela-de-adão.

– Achou alguma coisa? – Baz perguntou.

Ela sacudiu a cabeça.

– Nada.

Trocaram de lado, Sade indo para a esquerda e Baz para a direita. Entraram embaixo de mesas, mudaram plantas de lugar, o desespero tomando conta deles à medida que os contornos da estufa pareciam encolher.

A estufa, tal como a Casa Newton, não trouxe nenhuma novidade.

– Já encontraram? – a sra. Thistle perguntou em sua voz alegre.

Baz soltou um suspiro, sua respiração saindo em baforadas semelhantes à fumaça naquele frio.

– Não... nada aqui – ele gritou de volta. – Nadica de nada – murmurou para si mesmo, baixando o olhar distraidamente para uma das costelas-de-adão.

– Certo! Bem, vamos descer logo daqui. O frio está me matando! – disse a sra. Thistle.

Depois de alguns instantes de inatividade, Sade puxou Baz pelo braço.

– Vamos – disse ela.

Ele sacudiu a cabeça.

– A sra. Thistle logo vai nos arrastar para fora daqui... Ou pior, ela pode ir até o alojamento dos funcionários e chamar a srta. Blackburn para fazer isso por ela.

Em vez de se dirigir com ela à entrada da estufa, ele enfiou o dedo na terra que circundava a planta. Ela estreitou os olhos, confusa. O que diabos ele estava fazendo?

Ele a encarou, como se tivesse ouvido seus pensamentos.

– O solo está molhado – falou com simplicidade.

Sade pestanejou, confusa.

– Alguém está regando as plantas – ele prosseguiu.

Sade lembrou-se do que Elizabeth dissera naquele primeiro dia, durante o passeio pela escola.

Tento regar essa aqui uma vez por semana, porque se eu não fizer isso ninguém mais faz... Se não fosse por mim, a maioria dessas plantas já teria morrido de sede.

– Então quer dizer que, no fim das contas, encontramos alguma coisa – disse.

• • •

ALGUNS MINUTOS DEPOIS, ELES ESTAVAM na sala da professora de biologia, a sra. Choi, que estava corrigindo provas.

– Posso te ajudar, Basil? – a sra. Choi perguntou, parecendo um pouco irritada com a súbita perturbação.

– Só queria saber uma coisa sobre a estufa...

– Basil, eu disse, não posso autorizar o acesso...

– Sim, eu sei. É outra coisa – disse ele.

Sade baixou o olhar para o dedo dele, ainda sujo de terra.

– O que foi?

– Estou fazendo um projeto sobre o ciclo de vida das plantas para uma aula... E estava me perguntando: com que frequência as plantas da estufa são regadas?

– Pelo que sei, Basil, você não está fazendo nenhuma aula de ciência – disse ela com lábios comprimidos.

– É para a aula de alemão – disse ele.

A sra. Choi não pareceu convencida, mas suspirou alto, levantando-se do assento com esforço e indo até o corredor.

– Sigam-me – disse.

Os dois caminharam até um quadro de notícias científicas no corredor, onde havia um cronograma.

– Aqui está a frequência com que regamos as plantas. É o zelador que faz isso. Já que muitas plantas que temos exigem poucos cuidados, o zelador as rega mais ou menos uma vez por mês... Como pode ver, a última vez foi...

– Três semanas atrás – disse Baz, soando exasperado.

– Exatamente. É só disso que precisa? – perguntou a sra. Choi, claramente querendo voltar às correções.

Baz assentiu.

– Sim, muito obrigado.

– Sem problemas – disse ela, olhando-o de forma estranha enquanto Baz encarava, hipnotizado, o quadro. Depois saiu andando.

Assim que ela estava longe demais para ouvi-los, Baz tirou uma foto do quadro e então se voltou para Sade.

– As plantas foram regadas recentemente – disse, os olhos arregalados e o rosto mais iluminado do que antes.

– Elizabeth? Mas como... – Sade começou.

Baz sacudiu a cabeça.

– Não sei, mas seja lá o que estiver acontecendo, precisamos estar um passo à frente. Precisamos ver se há câmeras gravando quem entra e sai de lá. E, se for Elizabeth... se ela ainda estiver aqui, na escola, precisamos descobrir o motivo. Se houver alguma coisa da qual ela está se escondendo... – disse.

Sade pensou na própria tentativa fracassada de ter acesso às imagens das câmeras de segurança. Era improvável que o sr. Michaelides lhe desse ouvidos de novo ou que houvesse algum outro professor disposto a considerar as teorias improváveis deles.

Não sabiam se realmente era Elizabeth. Afinal, qualquer um poderia estar fazendo aquilo. A sra. Choi nem parecia saber que Elizabeth frequentava a estufa. Havia a possibilidade de que Elizabeth não fosse a única aluna com acesso.

Mas era algum avanço, por menor que fosse. Um que trazia esperança. Ainda que precisassem tomar cuidado.

– Acho que deveríamos ter cuidado para não chegarmos a decisões precipitadas. Muito provavelmente, só teremos apenas uma chance de verdade para contar tudo aos professores e a escola, por isso precisamos nos certificar de que temos indícios sólidos antes de irmos atrás de Blackburn ou Webber novamente. Na minha opinião, devemos esperar para ver o que mais a gente encontra na Casa Hawking no sábado.

Baz assentiu, então sorriu. Parecia ser a primeira vez em dias.

– Ainda não consigo acreditar que vamos na festa dos *Owens* – disse. – Acho que eu nasci para este evento, como se toda a minha vida me conduzisse até aqui.

Sade sorriu. Enfim tinha feito uma coisa boa no mundo. Aparentemente, realizara o sonho de vida de Baz.

– Você sempre conheceu os gêmeos Owens? – perguntou ela.

– Não, eu os conheci na escola, dois anos atrás – disse ele.

Enquanto saíam do prédio de ciências, o céu já tinha começado a escurecer, como era costumeiro do outono inglês, e Sade ficou pensando na terra úmida.

Será que tinha sido Elizabeth?

Só faria sentido se o fantasma de Elizabeth agora estava assombrando a escola, do mesmo jeito que os mortos ainda assombravam Sade.

Você nunca deveria ter vindo, a garota fantasma disse novamente.

Que pena. Estou aqui e não vou embora até resolver as coisas, Sade retorquiu mentalmente.

– É noite do bolo com cobertura na Turing. Acha que a Jessica vai perceber se eu aparecer para comer uma fatia? – perguntou Baz, arrancando Sade das conspirações que ainda nadavam em sua mente.

As sobrancelhas de Sade se enrugaram.

– Não existe noite do bolo com cobertura na Seacole?

Ele assentiu.

– Sim, mas juro que o gosto não é igual. De vez em quando eu acho que o cozinheiro da nossa casa cozinha com ódio no coração.

Sade era incapaz de discordar; ela já tinha comido na Seacole uma vez, e a comida tinha mesmo algo de amargo.

– Jessica com certeza vai notar, mas posso ajudá-lo a se esconder debaixo da mesa quando ela estiver por perto – falou Sade.

Baz pareceu contentíssimo.

– O que eu faria sem você, Watson? – indagou Baz enquanto atravessavam o pavilhão rumo a Turing.

– Imagino que passaria mais fome – Sade respondeu.

19

SEXTA-FEIRA

A ZONA DA AMIZADE

ERA UM DIA ANTES DA festa, e Sade estava sentada no carpete do quarto de Baz, servindo comida na tigela de Muffin enquanto Baz embalava o porquinho-da--índia em seus braços.

O animal roubado havia se adaptado bem a seu novo lar, na gaiola ao lado do cesto de roupa suja de Baz. E, de alguma forma, Baz ainda não fora pego pelo monitor de Seacole.

Aparentemente nem todas as casas estavam fadadas a uma Jessica.

Baz deixou Muffin escorregar de seus braços e ir rebolando até a tigela de comida que Sade servira antes de se levantar e pegar uma caixa de tintura de cabelo, uma tigela e um aplicador de sua escrivaninha.

– Quero deixar registrado que nunca descolori o cabelo de ninguém antes – Sade falou, pegando os materiais das mãos dele enquanto Baz se sentava na cadeira.

Ele se virou para ela.

– Eu confio em você.

Sade olhou apreensiva para o pacote de tinta e depois para o rosto sorridente do garoto.

– Bem, se eu acidentalmente incinerar todo o seu cabelo, você já está careca de saber… ou melhor, pode acabar careca… Não diga que não avisei – falou, murmurando a última parte.

– Eu acho que eu ficaria bem careca.

– Esse é o espírito – disse Sade, repartindo o cabelo dele e aplicando o descolorante a um centímetro do couro cabeludo, tal como a internet havia recomendado.

Logo o cabelo de Baz ficou quase todo coberto pela substância branca.

Ela sem dúvida sentiria falta do cabelo rosa fluorescente dele, mas aquilo parecia ser necessário para que a fantasia de Halloween funcionasse.

– Como é que você não se mete em problemas por pintar o cabelo? Blackburn ficou me criticando no primeiro dia por não estar de uniforme, por isso imaginei que essa fosse uma questão – ela perguntou enquanto espalhava mais descolorante na cabeça dele.

A Academia Alfred Nobel parecia tão preocupada com o uso correto do uniforme em todos os momentos, mas não parecia se importar com a cor ou com o estilo de penteado dos alunos. Parecia contraproducente.

– É por causa do Grande Debate Capilar – respondeu Baz.

– Como assim?

– O Grande Debate Capilar. A monitora-chefe da época de 2007, Afia Owusu, argumentou que a autoexpressão era importante para a criação de um ambiente escolar saudável e, por isso, a AAN chegou a um meio-termo com os alunos. A escola manteve os uniformes, mas nós podemos fazer o que quisermos com os cabelos.

Aquela era uma curiosidade deveras interessante.

– Eu não sabia que os monitores-chefes tinham tanto poder – disse ela.

Ele assentiu.

– Tem, sim. Se eu tivesse a chance de ser indicado, concorreria apenas para que o almoço fosse salsicha com purê de batata todos os dias.

Sade riu.

– Esta, definitivamente, é a questão que mais afeta os estudantes hoje – disse ela, afastando-se dele e indo até o banheirinho no canto para se limpar.

– Concordo. Eu, pessoalmente, aprendo melhor quando como salsicha.

Ela voltou para o quarto, captando apenas o final da frase. Ele sorriu, erguendo as sobrancelhas, e ela riu.

Enquanto esperavam o descolorante fazer efeito, Sade deitou-se na cama de Baz, olhando para o teto. O quarto estava quase totalmente em silêncio, exceto pelo som de Baz apertando os botões do Nintendo Switch e de Muffin se movendo no carpete.

– Ei, Baz? – ela disse depois de um momento de silêncio.

– Sim? – ele perguntou.

Ela o encarou. O cabelo dele começara a ficar de um tom laranja muito feio.

– Existe algum lugar próximo onde eu possa fazer o meu cabelo, na cidade? Queria tirar as minhas tranças.

– Sharna Brown, da Casa Curie, faz penteados.

Sade ficou surpresa com aquilo. Não sabia quem era essa tal de Sharna Brown, mas não esperava ouvir que houvesse uma aluna que cuidasse de cabelos.

– Eu simplesmente vou até ela e peço?

– Basicamente – Baz respondeu.

Sade não tinha decidido qual penteado faria a seguir, se faria tranças como sempre ou qualquer outra coisa. Alguma coisa diferente.

Teria que ver.

Meia hora depois, o cabelo de Baz estava então com um amarelado feio.

Foram até o banheiro para remover o descolorante dos fios. Então Baz começou a pentear o cabelo agora loiro, parando quando uma mecha saiu com facilidade do pente.

– Puta merda – disse.

– O que foi?

– O meu cabelo está caindo!

– Ei! Eu avisei que não era cabeleireira... Além disso, não era você que fica bem de qualquer jeito?

– Eu sei que disse que poderia ser careca, mas estava mentindo. Vou ficar parecido com o Dwayne Johnson.

Sade puxou uma mecha de cabelo e ela permaneceu no lugar.

– Olha, ainda há esperança. Não vou deixar você se transformar no The Rock, prometo.

– Jura? – ele perguntou, levantando o dedo mínimo. Sade o entrelaçou com o dela. – Eu juro, com o mindinho e tudo.

Uma hora depois, Baz tinha um loiro-amarelado e a maior parte do cabelo ainda intacta. Enquanto ele o secava com o secador, Sade colocou Muffin de volta em sua gaiola no canto do quarto.

O som da porta se abrindo assustou os dois quando o colega de quarto de Baz chegou mal-humorado.

O colega de quarto dele era um sujeito chamado Spencer Pham, que Sade reconheceu das aulas de Psicologia. Era alto, tinha longos cabelos escuros e poderia ser considerado bonito por alguns.

– Oi, Spencer – Baz gritou acima do barulho do secador.

– Vá se foder – disse Spencer, jogando a bolsa na cama. Pegando o que parecia ser um maço de cigarros, abriu a janela do dormitório e saiu para o telhado sem dizer mais nada.

– Ele parece bacana – disse Sade, empurrando a gaiola de Muffin mais para trás, em direção à parede.

Baz desligou o secador e o cabelo agora loiro voltara ao seu estado encaracolado de sempre. Ele pegou um elástico de cabelo da cômoda e amarrou o cabelo em um único coque, fazendo com que a sua cabeça parecesse uma maçã.

Ele parecia feliz... mais feliz do que na semana anterior.

Sade não tinha certeza se era porque a semana tinha acabado, por causa da festa da noite seguinte ou só porque tinha acabado de ficar loiro. Independentemente disso, Sade tinha feito uma coisa boa, deixado Baz feliz. Pela primeira vez em sua vida, a presença dela não causou apenas muita dor e tristeza.

– Spencer é incrível – disse Baz, como se Spencer não tivesse acabado de mandá-lo se foder.

Sade podia ver a fumaça espiralando do lado de fora da janela, criando uma névoa temporária.

– Ele, definitivamente, é... alguma coisa – disse ela, levantando-se e pegando a sua bolsa.

Baz girou em sua cadeira, um pacote de biscoitos com geleia agora em mãos enquanto enfiava um na boca. Sade começava a perceber que o amigo era viciado em biscoitos. Parecia sempre ter algum pacote à mão: nas reuniões matinais, quando passavam o tempo na sala comunal da Turing e em seu quarto. Estoques de biscoitos com recheio de geleia por todo canto.

Mas decidiu que esse vício não fazia mal a ninguém, e quem era ela para julgar? Afinal, ela tinha um vício bem forte de se engolfar em água fria com cloro.

Por falar nisso...

– Já vou indo, mas me mande uma mensagem se precisar de alguma coisa.

Ele assentiu.

– Obrigado por me deixar loiro.

– Foi um prazer – respondeu Sade.

Ela sentia que ainda precisava se adaptar ao novo visual dele; não que não combinasse com ele, mas o fazia parecer mais sério do que realmente era.

O som da janela sendo se abrindo outra vez chamou a sua atenção conforme o colega de quarto de Baz voltava a entrar por ela. O garoto, Spencer, olhou para os dois, os olhos fixos no cabelo de Baz, observando-o. E então, sem mais comentários, entrou no banheiro e fechou a porta atrás de si.

– Acho que essa é a minha deixa – disse Sade.

– Te encontro na Turing antes da festa, certo? Posso me trocar no seu quarto? – Baz perguntou.

Sade tinha pensado que estar no quarto de Elizabeth seria difícil para ele, mas Baz parecia gostar de ficar lá. Como se fosse o mais próximo que poderia estar dela naquele momento.

Por isso Sade assentiu.

– Claro.

– Te vejo amanhã, Barbara – falou Baz.

– Até mais, Kenneth – ela respondeu.

Como era a norma antes de ela partir, fizeram a coreografia habitual com as mãos, o aperto de mão quase perfeito.

Então, Sade acenou e deu o seu último adeus.

Quando saiu de Seacole, com a sua bolsa de natação a tiracolo, e adentrou na noite escura, o frio gelado do outono a envolveu; à medida que o frio lhe penetrava os ossos, suas pernas ficavam rígidas e doloridas.

Rapidamente percorreu o caminho de pedra que levava ao prédio Newton, onde passara a maior parte das noites antes do toque de recolher naquela semana.

Descendo até o subsolo do prédio, olhou para o esqueleto da piscina ainda em construção ao passar por ela. Perguntou-se quando ficaria pronta para uso.

A abstinência de água a perturbara durante o dia todo, e Sade ansiava pelo alívio que sentia na maneira como a água acariciava suavemente os seus braços nus conforme ela deslizava pelo líquido.

Não importava o que acontecesse durante o dia, a piscina sempre fazia as suas preocupações desaparecerem.

Como sempre, August estava lá e, como sempre, eles nadaram juntos – ele sempre tentando melhorar, ela cedendo à pior versão de si. De novo e de novo.

– Que desperdício – disse August, depois de quase uma hora nadando juntos.

A água escorria de seu corpo quando ele saiu da piscina, secando o rosto com uma toalha.

– O que é um desperdício? – Sade perguntou, saindo junto com ele.

August a olhou e, com uma expressão séria, disse:

– Você.

– Não achei que você fosse misógino, Augustus.

August riu baixinho.

– Não sou... Se tem alguém que ama garotas, esse alguém sou eu, acredite em mim... Só quis dizer que você é tão boa nisso, em nadar, quero dizer... Sei lá. Vou parar de tocar no assunto quando você tiver uma explicação válida para não competir.

Ela colocou a mão no ombro dele, dando tapinhas gentis.

– Então pode continuar tocando no assunto, Auggie, não me importo.

Os olhos dele se estreitaram.

– Não me chame assim. Me faz parecer uma criança – disse.

Sade caminhava de volta para os vestiários, August ao lado dela.

– Você deixa Jude te chamar assim – ela ressaltou.

August ficou em silêncio por alguns momentos, o som dos pés deles batendo nos ladrilhos molhados, e então, por fim, disse:

– É diferente.

Sade queria perguntar por quê, mas desistiu.

– Tudo bem, Augustus – respondeu simplesmente.

O silêncio se prolongou e August disse:

– Você realmente não vai me dar um motivo?

– Quem sabe um dia. Veremos – disse ela, encolhendo os ombros e dando um sorriso de lábios unidos.

– Aposto que posso te fazer mudar de ideia – disse ele, interrompendo o movimento e parando na frente dela, bloqueando o caminho.

Ela levantou a sobrancelha.

– Como?

– Siga-me – ele respondeu com uma expressão enigmática.

Sade hesitou a princípio, observando-o virar na direção oposta, esperando que ela o seguisse.

Devagar, foi atrás dele pelas portas principais e pelo corredor comprido. Estava muito mais fresco ali do que na área da piscina. De repente, ela se sentiu exposta em seu maiô.

– Ok, se alguém perguntar, você nunca viu nada – disse August, desta vez diante de outra porta.

Sade recuou um pouco.

– Você não me trouxe aqui para me matar, não é? – perguntou.

Ele ofereceu a ela um sorriso com covinhas e balançou a cabeça.

– Você tem dificuldade em confiar nos outros, novata.

Sade cruzou os braços.

– Chamo isso de ser inteligente e não seguir cegamente um garoto estranho para dentro de uma sala.

Ele assentiu.

– É justo, mas sou capaz de apostar o meu pôster autografado por Michael Phelps *e* a vida da minha irmã que você provavelmente acabaria com a minha raça se fosse preciso.

– Sempre feminista, Augustus – respondeu Sade.

Ele sorriu.

– Como eu disse, adoro garotas.

Apesar de suas preocupações com todo o mistério, Sade o seguiu até a sala escura.

August logo procurou pela luz, e a sala enfim ganhou vida diante dela.

Era a piscina, a que Elizabeth mencionara estar sendo construída. Com o dobro do tamanho daquela que costumavam nadar à noite.

August abriu os braços.

– Bem-vinda ao paraíso dos nadadores – disse, a voz ecoando alto nas paredes.

O espaço era enorme e sofisticado, apesar de ainda estar cheio de maquinário.

A mistura de concreto que cobria parcialmente o chão tinha sido espalhada de qualquer jeito. Sade fez uma nota mental para tomar cuidado de não escorregar e cair no buraco da piscina vazia.

Embora a piscina em que praticavam tivesse azulejos brancos lisos por toda parte, conferindo-lhe uma aparência muito estéril de consultório dentário, aquela esbanjava cor e personalidade. As paredes eram compostas de azulejos de cores diferentes. Uma parede reproduzia *A grande onda de Kanagawa*, de Katsushika Hokusai, com azulejos, como um mosaico. As outras paredes tinham azulejos verdes e brancos que pareciam estranhamente familiares.

Sade examinou a piscina. Estava completamente desprovida de água, vazia e cavernosa. Era apenas concreto e ladrilhos inacabados. Havia algo de estranho em ver a piscina desconstruída daquele jeito, como se estivesse anatomicamente exposta.

É isso que os cirurgiões sentem quando veem um coração batendo pela primeira vez?

– É linda – disse Sade.

– Não é? – disse August, encarando-a com o olhar impenetrável característico dos gêmeos Owens. – Ainda estamos pensando em como nomear o espaço. A equipe inteira está tentando decidir um nome. Sugeri Phelps, claro, mas Francis insiste em Adam Peaty. Você daria o nome de quem? – August perguntou.

Sade pensou em todos os nadadores e nadadoras que admirava.

– Provavelmente Simone Manuel – disse.

– Ótima escolha – respondeu August.

– Quando será liberada para uso? – perguntou.

– Não tenho certeza. Estão construindo há mais de um ano... já deveria ter sido concluída há muito tempo, mas a obra ficou parada por alguns meses. Deve estar quase pronta agora. Fico feliz de você estar impressionada.

– É muito legal. Mas não sei como isso me convenceria a me juntar à equipe.

– Bem, imaginei que você veria esta piscina nova e se daria conta de que apenas uma pessoa de mau gosto recusaria a oportunidade de usá-la.

– Não posso simplesmente usar a piscina quando quiser, como já faço? – perguntou, cruzando os braços.

Ele sorriu.

– Ah, veja só, este é o ponto. O motivo pelo qual esta piscina está sendo construída é para que a equipe de natação possa ter um lugar para praticar separado do corpo discente em geral. A entrada vai ser por meio de um cartão de acesso especial e tudo mais. E então, infelizmente, você vai ficar de fora, novata – concluiu, com um encolher de ombros brincalhão e um sorriso maligno.

Ela odiava admitir, mas ele a fisgara ao dizer aquilo.

– Está querendo voltar atrás? – ele perguntou, sorrindo de leve agora.

– Tenho certeza de que o meu bom amigo, Augustus, vai me deixar entrar com o cartão de acesso dele, se necessário – disse Sade.

Ele riu, e o riso ecoou pela sala quando ele deu uma leve cotovelada em Sade.

– Sem chance.

– Uau, e eu pensei que você fosse uma boa pessoa, um cavalheiro.

O sorriso dele vacilou um pouco e ele ficou em silêncio por alguns instantes, até enfim responder:

– Na maioria das vezes.

DEPOIS DE VOLTAR AO VESTIÁRIO, vestir-se e despedir-se de August, estava quase na hora do toque de recolher... Ou seja, quase na hora de levar uma bronca da monitora da Casa Turing.

Sair do prédio Newton era sempre tão diferente de entrar.

Sade se sentia renovada, como se enfim fosse invencível. Era um sentimento que ela queria que durasse para sempre. Só que voltaria para a Turing, pegaria o elevador até o seu dormitório e sentiria aquele peso retornar enquanto se deitava na cama e adentrava no silêncio sinistro do quarto meio vazio.

Naquele dia, porém, havia algo de diferente quando ela chegou a seu andar.

Naquele dia, havia um bilhete e um embrulho plástico redondo com um laço deixado à sua porta. Ela se ajoelhou e pegou as duas coisas.

Uma maçã.

Algo mais doce – P.

Sade não pôde deixar de sorrir. O som próximo de alguém limpando a garganta mal a incomodou.

– Você já não deveria estar no seu quarto? – Jessica perguntou, com os braços cruzados e o rosto comprimido em uma expressão de profunda decepção.

– Desculpa, eu estava prestes a...

Jessica ergueu a mão e entregou a Sade um pedaço de papel, apenas um pouco maior do que aquele que já tinha dobrado na palma da sua mão.

– Este é o seu terceiro aviso, por isso tenho que te notificar – disse Jessica.

Ela não pode estar falando sério, pensou Sade. Mas visto que era Jessica, algo lhe dizia que sim.

– Tudo bem – disse Sade, apenas levemente irritada com Jessica naquele dia, o que era estranho.

Depois de ser dispensada, entrou em seu quarto frio e silencioso. Mas, ao contrário das outras noites, em que o vazio e o silêncio do quarto a oprimiam, nem mesmo Jessica ou o espaço vazio e silencioso conseguiriam atingi-la por completo.

Sade pegou um pouco de água no banheiro e borrifou na planta de Elizabeth, dando vida à não-me-esqueças.

Quando se deitou para a morte noturna mais uma vez, percebeu por que aquela noite parecia diferente das outras.

Ela estava na Academia Alfred Nobel havia três semanas.

Naquele curto espaço de tempo, tinha, de alguma forma, conseguido algo que nunca pensou que alguém como ela conseguiria.

Amigos.

20

SÁBADO

NOITE DE TODOS OS SANTOS

O SÁBADO MARCOU O MAIOR EVENTO do calendário da Academia Alfred Nobel.

A Festa de Halloween Anual dos Owens – que anteriormente não passava de um jantar de Halloween organizado pela escola, oferecido em um dos salões do prédio principal e ao qual todos os alunos podiam comparecer. Com a chegada dos gêmeos Owens, porém, a ocasião logo passou a ser exclusividade deles.

Durante a noite, a escola fora enfeitada com decorações macabras, grandes abóboras que sopravam fogo e bandeiras temáticas. Os alunos percorriam o campus vestidos de fantasmas a super-heróis e até usando fantasias obscuras de personagens de programas de televisão e filmes.

Era como se a própria Wandinha Addams tivesse vomitado por toda a escola, transformando o lugar inteiro em algo sombrio e maravilhoso.

Sade acordou cedo, comeu no café a maçã que Persephone havia deixado para ela na noite anterior e depois ficou a manhã inteira e parte da tarde tirando as tranças pela primeira vez em semanas, lavando os cabelos e trançando-os numa forma que coubesse sob a peruca que usaria mais tarde com a fantasia.

Já eram três horas quando terminou.

Tinha algumas horas até a festa, e Baz chegaria cerca de uns trinta minutos antes de começar.

Portanto, Sade tinha cerca de uma hora para se dedicar a alguma leitura.

Pegou o livro de psicologia, caderno e laptop; puxou o capuz para cobrir o cabelo; e saiu rumo à biblioteca.

Turing estava mais barulhenta do que o costume para uma tarde de sábado. Com suas diversas fantasias, estudantes lotavam a sala comunal e o hall de entrada.

Parecia que todos tinham resolvido sair naquele dia, contagiados pelo espírito do Halloween, mesmo aqueles que não tinham sido convidados para a festa, e na biblioteca não era diferente. Crânios pretos e brilhantes adornavam as prateleiras, ossos e teias de aranha de mentira pendiam do pé-direito alto e globos oculares arregalados estavam grudados nas figuras nos vitrais, tornando-as muito menos etéreas e mais ridículas.

Sade foi até a sua mesa habitual, nos fundos, esperando que estivesse disponível. A mesa acomodava vários alunos – até seis, pelo menos, mas Sade preferia tê-la só para si. Acreditava que a mesa dava sorte e precisava de toda a sorte que pudesse para sobreviver incólume ao resto do semestre.

Não que achasse que a mesa fosse *mágica* ou qualquer coisa do tipo, mas, desde que tinha começado a trabalhar naquela mesa em especial, descobrira que o trabalho não era mais tão difícil de digerir. Sade certamente já lidara com coisas menos racionais antes.

Quando dobrou a esquina, porém, sentiu o baque da decepção, pois a mesa já estava ocupada por alguém.

Precisou observar por alguns momentos para notar que a pessoa era Persephone. Na mesa dela, um livro aberto e o rosto apoiado na palma da mão.

Era estranho que Sade não a tivesse reconhecido logo de cara, sendo que a via com frequência. Sade percebeu que, não só aquela era a primeira vez que via Persephone num fim de semana, mas também a primeira vez que a via sem uniforme – o que provavelmente explicava o tempo que levou para reconhecê-la, para início de conversa.

Persephone não parecia estar vestida como nenhuma personagem em particular, mas, ainda assim, parecia estar fantasiada sem uniforme. Usava uma gargantilha de renda grossa ao redor do pescoço, um colete preto com espartilho, jeans desbotado e botas de plataforma com rebites.

Intimidante como sempre.

– Oi – falou Sade, o que fez Persephone erguer os olhos do livro que lia.

Sade semicerrou os olhos para o título: *Identidade*. De Nella Larsen.

– Oi – disse Persephone, pestanejando. – Você queria usar o espaço?

– Sim... mas tudo bem, você chegou primeiro.

– Não me importo que você se junte. Nem estou estudando – respondeu Persephone.

– Ah, obrigada – disse Sade, sentando-se em frente a Persephone.

Colocou os livros de psicologia em cima da mesa e remexeu neles até encontrar o livro certo, abrindo-o na seção que a turma estudara uma semana antes de Sade chegar na Academia Alfred Nobel. Pelo menos ela já estava quase em dia com uma matéria que não era inglês.

Persephone voltou ao livro dela e Sade se concentrou no seu.

Começou a ler a seção sobre condicionamento clássico e o estudo de caso de Pavlov, mas estava achando difícil se concentrar.

Havia algo de estranho em estudar na presença de outras pessoas. Tinha a impressão de que julgariam os seus métodos e se dariam conta da verdade. Veriam que era medíocre e não tão inteligente quanto imaginavam. E, naquele momento, Sade não conseguia se concentrar nas palavras da página. A mente dela vagava, preocupada com coisas que não tinham nada a ver com Ivan Pavlov ou o cachorro dele.

Seu olhar desviou-se mais uma vez para Persephone e o livro dela, e Sade ficou surpresa ao descobrir que os olhos de Persephone não estavam mais no texto à sua frente, mas em Sade.

Ela a observava.

– Percebi que você se distrai muito – disse Persephone.

– Desculpa... Você estava me chamando? – Sade perguntou.

Persephone sacudiu a cabeça, recostando-se.

– Já se passou uma hora e ainda está olhando para a mesma página. Não fez nenhuma anotação, só permaneceu com esta expressão... Como se estivesse... sonhando – disse Persephone.

Exatamente o motivo pelo qual Sade não gostava de estudar perto de outras pessoas.

– Psicologia é chato – disse Sade, encolhendo os ombros.

– Você faz isso em outros momentos também – Persephone respondeu.

Sade ergueu a sobrancelha.

– Você fica me observando?

Persephone a observou em silêncio, os lábios lentamente se curvando em um sorriso.

Sade gostava quando ela sorria.

– Talvez – ela respondeu.

Sade não fazia ideia de como responder.

– Você não deveria estar lendo um livro? – perguntou, percebendo agora que o livro não estava mais na frente de Persephone.

– Eu terminei – disse Persephone. – Não era um livro longo. – Então se pôs a ler Sade. – Na verdade, eu já estava de saída; já são quase quatro horas, e eu gostaria de evitar o máximo que puder da bagunça.

Persephone se levantou, uma sacola pendurada no ombro. Sade presumiu que ela se referia à festa de Halloween e a todo o caos que a acompanhava.

– Você realmente não gosta de Halloween? – Sade perguntou.

Persephone negou com a cabeça.

– Eu adoro o Halloween. É o meu feriado favorito. É o aspecto de confraternização social que não aprecio muito. Vou voltar para o meu quarto e maratonar todos os filmes de *Halloweentown*.

A noite que Persephone planejara parecia... solitária.

– Eu até te convidaria a se juntar a mim, mas presumo que irá à festa de April, não é? – ela continuou.

Sade assentiu devagar.

– Eu vou... Vim aqui para me distrair da festa, e também para tentar estudar um pouco antes de ter que me arrumar. Mas na verdade estou um pouco nervosa com a festa. Quase não quero ir.

– Não há razão para ficar nervosa. Há festas piores de se frequentar.

Algo se alterou na expressão de Persephone quando ela disse aquilo.

– Como qual? – Sade perguntou.

– Como as festas de arte da minha mãe... Um bando de velhos enfadonhos competindo por horas a fio; é exaustivo – respondeu Persephone.

– Parece mesmo exaustivo. Entendo por que você não gosta de festas.

– É melhor quando há pelo menos uma pessoa conhecida. April sempre ia às festas da minha mãe com os pais dela, então nunca foi tão ruim quanto faço parecer. Apenas muito chato. Era bom sempre tê-la por perto, pelo menos eu não ficava sozinha.

Sade sentiu um aperto no estômago ao ouvir aquela palavra.

Sozinha.

– Você e April se conhecem há muito tempo? – perguntou Sade, engolindo o nó que tinha se formado em sua garganta.

Persephone assentiu.

– Desde sempre. Conhecemos Jules aqui no primeiro ano, mas mesmo não tendo crescido com ela, faria qualquer coisa por ambas.

Sade assumira que todas elas tinham se conhecido no internato ou até que Juliette fosse a amiga de infância de April, levando em consideração a tranquilidade com que se relacionavam. Às vezes Sade notava uma espécie de intensidade entre Persephone e April, e presumira que fosse por conta de uma falta de proximidade entre elas. Mas não era nada disso.

Elas se conheciam bem demais.

Tanto quanto irmãs.

A animosidade nem sempre era algo ruim; às vezes era só um sintoma de se importar profundamente com alguém.

– Até iria a uma festa por elas? – Sade perguntou, brincando, à guisa de resposta, no momento em que os gritos e as risadas altas de alunos do lado de fora da biblioteca reverberavam pelo prédio, fazendo as prateleiras tremerem enquanto mais pessoas escapavam dos prédios e invadiam o campus.

– Bem, é melhor eu ir embora antes que tudo piore. Ouvi dizer que no Halloween do ano passado, um cara subiu no telhado do prédio principal e ficou urinando em qualquer um que estivesse embaixo... Não quero ser a próxima vítima dele se ele optar por atacar novamente este ano – disse Persephone, contando a história com uma expressão perturbada, mas sem encarar Sade nos olhos.

Era como se ela estivesse ignorando a pergunta ou se esquecendo momentaneamente da questão levantada.

– Te vejo mais tarde?

Sade assentiu, e Persephone foi embora.

Deixando Sade sentada à mesa, sozinha.

• • •

A FESTA COMEÇARIA EM BREVE.

Baz tinha chegado, o cabelo penteado com enormes quantidades de gel.

Em preparação para a sua própria transformação, Sade tinha colocado uma peruca loira na cabeça, aplicado camadas e mais camadas de maquiagem em cores vivas e passado a maior parte do tempo tentando se espremer no vestido rosa que tinha encomendado.

Ao terminar, Sade chegou à conclusão de que quem quer que tivesse achado que o látex era um bom material para confeccionar roupas precisava ser preso pelo atentado contra a humanidade.

Ao se olhar no espelho, não pôde deixar de se perguntar o que Elizabeth usaria. Era provável que, como Persephone, ela nem sequer aparecesse num evento como aquele. Mas, de novo, quem é que sabia o que Elizabeth realmente pensava. Nem mesmo Baz parecia saber.

Ele voltou ao quarto dela depois de ir à Casa Seacole para dar uma olhada em Muffin.

A aparência dele quase a assustou, ele parecia tão diferente... O que meio que era o objetivo. Baz parecia ter sido possuído por um universitário que frequenta uma fraternidade. Supôs que ela mesma estava igualmente assustadora.

Estavam vestidos de Barbie e Ken, uma ideia de Baz.

Ambos iriam sofrer, aparentemente, tudo em nome do espírito do Halloween.

– Você parece o tipo de cara que seria amigo dos meninos da escola Eton – disse Sade.

Baz sorriu.

– Obrigado, e você parece uma personagem de *Made in Chelsea* chamada Kitty ou coisa do tipo.

Sade achou o comentário irônico, visto que crescera em um bairro não muito longe de Chelsea. Fazia muito tempo que não se sentia tão parecida consigo mesma, e quase chegava a ser cômico que a sua fantasia de Halloween não fosse bem uma fantasia, afinal.

– Bem, o meu segundo nome é Kehinde, começa com K... Passou perto.

Pegou o seu laptop e abriu o site da escola, que ficara vasculhando antes de Baz voltar, especificamente, as fotos que mostravam os novos quartos e instalações da Casa Hawking.

– Peguei algumas imagens das áreas comuns da Casa Hawking. Ter acesso aos espaços privados seria o ideal, mas precisamos nos contentar com o que temos. – A voz de Sade saiu mais confiante do que ela se sentia. – O objetivo principal é descobrir o que Elizabeth poderia ter feito naquela noite. O último sinal do telefone dela veio daquela região, por isso, obviamente, o nosso objetivo é encontrar o telefone dela... Além de tentar descobrir para onde ela pode ter ido se entrou na Hawking. Estamos atrás de qualquer coisa estranha ou suspeita.

– O equivalente à terra úmida da estufa – disse Baz.

– Exatamente, estamos procurando por terra molhada – respondeu. – Certo, lá vamos então, eu acho – disse Sade, fechando o laptop.

– Pronta para a sua primeira festa da vida, Barbara? – ele perguntou quando Sade envolveu o braço no dele.

Ela estava apavorada.

– Nunca me senti tão pronta, Kenneth – Sade respondeu, escondendo a mentira com um sorriso confiante.

Ao saírem, Sade deu uma olhada na planta que Elizabeth lhe dera. Agora estava posta no centro do quarto, perto do parapeito da janela. A única coisa que tinha sobrado de Elizabeth.

Era como se a planta a observasse apagar as luzes e fechar a porta.

Deixando a planta e Elizabeth na escuridão.

A CASA HAWKING ERA GIGANTESCA.

Essa foi a primeira coisa que Sade notou quando chegaram ao prédio.

Já tinha visto a casa inúmeras vezes antes, é claro, mas nunca olhara *de verdade* para ela. O exterior em pedras brancas parecia receber manutenção regular, os arbustos do pátio da casa eram aparados e tratados com frequência. Muito diferente da fachada coberta de musgo e descuidada da Turing. O zelador da Casa Hawking, pelo visto, se importava de verdade com o lugar.

À porta, um aluno fantasiado de demônio conferiu o nome deles em uma lista oficial, que nem um segurança de boate, antes de deixá-los entrar.

A sala comunal também era enorme. Era três vezes maior do que a da Casa Turing e muito mais luxuosa. Os sofás Chesterfield, as pinturas a óleo e piso de mármore deixavam bem claro, pelo menos para Sade, que aquela era a casa preferida da escola.

Fazia sentido, visto que a maioria dos integrantes da equipe da natação masculina eram designados para Hawking. Sade não ficaria surpresa se os queridinhos da escola tivessem ainda mais privilégios do que estes.

Quando entrou na sala comunal lotada junto de Baz, ficou surpresa de encontrar professores pela área, observando a confraternização dos alunos enquanto a música vibrava.

Os alunos não pareciam tão incomodados com a presença deles. Possivelmente porque aquele tipo de vigilância era costumeiro. Até mesmo Baz parecia imperturbado.

Sade não sabia o que esperar, mas certamente não pensara que veria professores fantasiados. Estavam perto das mesas de comida, supervisionando tanto bebidas como alunos.

Parecia mais uma versão estranha e distorcida de um baile de formatura, não uma festa com adolescentes em que tudo poderia acontecer.

– Podemos nos dividir e fazer uma busca neste andar. Você cuida da sala comunal, e eu vou dar uma olhada nos corredores e tentar dar uma olhada nas áreas privadas também – sussurrou Sade.

Baz assentiu.

– Por mim tudo bem.

– Só vou procurar a April para entregar o meu presente; está vendo ela em algum canto? – indagou a Baz enquanto examinava a sala, segurando o presentinho na mão.

Era complicado afirmar quem era quem naqueles trajes berrantes.

Baz balançou a cabeça.

– Talvez ela chegue mais tarde? – indagou.

– Ou pode ser que ela queira fazer uma entrada triunfal – disse Sade, de brincadeira, no momento em que a música mudou repentinamente, dando lugar a uma batida animada, seguida por um barulho estrondoso quando uma névoa branca irrompeu na sala, fazendo os alunos recuarem em estado de choque e os professores avançarem alarmados.

Do nevoeiro, April emergiu com Francis embalada pelas notas de abertura de "You're the One That I Want", do musical *Grease*.

À medida que a neblina se dissipava, as fantasias deles ficaram visíveis. April vestia um macacão preto colado e uma jaqueta rosa. Seu cabelo estava cacheado, e ela exibia um sorriso que parecia quase ameaçador.

A seu lado, Francis usava uma jaqueta de couro preta, com as luvas esquisitas de sempre. O cabelo ruivo estava penteado para trás, à moda antiga.

– Você tinha razão – Baz sussurrou.

Aparentemente, a semana depois do convite para se juntar ao círculo íntimo de April tinha, afinal, sido elucidante.

Aplausos explodiram pelo salão quando April deu as boas-vindas a sua festa de aniversário. Enquanto April fazia seu discurso, Sade avistou August no canto, afastando a névoa de seu rosto e tentando tossir discretamente.

Ele usava uma roupa preta do Homem-Aranha e uma expressão que dizia a Sade que ele, definitivamente, não tinha participação em toda aquela neblina nem na dramática entrada surpresa.

O monólogo de April logo chegou ao fim, e Sade encarou isso como a sua chance de entregar o presente.

– Oi, Basil – disse uma voz grave e desconhecida.

Sade virou-se para encarar o dono da voz, um estranho usando um casaco roxo. Ela não sabia dizer se ele era o cantor Prince ou Willy Wonka.

– Oi, Kwame – respondeu Baz, os olhos colados no estranho alto e de cabelos castanhos diante deles.

Por alguma razão, o nome dele parecia familiar, mas Sade não sabia por quê.

– Você está loiro – disse Kwame.

– Estou – Baz respondeu.

O garoto, Kwame, olhou de Baz para Sade e, quando olhou de volta para Baz, parecia estar juntando algumas peças. Um breve olhar de decepção cruzou o rosto dele.

Sade se deu conta de onde ouvira aquele nome antes. Aquele era o Kwame sobre quem Elizabeth provocara Baz. O mesmo Kwame que o havia ajudado a conseguir o e-mail da "tia-avó" de Elizabeth.

– Barbie e Ken, suponho? – Kwame perguntou com um sorriso suave e triste.

O que ele estava realmente perguntando: *vocês vieram juntos?*

Baz assentiu, desprovido da habilidade de ler mentes como ela, por isso Sade teve que intervir.

– Não, quero dizer, sim, estamos vestidos de *Barbie e Ken*, mas não quer dizer que somos Barbie e Ken... Faz sentido? – ela falou.

Kwame pestanejou.

– Não, não faz – disse.

– Quero dizer que eu e Baz somos apenas amigos. Duas ervilhas numa vagem. Colegas sem nada romântico – disse ela.

Sade podia sentir o olha de Baz, provavelmente se perguntando o que diabos ela estava fazendo.

– Ah – disse Kwame, o rosto iluminando-se um pouco.

Sade deu um tapinha no ombro de Baz.

– Vou entregar o presente a April. Relato as minhas descobertas mais tarde.

Baz ainda parecia confuso, olhando de Sade para Kwame, mas assentiu mesmo assim.

– Sim, hum... te vejo mais tarde.

Sade murmurou:

– Divirta-se. – E então sorriu e se afastou, deixando os dois garotos sozinhos.

April estava no canto, envolta nos braços de Francis. Sade viu Francis lançando uma expressão afetuosa na direção de April, que falava animadamente com as pessoas que já lhe entregavam presentes.

Sade olhou para a caixa embrulhada nas mãos antes de caminhar rumo ao canto onde April se encontrava, tomando o cuidado de não ir rápido demais e escorregar. Os sapatos que calçava não eram lá muito fáceis de usar.

À medida que avançava devagar no meio da multidão, sentiu-se puxada para trás por alguma coisa... Ou melhor, por alguém.

Ela se virou para descobrir quem segurava o seu braço e se deparou com o Capitão América.

O estranho fantasiado tirou a máscara, revelando a face sorridente de Jude Ripley. Ele conferiu a fantasia dela, olhando-a de cima a baixo como se Sade fosse uma refeição. Ela sentiu-se recuar instintivamente.

– Uau – disse ele por fim.

Ela cruzou os braços.

– O quê?

Jude balançou a cabeça, os olhos encontrando os dela agora.

– Nada. Só que eu quase não te reconheci... Quero dizer, você geralmente está bonita e tudo mais, mas uau – disse.

– Obrigada – Sade respondeu. – Vim de Barbie, sabe... A boneca.

Ele assentiu, como se agora fizesse sentido para ele.

– Cadê o seu Ken?

Sade fez um gesto na direção de Baz, no canto, rindo com Kwame.

Jude observou Baz por alguns momentos e depois voltou-se para Sade.

– Eu conseguiria enfrentá-lo.

– O quê? – Sade disse.

– Em um duelo pelo seu afeto, seria capaz de derrotá-lo.

Sade riu na cara dele.

– Estamos no século dezoito ou coisa do tipo?

– Poderíamos estar se o Ken ali não tiver medo – respondeu.

Sade revirou os olhos.

– Bem, a primeira coisa que você precisa saber é que ele é só um amigo e, segundo, o nome dele não é Ken, é Basil.

As sobrancelhas de Jude franziram.

– Como "manjericão" em inglês?

– Exatamente – respondeu Sade.

Jude cantarolou, pensando naquilo.

– Acho que ele não vai se importar se eu te roubar para uma partida de pebolim na sala de jogos.

– Está me convidando para jogar? – ela perguntou.

– Sim.

– O que eu ganho com isso?

– Bem, se você ganhar... Eu te levo em um encontro; se eu ganhar, eu te levo em um encontro – disse ele, erguendo as sobrancelhas sugestivamente.

– Isso não parece uma proposição justa – disse ela, sentindo o estômago se revirar em nós que a deixavam enjoada.

O jeito como ele a olhou... Aquilo a fez sentir uma comichão.

Jude deu de ombros.

– A vida não é justa, eu diria.

Sade olhou para ele por um momento e então falou:

– Que tal se eu conseguir outra coisa se ganhar?

– Tipo o quê?

– Um segredo – disse.

– Um segredo?

Ela assentiu, séria.

– Sim.

Ele olhou para cima, ponderando, antes de voltar a encará-la. Os olhos azuis e gelados dele a perfuraram como sempre faziam.

– Tudo bem, então: vou te contar um segredo, se você vencer, é claro.

Sade olhou para April no canto, ainda cercada por seus devotados seguidores. O presente e a investigação teriam que esperar.

– Fechado? – ele perguntou, estendendo a mão.

– Fechado – disse ela, optando por não a apertar.

UMA PEQUENA MULTIDÃO SE REUNIU para vê-los jogar na sala de jogos adjacente.

Foi um pouco desesperador. Ela só tinha jogado pebolim algumas vezes na vida e, além disso, havia os olhares atentos das pessoas ao redor.

Até August apareceu, sentado à margem, observando a dupla se preparar.

Sade ouviu Jude murmurar alguma coisa para alguns garotos próximos, resultando em tapas nas costas e um soquinho de um deles.

Juliette agarrou os ombros de Sade, desviando sua atenção dele.

– Você tem que vencer. O ego do Jude já é insuportável de tão grande. Você deve esmagá-lo, Sade. Transformá-lo em polpa.

Como Juliette estava fantasiada de Cruella de Vil, as palavras dela pareciam combinar com o traje.

– Eu consigo te ouvir, Jules – Jude gritou.

Juliette o ignorou e, em vez disso, fez um sinal de positivo com o polegar para Sade, sussurrando:

– Você consegue!

Os dois ocuparam suas posições, um de cada lado da mesa de pebolim. O árbitro – um estudante vestido de cubo mágico – anunciou as regras do jogo, apitou e gritou:

– Comecem!

Não demorou muito para que o jogo estivesse a todo vapor.

Sade conseguia ouvir a multidão gritando, berrando o nome deles. Conseguia ver Jude suando e sorrindo, e podia sentir as vibrações da mesa enquanto as alças giravam e os jogadores de futebol em miniatura se moviam freneticamente.

O jogo parecia estar rolando havia apenas alguns instantes quando ouviu o apito de novo e o som dos companheiros de equipe de Jude gritando e pulando para cima e para baixo.

Jude esticou a mão, como Sade imaginava que ele fazia sempre que derrotava os adversários em competições de nado. Uma trégua.

– Mencionei que sou péssima em jogos? – disse Sade, ainda sem pegar na mão dele.

Jude sorriu.

– Não precisava mencionar isso; eu vi por mim mesmo.

– Foi sorte – disse ela.

– O jogo é o jogo – respondeu ele, baixando a mão àquela altura.

O jogo é o jogo, repetiu ela por dentro.

Sade estava prestes a revidar com uma resposta espirituosa, mas parou quando viu August saindo da sala. Ele estava olhando para os sapatos com uma expressão estranha.

Ele parecia estranho naquela noite.

Jude trouxe a atenção dela de volta quando ela o sentiu se inclinar e sussurrar em seu ouvido:

– Vou buscá-la amanhã às cinco para o nosso encontro. – A voz dele era como se um milhão de insetos minúsculos estivessem lhe agarrando os membros e rastejando suas minúsculas pernas em forma de tentáculos pelos braços e costas dela.

E então ele foi embora para comemorar com os meninos do outro lado da sala de jogos.

Sade sentiu Juliette dar um tapinha em suas costas.

– Vamos pegá-lo na próxima vez – disse ela.

Sade assentiu.

– Definitivamente – respondeu, olhando de volta para a porta que dava para a sala principal, por onde August havia saído. – A propósito, você sabe onde está a April? Quero dar o presente dela.

Juliette olhou para o presente, tomando-o de Sade e sacudindo-o com delicadeza.

– Uma caneta? – perguntou.

Sade ficou surpresa com a capacidade dela de adivinhar tão rapidamente.

– Como você sabe?

– Anos de prática – disse ela com um sorriso. – April vai gostar; ela está sempre escrevendo poemas e outras coisas. Vou te mostrar onde ela está.

Sade não sabia que April escrevia poesia. Tinha comprado a caneta porque era uma das únicas coisas que chegariam a tempo. Pelo menos April teria alguma utilidade para ela.

Juliette passou o braço pelo de Sade e a conduziu para fora da sala de jogos, entre a multidão, até estarem junto de April.

– Olá! Você está bonita! – April falou, soando mais feliz do que nunca. E então sussurrou: – Isso aqui não é suco de maçã.

O que logo esclareceu tudo.

– Ah, obrigada! – Sade respondeu, tentando igualar a energia dela, aliviada por, pelo menos, não ser expulsa da festa. – Comprei um presente para você.

Os olhos de April se arregalaram e ela pegou o presente, sacudiu-o e sorriu.

– Uma caneta!

Era assustadora a forma como faziam aquilo com tanta facilidade.

– Cadê o Francis? – Juliette perguntou.

– Ele foi atrás do Jude, provavelmente por causa de algum assunto do treino de natação, como sempre – disse April, encolhendo os ombros, tomando um gole do copo, arregalando os olhos mais além de onde Juliette e Sade estavam concentrando-se em alguma coisa atrás delas.

– Ah, meu Deus! – falou.

Juliette se virou e deu um grito estridente, o que apenas serviu para fazer com que Sade se virasse para ver o que fazia as duas reagirem assim.

Ou, aparentemente, quem.

April correu em direção à pessoa, abraçando-a com força. Sade tentou descobrir quem era, mas só notou quando April recuou.

Persephone.

Sade ficou imóvel, observando a aparência completamente transformada da garota que ela vira apenas uma hora antes.

O cabelo loiro agora era vermelho brilhante e estava espetado em todas as direções. Uma coroa dourada em miniatura estava presa no topo da cabeça, e sua maquiagem era ousada e colorida, com lábios manchados de vermelho e pequenos corações espalhados pelo rosto. Usava um terno preto e branco justo, e saltos vermelhos brilhantes.

– Puta merda, Sephy, você está incrível – disse Juliette.

Sade sentiu o coração acelerar no peito e atribuiu isso ao calor da sala.

– Obrigada, Jules... você também não está nada mal – disse Persephone.

– Está vestida de David Bowie? – perguntou Juliette.

– Quase – disse Persephone com um sorriso malicioso.

– Rainha de Copas? – Sade perguntou, a voz embaraçosamente estridente.

Persephone se virou para olhá-la e seu sorriso vacilou, transformando-se em surpresa, como se não a tivesse notado por ali antes.

Sade conseguia sentir o calor na pele enquanto a outra garota lhe dava uma olhada sutil.

Persephone assentiu, encontrando os dela, o que fez seu coração ficar ainda mais errático.

– Em pessoa.

– Achei que você não fosse vir – disse Juliette, fingindo inocência, a travessura dançando em seus olhos.

Persephone enfim desviou os olhos de Sade e encolheu os ombros.

– Não queria perder o aniversário de dezessete anos da minha melhor amiga.

Juliette olhou de soslaio para Sade e assentiu.

– Sim... Tenho certeza de que o motivo foi esse.

April colocou a mão no peito, ignorando o comentário de Juliette.

– É tanta gentileza que poderia me fazer chorar, mas, como você sabe, removi os meus canais lacrimais no meu aniversário de dezesseis anos, portanto isso, infelizmente, não é possível.

Sade não pôde deixar de se perguntar se April estava sendo sarcástica. Mas, se não estivesse, era bem claro que apenas um dos Owens passaria por um procedimento daqueles. August parecia alguém que chorava bem mais que a média.

– August está por aqui? – perguntou, lembrando-se de como ele tinha saído da sala de jogos minutos antes.

Precisava se concentrar no mais importante.

– Ele provavelmente está no quarto dele. Ele ficou de mau humor o dia inteiro – disse April, acenando para ela e tomando outro gole do "suco de maçã".

– Ah, pode me dizer qual é o número do quarto dele? – perguntou Sade.

Ao que as três garotas olharam para ela, em silêncio. Como se tivesse dito alguma coisa inapropriada.

– É o 320. Por quê? – April perguntou, a sobrancelha arqueada.

– Eu ia ver como ele estava... sabem, irmãos de casa, aquele lance de uma mão lava a outra – disse Sade, tentando parecer tranquila, apesar de sentir como se, de repente, estivesse sendo interrogada.

– Hum, isso é legal... Acho que não falo com os meus irmãos de casa há anos. Eles eram *tão* chatos, sempre me incomodando com uma coisa ou outra.

– Era o trabalho deles fazer isso, April. Esse é o propósito de tudo isso – disse Persephone, tirando o copo de April das mãos dela e tomando um gole. Fez uma careta ao terminar o gole do *suco*.

April revirou os olhos.

– Tanto faz... Sade, se você encontrar o miserável do meu gêmeo, diga a ele que vou cortar o bolo mesmo sem ele.

Sade assentiu, decidindo que não falaria isso para August.

– Certo – disse, dando um último sorriso... e um último olhar a Persephone.

O SOM DE "GREASED LIGHTNIN'" rebombava ao longe enquanto Sade caminhava pelos corredores escuros e bem-cuidados da Casa Hawking.

No início, o acesso às áreas íntimas pareceu ser muito mais fácil do que parecia. Os corredores estavam quase vazios, por isso ela pôde deslizar por eles como se fosse algo invisível. Vagou pelo andar do primeiro ano por um tempo, procurando pistas, mas não encontrou nada. Fez o mesmo no segundo andar e teve o mesmo azar.

No entanto, quando chegou ao terceiro andar, encontrou um problema.

– Ei! Você não deveria estar aqui – uma voz rouca gritou atrás dela enquanto Sade se movia pelo corredor do terceiro ano.

Ela se virou e encontrou dois garotos altos vestidos como gladiadores. Um deles tinha cabelos pretos ondulados e uma expressão séria. O outro, com cachos louro-avermelhados, parecia confuso.

Baz estava certo sobre os cães de Hades.

– Estou procurando o meu amigo – disse Sade, engolindo em seco.

– Que amigo? – um dos gladiadores perguntou.

– August... Ele é o meu irmão de casa – ela respondeu, embora eles não parecessem muito convencidos.

– Qual é o número do quarto dele, então? – perguntou o mesmo gladiador, com os braços cruzados e a sobrancelha levantada.

– Trezentos e vinte – disse Sade, com confiança, como se o visitasse sempre.

Os gladiadores se entreolharam e então, para alívio de Sade, assentiram.

– Tudo bem, então – disse o gladiador loiro.

Sem dizer mais nada, eles se viraram e a deixaram sozinha.

Com medo de mais cães de guarda, Sade decidiu encerrar a busca nas áreas íntimas, pois não tinha mais desculpas.

Encontrou o quarto de August e bateu à porta com força, esperando um instante e escutando a movimentação atrás da porta. Bateu novamente, desta vez ouvindo um gemido seguido de passos, antes que a porta fosse aberta, revelando um August parecendo chateado.

– Eu já te falei, não sei onde ele... Sade?

O aborrecimento de August se dissipou de imediato quando viu que se tratava dela, evidentemente surpreso.

– Olá – disse ela.

– Não era a minha intenção gritar com você... Quero dizer, eu não estava gritando com você... Pensei que fosse o Francis, mas, de qualquer modo, sinto muito. Olá, entre – disse August, dando um passo para o lado e deixando Sade entrar em seu quarto. – Desculpa pela bagunça – disse ele enquanto empurrava as coisas para os cantos.

A fantasia dele estava pela metade e as suas roupas normais estavam jogadas.

Os movimentos erráticos dele a lembraram de Elizabeth naquele primeiro dia, quando ela mostrou o dormitório delas.

– Está tudo bem? Você parecia um pouco desanimado lá embaixo... April disse que você não estava tendo um dia bom.

August balançou a cabeça.

– É claro que ela diria isso. Sabe, hoje de manhã eu falei pra ela que preferia treinar a ter que ir em uma festa com gente que eu, particularmente, não quero ver no momento. Sabe o que ela fez? Ligou para Maxine e me dedurou, aí sou obrigado a me tornar o fantoche da April. Tenho certeza que ela logo vai perceber que não pretendo voltar à festa e vai me dedurar novamente.

Sade sentiu-se péssima por, basicamente, chamar a atenção de April para o fato de que não encontrava August.

– Quem é Maxine? – perguntou.

– Nossa mãe – ele respondeu com amargor.

As sobrancelhas de Sade se ergueram ao ouvir aquilo. Ela nunca tinha chamado os seus pais pelo primeiro nome. Sabia que as pessoas costumavam fazer isso... mas, ainda assim, isso a pegou de surpresa.

O nome *Maxine Owens* parecia familiar. *Não era aquela grife de joias?*

– Ah... bem, que droga. Lamento que não esteja aproveitando o seu aniversário.

August sentou-se na cadeira da escrivaninha e a encarou.

– Tudo bem. Honestamente, seja como for, não sou muito fã do nosso aniversário. Nunca fui. April sempre o comemorou, e eu sirvo de testemunha.

Sade assentiu sem jeito, não querendo ultrapassar os limites, mas também querendo proporcionar algum conforto.

Olhou o quarto dele, prestando atenção no espaço. Ele tinha dois pôsteres enormes de Michael Phelps pendurados perto da cama, junto com uma citação do nadador: "*coma, durma e nade*"; um guarda-roupa enorme; e uma escrivaninha. Sade fez uma pausa quando percebeu que não havia outra segunda cama, apenas uma cama de casal empurrada para o canto.

– Você não tem um colega de quarto?

August sacudiu a cabeça.

– O quarto dele é pra lá, a gente compartilha apenas o banheiro – disse, apontando para uma porta amadeirada de correr.

– Espera... então quer dizer que você basicamente tem um quarto só para você – disse ela devagar, embasbacada com a inequidade da situação.

– É – disse ele.

– Sortudos de uma figa. Sabia que o resto de nós, a plebe, tem que dividir um quarto que é a metade deste?! Vocês estão chantageando o conselho da escola ou alguma coisa do tipo?

– Vantagens da Casa Hawking, acredito – disse ele, sorrindo.

– Não estou engolindo essa – Sade respondeu. –Acho que vocês estão escondendo alguma coisa.

– Eu juro, não tem nada de escuso rolando. Nós apenas somos os escolhidos por Deus.

Ela sacudiu a cabeça.

– Isso é besteira, e você sabe disso.

Ele gargalhou ao ouvir aquilo e ela sorriu.

– Ahá! Sabia que você conseguiria fazer isso – disse ela.

– Isso o quê?

– Sorrir. Não vi você fazer isso em nenhum momento hoje, você estava acabando *pra valer* com o clima.

Ele bufou, fingindo estar ofendido.

– Uau. Você é um doce de pessoa.

– Eu sei – respondeu Sade, caminhando em direção a um pufe nas proximidades, mas acabou tropeçando sem querer num moletom com capuz jogado no chão. – Ah, me desculpa...

Ela parou assim que viu a estampa nas costas do moletom.

Parecia muito familiar.

Preto e com uma estampa abstrata – que ela agora conseguia discernir, definitivamente, como o contorno de um peixe.

Era bem parecido com o moletom que aparecera na câmera de segurança.

Ela não tinha conseguido discernir nenhum outro detalhe na filmagem, mas o moletom de August dizia *Owens*, assim como levava o número 23.

– Tudo bem... Eu deveria parar de deixar as minhas roupas jogadas pelos cantos – disse ele.

Sade continuou encarando.

– É um belo moletom.

– Pois é. Foi um presente que ganhei no primeiro ano, quando entrei para o time de natação.

Sade ergueu os olhos.

– Todos vocês ganharam um?

Ele assentiu.

– Sim, todo mundo. O time feminino e o masculino. Eu uso de pijama na maior parte do tempo. Hoje em dia, usamos as jaquetas esportivas dos nossos patrocinadores na maioria das vezes... Webber fica irritadinho se a gente não faz isso. Eu costumava ter muito orgulho disso tudo, fazer parte do time, ter o moletom e a jaqueta, mas ser reserva não é algo que valha a pena ser celebrado hoje em dia.

Sade sentou no pufe e cruzou as pernas.

– Acho bem legal, na verdade... ser reserva. E eu acho que você será um baita capitão um dia.

August não falou a princípio, mas então deu de ombros.

– Vai saber.

– A propósito, comprei um presente de aniversário para você – disse ela, lembrando-se da outra caixa que trouxera, agora enfiada na bolsa.

Sade a pegou e a jogou para August, que parecia intrigado.

Ele sacudiu, mas, diferente de April e Juliette, não parecia saber o que era.

Abriu com cuidado, arregalando os olhos quando viu o conteúdo da caixa.

– Sem chance – disse, tirando os óculos de natação dali de dentro.

Sade notou que, apesar de ser um *Owens*, August por algum motivo não tinha um par de óculos de natação sueco, algo que, por mais que fosse esquisito para um nadador de elite, combinava com a ideia que ela tinha de August. Ele não parecia se empolgar muito com modas ou coisas tecnológicas.

Ela tinha escolhido os óculos que ela mesma sempre usava. Os melhores.

– Obrigado – disse ele, os olhos iluminados.

– Talvez agora você fique tão bom quanto eu – disse ela.

Ele riu de novo. Aquilo era música para os ouvidos dela.

– Você é malvada, Hussein – ele falou.

– Mas justa – ela respondeu.

O sorriso pareceu apenas crescer e a expressão dele informou a ela que o aniversário dele não era mais uma ocasião tão horrível quanto ele estava esperando.

Ele se levantou, colocando os óculos de volta na caixa e a guardou em algum lugar do guarda-roupa.

– Vou pegar uma água. Por mais que você seja malvada, eu não me importaria de pegar uma bebida para você. Algum pedido? – ele perguntou.

– Suco está bom – disse ela.

Ele assentiu.

– Já volto, só vou ali na máquina de venda.

A boca de Sade despencou.

– Vocês têm máquinas de venda?

– Claro – disse ele, caminhando até a porta e, ao sair, acrescentando: – E uma Jacuzzi coberta!

Os meninos da Hawking deviam saber de alguma sujeira do diretor Webber, no mínimo, e, por mais que Sade não pudesse provar nada daquilo, a intuição dela raramente falhava.

Sentou-se no quarto silencioso por um tempo antes do início de uma vibração.

August tinha deixado para trás o telefone dele, que ficou tremendo sem parar até cair da mesa e ir parar no chão, levando consigo a chave de acesso.

Ela descruzou as pernas, esticou-se e pegou os dois. Mas, assim que vislumbrou a tela, deteve-se enquanto o telefone tremia na mão dela.

Notificações de algum grupo de mensagens apareciam.

Nova mensagem de dragão roxo: suco de maçã e vodca não são uma boa mistura, onde Jack estava com a cabeça?

Nova mensagem de leão verde: a proporção está bem errada, mas ainda gera bons resultados

Sade tentou abrir a mensagem, a curiosidade tomando conta dela, mas foi impedida pelo pedido de senha.

Conforme as notificações se acumulavam, as mensagens pararam de aparecer individualmente.

Você tem 12 mensagens não lidas do grupo Os Pescadores.

– O que... – ela sussurrou enquanto a vibração continuava.

Os Pescadores...

– Sentiu saudades? – A voz de August ressoou atrás dela.

Ela largou o telefone de volta na mesa e rapidamente se ajeitou no pufe.

– Não, fiquei mais do que contente em ficar aqui sozinha lendo a sua lista na parede de tarefas a serem entregues – disse ela, o coração batendo descompassado no peito.

– Espero que a leitura não tenha te entediado – ele respondeu.

A mente dela voltou para o telefone. Alguma coisa parecia errada naquilo tudo...

– Nem um pouco – ela respondeu, ficando de pé e tirando o telefone da bolsa.

De algum modo, ela já estava na festa havia uma hora e ainda não tinha concluído o que fora fazer.

– Na verdade eu tenho que ir, prometi a um amigo que o ajudaria com uma coisa.

August pareceu levemente desapontado, mas assentiu.

– Aqui o seu suco para a viagem – disse.

Ela pegou o suco com uma mão, mantendo o cartão de acesso da Casa Hawking na outra.

– Obrigada, Augustus. Quer que eu traga uma fatia de bolo da festa para você?

Ele sacudiu a cabeça.

– Estou de boa. Acho que só vou nadar um pouco – disse ele.

– Divirta-se, menino-peixe – disse ela.

Ele riu.

– Não vou mentir, de repente passei a preferir Augustus.

– Que pena – disse ela. – Acho que menino-peixe combina bem mais com você.

QUANDO SADE VOLTOU PARA O salão comunal, não encontrou Baz em lugar nenhum, por isso lhe enviou uma mensagem.

S: Quase fui pega por uns Cães de Hades lá em cima, por isso não deu para explorar muito das áreas íntimas, além disso está muito lotado aqui para vasculhar direito, mas acho que tenho um plano b pra gente entrar na Hawking quando todo mundo tiver ido embora... Cadê você?

O telefone dela vibrou no mesmo instante com a mensagem do loiro em questão.

B: Pois é, tentei dar uma olhada na sala de jogos, mas havia corpos demais por lá... além disso, estou aqui na frente, perdi o meu cachecol de Ken em algum canto.

A *frente* dependia do local em que alguém se encontrava numa sala.

Ela olhou pelo salão em busca de um tufo loiro de cabelo, mas, ao contrário de quando o cabelo dele era rosa, o loiro não era uma cor muito única e fácil de se encontrar naquela multidão.

– Bárbara! – Ela ouviu uma voz chamar e imediatamente se virou, dando de cara com um Baz que sorria de orelha a orelha.

– Você encontrou o cachecol? – perguntou Sade.

– Não, ainda perdido. Eu vi por aqui pela última vez... Espero que os Ladrões da Turing não o tenham levado. Gosto bastante daquele cachecol – disse Baz solenemente. – Como você conseguiu escapar dos cães sem ser esfolada viva?

– Falei para eles que estava indo até quarto de August, o que eu de fato estava fazendo – ela respondeu.

Baz levantou a sobrancelha.

– Achei que o seu *lance* fosse com o Jude.

– Eu não tenho um lance com ninguém. Estava apenas conversando com o meu irmão de casa, que, por acaso, também é o aniversariante – ela respondeu. – Cadê o seu lance, a propósito? Kwame, não é?

Baz riu.

– Lance? O Kwame nem gosta de mim assim.

– Ah, é? Por que ele se aproximou da gente mais cedo, então? – ela perguntou.

– Ele precisava de ajuda com a lição de alemão. Atleta típico, só usa o garoto solitário para conseguir ajuda.

Sade pestanejou para ele.

– Baz.

– Sim? – ele respondeu.

– Você é péssimo em alemão.

– Belo jeito de chutar cachorro morto.

Ela riu, colocando as mãos nos ombros dele.

– *Não*. Quero dizer, o seu alemão é *péssimo* mesmo. É você quem vive me falando que o seu professor te implorou para escolher outra matéria. E o fato de ele dizer isso na frente da turma inteira ...

– Sim, meu professor é baixo-astral, e daí?

Era tão óbvio, mas ainda assim o amigo loiro dela não conseguia enxergar.

– Kwame te pediu ajuda com o alemão...

Ele assentiu, a ficha caindo aos poucos.

– Ah.

– Pois é.

Sade sorriu.

– Eu já volto... – ele respondeu, e então saiu andando sem dizer mais nenhuma palavra.

Enquanto Baz ia atrás de Kwame, Sade decidiu esperar num canto.

A festa ainda estava agitada.

Perto da entrada ela viu um cesto abaixo de um pequeno aviso: ACHADOS E PERDIDOS. Um pequeno cachecol creme de seda parecia estar saindo do topo. Um que se parecia bastante com o cachecol de Ken que pertencia a Baz.

Ela foi até lá e, olhando de perto, não lhe restou dúvidas de que era, realmente, o cachecol perdido. Pelo menos alguma coisa tinha sido encontrada naquela noite.

Sade tirou o cachecol do cesto de itens havia muito esquecidos. Uma arca do tesouro das almas perdidas. Algumas coisas pareciam estar ali havia anos, com arranhões e resíduos de poeira. Outros itens eram claramente novos. Como um ioiô de metal brilhante, uma bolsa gasta com a frase *aqui somos todos loucos!* e... um colar de trevo-de-quatro-folhas com o nome *Connor* grafado.

Isso a lembrou de todos aqueles trevos-de-quatro-folhas pela bota de Elizabeth.

Gostei desses adesivos nos seus sapatos, Sade lhe dissera.

São para trazer boa sorte, foi o que Elizabeth respondeu.

Ela sentiu uma pontada por dentro.

Voltou-se para a bolsa do País das Maravilhas e se perguntou se Persephone tinha ficado na festa.

Uma parte de Sade torceu para que não fosse o caso, para que ela pudesse continuar culpando o seu sistema nervoso hiperativo pelo calor no salão e não, definitivamente, a loira profana – ou, pelo menos naquela noite, por causa da fantasia, a ruiva profana.

Sade desviou a atenção do cesto de ACHADOS E PERDIDOS, procurando algum sinal de Baz pelo salão.

Enquanto os olhos dela vagavam, viu uma pessoa ruiva diferente: Francis. Ele estava do lado de fora do prédio, conversando com Jude, parecendo outra vez todo agitado por algum motivo. Ela o viu empurrar Jude, claramente bêbado ou coisa parecida, mas foi arrastado para longe por outra pessoa.

Havia um professor por perto, ocupado demais enquanto comia uma tigela de batata frita para notar a comoção do lado de fora.

– Consegui, vamos embora – disse Baz, sem fôlego, ao encontrar Sade novamente.

Ele tomou o braço dela e foi andando pela multidão, dando um jeito de catar uma caixa de doces no caminho. Enquanto isso, Sade mal teve tempo de jogar a caixa de suco dela fora.

– Conseguiu o que? – ela perguntou enquanto o seguia.

– Beijei Kwame. E agora preciso cair fora antes que ele me encontre e faça mais perguntas.

– Você o quê?! – Sade perguntou assim que saíram na noite.

Baz esfregou os olhos e suspirou.

– Vou evitá-lo eternamente a partir de agora. Vou sair da equipe de remo, e talvez eu faça a alegria do meu professor de alemão e abandone aquela matéria também...

– Do que você está falando? Kwame te rejeitou? – ela perguntou, sentindo-se mal por tê-lo encorajado a ir atrás dele.

Ela estava tão certa daquilo.

Baz sacudiu a cabeça.

– Não, eu nem lhe dei a chance de fazer isso. Simplesmente saí correndo de lá. Mas, tudo bem, não preciso saber disso agora. Se tiver sido um vexame, eu posso simplesmente culpar o suco de maçã – disse.

Cada dia que passava com ele mostrava a Sade, mais e mais, que o seu novo amigo era a pessoa mais estranha que ela já tinha tido o prazer de conhecer.

– Você é ridículo, Basil dos Santos – disse enquanto caminhavam pelo caminho rumo à Seacole.

– Não, eu sou irlandês – ele respondeu com simplicidade.

Assim que voltaram para a Casa Seacole, Baz fez um chá para Sade, e os dois se sentaram na sala comunal silenciosa para os relatos.

O único barulho vinha das embalagens dos doces roubados que Baz destrinchava.

Sade ergueu o cartão de acesso que tinha roubado do quarto de August.

Aquele que, ela esperava, podia abrir todas as entradas da Casa Hawking, visto que ele era o suplente do monitor-chefe.

– Como conseguiu isso?

Roubo e manipulação sutil, ela queria dizer, mas em vez disso respondeu:

– Encontrei no chão e imaginei que seria muito mais fácil entrar em Hawking com isso num dia mais calmo, quando não houver tantos *cães* por perto – disse ela.

A mentira escapou com facilidade, como sempre acontecia. Sade não tinha certeza do que Baz pensaria se ela dissesse que tinha roubado a chave de alguém.

Por outro lado, ele tinha roubado doces e um animal vivo inteiro do laboratório de ciências...

– Que sorte – disse ele e, por algum motivo, soou sarcástico, como se percebesse a mentira. Embora, provavelmente, fosse apenas a consciência pesada de Sade. – Que tal irmos amanhã de manhã ou à tarde? Procurar nas áreas que não conseguimo hoje.

– De tarde eu não posso – disse. – Meio que tenho um encontro.

Baz parou de comer.

– Com quem? August? – perguntou.

Sade limpou a garganta, um pouco sem jeito antes de falar:

– Jude, na verdade.

Os olhos de Baz se arregalaram.

– Caralho, não pode ser.

– É só porque perdi uma aposta, não é nada sério.

Baz recostou-se, encostado na parede com um sorriso malicioso.

– Claro. De manhã, então, já que você estará ocupada à tarde.

Ela assentiu.

– De manhã pode ser...

– Eu me pergunto se ele vai te levar para Londres... geralmente é o primeiro passo dele antes de Paris.

– O quê?

– Judas – ele respondeu.

Sade suspirou.

– Achei que já tivéssemos superado isso.

– Eu não. Não tenho certeza de que algum dia serei capaz – disse ele.

– De qualquer modo, sim, pela manhã. Podemos nos encontrar por volta das dez?

– Tudo bem por mim – disse Baz, ainda ostentando um sorriso travesso enquanto colocava alguns doces da caixa na boca.

Então, Baz a colocou no chão e esticou a mão até uma estante próxima para pegar um jogo de tabuleiro.

– Quer jogar? – perguntou.

Eles ainda tinham algum tempo, já que o toque de recolher era bem mais tarde nos fins de semana e, com a festa dos Owens, dava sinais de que, naquele dia, seria ainda mais tarde. Ela assentiu.

Enquanto Baz arrumava o tabuleiro de Lig 4, Sade se perdeu dentro de si mesma. Os pensamentos saltando de um ponto a outro, da chave que tinha roubado, ao encontro com Jude, a todas as coisas que ela tinha se proposto a fazer e que ainda não tinham sido feitas. O tempo continuava a lhe escorrer, passando tão rapidamente que ela mal conseguia dar conta de acompanhá-lo.

– Prontinho. Eu sou o amarelo, você é o vermelho – disse Baz, posicionando o tabuleiro entre eles.

Decidiram quem ia jogar primeiro através de joquempô.

– Melhor de três – disse Sade.

Baz assentiu e depois estendeu o punho.

Depois que ela cobriu a "pedra" dele duas vezes com "papel", o universo decidiu que Sade iria primeiro.

Ela inseriu a primeira peça em um dos espaços, ouvindo o som familiar do plástico estalando.

– Nunca entendi a lógica por trás do joquempô... sinto que, muito certamente, uma pedra romperia o papel, especialmente se for uma daquelas com bordas muito irregulares. Além disso, um papel não necessariamente vai ser destruído por um corte de tesoura, não é possível ser derrotado por um único rasgo ou corte; que tipo de mensagem estamos passando para as crianças?

– Basil, é a sua vez – disse Sade.

Jogaram Lig 4 duas vezes antes de passar para Cobras e Escadas, depois Ludo, seguido por tudo o mais que Baz conseguiu encontrar nas prateleiras da sala comunal da Seacole (o que, reconhecidamente, não era muita coisa).

Jogaram duas vezes cada jogo que havia na sala comunal, e Baz foi derrotado em todas as partidas.

– Esses jogos estão adulterados! – Baz anunciou enquanto apontava acusatoriamente para o Lig 4.

– Eles não estão adulterados – respondeu Sade.

– Isso é o que você diz... você ganhou todas as partidas. Ou é um jogo roubado ou você está usando bruxaria.

– Sem dúvida a última opção... – disse ela, mexendo os dedos.

Baz semicerrou os olhos para ela.

– Mais uma rodada – disse ele.

– Está quase na hora do toque de recolher...

– Só mais uma, só preciso ganhar uma.

Sade olhou do relógio para o desespero estampado no rosto de Baz.

– Tudo bem – disse, arrumando o jogo mais uma vez.

Enquanto colocava as peças de volta no lugar, ela podia sentir o olhar de Baz pousado nela.

Como esperado, Baz perdeu de novo.

– Ok, então o jogo não está adulterado. Eu apenas sou péssimo – declarou por fim, então disposto a admitir a derrota.

Não era tanto o fato de ele ser péssimo nos jogos, mas sim de Sade ser muito boa neles.

Tendo passado tanto tempo trancafiada em casa, ela teve tempo de praticar, e alguém igualmente capaz com quem treinar.

E, portanto, tornara-se boa naquilo. Todavia, bom talvez fosse um eufemismo.

– Com o tempo você melhora – Sade falou presunçosamente.

Ele estava carrancudo enquanto guardava as peças na caixa.

– Queria que tivéssemos copiado aquela inscrição da caixa de música. Aquela com as iniciais endereçadas a Elizabeth – Baz soltou de repente.

Sade assentiu.

– Idem, embora não possamos fazer muito a respeito disso agora. Nem sequer temos provas da existência dela.

– Talvez não precisemos ligar para a existência dela. Quando estávamos nos preparando para o plano Hawking, fiquei pensando se deveríamos nos concentrar mais na inscrição. Até onde sabemos, a pessoa que fez a inscrição pode ser a mesma que enviou o e-mail, assim como também pode ser a pessoa que sabe o que aconteceu com Elizabeth naquela noite. Talvez seja a nossa outra terra molhada.

Sade ponderou a respeito.

Às vezes, para enxergar adiante, é preciso olhar para trás.

– Talvez devêssemos fazer isso amanhã – Baz falou de repente.

– Fazer o quê?

– Encontrar TG. Descobrir nos registros escolares quais alunos compartilham as mesmas iniciais e começar a partir daí.

Era tão simples e, mesmo assim, Sade não pensara em fazer aquilo antes.

Sade pensou outra vez nos últimos movimentos conhecidos de Elizabeth. Que o aplicativo de rastreio mostrou que estava entre a Casa Hawking e o Centro Newton... mas ainda perto dos alojamentos dos funcionários.

– Não só os alunos – disse ela. – Todo mundo. Os professores também.

21

DOMINGO

A EQUAÇÃO TEDDY

HAVIA ALGUMA COISA NOS DOMINGOS que fazia com que Sade se sentisse ansiosa.

Um sentimento esquisito, inquietante, de que alguma coisa estava errada.

Talvez fosse a expectativa infundada de uma nova semana.

Ou talvez fosse porque, na casa dela, a tragédia parecia sempre chegar num domingo. A mãe dela morrera num domingo, e o pai dela costumava voltar de suas viagens de trabalho aos domingos, trazendo uma atmosfera desagradável consigo. Talvez fosse por causa disso.

E agora parecia que aquele terror que sempre esteve ali piorara por causa de tudo que tinha acontecido.

Na manhã do domingo após a festa de Halloween, uma batida forte ressoou à porta dela e, por um momento, a mente de Sade se convenceu de que Elizabeth tinha voltado. Naqueles segundos fugidios, antes de o lado racional do cérebro assumir o controle, ela sentiu como se o coração estivesse prestes a explodir no peito e desaparecer, os pelos de seus braços se arrepiaram, e um leve suor se formou na superfície da pele.

Então, ao questionar o motivo de ter ficado tão assustada para início de conversa, os sintomas físicos da ansiedade perene diminuíram, e ela conseguiu pensar com clareza mais uma vez.

Quando ela abriu a porta, porém, não havia ninguém. Apenas um buquê de girassóis com um bilhete enfiado entre as pétalas.

Aguardo ansiosamente te ver na tarde de hoje – JR

PS: Não pergunte aonde iremos – é um segredo

Ela quase tinha se esquecido da partida que perdera no dia anterior, e do encontro que Jude tinha prometido.

Quase porque tinha sido a única coisa na qual conseguira pensar durante toda a última noite.

Não era como se ela *fosse obrigada* a ir um encontro com Jude; a partida não era um contrato assinado. Mas sair com ele poderia ajudá-la a decifrá-lo. Naquela toada de *mantenha os amigos por perto* e tudo mais.

Colocou as flores perto da não-me-esqueças e se deitou no colchão, encarando o teto e tentando esvaziar o máximo da mente antes de ter que se levantar para se encontrar com Baz em meia hora, para a *missão* deles.

O plano, tinham decidido enfim, seria tentar bisbilhotar a Casa Hawking de novo tão somente se não tivessem sucesso com a que Sade nomeara de *Operação Thistle*: que envolvia distrair a sra. Thistle por tempo o bastante para que pudessem dar uma olhada em todos os registros de alunos e professores que ficavam nos arquivos da recepção.

Qualquer um com as iniciais *TG* seria um suspeito.

Sade apenas torcia para que qualquer nova descoberta não levasse a mais perguntas insolúveis. Precisavam de alguma coisa que pudessem levar a Webber e Blackburn, para convencê-los de que o caso não estava encerrado – que Elizabeth não estava em Birmingham, e que ela poderia muito bem estar em perigo ou...

O telefone dela vibrou de repente, exibindo uma mensagem de Baz.

B: Houve um pequeno atrito doméstico entre Muffin/Colega de Quarto, te vejo na entrada principal.

S: Tudo bem, te vejo daqui a pouco, ela respondeu, optando por não fazer nenhuma pergunta.

Do jeito que estava, o cérebro dela já se encontrava em parafuso. A ansiedade retorcia seus pensamentos em um mosaico de barulho. *Jude. Jam. Thistle. TG. Jam. Jude. Elizabeth. TG. TG. TG.*

Quando Sade fechava os olhos, ainda conseguia ver as inscrições na caixa.

Para a minha querida Elizabeth – TG

Quem era TG?

Iriam descobrir.

• • •

– **CLIMINHA TERRÍVEL ESSE, NÃO É?** – a sra. Thistle falou assim que Sade se aproximou da recepção.

Sade deu de ombros.

– Eu gosto bastante de chuva.

A sra. Thistle pareceu chocada.

– Nunca entendi esse pessoal que gosta do outono. Preferiria muito mais estar num país quente, tropical, a congelar no meio do nada, mas aqui estamos.

Sade sorriu. A sra. Thistle era que nem um raio de sol, tudo que ela fazia ou dizia conseguia iluminar até mesmo o mais escuro dos lugares.

– De qualquer modo, já chega de falar do tempo. Precisa de alguma coisa, querida? Fiquei ocupada a manhã inteira tentado organizar a papelada de que não consegui cuidar ontem, por causa de toda a barulheira e confusão da festa.

– Hum, sim... Eu estava me perguntando se você teria alguma bolsa de água quente. Bati feio o meu joelho ontem à noite. Achei que fosse passar ao dormir, mas só piorou.

A sra. Thistle baixou o olhar para o joelho perfeitamente saudável de Sade e então voltou-se de novo para o rosto dela, com o qual a garota tentava produzir uma careta convincente. Sade não tinha certeza se estava funcionando.

Se a sra. Thistle conseguia perceber que mentia, não o demonstrou.

– Ah, minha querida – disse a sra. Thistle, com uma careta que pareceu genuína. – Você já deu uma passada na enfermeira?

Sade sacudiu a cabeça.

– Eu não sei onde fica.

Outra mentira.

A enfermaria ficava do outro lado da escola. Provavelmente teria demorado tanto para ir até lá quanto demorara para chegar à recepção.

– As bolsas de água quente ficam com a enfermeira... Quer que eu a chame para dar uma olhada no seu joelho? Posso pedir para que traga uma bolsa.

Sade sacudiu a cabeça.

– Não, sério, não está tão ruim assim. Só queria alguma coisinha para a dor.

A carranca da sra. Thistle ficou ainda mais pronunciada.

– Normalmente nos certificamos de que os alunos sejam examinados antes de administrar alguma coisa do tipo...

– É o meu útero – Sade falou de repente, interrompendo a sra. Thistle. – Não o meu joelho. Estou menstruada.

Isso fez com que as sobrancelhas da sra. Thistle levantasse de surpresa.

– Ah – disse ela.

Tentou parecer constrangida por ter que admitir que estava menstruada. Ainda que não houvesse nada de vergonhoso nisso, Sade sabia que era uma das poucas coisas que faziam com que as pessoas ficassem imediatamente confusas e parassem de fazer perguntas.

– Estou tendo cólicas terríveis e...

– Não diga mais nada – disse a sra. Thistle, gesticulando. Levantou-se da cadeira com esforço. – Já volto com uma bolsinha. Pode vigiar a minha mesa enquanto isso?

Sade sorriu para ela.

– Claro, sra. Thistle. Obrigada pela compreensão.

A sra. Thistle retribuiu o sorriso, batendo no ombro de Sade.

– Sem problemas, querida. Você não é a primeira aluna a me procurar com um *problema pessoal* nem será a última. Já volto.

Sade a observou trotar rapidamente pelo corredor. Esperou até que ela dobrasse a esquina antes de pegar o telefone.

S: Ela já saiu

Baz emergiu das portas de entrada, deslizando silenciosamente com a gaiola do porquinho-da-índia na mão.

– Acredito que temos uns quinze minutos antes de ela voltar – disse, colocando a gaiola no balcão. – Vou ficar de vigia enquanto você vasculha os armários.

Sade concordou, olhando para trás em busca de qualquer sinal de um dos professores ou seguranças antes de adentrar a recepção e seguir rumo à parede com fileiras e fileiras de arquivos.

– Qual deles? – ela perguntou.

– Os cinza no canto direito – ele respondeu num tom de sussurro.

Sade não questionou como ele poderia saber daquilo, assim como não tinha questionado outras coisas esquisitas que Baz fizera. Em vez disso, ela rapidamente foi até o par de armários cinza, um de alunos e outro de professores.

Começou pelo dos professores, o que não demorou muito, afinal havia menos professores do que alunos.

Numa análise rápida, ela determinou que não havia nenhum docente com as iniciais desejadas, por isso passou para o arquivo de alunos.

Notou uma etiqueta pequena no topo do segundo armário que dizia ALUNOS 1–4 e uma seta apontando para baixo, onde outras etiquetas menores anunciavam de qual ano era cada arquivo.

Sade puxou a gaveta dos alunos do primeiro ano e encontrou inúmeras pastas das mais diferentes cores, cada cor correspondente a uma casa, tudo em ordem alfabética do sobrenome. Trabalhou com rapidez, analisando os arquivos em busca das iniciais de cada estudante. Encontrou dois com as iniciais TG: Theresa Gorman e Truman Grant. Depois de um momento, no entanto, ela se deu conta de que a probabilidade de TG ser alguém do primeiro ano era quase nula, já que só teriam ingressado na AAN havia poucas semanas.

Ela pairou sobre os nomes de Tommy Hilthorpe (TH) e Samantha George (SG), então fechou a gaveta.

Abriu a do terceiro ano, estudando os arquivos e notando nomes de alunos com os quais já tinha conversado em sala de aula ou dos quais já ouvira falar, mas que não conhecia pessoalmente.

Na letra *H*, Sade viu o arquivo dela. Era uma pasta toda preta – a cor da gravata da Casa Turing – e dizia *Sade K. Hussein.*

Olhou para o relógio na parede. Tinha mais ou menos sete minutos e meio para ver tudo.

– Já encontrou alguma coisa? – disse Baz.

Puxou rapidamente o arquivo, abrindo-o de uma vez.

– Ainda não – respondeu Sade enquanto lia a primeira página de sua pasta.

SADE KEHINDE HUSSEIN

SEM NENHUM PARENTE IMEDIATO VIVO

MÃE – SUICÍDIO

PAI – CAUSA DA MORTE NÃO REVELADA

CONTATO DE EMERGÊNCIA: YINKA HUSSEIN (TIO)

– Sade, temos mais ou menos três minutos – disse Baz, arrancando os olhos dela do arquivo.

Como o tempo tinha voado daquele jeito? Ela enfiou o arquivo de volta na gaveta e rapidamente olhou os outros nomes.

Ainda sem sorte.

Foi só na gaveta dos alunos do quarto ano que encontrou alguma coisa.

Enterrado nos arquivos azuis dos estudantes do quarto ano da Casa Hawking estava um único aluno com as iniciais que ela desejava.

Theodore Grenolde.

Sade pegou o arquivo dele sem demora e o folheou.

Fazia parte do time masculino de lacrosse. Um aluno que tirava boas notas na maioria das matérias, exceto Inglês, na qual ele ia mal. Ele estava tentando ingressar em várias das maiores universidades do país e... era o presidente recém-eleito do clube de biologia da escola.

– Acho que encontrei uma coisa! – disse ela, tentando manter a voz baixa.

Quase no fundo da gaveta ela conseguiu ver o nome *Jude Ripley* despontando.

– Não temos tempo, pegue o que for preciso. Eu devolvo mais tarde.

– Espera! – disse ela, fechando a gaveta. – Tudo certo, acabei.

Saiu da recepção alguns segundos depois com o arquivo azul. Baz o pegou e enfiou discretamente debaixo do braço.

– Tenho que ir antes que a sra. Thistle volte. Te encontro lá no seu quarto.

Sade assentiu, nem mesmo tendo a chance de responder antes que Baz disparasse em retirada com a gaiola na mão.

– Desculpe por ter demorado tanto – disse a sra. Thistle, dobrando a esquina, apressada e sem fôlego. – A enfermaria deveria ficar num lugar bem mais conveniente. – Entregou a bolsa térmica para Sade e um pacotinho com dois comprimidos analgésicos. – Pronto, aqui está. Certifique-se de ficar em repouso.

– Obrigada, sra. Thistle – Sade falou, tentando não se sentir muito culpada por mentir e tê-la feito caminhar até o outro lado da escola.

Quando saiu do prédio principal rumo à Casa Turing, Sade fez um pequeno desvio até um canto onde as câmeras não pegariam os seus movimentos.

Uma vez ali, ergueu o suéter e pegou a outra pasta que dera um jeito de coletar.

O nome do aluno estava escrito em letras garrafais:

JUDE RIPLEY

• • •

BAZ LHE ESPERAVA QUANDO ELA chegou à Turing.

Estava sentado do lado de fora da porta dela, com o arquivo aberto no colo e a gaiola perto da perna.

– Ei, encontrou terra molhada? – ela perguntou enquanto pegava a chave.

Abriu a porta e deixou que Baz entrasse.

– Muita terra, cheia de minhocas e sujeira – disse Baz. – Sabia que Teddy era a nêmesis de Elizabeth.

– Teddy? – indagou Sade.

– Theodore Grenold – respondeu Baz. – Mais conhecido como Teddy.

– Como assim, a nêmesis dela? Não sabia que as pessoas tinham isso na vida real.

– Foi por causa de Teddy que ela foi destituída do cargo de presidente do clube de biologia. Ele queria o cargo e a dedurou para a sra. Choi. Eu deveria ter suspeitado dele desde o início, mas, honestamente, ele é bem esquecível, muito entediante na vida real.

Que interessante. TG tinha que ser ele... Era coincidência demais para não ser.

– Mas, se eles eram inimigos, por que ele daria uma caixinha de música para ela? – questionou Sade. Pensou no que August dissera sobre Elizabeth também sair com outros caras. – Você acha que havia alguma coisa escondida no ódio mútuo deles, alguma coisa que ia além de competição? Talvez eles tenham ficado. Ela chegou a falar dele antes de se tornarem inimigos, de uma forma que indicasse que gostava dele? – perguntou.

Baz deu de ombros.

– Honestamente, não sei. Parece que Elizabeth mantinha muito dessa parte da vida dela escondida de mim, por isso sei tanto quanto você. Mas acho que podemos confrontar o Teddy a respeito, ver o que ele sabe. O clube de biologia geralmente se reúne na hora do almoço às segundas e quartas, então podemos topar com ele amanhã e confrontá-lo – Baz falou.

Sade assentiu. Aquela pista parecia estar levando a algum lugar.

– Me parece um bom plano – disse.

Bem naquele momento, Sade ouviu um barulho de agitação violenta que foi seguido por ruídos baixos.

– Muffin acordou – disse Baz. – É melhor ir e alimentá-la antes que os acontecimentos de antes se repitam.

Ela concluiu que se tratava de alguma coisa relacionada ao problema doméstico Muffin/Colega de Quarto do qual ele tinha falado.

– O que aconteceu? – perguntou enquanto Baz se movia no rumo da porta.

– Muffin estava com fome e tentou comer o ursinho de pelúcia favorito do Spencer, o meu colega de quarto. Ela conseguiu arrancar uma orelha e Spencer ficou puto e ameaçou dar descarga nela. Ele, literalmente, a segurou acima do vaso e gritou na cara dela.

Os olhos de Sade se arregalaram involuntariamente. Como sempre, nada que saía da boca de Baz era o que ela esperava.

– Não se preocupe, está tudo bem agora. Eu costurei a orelha de volta e Spencer pediu desculpas a Muffin.

Não parecia nada com o Spencer que ela tinha conhecido no outro dia.

– Que estranho e legal da parte dele... Você acha que ele vai te dedurar por estar com Muffin no quarto?

Baz sacudiu a cabeça.

– Acho que não, ele não é um dedo-duro.

Sade assentiu devagar.

Muffin guinchou mais alto, fazendo com que Baz se aproximasse da porta.

– Eu até faria o nosso aperto de mão secreto, mas, como você sabe, ele exige as duas mãos, e as minhas estão ocupadas – disse, apontando para as mãos com o queixo. Então seu rosto deu lugar a um sorriso assustador e malicioso. – Divirta-se hoje. Depois me conta de Paris.

Sade revirou os olhos de forma exagerada.

– Pode deixar – disse. Depois acrescentou em um tom mais sério: – Mas você poderia ficar por perto do telefone, caso as coisas deem errado e eu precise fugir?

Baz assentiu, o sorriso se suavizando no rosto.

– Claro – disse.

Sade se despediu dos dois, observando Baz entrar no elevador e desaparecer, antes de fechar a porta atrás de si e começar a vasculhar suas coisas, à procura de roupas apropriadas para encontros. Ainda não conseguia acreditar que havia concordado com aquilo. Provavelmente tinha sido uma péssima ideia.

Definitivamente é uma péssima ideia, respondeu a voz em sua cabeça. Seguida pela frase de sempre:

Você nunca deveria ter vindo.

A voz interna sibilante continuou a soar, fazendo ameaças e avisos na forma de sussurros ameaçadores.

Sade dispôs algumas opções, tentando encontrar uma roupa que pudesse servir para a maioria das situações, já que Jude não lhe dizia aonde iriam.

Cada opção parecia adequada para uma grande variedade de ocasiões. Menos viagens de longa distância.

Ela só esperava que, aonde quer que Jude a levasse, não fosse até Paris.

22

DOMINGO

PRÓXIMA PARADA, PARIS

JUDE CHEGOU EXATAMENTE ÀS CINCO da tarde, como prometido, batendo enfaticamente à porta dela.

Sade foi saudada pelos familiares olhos azuis e pelo rosto pálido dele. Jude se vestia de modo diferente do que ela pensava que vestiria quando não estivesse com o uniforme escolar. Ainda elegante, mas bem mais informal do que Sade esperava. Como se ele estivesse tentando distraí-la do aroma de *riquinho pegador* que pairava no ar. Jude parecia o tipo de cara que iria ao supermercado usando um terno Armani.

Ela ficou aliviada com a sua própria escolha de vestimenta. Decidira-se por um vestido longo, botas de couro e uma jaqueta. O cabelo, agora livre das tranças habituais, estava preso em um coque baixo. Ela parecia estar vestida adequadamente para o que quer que ele estivesse planejando.

– Oi – ela disse.

– Você está… linda – disse ele, encarando-a, observando-a com cuidado.

Sade estava ciente do fato. Era uma coisa que as pessoas não gostavam que as meninas admitissem saber, mas ela sempre teve consciência de que era linda. Muitas pessoas eram. Lindas, ela queria dizer.

E muitas pessoas bonitas tinham almas horríveis. Sua mãe a tinha alertado para isso.

– Obrigada. Você também não está tão mal – ela respondeu, o que o fez rir.

– Obrigado. Seus elogios a levarão muito longe, Hussein.

Já estava quase na hora do jantar na Casa Turing. Sade não antecipara quantas pessoas estariam fora dos dormitórios, esperando para serem chamadas ao refeitório. Enquanto caminhava pelos corredores e pelas escadas com o menino de ouro da Academia Alfred Nobel, ela podia sentir os olhos delas a perfurando como adagas pelas costas.

– Não sabia que você era famosa – Jude falou quando saíram da casa.

Ela revirou os olhos.

– Sim, deve ser porque eu sou o capitão loiro, alto e irritante do time de natação masculino, então as pessoas me tratam como se Jesus Cristo tivesse voltado.

– Uau, você parece ser um problemão daqueles – disse.

– Sou mesmo, de verdade – respondeu.

Sade o seguiu pelo caminho que levava ao prédio principal. Em vez de ir ao escritório para assinar a saída, Jude continuou caminhando na direção do portão principal, que dava para a estrada.

– Não deveríamos registrar que estamos saindo? – ela perguntou.

Tinha lido no manual de regras que sair da escola sem deixar assinado ou declarar seu paradeiro poderia resultar em suspensão ou até mesmo expulsão.

– Já avisei da nossa saída – disse. – Os privilégios do quarto ano me permitem ir aonde quiser nos fins de semana, desde que tenha o consentimento dos meus pais e volte antes do toque de recolher.

Ela se perguntou quais outros privilégios os alunos do quarto ano tinham. Ainda não havia lido essa parte do manual.

– Já volto – disse ele antes de ir até o segurança que Sade tinha visto em seu primeiro dia na escola. Jude falou alguma coisa para ele antes de entregar algumas notas, depois voltou para o lado dela. – Pronta? – perguntou.

Sade franziu as sobrancelhas.

– Você acabou de... *pagar* o segurança?

– Sim – disse Jude.

– Por quê?

– Caso demoremos a voltar, ele vai nos deixa entrar – disse.

– Por que demoraríamos? – ela perguntou, sutilmente tentando fazer com que ele revelasse aonde iriam.

– Os trens de Londres às vezes não são confiáveis – ele respondeu, encolhendo os ombros.

Isso não a deixou menos ansiosa. Se Jude achava que reter informações fosse romântico, ele estava errado. Era apenas assustador e irritante.

Meia hora depois, estavam na estação de trem.

Jude comprou duas passagens de trem e entregou uma a Sade.

– Aonde estamos indo? – ela enfim perguntou enquanto passavam as passagens e caminhavam rumo à plataforma três.

Jude lançou um sorriso malicioso e disse:

– Paris.

Ela diminuiu o passo por um momento.

– O quê?

– Estou brincando. Você tinha que ter visto a sua cara – disse ele sorrindo. – Faz mais de uma semana que você está na AAN. Sei que provavelmente já ouviu os rumores sobre mim.

Sade levantou a sobrancelha.

– Acho que não. Quais? – ela perguntou, a mentira escapando com facilidade.

– Que eu não sou muito bom com relacionamentos, acho...

– Não é tão bom em que sentido?

Ele soltou um suspiro quando pararam de andar e Sade o observou com uma expressão questionadora.

– Não gosto de perder tempo. Geralmente sei logo de cara se alguém combina comigo e, quando não é o caso, eu termino tudo.

– O que Paris tem a ver com isso? – Sade falou.

Ele deu de ombros.

– As pessoas acham que eu levo as meninas lá para criar um pouco de fantasia antes de terminar com elas, mas eu levo as pessoas até lá porque gosto de Paris. É fácil conhecer alguém em Paris – disse ele.

– Por que não vai me levar para Paris, então? – perguntou Sade.

– Eu não queria que você pensasse que eu estava brincando – disse ele, olhando bem nos olhos dela. – Não vou te levar até lá porque acho que você é diferente... digna de mais do que só Paris.

Sade precisou de um minuto para processar o que ele dizia.

– Sabe de uma coisa, você basicamente acabou de me falar que eu não sou como as outras garotas, o que não é um elogio tão bom quanto os caras pensam. Isso, na verdade, me faz pensar que você *está* brincando.

Jude assentiu, voltando a falar quando o trem para Londres chegou.

– Anotado. Da próxima vez eu te levo até Paris. Assim como todas as outras garotas.

O trem parou e Sade franziu a testa.

– Não. Eu odeio Paris – disse com brusquidão, antes de entrar no primeiro vagão do trem.

A VIAGEM DE TREM PARA LONDRES foi silenciosa. Jude ficou quieto e Sade concentrou-se nas paisagens que passavam pela janela do trem, em vez de na voz em sua cabeça que a mandava correr.

Pensara em enviar uma mensagem para Baz, mas não tinha certeza de como isso a ajudaria. Não era como se ela já lhe pudesse informar onde estava.

Londres era imensa; ali seria difícil de identificar cada movimento seu, como era possível na escola.

Mas, pensando bem... Talvez fosse possível, sim.

Abriu o aplicativo de rastreio Friendly Links e procurou o nome de Baz em sua lista de contatos antes de pressionar o botão de Compartilhar Localização. Desta forma, Baz saberia de qualquer maneira onde ela estava. Isso a fez sentir que enfim poderia relaxar um pouco mais.

Estava chovendo quando chegaram à estação King's Cross. Jude pegou o guarda-chuva e o segurou acima dela.

– Obrigada – disse.

– O que posso dizer, sou um cavalheiro – Jude respondeu.

– Achei que tivesse dito que não era um.

– Você deve ter me ouvido mal – falou, sorrindo.

Depois ele a conduziu até um dos táxis pretos do lado de fora da estação e abriu a porta do carro.

– A propósito, você ainda não me disse para onde estamos indo – disse ela enquanto entrava no táxi enorme.

A porta do carro se fechou e o taxista perguntou:

– Para onde?

E Jude olhou para Sade com um brilho travesso nos olhos ao responder:

– Para o Museu Victoria e Albert.

Quando lá chegaram, o museu estava fechado.

– Está fechado – disse Sade, olhando para a grande placa no exterior do prédio.

As coisas sempre fechavam cedo aos domingos. Ela poderia tê-lo lembrado disso se Jude tivesse contado antes aonde estavam indo.

– Um segundo – disse Jude, dando um passo à frente e pegando o telefone.

Ele fez uma ligação e ela o ouviu dizer ao telefone que ele já estava ali. Um momento depois, um segurança veio abrir o portão.

– Seja bem-vindo outra vez, sr. Ripley. Aqui está a chave: não perca esta aqui, por favor – disse, entregando a Jude uma grande chave de latão.

– Claro – Jude respondeu, erguendo o dedo mindinho. – Prometo.

O segurança pareceu não acreditar nele, como se, àquela altura, aquilo já fosse rotineiro.

– Certifique-se de trancar e...

– Não toque em nada, sim, eu sei – respondeu Jude.

– Divirta-se – falou o segurança, para Sade desta vez.

Diferente uma ova, ela pensou. Era evidente que Jude tinha levado outras garotas ali também. Baz estava certo sobre a fama de galinha de Jude. E já que ela tinha sacado qual era a dele, também podia brincar.

Lançou ao segurança um sorriso que não foi retribuído; ele simplesmente foi embora, deixando os dois na entrada do museu.

– Ele acabou de... te dar as chaves do Museu Victoria e Albert? – ela perguntou enquanto passavam pelos portões.

– Sim.

Ela tinha certeza de que aquilo era ilegal.

– Por quê?

Jude sorriu.

– Você não acreditaria em mim se eu contasse e, além disso... eu teria que te matar.

Sade levantou a sobrancelha.

– Pode tentar, eu sou faixa laranja de judô – disse ela.

Jude não pareceu nem um pouco perturbado com aquilo. Era como se ele já estivesse acostumado a ser ameaçado durante os encontros.

– Espero que você se enrosque em mim um dia – ele respondeu sugestivamente.

Sade revirou os olhos, prestes a dizer a Jude que, claramente, ele era um masoquista, mas se conteve, impressionada ao entrar no museu. Ela pôde ouvir os sapatos dele enquanto caminhava para ficar ao lado dela, admirando o interior também.

A maior parte do lugar estava nas sombras, mas ela conseguia enxergar tudo muito claramente. Os pilares de mármore, o pé-direito enorme, a pedra e a peça delgada verde e azul que pendia do teto como uma das plantas estranhas de Elizabeth. Ela não ia ali desde os seis anos. Não ia a um museu havia muitos anos. Quase tinha esquecido como eram fascinantes.

Caminharam em direção à única exposição iluminada no canto, os passos ecoando enquanto se aproximavam dos retratos fixados nas paredes e das estátuas de figuras nuas feitas de pedra, espalhadas pela sala.

Era como se fossem as duas últimas pessoas em todo o mundo.

– É lindo, não é? – ele disse. – O museu à noite.

É, ela pensou, encarando a garota na pintura a óleo diante dela. Uma expressão divertida se espalhava pelo rosto.

O silêncio e a escuridão fizeram com que Sade se concentrasse mais em seus arredores. Isso deixou tudo mais intenso e tornou as pinturas ainda mais assustadoras. Pinturas destinadas a retratar alguma coisa agradável se tornavam estranhamente mórbidas no escuro. A pintura de uma criança à sua frente parecia tremeluzir e se distorcer, e ela jurou ter visto gotas de lágrimas na borda dos cílios levemente desenhados da criança.

Isso a lembrou de que a infância deveria ser como uma pintura. Pinceladas coloridas nublando as memórias de eventos e pessoas, nada particularmente traumático ou mórbido a ser notado pelo cérebro. Assim, as memórias tornam-se retratos intrincadamente pintados numa tela, prontas para serem exibidas no museu da mente e despertarem a nostalgia de uma época da qual mal se lembra.

Isso é o que a infância *deveria* ser.

Mas a dela não se parecia em nada com uma pintura daquelas. Não havia nada de bonito ou esquecível em suas memórias.

Sade olhou outra vez para a pintura que a encarava de volta. Desta vez, não houve sinal de lágrimas ou tristeza na expressão da criança.

Apenas alegria. Amparada pela segurança dos braços da mãe.

Sade assentiu finalmente, com os olhos vidrados enquanto respondia:

– É lindo.

A DUPLA PASSOU MAIS DUAS HORAS no museu, observando as obras de arte e depois comendo doces no café do museu, também fechado. Jude também parecia ter algum tipo de acordo com os funcionários do estabelecimento, deixando gorjetas quando saíram.

Quando voltaram para a Academia Alfred Nobel, já eram nove horas da noite, e Sade estava exausta.

Enquanto caminhavam até a escola, Jude parou abruptamente, verificando o telefone.

Sade espiou a tela, vendo as notificações piscando. Indagava se ele tinha mandado mensagens para outras garotas durante o encontro. Não ficaria surpresa, dada a reputação dele.

– Conheço um caminho secreto – disse ele, guardando o telefone.

– Por que precisamos de um? Achei que o guarda fosse nos deixar entrar.

– Assim é mais rápido e vai dar menos dor de cabeça se a supervisora nos pegar, acredite em mim – ele respondeu, basicamente ignorando a pergunta dela.

Sade não confiava nele, mas, mesmo assim, o seguiu por um caminho de escadas lateral que parecia levar a um túnel. No túnel havia um portão, e ele digitou números no antiquado teclado de metal. O portão se abriu.

Antes que Sade pudesse se dar conta, estavam subindo mais degraus. Desta vez, os levaram até o pátio atrás do edifício principal.

– Veja só – disse ele ao saírem do túnel.

Sade ainda estava processando o fato de que eles tinham, literalmente, entrado em um túnel subterrâneo do lado de fora e, de alguma forma, saíram lá dentro, minutos depois.

– O túnel é usado apenas pelos professores e pela segurança da escola. Às vezes, quando temos compromissos fora, o treinador nos leva pelo túnel para facilitar a saída e a entrada na escola.

Sade assentiu.

– E suponho que você tenha a senha porque deu dinheiro ao segurança.

– Sim. A senha é alterada toda semana, então pedi a ele que me contasse.

– Por um preço – respondeu Sade.

Jude sorriu para ela, como se as demonstrações corriqueiras de sua riqueza lhe fossem divertidas.

– Sim. Por um preço... embora tenha minhas dúvidas de que muitas pessoas nesta escola encantariam um segurança tão bem quanto eu.

– Foi isso que você fez no museu também? Encantou ele com dinheiro?

Jude assentiu.

– Algo do tipo.

– Pare de falar em enigmas.

– Eu não estou.

– Está, sim. Quero uma resposta direta. Quanto custa entrar num museu depois de fechado?

Jude a encarou por um tempo e, depois, enfim respondeu diretamente.

– Não tanto quanto você pensa, pelo menos não quando se é filho de uma condessa – disse.

Sade ergueu a sobrancelha.

– Condessa?

– Falei que você não acreditaria em mim se eu contasse.

– Não, eu acredito em você, é só que... uau.

Ela riu.

– O quê?

– Nada. De verdade. Eu só não sabia que condes e condessas ainda existiam.

– Existem, e minha mãe leva o título tão a sério quanto o abandono parental – respondeu ele.

– Que vitoriano – disse ela.

Jude insistiu em acompanhá-la de volta à Casa Turing, e ela deixou que ele fizesse isso. Quando enfim estavam na frente do prédio quase preto, ele colocou uma mão no bolso, passando a outra pelos cabelos enquanto a encarava.

Ela viu uma tatuagem em que não reparara antes no antebraço dele, geralmente escondida pelo uniforme. Parecia ser um desenho feio de peixe e, por baixo, *JR*.

– Tatuagem interessante – disse ela, incisivamente.

Jude a olhou como se tivesse se esquecido de que ela estava ali, e então simplesmente sorriu.

– Você se divertiu? – perguntou.

– Foi legal – respondeu Sade.

– Só legal? – ele retorquiu, aproximando-se.

Ela assentiu, e ele chegou mais perto.

– Vou precisar fazer melhor da próxima vez, então.

– Como você tem tanta certeza de que haverá uma próxima vez? – ela perguntou, recuando um pouco.

Ele encolheu os ombros e Sade lembrou-se do que August lhe dissera:

Você conhece Jude Ripley? A resposta é sempre sim.

– Saia comigo de novo na semana que vem – disse ele, com o rosto tão colado no dela que Sade jurou ser capaz de ver as profundezas sombrias da alma dele.

Saia comigo. Não era uma pergunta.

– Vou pensar – disse.

Jude tentou não parecer afetado pela quase rejeição.

– Tudo bem – disse. – Boa noite.

Sem dizer mais nada, ele se afastou, voltando pelo caminho de onde vieram.

Sade o observou por alguns momentos, enfim exalando, sem perceber como a ansiedade a fizera prender o fôlego, e então se virou em direção à entrada de seu dormitório, inserindo o cartão de acesso para destrancar a porta.

O LUGAR ESTAVA MUITO MAIS silencioso do que quando saíra. O toque de recolher estava próximo, e os residentes de Turing sabiam que era melhor não testar a paciência de Jessica.

Sade subiu até seu andar usando as escadas em vez do elevador, que parecia estar temporariamente fora de serviço.

Quando finalmente chegou ao terceiro andar, ela se permitiu recuperar o fôlego antes de sair para o corredor do seu quarto.

Ao chegar à porta, notou um pacote do lado de fora, com uma etiqueta colada na lateral. O dia das correspondências, quando os alunos da Alfred Nobel recebiam as cartas da semana, era às sextas-feiras, não aos domingos.

Ao contrário de seus vizinhos do dormitório, que gemiam ao receber um pacote de cuidados de suas mães ou um vale-presente de suas babás, Sade nunca recebera nenhuma correspondência oficial.

Será que algum parente distante tinha enviado alguma coisa? Era bastante improvável, dado que sua família a odiava, mas ainda assim ela sentiu uma onda de esperança ao ver o pacote.

Ela se aproximou e esticou a mão para pegá-lo, detendo-se ao ver o nome na etiqueta, impressa em letras maiúsculas.

ELIZABETH WANG.

23

DOMINGO

O MOMENTO DA REVELAÇÃO

SADE JÁ ULTRAPASSARA TANTOS LIMITES desde sua chegada na escola.

Tinha revirado os pertences da colega de quarto desaparecida, invadido a sala de segurança e acessado arquivos confidenciais de alunos.

Ao sentar-se com o pacote fechado em sua cama, ela se perguntou: *Quanto é longe demais?*

Ela já cruzara o limite da redenção ou ainda havia esperança? Era difícil dizer.

O pacote era leve e tinha desenhos de animais marinhos espalhados por toda parte, de polvos a cavalos-marinhos.

Antes que Sade pudesse pensar em mais motivos para não fazer aquilo, seus dedos começaram a desfazer a fita que envolvia o pacote, o papel de embrulho marrom se desenrolando aos poucos enquanto seu coração batia forte.

Quando terminou, ela ergueu o pacote, surpresa com o conteúdo.

Lâmpadas.

Especificamente, uma caixa de lâmpadas de luz ultravioleta.

Era isso mesmo?

Sade abriu a caixa onde estavam as lâmpadas, na esperança de encontrar alguma coisa – qualquer outra coisa que pudesse lhe dar uma pista sobre o significado daquilo.

Mas só havia mesmo as lâmpadas.

Que decepcionante.

Pelo menos ao bisbilhotar a caixa de música, pôde sentir o gostinho de alguma coisa. O convite que nunca conseguiu decifrar, as notas com a letra de Elizabeth e, claro, a gravação.

Tudo que aquela caixa havia provido eram lâmpadas e papel de embrulho com temática marinha.

Sade esperara que o universo tivesse sido gentil e lhe enviado algo útil, como o conteúdo da caixa original. Mas, em vez disso, tinha conseguido *aquilo*.

Enquanto refletia sobre aquele vazio, a mente dela se voltou para a tatuagem de peixe esquisita de Jude, que vira momentos antes, depois para a caixa de música e as notas de Elizabeth, e depois para a festa. Para o quarto de August... Notificações com nomes de usuário estranhos em um grupo de bate-papo com um nome ainda mais estranho.

Os Pescadores.

Ela não tinha juntado as peças antes, o que a fizera hesitar ao ver o nome do grupo no quarto de August.

Quais eram as chances de os mesmos *Pescadores* sobre os quais Elizabeth rabiscara notas na caixa de música terem algo a ver com tudo aquilo? Pescadores não era uma palavra tão cotidiana.

Sim, podia ser uma coincidência.

Mas Sade não acreditava em coincidências.

SEGUNDA-FEIRA

– **TENHO UMA PERGUNTA ALEATÓRIA** – disse Sade.

Era segunda-feira de manhã e ela estava sentada na frente de Baz, tomando café no refeitório da Turing.

Ele vinha tomando café da manhã na Casa Turing desde a semana anterior, religiosamente.

– Pergunte – disse ele.

– É normal receber pacotes de lâmpadas? – Então abaixou um pouco a voz. – Recebi ontem à noite um pacote com lâmpadas endereçado a Elizabeth.

As sobrancelhas dele se uniram.

– Assim, a escola é bem liberal com suprimentos. Recebo um pacote de coisas a cada poucas semanas, como lenços de papel, lâmpadas e coisas do tipo. Talvez deixaram isso para Elizabeth por hábito.

Sade assentiu.

Fazia sentido, mas Sade não estava certa de que era apenas aquilo.

– Você vai comer tudo isso? – Sade perguntou enquanto observava Baz tentar criar alguma estrutura com suas torradas e bolinhos de batata.

– Claro – disse ele, parecendo um tanto ofendido.

– Só temos – Sade checou o telefone – vinte minutos se quisermos chegar no horário da primeira aula. E ainda tenho que pegar as minhas coisas.

– Você claramente não acredita em minhas habilidades – ele respondeu enquanto mordia a torrada que estava no topo da pirâmide que construíra.

– Basil, o que diabos você está fazendo aqui? – uma voz perguntou de repente.

Baz olhou para Jessica, segurando a torrada pendurada na boca e pegando a tigela de feijão cozido onde estivera mergulhando as torradas.

– Comendo – ele respondeu, a voz abafada ao mastigar.

– Eu já te falei inúmeras vezes que você não pode comer aqui.

– E eu já te falei para me mostrar o livro de regras que diz isso – ele respondeu.

Jessica desgostava mais de Baz do que de Sade, e Sade suspeitava que, no passado, ele já tinha sido expulso da Casa Turing várias vezes, muito antes de Sade chegar na AAN.

– Se eu te pegar aqui no café da manhã mais uma vez, irei denunciá-lo ao diretor Webber e solicitar que seja suspenso – disse ela, a voz tão tensa quanto seu rosto.

E depois foi embora, pronta para torturar outros pobres coitados logo pela manhã.

Baz continuou comendo, nada afetado pelas ameaças de Jessica.

Quando terminaram o café da manhã, Sade subiu para pegar as coisas dela no quarto enquanto Baz a esperava do lado de fora. Jogou livros e pastas aleatórias em sua bolsa, quase derrubando as lâmpadas da mesa.

– Você deveria preparar a sua mochila antes do café da manhã – Baz falou enquanto saíam correndo de Turing.

Aquilo tornaria a vida dela mais fácil, mas exigiria que Sade fosse uma pessoa organizada. Algo que ela já fora, mas, desde que tinha começado a estudar no internato, parecia ter perdido aquela habilidade.

– Te vejo no bloco de ciências na hora do almoço para a missão *TG*? – Baz falou, murmurando a última parte enquanto se afastava dela para seguir para as próprias aulas.

A *Missão TG* consistia em emboscar Theodore Grenolde e, com sorte, enfim descobrir como todas aquelas peças se encaixavam.

– Até mais – ela respondeu com um movimento de cabeça, acenando enquanto ele passava pelas portas e a deixava do lado de fora.

Ela tinha Inglês no primeiro horário e foi para o bloco A, entrando na sala do sr. Michaelides, onde ocupou seu lugar de sempre.

O sr. Michaelides escrevia os objetivos de aprendizagem enquanto os alunos se juntavam lentamente na pequena sala de aula. Pela primeira vez, Sade tinha sido uma das primeiras a chegar, embora não tivesse certeza de como fora capaz daquilo.

Observou a porta por um momento e depois pegou o texto que leriam naquela semana – *Um bonde chamado Desejo*.

– Oi. – A voz de Persephone soou claramente.

Sade ergueu os olhos assim que Persephone sentou-se ao lado dela.

A última vez que a vira tinha sido na festa de Halloween, dois dias atrás, vestida de Rainha de Copas. Persephone ainda tinha mechas de tinta vermelha temporária no cabelo, fazendo com que seu cabelo descolorido habitual se parecesse mais com um loiro-avermelhado.

– Ei – Sade respondeu.

A voz do sr. Michaelides ecoou acima de todos.

– Vou reorganizar um pouco a aula hoje para que possam analisar o texto com um parceiro com quem não costumam conversar. – Isso provocou gemidos e suspiros altos. – Trocar novas ideias é uma coisa boa! – O sr. Michaelides continuou, parecendo alegre.

– Acho que te vejo no almoço, já que o sr. M provavelmente vai nos separar – disse Persephone, jovialmente.

– Sim, embora eu possa me atrasar hoje, tenho clube de biologia.

Persephone ergueu a sobrancelha.

– Você está interessada em biologia?

Nem um pouco, Sade pensou.

– Experimentando coisas novas.

Persephone assentiu, levantando-se da cadeira.

– Bem, espero que você se divirta... experimentando coisas novas.

E então ela sorriu para Sade, e Sade se perguntou se Persephone sabia que ela tinha o sorriso mais contagiante do mundo inteiro.

Talvez até do universo.

A REUNIÃO DO CLUBE DE BIOLOGIA acontecia no início do almoço e era aberta a todos os interessados na busca pelo conhecimento biológico.

Ou pelo menos foi o que Theodore Grenolde disse quando se dirigiu aos recém-chegados ao clube.

Naquele dia, Sade e Baz eram os recém-chegados.

– Peguem seus jalecos, luvas e óculos de proteção e certifiquem-se de que, ao manusear algum dos animais, façam tudo com cuidado. Recentemente, enfrentamos um desastre com porquinhos-da-índia e hamsters que resultou na perda de uma de nossas queridas porquinhas – disse Theodore.

Sade sabia que a porquinha em questão estava bem viva, vivendo uma bela vida no dormitório de Baz. Mas é claro que não contaria nada sobre isso ao presidente do clube de biologia.

Baz exibia uma absurda cara de pau, como se não fosse ele o culpado.

– Vou dividi-los em grupos. Metade do grupo fará alguns experimentos com plantas e os outros cuidarão dos hamsters que estão lá atrás. Os que tiverem a sorte de estar no segundo grupo, tomem cuidado com os hamsters. São criaturinhas terríveis, tudo o que fazem antes de morrer é se cagarem. A sra. Choi nos alertou para que não haja outras mortes prematuras ou desaparecimento de roedores.

Teddy começou a separá-los, colocando-os no grupo um ou no grupo dois.

O grupo um ficaria com Teddy, fazendo experiências em plantas, e o grupo dois iria com a assistente dele – uma garota pálida chamada Lauren, que usava uma gravata rosa –, ficando com os animais. Sade foi calculando a ordem conforme ele os separava, tentando determinar em qual grupo ficaria.

A sorte nunca estava a seu lado.

Antes que pudesse se mover sutilmente, em uma manobra para que fosse classificada como queria, Theodore já estava ao lado dela, olhando para Baz.

Teddy fez uma careta ao encarar Baz.

– Vou mudar a ordem: você ficará no grupo dois – disse ele.

– Ei, pode isso? – Baz disse.

– Pode porque eu sou o presidente e eu faço as regras, e as minhas regras determinam que se eu não quiser o melhor amigo da minha arqui-inimiga no meu grupo, então não preciso acomodá-lo por lá.

Sade não conseguia acreditar que ele estava falando sério sobre aquele papo de inimiga. Isso o fazia parecer ainda mais suspeito.

Teddy designou Sade para o grupo dele antes de seguir dividindo o pessoal que ainda aguardava para ser classificado.

Uma vez que sua voz estava fora do alcance de Teddy, Baz murmurou baixinho algo sobre Teddy ser um ditador.

– E agora? – perguntou Baz.

– Vou ver o que consigo arrancar dele e depois nós o confrontamos quando a reunião terminar.

Baz assentiu e foi até o outro lado do grupo, com os outros que receberam o número dois, certificando-se de retribuir o olhar mortal de Teddy.

Sade seguiu Teddy e seu grupo até uma mesa com um monte de folhas.

Enquanto ele explicava algo que Sade não tinha a capacidade mental de entender, ela o estudava.

Era um garoto de estatura mediana, esbelto, com cabelos castanhos grossos e sardas por todo o rosto.

Por baixo do jaleco, ela podia ver a gravata azul e preta da Casa Hawking.

Seria possível que ele fosse um dos *outros caras* com quem Elizabeth saía? É por isso que eram inimigos?

– Essas plantas secretam feromônios, que são componentes químicos especiais que usam para se comunicar com outras plantas...

– Que nem o hormônio do amor nos humanos? – Sade perguntou.

Teddy ergueu a cabeça e a encarou diretamente.

– Mais ou menos... o hormônio ao qual você se refere é a oxitocina, mas nós também produzimos feromônios. Enfim, voltando aos feromônios das plantas...

– Então quer dizer que nós somos que nem as plantas? – alguém perguntou.

– Essa é uma pergunta complicada, sim e não. Depende daquilo em que se acredita, penso eu, mas há evidências que sugerem que os humanos evoluíram a partir de...

– Minha irmã tem feromônios... – disse um aluno do primeiro ano.

– Por favor, parem de me interromper. Posso responder a todas as perguntas, uma por uma, mas vocês precisam me deixar terminar primeiro – disse Teddy, claramente irritado com o grupo que tinha selecionado para si.

Uma pessoa do segundo ano levantou a mão e Teddy suspirou, acenando em sua direção.

– Posso me juntar ao outro grupo? – perguntou.

Teddy assentiu, derrotado.

– Vá em frente – disse.

A pessoa em questão sorriu e removeu as luvas, correndo até o grupo do outro lado da sala.

– Mais alguma pergunta? Especificamente sobre plantas, por favor – pediu.

Sade levantou a mão desta vez.

– Sua pergunta... ? Desculpe, não sei o seu nome – perguntou Theodore.

– Sade – disse ela.

– Sim, Sade, qual é a sua pergunta?

– É sobre a planta escutelária. A sra. Choi disse que havia algumas na estufa.

Teddy pareceu grato por uma pergunta científica e então assentiu com a cabeça.

– Sim, e o que tem?

– Ouvi dizer que são bem difíceis de cuidar em comparação com as outras plantas na estufa, que nem a costela-de-adão... por que isso? – ela perguntou.

– Bem, imagino que precisam ser regadas com certa frequência... Mas não vou mentir, não sou muito versado no crescimento das plantas na estufa; nunca estive lá – disse ele.

– Nossa, que estranho – disse Sade.

– O que há de estranho? – Teddy respondeu, com a sobrancelha levantada.

– Fui à estufa há alguns dias com a sra. Choi e as plantas pareciam ter sido regadas e cuidadas recentemente. A sra. Choi falou que é o presidente do clube de biologia que cuida delas, por isso imaginei que você soubesse mais a respeito – disse Sade, mentindo descaradamente.

Ela não tinha certeza do que esperava ao seguir naquela linha de perguntas. Estava esperando que a sua intuição detectasse a culpa dele? Para, quem sabe, observar a reação dele, verificar se parecia surpreso ou confuso ou até mesmo o completo oposto?

Mas, em vez disso, os lábios de Teddy se curvaram e ele pareceu... incomodado. Ficou claro que estava ciente de que a sra. Choi se referia a Elizabeth.

– A sra. Choi está enganada, *este* presidente não faz isso – respondeu, sem nenhuma hesitação, depois pegou uma garrafa que continha uma solução. – Presumo que as perguntas tenham acabado por enquanto; está na hora de coisas mais importantes e relevantes. Como, por exemplo, testar o pH da superfície desta planta – anunciou, sem voltar a olhar para Sade.

A reunião do clube de biologia logo terminou, pois durava apenas uns vinte minutos.

Sade foi até Baz, que estava no canto do laboratório conversando com um dos hamsters.

– Não consegui tirar muita coisa dele. Ele é bem resguardado – falou, erguendo os óculos até o topo da cabeça, enquanto Baz colocava o hamster de volta na gaiola.

– Eu usaria um adjetivo diferente para descrevê-lo, mas, certamente, conversar com o Teddy não é lá muito fácil. Só interagi com ele de passagem, mas Elizabeth falou que costuma ser um grande babaca.

Sade concordou com a cabeça e depois se virou para analisar Teddy mais uma vez.

Ele estava na frente do grupo, explicando alguma coisa científica com o tom mais condescendente que Sade já ouvira – depois de Jessica, talvez.

Ao imaginar TG, Sade pensou numa figura sem rosto e de sorriso ameaçador. Não em um nerd que se achava um deus.

– Vamos confrontá-lo antes do fim do almoço. Estou morrendo de fome – disse Baz.

– O QUE É VOCÊ QUER, BASIL? – Teddy perguntou quando eles se aproximaram.

– Uma trégua – Baz respondeu.

Sade tentou não parecer surpresa. Não fazia ideia do rumo daquilo.

– Uma trégua? – indagou Teddy.

Baz assentiu.

– Sim, não acho que você precise me odiar só porque odiava Elizabeth. Eu sei que você nunca gostou dela porque ela foi designada como presidente e você não...

Theodoro zombou.

– Não é por isso que não gosto dela.

– Era o que ela me dizia – Baz falou, com um inocente encolher de ombros.

O que fez Teddy ficar vermelho e uma raiva sutil faiscar nos olhos dele.

Baz era bom naquilo. Ele sabia como apertar os calos de Teddy.

– É claro que ela diria isso. Ela não faz a menor ideia do que é integridade... – Teddy falou, mas Baz o interrompeu.

– Então qual é o motivo? Vocês já foram amigos? Ou sempre foi assim... ódio à primeira vista, por assim dizer.

Teddy suspirou.

– A exposição científica – respondeu.

Baz pareceu tão confuso quanto Sade.

– O quê? – ele perguntou.

– Você sabe, a exposição científica internacional que acontece duas vezes por ano. Você é o melhor amigo dela; presumi que soubesse da existência disso.

– Ah, é aquela convenção que acontece na Escócia ou coisa parecida? – Baz perguntou.

Teddy revirou os olhos.

– Sim, aquela convenção que acontece na Escócia ou coisa parecida – imitou.

– O que isso tem a ver com você e Elizabeth? – perguntou Sade, falando pela primeira vez durante a conversa.

Teddy olhou surpreso para Sade, como se não a tivesse notado ali antes.

– Tudo. Era para eu ter ido exibir o meu projeto no segundo ano, mas a sra. Choi escolheu a Elizabeth no meu lugar. Tudo bem, eu até acho um pouco de competição saudável. Aí veio o terceiro ano. Passei meses trabalhando no meu projeto e a Elizabeth o destruiu...

– Como você sabe que ela fez isso? – perguntou Sade.

– Ela se desculpou. Ela, convenientemente, o derrubou da mesa "por acidente".

– Isso deve ter te irritado bastante – disse Sade.

– Só por um tempinho, o carma a pegou no fim das contas.

Sade viu o rosto de Baz se retesar.

– O que isso quer dizer?

Teddy deu de ombros com um sorriso.

– Ela não está mais por aqui, não é?

Sade sentiu o coração parar no peito.

Teddy estava admitindo alguma coisa? Será que ela deveria pegar o telefone para gravar aquela conversa... ou melhor, aquela confissão?

– O que você fez com ela? É por sua causa que ela está desaparecida? Você a levou para algum lugar? – indagou Sade.

Naquele momento, Teddy parecia confuso.

– Me desculpe? – respondeu Teddy.

– O que você quis dizer com carma? – Baz perguntou, baixando a voz ao se aproximar de Theodore.

O pomo de adão de Teddy tremia em sua garganta enquanto ele encarava Baz nos olhos. Sade conseguia ver os dedos dele tremendo junto ao corpo.

Ela temia a resposta de Teddy.

Será que sempre estivera certa sobre TG? Teddy tinha machucado Elizabeth por causa de uma rivalidade acadêmica trivial?

– Eu disse à sra. Choi que ela tinha matado o hamster da turma e ela foi demovida da presidência do clube, o que significa que ela foi desqualificada da exposição científica deste ano, por isso eu pude ir.

– Ah – disse Baz.

Os músculos de Sade ainda estavam tensos, mas o coração dela batia de maneira constante outra vez.

– O que você quis dizer com ela estar desaparecida? Achei que ela só tivesse saído da escola.

Sade balançou a cabeça rapidamente.

– Eu só estava... Hum... brincando – ela respondeu, sem ânimo.

Teddy pareceu irritado.

– Isso não tem graça.

– Então foi só isso que rolou entre vocês? – indagou Baz. – Você a viu naquela segunda-feira, antes de ela... ir embora?

Teddy balançou a cabeça.

– Eu nem estava na escola naquela semana. Estava na exposição.

– Você tem alguma prova disso? – Baz perguntou.

– Isso aqui é um interrogatório ou coisa parecida?

Baz sorriu.

– Sim. A prova, por favor.

Teddy encarou os dois por vários segundos e, por alguma razão, aquiesceu. Tirou o telefone do bolso, apertou a tela algumas vezes e depois mostrou uma foto sua em frente a um banner que dizia 53ª EXPOSIÇÃO CIENTÍFICA DE GLASGOW, segurando um troféu de bronze gigante. No topo da foto estava a data em que foi tirada. Naquela tarde de segunda-feira fazia três semanas. Como ele dissera.

– Feliz? – ele perguntou.

TG não era Teddy Grenolde.

– Encantado – Baz respondeu.

– Infelizmente, só peguei o *terceiro lugar*, então vai lá contar pra Elizabeth e fazer com que ela esfregue isso na minha cara. Mas, pelo menos, eu ganhei um troféu. Ela nunca ficou entre os cinco primeiros – Teddy falou presunçosamente.

Sade o olhou, perturbada.

– Tenho certeza que Elizabeth vai perder o sono por causa do seu troféu de terceiro lugar – Baz respondeu sarcasticamente.

O rosto de Teddy se contraiu de leve e então ele ofereceu um sorriso claramente forçado a Baz.

– Um nome como o seu, inspirado numa planta, e sendo desperdiçado em um ser humano tão comum.

– Eu poderia te dizer a mesma coisa, Teddy, não há nada de fofo ou aconchegante em você.

Theodoro sorriu.

– Você é engraçado.

– Eu sei – respondeu Baz.

Sade não sabia dizer se agora os dois eram amigos ou inimigos. Talvez as duas coisas.

– Vocês dois já acabaram de desperdiçar o meu tempo? Preciso me limpar antes que a hora do almoço termine.

– Estamos indo – Baz falou, recuando. – Não se empolgue demais.

– Vou tentar não dar uma festa – respondeu Teddy, carrancudo para os dois.

Enquanto tiravam os jalecos e saíam da sala de biologia, Sade ouviu Teddy gritar:

– Não volte a pôr os pés no meu clube, Basil.

– Eu também te amo – Baz gritou de volta.

Assim que saíram do prédio de ciências, Baz olhou cansado para Sade.

– Bem, esse foi mais um beco sem saída – disse. – Ele não é TG, o que significa que TG pode não ser as iniciais de um nome.

– O que mais poderia ser?

– Não tenho certeza – Baz respondeu, passando a mão pelos cachos loiros. – Só sei que não estou mais com fome. Consegue se virar sem mim no almoço? Acho que vou me deitar na enfermaria.

Sade assentiu.

– Quer que eu te acompanhe? – perguntou.

Ele balançou a cabeça.

– Estou bem... Mas deveríamos nos encontrar depois da aula. Podemos assistir a um filme para relaxar.

– Parece uma boa, que filme?

– *Shrek.* Esse filme sempre faz a vida parecer menos merda.

– *Shrek* será, então – respondeu Sade.

Baz levantou o polegar enquanto andava para trás.

– Te vejo mais tarde?

– Até mais – Sade respondeu, acenando para ele.

Enquanto caminhava até o refeitório, ainda tinha a cabeça em Teddy. Especificamente, nas iniciais dele.

O que mais poderia significar *TG* na gravação?

T.G.

Os Pescadores.

O que significava tudo aquilo?

Talvez precisasse perguntar a pessoas que saberiam coisas que Baz talvez não soubesse. Pessoas com um saber enciclopédico dos acontecimentos da escola.

Pessoas que nem a *Profaníssima Trindade*.

• • •

O REFEITÓRIO AINDA ESTAVA CHEIO de estudantes quando Sade chegou, mas ela também não estava com muito apetite.

Avistou a nuca loira de Persephone e se aproximou da mesa onde o trio profano estava sentado, notando como a mesa estava naquele momento.

– Olá – ela falou, sentando-se.

Sade mal foi notada: Juliette estava muito ocupada ao telefone, provavelmente mandando mensagens para o namorado secreto, e April estava ocupada arrumando o cabelo.

Persephone respondeu em nome delas:

– Ei, como foi lá com a biologia?

– Você está estudando biologia? – April perguntou, agora prestando atenção e parecendo um pouco enojada.

– Não, só fui experimentar participar do clube que o pessoal da biologia administra na hora do almoço – respondeu ela.

– Isso é ainda pior – April murmurou, voltando a arrumar o cabelo.

Sade apenas sorriu.

– Tenho que fazer esse curso. A biologia às vezes pode ser muito interessante – disse Juliette.

– Em que mundo? – April perguntou.

Enquanto Juliette começava a listar todos os aspectos fascinantes da matéria, Sade olhou para o grande relógio na parede. Faltavam apenas dez minutos para o fim do horário de almoço.

Ela não tinha muito tempo.

– Vocês já ouviram alguém falar de *os Pescadores* na escola? É algum tipo de expressão da AAN ou algo assim? – perguntou Sade, interrompendo Juliette no meio da frase.

Juliette olhou para Sade e fez uma pausa antes de balançar a cabeça.

– Não posso afirmar que me lembre de alguma coisa.

– Também não – April respondeu enquanto digitava no telefone.

Sade não estava convencida de que ela tinha ouvido a pergunta.

Persephone, por outro lado, a ouvira claramente. O garfo dela bateu no prato de cerâmica e a sua expressão mudou instantaneamente.

– Persephone? – Sade perguntou.

Persephone piscou como se estivesse saindo de um transe.

– Não, eu também não ouvi falar – disse, desviando o olhar de Sade.

Ela estava escondendo alguma coisa. Caso contrário, por que agiria daquela forma? Por que agiria como se tivesse sido eletrocutada?

O sinal tocou e April finalmente desligou o telefone.

– Preciso pegar uma coisa no meu armário antes da aula. Vocês vêm comigo?

– Claro – disse Juliette. Persephone concordou com ela, ainda evitando o olhar de Sade. Juliette perguntou: – E você, Sade?

– Tenho que encontrar um amigo – mentiu.

Juliette assentiu e acenou, e, antes que se desse conta, Sade ficou sozinha.

A mente ponderando uma nova pergunta.

Por que Persephone estava mentindo?

COMO ESPERADO, PERSEPHONE ESTAVA NA BIBLIOTECA depois da aula, trabalhando em seu canto habitual.

Sade combinara de se encontrar com Baz para assistir ao filme, mas antes tinha que resolver uma coisa.

S: Me encontre na biblioteca, ela enviou para Baz.

– Oi – Sade sussurrou, sentando-se na frente de Persephone.

– Ei – Persephone sussurrou em resposta.

– Precisamos conversar sobre *os Pescadores*.

Persephone a encarou.

– Eu falei que não sei o que ou quem é.

Sade olhou para Persephone, tracejando o rosto dela em busca de sinais de que dizia a verdade.

– Não acredito em você.

Persephone ficou quieta por alguns instantes. Seu rosto lentamente se contorcendo em uma carranca.

Então ela fechou o livro e agarrou a mão de Sade, erguendo-a da cadeira e caminhando em direção à escada.

Depois de sair da biblioteca, ela soltou a mão de Sade e cruzou os braços.

– Você não pode sair por aí fazendo perguntas às pessoas e depois chamando-as de mentirosas. Isso é horrível.

– Desculpe – Sade falou, surpresa com a repentina ousadia de Persephone.

Persephone a encarou, a expressão suavizando de leve.

– Ok.

– É só que... Estava preocupada com a minha antiga colega de quarto. Elizabeth. Ela mencionou essa palavra, os Pescadores, e me pareceu estranho. Também ouvi August dizer isso uma vez e achei que fosse muita coincidência.

Persephone relaxou um pouco os braços.

– Sua colega de quarto não foi embora?

Sade assentiu.

– Sim, mas... – Sade não tinha certeza se deveria ser honesta. – Mas tem alguma coisa estranha na forma como ela foi embora.

– Achei que você mal a conhecesse?

– É, não cheguei a conhecê-la muito bem.

– Então por que você está se esforçando tanto por causa dessa garota?

Sade não conseguia explicar, não de verdade.

– Não nos conhecíamos, mas meio que começamos a ser amigas... Ela foi legal comigo, ainda que não precisasse ser. E sinto que algo de estranho aconteceu com ela antes que... ela fosse embora. E estou tentando descobrir o quê.

Persephone assentiu.

– Ela era a colega de quarto da April, sabia? Sua amiga.

Eu sei, Sade quase respondeu, mas não o fez.

– O que aconteceu?

Persephone encolheu os ombros.

– Não sei de todos os detalhes. Mas sei que elas costumavam andar juntas antes de Elizabeth sair de lá e elas pararem de se falar. Juliette acha que é por causa do lance com August, mas eu não acredito que April seja tão mesquinha.

– Lance com August? – perguntou Sade, imaginando se aquilo se referia ao fato de eles terem ficado.

Parecia provável, mas tendo em conta quão vago August fora com relação àquilo, e como Baz não sabia, Sade presumiu que fosse um segredo.

– Sim, August e Elizabeth. Pelo visto, eles namoraram durante a maior parte do primeiro e do segundo ano. Jules acha que April ficou chateada porque esconderam isso dela. Vai saber o que aconteceu mesmo. Tudo o que sei é que April expulsou Elizabeth do quarto e Elizabeth mudou-se para os dormitórios no final do segundo ano.

Eles estavam... *namorando*. Por quase dois anos. Não só ficando de vez em quando, como August havia sugerido.

Estava em tal estado de choque que mal percebeu o zumbido do telefone em suas mãos. Olhou para a tela, esperando ver uma mensagem de Baz, mas, em vez disso, suas notificações mostraram uma prévia de uma foto anexada por Jude.

J: Você estava nadando nos meus sonhos ontem à noite

Levou um tempo até Sade perceber que Persephone também estava distraída, olhando para o telefone dela. Sade sentiu o rosto esquentar e logo guardou o aparelho no bolso.

Antes que pudesse comentar sobre a revelação acerca de August e Elizabeth, Persephone voltou a falar:

– Presumo que os rumores sejam verdadeiros, então. Sobre você e Jude – disse com a voz firme, mas os olhos contavam uma história diferente.

– Não existe nada entre mim e Jude, estamos apenas... andando juntos – Sade respondeu, o que fez parecer que, definitivamente, existia algo entre os dois.

Os olhos de Persephone brilharam, zangados e um pouco tristes ao mesmo tempo.

– Você deveria ficar bem longe dele. Ele é um cafajeste e só vai te machucar.

– Você parece conferir aos rumores o mesmo peso da verdade.

– Bem, rumores não passam de verdades bem disfarçadas, na maioria das vezes. Eu acreditaria no boato – disse Persephone num tom ríspido.

– Então acha que estou mentindo com relação a Jude? – Sade perguntou, sentindo-se na defensiva.

Quem Persephone achava que era para acusá-la de mentir? Pensando saber tudo quando não sabia de nada.

– Eu não disse isso.

– Mas insinuou com todo esse discurso de que os rumores são um tipo de verdade. Você deveria aprender a pensar por si mesma e não sair por aí vomitando acusações infundadas.

Os olhos de Persephone se embotaram e se estreitaram, como se Sade tivesse apagado a fonte de luz com o que disse.

– Tudo o que sei sobre ele não é por causa de algum boato bobo inventado no primeiro ano. Sei disso porque Jude já foi namorado de April e ele a destruiu. Se dependesse de mim, jamais andaríamos com ele, mas Jude é o melhor amigo de August, August é irmão de April e April é a minha melhor amiga. Ela também não vai gostar de saber que você está namorando com ele. Você deveria deletar o número dele, se afastar. Ele não é uma boa companhia. Confie em mim.

Jude e April namoraram? Aquilo também não era uma coisa pela qual Sade estava esperando.

E agora Persephone pedia a Sade para se manter longe dele por causa da desavença entre eles. April provavelmente tinha ouvido *aqueles rumores* e pedido a Persephone para alertá-la.

Persephone era só uma mensageira de April.

– Posso me cuidar sozinha – Sade respondeu.

Os braços de Persephone caíram para os lados e ela lançou a Sade um olhar que nunca lhe dera antes.

Era um olhar de desdém e medo.

– Boa sorte com isso – Persephone falou bruscamente, antes de se virar e empurrar a porta para voltar à biblioteca com tanta força, que Sade achou que as dobradiças fossem sair voando.

Sade suspirou e seguiu pouco depois, notando que Baz agora estava sentado à mesa onde ela estivera momentos antes, segurando uma sacola cheia de salgadinhos para comerem durante o filme.

As coisas de Persephone ainda estavam lá, mas não havia sinal dela.

– Perdi alguma coisa? – Baz perguntou.

Ele devia ter visto Persephone saindo furiosa.

Sade balançou a cabeça.

Outra mentira.

Ela precisava daquela distração mais do que nunca.

– *Shrek* nos aguarda – disse, forçando-se a sorrir.

– Você acharia esquisito se eu te dissesse que entendo o que a Fiona enxerga nele? – Baz perguntou enquanto saíam da biblioteca.

– Sim, muito esquisito – respondeu.

24

TERÇA-FEIRA

AMIGO OU INIMIGO

PELA PRIMEIRA VEZ EM DIAS, Sade não se sentou à mesa do almoço junto com Persephone e as amigas dela. Também não se sentou ao lado de Persephone na aula de inglês.

As revelações na escadaria da biblioteca tinham deixado as coisas tensas e estranhas, e Sade tinha certeza de que não era mais bem-vinda ao grupo.

Então foi almoçar com Baz na sala comunal da Casa Seacole.

Baz estava deitado de costas enquanto Sade sentava-se no sofá, concluindo o dever de mandarim em cima da hora.

– Qual é o nome daquele negócio quando se quer dormir por um ano inteiro em vez de se preocupar constantemente se a sua melhor amiga está viva ou morta?

– Parece um jeito bem saudável de se lidar para mim – Sade respondeu.

Baz suspirou baixinho, a exaustão alongando a sua voz.

– Queria que existisse uma pílula para isso. Talvez Jude tenha alguma coisa que me deixe entorpecido o bastante para voltar a dormir bem.

Sade ergueu os olhos ao ouvir o nome de Jude.

– O que você quer dizer com isso?

– O Judas vende pílulas – respondeu Baz.

Sade inclinou a cabeça.

– Ele é um traficante de drogas?

– Hum, ou farmacêutico, depende como quiser chamar. Nunca peguei nada com ele. Sempre tive muito medo de me viciar em alguma coisa... Você já viu o tamanho do meu vício em biscoitinhos de geleia.

A mente de Sade zunia. Jude. Um traficante.

– Você parece chocada. Não sabia disso? Achei que fosse de conhecimento geral, mas deve ser porque você é nova... – A voz de Baz foi desaparecendo enquanto Sade pensava no que aquilo significava.

Sade balançou a cabeça.

– Eu não sabia...

– Bem, agora você sabe. Talvez você possa se tornar a esposa de mafioso dele ou coisa parecida... – Baz dizia, mas foi interrompido por Sade, que atirou uma almofada em seu rosto.

Depois de alguns momentos de silêncio, Sade voltou a falar.

– Não mexa com isso.

– Mexer com o quê?

– Comprimidos.

As sobrancelhas de Baz se ergueram em surpresa.

– Não vou, não se preocupe. – Sade assentiu, satisfeita com a resposta, e voltou a examinar a página de vocabulário. – Sade – Baz falou de repente, baixinho.

– Sim? – disse ela, erguendo a cabeça.

Baz cobriu os olhos com o braço.

– Entre o fantasma do e-mail, a caixa de música, a falta de algum tipo de evidências concretas e o fato de que nenhum adulto acredita em uma palavra do que digo... Eu me pergunto se ainda vale a pena tentar. Sei que dizer isso me torna um melhor amigo de merda e que provavelmente nunca vou me perdoar por isso, mas não sei se consigo continuar.

– Continuar com o quê?

Houve um momento de silêncio antes que ele falasse novamente.

– Tudo – disse. – Simplesmente tudo. – Sade o observou em silêncio, sem saber o que responder. Conseguia ver a água caindo pela bochecha dele, indo em direção à orelha. Lágrimas. – Me ignora, eu só estou cansado – disse, fungando.

– Quer ir dormir? – ela perguntou.

Baz assentiu silenciosamente.

Sade enfiou as folhas da lição na bolsa e levantou-se de onde estava.

– Vou deixar você descansar. Me mande uma mensagem se precisar de alguma coisa – disse ela, fazendo menção de sair quando foi detida. Alguma coisa a segurava pela perna.

As mãos de Baz envolviam seu tornozelo.

Ela baixou o olhar, alarmada.

– Desculpa – disse ele, com uma fungada.

Sade sentiu um aperto no peito com a palavra.

Desculpa.

Não era como se ela sempre tivesse aquele tipo de reação a um pedido de desculpas. Foi o modo como ele falou. A voz de Baz parecia estar soterrada sob tanta coisa. Carregando o peso de saber que ele tinha falhado.

– Não precisa se desculpar, apenas descanse. Conversamos mais tarde.

Ele assentiu, soltando o tornozelo dela.

– OK.

Sade deixou Baz, trocando Seacole pelo confinamento tranquilo de seu dormitório.

Do lado de fora do quarto havia outro buquê de girassóis amarelos e brilhantes. A discussão com Persephone lhe veio à mente.

Você deveria ficar bem longe dele... ele só vai te machucar.

Jude já foi namorado de April e ele a destruiu.

Ela sabia de quem eram as flores antes mesmo de ler o cartão.

Já pensou naquilo? – JR

Sade entrou no quarto, colocando o buquê e o cartão ao lado das flores que ele tinha enviado no domingo.

Então pegou o telefone para enviar uma mensagem.

S: Você está cada vez melhor nesse lance de perseguição, digitou.

O telefone apitou imediatamente.

J: Presumo que esteja encantada com meus esforços?

Esperou dois minutos antes de responder.

S: Não é a palavra que eu usaria, mas claro

Ele respondeu depois de três minutos, aprendendo rapidamente o estilo de jogo dela.

J: Isso é um sim?

Quatro minutos.

S: Só porque gosto de girassóis

Cinco.

J: Claro, é esse o motivo

J: O café no campus. Amanhã depois da aula

Seis.

S: Parece bom.

Sete.

J: Até logo.

Ele queria a palavra final.

Sade deixou que ele a tivesse.

Ela venceria aquele jogo entre eles de outras maneiras.

ERA POR VOLTA DA HORA DO JANTAR quando ficou claro que (1) Sade não estava com fome e (2) ficar em seu quarto estava lhe causando mais mal do que bem.

Ainda com a discussão que tivera com Persephone em sua mente, assim como a conversa de mais cedo com Baz, Sade concluiu que precisava sair dali.

Como sempre, escolheu a piscina.

O Centro Newton já estava praticamente vazio. Quase todos estavam em seus dormitórios, comendo e socializando.

E, como sempre, o seu companheiro de nado já estava na piscina.

Sade o observou atravessar a água como se fosse um tubarão humano, determinado e concentrado. Como ela, August buscava a água para ser a sua companheira íntima. Treinando sozinho ao invés de fazer isso com o resto do time.

Sade sentou-se na beira da piscina, sentindo a pele formigando enquanto colocava os pés na água morna e clorada.

Quando August finalmente parou para respirar, ele a avistou imediatamente. Um sorriso lento apareceu em seu rosto enquanto nadava na direção de Sade.

– Saudações, novata.

Ela queria responder: *Oi, mentiroso*. Mas optou por não fazer isso, pois precisava agir de forma inteligente com relação àquilo. Se Persephone falara a verdade e August estivesse mentindo sobre namorar Elizabeth, Sade receava sobre o que mais ele poderia estar mentindo.

– Já estou aqui há quase um mês. Será que um dia você vai deixar esse apelido para lá? – ela respondeu, entrando na água e sentindo as ideias se dissiparem.

August balançou a cabeça.

– Não.

Jogou água nela.

– Que pena. Acho que vou continuar te chamando de Augustus, então – ela respondeu, reciprocando na mesma moeda ao jogar água de volta nele.

A água o atingiu no rosto, surpreendendo-o.

Sade notou que ele estava usando os óculos que ela lhe dera como presente de aniversário. Combinavam com ele.

Os olhos dele pareceram se estreitar, piscinas em que nadava uma sede de vingança, e, antes que Sade percebesse, ele a agarrou pelos ombros e a afundou.

Apesar do choque, Sade conseguiu prender a respiração a tempo e começou a chutá-lo debaixo da água, o que não foi tão eficaz quanto gostaria.

Estar na água era como estar no espaço sideral. Mover-se por ela era como desafiar a gravidade – produzindo movimentos lentos e suaves, ao invés de rápidos e fortes como ela gostaria.

Quando enfim subiram para respirar, ele ria de óculos levantados, aproximando-se dela. Então, ele a beijou.

Assim que ela compreendeu o que estava acontecendo, suas mãos agiram mais depressa que a sua mente e ela o afastou. Com força.

Os olhos de August se arregalaram, cheios de arrependimento.

– Eu sinto muito...

Sade balançou a cabeça e recuou.

– Tenho que ir – disse ela, indo até a escada e saindo rapidamente da piscina.

– Sade... – August gritou, mas ela já tinha ido embora.

No vestiário, ela conseguia sentir o seu coração batendo forte no peito e o cérebro se debatendo.

Você nunca deveria ter vindo, a voz sibilou.

Sade sentia os dedos tremerem enquanto colocava depressa a roupa por cima do maiô molhado, sem tomar banho ou se trocar. Ela tinha que sair dali.

Você nunca deveria ter vindo. Saiu correndo pelas portas do Centro Newton, o ar frio e úmido instantaneamente grudando-se à pele.

Quando chegou na Casa Turing, o saguão estava barulhento e iluminado enquanto as pessoas se amontoavam na sala de jantar e na área comum.

Entrou no elevador, apertando o botão do terceiro andar algumas vezes antes que as portas se fechassem e o pequeno espaço confinado finalmente começasse a subir. Sade se sentiu suja. O maiô molhado deixava-lhe a pele enrugada e a fazia coçar. Precisava de um banho. Precisava tirar tudo aquilo dela.

Saiu do elevador e virou para o corredor, correndo em direção ao quarto, enquanto procurava às pressas a chave na mochila. Estava tão absorta que nem percebeu que havia uma pessoa parada à porta até que literalmente tropeçou nela.

– Desculpa... – falou, ficando sem ar ao dar de cara com Persephone.

Persephone a encarou de um jeito estranho.

– Não te vi no almoço hoje – disse ela.

Sade achava que ela não a quisesse por perto.

– E, claro, não te culpo, dado o que aconteceu ontem e tudo mais. Queria te pedir desculpas. Não queria parecer controladora. Jules diz que preciso maneirar na intensidade... – A voz de Persephone foi sumindo, e ela ainda exibia um olhar estranho.

Sade balançou a cabeça.

– Não precisa se desculpar. Eu também não deveria ter reagido daquele jeito.

O silêncio preencheu o espaço, o constrangimento ainda assolava o salão.

– Trégua? – Sade enfim perguntou, estendendo a mão.

Persephone pegou na mão de Sade e a apertou.

– Trégua.

– Era só isso? – Sade perguntou, ainda ansiosa para tomar banho.

Persephone balançou a cabeça.

– Eu queria conversar com você sobre aquilo que você mencionou ontem. *Os Pescadores*. – Ela sussurrou a última parte.

Sade assentiu, o coração ainda batendo forte dentro do peito.

– Quer entrar?

– Sim, claro – Persephone respondeu enquanto Sade destrancava a porta, tentando ignorar os dedos trêmulos.

Acendeu as luzes, sentindo o ar frio roçar sua pele enquanto tirava os sapatos e se sentava na cama. Sentia o maiô grudado por baixo das roupas, mas não queria se trocar nem fazer mais nada antes de ouvir o que Persephone tinha a dizer.

Persephone estava diante dela, como se estivesse aguardando instruções.

– *Os Pescadores* – disse Sade. – E aí?

– Onde exatamente *você* ouviu esse nome? Foi August, como você falou? – Persephone perguntou.

Sade se perguntou se deveria revelar a verdade sobre como ela realmente tinha ficado sabendo, primeiro com a caixa de música com as anotações de Elizabeth e depois no telefone de August. Sendo que Persephone era tão próxima dos gêmeos, parecia um risco muito grande. No entanto, ela e Baz aparentemente tinham chegado a um beco sem saída e ela precisava de respostas.

Sade também concluiu que era justo revelar a verdade a Persephone. Se queria que a garota fosse honesta, então precisava dar o exemplo.

– Eu vi o nome aparecer no telefone de August... alguma espécie de grupo de mensagens. Achei esquisito porque Elizabeth já tinha mencionado isso antes – Sade falou, distorcendo a verdade só um pouquinho.

– Elizabeth falou mais alguma coisa?

Sade negou com a cabeça.

– Foi muito vago.

– E você acha que esse negócio dos Pescadores pode estar relacionado à partida de Elizabeth?

Sade olhou para ela por um momento. Persephone parecia estar sendo sincera, como se ela se importasse com aquilo e de fato quisesse ajudar.

– Acho.

Persephone assentiu. Sade podia ver que a mente dela trabalhava, ponderando aquela informação.

– Eu não estava mentindo, sobre não saber do que se trata. Mas vejo que descobrir o que aconteceu com a sua colega é muito importante para você e acho que posso te ajudar. – A voz dela era calma e o rosto estava sério. – Mas, para ajudá-la, vou precisar de uma coisa.

– O que é?

– Vou precisar que acesse o telefone de August.

Sade ergueu as sobrancelhas.

– O quê?

– Existe um aplicativo de clonagem, tudo que você tem que fazer é desbloquear o telefone dele e deixar o Bluetooth fazer o resto. Vamos copiar tudo o que estiver no telefone de August; espero que isso revele quem são os Pescadores e talvez te ajude a descobrir o que se passava com Elizabeth.

Aquilo era... genial.

– Ele não vai notar se o telefone dele sumir?

– Não é muito demorado, você só precisaria ficar com o aparelho pelo tempo necessário para baixar o aplicativo que vai transferir todos os dados dele para outro dispositivo.

Sade assentiu. Não parecia muito difícil.

– Por que de repente está me ajudando? – ela perguntou.

Persephone a olhou como sempre fazia. Como se Sade conseguisse enxergá-la de verdade, por completo.

– Porque eu sempre ajudo os meus amigos – respondeu, simples assim.

E algo indicou a Sade que ela dizia a verdade.

QUARTA-FEIRA

– **PRONTO PARA PEDIR?** – Jude lhe perguntou a depois da aula, no café do campus.

Sade tinha passado o dia distraída e mal se lembrava de ter se encontrado com Jude e ido parar ali.

Concentre-se, sibilou o demônio dentro dela.

– Deixe-me ver o cardápio – disse, pegando a pequena página plastificada.

– Você está bem? – perguntou ele.

– Sim, por quê? – Sade respondeu.

– Você parece desanimada hoje – comentou, com um encolher de ombros. – Não gostou das flores?

Ela tinha recebido um grande buquê de rosas naquela manhã. O quarto de Sade parecia uma funerária. Descartara tantas flores que mal cabiam na lixeira.

Sade balançou a cabeça.

– Posso te fazer uma pergunta?

Ele recostou-se na cadeira.

– Claro. Mas vou te fazer outra em troca.

– Tudo bem – disse ela, chegando mais perto. – Você namorou a April?

O sorriso dele vacilou.

– Onde você ouviu isso?

– Por aí. Vocês namoraram ou estavam só ficando? – perguntou, querendo uma resposta clara.

– São duas perguntas.

Ele estava se esquivando.

– Certo, então responda à primeira.

Ele bateu os dedos na mesa. E se inclinou, colocando os cotovelos diante de si.

– Estamos namorando? – perguntou.

– O quê? – Sade disse.

– Eu e você. Estamos namorando? – Sade pestanejou. Ele havia ignorado completamente a pergunta dela. Ela não respondeu, então ele continuou. – Gosto muito de você e sinto que quero conhecê-la mais. Ao contrário do que você pensa sobre mim, não saio com várias garotas ao mesmo tempo. Por isso, a minha pergunta é: quer namorar comigo?

Algo naquela pergunta era perturbador.

– Quer namorar comigo? Estamos na década de 1930?

Ele sorriu.

– O que é que posso fazer? Sou um cara à moda antiga.

– Você ainda não respondeu à minha pergunta – disse ela, cada vez mais irritada.

– Qual era mesmo? – ele perguntou, fingindo ignorância.

Algo parecia diferente em sua expressão.

Persephone estava dizendo a verdade. A linguagem corporal e a esquiva dele diziam tudo.

Sade estava farta de garotos que se achavam no direito de fazer o que quisessem porque sabiam como encantar e manipular os outros.

Sade concluiu que tudo o mais que Persephone falara também devia ser a verdade.

Ela levantou-se de repente, e o sorriso no rosto de Jude vacilou.

– Te vejo por aí, Jude – disse, e saiu do café sem dizer mais nada.

25

QUINTA-FEIRA

INDO A FUNDO

SADE ESTAVA CONVENCIDA DE QUE alguns professores achavam graça no sofrimento dos alunos.

Era a única coisa que explicava por que o sr. Michaelides tinha passado aquele trabalho em grupo e, por algum motivo, decidido que Sade deveria colaborar com Francis.

Pelo menos a outra pessoa do grupo era Persephone.

Francis parecia presunçoso ao se dirigir à mesa de Sade, puxando uma cadeira, girando-a para trás e sentando-se.

– Este vai ser o dez mais fácil que vou conseguir na vida. Obrigado pelo seu serviço, garotas – disse Francis, com a voz provocante.

– Você está no quarto ano, refazendo o curso de Inglês do terceiro ano para se formar dentro do prazo. Se eu fosse você, prestaria muita atenção e evitaria ter que refazer esta aula até os vinte anos – disse Persephone, e Sade segurou o riso.

– Pelo menos eu não estarei amargurado, solteiro e triste aos trinta anos que nem você, querida Seph – Francis respondeu.

– Vá se foder, Francis – disse Persephone.

– Nos seus sonhos – ele respondeu.

Sade se perguntou como April permitia que o namorado dela falasse daquele jeito com sua melhor amiga. Também se perguntou como é que April namorava alguém assim, mas imaginou que nunca seria capaz de compreender.

– Meninas, vocês acham que ficarão bem sem mim por um tempo? Tenho que sair pra fumar – disse Francis, tirando o cigarro da posição permanente na orelha e colocando-o na boca.

– Você vai fazer o que quiser no fim das contas, então para que fingir que se importa com a nossa opinião? – Persephone murmurou.

– Você me conhece bem demais, Sephy. Vejo vocês daqui a pouco – Francis respondeu antes de se levantar, deixando o sr. Michaelides muito confuso.

– Hum, sr. Webber... Quero dizer, Francis... Aonde está indo? – perguntou o sr. Michaelides.

Francis mal olhou para o professor ao disparar a resposta irreverente:

– Tenho que fumar, ajuda com os meus nervos.

– Acho que você realmente não deveria... – o sr. Michaelides começou a dizer, mas foi interrompido pelo garoto ruivo.

– Meu pai falou que não tem problema, não esquenta, não... Até daqui a pouco, sr. M – falou, e então, sem dizer mais nenhuma palavra, saiu da sala rapidamente, como se não fosse nada.

Sade sabia que ele era o enteado do diretor, mas certamente haveria limites mesmo com isso, não?

O sr. Michaelides apenas encarou a porta batida por Francis, derrotado.

Sade decidiu se concentrar no projeto, e não nas vantagens que parecia haver para os bem relacionados da escola.

Tinham que fazer um cartaz com a cronologia dos livros que já haviam estudado e os que ainda estudariam, situando cada obra em seu período histórico e destacando algum acontecimento significativo de cada período.

Como esperado, Francis não voltou para a aula. Sade estava começando a entender por que ele tinha repetido a matéria.

– O trabalho é para a segunda-feira depois do recesso! – o sr. Michaelides gritou por cima do som de pessoas saindo e desaparecendo em seus próprios mundos e conversas.

Outro motivo pelo qual os professores eram sádicos. A maioria deles tinha deixado alguma tarefa para o recesso de sete dias que aconteceria na semana seguinte.

– Você já pegou o telefone? – Persephone perguntou a Sade enquanto abria e fechava o armário, colocando a bolsa lá dentro.

Sade balançou a cabeça.

– Estou trabalhando nisso.

– Avise-me quando conseguir – disse Persephone. – Te vejo no almoço?

Sade assentiu.

– Te vejo lá.

Então ficou observando Persephone se afastar, indo para a sua aula de Governança e Ciências Políticas.

Sade não tinha nenhuma aula na sequência, por isso ela foi até a sala de aula onde os alunos com horários vagos deveriam permanecer. Quando chegou lá, ficou surpresa de ver August parado do lado de fora, encostado na parede, mexendo no telefone.

Sade diminuiu a velocidade, e August enfim ergueu os olhos.

– Oi – disse ele.

Em seu rosto havia vergonha e um arrependimento profundo.

Sade olhou para o telefone na mão dele.

– Ei – ela respondeu, toda tensa.

Ela não o via desde a terça-feira em que ele a beijara na piscina. Sade imaginou que provavelmente fosse por isso que ele estava ali, considerando a culpa que irradiava dele tal como aroma desagradável num desenho animado.

– Você está livre? – ele perguntou.

– Mais ou menos, tenho um período livre, só ia colocar o trabalho em dia. Você também tem um horário vago? – ela perguntou, apesar de saber que não era o caso.

Ela nunca o vira naquela sala. Mas era possível que conseguisse persuadir o professor a deixá-lo passar o tempo livre em outro lugar.

Ele balançou a cabeça.

– Vim para te ver. Eu, hum... Só queria me desculpar pelo que aconteceu na terça-feira. Eu nunca deveria ter feito aquilo e sinto muito se cruzei um limite ou a deixei desconfortável de alguma forma. Você é uma ótima amiga e eu só... sinto muito.

Sade não respondeu nada a princípio. Não que ele a tivesse deixado sem palavras, mas ela apenas não sabia se tinha uma resposta adequada para oferecer a ele.

Poderia dizer *Está tudo bem*, mas não estava. Não estava nada bem. Ela não tinha certeza se poderia voltar a confiar nele, especialmente depois de descobrir – uma segunda vez – que ele tinha mentido mesmo depois que ela a confrontara.

– Como você sabia que eu viria para cá? – ela perguntou no lugar.

Ele não parecia ter antecipado aquela pergunta e então se mostrou ainda mais envergonhado naquele.

– Vantagens de ser suplente do monitor-chefe, acho. Vi o seu arquivo e olhei a sua grade horária. Falei ao meu professor que tinha algumas tarefas do cargo para fazer e ele me deixou usar os primeiros dez minutos de aula.

Sade ergueu uma sobrancelha.

– Dez minutos? Este é o tempo que você achou que levaria para me conquistar? – Sade falou, meio brincando.

– Não, mas imaginei que ele desconfiaria se eu pedisse mais tempo – respondeu.

Sade assentiu.

August parecia perturbado, como se estivesse a segundos de ficar de joelhos e rastejar pelo seu perdão.

Sade poderia usar aquilo a seu favor.

– Você está livre hoje à noite? – perguntou a ele.

– Por quê?

– Acho que vou fazer o teste para a equipe de natação, mas para uma das vagas reservas. Preciso de ajuda para treinar. Você me ajudaria?

Os olhos de August brilharam com aquela menção.

– Claro. – Ele pareceu aliviado, como se estivesse feliz por ter recuperado a amiga e parceira de natação noturna.

Sade sentiu algo parecido com alívio. Enfim estava um passo mais perto de obter as respostas que queria.

AUGUST JÁ ESTAVA NA PISCINA quando Sade chegou depois do jantar.

Ele ainda não notara sua presença. August nadava com a concentração de sempre, a água sendo a única coisa no mundo com que realmente se importava.

Naquele aspecto, eles eram quase muito parecidos.

Sade aproveitou a oportunidade para entrar silenciosamente no vestiário masculino enquanto ele estava distraído.

O bom de o Centro Newton estar praticamente desocupado naquele momento era que significava que seria fácil encontrar as coisas de August, que estariam no único armário em uso. Os armários, ironicamente, não tinham tranca.

Apesar do mito dos Ladrões de Turing, a escola não parecia se preocupar muito para prevenir roubos.

Sade abriu a porta do armário e tirou a mochila preta de August de lá, colocando-a perto das pias. Abriu o bolso menor e também o maior e começou a vasculhar, procurando o item de que precisava.

Sentiu a tela de vidro lisa antes de vê-la, tirando o celular para examiná-lo.

O telefone pedia uma senha para abrir.

Ao longe, ela ainda conseguia ouvir o som da água respingando enquanto August nadava e tentou a primeira combinação.

O aniversário dele. *3110.*

O telefone vibrou em sua palma.

Duas tentativas restantes.

O que mais poderia ser?

Com o que mais ele poderia se importar o bastante?

Os respingos persistiram à distância, e Sade tentou um segundo palpite.

2323. O número de sua camisa repetido.

O telefone vibrou mais uma vez.

Uma tentativa restante.

Ela suspirou.

Sade tentou se lembrar das conversas que tiveram. Coisas que vira no quarto dele e que poderiam indicar com o que ele realmente se importava. As pessoas costumavam dizer que os olhos eram janelas para a alma, mas as paredes dos quartos também eram.

E então, ela enfim se deu conta.

– Por favor, que esteja correto – sussurrou enquanto digitava a sua última tentativa.

2004. O ano em que Michael Phelps realizou sua série histórica de vitórias nas Olimpíadas de Atenas.

O telefone foi desbloqueado.

Ela conseguira.

26

SEXTA-FEIRA

RELATOS ÍNTIMOS

ENFIM CHEGARAM AO ÚLTIMO DIA antes do recesso, e os corredores da escola estavam cheios de alunos entusiasmados, prontos para deixar a escola para suas viagens de esqui ou em cruzeiros pelo Caribe que fariam em família.

Sade não voltaria para casa. Passaria a semana seguinte no internato com o restante dos alunos que não podiam voltar para casa por algum motivo, tinham famílias que não gostariam de encontrar ou que, como ela, eram órfãos.

Ou como Baz, que dizia não sentir falta de ser criticado pela mãe por uma semana inteira. Sade ficou feliz por pelo menos tê-lo ao seu lado durante as férias.

Ela levantara a hipótese de que Elizabeth era o verdadeiro motivo pelo qual Baz não queria ir para casa. Não queria ter que encarar a mãe de Elizabeth nem mentir para ela a respeito de estar tudo bem. Esconder-se ali era mais seguro. Pelo menos os dois poderiam se esconder juntos.

Também daria a Sade a oportunidade de continuar tentando encontrar respostas, especialmente no telefone de August.

– Tive que recorrer ao plano B em todo o imbróglio com Kwame – Baz lhe contou enquanto se dirigiam ao almoço.

– Qual era o plano A?

– Eu te falei, me esconder e desistir de tudo.

Ela riu.

– Ah, sim. Como pude esquecer? Suponho que não tenha dado certo?

Ele assentiu.

– É tarde demais para abandonar o alemão, e não posso perder mais nenhum treino de remo; senão, o treinador *vai* invadir o meu dormitório e me esfolar vivo.

– Então qual é o plano B? – perguntou Sade.

– Fingir que nada aconteceu – disse ele, e quando Sade estava prestes a perguntar como aquilo funcionaria, uma voz os interrompeu.

– Ei – disse Persephone.

Ambos se viraram para ela, parada no meio do caminho.

– Oi – Sade respondeu.

Baz ficou um pouco impressionado.

– Recebi a sua encomenda – disse Persephone, olhando para Sade. A encomenda era a cópia dos dados do telefone de August. – Vou dar uma olhada esta noite. Você pode se juntar a mim, se quiser?

– Sim, eu gostaria de fazer isso – disse Sade.

Baz estendeu a mão para Persephone.

– Basil dos Santos, sou um grande fã do seu trabalho... Estava na plateia quando você ganhou aquele concurso no primeiro ano quando soletrou a palavra *misoginia*.

Persephone o encarou sem piscar. E então, depois de alguns segundos constrangedores, disse:

– Obrigada.

Estava claro que Persephone não sabia o que pensar de Baz. Em parte por todo o entusiasmo incontido que ele levava para a maioria das conversas, mas também, Sade imaginou, porque o cabelo dele estava azul àquela altura. Persephone parecia estar sofrendo algum tipo de sobrecarga sensorial.

– Tudo bem se Baz se sentar com a gente no almoço? – Sade perguntou.

Baz nem sempre comia no refeitório, mas, quando o fazia, Sade se sentia mal por abandoná-lo e deixá-lo comer sozinho.

– Tenho certeza de que April não se importaria com isso – respondeu Persephone.

Quando entraram juntos no refeitório, Sade se surpreendeu ao ver que a mesa de sempre estava cheia de estranhos. Ao que parecia, todos eram da equipe de natação masculina.

Sade estava grata por August e Jude não estarem passando muito tempo na mesa nos últimos tempo por conta dos rigorosos treinos de natação, mas, por algum motivo, naquele dia os dois estavam ali.

Ela não falava com Jude desde o encontro nada romântico, mas imediatamente sentiu os olhos dele sobre si ao se sentar.

Sade ouviu Baz se apresentando para Juliette, que elogiava a cor do cabelo dele.

Começou a comer suas cenourinhas, embora o cérebro ansioso já tivesse acabado com o seu apetite.

Ela sempre tinha a sensação de que algo ruim estava prestes a acontecer, e muitas vezes aquela sensação não se justificava – era apenas uma brincadeira do cérebro dela.

Mas, às vezes, aquele sentimento vinha acompanhado de um evento real que a deixava ansiosa.

Quase como se o universo pudesse ouvir seu caos interior e tivesse decidido testar o quanto mais de ansiedade ela poderia suportar, Sade de repente ouviu e sentiu um estrondo quando Jude se levantou na mesa e gritou:

– EI! – Aquilo ressoou pelo salão inteiro e fez com que todos se aquietassem no lotado refeitório. – Tenho um anúncio a fazer – disse, olhando diretamente para ela.

Ah, não, pensou Sade.

Todos os olhos estavam voltados para ele agora.

– Eu gosto muito de uma pessoa. E acho que ela também gosta de mim, mas quer que eu prove que estou falando sério, e cá estou. Me comprometendo.

Suspiros baixos se seguiram, e Sade teve vontade de se encolher e desaparecer nas sombras. Mas não poderia, ainda que quisesse; isso só chamaria ainda mais atenção para si mesma.

– Não estou acostumado a não conseguir o que quero. Eu sou o capitão, comando o navio, mas essa garota me desafia, e quero que todo mundo saiba que eu gosto de Sade Hussein e que ela é a única garota aos meus olhos.

O que diabos ele está fazendo?, Sade pensou conforme todos os olhos se voltavam para ela. Ela ainda segurava uma cenoura, congelada como se estivesse sob um enorme holofote cujo brilho e intensidade da luz a derretessem e a fizessem suar.

– Enfim, este é o meu anúncio. Podem voltar a comer – disse Jude, com um sorriso, e depois pulou da mesa.

Mas é claro que as pessoas não podiam simplesmente voltar a comer. Não depois de uma bomba como aquela ter sido lançada de maneira tão corriqueira.

O playboy local da escola aparentemente não queria mais saber de brincadeiras.

Sade ergueu a cabeça devagar, vendo todos os olhares da mesa voltados para ela.

August parecia chocado. Francis parecia chocado. Todos pareciam chocados. Bem, todos menos April.

April não parecia nem um pouco interessada no que acabara de acontecer.

– Vamos nessa, pessoal; temos treino – disse Jude, colocando as mãos nos ombros de August.

August se levantou em silêncio, desviando os olhos de Sade e partindo com Jude, que saiu do refeitório com um sorriso estranho e sabichão no rosto.

Os outros estranhos o seguiam como marionetes, dando tapinhas nas costas de Jude e rindo.

Sade enfim olhou para Persephone, que parecia mais traída do que chocada... *À beira das lágrimas*, Sade pensou.

Desejou que Jude não tivesse feito aquilo.

Sade nunca achava romântico quando assistia a um filme ou lia um livro em que um garoto fazia uma grande declaração de amor como aquela. Pelo contrário, achava perturbador. Quase como se a garota estivesse encurralada, obrigada a tomar parte no show do mestre titereiro para não o irritar.

A mesa ainda estava em silêncio.

– Bem, isso foi... um espetáculo – April falou, com uma expressão entediada.

Persephone levantou-se de repente e todos a olharam sair silenciosamente do refeitório.

– O que diabos foi isso? O almoço é assim todos os dias? – Baz perguntou, observando a porta pela qual Persephone saíra.

– Vou ver como ela está – disse Juliette suavemente antes de se levantar, dar um sorriso estranho a Sade e sair corredor porta afora também.

Sade se sentia a pior pessoa em todo o mundo.

– Sinto muito, April – disse por fim, sem saber mais o que falar.

– Pelo quê? – April perguntou, bebendo seu refrigerante diet e parecendo perplexa.

– Eu, hum... sei que você e Jude namoraram e não tive a intenção de passar por cima de você nem nada...

April sacudiu a mão para ela.

– Quem se importa? Pode namorar quem quiser… estou com Francis. Não estou brava nem nada.

Aquilo surpreendeu Sade.

Persephone dissera que April *se importaria*.

Mas April estava ali, aparentemente nem um pouco afetada com o que tinha acontecido.

Talvez a questão nunca tenha sido April.

Sade sentiu um turbilhão de emoções, passando da raiva para a confusão em questão de segundos.

Sempre foi Persephone.

Por que ela diria para se afastar dele? O que estava tentando lhe dizer?

Apenas Persephone poderia responder àquelas perguntas.

Sade tinha que ir diretamente à fonte.

SADE FOI ATÉ A CASA CURIE pouco antes do início do jantar.

Chovia muito lá fora, por isso a maioria dos alunos estava dentro de casa, protegidos da tempestade. Sade se sentia como se fosse responsável pela severidade do clima, como se a sua irritação atual alimentasse as nuvens escuras, instando-as a crescerem cada vez mais até se romperem sobre a Academia Alfred Nobel, matando todos afogados.

Quando chegou na Casa Curie, foi logo até o quarto de Persephone, batendo forte à porta e esperando.

Por alguns instantes não houve resposta.

Foi só quando se preparava para bater novamente que Persephone finalmente abriu a porta.

– Precisamos conversar – disse Sade.

Persephone simplesmente assentiu, deixando-a entrar no cômodo.

Assim como o quarto de Sade, o de Persephone tinha duas camas de solteiro. O lado de Persephone estava repleto de itens pretos, tudo organizado com cuidado, e ela tinha vários pôsteres nas paredes, incluindo uma tabela periódica e um do disco *RIOT!*, do Paramore, pendurados sobre a cama.

Persephone fechou a porta e voltou lentamente para dentro.

– Qual é o seu problema? – Sade perguntou. Mas ainda não queria uma resposta. – Você me atacou na biblioteca, dizendo que April odiaria se eu saísse com Jude, mas a April nem liga. Na verdade, acho que é você que se importa por algum motivo. E você mentiu para mim. Então pergunto: qual é o seu problema, porque juro que estou farta de todo mundo esta semana...

Sade parou ao perceber que os olhos de Persephone estavam cheios de lágrimas.

Ela não queria fazê-la chorar. Só queria respostas.

Persephone enxugou o rosto e, pela primeira vez desde que Sade tinha chegado, abriu a boca.

– Ele é um estuprador – ela respondeu calmamente.

Tão baixinho que Sade quase não entendeu.

– O quê? – perguntou, por reflexo, embora a tivesse ouvido claramente.

O coração de Sade parou.

– Jude. Ele é um estuprador.

EIS A ARMA, LÁ POR TI[3]

Querido diário,

Meses atrás, no dia 9 de abril, eu acho que morri.

Sem paranoia nem nada do tipo, é só que tenho bastante certeza de que pereci.

Isso explicaria as moscas que se aglomeraram ao redor da minha carne em decomposição. Explicaria a dor esquisita no peito, e a ausência de um coração pulsante. Explicaria o motivo de não conseguir dormir direito há meses. O motivo pelo qual, na manhã do dia 10 de abril, entrei no chuveiro para tentar lavar a noite anterior de mim, mas desde então a sujeira não sai de mim...

---

[3] Um anagrama

27

SEXTA-FEIRA

PLANOS BEM BOLADOS

UM SILÊNCIO SE SEGUIU ÀS palavras, aquelas cinco palavras que mudariam tudo.

– *Jude. Ele é um estuprador.*

O rosto de Persephone estava banhado em lágrimas e refletia como Sade se sentia por dentro. Como se tudo fosse distorcido e sombrio.

Como uma criança curiosa invocando a "Loira do Banheiro" no espelho, esperando que a sua casa fosse assustadora o bastante para evocar um convidado maldito no reflexo. Dizer aquelas palavras, *finalmente dizê-las,* conjurava a imprecação por si só. Tudo parecia tão claro agora.

Estava claro que Persephone nunca havia dito aquelas palavras em voz alta antes, e seu peso se tornara claro como o dia.

Sade queria lhe dizer tantas coisas, fazer tantas perguntas, mas não sabia como fazer isso. Por isso apenas falou:

– Eu sinto muito.

Persephone enxugou o rosto novamente e se afastou.

– Comecei a dar uma olhada nas coisas do telefone de August antes de você chegar – disse, ignorando a simpatia de Sade.

– O que você descobriu? – Sade perguntou, acompanhando Persephone, sem fazer a pergunta que queria fazer, mas não era capaz.

O que ele fez com você?

– A galeria de fotos dele é péssima, assim como as mensagens de texto. Ele só tira fotos de *natureza* e as únicas mensagens são para April e a mãe, o que é meio suspeito, e me fez pensar que ele provavelmente tinha aplicativos escondidos... Vasculhei os aplicativos, procurando o que poderia estar disfarçado, e não demorou muito para enfim descobrir onde os Pescadores se escondem – Persephone respondeu, e Sade se aproximou conforme Persephone lhe mostrava uma tela idêntica à do telefone de August.

– Aqui está. É uma conversa só de meninos. Ainda não olhei com atenção, mas eles usam um aplicativo disfarçado com o ícone da calculadora, estão registrados com apelidos e postam coisas realmente vis sobre as meninas da escola. Tenho certeza de que também há fotos e vídeos, só que estão protegidos por senha. Adivinhei algumas das senhas pelo contexto. Parece que cada uma é aberta com o apelido que usam para a garota em questão.

Sade sentiu as entranhas se contorcerem, como se insetos imaginários estivessem rastejando por toda a pele.

Enquanto rolava a tela, ela viu muitos nomes. Tantos meninos.

Ela se perguntou qual deles seria August e sentiu um arrepio ao pensar nisso.

– Tem mais uma coisa... – disse Persephone, indo para mensagens mais recentes.

O cacto: Vocês viram só o Jack no almoço, subindo na mesa que nem um idiota e declarando que está caidinho pela novata?

Jack, o Estripador: Posso garantir que não estou caidinho. É tudo parte do jogo, rapazes.

Chaleira: Que jogo?

Chaleira: Tem alguma coisa a ver com o seu aniversário?

Jack, o Estripador: Talvez... A novata é mó frígida... a gente nem fez nada nos nossos encontros. Vou arrumar um negocinho pra ela dar uma acalmada. Se tudo der certo ela nem vai se lembrar de que um dia já foi tão frígida.

Persephone a observou se dar conta de quem era Jack, o Estripador, e de quem ele falava.

Sade era a Novata e Jude Ripley era Jack, o Estripador.

Ela se sentiu entorpecida.

– Foi no final do primeiro ano – disse Persephone, enfim quebrando o silêncio. A voz suave e encabulada, mas firme. – Me convenceram a ir a uma festa. April ainda não tinha começado a sair com ele, mas eu sabia que ela gostava muito dele. Ele tinha acabado de ingressar na escola e, para ela, ele era um quebra-cabeça novinho em folha e misterioso, que ela queria destrinchar e decifrar.

Eu não sabia como dizer a ela que ele me deixava desconfortável. Não há nada muito científico na intuição.

"Ele tinha um jeito de olhar, destacar as pessoas, fazer com que se sentissem tão especiais. E April amava ser adorada, eu acho. Eu já nem tanto. – Persephone piscou e mais lágrimas escaparam. – Ele sempre fazia avanços supostamente inocentes. Esbarrando em mim, me dizendo que eu estava linda mesmo quando eu lhe dizia para parar... E, naquela noite, ele me ofereceu uma bebida. Eu recusei e ele não curtiu nem um pouco. Um tempo depois, naquela mesma noite, quando ele, obviamente, já tinha tomado alguns drinques e não havia muita gente por perto, ele me encurralou e falou que *um dia* ele me pegaria e me transformaria em hétero. Eu costumava mentir para mim mesma. Como ele, *tecnicamente*, não tinha ido além daquela ameaça, costumava pensar que era só uma coisa da minha cabeça. Mas fez com que eu me sentisse impotente, e o sentimento nunca foi embora. Especialmente quando ele e April começaram a namorar. Ele estava sempre lá, um lembrete constante daquela noite. E ele ainda está aqui, sempre por aqui, e não posso fazer nada a respeito disso."

Persephone vivia com aquilo escondido dentro dela, incapaz de contar a ninguém, até aquele momento.

– Depois de um tempo, fiquei sabendo que algumas garotas com quem ele ficou nas festas da Casa Hawking não terminaram muito bem depois. Elas diziam que... não conseguiam se lembrar de nada da noite ou de estar com Jude.

– Você não contou isso a um professor, aos seus pais ou...

Persephone balançou a cabeça, lágrimas escorrendo de seus olhos e descendo pelo rosto.

– É só especulação. Um monte de rumores. Quem acreditaria em mim? Ou nas meninas?

Uma pontada de culpa atingiu Sade.

De repente, lembrou-se de como o rosto de Persephone se anuviou quando Sade a acusara de mentir e acreditar demais em rumores.

Sade queria enxugar as lágrimas dela. Certificar-se de que ele nunca mais a fizesse chorar.

– Eles precisam ser detidos – disse Sade. – Todos eles.

28

SEGUNDA-FEIRA

DESVENDANDO O ENIGMA

A ESCOLA PARECIA VAZIA.

Os estudantes que não viajaram nas férias vagavam a esmo, como almas perdidas presas entre o véu.

Sade se sentia mais soturna do que o normal com a ausência de maior parte do corpo discente e a crescente sensação de mau presságio no campus. Teve sonambulismo por duas noites seguidas – o que não era tão incomum –, mas o *esquisito* foi acordar sentada na beira da cama de Elizabeth em ambas as vezes.

Além de estar com o sono conturbado, passara o fim de semana com Persephone – que também não iria para casa –, dividindo-se entre o seu quarto, a biblioteca e o quarto de Persephone na Casa Curie, e analisando o bate-papo do grupo dos Pescadores. Sade tentava descobrir qual era a ligação que os Pescadores poderiam ter com Elizabeth, e Persephone tentava desvendar qual nome de usuário correspondia a qual garoto da escola (sem muita sorte), além de começarem a trabalhar no projeto em grupo do qual Francis tinha decidido se esquivar. Ele parecia achar melhor gastar o tempo dele na estação de esqui dos Owens, na Suíça, durante aquela semana.

A segunda-feira chegara, e Sade estava cansada de ficar olhando para telas de computadores. Infelizmente, porém, como Batman previra, o crime nunca dormia e, pelo visto, ela também não.

Deitada na cama do seu quarto sempre silencioso, ouviu um barulho.

Um barulho incomum... um bipe...

Sade sentou-se e observou a porta com desconfiança. Então, de repente, o ruído parou e um envelope preto deslizou por baixo da porta.

Ela se abaixou para pegá-lo. O envelope era grosso e tinha uma gravura prateada de peixe.

O corpo de Sade ficou imóvel.

Parecia o mesmo envelope da caixa de música. Aquele com o código.

Ela o rasgou e virou o cartão para ler a mensagem. Novamente, estava em código Morse. Era isso o barulho lá fora?

Sade escancarou a porta, querendo pegar quem entregara o envelope, mas o corredor estava vazio.

Vasculhou a área, correndo para ver se alguém tinha entrado no elevador ou se conseguia ouvir o barulho de passos na escada, mas não havia nada além de silêncio.

Era como se a pessoa tivesse entrado no dormitório da frente, o quarto 314, ou desaparecido por completo.

Esquisito.

Voltou para o quarto, pegou o cartão e começou a analisar a mensagem.

Para Sade

.-. .- - --- ... / --.- ..- . / --. .-. .. - .- -- / ... . / - --- .-. -. .- -- / .-. .
..-. . .. -.-. .- --- / / ..- -- .- / -.-. .. - .- -.-. .- --- / -.. --- / .-.. . -. -..
.- .-. .. --- / .--- --- .... -. / ..-. .. ..-. --..-- / -. --- ... ... --- /
..-. ..- -. -.. .- -.. --- .-. --..-- / --- / .--. . ... -.-. .- -.. --- .-. / --- .-. ..
--. .. -. .- .-.. .-.-.- / .-.. . -- -... .-. . -....- ... . / ... .- -... .. .- -- . -. - . /
-.. .- ... / .--. .- .-.. .- ...- .-. .- ... / -.. . .-.. . --..-- / .. -. - . .-. -. .- .-..
.. --.. . -....- .- ... --..-- / .--. --- .. ... / .- --. --- .-. .- / ...- --- -.-. . /
..-. .- --.. / .--. .- .-. - . / -.. --- ... / . ... -.-. .- .-.. --- . ... / -- .- .. ... /
. .-.. . ...- .- -.. --- ... / -.. --- / -- ..- -. -.. --- .-.-.- / -.-. .- .-. .- / . / .
... - .. -- .- -.. .- / -.-. --- -. ...- .. -.. .- -.. .- --..-- / - . -. .... --- / --- /
.--. .-. .- --.. . .-. / -.. . / .. -. ..-. --- .-. -- .- .-. / --.- ..- . / ...- --- -.-.
. / ..-. --- .. / ... . .-.. . -.-. .. --- -. .- -.. .- / -.-. --- -- --- / ..- -- .- /
-.. .- ... / .--. --- ..- -.-. .- ... / ... --- .-. - ..- -.. .- ... / .- / .--. .- .-. - ..
-.-. .. .--. .- .-. / -.. . / ..- -- .- / .-. . ..- -. .. .- --- / -.. .- / -.-. .- ... .- /
.... .- .--- -.- .. -. --. .-.-.- / .--. --- .-. / ..-. .- ...- --- .-. --..-- / ...- .
.--- .- / --- ... / -.. . - .- .-.. .... / -. .- / .--. .- .-. - . / -.. . / - .-. .- ...

/ -.. . ... - . / -.-. --- -. ...- .. - . .-.-.- / . ... - .- -- --- ... / .- -. ... .. ---
... --- ... / .--. .- .-. .- / .-. . -.-. . -... . .-. / ...- --- -.-. .- --..-- / . / .-..
. -- -... .-. . -....- ... . --..-- / -. .- --- / --. .-. .. - . .-.-.- / / --- .--. ...

Sade sentou-se à escrivaninha e abriu o laptop, procurando por uma página de tradução de código Morse. Em seguida, digitou cuidadosamente a mensagem do começo ao fim, apertando o botão Traduzir quando terminou.

A tela foi atualizada e abaixo estava a mensagem decifrada:

Ratos que gritam se tornam refeição – uma citação do lendário John Fisher, nosso fundador, o pescador original.

Lembre-se sabiamente das palavras dele, internalize-as, pois agora você faz parte dos escalões mais elevados do mundo.

Cara e estimada convidada, tenho o prazer de informar que você foi selecionada como uma das poucas sortudas a participar de uma reunião da Casa Hawking.

Por favor, veja os detalhes na parte de trás deste convite.

Estamos ansiosos para receber você, e lembre-se, não grite. – OPS

OPS. Os Pescadores. Devia ser a mesma mensagem que Elizabeth recebera.

E então, Sade se lembrou do rato junto à porta do dormitório naquele primeiro dia. Elizabeth tinha gritado?

Ela engoliu em seco, sentindo aquele peso conhecido no peito.

No verso do convite havia uma data, uma hora e números aleatórios escritos em tinta preta. Sade o virou e olhou para o código e a mensagem que escondia.

Sade ouviu o telefone vibrando em seu bolso e teve que se forçar a desviar os olhos do convite para o celular.

J: Talvez você receba uma coisa hoje. Não se assuste, é só o convite para o meu aniversário

Jude não trocara mensagens ou falara com ela desde o grande espetáculo na sexta-feira. Era como se estivesse esperando que ela desse o primeiro passo.

Pelo visto, tinha ficado cansado de esperar.

S: Mensagem recebida.

J: É uma tradição da Hawking, o código Morse. Espero que não tenha te assustado muito. Temos código Morse em toda parte por aqui – o papel de parede da sala comunal tem o lema da escola escrito repetidamente em código. É muito legal, não?

Uma tradição da Hawking. A frase soava sinistra demais.

Ela se lembrou do que Baz havia dito sobre as festas da Hawking em seu primeiro dia na escola e se perguntou se aquela era uma de suas muitas tradições estranhas.

S: Muito, ela respondeu, esperando que o texto não transmitisse seu sarcasmo.

Fechou a conversa e abriu a que agora tinha com Persephone.

S: Preciso da sua ajuda

Imediatamente, os três pontos apareceram antecipando a resposta de Persephone, Já chego aí, que logo apareceu na tela.

O telefone dela tocou novamente, outra mensagem de Jude.

J: E então, você aceita o convite?

Sade olhou para as palavras, perguntando-se por que Elizabeth tinha recebido um daqueles convites. Jude disse que seria seu aniversário, então, talvez, o convite de Elizabeth fosse do último aniversário dele... mas isso ainda não respondia à pergunta dela. Na verdade, levantava mais.

Como é que Elizabeth conhecia Jude a ponto de ser convidada para a festa dele? Por intermédio de August talvez, já que os dois namoravam?

E o mais importante, por que ela estava tão interessada nos *Pescadores*?

PERSEPHONE SENTOU-SE NA CAMA DE SADE, olhando o convite e parecendo concentrada.

– É um convite para uma festa da Hawking – disse assim que o viu. – Também conhecida como aspirante a festa de fraternidade. Acontece, na maioria das vezes, quando temos um recesso ou férias – ela continuou. Sade lembrou-se de Elizabeth também mencionar festas de fraternidade. – Depois de receber o convite preto, é só ir ao local indicado.

– Jude falou que era o convite para a festa de aniversário dele.

Persephone a encarou.

– Provavelmente é. Os meninos da Hawking aproveitam qualquer oportunidade para dar uma festa. April sempre vai. Ou pelo menos costumava fazer isso... Não tenho certeza se ainda faz...

Persephone pegou o telefone e digitou as coordenadas no verso do convite, balançando a cabeça quando as viu.

– Foi o que pensei – disse.

– O quê? – Sade perguntou.

– As coordenadas são da casa que a mãe de Jude comprou para ele. April sempre me disse que ele nunca voltava para casa, mesmo durante as férias mais longas de verão e inverno. Aparentemente, a mãe dele não o suporta... e eu não a culpo, sendo sincera. Você deveria recusar o convite – disse Persephone.

– O quê? – Sade disse.

– Você deveria recusar. Nada de bom pode vir de uma festa da Hawking, e, além disso, você viu as mensagens do grupo... Jude aposta que você vai.

Sade entendia de onde vinha a preocupação de Persephone, entendia o perigo. Mas também sabia que eles precisavam ser detidos.

– E se a gente usar o convite?

– Usar como? – indagou Persephone.

– Para pegar Jude na festa. Eu posso ficar com você no telefone o tempo todo para gravarmos a conversa. Posso fazer com que ele admita o que está fazendo e podemos mostrar a alguém, impedir que essas festas continuem... Acabar com tudo o que acontece por lá – disse Sade.

Impedir que aqueles monstros machuquem as pessoas. E descobrir se tudo aquilo também tinha alguma coisa a ver com Elizabeth.

Persephone não parecia muito satisfeita com a ideia.

Mas era uma coisa que Sade queria fazer. Uma coisa que ela precisava fazer.

Era só uma questão de tempo até que alguém se machucasse.

– Podemos ter uma palavra para sinalizar o perigo e planejar tudo para que eu não acabe presa lá dentro.

– Eu não tenho certeza quanto a isso... – disse Persephone. – E se ele te pegar, você não conseguir escapar a tempo ou...

– Vou tomar cuidado – Sade assegurou.

Valia a pena correr alguns riscos.

Você nunca deveria ter vindo. A voz sibilante retornou, como esperado.

Ingressar na AAN tinha sido um daqueles riscos.

Persephone ficou quieta por alguns momentos, mas então finalmente assentiu.

– Só que precisamos planejar bem, ok? Não podemos estragar tudo, cometer nenhum erro – disse ela, olhando para Sade com seriedade, transmitindo preocupação com seus profundos olhos castanhos.

Sade percebeu que ficara quieta por tempo demais e se forçou a reagir.

– Tudo bem – disse ela.

Então a porta do quarto dela se abriu de repente, e Baz apareceu com um saco de pipoca nos braços. Sade tinha se esquecido de que tinha combinado assistir a *Shrek 2* com ele.

Ele ainda não estava conseguindo dormir, e Shrek parecia ser o único antídoto para não sair dos eixos de vez.

– Você não sabe bater? – indagou Persephone.

Baz pareceu surpreso de vê-la por ali.

– Interrompi alguma coisa?

– Não – disse Sade ao mesmo tempo que Persephone respondeu:

– Sim.

Baz estendeu a mão para Persephone.

– A gente se conheceu no outro dia...

– Sim, eu me lembro de você – disse Persephone, sem cumprimentá-lo. – Balsâmico, né?

– Basil – ele a corrigiu.

Persephone pestanejou para ele.

– Já me junto a você na sala de tevê, Baz – Sade interrompeu a interação, sentindo que aquela conversa precisava mudar de rumo.

Baz olhou para as duas, as sobrancelhas franzidas como se suspeitasse de que havia algo mais acontecendo por ali.

Mas, em vez de fazer outras perguntas, ele apenas assentiu.

– Até mais – falou, saindo do dormitório então.

Persephone pareceu levemente irritada.

– Você poderia se juntar a nós, se quiser – Sade falou.

Persephone balançou a cabeça.

– Te vejo mais tarde, depois do filme. Aí a gente planeja todo esse desastre – disse, levantando-se da cama e saindo do quarto sem dizer mais nada.

Deixando Sade sozinha, com uma nova e tranquila esperança emergindo dentro de si.

29

QUARTA-FEIRA

NO FLAGRA

RESTAVAM TRÊS DIAS ATÉ A festa na Casa Hawking e Sade estava na biblioteca, tentando ficar em dia com as aulas de mandarim e com as tarefas.

O que, entretanto, estava se mostrando difícil, já que Sade se via sentada diante de Baz e Kwame.

Depois da estranheza inicial na festa e de toda evasão, os dois meninos pareciam ter superado tudo aquilo e estavam se vendo bem mais – especialmente durante o recesso.

Baz estava "ensinando" alemão a Kwame, apesar de ser péssimo no idioma, e era evidente que Kwame estava fingindo não saber nada.

– O que isto significa? – Kwame perguntou pela enésima vez.

Baz semicerrou os olhos para a página, provavelmente tentando adivinhar.

– Eu acho que... isso significa suco de abacaxi?

A expressão de Kwame segredou a Sade que aquele definitivamente não era o significado, mas ele assentiu mesmo assim.

Em meio à conversa em alemão, tinha sido quase impossível para Sade se concentrar no texto em mandarim que tentava ler durante aquela última hora.

– Acho que isso é tudo que consigo fazer hoje. Preciso me preparar para as minhas entrevistas com as universidade – disse Kwame.

– Ah, certo. Você conseguiu aquela entrevista no acampamento de verão de Oxford. Vai aplicar para Física, não é? – Baz perguntou.

Kwame assentiu.

– Espero me inscrever no quarto ano. Com sorte, talvez me torne um doutorando falido em alguns anos, que nem o meu irmão – respondeu, brincando.

Baz contara a Sade que Kwame era um dos poucos alunos bolsistas da AAN, como Elizabeth.

– De qualquer forma, obrigado pela ajuda, B – disse Kwame com um sorriso, pegando a apostila e então se levantando.

Baz assentiu, retribuindo o sorriso.

– *Entschuldigung*! Isso significa "sempre que precisar".

Sade tinha certeza de que o significado não era aquele.

Kwame parecia estar segurando o riso.

– Ah, vivendo e aprendendo. – Então coçou a cabeça, parecendo subitamente nervoso. – Acho que a gente deveria sair mais, entende, tipo, fora da biblioteca... quando você estiver livre.

Baz assentiu.

– Fico feliz de lhe ensinar em qualquer lugar – disse.

Sade suspirou alto.

– Sim... Ótimo. Eu te aviso quando precisar de ajuda novamente – disse Kwame, parecendo levemente desapontado.

– Te vejo por aí! – Baz respondeu enquanto Kwame se afastava.

Assim que Kwame estava fora do alcance da voz, Sade bateu levemente no ombro dele.

– Ai – Baz disse.

– O que é que foi isso?

– O que foi o quê?

– O Kwame te convidou para sair e você disse não.

– Ele não... – Baz começou a dizer, e então os olhos dele se arregalaram. – Não. Ele não fez isso.

– Sim, sim, ele fez.

Baz colocou a cabeça entre as mãos.

– Por que é que as pessoas sempre falam em código perto de mim? Isso torna muito difícil entendê-las.

– Sinceramente, estou tentando torcer por você; por isso, da próxima vez, não o rejeite para que eu possa torcer por vocês dois.

– Tudo bem, Tyra Banks – Baz respondeu, revirando os olhos. – Acho que se Kwame estivesse interessado, ele simplesmente diria. Ele é um cara objetivo.

– Talvez seja difícil ser objetivo quando se trata de assuntos do coração – falou Sade.

– Por que você está falando assim? – ele disse, com a sobrancelha levantada.

– Assim como?

– Que nem Jane Austen. É estranho.

Ela apenas sorriu.

– Pensai vós, pois.

Baz sacudiu a cabeça na direção dela enquanto se levantava.

– Estou indo na máquina de vendas comprar uns docinhos. Quer alguma coisa? – perguntou.

Sade sacudiu a cabeça, e então Baz foi embora.

Pouco depois, alguém ocupou seu assento.

Jude.

– Olá – disse ele.

– Oi – Sade respondeu, sentindo-se tensa.

Era a primeira vez que o via desde sexta-feira. A primeira vez desde que tinha descoberto quem eram os Pescadores.

Ele se inclinou sobre a mesa e Sade resistiu à vontade de desferir um soco bem no queixo dele.

Em vez disso, permaneceu imóvel, tentando parecer o mais neutra possível.

– Eu sei o que você está planejando, e não vai funcionar – disse ele com suavidade.

– O quê? – Sade perguntou, com o coração na boca.

Seria possível que Jude soubesse que elas tinham roubado dados do telefone de August, ou que tinham descoberto sobre o bate-papo em grupo... ou que estivesse sabendo até mesmo do plano delas de gravá-lo e expô-lo na festa?

O sorriso dele parecia ameaçador. Dava e entender que ele sabia de *tudo*.

– Sei que você vai me dar um presente surpresa, e eu já estou avisando que provavelmente vou descobrir o que é, por isso é mais fácil já me contar o que é.

O coração de Sade se acalmou e, lentamente, ela sentiu um alívio se espalhar por seu corpo.

– Infelizmente, não posso fazer isso – respondeu.

– Que pena – disse ele. – Quer que eu te busque no sábado? Aí você já pode me entregar. – Jude falou aquilo de um jeito que causou arrepios em Sade e a olhava de uma forma que a fazia querer se tornar invisível.

– Não – ela deixou escapar, depois acrescentou rapidamente: – Quero dizer, eu posso encontrar o caminho por conta própria... Faz parte da surpresa e tudo mais.

Ele assentiu, sem parecer suspeitar nem um pouco.

– Certo – disse, erguendo os olhos enquanto Baz se aproximava da mesa com um pacote enorme de M&Ms e um suco de caixinha.

– Até mais, linda – disse o garoto de olhos azuis antes de se levantar e desaparecer entre as estantes.

Sade sentiu que finalmente podia voltar a respirar. Nem tinha percebido que passara tanto tempo prendendo a respiração e agora as suas costelas doíam.

Baz sentou-se novamente.

– O que foi isso? – perguntou.

– Sobre a festa no sábado – disse ela.

As sobrancelhas de Baz se ergueram.

– Você vai numa festa da Hawking e não me contou?!

– É o aniversário de Jude, então não tenho certeza se isso conta...

– Qualquer reunião organizada por um garoto Hawking é uma festa Hawking – Baz disse, com os olhos arregalados.

– Bem, acho que vou a uma festa da Hawking, então – ela respondeu, sem jeito, sentindo-se mal por não poder convidá-lo.

Em circunstâncias diferentes, ela o levaria – especialmente com a conexão de Elizabeth com tudo aquilo –, mas era importante que fosse sozinha por conta do plano que ela e Persephone tinham elaborado.

– Uau, a sua vida... Às vezes tenho certeza que você tem uma identidade secreta e que eu não faço a menor ideia de quem você é de verdade.

OS SALÕES DA CASA TURING estavam mais silenciosos do que nunca. O que servia como um lembrete constante de que, enquanto a maior parte do corpo discente estivesse longe com as suas famílias, ela permanecia ali, sozinha.

Com a mente ocupada e o peito pesado, Sade percebeu que não conseguiria produzir nada que prestasse naquele dia, por isso decidiu voltar ao quarto para tomar banho, assistir a reprises de *The Great British Bake Off* e, com sorte, dormir em vez de ficar acordada, sentindo a expectativa e a preocupação a corroendo constantemente.

Jogou a bolsa na cama e foi até o laptop para carregar o episódio antes do banho.

Conforme mexia nele, uma notificação apareceu na tela do computador.

Ela tinha recebido um novo e-mail em sua conta escolar. Ela nunca recebia e-mails, exceto spams ocasionais de lojas on-line, mas, mesmo assim, eles geralmente iam direto para a lixeira.

Sade sentou-se, clicando duas vezes na notificação.

O e-mail se abriu e ela congelou quando a mensagem apareceu.

Pare de investigar. Isso só vai te machucar.

A mente dela se concentrou nas primeiras três palavras. *Pare de investigar.*

Sentiu uma onda de frio por todo o corpo e olhou pelo quarto, como se, ao se virar, fosse dar de cara com o remetente logo atrás dela.

Sade então olhou de volta para a tela. O e-mail tinha vindo de um endereço que parecia provisório. Alguém escondido atrás de uma tela, como um covarde.

Estendeu a mão para o teclado e, com os dedos trêmulos, digitou uma resposta.

QUEM É?, Sade mandou.

Segundos depois, a sua barra de notificação anunciou um novo e-mail.

SEU E-MAIL NÃO FOI ENTREGUE, ESTE ENDEREÇO DE E-MAIL NÃO É MAIS VÁLIDO.

Quem tinha enviado aquele e-mail?

A mente dela retornou à biblioteca.

Eu sei o que você está planejando, e não vai funcionar.

Ela sentiu o coração estremecer no peito, a garganta se fechando lentamente.

Será que era Jude? Ele sabia dos planos dela? Agora a estava ameaçando?

Sade sentiu como se a parede tivesse olhos. Observando cada movimento. Esperando para ver o que ela faria a seguir.

Queria mostrar aquilo para Persephone, ver o que ela achava. Mas sabia que, se Persephone soubesse da ameaça, abandonaria o plano por completo.

Diria que era perigoso demais.

Mas aquilo não tinha a ver com Sade. Ia além dela.

Não dava para voltar atrás.

Não agora que estava tão perto.

EIS A ARMA, LÁ POR TI[4]

Querido Diário,

Há alguns anos, pensei que tinha morrido,
mas me disseram que isso era mentira, então acho
que estou mentindo.

Ainda estou tropeçando naquele quarto escuro, procurando por aquele interruptor.

Não durmo mais, e meu coração não bate há anos.

---

[4] Um anagrama

30

SÁBADO

A ÁGUIA

ERA O DIA DA FESTA da Casa Hawking e Sade não tinha dormido nada.

A ansiedade a mantivera acordada enquanto seu cérebro a atormentava com pensamentos e preocupações sobre o presente, o passado e o futuro. O aperto de sua mente era persistente, e a voz sibilante e o quarto relativamente vazio a assombraram até o sol nascer.

Relativamente porque *ela* estava sempre por lá.

A garota das sombras.

Sempre aparecia à noite, mas já não trazia mais nenhum conforto a Sade. Apenas a olhava, triste e parecendo criticá-la.

Embora fosse exaustivo, ser mantida em vigília por seus pensamentos existenciais funcionou a seu favor, visto que precisava acordar cedo para o seu compromisso com Sharna Brown, a cabeleireira da Casa Curie. A garota do terceiro ano não era só uma cabeleireira habilidosa, mas, aparentemente, também dominava a flauta.

Já fazia um tempo que Sade não arrumava o cabelo, e trair o seu cabeleireiro de confiança era um pouco esquisito, ela tinha que admitir.

Quando Sade chegou, Sharna já tinha as extensões alinhadas e esticadas em sua cama. A colega de quarto de Sharna ainda dormia, e Sharna tinha colocado uma cadeira no centro do cômodo, de frente para a janela. Como boa parte do corpo discente, Sharna voltara das férias na noite anterior, pois as aulas recomeçariam na segunda-feira. Era por isso que só podia arrumar o cabelo de Sade naquele horário.

– Pode sentar aí. Tranças artificiais na altura da cintura, certo? – Sharna perguntou bocejando.

Eram sete da manhã e nem os pássaros cantavam.

Sade assentiu, ocupando o lugar.

– Isso.

Seis horas e meia depois, a colega de quarto de Sharna estava acordada e assistia a algum filme em sua cama, e Sharna mergulhava a ponta das extensões de Sade em uma tigela de água quente para selá-las.

Sharna entregou um espelho de mão a Sade para que ela examinasse o cabelo, e Sade sorriu em resposta. Podia jurar que as pessoas que sabiam como cuidar de cabelos eram praticamente feiticeiras.

– Obrigada – disse.

– Sem problemas. São oitenta.

Sade pagou e foi embora.

Eram só duas da tarde e ainda faltavam muitas horas para a festa começar. Mandou uma mensagem para Persephone, informando-a de que tinha terminado de arrumar o cabelo e se dirigiu até o dormitório dela para revisar o plano. Tudo precisava se desenrolar sem maiores problemas.

Aquilo era perigoso – Persephone a lembrava disso toda vez que conversavam a respeito –, mas Sade estava ciente de que parecia ser tudo o que podiam fazer naquele momento. Expor o que aqueles meninos faziam era a única opção, e também a única forma de descobrir como Elizabeth se relacionava com tudo aquilo.

Quando Sade bateu à porta, Persephone atendeu e lhe lançou um olhar estranho.

– Olá – Sade falou, sorrindo.

Persephone não retribuiu. Apenas a encarou.

Será que ela sabe do e-mail e quer cancelar tudo?

Sade sentiu o seu sorriso vacilar um pouco.

Após uma longa encarada esquisita, Persephone enfim falou:

– Seu cabelo está bonito.

As sobrancelhas de Sade se ergueram.

– Ah... Obrigada, o seu também – respondeu, embora o cabelo de Persephone sempre estivesse igual. Curto, cacheado e loiro.

Persephone se afastou, enfim permitindo que Sade, agora de rosto afogueado, entrasse, e começou a trabalhar imediatamente, pegando a folha de papel que usaram para montar a linha do tempo dos eventos daquela noite.

Era tudo muito simples.

O plano foi dividido em elementos pré-festa, como obter uma permissão para sair da escola e garantir que o áudio fosse de alta qualidade e estivesse a postos.

A outra metade do plano tratava do que aconteceria na festa. Elas sairiam da AAN com tempo, e Persephone se encontraria com um marginal que ela conhecia dos círculos de amigas ricas da mãe, que levaria um carro para elas. Elas iriam de carro até a casa de Jude. O áudio de Sade seria conectado ao telefone de Persephone por meio de um aplicativo, e Sade usaria a senha para pedir socorro (Jane Austen) se estivesse em perigo.

Ela tentaria fazer com que Jude contasse o que fizera com as meninas no passado: ele as tinha drogado? Elizabeth estava envolvida? Sade queria que ele confessasse tudo, para que tivessem provas concretas.

Era evidente que Persephone ainda considerava aquilo uma má ideia, mas também sabia que Sade estava determinada a seguir adiante e, por isso, ela foi obrigada a ceder.

– Vamos nos arrumar – disse Persephone, preparando a sua pequena bolsa com equipamentos e uma muda de roupa.

Sade assentiu, pegando o seu vestido prateado de festa que ia até o chão e os sapatos de salto alto. Decidiu colocar um blazer grande por cima do vestido por causa dos bolsos grandes, para guardar objetos como, por exemplo, o telefone que usaria para gravar. Dentre outras coisas.

Sade sentia os nervos à flor da pele, a pele fria e arrepiada.

Eu consigo fazer isso. Vai ficar tudo bem, pensou.

Não havia margem para erros; tudo precisava ser como ela tinha planejado.

A FESTA JÁ ESTAVA A todo vapor quando Sade chegou.

Tinha gente saindo pela entrada principal da casa enorme que alguns chamariam de mansão. Um casal se beijava perto dos arbustos, e a música ressoava pela porta aberta, a golpeando de leve conforme se aproximava da entrada. Ali, um segurança verificou o convite antes de deixá-la entrar.

O interior da casa de Jude era exatamente como ela tinha imaginado. Paredes brancas, tudo em mármore, lustres de cristal por toda parte. Era quase ofuscante.

– Novata! – August gritou, aproximando-se dela com um sorriso.

Ela se encolheu, tanto ao ver August quanto ao ouvir o apelido. O mesmo apelido que os meninos usavam no bate-papo. O mesmo bate-papo do qual August tão claramente fazia parte.

Fazia dias que ela não o via, evitando a piscina de propósito.

– Oi – ela respondeu, fazendo uma careta quando ele a abraçou.

A voz dele era tão gentil e carinhosa, e ela chegara a pensar que ele fosse de fato assim.

Talvez fosse uma conclusão injusta, visto que ela não sabia de todo o envolvimento de August no bate-papo, mas como ele era o melhor amigo de Jude e tinha mentido sobre sua relação com Elizabeth, como Sade podia esperar que ele fosse, de algum modo, diferente do que aparentava?

Ainda que ele não tenha feito as coisas vis que Jude tinha feito, ele devia ter conhecimento. Isso não o tornava igualmente ruim?

– Jude está te procurando por toda parte. Não sabia que vocês estavam namorando – disse, arrastando as palavras. E então apertou dramaticamente o peito, já que ela não confirmou nem negou o que ele dizia. – *Et tu,* Sade? – citou em falso tom de traição. – Eu não a teria beijado se soubesse que estava comprometida.

O estômago dela se revirou e Sade tentou não fazer uma careta. A versão dela que achava que August era um cara inofensivo que ocasionalmente falava que nem um avô teria perguntado a ele de que século ele era. *Citando porcamente Júlio César e falando "comprometida" que nem um idoso? Você é realmente um velho, August,* ela teria dito.

Mas agora tudo o que ele falava parecia nojento e calculado.

– Ah, onde o viu pela última vez? – ela perguntou, ignorando o que ele tinha dito.

– Ele estava na piscina, acho eu – August respondeu, apontando na direção oposta.

Sade assentiu.

– Obrigada, vou avisar que cheguei.

Sade lhe ofereceu um sorriso tenso e disse que o veria mais tarde. Depois seguiu até o balcão da cozinha, onde um cara trajando o que parecia ser um uniforme de mordomo servia drinques para uma casa cheia, em sua maioria, de menores de idade, meninas que ela reconhecia da escola, mas com quem não fazia nenhuma aula. O próprio parecia estar na universidade e devia ter, pelo menos, uns dezenove anos.

Sade pediu duas bebidas – sem álcool – e saiu em busca de Jude.

Como August lhe informara, Jude estava lá fazendo uma péssima interpretação da Macarena. Usava uma coroa que dizia ANIVERSARIANTE e sorria de orelha a orelha.

Ele pareceu feliz ao vê-la, erguendo as sobrancelhas.

– Sade! – disse, indo até ela e a agarrando pela cintura.

Ela sentiu o bafo quente de cerveja dele, o que a deixou enjoada.

– Feliz aniversário – falou suavemente, tentando não parecer tão enojada quanto se sentia.

– Cadê o meu presente? – ele perguntou.

– Eu te dou mais tarde – disse ela, o que só o fez sorrir ainda mais.

E então Jude enfim a soltou e Sade lhe ofereceu uma das bebidas que pegara.

Ele virou tudo de uma vez antes de jogar o copo de plástico na piscina de um azul vibrante, que àquela altura tinha se tornado uma terra devastada com as vítimas da noite até o momento: a roupa íntima de alguém e muitos copos vermelhos.

– Ei, ei, a gente deveria jogar um jogo – anunciou Jude, sem se dirigir a ninguém em especial.

A pequena multidão lá fora pareceu animada com a perspectiva.

– Strip pôquer! – alguém gritou.

– Sete minutos no céu! – outro gritou.

Mas Jude já tinha decidido o que queria.

– Vamos jogar Eu Nunca... – disse, olhando para Sade.

Aquilo deixou os convidados bêbados da festa para lá de animados. Provavelmente porque fingiriam estar brincando de algum jogo, quando, na verdade, era só mais uma desculpa para beberem ainda mais.

Sade sempre odiou ficar perto de gente embriagada. Acalentou o suco de maçã em suas mãos e se perguntou quanto duraria aquela noite.

– Quer perder em outro jogo, Hussein? – Jude perguntou em seu ouvido, seu hálito quente e úmido fazendo a pele dela formigar, as palavras ainda mais emboladas que as de August.

– Gosto mesmo de um desafio – disse ela em resposta, o que fez os olhos dele brilharem e cintilarem.

Ele achava que já tinha vencido.

O JOGO CONSISTIA EM TRÊS rodadas de Eu Nunca, durante as quais ela teve que ouvir os relatos bêbados e detalhados de estranhas explorações sexuais e eventos beirando o ilegal em que os convidados haviam tomado parte.

Jude ergueu a mão.

– Minha vez... Eu nunca... deixei um cara na seca depois do primeiro encontro – ele concluiu com um sorriso largo, as palavras um pouco arrastadas.

Estava na cara que ele já tinha bebido demais.

Sade sentiu o pavor crescendo dentro de si quando ele se virou na direção dela com uma expressão sarcástica.

– Beba, novata – disse, inclinando-se para sussurrar.

Sade estreitou os olhos para Jude, querendo se levantar e se afastar dele – ou, melhor ainda, dar um soco na cara dele. Mas não podia fazer isso. Não se quisesse que o plano funcionasse.

Por isso, ela forçou uma risada e tomou um gole de suco.

O riso encheu a sala conforme as pessoas captavam o significado das palavras.

– Essa aqui fica só *provocando,* adoro – falou Jude, passando o braço ao redor de Sade com força e tomando outro gole da bebida que segurava.

Depois do jogo, como esperado, ele a convidou para ir ao quarto dele.

E, conforme planejado, Sade entrou na brincadeira, seguindo-o até uma parte mais tranquila da casa.

Sade ficou aliviada por ainda ver algumas pessoas espreitando o andar de cima. Pelo menos o lugar não estava completamente deserto.

Jude foi tropeçando até lá, como se mal conseguisse suportar o próprio peso.

Isso é bom, pensou Sade.

Ao chegarem à porta do quarto dele, Sade pegou o telefone disfarçadamente e apertou o botão vermelho do aplicativo de gravação de áudio, certificando-se de que estava conectado. Persephone mandou uma mensagem com o emoji de polegar para cima e Sade devolveu o telefone ao bolso.

Sentiu o seu sistema nervoso reclamar.

– Não se preocupe. Não faremos nada que você não queira fazer – ele falou calmamente.

Ela assentiu e o seguiu.

Uma vez dentro do quarto espaçoso, ela logo se familiarizou com as janelas e as saídas.

– Planejando a fuga? – ele perguntou, com um sorriso malicioso, enquanto ia até um frigobar e pegava dois copos.

Ela balançou a cabeça rapidamente.

– N-não, eu, hum... O seu quarto é muito bacana. Estava só dando uma olhada. – O quarto dele parecia impessoal, tinha mais a ver com uma suíte de hotel do que com um quarto. Tudo era bege e intocado, como se ninguém morasse ali. Viu uma pequena fotografia de Jude com uma senhora de mais idade em um porta-retratos no canto. – Foi ela quem escolheu a palheta de cores do seu quarto? A sua mãe – disse ela, sentindo-se muito quente.

Então ela tirou o blazer enorme e o colocou na cadeira atrás de si.

Ele negou, caminhando até ela com os dois copos da bebida que servira, fosse o que fosse.

– A condessa tem interesse melhores do que a decoração do quarto do filho. Eu contratei uma pessoa.

Ele lhe ofereceu um copo, mas ela não o aceitou.

– Não tem álcool. Você é muçulmana, certo?

Ela assentiu, pegando o copo.

– Sim, sou.

Ela inspecionou o misterioso líquido azul, levando-o até as narinas para ver se conseguia sentir algum cheiro.

– É só limonada azul; não vai te envenenar – disse ele, sorrindo.

Sade tentou retribuir o sorriso, mas não conseguiu. Suas mãos tremiam, assim como o resto do corpo.

– Como isso funciona, afinal? Esse lance de namorar e tudo mais. Não é contra as regras ou algo assim? Não quero te ofender... Sou católico.

Ela deu de ombros, ainda inspecionando a bebida.

– Bem, para início de conversa, eu não estou namorando ninguém, estou? E, depois, acho que é uma questão bastante pessoal. Visto que não sou a porta-voz de todos e que não somos monólitos, infelizmente não posso responder à sua pergunta.

Jude assentiu.

– Interessante – disse ele com um sorriso no rosto. Tomou um gole de sua bebida, olhando para ela ao fazê-lo. – Beba.

Sade olhou para a bebida no copo e depois a ergueu lentamente até os lábios, fingindo tomar um gole.

– Você está muito bonita esta noite – disse ele.

– E nas outras noites não? – Sade perguntou.

– Infelizmente, eu não te vejo na maioria das noites – ele respondeu, os olhos passeando pelo vestido e pelo corpo dela, parando, por fim, em sua bebida.

Ele ficaria desconfiado se ela não continuasse bebendo, por isso Sade tomou outro gole falso.

– O que é uma pena – disse ela.

Jude assentiu enquanto tomava mais do que Sade presumiu ser cerveja. Então se aproximou dela aos tropeços, agarrando a cintura de Sade com as mãos. Ele balançava um pouco, claramente lutando para evitar que os joelhos cedessem.

– Então... Qual é o meu presente de aniversário? – ele perguntou, olhando sugestivamente para ela.

– Já vou te dar – ela respondeu. – Nossa, isso aqui é uma rede?

Ele assentiu sem olhar na direção da rede, aproximando-se ainda mais, abaixando as mãos.

– Você deveria me beijar – disse ele.

Ela forçou uma risada.

– Isso é uma pergunta?

– Não – ele respondeu, uma das mãos acariciando o braço dela, depois indo até a lombar dela.

– O que está fazendo? – ela perguntou. O coração dela martelava.

– Só estou tentando me divertir – disse ele, com o rosto a milímetros do dela.

– Bem... – ela começou, enfiando a mão no bolso da jaqueta atrás dela.

E então Sade fez algo que não fazia parte do plano de Persephone.

Desligou a gravação.

Inclinou a cabeça para ele e assentiu.

– Eu sei me divertir.

Jude sorriu quase ameaçadoramente quando Sade colocou a mão no peito dele e o empurrou na direção da rede.

Jude tropeçou, mas ela continuou em frente.

– O que você está fazendo...? – ele perguntou, mexendo as sobrancelhas. Então se voltou para olhar o que havia atrás dele e pareceu satisfeito. – Ah, então você é o tipo de garota que gosta de um balanço? – perguntou quando ela deu um último empurrão e ele caiu na rede grunhindo.

Sade deu de ombros, observando-o se reclinar com grande esforço. A bebida em sua mão derramava um pouco a cada movimento difícil.

– Parece que você está tendo dificuldades aí – disse Sade, cruzando os braços.

– Eu estou... hum... – Jude começou, então pareceu perder o controle dos pensamentos antes de retomar o raciocínio. – ... Eu estou bem, só estou... – Jude começou.

– Tonto? Confuso? Sem controle? – Sade sugeriu.

Jude assentiu.

– Acho que sim – disse, esfregando os olhos.

Sade o observou virar o resto da bebida, antes de deixá-la no chão e abrir os braços na direção dela.

– Venha se deitar comigo. Preciso de calor – disse.

– Estou bem aqui. Tenho certeza que você vai sobreviver – respondeu Sade.

Ele bufou, revirando os olhos.

– Você não se cansa da atuação?

– Que atuação? – Sade perguntou.

– Você sabe... De fingir que não me quer? De fingir ser uma santinha... Eu já sei sobre você e August. Será que eu também não posso tirar uma casquinha?

Ela e August? Estava claro que Jude falava besteira.

– Não é uma atuação; talvez eu simplesmente não te queira – disse Sade.

Jude riu, sacudindo a rede enquanto tentava se levantar outra vez.

Sade recuou instintivamente enquanto Jude tentava recuperar o equilíbrio. Ele a encarou com um sorriso malicioso, mas, de modo igualmente repentino, a expressão dele mudou, os olhos semicerrados e a boca torcida.

– Sabe, às vezes você me parece... estranha. Isso me assusta – disse Jude, olhando para ela com atenção. – Como... alguém... alguém familiar.

Sade não falou nada, apenas ficou observando ele a encarar. Quando Jude tentou se levantar de novo, Sade estendeu a mão e sacudiu a rede, o vendo cair para trás.

– Você está bêbado – disse Sade.

– Por que o chão está tremendo? – Jude falou, tentando se equilibrar.

– Não é uma sensação agradável, não é mesmo? – ela perguntou, engolindo em seco já que sua voz tremia um pouco.

Jude não respondeu à pergunta, apenas sentou-se e voltou a olhar para ela.

– A diversão *de verdade* ainda nem começou – Sade falou, sentindo os olhos arderem. – A diversão verdadeira é na manhã seguinte, quando não se lembrar de nada... Ah, espera aí, isso não é divertido. É confuso e assustador. É uma violação. É pior do que tudo que você possa imaginar.

Jude a olhou, olhou para ela *de verdade*, e foi como se ele tivesse sido atingido por todos os lados.

Náusea. Mais tontura e, acima de tudo, a clareza que acompanha o reconhecimento.

Os olhos de Jude estavam arregalados; as sobrancelhas, levantadas. Ele tentou ficar de pé de novo.

– Jamila? – ele perguntou, e Sade sentiu o suor que fazia os olhos arderem quando ela piscava.

Pronta para empurrar a rede mais uma vez e impedi-lo de se aproximar dela.

Ela balançou a cabeça.

–Não, Jamila não. Sade – ela respondeu.

31

SÁBADO

ÀS PORTAS DA MORTE

SADE SAIU DA FESTA O mais rápido que pôde.

Alguém lhe entregou uma luxuosa sacola de presentes ao sair. O frio da noite a envolveu conforme Sade estremecia e corria em direção ao carro onde Persephone esperava.

Só que Persephone não estava no carro.

Sade sentiu um vazio no estômago e se virou, procurando sinais da amiga.

– Cadê você? – ela sussurrou enquanto ia até o outro lado, o ar frio transparecendo sua respiração em intrincados redemoinhos branco-acinzentados. – Persephone? – perguntou ao vento, mas ninguém respondeu.

Sade se voltou em direção à casa, tendo a sensação doentia de que Persephone tinha entrado.

A última coisa que Sade queria fazer era voltar para a festa, mas sentiu as pernas a levando em direção à porta por onde acabara de vir correndo. O segurança não estava à vista e a música de alguma forma tinha ficado mais alta e mais avassaladora.

Você nunca deveria ter vindo. Pela primeira vez, Sade concordou.

– Sade! – Persephone disse, saindo correndo do saguão.

Os olhos dela estavam arregalados e aterrorizados.

– O aplicativo deve ter se desligado ou dado defeito, ou coisa do tipo. Não ouvi a senha de socorro, mas não podia arriscar, por isso tive que entrar lá…

– Estou bem – Sade falou, começando a bater os dentes, combinando com o tremor sutil de seus braços e pernas.

– Tem certeza? Você está tremendo! Fiquei tão preocupada. Fiquei pensando que alguma coisa tinha acontecido, que você tinha se machucado ou…

– Persephone, eu estou bem! – Sade disse, o que finalmente fez Persephone parar e respirar.

– Você está bem – disse ela.

Voltaram em direção ao carro e Sade esperou estarem lá dentro antes de dizer a Persephone que a missão delas tinha falhado. Jude tinha tentado atacá-la, e Sade fugiu assim que pôde.

Mas não teve a chance de explicar porque...

– Persephone...

– Sim?

– Eu acho que... deixei o blazer com o meu telefone no quarto de Jude.

ENTRAR NA CASA DE NOVO foi como se Sade estivesse em alguma nova versão distorcida de *O feitiço do tempo* e se visse repetidamente no mesmo lugar.

Manteve a cabeça baixa e caminhou o mais rápido que pôde até as escadas, subindo depressa e quase esbarrando em duas garotas que se beijavam nos degraus.

Lá embaixo, enquanto os alto-falantes reproduziam "If U Seek Amy" nas alturas, ela podia ouvir as pessoas gritando:

– Briga! Briga! Briga!

Sade esperava que Jude não estivesse no quarto dele quando ela voltasse. Ela não tinha saído em condições amigáveis. O melhor dos mundos para ela seria que Jude estivesse desmaiado em outro lugar. Longe dela para sempre.

Sade se encolheu ao colocar a mão na porta do quarto dele, olhando ao redor para ter certeza de que ninguém a via, então, esperando que ninguém respondesse lá de dentro, falou:

– Olá?

Felizmente, não houve resposta. O quarto, ao que parecia, estava vazio.

Sade deslizou pela porta, fechando-a com gentileza atrás de si, antes de andar na ponta dos pés em direção à cadeira onde estava seu blazer.

– Graças a Deus – sussurrou, e depois se virou, querendo sair dali rapidamente.

Só que uma visão a deteve.

Havia alguém na cama de Jude.

Deitado ali, esparramado e imóvel.

Sade se aproximou da pessoa, tendo dificuldades para respirar conforme ia chegando mais perto.

Sade congelou ao se aproximar o suficiente para identificar o rosto.

– J-Jude? – falou, o coração batendo forte enquanto examinava a figura imóvel. O rosto dele apresentava uma leve coloração azul, enfeitado com glitter corporal. – J-Jude – ela repetiu, cutucando a canela dele com o calcanhar.

Mas não houve resposta.

E como haveria?

Mortos não falam.

EIS A ARMA, LÁ POR TI[5]

Querido Diário,

Estou feliz

ele está morto.

---

[5] Um anagrama

PARTE III

ASAS CORTADAS

"E pode aquele que ri, e ri, ser ainda o vilão."
–*Hamlet*, Ato 1, Cena 5, William Shakespeare

32

SÁBADO

ESCAPADA

JUDE NÃO FOI O PRIMEIRO CADÁVER que Sade vira na vida.

O primeiro foi o da mãe, na banheira, quando ela tinha dez anos.

A torneira ainda estava aberta, a água escorrendo pela borda e se espalhando pelo chão, infiltrando-se nas rachaduras do piso e fazendo cócegas nos dedos dos pés de Sade, parada ali de pé.

– Mamãe? – ela sussurrou, caminhando em direção à banheira, perguntando-se por que a mãe estava daquele jeito. Por que parecia tão... quieta.

– Mamãe, acorda! – Sade falou mais alto, mas a mãe não se mexeu.

Cutucou-a com força e pulou para trás quando o corpo dela escorregou silenciosamente na água, como se fosse uma boneca de pano e não uma pessoa.

– Mamãe! – gritou a plenos pulmões, sabendo agora que sua mãe estava em outro lugar e que aquela pessoa não era ela.

A princípio, não compreendeu que aquilo que via era um cadáver.

Inicialmente não entendeu por que a cabeça da mãe pendeu para o lado como se estivesse vazia.

Embora seu pai a tivesse alimentado com mentiras sobre o que tinha acontecido com a sua mãe, mais tarde Sade descobriria que a morte era daquele jeito. E ela sabia então, sem sombra de dúvida, que Jude estava morto.

Tenho que sair daqui, pensou imediatamente, com o peito apertado enquanto olhava ao redor, procurando uma fuga rápida que evitasse cruzar com outras pessoas na festa de novo. Avistou a varanda no fundo do cômodo, pegou o blazer sem pensar duas vezes e correu em sua direção.

Saltou pelas portas da varanda, desceu correndo a escada em espiral conectada a ela enquanto se esforçava para seguir rapidamente sem quebrar nenhum osso.

Nem percebeu que estava chorando até voltar para o carro, onde Persephone a olhou de forma estranha.

– Você pegou o... – Persephone começou, mas parou de falar. – O que aconteceu? – perguntou, os olhos cheios de preocupação.

Sade a princípio ficou quieta, chocada demais para falar.

– Sade? – Persephone sussurrou, parecendo tão preocupada.

Sade por fim ergueu os olhos, a respiração trêmula ao tentar dizer:

– E-ele está morto.

Persephone ergueu as sobrancelhas.

– Quem?

– J-Jude... Eu o encontrei no quarto dele, morto – disse ela, mais lágrimas escapando.

– Tem certeza? – indagou Persephone.

Sade assentiu. *Sem sombra de dúvida.*

– Puta merda.

Puta merda mesmo.

Ficaram em silêncio por alguns minutos, Persephone encarando a festa com uma expressão impassível.

E então, sem aviso, ela enfiou a chave na ignição e ligou o motor.

– Aonde vamos? – Sade perguntou, colocando o cinto de segurança.

– Não sei, mas você não deveria voltar para a escola neste estado e, além disso, já passou do toque de recolher. Voltar seria apenas um problema – ela respondeu, e saiu do meio-fio perto da casa de Jude, dirigindo noite adentro.

33

SÁBADO

O PIOR DOS TEMPOS

ACABARAM NUMA POUSADA DA REGIÃO.

A pousada era pitoresca e cheia de madeira, e a recepcionista não pareceu muito incomodada com a presença delas, apesar de já ser tarde.

– Vocês teriam um quarto para passar a noite? – Persephone perguntou, pegando a carteira.

– Uma cama tamanho *queen* para as duas, pode ser? – perguntou a recepcionista, mascando chiclete e digitando algo alto no teclado.

– Camas de solteiro – Persephone respondeu, com um sorriso forçado e encantador.

– Só temos uma de casal e uma *queen*, querida – disse a mulher.

– Vamos ficar com a maior – respondeu Sade.

– Certo, aqui estão as chaves: o café da manhã começa às seis e termina às dez, o check-out é ao meio-dia. Qualquer dúvida é só discar um para falar com a recepção. Espero que tenham uma boa estadia – disse a mulher, em seguida apertou a barra de espaço do teclado, voltando para o que quer que estivesse assistindo antes de ser interrompida.

O quarto delas ficava no primeiro andar. Era de tamanho médio, com muitas estampas de flores – lençóis florais, papel de parede floral, carpete floral –, o que fazia com que Sade se sentisse um pouco enjoada.

No entanto, isso talvez tivesse a ver com todo o fato de *ter visto um cadáver*.

Persephone tirou a blusa e colocou-a na cômoda do canto. Sade tentou tirar os saltos, o que era muito difícil de se fazer. Especialmente tendo em conta que suas mãos não paravam de tremer.

– Deixe-me ajudar – disse Persephone, abaixando-se na frente dela e abrindo a fivela de metal que prendia as tiras antes de soltá-las lentamente. – Prontinho, aqui está.

– Obrigada... – Sade falou, enfim tirando os sapatos e colocando-os num canto.

Sentou-se na cama e ficou observando Persephone retirar os próprios sapatos, antes de finalmente se remover do presente e se perder na parede de muitos padrões florais, a mente percorrendo os acontecimentos daquela noite num ritmo vertiginoso.

O rosto dele estava tão azul, imóvel e morto. Jude estava morto. Ela falhara.

Ela sempre falhava.

– Ei, você está bem? – Persephone perguntou, parando na frente de Sade.

Sade balançou a cabeça.

– Ele está morto.

– Eu sei.

– O que vamos fazer? E se eu tiver sido a última pessoa a vê-lo? E se as pessoas acharem que eu o *matei*...

– Você não fez isso – Persephone respondeu, acalmando-a. – É tudo o que importa. Você não o matou. Você vai ficar bem. Eles descobrirão quem fez isso e tudo ficará bem. É verdade que precisamos de um álibi, já que saímos da escola na noite de ontem, mas podemos dar um jeito nisso pela manhã.

Persephone sentou-se ao lado de Sade e ligou a tevê, colocando na mesma novela a que a recepcionista estava assistindo no andar de baixo.

Sade olhou para a sacola de presentes em sua mão e abriu-a para ver se ali havia uma garrafa d'água.

Não tinha.

No lugar, encontrou um relógio novo incrustado de diamantes e quatro cupcakes estampados com o rosto de Jude.

A versão nada azul e morta do rosto dele, claro.

– Quer um cupcake? – perguntou Sade.

Persephone assentiu.

– Estou morrendo de fome.

A dupla comeu os cupcakes em silêncio. Sade tentou prestar atenção na novela e não nas muitas preocupações que seu cérebro enumerava sobre o que poderia acontecer assim que alguém descobrisse o corpo.

Depois de um tempo, Persephone sugeriu que fossem dormir.

– Posso deitar no chão – disse Persephone. – Se for mais confortável.

Sade balançou a cabeça.

Ela nunca gostou de dormir sozinha.

Especialmente durante tempestades, ela se empoleirava na cama da mãe e dormia ao lado dela até o sol nascer e a tempestade passar.

– Pode dormir ao meu lado, eu não mordo – disse Sade.

Persephone riu.

– Tem certeza? Os seus caninos parecem bem afiados.

– Prometo – ela respondeu.

Persephone removeu as camadas superiores do que vestia e acomodou-se na cama. Sade se juntou a ela, mas manteve o vestido, já que não usava quase nada por baixo e não queria que as coisas ficassem estranhas.

– Ah, merda – Persephone falou de repente.

– O quê?

– Deixei tudo acesso, espera – disse, levantando-se de um pulo e desligando a tevê e as luzes para que ficassem na escuridão total.

Sade sentiu a cama se mover quando Persephone voltou. As duas ficaram em silêncio e Sade sentiu falta do barulho da tevê e de como ele a ajudava a acalmar a mente, mesmo que só um pouco.

Sade não sabia quanto tempo havia passado, mas presumiu que Persephone tinha conseguido dormir e só ela permanecia acordada naquela suíte. De repente, porém, ela ouviu Persephone estremecer e suspirar.

– Sade... – ela falou com suavidade. – Posso confessar uma coisa? Eu só preciso pôr para fora, e sei que vai me tornar uma pessoa horrível ou coisa parecida, mas eu preciso falar.

– Diga – Sade respondeu.

– Quando você me contou que ele tinha morrido, eu me senti... aliviada. Sei que eu não devia desejar a morte de ninguém, mas me sinto assim. Me sinto aliviada por ele ter morrido.

Sade não falou nada. Apenas ficou ali, em silêncio.

Nenhuma das duas falou mais nada pelo resto da noite.

Sade dormiu a certa altura, mas teve o sono constantemente perturbado por pesadelos com sua mãe, Jude, Elizabeth e todas as outras pessoas que acabaram por sair de sua vida.

Quando acordou pela manhã, ficou horrorizada ao descobrir que, de alguma forma, tinha se virado para o lado de Persephone e a segurava como um coala se agarra a uma árvore.

Foi só quando estavam no carro, a caminho de devolvê-lo, que Sade se desculpou.

– Não precisa se desculpar. Eu achei... bom, embora você ficasse sussurrando *sinto muito* bem baixinho, e foi como ASMR para mim.

Sade sentiu o rosto esquentar.

– Sinto muito – repetiu. – Não vai se repetir.

– Eu não fazia ideia de que você estava planejando compartilhar uma cama comigo outra vez, mas não tenho objeções... Como falei, parecia ASMR.

A VIAGEM DE VOLTA PARA a AAN foi silenciosa e difícil.

Sade pensou em sugerir que não voltassem ao campus. Que fugissem. Fugissem das consequências da última noite. Pelo que sabiam, a polícia já poderia estar na escola, esperando o retorno dos convidados da festa. Mas não voltar poderia ser pior para as duas. Poderia fazê-las parecer ainda mais culpadas.

O carro se assemelhava a uma panela de pressão, prestes a explodir a qualquer momento. Havia tanto com que se preocupar, mas nenhuma solução capaz de resolver os problemas que tinham sido criados. Então o silêncio preencheu o carro até a atmosfera se tornar tão densa que Sade mal conseguia respirar.

Persephone tinha que largar o carro na cidade, por isso, imbuídas em mais silêncio, elas pegaram o ônibus de volta para a escola, Sade esperando que Persephone fosse a primeira a falar.

Foi só quando passaram pelos portões da escola é que ela enfim o fez.

– Espera – disse Persephone, colocando a mão no braço de Sade para impedi-la de seguir em frente.

– Sim? – respondeu Sade.

– Você está bem? – perguntou.

Não. Ela não estava. Ela não estava bem havia anos, mas tudo piorava cada vez mais. Ela tentava dar um jeito nas coisas, mas acabava criando ainda mais bagunça.

– Estou – disse.

Persephone a olhou como se soubesse que era uma grande mentira, mas não a pressionou.

– Certo, bem... eu só queria falar alguma coisa porque a situação está prestes a ficar feia. O corpo será encontrado, se é que já não foi. É preciso que você permaneça calma quando isso acontecer. Estou pensando nisso desde ontem à noite, e acho que vamos ficar bem. As pessoas não vão querer se incriminar, e havia tanta gente naquela festa. A escola nunca vai descobrir quantos alunos foram e quem exatamente estava lá. Tenho certeza de que você mesma nem conseguiu repara em todo mundo ontem à noite, certo?

Sade assentiu.

– Portanto aja normalmente e vamos aguardar à medida que as informações forem chegando.

Sade não tinha mais certeza de que sabia o que era normal. Seu normal parecia variar muito, dependendo do dia. Às vezes, envolvia ataques de pânico constantes ao longo do dia. Às vezes o normal para ela era mau humor e falta de vitalidade, e outras vezes era sentir-se assombrada pelos mortos.

Poucos minutos depois, as duas se encontravam na área de recepção, registrando a entrada delas.

– De onde vocês duas estão vindo? – a sra. Thistle perguntou enquanto Sade assinava o nome dela. Sade ergueu os olhos, encarando o rosto igualmente surpreso de Persephone, sem saber como responder à pergunta. – Houve um *incidente*, por isso, só por precaução, o diretor Webber me pediu para anotar o paradeiro de todos que entrarem hoje – prosseguiu a sra. Thistle.

– Estávamos visitando a minha família – disse Persephone, aparentemente escolhendo o álibi delas.

A sra. Thistle olhou para o vestido brilhante de Sade e para os resquícios de rímel seco em suas bochechas.

– Foi o aniversário de noventa e sete anos do meu tio-avô – Persephone acrescentou, antes que a sra. Thistle pudesse questioná-las.

A sra. Thistle assentiu.

– Ah, uau, noventa e sete. Sabia que quando ele chegar aos cem, receberá uma carta do rei?

– Eu não sabia disso – disse Persephone. – Com certeza vou contar para ele.

A sra. Thistle sorriu e Sade retribuiu o sorriso, tentando evitar que o medo e o turbilhão dentro dela transparecessem em sua feição.

Então se afastaram da recepção, de volta ao ar livre, onde havia mais oxigênio para os pulmões dela e Sade sentiu que poderia voltar a respirar mais facilmente.

– Aniversário do seu tio-avô? – indagou enquanto retornavam para os dormitórios.

– Sim, não foi de todo uma mentira. Ele tinha noventa e sete anos quando morreu no ano passado – disse Persephone.

Os olhos de Sade se arregalaram.

– A escola não poderia ligar para os seus pais para verificar o seu álibi e acabar descobrindo que isso é uma mentira?

– Não se preocupe com isso – disse Persephone.

– Como assim não se preocupe? *Estou* preocupada e com medo.

Persephone colocou as mãos nos ombros dela, forçando Sade a encará-la.

– Escute, se preocupar não vai nos ajudar em nada. Concentre-se no presente, não no futuro ou no passado. Nós vamos ficar bem.

Sade não tinha certeza se o método que Persephone usava para dizer a si mesma que tudo ficaria bem funcionava para ela.

Era raro que as coisas dessem certo em sua vida.

Na verdade, todas as coisas costumavam ser grandes, devastadoras e indutoras de ansiedade.

Persephone apertou os ombros dela de leve e deu o seu quase sorriso de sempre, o piercing no septo pairando acima dos lábios esticados.

– Vou me preparar para a aula de amanhã. Você deveria dormir e tentar não pensar muito em cenários catastróficos.

– Mas esse é o meu lance – Sade respondeu baixinho.

– Dá pra ver – disse Persephone. – Mas surtar não vai nos ajudar em nada. Precisamos estar um passo à frente de todo esse caos.

Depois de levar Sade até a Casa Turing, Persephone seguiu para o dormitório dela, largando Sade para pensar em catástrofes sozinha.

Dentro da Turing, Sade conseguia ouvir estudantes andando pelos corredores, malas sendo arrastadas e, depois de uma semana longe, conversas animadas sobre algum país europeu qualquer para onde seus pais os haviam levado nas férias.

Duas garotas passaram por ela, sussurrando entre si.

– *Você ficou sabendo da festa Hawking?* – uma delas perguntou conforme Sade entrava no elevador.

– *Sim... Ouvi dizer que o lugar encheu de policiais... Parece que alguém morreu.*

Uma tempestade parecia estar se formando.

À medida que o elevador subia, Sade sentia a alma pesando. Logo todos ficariam sabendo, e a tempestade que ela sentia se aproximar causaria estragos pelos corredores.

Sade não tinha certeza se conseguiria sobreviver a ela.

SE ELA NÃO NADASSE NAQUELA NOITE, pensava que poderia morrer.

Apesar de ter fugido da piscina durante a semana inteira, em uma tentativa de evitar August, ela decidiu que preferia se arriscar a topar com ele.

É claro que não era uma reação racional, mas a ansiedade quase nunca era.

Ao chegar, Sade ficou satisfeita de encontrar a piscina vazia. Saboreou o aconchego frio e deixou-se cair para trás, fechando os olhos e flutuando.

Só que fechar os olhos foi um erro.

Apesar da noite de insônia, Sade tinha subestimado quão cansada de fato estava.

Nem sentiu quando o seu corpo começou a afundar. Ou o cloro enchendo suas narinas e boca enquanto afundava aos poucos.

Quando percebeu que tinha cochilado, Sade já estava no fundo.

Seus olhos se arregalaram enquanto se debatia e lutava para voltar à superfície, mas se engasgava com a água tal como um peixe se engasgaria com o ar.

Por fim emergiu na superfície, respirando com dificuldade e tossindo. Pensou em ir embora quando se recuperou, pois quase se afogara pelo cansaço, mas deteve-se ao notar uma coisa na água.

Franziu as sobrancelhas enquanto nadava até mais perto. Na direção da massa escura que parecia ondular na superfície.

Hesitou antes de prender a respiração e mergulhar de novo. Nadou para mais perto do que via, ofegante. Não era o corpo que às vezes a assombrava na piscina, aquele era diferente.

ERA JUDE. OLHANDO PARA ELA. Rosto azulado. Os olhos arregalados. Flutuando e olhando para ela.

Ela sabia que não era real. Nunca era.

Ainda assim, saber disso não a impediu de chorar.

EIS A ARMA, LÁ POR TI[6]

– Sinto mu to, só achei que...

– Você está mentindo. Ninguém vai acreditar em você.

◄◄

– Sinto...

◄◄

– Você está mentindo. Ninguém vai acreditar...

◄◄

– Você está mentindo.

◄◄

– Mentindo.

◄◄

– Mentindo.

◄◄

– Mentindo.

Querido Diário,

Eu não consigo me lembrar...

Não consigo me lembrar de nada.

Então talvez ele esteja certo.

Talvez eu seja.

[6] Você está prestando atenção?

34

SEGUNDA-FEIRA

O QUE AS PAREDES DIZEM

OS RUMORES SOBRE A MORTE de Jude se espalharam pela escola como um incêndio.

No café da manhã de segunda-feira, a maioria das pessoas já tinha ouvido falar da festa e dos supostos acontecimentos.

– *Ouvi dizer que ele teve uma overdose* – supôs uma garota enquanto Sade comia cereal.

– *Bem, Lori Stevens me falou que ele não morreu de verdade, mas está em coma no hospital* – disse outra.

– As pessoas estão dizendo que ele fingiu a morte e que o corpo que encontraram era do irmão gêmeo malvado dele, Jameson – disse Baz enquanto caminhavam para a reunião de emergência que o diretor Webber havia convocado.

No entanto, Sade sabia que ele estava morto. Ela o vira com os próprios olhos, imóvel. O corpo tão sem vida quanto uma pintura.

Na assembleia, depois que se sentaram, observaram os professores sussurrarem no fundo do salão. Todo mundo estava conversando, inventando teorias.

O diretor Webber deu um passo à frente com uma expressão grave no rosto.

Bateu no microfone, o que produziu um som desconfortável, mas não impediu que o barulho continuasse, então ele finalmente suspirou e gritou:

– SILÊNCIO! – Sua voz irrompeu em todos os alto-falantes da sala, causando um som estridente e horrível que fez a sala inteira tremer. – Obrigado – falou então, com uma voz mais suave. Embora um indício de outra coisa permanecesse em seu tom. Parecia raiva. – Como todos vocês já devem ter ouvido, neste fim de semana houve um incidente em uma festa fora do campus. Lamento dizer que um de nossos alunos, Jude Ripley, perdeu a vida nesta festa. – Suspiros soaram ao redor e vozes começaram a subir pelo salão. – É uma tragédia... e acredito se tratar de um evento que poderia ter sido evitado. Estamos trabalhando com a família dele e também com a polícia local para investigar o que aconteceu com o sr. Ripley, por isso vocês verão a polícia pelo campus novamente. Qualquer um que esteve na festa ou que tenha alguma informação deve se apresentar imediatamente. Jude era uma grande parte da Academia Alfred Nobel, um aluno que se destacou em todas as áreas de sua vida acadêmica. Ele fará muita falta.

Sade ouviu alguém assoar o nariz e outra pessoa fungar.

– De agora em diante, iremos monitorar rigorosamente o paradeiro de todos para garantir a segurança de cada aluno. A escola será colocada em confinamento completo. Nenhum aluno sai e ninguém entra. Os pais e responsáveis foram informados desta decisão. A medida está em vigor até novo aviso.

A última parte do discurso foi interrompida por um clamor de raiva em relação à decisão.

– *Eles não podem nos manter aqui contra a nossa vontade, podem? Nós temos direitos!* – um menino gritou.

As pessoas pareciam confusas e irritadas, sem saber por que a escola estava fazendo aquilo. Por que parecia que estavam a ser punidos quando apenas uma pequena e privilegiada minoria dos alunos tinha ido à festa.

Mas estava muito claro o que a escola queria dizer com aquilo.

Os estudantes seriam prisioneiros agora que o rei havia caído.

– Esperamos também que aqueles que participaram na festa se apresentem para enfrentar as consequências com tranquilidade. Vocês têm até o final do dia de amanhã, pois iniciaremos a nossa própria investigação formal sobre o paradeiro de cada pessoa desta escola no sábado à noite. Estão dispensados – disse o diretor Webber, por fim, antes de descer do pódio.

Acontecera.

Sade avistou Persephone no canto do corredor, com os braços cruzados e o rosto ilegível. Então, como se pudesse sentir os olhos de Sade sobre si, olhou para trás de repente e fixou os olhos nela. A mentira fervilhava entre as duas.

A expressão outrora impenetrável de Persephone agora audível.

Estamos fodidas.

• • •

O RESTO DO DIA SE arrastou a passo de lesma e foi preenchido com ainda mais pavor.

April, Francis e August não se deram ao trabalho de aparecer no almoço, e Sade não sabia dizer se os vira durante a reunião de emergência daquela manhã.

Na mesa do almoço estavam só ela, Persephone, Juliette e Baz.

Jules chorou, chamando Jude de coitado que merecia outro fim. Durante todo o tempo, Persephone não falou nada e comeu em silêncio.

Mas Sade sabia o que ela estava pensando.

– É engraçado, de forma absurda, como é óbvio que a escola se preocupa mais com o menino branco de ouro do que com Elizabeth. Ela não trazia dinheiro, e, por isso, eles não precisam fazer barulho. É hilário, muito engraçado – Baz falou enquanto caminhavam pelo pátio.

Ele não estava rindo; parecia à beira das lágrimas.

– A branquitude prevalece como sempre – disse ela, sentindo-se triste por Baz, mas principalmente por Elizabeth.

– Quero dormir e esquecer tudo que aconteceu este ano – disse ele.

Desde as suas tentativas fracassadas de encontrar informações para ajudar a retomar a investigação sobre Elizabeth, Baz estava dormindo mais, mas ainda parecia ser quase nada.

– Não, vamos nadar – respondeu Sade. – Eu prometo que é legal.

Tivera a ideia de arrastar Baz junto com ela para a piscina na noite anterior, quando viu Jude flutuando na água. Estava com medo de voltar sozinha e precisava de um novo parceiro de natação, e, ainda que relutante, Baz concordou em tentar.

– Não entendo como mergulhar numa piscina possa ser útil agora, mas vou manter a mente aberta.

Meia hora depois, Baz se encontrava jogando água em Sade, molhando todo o rosto dela. Ela o fuzilou com o olhar. Os dois estavam na piscina havia pelo menos quinze minutos, e Baz tinha passado de participante relutante a uma ameaça aquática em meros cinco minutos.

Estavam tão preocupados com a água e tão concentrados em um fazer o outro pagar por seus crimes aquáticos que Sade não notou a presença de August até ele dizer "Oi", forçando-a a parar e se mover na direção dele.

– Ei – ela disse.

August parecia destruído. O uniforme geralmente alinhado estava mais desgrenhado do que o de Francis costumava estar. Os olhos dele pareciam vermelhos e os cadarços desamarrados de seus sapatos se arrastavam enquanto ele caminhava. Sade percebeu que ele também tinha vindo à piscina para fugir das fofocas sobre a morte de seu melhor amigo e parecia quase... desapontado de ver Sade e Basil ali.

August acenou com a cabeça para eles e, sem dizer mais nada, saiu novamente, as portas duplas batendo com força enquanto ele desaparecia por elas.

SADE FINALMENTE VOLTOU PARA O seu quarto um pouco antes da hora do jantar. Baz teve que ir para o treino de remo, mas, mesmo com medo de ficar sozinha na piscina, ela não foi capaz de sair da água.

Por isso ficou mais um pouco na piscina, até a pele dela ficar ressecada e enrugada.

Tinha sido um dia longo e, embora Sade quisesse fingir que aquele fim de semana nunca tinha acontecido, não conseguia fazer isso. Ela precisava se encontrar com Persephone e decidir o que fariam.

Sade não poderia continuar vivendo daquele jeito, olhando constantemente por cima dos ombros. Com medo de ser interrogada pela polícia a qualquer momento e não soubesse o que fazer ou dizer.

Quando acendeu a luz de seu quarto, a lâmpada piscou e indicou que precisava ser trocada.

Sade lembrou-se do pacote de lâmpadas que Elizabeth recebera e o pegou da gaveta da escrivaninha, desatarraxando a lâmpada agora inútil.

Com ajuda da lanterna do celular, abriu um dos pacotes e rosqueou uma lâmpada no soquete até que ficasse firme no lugar.

Quando Sade acendeu o interruptor outra vez, porém, o habitual brilho amarelo e quente da lâmpada anterior foi substituído por uma estranha luz azul fraca. Ultravioleta, ela notou. E então olhou para o outro lado do cômodo.

O lado de Elizabeth subitamente se iluminou de desenhos e frases.

Sade caminhou lentamente em direção às paredes, tentando entender o que via.

Seus olhos dançaram ao redor. Havia desenhos de Elizabeth e Baz, um haicai sobre pássaros... Cada espaço em branco fora coberto: os pensamentos, emoções e preocupações de Elizabeth se espalhavam pela parede.

Mas, depois de um último movimento, o coração de Sade parou.

Os Pescadores são estupradores, dizia a frase na parede. Tinha sido escrita repetidas vezes.

Sade se sentiu gelada.

Imaginou Elizabeth à noite, escrevendo as mesmas palavras repetidamente. Como se precisasse ser lembrada de que aquelas coisas eram reais e aconteciam. Sade viu que na porção inferior da parede a caligrafia de Elizabeth se transformava em divagações ilegíveis, os sinais que deixava com as mãos enfraquecendo conforme seguia escrevendo.

O mundo parou, saiu do seu eixo.

Foi por isso que Elizabeth desapareceu. Tinha que ser. Alguma coisa envolvendo os Pescadores tinha acontecido. Estava tudo conectado.

Os olhos de Sade seguiam cada vez mais rabiscos com aquelas mesmas quatro palavras.

Os Pescadores são estupradores.

Parecia que, se a tinta de Elizabeth acabasse, ela teria começado a usar o próprio sangue para escrever. Precisando informar às paredes da escola quem e o que eram seus ocupantes.

E quando a frase parou, no início de uma nova parece, Elizabeth começou a citar nomes.

Ganso Verde – Lance Pilar – Casa Mendel

Ovelha Cinzenta – Corbin Shephard – Casa Hawking

Temperinho Vermelho – Jerome Maxwell – Casa Einstein

Sade olhou para os nomes, entendendo o padrão diante de si.

Jack, o Estripador – Jude Ripley – Casa Hawking

Elizabeth sabia do grupo. Ela sabia sobre os Pescadores. E foi aqui que registrou tudo o que descobrira.

A Rede – Senha: PescadoresDeJohnFisher

Ela iria denunciá-los? Expor os Pescadores?

Lembrou-se da expressão de Elizabeth no dia em que desaparecera. Assustada, determinada.

Ela estava prestes a fazer alguma coisa naquele dia. Sade pôde sentir, mas não sabia o que era. Até aquele momento.

Sentiu um aperto por dentro quando as peças do quebra-cabeça enfim começaram a se encaixar.

Alguém tinha descoberto e impedido Elizabeth.

Sade pensou no e-mail da tia-avó morta, na última localização emitida pelo telefone, no rato morto, em tudo.

Então olhou para as palavras repugnantes na parede mais uma vez.

O que eles tinham feito com ela?

35

SEGUNDA-FEIRA

HORA DA VERDADE

S: Precisamos conversar, me encontre na Turing quando o treino de remo terminar

FEZ UMA PAUSA ANTES DE enviar outra mensagem para Baz.

S: É sobre Elizabeth

Então foi correndo até a Casa Curie atrás de Persephone.

Ao bater à porta do quarto dela, porém, não foi Persephone quem atendeu.

Em vez disso, uma garota de pele escura e cabeça raspada, que Sade pensou ser, provavelmente, a colega de quarto de Persephone, Maribel.

Maribel devia ter percebido sua confusão, pois falou imediatamente:

– Persephone está jantando. Ela saiu já faz um tempo, então deve voltar logo. Eu estava prestes a sair, de qualquer maneira; o quarto é todo seu.

Sade assentiu.

– Obrigada.

Maribel deu um passo para o lado, permitindo que Sade entrasse.

Sade ficou por lá, sem jeito, enquanto Maribel atirava as roupas dela de um lado para o outro, claramente procurando por alguma coisa. Era difícil enxergar o chão do lado de Maribel no quarto, completamente coberto por livros, roupas e sapatos. Um enorme contraste com o lado organizado e catalogado de Persephone.

Observar a decoração de Persephone dava a Sade a impressão de que podia dar uma rara espiada em sua mente. Sade notou mais uma vez os pôsteres pendurados sobre a cama, desta vez prestando mais atenção em um pôster que dizia:

Olá, mundo! E ao lado deste havia outro com os famosos versos de Hamlet "*Ser ou não ser*", seguidos da esperada imagem de um crânio. Ao lado ficava uma estante cheia de pilhas de livros.

Sade voltou a sua atenção para a escrivaninha de Persephone, onde estava o aparelho clonado. Sua mente voltou às paredes de Elizabeth.

Enquanto Maribel permanecia de costas, ela pegou o telefone.

Ao desbloqueá-lo, acessou o aplicativo de bate-papo oculto. As notificações tinham se acumulado, as mensagens não paravam. Clicou nos arquivos, abrindo um chamado *A rede*. Já o vira antes, logo quando obtiveram acesso ao aplicativo, mas, como todo o resto, ele era protegido por senha.

Até agora.

Sade abriu a pasta, digitando a senha que vira antes.

PescadoresDeJohnFisher

E então ela observou as fotos serem carregadas. Algumas estavam abertas e outras exigiam uma senha adicional.

Clicou na primeira que apareceu.

Era uma foto de alguns garotos que ela não reconhecia em uma sala luxuosa, sorrindo e posando com taças de vinho. No topo da tela, viu a data em que a foto foi tirada. Cinco anos atrás. Aqueles meninos provavelmente já haviam se formado.

Saiu da foto quando já havia mais imagens baixadas, rolando para as fotos mais recentes. Reconheceu os garotos da competição de nado na qual ela fora e outros apenas de avistá-los pelos corredores. Reconheceu algumas das meninas também. As fotos pareciam inofensivas; apenas pessoas – estudantes de Alfred Nobel – festejando em vestidos e ternos elegantes. Havia fotos em uma espécie de casa de praia, todos em trajes de banho. As fotos cobriam anos.

Festas da Hawking.

Sade clicou em outra foto, observando-a carregar, até que viu...

April.

Usando um minivestido preto, rodeada por um grupo de pessoas rindo.

Passou para outra foto e viu April novamente, na mesma posição. Desta vez, dava para ver um banner ao fundo.

SOMOS OS CAMPEÕES

Aquilo devia ter sido depois de uma competição.

Talvez uma festa para comemorar a vitória.

Mas aí Sade lembrou-se do que Persephone havia dito... Estava gravado em sua mente:

Algumas garotas com quem ele ficou nas festas da Casa Hawking não terminaram muito bem depois. Elas diziam que... não conseguiam se lembrar de nada da noite ou de estar com Jude.

Será que as festas da Hawking não eram organizadas por pura "diversão", mas para que os autointitulados *Pescadores* fizessem as meninas de alvo? Para convidá-las e depois colocar algo na bebida delas? Para fazer o que quisessem com elas?

Sade sentiu-se mal.

Olhou de novo para as fotos, voltando no tempo agora, parando em outra foto de April, desta vez com August, sorrindo e erguendo taças de vinho para a câmera.

Seria possível que April soubesse sobre os Pescadores? Sobre o que eles fizeram e o propósito das festas? Afinal, ela era irmã gêmea de August.

Ela devia saber de alguma coisa.

Sade teve então a ideia de procurar o apelido de August na lista de nomes do diretório, parando ao se deparar com o mais óbvio. *ReiPhelps.*

Clicar no nome dele a levou a uma lista de vezes que ele foi mencionado no bate-papo. Examinou a lista, franzindo o cenho para uma das mensagens que parecia ter uma imagem anexada e protegida por senha...

– Você é a namorada dela? – Maribel perguntou de repente, e Sade quase derrubou o telefone.

– O quê? – Sade balbuciou.

Maribel virou-se para ela e olhou Sade de cima a baixo.

– Você é o tipo dela, por isso pensei... – dizia, mas foi interrompida por uma batida. – Quem é? – gritou, caminhando até a porta e abrindo-a.

– Desculpa, esqueci minhas chaves... – disse Persephone, entrando e detendo-se ao ver Sade. – Ah, oi – disse.

Sade logo guardou o telefone.

– Estou indo. Prazer em conhecê-la, Sade – Maribel falou, com uma piscadela, antes de pegar uma bolsa em cima da cama e sair do quarto imediatamente.

– Ei – Sade respondeu.

– Está tudo bem? Espero que Maribel não tenha te incomodado muito nem nada. Ela é intrometida pra caralho, mas nada que justifique solicitar uma transferência de quarto.

– Não, ela foi legal. É só que... Você precisa vir ver uma coisa.

– **PUTA MERDA.**

Persephone já encarava as paredes do quarto de Sade havia um bom tempo.

– Acho que Elizabeth sabia quem eram os Pescadores e estava tentando encontrar uma forma de expô-los. Não sei se são todos os nomes do chat, mas parece que ela tinha informações suficientes para mostrar. Ela descobriu os codinomes, qual apelido correspondia a qual aluno. Acho que deveríamos mostrar isso para alguém agora. Alguém como a sra. Thistle, ela certamente ouviria – disse Sade.

Persephone pareceu pensativa.

– Acho que primeiro devemos confirmar quem está envolvido e como. As evidências precisam ser incontestáveis, especialmente com o diretor *Gaslight* no comando e com tudo isso que aconteceu com Jude. Vamos repassar tudo. Eu deveria ter trazido o telefone comigo – disse. – Posso voltar lá correndo...

– Eu peguei – respondeu Sade, tirando-o do bolso. – Eu o afanei quando estávamos de saída.

Persephone pareceu aliviada ao pegar o telefone e abrir o aplicativo.

– Acho que os codinomes estão relacionados às senhas de algumas das fotos bloqueadas. Dê-me o nome de um garoto qualquer e eu adivinharei quem pode ser a garota envolvida, com base nas fofoca de que sei.

Sade ficou surpresa por Persephone saber de muitas fofocas, visto que ela parecia muito mais interessada nos livros do que em qualquer outra coisa.

– A Raposa Curiosa é... Liam Carter – disse Sade, lendo as anotações na parede.

Persephone digitou o nome e abriu uma das fotos protegidas por senha que ele tinha enviado. Digitou o nome dele no espaço do nome de usuário e o nome de uma garota. Após um momento de silêncio, enfim ergueu os olhos.

– Funcionou.

Persephone testou com outro cara e, embora tenha precisado de algumas tentativas para adivinhar as garotas às quais ele poderia estar se referindo, conseguiu por fim, na quinta tentativa.

Ambas as fotos pareciam ser das respectivas garotas. Ambas eram fotos íntimas que tinham enviado aos meninos, provavelmente presumindo que permaneceriam privadas. Mas lá estavam elas, naquela conversa em grupo, sendo compartilhadas, baixadas e discutidas.

Um menino escreveu:

As coisas que eu faria com ela.

E outro:

Talvez ela devesse ir à próxima festa, aposto que poderíamos nos divertir um pouco

E essas eram as mensagens menos terríveis.

Algumas das coisas escritas eram tão deploráveis que Sade se perguntou como pessoas daquele tipo podiam existir.

Percebeu como Persephone parecia pálida. Aquilo provavelmente a afetava demais.

– Você está bem? Podemos parar um pouco. Eu sei que deve ser difícil de ver...

Persephone balançou a cabeça.

– Estou bem. É só que... Isso é pior do que eu pensava... – ela disse em voz baixa, parecendo enjoada. – Tantos meninos, pessoas que ninguém imaginaria serem capazes de fazer coisas assim... – Ela olhou para Sade. – Como acha que a sua colega de quarto se relaciona com tudo isso? Você acha que ela saiu da escola porque não aguentava frequentar as mesmas aulas que esses meninos? Porque, honestamente, a esta altura eu me identifico com ela. Há muito tempo não tenho certeza se me sinto segura aqui.

– Não acho que Elizabeth tenha saído por vontade própria – disse Sade.

Então pensou em August, ou *ReiPhelps*, como ele se denominava. Nas mensagens que ele tinha enviado e naquela foto protegida por senha.

Persephone a encarou, confusa.

– O que você quer dizer com isso?

Sade não tinha certeza de como as teorias sobre as quais ela e Baz especulavam soariam para outra pessoa. Mas, àquela altura, não tinha nada a perder se Persephone pensasse que ela estava enlouquecendo.

– Sabe aquele e-mail que a escola recebeu sobre a saída de Elizabeth?

Persephone negou com a cabeça.

– Só ouvi dizer que ela tinha ido ficar com a família.

– Sim, bem, a escola foi informada disso por e-mail. Que Elizabeth estava com a tia-avó Julie. O único problema é que a tia-avó dela já tinha morrido.

As sobrancelhas de Persephone se ergueram.

– E isso não é a única coisa estranha. Basil, o melhor amigo de Elizabeth, tinha instalado um aplicativo que permite compartilhar a sua localização com amigos. O último sinal enviado pelo telefone de Elizabeth foi captado em torno da Casa Hawking. Normalmente, se alguém desativa a localização, aparece uma mensagem. Mas, com Elizabeth, o sinal simplesmente se perdeu naquela noite. Como se o telefone dela tivesse sido desligado ou destruído.

– Ok, isso é estranho e assustador. Você acha que alguém do grupo a encontrou e fez alguma coisa com ela?

Sade assentiu.

– Acho que sim. O pior é que Webber nem nos ouviu. Uma aluna desapareceu e tudo o que ele fez foi dizer a Baz que ele estava imaginando coisas.

– Parece uma atitude típica do Webber a meu ver. O único momento em que ele parece relativamente interessado na vida estudantil é quando se trata de patrocinadores ou de algum campeonato – disse Persephone.

O som de batidas na porta fez Sade pular de repente.

– Está aberta – gritou, sabendo quem era apenas pelo som das batidas.

Baz entrou, molhado e sem fôlego.

– Recebi sua mensagem, o que aconteceu? – perguntou, rangendo os dentes. Estava chovendo lá fora e ele não estava usando um casaco nem o suéter da escola. A camisa branca se agarrava a sua pele enquanto tremia. Baz então pareceu notar a tonalidade estranha da sala e o que havia na parede. – O que é tudo isso?

Sade realmente não sabia por onde começar.

Mas, ainda assim, contou tudo a ele.

• • •

BAZ FICOU EM SILÊNCIO ENQUANTO Sade explicava tudo.

Em parte, pensava, por causa da presença de Persephone no quarto, mas principalmente pela natureza do que Sade revelava.

– Acho que Elizabeth iria expor os Pescadores, mas eles a impediram antes que ela pudesse fazer isso – concluiu.

Baz olhou para as paredes, a expressão imperscrutável. Ele estava tão imóvel que Sade ficou com medo de que ela o tivesse quebrado, mas então ele espirrou alto, confirmando que ainda estava funcionando.

– Puta que pariu – ele disse por fim. Após um longo silêncio, Baz olhou para o teto. – Você falou que recebeu lâmpadas UV. Quem as enviou?

Sade estava se perguntando a mesma coisa.

– Não sei – respondeu. Parecia estranho demais para ser uma coincidência. – Mas pelo menos temos isso agora – prosseguiu. – Você acha que isso seria o bastante para eles finalmente nos ouvirem sobre Elizabeth? – Sade perguntou, querendo dar-lhe tempo para processar, mas também tendo plena consciência de que realmente não havia tempo. – Tem que ser, não é?

– Você deveria simplesmente fazê-los ouvir, sem ter que pedir permissão a Webber – disse Persephone.

Sade e Baz se viraram para ela.

– Como? – ele perguntou.

– Não dando a eles a chance de ignorar o que dizem... Deixando que todos vejam e decidam por si mesmos. Certamente isso obrigaria a escola a reabrir a investigação. Especialmente se você contar sobre o aplicativo de rastreio. Parece uma pista inquestionável para investigar todos os mencionados no bate-papo, as festas da Casa Hawking, e conduzir uma busca muito mais minuciosa das instalações.

Não era de se admirar que Persephone fosse suplente da monitora-chefe. Ela era, claramente, um gênio.

– Pode funcionar – Baz falou, assentindo com determinação.

Parecia ser um avanço. Uma esperança renovada se formava.

– A Casa Hawking foi o único lugar em que o GPS a detectou? – indagou Persephone.

Baz balançou a cabeça, pegando o telefone para mostrar a página que exibia a área dos últimos passos conhecidos de Elizabeth.

– Ela estava neste perímetro.

Persephone pegou o telefone, franzindo as sobrancelhas enquanto examinava a tela.

– Hum, isso é estranho... – ela disse.

– O que foi? – Baz perguntou.

Persephone apontou para o ponto na tela que representava o último sinal de Elizabeth.

– Eu uso esse aplicativo com bastante frequência, embora a interface seja péssima. Dá para ampliar aqui e obter informações mais específicas. Consegue ver essas letrinhas? O símbolo O em vermelho? É uma bússola que mostra a direção para a qual o telefone dela apontava.

Sade semicerrou os olhos, então enxergando. As pequenas letras da rosa dos ventos. N, S, L, O. Ou *Nunca Saia Levando Ovos,* como dizia o seu tutor.

– Parece que a Elizabeth estava entrando no Centro Newton, não na Casa Hawking.

– Por que ela iria para o Newton? – Baz perguntou.

Os pensamentos de Sade entraram em turbilhão quando um único nome veio à sua mente.

– August – disse. – Ela estava indo se encontrar com August.

36

TERÇA-FEIRA

SIRENES DE INCÊNDIO

NA MANHÃ SEGUINTE, OUTRA ASSEMBLEIA de emergência foi realizada.

Desta vez, porém, o diretor Webber estava acompanhado por policiais.

Sade reconheceu um deles como sendo aquele com quem ela conversara depois do desaparecimento de Elizabeth.

Os alunos ocuparam os lugares e o diretor Webber esperou que todos se acalmassem antes de dar início ao anúncio.

– Bom dia, não vou me demorar muito, apenas algumas atualizações. É com grande choque que tenho de anunciar que a morte triste e prematura de Jude Ripley agora está sendo tratada como um caso de homicídio.

O salão explodiu. Ruídos de indignação, descrença, incômodo.

Jude não estava apenas morto.

Ele tinha sido assassinado.

Sade sentiu Baz apertar a mão dela.

– Pedimos que os que estiveram presentes na festa ou que possam ter alguma informação sobre o caso se apresentem o mais rápido possível. A polícia vai realizar entrevistas com amigos próximos e conhecidos de Jude, assim como com a turma do quarto ano. Obrigado a quem já se apresentou. Agradecemos muito.

Sade se perguntou quantas pessoas tinham se manifestado até o momento. Mordeu o lábio, toda nervosa. Será que havia fotos daquela noite? Ela deveria ter verificado o telefone copiado.

Seus pensamentos foram interrompidos por um rangido alto e um baque quando as portas do auditório se abriram e August Owens apareceu, parecendo ainda pior do que antes.

– Desculpe – disse August, a voz ecoando enquanto ele se sentava com tranquilidade em um dos bancos traseiros, depois pegava o telefone como se não se importasse de estar bastante atrasado para a reunião.

Webber continuou a falar e Sade continuou a encarar August.

O garoto que não fazia nada além de mentir.

– Parece que Elizabeth estava entrando no Centro Newton, não na Casa Hawking.

– Por que ela iria para o Newton?

– August – ela dissera. – Ela estava indo se encontrar com August.

Os olhos de Baz ficaram vidrados.

– Você acha que ele fez alguma coisa com ela? Devíamos dizer a Webber que foi ele, eles podem investigá-lo...

– Precisamos ser espertos – interrompeu Persephone. – Não sabemos se era com ele que ela estava indo se encontrar. Só temos uma chance de fazer tudo certo. Sugiro que a gente se concentre em expor os Pescadores e depois direcionemos a escola a investigar a parte de Elizabeth da equação.

– Eu o odeio – Baz murmurou, arrancando Sade da memória da noite anterior. Ele também estava olhando para August. – Elizabeth iria expô-lo e ele provavelmente deu um jeito de fazer com que a família dele sumisse com ela. O pai dele trabalha para o governo; é o tipo de coisa que ele talvez pudesse fazer.

Sade ouviu alguém pigarrear e, quando ergueu os olhos, se deparou com a srta. Blackburn parada ao lado deles e observando-os com o dedo nos lábios, sinalizando que estavam fazendo muito barulho.

– Mudando um pouco de assunto – continuou o diretor Webber. – Haverá uma cerimônia para Jude amanhã no Centro Esportivo Newton, onde iremos inaugurar a nova piscina e relembrar Jude, seus talentos e tudo de bom que fazia.

Sade avistou Persephone sentada entre April e Juliette, o rosto tenso.

Sade queria sussurrar alguma coisa sobre o memorial para Baz, mas estava ciente de que a srta. Blackburn provavelmente ainda estava observando e por isso se absteve de fazê-lo. Olhou para a fria supervisora de novo, percebendo agora que o olhar dela não estava sobre si nem na plateia, mas no diretor. Estreitava os olhos para ele e tinha uma expressão de desgosto, como se ela também não o suportasse.

Uma vez dispensada, Sade não ficou de pé imediatamente. Em vez disso, esperou que o resto dos alunos saíssem antes de se movimentar. Permanecendo na última fileira, fingiu procurar alguma coisa na bolsa enquanto a polícia conversava em voz baixa com o diretor Webber na frente do salão, embora, devido ao tamanho da sala, as vozes ecoassem o suficiente para que Sade captasse o que diziam.

– Estamos tentando manter isso longe da mídia. Não seria bom para a escola ou mesmo para os alunos se houvesse fotógrafos fervilhando do lado de fora – disse Webber.

– Nós compreendemos. Mas a nossa prioridade é a vontade dos pais da vítima, a segurança dos alunos, assim como a investigação em curso. Não podemos controlar o que a mídia diz.

– Sim, mas você precisa entender que um escândalo relacionado a drogas pode arruinar...

– Mais uma vez, respeitamos e entendemos isso. Mas temos que investigar isso. O organismo do menino tinha uma infinidade de drogas, incluindo sedativos...

– Sade, você vem? – Baz perguntou do alto da escada perto da saída.

Sade olhou para ele. Ele estava junto de Persephone, que parecia distraída.

Sade assentiu.

– Sim, já vou.

Conforme saíam, o coração de Sade ainda batia alto, repassando a conversa que acabara de ouvir sem parar em sua mente.

– Eles precisam mesmo parar com essas assembleias emergenciais inúteis. Sinto que estou, literalmente, perdendo anos da minha vida – disse Baz.

– Quando eu for monitora-chefe, farei campanha contra elas – respondeu Persephone.

– Persephone, sua santa – Baz falou, entrelaçando o braço com o dela.

Sade permaneceu quieta, tentando fazer o seu coração se acalmar, mas achando cada vez mais difícil fazê-lo. Não quando o enorme peso de suas ações a pressionava. Ela sentiu como se o céu fosse se abrir e engoli-la por inteiro.

Logo as pessoas juntariam todas as peças e descobririam o que realmente tinha acontecido com Jude.

É só uma questão de tempo.

37

QUARTA-FEIRA

HOMENAGEM

NO DIA SEGUINTE HOUVE A cerimônia à memória de Jude no Centro Esportivo Newton.

Sendo Jude o menino de ouro da escola, a lotação já era esperada. Parecia que todos os alunos estavam amontoados no natatório. E as lágrimas derramadas pareciam reais.

Uma diferença tão gritante em relação à vigília que fora realizada para Elizabeth semanas antes.

Sade pensou em não ir, mas achou que pareceria suspeito. Em vez disso, cerrou os dentes e se uniu ao resto do corpo discente naquela exibição mórbida. Baz decidiu que não se importava em parecer o assassino e, em vez de ir, ficou no dormitório com Muffin.

A cerimônia começou com um discurso do técnico da equipe masculina de natação, que chorava a cada poucas palavras – principalmente, ao que parecia, porque estava ciente de que a equipe estaria ferrada sem Jude nas finais.

Depois foi a vez do diretor Webber, que também parecia choroso, e Sade suspeitava ser por causa das grandes doações da família para a escola. Ele sentiria muita falta do dinheiro da condessa.

O coral da escola – que Sade nem sabia que existia – cantou "This Little Light of Mine".

Durante a música, Sade manteve os olhos firmemente plantados no chão da área da piscina, desejando poder abafar a música que pretendia representar Jude como algum tipo de luz divina que iluminava o mundo.

Enquanto se concentrava no chão, Sade viu um estranho adesivo verde amassado entre as linhas de azulejos do piso que contornava a piscina. Parecia um trevo-de-quatro-folhas.

Aplausos interromperam os seus pensamentos, forçando-a a levantar os olhos quando a música terminou, enquanto o coro fez uma reverência. Depois que eles saíram, houve o anúncio de que haveria mais discursos de funcionários e alunos, inclusive de August, que parecia ter se arrumado um pouco.

– Jude não era só um capitão brilhante, mas também o meu melhor amigo e meu irmão. Sentiremos muita falta dele – começou August, com a voz desprovida de emoção. – Enquanto a polícia trabalha para descobrir quem fez isso, mantemos a alegria com a inauguração da nova piscina. – Ele apertou um botão, e a cobertura elétrica da piscina começou a se retrair como o teto de um carro conversível. A piscina estava cheia, e pétalas de rosa que formavam o nome de Jude flutuavam na superfície. – Apresento a você a Piscina Ripley.

Aplausos altos ressoaram por todo o salão, ecoando nas paredes enquanto as pessoas celebravam a vida de um monstro.

Sade não se juntou a eles.

Atrás de August estavam todos os meninos do time de natação, vestidos com as suas jaquetas esportivas. Avistou Francis, logo atrás de August, parecendo mais maltrapilho do que o costume.

Todos os meninos da equipe de natação avançaram um por um, deixando cair os óculos de natação na piscina, fragmentando o padrão de pétalas de rosa.

Houve mais aplausos.

Assim que o show terminou, August se afastou da piscina, os olhos fixos em Sade ao fazer isso. No início, ela achou que estivesse imaginando coisas, mas alguma coisa no olhar dele indicava ser especificamente para ela.

– Quero ficar bêbada – April anunciou ao grupo no fim da homenagem.

Ela parecia não se importar nem um pouco com o fato de que o ex-namorado dela estivesse morto e que o irmão dela estivesse claramente lidando com o luto de uma forma bem estranha.

Até Juliette chorava. Não tinha parado de chorar desde o início da cerimônia.

– Sinceramente. Eu também – disse Persephone. – Poderia tomar umas cinquenta bebidas agora.

– Podemos usar o quarto de Sade. Ela é a única sem uma colega de quarto chata – disse April, erguendo uma sobrancelha para Sade como se esperasse uma confirmação sem nem antes perguntar.

Sade assentiu.

– Sim, claro – disse, então se lembrou das paredes e da questão da lâmpada. – Só vou dar um pulo lá para dar uma ajeitada bem rápido. Acho que termino em meia hora.

– Vou com você, para ajudar na limpeza – disse Persephone.

April sorriu, entrelaçando os braços com os de Juliette, que ainda estava fungando.

– Ótimo, vou pegar o meu estoque. Vejo vocês daqui a pouco – disse April, depois se virou para sair com Juliette.

– Que desastre – disse Persephone assim que saíram do Centro Newton e se afastaram das pessoas enlutadas.

Sade concordou. Todas aquelas celebrações em torno de Jude a deixaram com raiva. Quase invejava Baz por não ter testemunhado aquilo.

– Preciso trocar a lâmpada antes que April e Juliette cheguem – disse ela.

– Você ainda não trocou? A luz ultravioleta não te distrai?

Sade encolheu os ombros.

– As minhas luzes vivem praticamente apagadas e, mesmo assim, a luz ultravioleta não me incomoda muito.

Quanto mais tempo passava com aquelas paredes, mais Sade sentia que compreendia Elizabeth. Uma colcha de retalhos de sua psique. Os registros pareciam ter começado como algo que ela fazia por tédio, meros rabiscos e citações de suas músicas favoritas. Um espaço que depois foi tomado pelos Pescadores e tudo o que ela descobriu.

Assim que chegaram à Casa Turing, Sade e Persephone subiram até o quarto andar. Sade queria ver se Jessica tinha uma lâmpada sobressalente antes de tentar outro lugar.

Para a sua sorte, quando bateu à porta, foi a intrometida monitora da casa que abriu, franzindo o rosto ao ver Sade do lado de fora. Jessica pareceu surpresa ao ver Persephone ali.

– Olá, Jessica, gostaria de saber se você poderia me arrumar uma lâmpada? A minha queimou hoje de manhã.

Jessica suspirou.

– Fique sabendo que pode obtê-las nos armários do térreo. Mas, felizmente, tenho algumas de sobra aqui; espere um segundo – disse, entrando em seu quarto e reaparecendo momentos depois com duas caixas. – Algo mais?

Jessica estava sendo tão... legal... Era estranho.

– Não, isso é tudo – disse Sade, e Jessica assentiu, disse adeus e fechou a porta na cara dela.

– Sabe, ela geralmente nunca é tão gentil comigo. Deve ser porque você está aqui – disse enquanto voltavam para o elevador.

Persephone olhou para ela.

– Por quê?

Sade apertou o botão do terceiro andar e apontou com a cabeça para o distintivo de suplente da monitora-chefe de Persephone.

– Talvez por causa disso. Jessica parece respeitar a autoridade.

– Se ao menos ser suplente da monitora-chefe significasse alguma coisa. É um cargo de mentira, na verdade. A monitora-chefe e o monitor-chefe são os únicos com algum poder e, infelizmente, a nossa monitora-chefe atual, Katarina Plum, está mais interessada em ser neutra e apolítica do que em fazer qualquer coisa relevante. Se eu fosse monitora-chefe, definitivamente poderia fazer alguma coisa com relação aos Pescadores. – Persephone falou enquanto saíam do elevador e faziam a curva em direção ao quarto de Sade.

Sade estava prestes a comentar alguma coisa sobre Persephone se candidatar a monitora-chefe quando viu o que havia no chão.

Persephone diminuiu o passo e depois recuou.

– Isso é um... – Persephone começou, mas Sade a interrompeu com um abrupto "Sim", o coração saindo pela boca agora.

Colocado do lado de fora de sua porta estava o corpo de um rato morto.

Ratos que gritam se tornam refeição. Era o que o convite dizia.

– Acho que vou passar mal – disse Persephone, o rosto contorcido.

Sade sentiu como se estivesse experimentando uma espécie de *déjà-vu* às avessas. O rato morto junto à porta no primeiro dia. Agora, seria ela o rato que alguém acreditava ter gritado?

Sentiu-se trêmula ao se mover na direção dele.

Aquilo era uma mensagem. A mesma que Elizabeth tinha recebido.

A mente de Sade se voltou automaticamente para August.

– Vou tirá-lo daqui antes que April e Juliette cheguem – disse, abrindo a porta do quarto e passando por cima do rato morto.

Procurou por um saco plástico, o coração martelando e a visão saindo de foco.

Por fim encontrou uma velha sacola de mercado em uma das gavetas e usou-a para pegar o rato morto do chão. Ela conseguia sentir o corpo inerte através da sacola. Como parecia macio e duro ao mesmo tempo.

Jogou-o rapidamente na lixeira mais próxima, olhando para Persephone, que parecia genuinamente verde.

Sade trocou as lâmpadas rapidamente e nem tinha começado a pensar no que fazer a seguir quando April e Juliette chegaram.

April colocou para tocar músicas que não pareciam combinar com a vibração enevoada pós-cerimônia em que se encontravam. A única coisa boa de toda aquela situação era que as aulas foram canceladas pelo resto da semana. Pelo menos Sade não precisava se concentrar nas aulas enquanto resolvia a questão dos Pescadores.

Os olhos sem vida do rato estavam gravados em seu cérebro. Elizabeth estivera envolvida com aquilo – com os Pescadores –, e recebeu um rato pouco antes de desaparecer. O que aconteceria com Sade agora que recebera a mesma coisa? Ela desapareceria misteriosamente à noite? Ou seria alguma coisa pior?

Ela não queria passar a noite sozinha e quase se perguntou se Persephone concordaria se Sade lhe pedisse para ficar.

Persephone estava sentada no canto com uma taça de vinho aos pés; April estava deitada no chão com as pernas esticadas, olhando para o teto como se estivesse em um torpor de felicidade; e Juliette estava deitada na cama de Sade.

Sade estava ao lado de Persephone, bebendo o suco de laranja que April comprara para ela, sabendo que não poderia beber com elas, o que tinha sido surpreendentemente gentil da parte dela.

– Ei, Sade, você tem um analgésico? Estou com uma baita dor de cabeça – perguntou Juliette.

– Está na gaveta de cima – respondeu ela, no momento em que seu telefone apitou exibindo uma mensagem de August.

A: vcê poder vem na piscina, po favor?

S: Você está bem?

A: estou muuuito bem

August estava bêbado ou drogado; Sade não tinha certeza de qual das opções.

Vinha a calhar, porque ela queria conversar com ele. Poderia parecer descuido da parte dela pensar em ir sozinha, mas ela não tinha medo de August.

– Hum, pessoal, já volto – disse, levantando-se e calçando os sapatos.

– Está tudo bem? – Persephone lhe perguntou.

Sade assentiu.

– Só preciso ver uma coisa.

QUANDO CHEGOU AO CENTRO NEWTON, August estava na Piscina Ripley, boiando nela ainda totalmente vestido com o terno que tinha usado na cerimônia, segurando uma grande garrafa de vinho tinto na mão, pétalas de rosa envolvendo o corpo.

– Ei – ela gritou, mas ele não pareceu ouvi-la a princípio. – August? – tentou novamente, aproximando-se da borda da piscina.

Desta vez ele ergueu os olhos. E então lhe deu um sorriso estranho.

– Olá, garota de número 1.465 que o meu melhor amigo estava comendo – respondeu. E depois continuou com: – Brincadeira, ele falou que você era pudica.

Sade sentiu o coração parar. Aquele August não se parecia com o que viera a conhecer nas últimas cinco semanas. Por outro lado, August sempre fora um mentiroso, então talvez aquele fosse o verdadeiro August, só agora revelando quão feio ele poderia ser.

August finalmente ficou de pé na parte rasa, tirou a rolha da garrafa já meio vazia que tinha em mãos e engoliu o resto. Parte da bebida se espalhou por sua roupa, manchando-a de vermelho e escorrendo para a piscina, produzindo gotículas que se pareciam muito com sangue.

– Você está bem? – ela perguntou enquanto ele atirava a garrafa para o lado.

– Estou ótimo, já te disse isso – disse ele, saindo da água.

O terno estava completamente encharcado e parecia pesado enquanto August subia os degraus da piscina.

– Desculpa, só estou preocupada com você – ela mentiu. – Você parece muito diferente...

– Se importa se eu fizer uma pergunta? – ele perguntou, aproximando-se dela.

Sade se sentia desconfortável ao se afastar do olhar desfocado do garoto.

– Claro, vá em frente – disse.

Sade tinha suas próprias perguntas a fazer.

Os olhos dele pareciam vermelhos e irritados.

– Onde você foi naquela noite? Durante a festa? – ele perguntou.

– O quê? – Sade respondeu, surpresa.

O coração dela saía pela boca.

– Você estava na festa, certo? Aonde você foi? Lembro-me de ver você num minuto, e no outro tinha desaparecido. Tipo mágica – disse ele, com um largo sorriso.

– Hum, fui embora ...

Ele estalou o dedo e agarrou a cabeça.

– Espera, eu sei onde você estava – disse, apontando o dedo para ela. – Você estava com ele, não é? Caramba, acho que você foi a última pessoa a vê-lo antes de ele, você sabe... – August tombou o pescoço e fez um som estridente com a boca.

– Acho que não – disse Sade, recuando outra vez.

– Não... não, tenho quase certeza de que foi você. Lembro-me de olhar para cima e ver vocês entrando no quarto dele. Talvez você não seja tão pudica quanto eu pensava. Vocês se divertiram? Hum? Ele te tratou bem?

– O que você está insinuando, August? – Sade perguntou.

Ele riu.

– Ah, acho que você sabe.

Eles se entreolharam por um momento antes de Sade suspirar.

– Tô indo nessa – disse ela antes de se virar.

– Sim, você costuma fazer isso, não é? Fugir rapidamente da cena do crime.

Sade não parou para apaziguá-lo nem esperou para ver as outras maneiras com as quais a língua afiada dele poderia machucá-la, apenas foi embora. Seu coração batia forte dentro peito, a voz persistente sibilando dentro de si.

Era difícil determinar a aproximação de uma mudança grande o suficiente para abalar todo o seu mundo, mas, quando acontecia, sempre parecia tão óbvia.

Quando Sade se aproximou da Turing, ela não parou para pensar *por que* ouvia o som distante de sirenes. Não questionou por que parecia haver um sussurro abafado quando ela chegou, enquanto as pessoas olhavam para o alto como se algo ou alguém estivesse lá em cima. Quando Sade saiu do elevador para o corredor, percebeu que a porta do quarto dela estava aberta e que vozes apressadas vinham de lá.

Entrou rapidamente e ficou surpresa ao encontrar Jessica acompanhada pela srta. Blackburn.

E um corpo no chão.

Juliette. De rosto pálido como a morte e de olhos fechados.

Aquilo não poderia estar acontecendo. De novo não. Sade podia sentir os olhos sobre ela.

Os olhos de Persephone.

Ela se virou, e Persephone lhe lançou um olhar parecido com o de August – um olhar envolto em suspeita e raiva.

April parecia impassível, como sempre.

– O que aconteceu? – Sade perguntou.

Mas a sua pergunta ficou sem resposta porque dois paramédicos chegaram correndo com dois socorristas da escola e pediram que todos para se afastassem.

Um dos paramédicos foi cuidar de Juliette, avaliando sua respiração com movimentos rápidos. Os olhos dela estavam parcialmente abertos, e ela parecia perder e recuperar a consciência repetidas vezes.

O outro conversou com Persephone sobre o que havia acontecido, perguntando se Juliette havia tomado alguma coisa e qual era o histórico médico dela, depois disse à srta. Blackburn que precisariam levar Juliette ao hospital.

– Podemos ir com ela? – Persephone perguntou.

A srta. Blackburn pareceu um pouco irritada, pois Persephone interrompera sua conversa com o paramédico, e parecia prestes a dizer não.

– Por favor – disse Persephone.

A srta. Blackburn assentiu com relutância.

– Terei que obter permissão especial para que vocês saiam da escola – disse.

– Obrigada – disse Persephone.

• • •

AS TRÊS MENINAS ESTAVAM SENTADAS na sala de espera.

Sade estava entre April e Persephone, April rabiscava algo em um caderno e Persephone ignorava Sade.

Ela não podia perguntar o que tinha acontecido, mas suspeitava, pela maneira como Persephone estava agindo, que elas achavam que Sade era a culpada de tudo aquilo.

A enfermeira que cuidava de Juliette saiu da sala e Persephone levantou-se de imediato.

– Ela está bem? Podemos vê-la?

– Pode vê-la agora. Sua amiga vai ficar bem. Encontramos vestígios de sedativos no organismo dela, o que a fez desmaiar...

– Ela foi dopada? – Persephone perguntou, confusa.

Sade sentiu um aperto no coração.

– É o que parece, mas ela vai ficar bem. Devemos dar alta amanhã de manhã – concluiu a enfermeira.

– Vocês podem ir vê-la individualmente, e depois preciso levar todas vocês de volta para a escola antes do toque de recolher – disse a srta. Blackburn.

Persephone foi primeiro. Sade observou o relógio enquanto os minutos passavam. Os dez minutos que Persephone passou na sala pareceram dez anos para Sade. Sua perna balançava sem parar, a energia ansiosa borbulhando dentro de si.

A enfermeira chamou April quando Persephone saiu, passando direto por Sade e indo até o banheiro no final do corredor.

Persephone ainda não tinha retornado quando Sade foi chamada. Ela se levantou e foi para o quarto de Juliette.

Sade se sentiu como uma fraude, parada ali. Não era como se conhecesse Juliette muito bem. Ela era uma intrusa.

– Você está bem? – Sade perguntou.

Juliette assentiu.

– Estou bem, de verdade, apenas muito cansada – disse ela com um sorriso.

Sade assentiu, sentindo ainda mais culpa.

– Certo, bem... vou deixar você descansar... – disse Sade, contendo-se para não se desculpar porque então teria que explicar por que estava se desculpando.

Deixou a sala alguns momentos depois. Sentia-se entorpecida enquanto caminhava até uma máquina de venda automática próxima, esperando que um pouco de suco pudesse ajudá-la a acalmar os nervos. Só que ela não conseguiu erguer o braço e digitar a combinação de números para comprar o suco. Em vez disso, apenas encarou a caixa feita de vidro até a sua visão ficar entrecruzada e desfocada. Pensou ter ouvido um rangido vindo de cima. Piscou para conter as lágrimas e levantou a cabeça para o teto, observando as luzes bruxuleantes do corredor se tornarem cada vez mais instáveis, enquanto o teto mergulhava sobre ela, transformando-a em pó.

O céu enfim tinha caído e a matara. Exatamente como ela achou que aconteceria.

O que foi que eu fiz?, pensou, fungando para conter as lágrimas. Ela não tinha o direito de chorar por aquilo.

Juliette tinha sedativos no organismo e era tudo culpa dela.

Tudo sempre era culpa dela.

Ela era o mau presságio de que as pessoas se protegiam com talismãs como trevos-de-quatro-folhas.

Ela era a escada sob a qual ninguém deveria passar.

Ela era o gato preto sorrateiro à sua sombra.

Ela era tudo aquilo.

Ela era o problema.

NO CAMINHO DE VOLTA, PERSEPHONE não olhou para Sade nenhuma vez. Ela provavelmente a odiava, e Sade não poderia culpá-la.

Quando finalmente chegaram à escola, Persephone abraçou April e se despediu, observando-a entrar na Casa Hawking enquanto afirmava que precisava de Francis depois de todo aquele trauma.

Era óbvio que Persephone estava se segurando para não revirar os olhos.

E então sobraram apenas Sade e Persephone.

– Posso acompanhá-la até o seu quarto? – Persephone perguntou baixinho.

Sade assentiu, notando o tom grave.

Caminharam em silêncio até a Casa Turing e subiram em silêncio até o terceiro andar. E então, quando Persephone levara Sade até seu quarto, ela pediu para entrar.

Voltar para o quarto sempre lhe parecia como voltar à cena de um crime, mas ainda mais naquele dia.

A atmosfera do quarto parecia amaldiçoada, pesada e silenciosa.

Quando entraram, Sade fechou a porta atrás de si e Persephone ficou com os braços cruzados, observando-a.

– Sinto muito – disse Sade.

Persephone não falou nada a princípio, mas Sade via que ela estava pensando.

– Pelo quê? – Persephone perguntou.

Aquilo era uma brincadeira? Ela queria que Sade explicasse o que fizera?

– P-pelo que aconteceu com Juliette... eu sinto muito por isso. Se eu soubesse que estava lá, eu a teria avisado...

– Por que exatamente havia comprimidos de sedativo no seu quarto, Sade? – Persephone perguntou em tom acusatório.

Sade não disse nada. Não era capaz.

Persephone assentiu, como se o silêncio de Sade fosse resposta suficiente.

– Vou fazer algumas perguntas e espero que você possa ser honesta comigo.

Sade permaneceu quieta.

– Depois que Juliette pegou o remédio na sua cômoda, ela começou a agir de forma estranha, mais maluca do que o normal, e depois desmaiou. A enfermeira disse que o que ela tomou não era um analgésico, e sim um sedativo. No final da assembleia de ontem, eu ouvi o policial falar sobre como encontraram sedativos no corpo de Jude, e por isso vou lhe fazer uma pergunta muito simples, Sade. Você fez alguma coisa com ele?

Sade suspeitava que a verdadeira pergunta dela era: *Você matou Jude*?

Sentiu o ar escapar de dentro de si. O teto começou a desmoronar outra vez, esmagando os seus pulmões.

Aquilo não poderia estar acontecendo, não agora.

– Acho que você deveria ir embora – disse Sade.

– Não vou a lugar nenhum até obter a porra de uma resposta – disse Persephone, subindo o tom.

Sade podia sentir o aperto em sua mente, a dor que a dividia, a voz que a assombrava se aproximando.

Balançou a cabeça.

– P-por favor, Persephone, não consigo lidar com isso agora.

– Eu não ligo. Eu preciso de respostas. Preciso saber se serei presa por ser cúmplice. Preciso saber se devo parar de planejar o meu futuro agora mesmo. Preciso saber se devo ligar para a minha mãe e os advogados dela. Preciso saber, Sade, preciso saber agora.

Sade sentiu as lágrimas escorrendo pelos cílios e fungou.

– Sinto muito – disse.

– Pelo quê? – Persephone perguntou, com um tom áspero.

Sade pestanejou e sentiu o peso desaparecer enquanto as lágrimas escorriam e serpenteavam pelo rosto, fazendo cócegas em seu queixo.

Você nunca deveria ter vindo!

Sade estava de acordo. Ela nunca deveria ter ido para lá.

Persephone não merecia sofrer por causa dela.

Talvez estivesse na hora de explicar.

Por mais que Sade acreditasse que, assim que a verdade fosse revelada, ninguém fosse encará-la da mesma forma.

– Eu... Preciso de um tempo, é muita coisa...

Persephone assentiu.

– Sem pressa.

38

DOIS ANOS ANTES

ELAS ERAM AQUILO QUE ALGUMAS pessoas na Nigéria chamavam de ibeji.

Ibeji sendo a palavra para designar um par.

Gêmeas.

Sade Kehinde e Jamila Taiwo Hussein.

Taiwo era a mais velha e Kehinde vinha em segundo em todos os quesitos.

A mãe sempre dizia que gêmeos eram especiais. As pessoas faziam músicas sobre eles. Rezavam aos deuses por eles. Viam-nos como uma espécie de invenção milagrosa.

Tia Mariam nunca concordou com aquela afirmação. Ela achava que gêmeos eram uma maldição, separados para expurgar a parte maligna da alma. Ela costumava pegar as duas, inspecioná-las de perto cheia de suspeita, e então sempre franzia a testa para Sade e sussurrava:

– Você é a ruim.

E parecia que tia Mariam não era a única que pensava daquela forma.

Os pais mentem e dizem que amam os filhos da mesma forma, mas não amam. Sempre há um favorito.

Às vezes é tão sutil quanto a força de um abraço ou um olhar amoroso permanente. Outras vezes é tão gritante quanto o pai lhe batendo no rosto e desejando em voz alta que ela estivesse morta.

Os pais tinham os seus favoritos, quer quisessem admitir ou não.

E Sade definitivamente não era a favorita de sua tia ou de seu pai.

• • •

DOIS ANOS ANTES DE SUA chegada aos portões pretos e perolados da AAN, antes das muitas tragédias que a seguiram e a levaram ao internato, Sade residia numa idílica casa em Londres com o pai, a irmã gêmea e o fantasma da mãe.

A mãe morrera quatro anos antes e, embora o mundo tivesse esquecido e seguido adiante, os Hussein nunca o fizeram.

Sua irmã foi consumida pelos trabalhos escolares, usando os livros como uma distração de sua dolorosa realidade.

O pai tornou-se mais rígido e ainda mais cruel.

E Sade tornou-se prisioneira da própria cabeça.

Às vezes Sade podia jurar que conseguia ouvir a risada da mãe ecoando pela casa ou o som de seus passos subindo pelas escadas. Ainda podia vê-la nos reflexos dos armários de vidro, dos espelhos e das janelas, podia sentir o perfume de rosas reconfortante, sentir as mãos frias dela colocando-a para dormir todas as noites e o seu olhar se demorando nela enquanto Sade adormecia.

Mas sabia que nada daquilo era verdade. Sabia que era a sua dor que evocava falsas realidades.

Era estranho perder alguém daquele jeito. Um dia ali, no seguinte não, deixando aquele buraco vazio de seu amor. A morte dela causou uma rachadura permanente na família, tão visível que era difícil não se dar conta.

As coisas não eram perfeitas antes do falecimento da mãe. Longe disso. Mas enquanto ela ainda estava lá, havia tanta luz que o resto era eclipsado – o ódio escancarado que o pai sentia por ela, as brigas entre os dois que ocasionalmente se tornavam físicas e a tempestade que Sade sempre sentia ganhar força dentro de si, fazendo-a sentir-se como se o mundo inteiro fosse tão sombrio e temerário.

Sade não sabia disso naquela época, que aquilo que ela sentia era algo a que os médicos chamavam de *depressão* e que, aparentemente, era compartilhado por sua família materna. Tinha consumido a sua bisavó Sola, levando a sua avó Taiwo em seguida e depois a sua mãe. O que eles não conseguiam diagnosticar era se aqueles sentimentos surgiam por causa das substâncias químicas no cérebro ou pelo padrão dos homens da vida delas.

O pai de Sade tinha matado a mãe dela e, aos poucos, também a matava.

Em meio ao luto, o controle sobre sua liberdade aumentou. Jamila tinha certeza de que era porque ele temia perder mais membros da família, mas Sade sabia que era porque ele odiava não ter o controle.

Ele nunca as deixava sair de casa. Havia uma vigilância constante, uma paranoia que enfraquecia o coração dele dia após dia. Se quisessem roupas, uma empregada as buscava no shopping. Se quisessem se exercitar? Bem, havia uma academia, um treinador e um personal trainer disponíveis sempre que quisessem. Educação? Tutores domiciliares.

Sade tinha a sensação de que não podia respirar pela maior parte do tempo. Ela não via o lado de fora da casa havia muito tempo. Não conversava com outra criança de sua idade, além da irmã, havia anos. Era como se o pai as estivesse punindo por alguma coisa.

– Eu o odeio – Sade disse a Jamila certo dia, quando estavam deitadas nas espreguiçadeiras perto do cantinho especial delas, o grande lago à beira do jardim. – Eu o odeio tanto. Odeio que ele nos mantenha dentro de casa. Odeio o fato de ele achar que sabe o que é melhor para nós e odeio que tenha deixado a mamãe morrer...

– Não diga isso – Jamila respondeu baixinho.

– Qual parte? – perguntou Sade.

Jamila sentou-se e a encarou.

– Tudo isso.

Sade riu.

– Você está do lado dele agora? Depois de tudo que ele fez, achei que você também quisesse ser livre...

– Sim, bem... Eu só acho que... ele não é tão ruim quanto você imagina... Ele só está triste e assustado.

Sade revirou os olhos. É claro que a *favorita* o defenderia.

– Ele comprou a sua lealdade ou algo assim? Por que passou a defendê-lo assim tão de repente? – disse.

Jamila não respondeu, e Sade franziu a testa.

– Jam?

Jamila suspirou.

– Nós conversamos e ele concordou em me deixar estudar numa escola aqui perto. Começo daqui a algumas semanas.

As sobrancelhas de Sade se ergueram.

– Ah, meu Deus, sério?

Jamila assentiu, ainda sem olhar nos olhos de Sade.

– Isso é incrível! – Sade gostava de seus tutores, mas queria companheiros de sua idade além da irmã.

– É mesmo! Eles têm uma ótima equipe de lacrosse na qual gostaria de ingressar e muitos edifícios maravilhosos e antigos e uma longa tradição – Jamila falou alegremente.

Sade não conseguia acreditar que o pai tinha mudado de ideia. Ele parecia tão determinado a prendê-las lá dentro para sempre.

– O que o fez mudar de ideia sobre nunca nos deixar experimentar os perigos do ensino médio?

– Hum, acho que só eu vou, por ora. Ele disse que eu poderia ir, mas você tinha que ficar.

O rosto de Sade se contorceu.

– Por quê?

Jamila encolheu os ombros.

– Não sei, talvez seja porque eu sou a mais velha, mas espero que, dentro de alguns meses, ele perceba que não é nada assustador e te deixe ir também...

Sade quase riu, incrédula.

– Eu não posso acreditar em você. Você recebeu a carta para "sair da prisão" e aceitou. Ele não vai permitir que nós duas tenhamos uma vida. Só você.

Jamila balançou a cabeça.

– Não me leve a mal, Sade.

– De que outra forma eu deveria levar?

Jamila não disse nada.

Sade levantou-se do gramado.

– Vou entrar.

– Sade...

– Me deixa em paz – respondeu Sade, afastando-se rapidamente antes que a irmã pudesse ver as lágrimas que começavam a cair.

• • •

MESES SE PASSARAM NA CASA dos Hussein, e Sade não conversava com a irmã desde a discussão que tiveram no jardim. Não que Jamila não a tivesse procurado.

Sade se tornara muito boa em evitar a irmã.

Comia rápido durante o jantar para evitar ter que ouvir sobre o dia perfeito de Jamila na escola. Evitava o cantinho especial delas – o lago no jardim –, sabendo que Jam estaria ali esperando por ela. Ficava atenta quando Jamila se demorava à sua porta, na esperança de conversar sobre o assunto.

Até que um dia Jamila parou.

Sade presumiu que a irmã tivesse desistido de tentar consertar o relacionamento após a traição, mas quando percebeu que Jamila não descia mais para jantar ou para ir à escola, deu-se conta de que não era o caso. Alguma coisa acontecera.

– Sua irmã percebeu que a escola não era aquilo que ela pensava – dissera o pai, quando Sade enfim perguntou.

Ele estava de pernas cruzadas em sua poltrona, lendo um grande jornal, aparentemente nem um pouco incomodado com o fato de a filha mais velha estar estranhamente ausente.

Depois de parar de frequentar a escola, Jamila não voltou a receber aulas particulares em casa e raramente saía do quarto. No entanto, ninguém além de Sade parecia preocupado.

Sempre que via vislumbres da irmã, notava como ela parecia diferente.

Olhos injetados de sangue, ossos aparentes; o brilho que ela costumava exalar tinha sumido por completo.

Era como se alguma coisa vital tivesse sido arrancada.

Ela provavelmente foi expulsa por tirar uma nota ruim ou coisa do tipo, Sade tentou se convencer, mesmo conforme suas preocupações aumentavam e suas suspeitas de que alguma coisa terrível havia acontecido permaneciam.

O problema das brigas entre irmãs era que a perdedora era a primeira a falar, a primeira a ceder. E Sade adorava vencer.

Para seu alívio, em um sábado qualquer, depois de tanto tempo de silêncio, Jamila finalmente cedeu.

Sade ouviu os passos silenciosos da irmã aproximando-se outra vez de seu quarto. Daquela vez, ela não deixou que Jamila ficasse ali parada e esperou que fosse embora. Daquela vez Sade correu até a porta do quarto e a abriu.

Como esperado, sua irmã estava do outro lado. Sade quase ofegou ao vê-la.

Ela parecia tão... diferente.

Sade olhou para a sua cópia distorcida – as clavículas pontudas, as bochechas magras, as sobras de pele. Sentiu, pela primeira vez em anos, que a pessoa que via era uma estranha. Jamila mexeu ligeiramente a blusa para cobrir os ossos que despontavam em sua pele e ofereceu a Sade um sorriso meio torto.

Antes que Sade pudesse dizer oi ou alguma coisa do tipo, Jamila estava falando.

– Quer ir ao shopping? – Jam perguntou.

– E o papai? – Sade disse.

Jamila sorriu, e Sade pôde ver fragmentos de sua irmã atrás do rosto tão pálido e doentio.

– Ele está numa viagem de negócios. Não se preocupe.

Sade assentiu.

– Ok.

ERA ESQUISITO COMO ALGO TÃO simples quanto um passeio ao ar livre pudesse enchê-la de tanta luz, mas foi o que aconteceu.

Estavam sentadas em um café após o dia de compras. Ou melhor, o dia que Sade passara fazendo compras enquanto Jamila a observava em silêncio.

– Hoje foi legal – disse Sade, descascando o rótulo da embalagem por hábito.

– Foi, sim – Jamila concordou. – Que bom que você gostou e que isso te deixou feliz. Às vezes me preocupo que você tenha tanta tristeza por dentro e que eu não seja capaz de consertar isso.

Sade ficou surpresa com aquilo. Ela realmente não achava que Jamila prestasse muita atenção nela.

– Você não precisa me consertar, Jam. Estou bem.

Jamila lhe ofereceu um sorriso triste.

– Sim, eu sei.

– Você está? Bem? – Sade perguntou.

Jamila fez uma pausa antes de responder.

– Hoje foi bem melhor que o costume. – Sade queria perguntar o que havia acontecido, por que a irmã estava tão diferente. Mas antes que tivesse chance, Jamila voltou a falar. – Sinto muito por ter te abandonado – disse ela.

– Está tudo bem – disse Sade, embora não estivesse.

Mas ela não estava mais com raiva; só queria ter a irmã de volta.

– Não estava tudo bem. Eu devia ter feito mais. Mas acho que não dá mesmo para mudar o passado. Agora vejo isso – Jamila respondeu com um olhar distante.

Sade percebeu que Jamila não tinha encostado no café, nos ovos que ambas tinham comprado ou no bolo de canela em seu prato naquele momento. A velha Jamila nunca passaria a oportunidade de comer algo doce.

– Sabe o que me impele em momentos realmente difíceis? – disse Sade.

Jamila a olhou de repente, como se tivesse sido arrancada de seus próprios pensamentos.

– O quê? – perguntou.

– Digo a mim mesma para continuar nadando e, se não consigo fazer isso, se for muito difícil, simplesmente me permito boiar.

– É claro que você usaria uma metáfora aquática.

Sade encolheu os ombros.

– Funciona.

Jamila assentiu.

– Vou manter isso em mente.

NAQUELA NOITE, JAMILA DORMIU AO lado de Sade. Fazia anos desde que tinham feito aquilo pela última vez, e Sade não tinha percebido como sentia falta. Sentia falta do calor de ter alguém ao lado dela.

– Por que me sinto a pessoa mais protegida do mundo quando estou do seu lado? – Sade sussurrou.

Ela podia sentir o sorriso de Jamila.

– Provavelmente por algum motivo relacionado ao útero. Compartilhamos aquele espaço por nove meses. Foi um lance muito intenso.

– Sim, provavelmente é isso – respondeu Sade, e então acrescentou baixinho: – Devíamos fazer isso sempre.

– Fazer o quê? – Jamila perguntou, parecendo cansada.

– Deveríamos sempre dormir uma ao lado da outra. Não preciso do meu próprio quarto, só preciso de você.

Jamila ficou quieta por um tempo antes de finalmente assentir.

– Sim, deveríamos.

Pela manhã, porém, o lugar ao lado de Sade estava frio e Jamila havia sumido.

Depois da proximidade da véspera, Sade sentia a necessidade de permanecer perto de Jamila. Foi até o quarto dela para vê-la. Era domingo, mas ainda que não tivessem aula, Sade sabia que Jamila adorava estudar. Procurou na biblioteca, na sala de estar, no jardim onde às vezes a via lendo, depois vagou pela casa mais uma vez, sentindo o frio penetrando-lhe os ossos.

Voltou para o quarto, mas não conseguia afastar a sensação de que deixara algo escapar. E foi então que viu.

Um post-it grudado em seu espelho, escrito com a caligrafia cheia de curvas característica de sua irmã.

Desculpa.

Sade teve um mau pressentimento com relação àquilo.

Saiu correndo, verificando cada cômodo enquanto os riscava de sua mente. O post-it permanecia em sua mão. Quando as opções dentro de casa se esgotaram, percebeu que só lhe restava ir lá para fora.

O pavor se avolumou dentro de Sade enquanto verificava o único lugar que estava evitando.

Era como se instintivamente soubesse que deveria evitá-lo. Se distraindo com o labirinto da casa enquanto processava o que logo saberia ser verdade.

A porta do jardim traseiro estava aberta. O céu estava azul-acinzentado e cuspia uma chuva quente de suas nuvens oprimidas. Sade ainda estava de camisola.

Colocou de leve os pés descalços no chão, saindo da segurança do interior e da ignorância que a acompanhava. Sade conseguia sentir as hastes molhadas da grama sob os seus pés, fazendo cócegas nos dedos enquanto percorria o jardim na direção do lago.

O jardim era grande o suficiente para, à distância, camuflar o lago e todos os seus habitantes, mas, assim que o limite fosse ultrapassado, a água límpida e ondulada, cheia de peixes brilhantes e plantas antigas, apareceria. Nada mais poderia se esconder. Nem mesmo a verdade.

Mais perto então, com a verdade exposta, ela sentiu os pelos dos braços se arrepiarem e os batimentos cardíacos pararem.

Havia alguma coisa no lago. Algo maior do que qualquer peixe ou planta que Sade já tivesse visto. Algo branco e amarronzado e *imóvel,* tão imóvel. Algo que não era *nada.*

Além de *alguém.*

Alguém que se parece...

Ela não terminou o raciocínio.

Em vez disso, teve um vislumbre. De repente, Sade estava avançando.

– Jamila? – perguntou quando chegou à beira do lago.

Nenhuma resposta.

– Jamila! – ela gritou.

Nada.

O corpo – sua irmã – começou a afundar na água, desaparecendo lentamente sob a superfície opaca.

Sade podia sentir as vias respiratórias se contraindo, podia sentir a visão sucumbindo, os membros tremendo. Precisava fazer alguma coisa.

Antes que se desse conta, Sade estava se lançando da margem, deixando o seu corpo afundar na água turva, o que fez um barulho alto. Não havia tempo para pensar, apenas para nadar, para impedir que a natureza seguisse o seu curso cruel, antes que fosse tarde demais.

Sade nadou como nunca tinha feito antes, freneticamente e sem se importar com a técnica, com braçadas incertas e nervosas enquanto esticava a mão para a irmã.

Agarrou o braço de Jamila e o torso dela em seguida, lutando para puxá-la para a superfície. Quanto mais ela puxava, no entanto, mais difícil ficava.

Era estranho como a irmã parecia diminuta naquele momento. Mostrava-se tão pequena e frágil nos braços de Sade, como se os ossos, os órgãos, *tudo mais* tivesse sido extraído dela.

Jamila, por favor... Sade queria dizer, *gritar.* Mas não conseguiu. Não importava quanto alguém gritasse debaixo d'água, a voz seria devorada, roubada pela água.

Sade não tinha percebido a profundidade em que ambas estavam no lago até que começou a sentir dor.

Prendeu a respiração por tanto tempo que sentiu os pulmões doerem.

Lutou o máximo que pôde, mas, eventualmente, teve que subir à procura de ar, ou se afogaria também. No entanto, quando voltou à superfície novamente, era incapaz de respirar.

E era como se ela já tivesse se afogado.

A POLÍCIA RECUPEROU O CORPO de Jamila.

Ela foi colocada em um saco plástico branco e retirada sem demora do lago.

Sade tentou voltar, mas já era tarde demais. A irmã não estava mais lá.

Apenas um corpo que usava a máscara de carne do semblante da irmã.

A polícia lhe fez algumas perguntas e depois a deixou sozinha, sentada com a camisola molhada na relva úmida.

Sade não tinha certeza de quanto tempo permaneceu sentada à beira do lago depois daquilo. Tudo parecia acontecer em câmera lenta, até que, de repente, o céu estava escuro e seu pai voltara da viagem.

– Como você pôde deixar isso acontecer? – ele lhe perguntou, de olhos vidrados e vermelhos. – Você só tinha um trabalho, cuidar da sua irmã, sempre, e você falhou com ela, e agora ela está...

– Sinto muito, eu tentei salvá-la...

– Você não se esforçou o suficiente. Apenas... Vá para o seu quarto. Não quero mais ver a sua cara.

Naquela noite, ela não dormiu.

Tampouco chorou.

Ela não fez nada.

Perguntou-se se era defeituosa.

Por que ela não chorava? Ela não deveria chorar?

Mas ela quase não sentia nada. A mente parecia estranhamente quieta.

Era difícil processar como era possível estar rindo com alguém em um dia e as risadas dela deixarem de existir no seguinte.

Sade também não dormiu nem chorou na noite seguinte, nem na próxima. Estava exausta, mas não conseguia dormir.

Ouviu o pai chorar. Era tudo o que ele parecia fazer. Sade ouviu uma série de palavrões em iorubá, seguidos de orações em árabe.

– Por quê, Deus, você tem que tirar tudo de mim? Por quê? Não tenho mais nada.

Ele repetia aquilo continuamente, chorando até ficar com a garganta em carne viva.

Ela o invejou. Ele não era defeituoso como ela.

Ele tinha um coração.

SEMANAS APÓS A MORTE DA irmã, Sade a viu novamente.

Ela estava parada no canto do quarto de Sade, vestida com a sua camisola branca e olhando para ela de modo impassível.

Sade sentiu o coração acelerar enquanto Jamila a observava, sem piscar.

– J-Jamila? – disse no escuro, esperando que aquilo não fosse um sinal de que enfim havia enlouquecido.

Jamila não respondeu.

Era como se ela fosse um holograma projetado das profundezas dos pesadelos de Sade.

Supondo que aquilo fosse o resultado da privação de sono ou talvez um efeito colateral do leite vencido que consumira com o chá por acidente, Sade se afastou da projeção e se forçou a ignorá-la.

Mas não demorou muito para que sentisse um peso sobre a cama e as mãos frias da irmã a agarrarem com força.

Sade congelou, com muito medo de respirar.

– Eu estou aqui agora. Pode dormir – Jamila sussurrou.

Aquilo não trouxe muito conforto. Não que os fantasmas de irmãos fossem conhecidos por fazer isso.

Jamila a abraçou com mais força e Sade começou a relaxar outra vez. Consideraria aquilo um sonho estranho. Tinha muitos sonhos do tipo, alguns a faziam perambular sonâmbula por toda a casa. Aquela era apenas mais uma ocasião.

Jamila voltou no dia seguinte, ressuscitou das cinzas no canto do quarto e segurou Sade com força, como se tivesse medo de que a segurar com menos força a fizesse desaparecer.

Como se Sade fosse a defunta, e não ela.

Depois de uma semana das visitas noturnas de Jamila, Sade enfim fez a pergunta que lhe atormentava.

– O que aconteceu com você? – sussurrou.

Porque sabia que a mudança de Jamila não viera do nada.

Alguém fizera alguma coisa?

Alguém a machucou tanto a ponto de empurrá-la até o limite?

– Por favor, me diga quem fez isso. Eu vou matá-los, Jam. Eu os encontrarei e os matarei.

Mas não houve resposta. Jamila apenas a apertou mais forte.

Então, embora Sade não pudesse chorar como uma pessoa normal, decidiu que havia algo que *poderia* fazer.

Descobriria o que aconteceu.

NO DIA SEGUINTE, FOI ATÉ o quarto de Jamila.

Ainda tinha o cheiro dela, cítrico e fresco.

Embora Sade tecnicamente visse uma versão da irmã à noite, ela não cheirava como a verdadeira Jamila.

A Jamila fantasma cheirava a poeira e fumaça, era fria e silenciosa.

Algo que a verdadeira Jamila nunca fora.

Examinar os pertences da irmã pareceu estranho, como se estivesse invadindo a privacidade dela de alguma forma. Mas concluiu que o custo de não saber era muito alto, por isso vasculhou, procurando algo, qualquer coisa, que a ajudasse a entender o que a havia levado a fazer aquilo.

Depois de um tempo de busca, ela finalmente encontrou o diário da irmã.

Na capa do diário havia uma colagem de fotos que Jamila fizera. Os olhos de Sade se fixaram na foto do centro. Na foto das três: a mãe e as duas irmãs em Paris.

Dentro havia anotações de anos atrás. Não eram entradas diárias, mas sim distribuídas ao longo de meses, que relatavam apenas as coisas realmente importantes sobre as quais Jamila queria escrever.

Como uma anotação que ela fez sobre um bolo de sorvete particularmente bom que comera.

Era bem bonitinho.

Com o passar dos anos, as entradas tornaram-se mais frequentes e intensas. *Sinto muita falta da mamãe, a casa fica mais fria sem ela,* escrevera.

Sade folheou mais páginas sobre a mãe, coisas que ela nem sabia que Jamila pensava. Anotações sobre as receitas da mãe que tentava lembrar e aperfeiçoar. Reflexões sobre algumas memórias. Uma página tinha o perfume da mãe e as palavras *o céu ainda não caiu* escritas em tinta roxa no centro. Ficou claro que a morte da mãe afetara Jamila de maneiras que Sade não imaginava. Jamila sempre parecia exibir coragem, optando por proteger Sade. Como a irmã mais velha perfeita que é. *Era.*

Sade sentiu lágrimas brotando nos olhos. Rapidamente avançou pelas páginas, sabendo que poderia passar a eternidade pensando na mãe se não tomasse cuidado.

Folheou as páginas com mais pensamentos de Jamila.

E então se deparou com algo que a surpreendeu.

Hoje conheci um menino na minha nova escola.

A próxima entrada também era sobre ele.

Ele vive dizendo como sou linda. Não acredito que alguém tão perfeito goste de mim.

Jamila registrou no diário sobre ter saído escondida para um encontro com o garoto. Sobre ter vontade de contar a Sade sobre ele, mas que Sade não estava falando com ela.

Então, por um tempo... as entradas cessaram do nada.

Sade folheou as páginas, procurando por mais palavras escritas pela irmã, só viu a caligrafia dela novamente ao chegar ao final. Como se Jamila quisesse esconder aquilo.

As entradas eram longas e curtas.

Pareciam ter sido escritas de maneira mais esporádica. Enquanto as entradas não ocultas estavam datadas e apareciam em ordem, essas estavam todas bagunçadas. Datas invertidas, entradas em ordem aleatória.

13 de julho

Parece fazer um século que não durmo. Não consigo dormir. Não sei se voltarei a fazê-lo. Aposto que ele está dormindo naquele novo internato. Aposto que isso não consome sua mente e o faz se sentir tão distorcido, feio e errado em sua própria pele. Aposto que ele está bem.

8 de maio

Desenvolvi um hábito pouco saudável. Percorro as profundezas sombrias dos fóruns on-line. Eu não estava procurando por ele. Era só uma forma de passar o tempo, na verdade. As pessoas postam todo tipo de coisa por lá. Até encontraram pessoas desaparecidas só por meio de postagens. As pessoas postam outras coisas também... Coisas que agora entendo, eu acho. Então pensei, por que não? Sade não fala mais comigo, mas talvez alguém que entenda fale.

6 de março

Acho que fui estuprada.

Sade sentiu algo se romper dentro de si ao ler aquelas palavras. Parecia que todo o seu mundo estava desmoronando.

E então, pela primeira vez desde o dia no lago, Sade chorou.

Com o rosto ainda molhado e o peito ainda queimando, Sade entrou no escritório do pai.

Ele saíra em outra viagem de negócios, por isso a casa estava silenciosa como normalmente ficava naqueles dias.

Elas nunca puderam entrar ali, mas Sade já tivera vislumbres da sala antes. Toda a madeira escura e os prêmios e os diplomas de prestígio à vista.

Com os ossos chacoalhando, a pele quente de raiva, Sade vasculhou os arquivos do pai, seguindo a intuição.

Encontrou o arquivo que precisava em um armário trancado sob a mesa de carvalho, escondido no fundo, longe de olhares indiscretos.

Jamila Hussein, dizia o arquivo.

O pai dela mantinha arquivos sobre todas as pessoas em sua vida. Fazia parte de sua filosofia profissional e de vida.

Mantenha os inimigos por perto e a família ainda mais.

Todos os comentários médicos, relatórios dos tutores, gráficos de progresso da natação e coisas nas quais Sade não ousava pensar estavam trancafiados naquele armário.

A chave estava escondida à vista de todos, disfarçada como uma caneta-tinteiro sobre a mesa.

Com os dedos trêmulos, Sade abriu a pasta de Jamila. Examinou as páginas, fungando enquanto lia a informação claramente estampada em uma página de texto formal.

Jamila Hussein foi expulsa da Academia Nightingale após um incidente com um colega de classe. Um teste toxicológico apontou que a senhorita J. Hussein estava compartilhando e supostamente distribuindo drogas ao colega de classe J. Ripley, a quem ela acusa de abordá-la em uma reunião social e forçá-la a se envolver em relações não consensuais. Os representantes do sr. J. Ripley negaram todas as acusações e, como a srta. J. Hussein foi a única a apresentar resultados positivos nos testes toxicológicos, ela foi imediatamente convidada a se retirar da instituição. Os representantes do sr. J. Ripley chegaram a dar entrada em um processo judicial, mas os representantes da srta. J. Hussein decidiram chegar a um acordo fora do tribunal.

Sade terminou de ler os documentos com um pensamento em mente.

Ela o encontraria.

39

PRESENTE
QUARTA-FEIRA

– **MINHA IRMÃ CONHECEU JUDE** na escola. Eles estavam namorando, ao que parecia, e ele a convidou para uma festa. Lá, ele a drogou e a violentou. E depois ela morreu. Eu o culpo por isso. Ele a matou. Talvez não direta ou imediatamente, mas de todas as maneiras possíveis. Ele a matou.

Sade enxugou os olhos. Fazia muito tempo que não se permitia pensar nos detalhes, agora que estava tão focada nos acontecimentos do agora.

– Meu pai definhou depois disso. Então, há cerca de um mês e meio, ele simplesmente caiu morto. De repente, virei órfã. Fiquei sem família e sem nada mais pelo que viver, e só ficava pensando no rapaz que a tinha machucado. Pesquisei tudo que pude sobre ele. Ele foi expulso da escola depois de ser pego vendendo drogas nas dependências da escola, transferiu-se para a Academia Alfred Nobel e, de repente, tinha uma ficha limpa, novinha em folha. No ano passado, decidi que iria encontrá-lo e fazê-lo pagar pelo que fez. Por isso me inscrevi em segredo. Queria que Jude se sentisse tão impotente quanto fez com Jamila, e com todas as outras garotas que eu sei que ele machucou. Eu não queria matá-lo. Eu só queria...

– Retaliação – Persephone terminou.

Sade fez uma pausa.

– Acho que sim.

Persephone ficou em silêncio.

Imaginou que Persephone não confiasse mais nela, nem quisesse trabalhar ou ser amiga de alguém que tinha mentido para ela por tanto tempo sobre tantas coisas. Então se surpreendeu quando a expressão de Persephone se suavizou e os braços cruzados caíram para os lados.

– Posso te dar um abraço? – ela perguntou.

Sade ficou atordoada.

– S- sim, claro – disse.

Persephone deu um passo à frente e jogou os braços em volta dela com força. Sade sentiu um peso ser retirado de seus ombros, e a angústia em sua mente se apaziguou de repente.

– Você não me odeia – sussurrou Sade.

Persephone balançou a cabeça.

– Estou brava por não ter me contado antes, mas não te odeio.

Sade não tinha certeza se Persephone era imprudente ou muito ingênua. Especialmente considerando as implicações do que ela acabara de admitir.

Que poderia ter matado Jude.

– Você acha que eles servem chá na prisão? – Sade perguntou, esperando que a piada um tanto mórbida aliviasse o clima.

Se Persephone tinha somado dois mais dois, a polícia também deveria estar perto de descobrir a conexão. A qualquer momento viriam buscá-la para trancafiá-la para sempre.

O que talvez não fosse a pior coisa do mundo, no final. Em parte se perguntava se tudo aquilo seria um castigo adequado pela incapacidade de ter salvado a irmã. Outra parte dela indagava que talvez aquilo fosse o que sempre quisera. Ser pega e punida. Afinal, ela não era uma estrategista brilhante.

O plano sempre teve falhas. Ela só não se importava em solucioná-las.

Persephone se afastou e olhou séria para ela.

– Você não vai para a cadeia – disse.

Sade sorriu, já resignada até os ossos.

– Agradeço a sua positividade, mas a polícia eventualmente vai me encontrar por conta dos sedativos. É só uma questão de tempo.

Persephone balançou a cabeça.

– Eu sou uma pessoa realista. Se você estivesse ferrada, eu te diria. Você não vai para a prisão porque Jude não morreu por conta das drogas.

Sade então ficou confusa. Ela ouvira a polícia falar sobre o sedativo. Vira o corpo dele afligido pela morte. A própria Persephone perguntara o que ela havia feito com ele.

– Fiquei ouvindo os policiais depois da assembleia. Depois que você e Baz foram para a aula, voltei sorrateiramente para lá. Esperava obter alguma informação que pudesse nos deixar um passo à frente da polícia. Eu sabia que eles tinham recebido os resultados da autópsia. Então, sim, Jude estava bem drogado, como sempre estava, mas isso só aguçou a curiosidade deles. Não foi a verdadeira causa da morte.

– Como ele morreu? – Sade perguntou.

– Não tenho certeza – respondeu Persephone. – Mas o importante é que não foi por sua causa. Espero que pare de se culpar. Mesmo se você o tivesse matado, eu estaria contigo. Parceiras no crime e na destruição do patriarcado, sempre.

Sade se sentiu à beira das lágrimas.

– Obrigada – falou simplesmente.

E Persephone lhe deu aquele quase sorriso que sempre iluminava Sade por dentro.

– Sem problemas. Sinto muito, muito mesmo pela sua irmã e por tudo que vocês duas passaram – disse. – As pessoas precisam saber a verdade sobre Jude. Os Pescadores não vão escapar impunes.

Sade queria acreditar naquilo, mas era muito difícil acusar um homem morto de qualquer coisa.

Especialmente alguém tão querido como Jude Ripley.

– Como? Parece que eles já se safaram – disse.

– Tive uma ideia enquanto estávamos no hospital. Acho que a ansiedade de não saber se a minha amiga sobreviveria botou meu cérebro para funcionar... Tendo a trabalhar bem sob pressão – disse Persephone, pegando o telefone com os dados clonados. – Temos todas as informações bem aqui, neste telefone. E agora temos o sistema de códigos de Elizabeth. Vamos fazer um site para divulgar todas as informações, os textos, mostrar tudo para todo mundo... Fiz um curso de programação durante o verão, então não deve ser muito difícil de fazer isso.

Sade refletiu sobre aquilo. Pensou na ideia de abrir mão de tudo, deixar as pessoas saberem tudo o que ela sabia. Nada daquilo explicaria o que tinha acontecido com Elizabeth ou qual seria seu paradeiro, mas faria algo com as pessoas envolvidas no desaparecimento dela, para início de conversa. Era como atirar todos os dardos de uma vez e torcer para que algum acertasse o alvo.

– Então, o que você me diz, detetive Veronica Mars?

Sade ergueu a sobrancelha ao ouvir o apelido. *Mars* que nem o planeta Marte. Se Sade tivesse a pele mais clara, ficaria evidente que o rosto dela estava da mesma cor do planeta.

– Acho que isso pode dar certo.

EIS A ARMA, LÁ POR TI[7]

Querido Diário,

Décadas se passaram desde a noite em que pensei ter morrido.

Não mudou muita coisa.

Ainda não consigo respirar, minha pele ainda está fria, meu coração ainda está congelado no tempo e, por dentro, estou sangrando.

---

[7] Um anagrama

40

SEXTA-FEIRA

NÃO TÃO NOBRE

O SITE FOI PUBLICADO DURANTE o terceiro período da sexta-feira.

Sade e Persephone passaram a noite de quarta-feira e toda a quinta-feira trabalhando nele.

Persephone queria usar os computadores da escola em pontos cegos, para que fosse quase impossível rastrear de onde o site viera. Sade não ficou tão convencida de que isso protegeria a identidade delas e sugeriu outra ideia.

O que terminou com elas no quarto de Baz na Seacole, observando Kwame executar a mágica no laptop de Sade. Ele randomizou o IP para dificultar o rastreamento e, em seguida, instalou firewalls para proteger o site contra hackers. Também deu dicas de como manipular o site e sequestrar outros softwares, como os do mainframe da escola.

Sade que Kwame era um cara que não fazia perguntas. Ele parecia confiável – embora pudesse dizer que Persephone suspeitava muito do rapaz.

Quando Kwame saiu do quarto, elas começaram a transferir os dados do telefone clonado para o site, mostrando todas as evidências que haviam reunido. Sade pediu a ajuda de Baz para agilizar as coisas e fazer com que o site ficasse pronto antes do almoço de sexta-feira. Junto com as capturas de tela da conversa em grupo, usaram a lista que Elizabeth deixara na parede, combinando todos os nomes de usuário com os respectivos Pescadores e suas fotos do anuário escolar.

E tudo culminou naquele momento.

Conforme planejado, centenas de telefones tocaram ao mesmo tempo por toda a escola. Notificações de e-mails e mensagens de texto zumbiam e tocavam em sincronia conforme todos os alunos recebiam uma mensagem anônima com o link do site. O site também tomou conta das lousas eletrônicas de cada sala de aula e dos letreiros digitais espalhados pela escola.

O texto que apareceu no site, NãoTãoNobre, dizia:

Olá, Academia Alfred Nobel, temos um problema.

O site tinha uma função de rolagem automática, exibindo o nome de cada garoto do bate-papo dos Pescadores e hiperlinks para capturas de tela das coisas que eles haviam dito e feito.

Nenhuma das fotos inapropriadas das garotas foi divulgada, e os nomes e apelidos delas foram apagados. A narrativa centrou-se apenas nos perpetradores, não deixando margem para constranger as vítimas.

Sade estava na aula de psicologia quando o link foi enviado. Houve um estrondo de vozes, que se transformou em indignação quando as pessoas começaram a abrir os links.

O professor de psicologia, o sr. Lanister, tentou acalmar os alunos, mas se viu paralisado, com o rosto vermelho e alarmado enquanto o site rolava diante dele.

Até a hora do almoço, Sade vira vários dos Pescadores serem chamados para o escritório do diretor Webber e, no final do dia, todo mundo parecia saber do grupo e do site.

– Jerome Maxwell foi retirado da minha aula de história no quarto horário – Baz falou em voz baixa enquanto os três se sentavam à mesa de sempre na biblioteca depois da aula.

– Lance Pilar também foi retirado da minha aula – disse Persephone. – Com sorte, na segunda-feira a esta hora, vamos ter um veredicto de Webber sobre os Pescadores.

Sade também esperava por isso. Parecia que quase todo mundo já tinha visto o site e quem de fato eram os Pescadores. Ela tinha um bom pressentimento com relação a tudo aquilo. O que não acontecia com frequência.

ANTES DO JANTAR, ELA FOI dar um mergulho em comemoração. Pela primeira vez desde a morte de Jamila, Sade foi capaz de nadar sem ver o corpo dela, ou *qualquer* outro corpo, na piscina com ela.

Ela relaxou, deixando-se levar e saboreando como era ter a mente clara pela primeira vez. Nada de garra ou da sensação usual de destruição iminente que costumava ter.

Apenas quietude.

Ela conseguia ouvir o som de passos nos ladrilhos ao longe. Alguém se aproximando da piscina. E então, uma voz.

– Faz alguns dias que não te vejo – disse August.

Sade abriu os olhos e parou de boiar, colocando os pés firmemente no chão da piscina e nadando um pouco para a frente.

Ele estava usando todo o uniforme, parecendo mais com a versão organizada de si mesmo a que se acostumara.

– Intervalos fazem bem – disse ela, subindo a escada para sair da piscina, querendo estar em pé de igualdade.

Ele tinha um olhar intenso, como se a estivesse encarando.

– Acho que sim.

Ela agarrou a toalha que mantinha no banco lateral e enrolou-se nela. Sade se perguntou se ele estava ali para confrontá-la sobre o site.

Surpreendentemente, apesar de ser o melhor amigo de Jude, ele raramente falava no grupo, então não havia muito para mostrar sobre ele. Embora isso não o tornasse inocente. A contribuição dele, por menor que tenha sido, teve consequências significativas.

Tão significativas que Sade torcera para que ele fosse à piscina naquela noite, para que pudesse encarar sua cara de mentiroso e perguntar o *motivo* de tudo aquilo.

– Você está planejando entrar na piscina? – ela perguntou.

Ele negou.

– Vim aqui só para te ver, na verdade.

Então, ao que parecia, ambos tinham motivações semelhantes.

– Por quê?

Ele colocou a mão no bolso e sua expressão se tornou mais intensa. August parecia querer acabar com ela. O que era interessante, já que Sade também queria que ele pagasse pelo que tinha feito.

– Onde você estava na noite em que Jude foi morto? – August perguntou. – Eu vi você entrar no quarto dele duas vezes.

Sade ergueu a sobrancelha, tentando parecer não se incomodar com a pergunta, embora sentisse o coração disparado e apertado.

– Não tenho ideia do que você está falando – disse.

August riu.

– Não minta para mim, Hussein. Basta responder à pergunta.

Sade pensou no que ele dissera, mas, em vez de responder, decidiu fazer a própria pergunta.

– Por que você mentiu a respeito de namorar Elizabeth?

Isso pareceu pegá-lo desprevenido.

– Eu te disse, estávamos só ficando...

– Nós dois sabemos que isso é mentira. Acho que é por isso que não vou perguntar por que você enviou aquele e-mail fingindo ser a tia-avó dela, Julie, ou por que me enviou aquele e-mail me mandando parar de investigar. Eu sei que você só vai continuar mentindo – disse Sade, e ele nem sequer reagiu à menção dos e-mails. Tinha sido ele, e ele não se importava de que ela soubesse. – Presumo que já tenha visto o site, então nós dois sabemos o que você fez. Você enviou aquele vídeo dela para os seus amigos. Que tipo de pessoa faz isso? – perguntou. – Tudo o que você fez foi mentir para mim. Onde está Elizabeth neste momento? O que você fez com ela?

Sade sentiu um enjoo ao se lembrar do vídeo de Elizabeth. A mensagem muito pessoal que August tinha enviado para o grupo, provavelmente sem o consentimento ou conhecimento dela.

August tinha uma feição assassina.

– Você não sabe do que está falando.

– Não sei? Então me esclareça.

Ele não respondeu.

– Eu sei que você está escondendo alguma coisa e vou provar. Sei que você tem alguma relação com a morte do Jude, e direi isso a qualquer policial que me convoque, e vou falar que te vi. Porque consigo enxergar quem é você de verdade, Sade – August falou sombriamente.

– E o que é isso, August? – ela perguntou, com toda a confiança que conseguiu reunir. – Pelo menos não sou covarde que nem você. Se você realmente tivesse alguma coisa contra mim, já teria ido à polícia. Mas você não pode fazer isso, porque não tem nada. É uma ameaça fraca vinda de um menino fraco.

August zombou, mas não disse nada. Sade o deixara sem palavras. Em vez disso, lançou uma última encarada a ela antes de sair do natatório. As portas bateram com força e o som reverberou pela piscina, largando Sade com uma sensação de desconforto.

Ela teve a impressão de que uma tempestade se formava.

– **EI – SADE FALOU** quando, vinte minutos depois, Baz abriu a porta do quarto dele.

Ainda tinha a pele úmida e sentia frio por causa da piscina e da conversa que tivera com August.

– Oi – Baz falou, parecendo surpreso.

Sade não o tinha avisado que estava a caminho, como sempre fazia. Tampouco tinha planejado ir; simplesmente não queria ficar sozinha.

– Só vim para ver se você queria jantar comigo na Turing – ela perguntou.

Baz estudou o rosto dela cuidadosamente por alguns momentos antes de concordar.

– Sim, claro, deixe-me calçar os sapatos – disse ele antes de voltar para o quarto e pegar um par de tênis.

O quarto estava silencioso e Sade conseguia ver o contorno de Spencer deitado na cama, digitando em seu laptop. Ela achou o som distante do teclado um pouco perturbador.

– Ok, vamos – Baz disse, agora pronto.

Desceram as escadas da Seacole em silêncio, que Sade rompeu assim que chegaram no hall de entrada e saíram pelas portas.

– Tenho monitorado o site com Persephone, aliás, ele tem tido muito tráfego – disse.

Baz simplesmente assentiu em silêncio. Alguma coisa parecia esquisita na maneira como estava se comportando, mas Sade não pressionou.

– Esperamos que Webber faça algo até segunda-feira.

Baz continuava sem falar nada, apenas caminhava com ela para longe de Seacole.

Antes de adentrarem na Casa Turing, ela o puxou pelo braço, forçando-o a parar de andar.

– Está tudo bem? – perguntou.

Baz olhou para ela e suspirou.

– Estou um pouco cansado, para ser sincero. Sinto que Elizabeth se perdeu em meio a tudo isso. Tudo começou com ela, mas ela ainda não apareceu. Tudo ainda está um caos.

Sade franziu a testa de leve.

– Mas isso está ligado a Elizabeth... Ela estava trabalhando para expor os Pescadores...

– Eu sei – disse ele, olhando para o chão. Sade se sentiu dividida. Não contara a Baz sobre o vídeo que August tinha enviado ao grupo. Baz sabia o intuito do grupo, mas Sade não estava certa se ele já se dera conta de como Elizabeth poderia estar relacionada àquilo tudo e ela não sabia como Baz reagiria ao saber o que August havia compartilhado sobre Elizabeth. Sade também estava incerta se Elizabeth *queria* que Baz soubesse. Ela claramente tinha escondido aquilo dele por um motivo. – Entendo que expor os Pescadores é importante, mas a Elizabeth também é importante. Será que a gente não deveria estar tentando descobrir quem, dentre os Pescadores, estava ciente de que Elizabeth sabia do grupo? Não deveríamos denunciar August ou *alguém* pelo que pode ter acontecido com ela?

– É isso que estamos fazendo – Sade falou suavemente. – Mas, como a Persephone disse, precisamos ser espertos. Eu quero descobrir o que aconteceu com Elizabeth tanto quanto você... Prometo, ela não foi esquecida. Nós vamos solucionar isso.

Baz assentiu solenemente.

– Tudo bem – disse. Sade não estava certa de que o convencera, mas, se ele não estivesse, não demonstrou. Em vez disso, sorriu e passou o braço pelo dela. – Vamos entrar. Estou morrendo de fome.

O SALÃO DE JANTAR ESTAVA cheio de estudantes da Turing, como geralmente acontecia no horário de pico do jantar.

Em vez de comer, Sade remexia a comida no prato e pensava. Olhou para as janelas, notando como as nuvens estavam escuras. A tempestade estava se formando. Ela podia sentir.

Como se o universo ouvisse os seus pensamentos, seu telefone tocou alto na mesa.

P: Venha para Casa Franklin, quarto 324. É uma emergência.

As sobrancelhas dela se franziram. Casa Franklin não era a de April?

– Está tudo bem? – Baz perguntou de boca cheia.

– Acho que não... Recebi uma mensagem estranha de Persephone.

– Que mensagem?

– Uma emergência na Casa Franklin.

Baz pareceu confuso.

– Casa Franklin não é a casa de April?

Sade assentiu. O telefone apitou outra vez.

– Você precisa que eu vá? – ele perguntou rapidamente.

P: Não traga o menino-folha

Sade sabia que ela se referia a Basil. Persephone parecia ter dificuldade em lembrar o nome dele. Quando eles se encontraram na noite de quinta-feira para inserir os dados no site, ela ficou se referindo a ele como *Alface*.

– Ah, não... Tenho certeza de que está tudo bem, provavelmente é só por causa da aula de inglês ou coisa do tipo.

Baz assentiu.

– Devo guardar a sua lasanha para você?

Sade fez que não com a cabeça.

– Pode ficar com ela. De qualquer forma, não estou com tanta fome.

Baz pareceu satisfeito. Com um aceno, Sade desapareceu, agora correndo pela noite fria e úmida até a Casa Franklin.

A gravata da Casa Franklin era rosa, assim como o seu interior. As paredes eram de um tom rosa-claro, quase pêssego, e o papel de parede tinha um padrão bem único, com estampa de coração humano. Os pisos eram de cerejeira e, à semelhança da Turing, um retrato do homônimo da casa, Benjamin Franklin, estava pendurado à entrada.

Só que este tinha sido vandalizado. Um X feito com tinta spray fúcsia brilhante havia sido rabiscado no rosto e no corpo de Franklin. Ao lado do retrato havia agora uma pintura de outra cientista famosa: Rosalind Franklin, e aquele estava intacto.

Uma placa de latão pendurada ao lado dizia: ESTA CASA FOI ORIGINALMENTE NOMEADA EM HOMENAGEM AO RENOMADO CIENTISTA E MISÓGINO BENJAMIN. NÓS REJEITAMOS ISSO.

Era bem legal, Sade tinha que admitir.

Ela correu para o quarto 324.

Estava prestes a bater, mas a porta se abriu imediatamente, e ela quase atingiu o rosto de Persephone.

– Entre logo – disse Persephone, e começou a fechar a porta atrás dela antes mesmo de Sade entrar por completo no quarto.

– O que aconteceu? – ela disse, notando a expressão perturbada no rosto de Persephone, enquanto olhava pelo quarto.

Juliette estava agachada em um canto enquanto April estava sentada na cama, com uma figura pálida, semelhante a um cadáver, debaixo do cobertor.

O estômago de Sade revirou.

Outro corpo.

Então, a subida e descida lenta e suave do peito da pessoa confirmou que ela ainda estava respirando.

Sade deu um passo à frente, com o coração saindo pela boca.

A pessoa na cama não era uma estranha.

Era Elizabeth.

41

SEXTA-FEIRA

O RETORNO

– **ESSA... ESSA... – SADE PÔS-SE A DIZER**, um calafrio a percorrendo.

– Eu posso explicar – disse April.

Mas Sade mal conseguia ouvir a voz dela por cima das sirenes em sua cabeça.

Como aquilo era possível? Elizabeth, ali, no quarto de April?

Elizabeth, ali, *viva*.

– Eu a encontrei aqui na Casa Franklin – disse April. – No bunker que temos no porão...

A audição de Sade foi diminuindo, depois se aguçou e, em seguida, continuou diminuindo. Como se o seu corpo estivesse se desligando por causa do choque.

April prosseguiu, oferecendo uma explicação que parecia tão absurda que Sade não sabia o que pensar.

Pelo que conseguiu captar da divagação nervosa de April, a escola, como muitos edifícios vitorianos que tinham sobrevivido à Segunda Guerra Mundial, tinha túneis e bunkers. A escola e seus habitantes tinham conhecimento de alguns, mas outros eram descobertos por acaso.

April tinha encontrado um daqueles bunkers na Casa Franklin no primeiro ano.

April ia lá às vezes para descansar e, por coincidência, naquela noite, encontrara Elizabeth por lá antes do jantar, quase inconsciente.

Sade olhou outra vez para Elizabeth. Vê-la enviou ainda mais ondas de choque pelo seu corpo.

Ela não se parecia em nada com a garota que conhecera havia pouco mais de um mês. Aquela garota parecia tão doentiamente pálida, magra e indisposta.

Ela a lembrava de Jamila.

– Liguei para Persephone pedindo ajuda e ela chamou você e Jules, e agora estamos aqui. Elizabeth me falou para não chamar nenhum professor, por isso não sei o que fazer.

Mas como Elizabeth sobrevivera lá sem comida ou água? Quem a tinha colocado lá? Como tinha ido parar lá, para início de conversa?

– Precisamos chamar uma ambulância! – Persephone falou, claramente frustrada.

– Concordo. Parece que ela está morta, ou morrendo – respondeu Juliette, parecendo enjoada.

– Elizabeth falou que não queria isso...

– Quando foi que Elizabeth te disse isso? – Sade perguntou. – Você falou que ela estava inconsciente.

– Ela estava falando antes – disse April.

– E você a encontrou há *apenas* alguns minutos?

– Sim.

Sade percebeu que havia uma mentira naquela história; ela só não sabia onde.

– Precisamos chamar uma ambulância agora. Se ela morrer, todas nós seremos culpadas – disse Sade.

Persephone imediatamente pegou seu telefone, e April pareceu traída.

– Ei, são três contra uma. Estou ligando – disse Persephone.

– Vou chamar um adulto – disse Juliette, correndo porta afora.

Minutos depois, a equipe de primeiros socorros entrou correndo, ao lado da monitora da casa e da supervisora favorita de Sade, a srta. Blackburn, que, como sempre, não pareceu satisfeita em vê-la.

– É claro que, sempre quando há um incêndio, sei que você estará envolvida, srta. Hussein. Por favor, todas que não dormem aqui, saiam para o corredor e fiquem lá.

Persephone e Sade saíram do quarto, enquanto Juliette descia para dar instruções à ambulância.

– Preciso contar a Baz – disse Sade, pegando o telefone para ligar para ele.

Era difícil saber exatamente o que dizer.

Ei, eles encontraram Elizabeth, mas não sabem se ela vai sobreviver.

Ou:

Elizabeth está aqui na cama de April. Pelo visto esteve aqui o tempo todo, num bunker da Segunda Guerra Mundial.

Nenhuma das opções parecia particularmente sensível, nem alarmante o suficiente, considerando a gravidade da situação.

– Alô? – Baz disse, atendendo após o primeiro toque.

– Você precisa vir para a Casa Franklin, quarto 324. Elizabeth foi encontrada. Ela está no quarto de April agora – disse, olhando para April, que estava sentada na cadeira de pelúcia no canto do quarto, olhando para longe.

Ela se mantinha calma, como se não se desse conta da comoção a seu redor. A princípio, Sade achou que April estivesse olhando para ela, mas percebeu logo depois que olhava para o nada, o rosto desprovido de toda emoção. Sade sentiu uma pontada de aborrecimento. April poderia ao menos fingir que se importava.

– O quê? – A voz de Baz veio pelo telefone. – O que você quer dizer com ela foi encontrada?

– Ela está viva – Sade falou, percebendo que não tinha especificado isso antes. Sua voz vacilou ao falar.

– Estou indo – Baz respondeu.

Ele não perdeu tempo desligando, e logo Sade o ouviu chegando correndo. Ela o ouviu se desculpar depois de esbarrar em alguém, ao que parecia.

Ela desligou e guardava o telefone no bolso enquanto vozes altas vinham da escada.

– E só seguir direto e vocês irão encontrá-la – Sade ouviu Juliette dizer enquanto os paramédicos apareciam pelo corredor.

Pela janela aberta do quarto de April, Sade ouviu o primeiro trovão enquanto a chuva caía sobre o campus. A tempestade havia começado.

SADE OBSERVOU OS PARAMÉDICOS CARREGAREM o corpo inerte de Elizabeth para fora do quarto de April.

Estava se parecendo com Jamila quando a tiraram do lago.

Morta.

Baz chegara, e agora perguntava a um dos socorristas se ele poderia ir com ela, mas a srta. Blackburn o interrompeu com uma negativa contundente.

– Mas... – Baz tentou dizer, mas foi novamente silenciado por ela.

– Precisamos deixar os paramédicos se concentrarem. Entendo que seja doloroso ver a sua amiga neste estado, mas se você se preocupa com o bem-estar dela, deixará os profissionais fazerem o trabalho deles com eficiência.

Os olhos de Baz se estreitaram e ele riu bruscamente em um tom que Sade nunca escutara.

– Isso é muito engraçado vindo de você – Baz falou para a srta. Blackburn.

Sade sentiu o mundo parar, os olhos quase saltando das órbitas.

– Perdão, sr. Dos Santos?

– Eu venho dizendo a todo mundo *há semanas* que tinha alguma coisa errada. Que Elizabeth não estava bem. Que ela não estava com a "tia-avó", mas que na verdade continuava desaparecida e que eu sabia que algo de ruim tinha acontecido com ela. Você continuou me dispensando, dizendo que eu estava inventando coisas. Agora olha só para ela. Eu fui o único que se importou... Na verdade, é sua culpa que isso tenha acontecido. Poderíamos tê-la encontrado mais cedo se você tivesse me dado ouvidos – Baz falou, lágrimas escorrendo pelo rosto e o tom de voz subindo.

A srta. Blackburn pestanejou lentamente para ele. Sade tinha certeza de que Baz estava prestes a receber uma suspensão ou coisa pior.

Mas, para a sua surpresa, a srta. Blackburn respondeu calmamente:

– Vamos manter você e os seus amigos informados sobre o estado de Elizabeth. – Depois se virou para conversar com um dos socorristas.

Baz ficou em silêncio por um instante, o corpo inteiro tremendo.

Sade se esticou para agarrar a mão dele, puxando-o para trás. Como se tivesse membros gelatinosos, Baz deslizou ao lado dela até o chão, com o rosto molhado enquanto fungava e olhava para o céu.

– Vocês três deveriam voltar para seus dormitórios. Não receberemos nenhuma atualização por um tempo – disse um socorrista, enquanto a srta. Blackburn deixava a área com os paramédicos.

– Quando acha que poderemos vê-la? – Sade perguntou.

– Avisaremos assim que soubermos, ok? – a enfermeira respondeu, dando-lhes um sorriso gentil.

Não parecia haver gentileza alguma em mantê-los desinformados, no entanto. Parecia cruel. Especialmente para Baz.

Cinco semanas já tinham se passado desde o desaparecimento de Elizabeth. Sendo que tanto a polícia quanto a escola tinham decidido que não valia a pena procurar por ela. Desde que ele tinha sido forçado a lidar com o fato de que talvez ela não fosse ser encontrada.

E agora lá estava ela. Onde esteve o tempo todo. Bem debaixo de seus narizes.

Viva.

– Vamos – Baz falou sobriamente, enxugando o rosto e levantando-se do chão. – Vamos torcer para que haja uma atualização pela manhã.

SEGUNDA-FEIRA

O SÁBADO E O DOMINGO passaram sem nenhuma atualização digna de nota sobre Elizabeth.

Dois dias inteiros tinham se passado, e o hospital mantinha apenas a família imediata de Elizabeth informada sobre o estado em que ela se encontrava.

E, por família, eles se referiam à mãe dela, que, de acordo com Baz, parecia inconsolável demais para lhe dizer muita coisa. Ela mencionou alguma coisa sobre um ferimento na cabeça e uma concussão, mas era difícil arrancar muitas informações dela.

Fora isso, Baz parecia estar em um estado mental melhor agora que sabia que Elizabeth pelo menos estava viva.

A escola realizou outra assembleia de emergência na manhã de segunda-feira.

O cabelo do diretor Webber parecia branco de estresse. Três assembleias de emergência numa semana deviam ser algum tipo de recorde. Mas, ao contrário das outras reuniões matinais, naquele dia um grupo de policiais se juntou a eles, ficando lá na frente, ao lado de Webber, como se fossem os guarda-costas pessoais dele.

Sade imaginou que a reunião seria sobre Elizabeth, visto que a aluna tão terrivelmente negligenciada pela escola tinha sido encontrada em suas próprias instalações. Ainda que, estranhamente, ela não tivesse ouvido ninguém falando sobre Elizabeth e o que tinha acontecido na sexta-feira. Pela forma como os alunos da AAN adoravam fofocar, Sade ficou surpresa com o fato de que parecia que ninguém sabia ainda.

Foi como se aquilo não tivesse acontecido.

– Durante o fim de semana, tomei conhecimento de que um certo site exibia detalhes íntimos de estudantes na Rede Mundial de Computadores – o diretor Webber começou a dizer. – A escola está trabalhando incansavelmente para desativar o site, mas, no meio-tempo, pedimos aos criadores do NãoTãoNobre que se apresentem e nos permitam acabar com essa tolice. Se os perpetradores o fizerem até ao final de hoje, posso garantir que as repercussões do seu comportamento perturbador serão menos graves do que se forem detectadas pelos nossos especialistas.

– Então o que você quer dizer é que... expor os estupradores que frequentam a escola conosco é algo ruim? – uma garota da Casa Franklin perguntou em voz alta lá de trás.

Isto encorajou um burburinho de vozes, algumas protestando contra o que ela tinha dito, mas a grande maioria concordando.

– Ora, creio ser importante ter cuidado com as acusações que fazemos. – A voz do diretor Webber soava fria. – Novamente, é por isso que esse site está fazendo mais mal do que bem. Assim que conseguirmos removê-lo dos servidores públicos, poderemos resolver o problema de forma privada.

– Ele é um covarde – falou Persephone, sentada ao lado de Sade. – Se preocupa mais com o bolso do que com as informações do site.

Persephone passou o fim de semana monitorando o crescimento do site. A cada dia o tráfego só aumentava. E ficou claro que, se os chamados especialistas da escola fossem capazes de retirar o site do ar, já teriam conseguido.

Mais vozes tomaram conta do salão, mas o diretor Webber estava determinado a ignorá-las, continuando o seu discurso, o tom mais alto do que antes.

– Em relação a outro assunto periculoso, ainda estamos reunindo o nome de todos os participantes da festa que ocorreu na semana passada. Está demorando mais do que o desejado devido à falta de transparência dos alunos envolvidos. Mas fiquem tranquilos, pois em breve teremos uma lista completa. Peço que os seguintes permaneçam aqui depois da reunião.

Sade prendeu a respiração enquanto Webber lia a lista.

Ficou surpresa quando ele chamou April.

E ainda mais surpresa quando se deu conta de que o próprio nome não foi mencionado.

– Por que você acha que ele mandou aquele pessoal ficar para trás? – Sade perguntou depois que foram dispensados.

Não tentou ouvir a conversa como tinha feito antes. Estava com muito medo de que Webber a visse e se lembrasse de que também queria interrogá-la. Saíra de lá o mais rápido que pôde.

– Ouvi dizer que ele está designando horários para interrogá-los individualmente durante o dia – disse Baz, segurando um doce de alcaçuz com a boca.

– Webber quer separar as pessoas. Divulgar o nome delas em público. Envergonhá-las até que contem a verdade – disse Persephone. E então prosseguiu baixinho: – É um bom sinal que ele ainda não tenha nos chamado. Já passaram por boa parte das pessoas que estavam na festa. Parece que usaram os registros de alunos daquele dia, amigos invejosos denunciando os que tinham conseguido um convite, assim como aqueles estúpidos o suficiente para se apresentarem. Mesmo com tudo isso, é impossível para a escola saber com certeza de cada pessoa que foi para a festa. Portanto, se Webber nos convocar, negaremos saber de qualquer coisa. Mantemos nosso álibi.

Isso se August não cumprisse sua promessa de denunciá-la, contando sobre as suspeitas que tinha sobre ela.

Sade sempre acreditou que o silêncio fosse a canção dos culpados. Uma pessoa inocente tentaria provar que era exatamente aquilo.

Mas Persephone tinha razão. Naquele momento Sade parecia incrivelmente culpada, e não chamar a atenção para si mesma talvez fosse a melhor coisa que pudesse fazer.

SADE ESTAVA NA AULA DE história do último período quando sua convocação chegou na forma de um aluno com um bilhete rosa, assim como, semanas antes, Sade tinha sido chamada para ser informada sobre o desaparecimento de Elizabeth.

– O diretor Webber gostaria de ver Sade Hussein – disse o estudante à professora de história, a srta. Fuller.

Todos os olhos se voltaram para ela.

Sade sentiu o coração na boca enquanto se levantava devagar, sem saber se estava sendo levada por causa do site ou da festa.

De qualquer modo, a resposta dela seria a mesma. Silêncio.

– É verdade o que dizem sobre as festas Hawking? – o aluno que a tirou da aula perguntou de repente.

Sade ficou confusa.

– O quê?

– A festa da Casa Hawking. É verdade que distribuem Rolex? – ele esclareceu.

Então estava sendo chamada por causa da festa.

Enfim tinha sido pega.

Como Persephone havia dito, a indiscrição tinha o objetivo envergonhar as pessoas e levá-las à submissão. Mas, em vez disso, estava se tornando um espetáculo, uma fonte de entretenimento mórbido para os estudantes da AAN – tal como um enforcamento público na era vitoriana.

Sade sentiu-se mal.

– Posso ir rapidamente no banheiro? – perguntou. – Serei rápida.

O estudante assentiu e conduziu Sade até o banheiro mais próximo. Ela correu para dentro, sentindo que precisava pensar por um momento.

Trancou-se em uma das cabines e fechou os olhos, esperando que as mãos parassem de tremer.

Precisava se acalmar. Nada de ruim acontecera ainda. Ela ficaria bem. Só precisava se concentrar em outra coisa, e não em seu turbilhão de pensamentos.

Então abriu os olhos e, por um momento, concentrou-se apenas nas paredes grafitadas do box do banheiro. Estavam cheias de desenhos aleatórios, como o super S e corações e frases que contavam fofocas da escola.

Sade sentiu a mente clarear enquanto se concentrava nos casos secretos de estranhos aleatórios, e não nos próprios problemas. Ao erguer mais os olhos, porém, algo a fez parar.

Talhados na porta estavam vários peixes cercando um texto.

Michael O'Connell é um estuprador.

Sade não sabia quem era, mas ver aquilo foi o suficiente para fazer a sensação de mal-estar voltar.

A batida repentina na porta do banheiro a fez pular.

– Depressa. – Ela ouviu o aluno gritar.

Sade saiu rapidamente da cabine, jogou um pouco de água no rosto e seguiu o estudante até a sala de Webber, com a mente ainda concentrada na frase e no significado de tudo aquilo.

Assim que dobraram a esquina para o corredor onde ficava o escritório do diretor, Sade viu Persephone do lado de fora, parecendo entediada, como se já estivesse ali havia um bom tempo.

Persephone também estava com problemas?

Persephone se ajeitou quando a viu.

– O que você está fazendo aqui?

– Estou na lista... – Sade respondeu.

O aluno que a trouxera até ali bateu duas vezes à porta do diretor Webber.

Persephone franziu o cenho.

– Não. Eu vi a lista. Você não está nela – disse, bem quando dois policiais saíram do escritório.

– Sade Hussein? – um deles perguntou ao vê-la.

O que estava acontecendo?

Sade sentiu-se trêmula ao assentir.

Então um deles se colocou na frente dela, enquanto o outro agarrava o seu braço e colocava atrás das costas, antes de forçar o outro a ficar na mesma posição.

– Você está presa por suspeita de assassinato. Você tem o direito de permanecer calada, mas poderá prejudicar a sua defesa se não mencionar, quando questionada, algo que mais tarde pode vir a dizer no tribunal. Qualquer coisa que disser pode ser usada como prova...

– O que está acontecendo? – Persephone gritou, movendo-se na direção de Sade, mas foi impedida pelo segundo policial.

– Por favor, um passo para trás – disse ele.

Sade podia sentir o seu coração se partir, a ansiedade aumentando quando as mãos ásperas do policial uniram seus braços.

A srta. Blackburn pareceu emergir das sombras, e Sade pôde ouvi-la pedir a Persephone que deixasse os policiais fazerem seu trabalho. Sade sentiu como se estivesse debaixo d'água. Os sentidos falhando e mal conseguindo ouvir alguma coisa por causa do barulho em sua cabeça. Sua visão ficou turva; ela não conseguia se concentrar em mais nada.

Ao longe Sade pensou ter ouvido o sinal tocar, indicando o fim do período e também do dia letivo. Os alunos estavam saindo das salas de aula e logo veriam Sade ser escoltada pelos policiais para fora da escola.

Bem na hora. O corredor se encheu de corpos uniformizados.

Sade ainda não conseguia ouvir as vozes, mas podia sentir o ardor dos olhares deles em sua pele.

Sade foi retirada da entrada da escola e colocada no banco de trás da viatura. Quando o carro saiu pelos portões da escola, seus sentidos começaram a retornar, um por um.

Primeiro, ouviu o som alto e doloroso da sirene da viatura.

Então viu as luzes vermelhas e azuis girando e pintando o chão.

O gosto de sangue da mordida ansiosa na língua.

– A escola enviará um responsável legal e ele estará presente na delegacia se você assim desejar – declarou um dos policiais.

Mas Sade mal conseguia ouvi-lo por causa do barulho das sirenes e dos seus pensamentos vertiginosos.

Agora estava claro o que estava acontecendo com ela.

Eles achavam que ela tinha matado Jude.

A PRIMEIRA VEZ QUE SADE viu uma sala de interrogatório foi na tevê.

Estava assistindo a um daqueles programas policiais dos anos 1980 com a irmã e pensou: *Isso não pode ser real.*

Parecia muito sujo. Como uma versão dramatizada e exacerbada da verdade.

E não era real.

A sala de interrogatório da delegacia local era muito pior. Era mais escura e tinha mofo no teto. Também tinha um cheiro de cachorro molhado que penetrava o espaço e as narinas dela, tornando as coisas ainda mais sombrias e piorando a náusea induzida pela ansiedade.

Para piorar tudo, a srta. Blackburn tinha que estar presente na sala, condição como dizia a lei para que menores fossem interrogados. Felizmente, a presença da srta. Blackburn ao lado de Sade era como a de uma sombra – quase dava para fingir que ela não estava lá. Quase.

– Água? – um dos policiais perguntou.

Sade balançou a cabeça.

Ele também ofereceu um pouco à srta. Blackburn, mas ela também recusou com o jeito frio de sempre dela, claramente insatisfeita por também estar ali. Ele sentou-se com a xícara dele, pousando-a sobre um dos porta-copos redondos que havia em cima da mesa de madeira manchada de água.

– Eu sou o policial Park. Nos conhecemos há algumas semanas, e este é meu colega, o policial Stevens. Queremos fazer algumas perguntas e, para os nossos registros, gravaremos esta sessão. – Para deixar claro, ele bateu no gravador, cujo botão vermelho indicava que a sessão estava sendo gravada. – A entrevista será conduzida pelo policial Stevens. Por favor, responda a todas as perguntas com a maior sinceridade possível. Qualquer coisa dita aqui pode ser usada contra você no tribunal, está claro?

Sade assentiu, a náusea aumentando ainda mais.

– Certo, vamos começar então.

TRANSCRIÇÃO DA ENTREVISTA

Nomes e identificação ocultados

POLICIAL: Esta entrevista está sendo gravada. Sou o POLICIAL [redacted] e estou na delegacia de [redacted]. Por favor, diga o seu nome completo.

SH: [redacted].

POLICIAL: Posso chamá-la de [redacted]? Acho que não consigo pronunciar isso.

SH: Prefiro ser chamada pelo meu nome.

POLICIAL: Ok, anotado. Também está presente nesta entrevista o POLICIAL [redacted]. Vamos direto ao assunto. Foi alegado que você estava em uma festa organizada pelo falecido, Jude Greggory Ripley, no sábado anterior. Correto?

SH: Quem disse que eu estava?

POLICIAL: Infelizmente, não podemos divulgar essa informação no momento. Por favor, responda à pergunta, srta. [redacted].

SH: Eu não estava lá.

POLICIAL: Ok... fomos informados de que você *estava* na festa.

Também foi alegado que você estava namorando o sr. Ripley e foi vista em uma discussão acalorada com ele, dias antes da festa. Isso está correto?

SH: Não.

POLICIAL: Qual parte?

SH: Não estávamos namorando. Nós nos conhecíamos e ele expressou seu interesse por mim, mas não estávamos namorando.

POLICIAL: Então as múltiplas testemunhas estavam mentindo?

SH: As pessoas mentem.

POLICIAL: Testemunhas oculares também disseram que viram você entrando no quarto de Jude com ele. Você foi a última pessoa a ser vista com ele na festa e, por isso, deve entender com o que estamos preocupados.

SH: Na verdade, não. Eu não entendo sua preocupação.

POLICIAL: Certo. Bem, deixe-me fornecer mais explicações. Testemunhas dizem que você estava namorando o falecido. Testemunhas a viram envolvida em uma discussão acalorada poucos dias antes da festa. Depois, na festa, testemunhas dizem que você esteve no quarto dele minutos antes de ele morrer. Também encontramos DNA no corpo, que apostamos que irá corresponder ao seu, debaixo das unhas, o que para nós indica algum indício de luta, assim como fibras de cabelo nas roupas dele. Você consegue entender a nossa preocupação agora, e por que tivemos que te trazer aqui hoje, [redacted]?

SH: Meu nome é [redacted].

POLICIAL: Desculpe. [redacted], você entende?

SH: Não, não entendo.

POLICIAL: Muito bem, então. Você sabe que temos o direito de mantê-la sob custódia, visto que se recusa a responder às nossas perguntas. Se você nos desse algo com que fosse possível trabalhar, poderíamos todos ir para casa. É simples assim...

• • •

A PORTA SE ABRIU E outro policial enfiou a cabeça por ela.

– Desculpa interromper. Temos que liberar a garota. Outra pessoa foi trazida – disse o policial.

O oficial Stevens pareceu irritado.

– O interrogatório acabou de começar e temos testemunhas oculares e DNA...

– Pois é, bem, temos outra coisa agora. Uma nova declaração conflitante.

SADE FOI LIBERADA POUCO DEPOIS, aliviada por enfim estar fora daquela salinha. Enquanto a srta. Blackburn preenchia os formulários de liberação, Sade se perguntava o que tinha acontecido.

Assim que o pensamento cruzou a mente de Sade, na sincronia sempre brilhante do universo, ela viu um policial adentrar a delegacia com um August sem algemas.

Eles se olharam brevemente antes que ele entrasse em uma sala e a porta se fechasse atrás dele.

Ele parecia... assustado.

Sade ouviu duas vozes familiares discutindo do lado de fora, então foi até a saída da delegacia, no rumo da comoção.

– Obviamente que esta é a delegacia certa; é literalmente a única em um raio de oito quilômetros – disse Persephone.

– Se você diz... – respondeu Baz.

– Oi, pessoal – disse Sade, intrometendo-se na conversa antes que Persephone tentasse cometer um assassinato na frente da delegacia e fosse arrastada para uma daquelas salas de interrogatório nojentas também.

Ambos se viraram para ela, e os olhos de Baz imediatamente se arregalaram e a boca se abriu em um sorriso. Persephone, que estava encostada em uma parede próxima, ajeitou-se rapidamente.

– Oi – os dois disseram ao mesmo tempo.

– Como vocês vieram parar aqui? – Sade perguntou, surpresa e aliviada.

– Persephone usou os poderes de suplente da monitora-chefe dela e conseguiu que uma professora nos trouxesse até aqui – disse Baz.

– Não esperávamos que você fosse liberada tão cedo. Eles disseram que poderia levar horas… – Persephone falou, com o rosto levemente vermelho.

– Saí correndo da aula de alemão assim que fiquei sabendo. A escola basicamente implodiu quando você foi levada. Está tudo um caos. Estou muito feliz que você esteja bem. A srta. Thistle falou que você tinha sido trazida para a delegacia e por isso fiquei pensando o pior. Estou muito feliz que a turma do Scooby-Doo esteja de volta – disse Baz, com o sorriso cada vez maior.

– Eu já falei para você não nos chamar assim.

– Os três mosqueteiros?

– Eles são todos homens brancos.

– Minas Marrons?

– Juro por Deus, Basil – disse Persephone, no momento em que Sade envolveu os dois em um abraço, calando-os.

Eles retribuíram o abraço e ela sentiu os olhos lacrimejarem ao perceber que não estava sozinha.

– Isso é muito bom e tudo mais, mas acho que Baz deixou de fora uma parte importante do motivo de estarmos aqui – disse Persephone quando o abraço já durava tempo demais.

Sade recuou.

– Ah, sim, também viemos por causa de Elizabeth. Ela está acordada e recebeu permissão para receber visitas – disse ele.

Os olhos de Sade se arregalaram, mais alívio se espalhando por seu corpo.

– Isso é incrível. Você vai vê-la? – ela perguntou, confusa sobre a presença dele ali com ela quando a melhor amiga dele estava no hospital, acordada.

– Sim, eu vou. Mas ela pediu para falar com você primeiro.

O HOSPITAL PARECIA ASSOMBRADO.

As luzes tremeluziam, sombras costuravam as paredes conforme enfermeiras, médicos e pacientes vagavam pelos corredores como zumbis e fantasmas, e o frio de gelar os ossos só aumentava a sensação de destruição iminente que Sade sentia.

Era esquisito que houvesse tantos livros sobre casas e escolas mal-assombradas quando os hospitais eram igualmente mal-assombrados, talvez até mais. Afinal, era neles que tantas pessoas morriam ou permaneciam perto da morte.

Não ajudou em nada o fato de Elizabeth parecer uma fantasma naquele momento, com o rosto mais pálido do que Sade jamais vira.

– Olá – disse Elizabeth quando Sade entrou no quarto. – Já faz um tempo – acrescentou ela, com a voz rouca e monótona.

Sade ficou surpresa por Elizabeth querer vê-la antes de todo mundo. Elas se conheceram só poucas horas antes do desaparecimento dela.

– Oi... Você está com uma aparência boa – disse Sade.

– Isso é balela. Sei que estou parecendo uma defunta – Elizabeth respondeu com um sorriso.

Ela parecia muito mais feliz ali do que no dia em que Sade a conheceu, semanas antes.

– Sim, bem... Eu não queria falar – disse Sade, o que fez Elizabeth rir de leve.

– Ouvi dizer que você foi acusada de assassinar Jude Ripley – disse Elizabeth, indo direto ao assunto. – Estou feliz por você ter sido liberada da delegacia.

– Por quê? – Sade perguntou.

– Porque eu sei que você não fez isso. Eu disse a eles que você não fez isso.

Sade franziu as sobrancelhas. Do que Elizabeth estava falando?

– Você falou com a polícia?

– Sim, eles me interrogaram sobre o que aconteceu comigo. E eu contei tudo a eles, e agora August está sob custódia. Não vou mentir. Estou um pouco irritada com a morte de Jude. Teria sido bom ver os dois presos.

A mente de Sade rodopiava.

Ela tinha tantas perguntas. Mas a mais urgente era:

– O que aconteceu com você? – perguntou.

E Elizabeth lhe contou tudo.

42

UM ANO ANTES

ELIZABETH E AUGUST NAMORAVAM DESDE o primeiro ano, mas, mesmo agora, no segundo ano, pouca coisa tinha mudado desde aqueles primeiros dias.

Por um lado, o relacionamento deles ainda era um segredo. E, além disso, Elizabeth suspeitava que sempre seria um segredo.

A escolha dos parceiros amorosos dos Owens era política. Ficar com alguém era uma coisa, mas namorar era como uma fusão de negócios, e August sabia que namorar Elizabeth seria uma má escolha econômica.

Então, para ele, o relacionamento deles era algo privado e vergonhoso.

Para ela, era constrangedor ser o objeto da vergonha de alguém.

Elizabeth não podia admitir para Baz o que estava acontecendo. Mesmo quando as semanas se transformaram em meses, que depois se tornaram um ano. Baz lhe teria dito que ela merecia mais do que ser alguém nas sombras, e estaria certo ao dizer isso.

Ela merecia coisa melhor.

Mas, tolamente, Elizabeth acreditou que August tinha tanta consideração por ela quanto ela tinha por ele.

Tolice, de fato.

Eis o problema do amor. Ele criou pontos cegos em sua mente. Os alarmes foram abafados por altos níveis de dopamina e pelo truque de um sorriso cavalheiresco.

Por isso Elizabeth não percebeu o que deveria ter feito.

Por exemplo, por que a pessoa que dizia gostar dela não queria ser vista com ela?

A política familiar e a ótica social explicavam.

Por exemplo, por que August adorava tirar fotos dela, com ou sem a sua permissão?

Ela encontrou uma explicação para isso também. Ele gostava de fotografia. Ela era a musa dele. Que romântico.

Ou por que aquelas fotos se tornaram vídeos? Vídeos privados durante momentos privados. Vídeos que ela desconhecia, só descobrindo mais tarde que ele estava gravando.

Novamente, uma explicação.

Ele devia gostar tanto dela que queria sempre repetir aqueles momentos privados. Ela deveria estar lisonjeada.

Certo?

Então ela deixou passar.

E quando uma daquelas fotos que ele tirou se espalhou pela escola, ele, como sempre, tinha uma explicação preparada.

– Ninguém sabe que é você. Você mal aparece!

Elizabeth balançou a cabeça.

– Você não está entendendo o problema.

– Qual é o problema, então?

O problema era... você não pediu e nunca deveria ter tirado a foto. Mas ela não disse isso.

– Por que quase todos os alunos da escola agora têm as fotos do seu telefone? Posso perder a minha bolsa de estudos se o Webber descobrir. Isso poderia me seguir pelo...

– Você está sendo dramática, Liz. Você sabe como é a AAN. Isso vai passar...

– E você ainda não entendeu – disse Elizabeth, com lágrimas escorrendo pelo rosto. – Como foi que elas saíram do seu telefone?

August balançou a cabeça.

– Não tenho tempo para isso. Tenho que ir treinar.

– Basta responder à pergunta.

Ele suspirou, evitando os olhos dela então.

– Eu não sei, tá?! Talvez alguém tenha hackeado os arquivos que eu subo para a nuvem ou sei lá... o Jude às vezes pega o meu telefone, ele pode ter visto ou algo assim.

Elizabeth enxugou o rosto com força e se aproximou de August, com os olhos semicerrados e os braços cruzados.

– Você enviou para ele, não foi? – ela disse em um tom tão baixo que quase saiu como um sussurro.

August negou com a cabeça.

– Eu não disse isso.

– Por que o mencionar, então?

– Porque você queria uma resposta. Eu lhe dei uma resposta. Não sei por que estamos juntos se você não confia em mim – disse August, a última parte do que dizia quase a deixando sem fôlego.

Ele estava tentando terminar com ela? Não podia ser...

– Talvez devêssemos dar um tempo. Podemos retomar as coisas quando você estiver com um humor menos acusatório – disse ele, pegando a mochila. – Eu te vejo por aí.

Então ele deixou Elizabeth sozinha, com uma pontada de culpa no estômago, como se tudo aquilo fosse culpa dela.

Seu coração estava partido, então ela foi aonde sempre ia para consertar o que havia de errado.

– Ei – disse Elizabeth enquanto saltava da escada que levava ao bunker sob a Casa Franklin.

– Oi, como vai? – April estava sentada em uma cadeira de pelúcia aninhada no canto do pequeno espaço do bunker.

Elas descobriram o lugar no primeiro ano. Elizabeth tinha sido enviada ao porão da Franklin para buscar suprimentos para a monitora da casa – que estava com preguiça de fazer aquilo sozinha.

Dado o seu imenso conhecimento sobre plantas, ver a mancha verde no porão na forma de um quadrado perfeito foi tudo o que Elizabeth precisou para saber que havia uma entrada para algum lugar mais distante, escondido sob o musgo.

Levou April consigo para investigar, e elas encontraram o bunker debaixo de um alçapão velho e enferrujado.

Aos poucos, April foi adicionando pequenos móveis aos cantos e recantos do espaço durante as férias de verão.

E desde então aquele era o lugar para onde costumavam ir depois da aula. Uma espécie de Nárnia em que ninguém mais era permitido. Nem mesmo Baz ou as amigas de April. Era só delas.

Elizabeth fungou, acomodando-se no pufe plantado no canto.

April não a olhara até aquele momento, ocupada demais aplicando uma nova camada de esmalte nos dedos dos pés.

– Está tudo bem? – ela perguntou, aparentando preocupação ao observar a aparência desgrenhada de Elizabeth.

– Não é nada – disse Elizabeth.

April estreitou os olhos para ela.

– Definitivamente é alguma coisa... – disse April. Então a ficha pareceu cair. – Aaah, é por causa do meu irmão, não é? Você sabe que eu te avisei que ficar com ele era uma *péssima ideia*.

Ela sempre tivera o talento de ler a mente de Elizabeth.

– Não é o seu irmão – disse Elizabeth, olhando para o chão, e não para April.

– Claro que não. De qualquer modo, me avise se eu precisar bater nele. Você sabe que eu bato.

Elizabeth forçou uma risada.

– Sim, sim, eu te aviso.

Parecia prematuro contar a April sobre o tempo na relação deles. Elizabeth ainda esperava que voltassem a ficar juntos até o final da semana. Todas as ofensas seriam retiradas e ela poderia voltar a fingir que estava tudo bem continuar sendo o segredo de alguém. E as fotos seriam esquecidas.

NO ENTANTO, A RUPTURA SE TORNARIA PERMANENTE. Não apenas em relação ao estado do relacionamento deles, mas também ao estado do coração de Elizabeth. Uma rachadura que agora chegava aos ventrículos, causando cicatrizes permanentes.

Foi engraçado como August seguiu em frente rápido. Menos de uma semana depois da briga, ele já tinha sido visto aproximando-se de Mackenzie Peters – vice-capitã da equipe feminina de natação e filha de bilionários holandeses.

Uma candidata adequada para um Owens cortejar publicamente.

De modo irritante, August estava certo. A maioria dos alunos da AAN logo superou a propagação de fotos ilícitas.

Todos menos um.

A princípio, ela não percebeu a maneira como ele a olhava. Mas, assim que se deu conta, foi difícil ignorar.

O olhar azul e frio de Jude Ripley era um veneno difícil de se livrar.

– O que está olhando? – Baz perguntou a Elizabeth um dia, quando ela se distraiu na competição secreta de olhares que estava rolando com Jude.

Ela disfarçou e respondeu rapidamente:

– Nada, apenas sonhando acordada... Pensando de novo em desistir.

E então Elizabeth voltou a olhar para a comida no prato e não mais para o olhar faminto do loiro do terceiro ano.

Elizabeth imaginou que a melhor maneira de se vingar de August por sua gigantesca idiotice seria dar atenção a Jude, por tempo o suficiente para que August percebesse.

Péssima ideia.

Ficar com Jude era bem diferente de ficar com August.

Para começo de conversa, ela não estava apaixonada por ele.

E, além disso, ela não se importava que fosse algo privado com ele. Não era uma coisa que queria que as pessoas soubessem.

Especialmente April.

Ela e Jude só se beijavam, com uns esfregas ocasionais ainda dentro dos limites. Com base na reputação dele, Elizabeth imaginou que ele logo se cansaria dela, mas, estranhamente, ele parecia investido.

– Não sei como August pôde perder uma garota como você – ele sussurrou docemente para ela em uma ocasião.

Ela riu.

– Sendo um idiota, bem assim.

As sobrancelhas de Jude se ergueram.

– Isso é surpreendente. Sabia que o pessoal do time o chama de *Tão Galanteador*?

Ela sabia daquilo.

August se orgulhava daquilo. Combinava com sua marca pessoal de cara elegante e charmoso.

Ele até mandava presentes para ela usando o apelido com bilhetes muito cavalheirescos reminiscentes dos velhos tempos, como

Para o meu único amor verdadeiro – TG

Ou

Para a minha querida Elizabeth – TG

Certa vez ele a presenteou com uma linda e antiga caixa de joias. A mãe dele era designer de joias, então ele a personalizou para ela. Todos os presentes dele eram antiquados; combinavam perfeitamente com ele.

Elizabeth costumava dizer que ele era um velhote, e ele sorria e interpretava ainda mais o personagem.

Odiava quanto sentia falta dele. Ele não merecia que alguém sentisse falta dele.

Mas o coração dela era um traidor.

Elizabeth continuou beijando Jude, na esperança de esquecer August e seu jeito encantador. Mas não era bom.

O amor era uma merda.

O CONVITE CHEGOU ALGUM TEMPO depois do começo de seu caso secreto com Jude Ripley.

Era escuro como a noite, com uma mensagem escrita em código Morse e coordenadas no verso informando aonde ela deveria ir.

Ela já tinha ouvido falar das festas da Hawking antes, de passagem. Todo mundo era obcecado por elas. Aquelas festas secretas que só a elite da elite da AAN conseguia frequentar. E agora Elizabeth tinha um lugar cobiçado ali.

A festa aconteceu durante as férias de inverno. A maioria dos alunos já tinha saído do campus, mas ela ficou porque atualmente não gostava muito de voltar para casa. Não depois da morte de sua tia-avó e com a incapacidade de sua mãe de assimilar o ocorrido.

Não contou a Baz sobre a festa, de acordo com as instruções sobre *não gritar*, e se sentiu mal por isso. Mas era melhor do que ter que explicar como ela tinha conseguido o convite.

A festa foi numa casa em Londres, e uma pessoa na porta anotou o nome dela e conferiu o convite antes de deixá-la entrar.

Elizabeth já tinha ido a festas antes. Mas nunca estivera em uma tão luxuosa.

Estar em uma escola com tantos garotos ricos que ostentavam sua riqueza a todo momento era difícil, já que a ideia de perder a bolsa de estudos acabava com toda a diversão.

Ela nunca pôde ser tão sossegada quanto a maioria do corpo discente.

Mas talvez pudesse naquela noite.

O TEMPO PASSOU LENTAMENTE, E não estava se divertindo tanto quanto os rumores sobre as festas da Hawking pareciam sugerir.

Ela não conhecia ninguém muito bem. Eram todos apenas garotos ricos e populares, que se achavam melhores que ela, que a desprezavam. Se pelo menos April estivesse lá, ela não se sentiria tão sozinha.

A certa altura, entrou na cozinha para pegar uma garrafa de água, e o grupo de meninas parou de falar quando a viram se movimentando. Elas se viraram para ela, fingindo não perceber sua presença, e então continuaram a conversar. Ela se sentiu tão insignificante quanto um fantasma.

Estava pronta para ir embora quando uma voz familiar a conteve.

– Esperava que você aparecesse – disse Jude, observando-a com o seu olhar penetrante de sempre.

– Na verdade, eu estava pensando em ir embora – ela admitiu.

Ele não pareceu ofendido.

– Vou te contar um segredo: essas festas geralmente são muito chatas. Mas é uma pena que a única pessoa interessante por aqui esteja indo embora. Até peguei uma bebida para você.

Ela ergueu a sobrancelha ao ouvir aquilo, então, pelo canto do olho, avistou August na cozinha preparando uma bebida para si mesmo.

Elizabeth sentiu um aperto no peito, o coração a traindo mais uma vez.

– Quer ir conversar em algum lugar mais tranquilo? – Jude sussurrou.

Elizabeth desviou os olhos de August, fixando-se agora no frio olhar azul à sua frente.

– Claro – respondeu, aceitando a bebida que Jude lhe havia trazido, antes de seguí-lo para fora da sala, os olhos ainda fixos em um distraído August, que, agora ela começava a perceber, parecia não se importar nem um pouco com ela.

– VOCÊ É TÃO LINDA – Jude lhe disse. *Espera, onde estou?*, ela pensou.

Não conseguia enxergar muita coisa pelo vapor de neblina que tomava conta de sua visão.

E por que seus ossos pareciam tão pesados? Havia alguém sobre ela?

– Oooo que aconteceeendo – ela balbuciou, parecendo, de alguma forma, estar falando em câmera lenta.

Mãos grandes lhe acariciavam os cabelos suavemente, e ela queria afastá-las, mas as próprias mãos pareciam pesar toneladas.

Tentou descobrir onde estava apesar da visão limitada.

O quarto era pequeno e a cama em que estava era dura e fria.

Sua pele também estava fria.

Alguém deveria ligar o aquecedor, ela pensou. Desejou ter alguma coisa para cobrir o torso e as pernas expostas.

Teve um novo vislumbre e pôde ver o borrão de um rosto familiar pairando acima dela.

– Tão linda – ele disse novamente.

Ela estremeceu um pouco mais, o rosto molhado, lágrimas escorrendo de seus olhos como se uma ferida tivesse sido aberta.

– Lençol – ela conseguiu dizer.

Mas foi baixo demais para ser ouvida acima do som *dele.*

De repente, uma luz irrompeu pela sala e outra voz familiar soou.

– O quê... – Foi dito. – O que você está fazendo?

– Não é óbvio? – Jude respondeu, rindo, a voz distorcida e aterrorizante.

Ela piscou, esperando recuperar o foco. *Levante-se,* tentou dizer ao cérebro. *Grite. Faça alguma coisa.*

Mas era como se ela não estivesse lá. Seus olhos se moviam, mas seu corpo estava congelado.

• • •

JÁ ERA DE MANHÃ QUANDO ela recuperou os movimentos.

Estava com uma dor de cabeça latejante e a garganta tão seca que dava a impressão de que, ainda que bebesse todos os oceanos do mundo, não ficaria satisfeita.

Estava em um quarto, sozinha.

Uma batida à porta a fez pular. Um cara que ela não conhecia enfiou a cabeça pela fresta da porta.

– Ei, temos que sair antes do início da tarde, quando os proprietários estarão de volta. Vista-se – disse ele, e saiu tão rapidamente quanto entrou.

Vestir-se?

Ela olhou para baixo, surpresa ao ver que não usava quase nada. Uma memória fragmentada a fez estremecer.

O contorno de uma figura.

– Como pôde fazer isso? – ele disse. Traído. Uma porta batendo. Frio indescritível.

O que tinha acontecido na noite anterior?

Aquela era a pergunta que a assombraria nos dias que se seguiram.

Ela voltou ao campus. Todos pareciam tão apaixonados pelos meninos da Hawking e pela última festa deles.

Mas nada parecia glamoroso no vazio que residia dentro dela desde a festa, nem nas muitas lacunas em sua memória. Ela tinha quase certeza de que estava enlouquecendo.

Aquele sentimento inspirou diversas pesquisas. Elizabeth vasculhou a internet em busca de respostas que pudessem ajudá-la a entender os sintomas que experimentava: confusão mental implacável, uma dor profunda e intangível por dentro e uma melancolia inabalável. Mas nada parecia se encaixar.

Ela se lembrou de quando a tia-avó adoecera. Como a medicação que usava para aliviar a dor às vezes a deixava chapada e então, quando voltava a recuperar a consciência, ela não parecia se lembrar de nenhuma de suas travessuras malucas. A tia dizia que a mente dela parecia estar sempre confusa e que não conseguia captar as informações da mesma forma. Aquela memória foi o suficiente para inspirar outra pergunta no mecanismo de busca.

Qual é a sensação de estar drogado?

Desta vez, apareceram páginas e mais páginas de informações que pareciam estranhamente semelhantes ao que ela vivenciava.

E, aprofundando-se, a pesquisa a levou a fóruns on-line, onde havia muitas histórias parecidas com a dela.

Pessoas que também foram a festas e acordaram com pouca ou nenhuma lembrança da noite.

Mas ela não se lembrava de ter tomado nada.

Aqueles fóruns se tornaram a mais nova obsessão de Elizabeth. Era como se ler aqueles relatos fosse a única coisa que a fizesse sentir-se à vontade num mundo com tantas perguntas sem resposta.

Somente dias depois da festa, quando falou com August uma vez mais, é que ficou claro que as pesquisas dela não tinham sido específicas o suficiente.

Ela recebera uma detenção por perder a data de entrega do dever de casa, e encontrou August por lá, supervisionando as detenções como parte de sua função de monitor júnior.

Era a primeira vez que ficavam sozinhos em semanas.

– Ei – ela disse.

Mas ele fingiu não ouvir. Continuou vasculhando pilhas de papel como se ela fosse invisível.

– É muito maduro da sua parte fingir que eu não existo – disse ela.

Ele zombou.

– Sim, como se você fosse madura – ele disse.

– O que isso quer dizer? – ela perguntou, com os braços cruzados enquanto se recostava na cadeira.

Ele finalmente olhou para ela e algo em sua expressão lhe pareceu estranho. Ele a olhou como se algo nela o enojasse.

– Quero dizer, tenho certeza de que dormir com o meu melhor amigo para se vingar de mim é uma atitude muito madura – disse ele.

Elizabeth balançou a cabeça ao ouvir aquilo.

– Eu não dormi com Jud... – tentou dizer, mas depois fez uma pausa quando uma memória aleatória e fragmentada lhe ocorreu.

Ela em um quarto escuro. Jude em cima dela...

– Tenho certeza que mentir também demonstra muita maturidade. Eu literalmente vi vocês.

Ela sentiu os batimentos cardíacos aumentarem à medida que mais lembranças daquela noite voltavam.

Como ela sentiu frio.

A crueldade de August ao cuspir palavras vis nela.

– Te odeio.

– É, pois é. Você age como se fosse uma santinha, mas, na verdade, tudo o que você faz é foder com as pessoas. E quando tudo isso explodir na sua cara e todo mundo descobrir quem é você, estarei lá vendo você se ferrar – disse ele, com uma crueldade tão vil que ela teve certeza de que nunca conheceu o cara que amara por tanto tempo.

Elizabeth estava passando mal.

Ela se levantou, ignorando os pedidos de August para que voltasse a se sentar, e saiu da sala de aula sem dizer mais nada.

O pânico a dominou enquanto percorria todo o caminho até a Casa Franklin, querendo ficar sozinha. Podia sentir as lágrimas escorrendo pelo seu rosto enquanto corria para o prédio e subia as escadas. Gritos suaves escaparam quando ela abriu a porta do quarto e a bateu atrás de si.

Infelizmente, April estava lá, e o namorado dela, Jude, também. Ambos estavam sentados na cama de April, assistindo a um filme, grudados como estiveram durante o segundo ano.

– Bater é pedir muito? – disse April.

Elizabeth olhou nos olhos de Jude, que apenas sorriu.

– Desculpe – ela respondeu antes de pegar o seu laptop e sair rapidamente do dormitório.

Assim que chegou ao quarto de Baz, seu peito doía e as lágrimas em seu rosto estavam secas.

Assim que Baz a viu, soube que alguma coisa estava acontecendo. E é claro que percebeu. Ele a conhecia melhor do que a maioria das pessoas.

Ela se jogou nos braços dele e ele a abraçou com força.

– O que aconteceu? – perguntou a ela.

Ela não teve coragem de lhe contar. Ele era a única coisa boa naquele mundo cruel. Ela não queria contaminá-lo como ela fora.

– Tirei uma nota ruim na prova de biologia – ela respondeu, com uma mentira na qual sabia que ele acreditaria.

Dada a sua bolsa de estudos, ele sabia o que estava em jogo se ela cometesse um deslize.

Ele apenas a abraçou com mais força.

– Sinto muito – disse.

Ela assentiu. *Eu também*, pensou.

Eles costumavam contar tudo um para o outro antes de ela começar a namorar August. Elizabeth estava arrependida por quebrar o voto de confiança que tinham feito um ao outro.

Esperava que, se algum dia descobrisse, ele a perdoasse antes que ela pudesse se perdoar.

– **ISSO É UMA ACUSAÇÃO SÉRIA**, srta. Wang – disse o diretor Webber depois que ela terminou de contar tudo.

– Estou ciente disso – disse ela. – Não estaria fazendo essa acusação se não fosse algo sério.

Webber dobrou as mãos e apoiou o queixo nelas, dando-lhe a impressão de que estava pensando no assunto.

Elizabeth não tinha certeza do que havia para se pensar sobre a afirmação "Fui estuprada", mas pelo visto o diretor Webber precisou pensar bastante antes de entender o que ela dizia. Ela havia pensado em ir primeiro à supervisora, mas imaginou que a srta. Blackburn falaria com o Webber, então procurá-lo diretamente era cortar caminho e fazê-lo lidar com Jude mais rápido.

– Você diz que as suas memórias daquela noite não são tão claras quanto seria normal?

Ela assentiu.

– Sim, acredito que fui drogada.

– Você acredita que estava ou estava mesmo? – ele respondeu.

– Eu estava – disse ela.

Ele assentiu.

– Bem, srta. Wang, certamente investigarei tudo isso. Quero que saiba que levo a sério as suas preocupações e, enquanto estiver aqui, só quero lembrá-la de que, se você de fato tiver participado de uma festa desta natureza, seria algo que colocaria a sua bolsa de estudos em risco. Eu odiaria ter que informar ao conselho escolar sobre isso. Sei que eles não vão gostar.

– O quê? – ela disse, pensando se tinha ouvido claramente. – Isso é uma ameaça?

Ele balançou a cabeça. Havia uma expressão grave em seu rosto.

– De jeito nenhum, srta. Wang. Só quero que saiba o que está em jogo. Acho que você é brilhante e realmente pode ir longe, por isso quero ter certeza de que está pensando de verdade no seu futuro.

Ela achava que pensar de verdade sobre o futuro significava denunciar garotos como Jude, mas, aparentemente, não era o que o diretor Webber pensava.

– Quero dizer, é claro que a bolsa seria a menor das suas preocupações. Como você deve saber, a mãe do sr. Ripley, a condessa, é membro proeminente do corpo diretivo da escola, e tenho certeza de que ela faria uma petição para que a sua bolsa fosse revogada e muito mais. E, pela influência dela, imagino que conseguiria – finalizou Webber.

Elizabeth não era capaz de acreditar naquilo.

– Você está dizendo que eu poderia ser expulsa por revelar a verdade?

Webber estremeceu com o uso da palavra "verdade".

– Estou dizendo que, como não vi nenhuma evidência dos eventos que você relatou, sugiro que se concentre no que, na minha opinião, poderia ser um futuro muito brilhante e promissor, em vez de colocar em risco tanto o seu quanto o do sr. Ripley. Vou conversar com o sr. Ripley, me certificar de que ele não volte a cometer bobagens como essa.

Elizabeth sentiu-se enfurecida, pequena e impotente ao mesmo tempo.

– Se for tudo, desejo-lhe um maravilhoso resto de semana, srta. Wang. A srta. Blackburn vai acompanhá-la até a saída.

O sangue de Elizabeth gelava de descrença enquanto ela saía do escritório, seu mundo inteiro em desarranjo.

Ao passar pela supervisora fria na saída, jurou ter visto sua descrença refletida no rosto da mulher. Mas a expressão da srta. Blackburn voltou a um estado frio e neutro num piscar de olhos.

Enquanto Elizabeth vagava pelos corredores, como a coisa sem vida que agora era, parecia que tudo e todos haviam mudado.

A vida parecia ter ganhado um filtro sépia fosco, e nada, depois daquilo, parecia real.

O GRUPO DE DISCUSSÃO ON-LINE tornou-se seu consolo.

Ler sobre pessoas como ela, que tinham passado pela mesma coisa, fez com que Elizabeth se sentisse menos sozinha no mundo.

Como Webber a instruíra, ela deixou tudo de lado, tentou seguir em frente e se concentrar em seu chamado *futuro brilhante.*

Como se fosse fácil esquecer ter sido violada.

Dormir com tranquilidade depois daquilo.

Concentrar-se na escola.

Ficar bem.

Ela não voltou a mencionar aquilo para ninguém, até ver uma postagem em um dos fóruns.

Eu queria que Jude Ripley estivesse morto. – PBJam08

Estava enterrada sob milhares e milhares de postagens que ela lera nas semanas desde a festa. Elizabeth quase não acreditou no que via.

Geralmente usava aquele site como um fantasma, espiando a vida de outras pessoas sem dizer ou comentar nada. Apenas usando as experiências alheias como um cobertor quente com que cobrir e validar as suas.

Mas, pela primeira vez, abriu a caixa de comentários e digitou.

ELIZABETH DEMOROU MAIS DO QUE deveria para perceber que o conselho de Webber não era conselho algum. Era veneno.

Fazer algo *era* importante – especialmente se Jude pudesse machucar outra pessoa da mesma forma que a machucara. Mesmo que o diretor – o cara cujo trabalho era proteger todos os alunos, não apenas alguns privilegiados – dissesse o contrário.

Então ela fez o oposto do que ele tinha sugerido.

Elizabeth investigou as festas da Casa Hawking. Imaginou que o seu ex-namorado seria a melhor maneira de adentrar naquele mundo secreto. August sempre usava a mesma senha para tudo. Phelps ou 2004, ou uma combinação das duas coisas. Entrou no aplicativo de mensagens dele pelo computador e descobriu um grupo de mensagem dos meninos chamado de Os Pescadores, que usavam para trocar coisas explícitas sobre as meninas da escola. Começou a desvendar os nomes de usuário deles, mas não conseguiu fazer isso com todos. Era uma obsessão, mas Elizabeth achava que havia mais pontos positivos do que negativos nela.

Decidiu que tinha que parar de dividir o quarto com April, percebendo que não era mais capaz de fingir e seguir ocupando o mesmo espaço que Jude. Sentiria falta de April. Sua faceta gélida se transformava em calorosa quando estavam sozinhas, como se ela fosse uma melhor amiga secreta.

Mas Elizabeth agora sabia que aquilo não era saudável. Outro Owens que a mantinha escondida.

E ela estava farta de ser um segredo.

April encontrou Elizabeth arrumando as coisas dela e a encarou em silêncio enquanto Elizabeth fazia as malas.

– Está tudo bem? – April perguntou.

Elizabeth teve vontade de rir. Que pergunta. Ela não se virou para April. Não conseguia.

Não, não está tudo bem. Seu namorado arruinou a minha vida, ela queria dizer, mas em vez disso preferiu falar:

– Estou me mudando.

April cruzou os braços.

– Por quê?

Elizabeth deu de ombros e continuou a fazer as malas.

– É por causa do meu irmão? Eu te falei que ele era um imbecil...

– Não, não é culpa do August... Pelo menos não *só* dele.

– O que mais há de errado, então? Pare de ser dramática e olhe para mim.

– Não se preocupe – disse Elizabeth.

– Bem, isso só vai me deixar ainda mais preocupada, não é? Você poderia só me dizer o que há de errado? Para que eu não fique achando que você tem câncer, ou coisa do tipo, e está fugindo no meio da noite para poder morrer em paz. Você é uma das minhas amigas mais próximas, Liz. Eu me importo com você...

– Se importa tanto que ninguém sabe que somos amigas – Elizabeth murmurou, naquele ponto virando-se para encarar April.

April pareceu recuar ao ver o rosto dela. Como se a resposta estivesse escrita em sua pele com uma tinta vermelha horrível.

Jude é um estuprador.

– Se você quiser, a gente pode contar para todo mundo, não é? Você sabe que gosto de fazer grandes anúncios – April começou, a cutucando com gentileza. – Eu nunca me dei ao trabalho antes porque gosto de nos manter alheias a tudo mais nesta escola de merda, mas manter isso em segredo não faz diferença para mim. Eu só quero saber o que aconteceu.

Elizabeth suspirou, olhando para o chão e prendendo uma mecha de cabelo atrás da orelha, com os dedos trêmulos.

– Você deveria terminar com o Jude – disse Elizabeth.

Isso fez April hesitar.

– Por quê?

– Ele não é uma boa pessoa, só isso.

– O que você quer dizer com isso, Elizabeth? – April perguntou.

Elizabeth enxugou o rosto, gritando mentalmente a mesma frase repetidas vezes.

Ele é um estuprador. Ele é um estuprador. Ele é um estuprador.

– Ele... – Ela tentou dizer. – Nós... hum...

Por que ela não conseguia dizer aquilo? Por que era tão difícil?

A expressão de April se endureceu.

– Ah, meu Deus do céu, August estava falando a verdade, não é?

– O quê...?

April parecia zangada e Elizabeth conseguia enxergar o fogo em seu olhar.

– Ele me disse que você tinha ficado com Jude... Que ele os viu ... Eu mandei ele ir embora, disse que você nunca faria uma coisa dessas comigo... Mas você fez, não foi?

Elizabeth balançou a cabeça rapidamente.

– Não...

– Então você não fez sexo com o meu namorado?

Elizabeth ficou quieta e April assentiu, com um sorriso.

– Sabe, com amigas que nem você, quem precisa de inimigas?

O rosto de Elizabeth estava quente e pegajoso por causa das lágrimas.

April foi em direção à porta, virando-se para Elizabeth uma última vez.

– Quero você e as suas tranqueiras fora daqui antes de eu voltar – disse, batendo a porta na cara de Elizabeth.

ELIZABETH FICOU GRATA QUANDO LHE foi concedida uma transferência imediata para a Casa Turing.

Em vez de se deixar abater pelas consequências, ela se dedicou à pesquisa, passando mais tempo do que nunca em seu quarto. Evitando o mundo e os seus julgamentos.

Nem sempre estava sozinha... Ela tinha uma nova amiga do fórum com quem conversava todas as noites.

Começaram a conversar no fórum, então passaram para uma conversa privada e depois fizeram uma videochamada, logo antes de sua amiga parar de aparecer no fórum. As mensagens de Elizabeth nunca foram lidas.

Tentou conversar com outras pessoas no grupo de discussão, mas nunca mais foi a mesma coisa.

Em resposta à sua postagem sobre estar se sentindo sozinha, uma usuária, DinoTripas222, recomendou a Elizabeth que procurasse ajuda profissional. Ele até a botou em contato com instituições sem fins lucrativos que ajudavam meninas que tinham passado pelo mesmo que ela.

Mas Elizabeth só queria que Jam voltasse. Ela era a única que *realmente* entendia.

Como Jude era capaz de destruir alguém.

Ela não sabia o nome verdadeiro de PBJam08, então nem podia tentar encontrá-la de outra maneira.

Elizabeth pensou ter conhecido a solidão quando April a expulsou. No entanto, agora ela estava sozinha de verdade, sem ninguém com quem pudesse conversar sobre o implacável vazio que sentia por dentro.

• • •

SETE SEMANAS ANTES

O SEGUNDO ANO PASSOU NUM piscar de olhos e, no início do terceiro, Elizabeth tinha tantas informações que certamente Webber as consideraria provas sérias. Poderia até mesmo ser suficiente para passar por cima de Webber e ir diretamente às autoridades locais.

Aqueles meninos eram todos, de certa forma, estupradores e abusadores.

E já estava na hora de todo mundo ficar sabendo.

Elizabeth estava animada para o novo ano letivo. Sabia que as coisas iriam mudar; sentia aquilo de corpo inteiro.

Ela seria a presidente do clube de biologia; finalmente exporia a verdade; e por fim estaria em paz. Rumo ao futuro brilhante que ela sabia que a aguardava.

Mas como era mesmo aquela frase?

Se quiser fazer Deus rir, conte seus planos a ele.

Como aquilo era verdade.

– **PUTA – ALGUÉM SUSSURROU** quando Elizabeth passou.

Ela estava a caminho do laboratório de biologia para a reunião que o clube realizava na hora do almoço e, a princípio, pensou ter ouvido errado, mas o comentário foi seguido por risadinhas e olhares. Quando ela se virou e encontrou duas garotas encarando-a.

– Posso ajudar com alguma coisa? – ela perguntou.

– Acho que não. Você deve estar tão cansada de ajudar o meu namorado – disse a garota.

Elizabeth ergueu a sobrancelha ao ouvir aquilo. Ela não tinha um relacionamento desde August e também não tinha interesse em ninguém.

– Você está me confundindo com outra pessoa – Elizabeth respondeu com simplicidade.

A garota pareceu querer socar o rosto de Elizabeth.

– Ah, então quer dizer que essa aqui não é você? – perguntou, mostrando o telefone para Elizabeth.

No telefone havia uma foto que Elizabeth tinha enviado para August muito antes, quando ainda estavam namorando e ele lhe pedira algo que pudesse usar para se lembrar dela quando Elizabeth não estivesse por perto.

Tolamente, ela obedeceu.

E agora aquela foto, assim como a última que tinha circulado pela escola, passou a assombrá-la.

– Onde você conseguiu isso? – Elizabeth perguntou.

A garota zombou dela.

– No telefone do Harry, sabe? O meu namorado, com quem você anda transando?

Elizabeth nem conhecia Harry.

– Eu n-não...

– Não se preocupe, você não precisa continuar mentindo. Eu terminei com ele, por isso ele é todo seu agora! Mas, lembre-se, o que vem fácil, vai fácil – disse a garota, depois se virou e se afastou de Elizabeth, deixando-a sozinha no corredor.

No clube de biologia, Elizabeth estava tão distraída com os próprios pensamentos e com os acontecimentos recentes, ocupada demais se lamentando que nem viu o hamster cair da gaiola e se esparramar no chão.

– Puta merda – ela sussurrou.

THEODORE, VICE-PRESIDENTE DO CLUBE DE biologia e seu arqui-inimigo, mal pôde esperar para que Elizabeth fosse rebaixada e, com o fato de não ser mais a presidente somado à interação de antes com a garota, Elizabeth já estava farta daquele dia.

Quando ela voltou para o quarto, deu uma olhada nos fóruns como de costume, esperando que a sua amiga tivesse retornado por milagre, mas a caixa de entrada continuava vazia, por isso Elizabeth voltou a se concentrar em outra coisa.

O seu plano para acabar os Pescadores.

E: Ei, August, precisamos conversar.

Talvez fosse um erro mandar uma mensagem para ele, mas ela sentiu que precisava fazer isso. Antes que tudo acontecesse, ela tinha que fazer aquilo.

Ela sabia como *Harry* tinha conseguido aquela foto.

Elizabeth ainda não tinha decifrado todos os nomes no bate-papo dos

Pescadores, apenas o suficiente para provar o que acontecia bem debaixo do nariz dos administradores da escola, mas agora estava prestes a descobrir.

SEIS SEMANAS ANTES

AQUELE SERIA O DIA.

O dia dos Pescadores.

Ela dedicara cada minuto de solidão na labuta para decifrar o enigma dos nomes de usuário. Às vezes ela saía da escola, vestindo roupas largas por cima do uniforme enquanto repassava os arquivos no café dos gatos que ficava na cidade.

E então, certa noite, enfim terminou.

Elizabeth tinha uma lista de todos os nomes. Todos os cinquenta e quatro. Desde garotos tímidos do terceiro ano que postavam comentários misóginos ocasionais sobre alguma garota da aula de história do quarto período com quem gostariam de fazer alguma coisa até o orgulhoso e exibido Jude Ripley, que fazia coisas muito piores.

Todos seriam derrubados. Tinham que cair. Era o único jeito de conseguir permanecer ali.

Como garantia, começou a anotar as informações que conseguira com uma caneta de tinta ultravioleta, ou seja, tinta invisível. Caso, por algum motivo, ela fracassasse, as informações estariam sempre ali, eventualmente disponíveis para outra pessoa. Ela teria mantido o método anterior de anotar tudo em post-its, mas foi informada de que poderia receber uma colega de quarto – sendo a única terceiranista na Casa Turing que não dividia o quarto com ninguém. E, por mais que a potencial colega de quarto ainda não tivesse aparecido nas primeiras semanas do semestre, Elizabeth estava ciente de que ela ficaria perturbada se o quarto se parecesse um gigantesco painel de investigação à primeira vista.

Bzz.

O telefone vibrou alto na escrivaninha, quase caindo da superfície.

Elizabeth o pegou, surpresa ao ver que era uma mensagem… de August.

A: Ei, o que você quer.

Ela tinha enviado uma mensagem para ele na semana anterior, mas não tinha obtido resposta. Até então.

Fez uma pausa para pensar antes de responder.

E: Eu já sei tudo sobre os Pescadores e as merdas que vocês fazem, por isso só quero avisar que quando tudo isso explodir na sua cara, estarei lá vendo você se ferrar.

Ela usou contra August as palavras cruéis que ele usara. Depois o bloqueou e guardou o telefone no bolso enquanto sorria.

ELIZABETH FOI RETIRADA DA AULA durante o terceiro período por um dos mensageiros da srta. Blackburn.

Aparentemente, Dona Morte – como os alunos da AAN a apelidaram – tinha solicitado a presença dela na recepção.

– Obrigada por nos agraciar com a sua presença, no seu próprio ritmo, srta. Wang – disse a srta. Blackburn assim que Elizabeth chegou... Na hora certa, Elizabeth poderia acrescentar.

Mas não havia motivo algum para se discutir com ela. A derrota era garantida.

Elizabeth não reagiu, escolhendo a opção segura.

– Sua nova colega de quarto finalmente apareceu. Ela está terminando o teste de acomodação enquanto cuido da papelada e do uniforme – falou Dona Morte.

O olhar de Elizabeth moveu-se para a porta antes de retornar para a expressão cansada da supervisora.

– Por que ela está fazendo o teste se você já a colocou em Turing?

A supervisora estreitou um pouco os olhos para Elizabeth. Como sempre, Dona Morte nunca parecia satisfeita quando questionada.

– Porque, srta. Wang, eu sei que você teve alguns problemas em sua casa anterior, logo a senhorita, dentre todas as pessoas, sabe quão importante é um ambiente acolhedor. A vida dela não tem sido fácil... e, sem viés algum, acho que a calma da Turing pode lhe fazer bem. Eu também a designei como a irmã de casa dela, e você está dispensada das aulas de hoje para mostrar as instalações e fazê-la se sentir bem-vinda na AAN. Está tudo claro?

Elizabeth só tinha mais perguntas, mas, em vez de fazê-las e enfrentar a ira ardente da supervisora, simplesmente fez um sinal de positivo com o polegar para a srta. Blackburn, o que a deixou descontente, mas, honestamente, não parecia haver reação que a satisfizesse, por isso Elizabeth considerou aquilo como uma vitória.

A srta. Blackburn consultou o relógio e assentiu consigo mesma.

– Ela já deve ter terminado. Volto em breve.

Enquanto a srta. Blackburn falava com a garota do outro lado da porta, Elizabeth esperou no lugar, deixando os seus pensamentos vagarem pelos planos que tinha para o dia.

Depois de mostrar o local à novata, iria falar com Webber depois do jantar, reunindo as evidências que tinha acumulado. Ela anotara tudo no Bloco de Notas e imprimiria tudo para que nenhum passo fosse monitorado pela escola, tal como eram o seu computador e o seu telefone. Da última vez ela não tinha provas, mas, daquela vez, era mais do que apenas a palavra dela contra a de Jude. Mesmo que Webber não a ouvisse, ela já havia agendado o envio de um e-mail para todos os contatos que tinha sido capaz de reunir, não apenas no conselho escolar, mas também para a polícia local.

Os Pescadores estariam acabados de uma vez por todas, não importava o que acontecesse naquele dia.

A porta se abriu e a srta. Blackburn saiu, seguida de perto pela garota que Elizabeth presumiu ser sua nova companheira de quarto pelos próximos dois anos.

– Sade, esta é sua irmã de casa e colega de quarto, Elizabeth Wang. Ela vai lhe mostrar os arredores e responder a todas as suas perguntas prementes – disse a srta. Blackburn, mas Elizabeth mal conseguiu se concentrar no que dizia.

Estava ocupada demais encarando o rosto familiar da garota à sua frente.

– Oi – disse a garota.

Elizabeth ainda estava congelada, perguntando-se se de alguma forma estava sonhando.

Como é que a sua amiga do fórum, PBJam08, estava ali, na sua frente?

– Olá? – Elizabeth enfim respondeu, percebendo que se tivesse ficado quieta por um segundo a mais teria deixado a situação bem constrangedora.

– Vejam só, vocês já se deram bem – disse a srta. Blackburn, e então começou a falar à novata, Sade, sobre vê-la depois do jantar ou coisa do tipo.

Elizabeth decidiu que não podia ser ela. Certamente, se fosse, ela também lhe diria alguma coisa, mas não havia um pingo de reconhecimento em suas feições.

A garota diante dela até podia ter o mesmo rosto de sua amiga do fórum, mas claramente não fazia ideia de quem era Elizabeth.

– Certo, então... uma volta rápida? – disse ela, forçando-se a deixar o assunto para lá.

Ignorar aquele desconfortável *déjà-vu*.

Como é que o povo dizia? Que cada pessoa tinha sete sósias vagando pela Terra?

Era possível que Elizabeth simplesmente tivesse conhecido uma de Jam.

PING!

O telefone dela apitou pela primeira vez durante o passeio pelas dependências da escola.

Elizabeth mostrava a Casa Turing para Sade quando recebeu a mensagem que viraria o mundo dela de cabeça para baixo.

Olá, Elizabeth. Escrevemos do escritório de admissões da Universidade Whitehall. Recebemos a sua mensagem e faremos o possível para retornar em até dois dias úteis.

Mensagem? Que mensagem?, ela pensou. Whitehall era uma das universidades no topo de sua lista de opções, mas ela ainda nem tinha dado início ao processo de inscrição.

O telefone dela vibrou com a chegada de outro e-mail, desta vez de uma conta anônima.

Se você tentar fuder com a gente, a gente fode com o seu futuro.

Anexada à mensagem estava uma foto dela que August havia tirado, uma que ela nunca tinha visto.

Eles não fariam isso.

Elizabeth sentiu sua visão ficando turva, mas então se lembrou de que tinha companhia.

Encontrou os olhos preocupados de Sade e se forçou a sorrir. A continuar o passeio como se não houvesse nada errado.

Ela nem sequer reagiu quando viu o rato morto ao chegarem no quarto dela. Escutara a mensagem deles em alto e bom som.

Se ela dissesse alguma coisa, eles iriam machucá-la.

E ela tinha a sensação de que os Pescadores cumpririam aquela promessa sem dificuldades.

ELA RECEBEU MAIS MENSAGENS DAQUELE tipo ao longo do dia. Cada vez mais ameaçadoras. A última a abalou profundamente.

Colocava em risco sua bolsa de estudos.

– Está tudo bem? – Sade perguntou.

Não, eu não sei se algum dia vai ficar tudo bem, Elizabeth teve vontade de responder. Mas, em vez disso, disse a Sade que tinha tarefas do laboratório para fazer e que a veria mais tarde.

Elizabeth passou horas com a sósia de PBJam08 e decidiu que gostava dela.

Talvez fosse uma opinião enviesada, ou o fato de que se sentia tão triste e Sade ter sido tão gentil com ela.

Esperava que pudessem ser amigas.

PING!

Elizabeth estava começando a detestar o barulho do próprio telefone. Não saíra da estufa como dissera a Sade. Estava com muito medo. Ninguém conseguia encontrá-la ali em cima – afinal, ela tinha a chave – e ficaria ali para sempre, se pudesse.

Já fazia um tempo que cancelara o envio do e-mail para todas as pessoas importantes a que planejava contar.

Nem se daria ao trabalho de ir atrás de Webber. Qual era o intuito, quando eles poderiam lhe causar tanto mal?

Em vez de ler a última ameaça dos Pescadores no telefone, ela enviou uma mensagem para um número que não contatava havia muito tempo.

E: Ei, podemos conversar, por favor

Estava certa de que não obteria resposta, mas dez minutos depois o telefone vibrou em sua mão com uma resposta.

A: ok.

Elizabeth se percebeu soltando o ar.

E: Lugar de sempre? 15 minutos

A: ok.

Poucos minutos depois, ela estava no bunker da Casa Franklin.

Não ia ali havia quase um ano – desde a briga com April.

A maior parte das coisas parecia igual, mas estava claro que April ainda frequentava o espaço. A decoração tinha mudado.

Elizabeth ouviu um baque quando a ex-colega de quarto desceu a escada do bunker até o amplo espaço escuro.

– Oi – disse Elizabeth.

April olhou para ela com frieza.

– Você queria conversar. Não tenho muito tempo... Francis está esperando por mim lá em cima.

Elizabeth ouvira falar que April tinha começado a namorar Francis no final do segundo ano. Foi um choque para ela, visto que Francis não parecia ser o tipo de April.

Ela geralmente preferia o tipo riquíssimo e formal, não o tipo maconheiro rico-mas-não-tão-rico-quanto-ela.

Mas cada um com seu gosto, Elizabeth pensou. Talvez fosse o fato de ser o enteado do diretor que o tivesse tornado um candidato a altura de uma Owens.

– Eu queria falar com você sobre Jude.

April revirou os olhos.

– Isso de novo não...

– Ele me estuprou – disse Elizabeth.

As palavras saíram com facilidade desta vez. O desespero tornava mais fácil contar. April parecia em choque.

– O quê?

– Foi isso o que August viu... E ele, o seu irmão, não fez nada. Ele até enviou fotos minhas para Jude. Ia denunciar isso para a escola, mas August e Jude ameaçaram me machucar se eu fizesse isso.

April não se movia. Apenas encarava Elizabeth em silêncio, e foi então que Elizabeth percebeu que alguma coisa tinha mudado em April.

Alguma coisa na expressão dela...

– Por que você entrou em contato comigo? O que acha que posso fazer? – April respondeu com frieza.

Aquela não era a resposta que Elizabeth esperava.

– Eu... não sei. Eu me sinto tão perdida, não sei mais o que fazer... Preciso da ajuda de alguém.

Mais uma vez, April não disse nada. Apenas observou Elizabeth em silêncio e depois desviou o olhar, subiu a escada e, sem dizer mais nada, largou Elizabeth sozinha no bunker.

ELIZABETH SABIA QUE ERA UMA péssima ideia. Qualquer pessoa com um cérebro acharia uma péssima ideia.

Mas ela estava desesperada.

Depois de ser abandonada no porão da Casa Franklin pela garota que um dia pensara ser sua amiga, Elizabeth vagou pelos arredores do campus, ponderando sobre as opções que tinha, e por fim chegou à única que ainda não havia tentado.

Pegou o telefone, o seu último recurso.

E: Me encontre no lugar de sempre

Ela conversaria cara a cara com August, em um lugar onde ele não pudesse fugir ou se esconder.

E, para August, aquele lugar era a piscina.

DEMOROU UM POUCO PARA ELA reunir coragem. Voltou ao quarto para olhar as paredes onde registrara todos os seus planos.

Sua confiança prévia parecia quase cômica.

Enxugou os olhos, fungou e depois foi em direção à janela.

Era de conhecimento geral que a única forma de não ser apanhado ao sair perto do toque de recolher era usando a varanda. Daquela forma, a criteriosa Jessica não a pegaria nem a repreenderia por sair tão tarde.

Elizabeth saiu apressada, tentando se manter o mais quieta possível. Só quando já estava no chão lhe ocorreu que tinha deixado a chave do quarto para trás. *Bom trabalho, Elizabeth,* pensou enquanto caminhava pelos pontos cegos da escola para chegar ao Centro Esportivo Newton, onde August passava grande parte do tempo treinando.

Antes de entrar, abriu o aplicativo Friendly Links e enviou alguns sanduíches para Baz – o código deles para *problemas* –, para caso algo desse errado. Se ela se machucasse, pelo menos o amigo saberia onde encontrá-la.

Então abriu o aplicativo de gravação, apertando o botão vermelho para se sentir mais segura antes de guardar o telefone no bolso.

Às vezes, quando ia ao Newton, ela encontrava August na piscina principal, já nadando, quase obsessivamente.

Na maioria das vezes, porém, eles ficavam na área da nova piscina. Estava em construção, o que queria dizer que era improvável que fossem vistos.

Assim ela poderia continuar a ser o segredo dele.

Mas, quando ela chegou, ele não estava na piscina principal nem na nova.

Será que esse dia consegue piorar?, Elizabeth pensou, cercada por andaimes e máquinas.

Ele não tinha aparecido.

Típico de August. Decepcionando-a e machucando-a, tudo ao mesmo tempo.

Estava prestes a ir embora quando ouviu passos.

E então, uma voz.

– Veio até aqui para causar mais problemas, Liz? – A voz de Jude Ripley saiu daquele jeito malicioso, controlado e confiante de sempre.

Ela se virou e, ao encará-lo, não ficou surpresa ao ver que ele tinha companhia.

Como uma espécie de versão distorcida de um anjo da guarda, Jude estava diante de August. Ou mais parecido com Cérbero, o demoníaco cão de três cabeças de Hades.

Elizabeth sentiu o coração palpitar.

Ver Jude era doloroso; saber o que ele tinha feito com ela, mas não ter nenhuma lembrança daquilo. E ele olhava Elizabeth como se ela fosse um objeto que ele gostaria de consumir novamente.

Ela cruzou os braços e deu um passo para trás.

– Vim conversar com August.

– Sobre o quê? – Jude perguntou, aproximando-se.

– É pessoal – ela respondeu.

Jude ergueu a sobrancelha e a olhou de cima a baixo. Antes que Elizabeth pudesse impedi-lo, ele enfiou a mão no bolso dela, tirou o telefone que gravava, jogou-o no chão e o esmagou com o salto do sapato de grife.

O coração de Elizabeth disparou enquanto observava aquilo acontecer.

– Foi uma jogada muito, *muito* amadora. August não quer falar com você; ele me contou sobre o seu esqueminha de chantagem. E agora estou vendo com os meus próprios olhos. É cativante, um esforço tolo, mas ainda assim cativante.

Aquilo a deixou com muita raiva, a maneira como Jude falava com ela, como parecia indiferente a tudo.

– Por que August não fala por si mesmo, então? – Elizabeth perguntou.

– Eu não sou... Nós não somos os vilões, Liz. Você que é – disse August, evitando olhar para ela.

Elizabeth olhou ao redor em busca de câmeras. Tinha que haver alguma ali. A AAN, não tinha a melhor das seguranças para um escola privada, mas aquele era um prédio público, logo devia ter câmaras mesmo que a piscina ainda não estivesse terminada, certo? Ela ficaria bem.

Por isso ela caminhou até August sem pensar duas vezes, passando por Jude como se ele fosse invisível.

– Compartilhar aquelas fotos e não fazer nada depois de me ver sendo agredida naquela noite faz de você o vilão, August – disse Elizabeth, os olhos vidrados.

– Uau, agressão? Sério, Liz? Você vai vir com essa? – disse August, parecendo chocado.

– Não estou vindo com nada. Foi o que aconteceu – ela respondeu.

Ele balançou a cabeça, claramente não querendo acreditar em uma só palavra do que ela tinha dito.

– Você me conhece, August. E eu o conheço. Você não acredita nisso. Você sabe o que o seu melhor amigo é. Ele é um estuprador...

– Não diga isso – disse August, fechando os olhos.

– Você sabe que acredita em mim, August. Então, por favor, me ajude – falou calmamente, aproximando-se dele.

Elizabeth sabia que ele era tão culpado quanto todos os garotos daquele grupo de mensagens, não apenas porque tinha enviado as fotos dela, mas também por permanecer calado e deixar tantas coisas acontecerem com muitas garotas, inclusive com ela.

Alguém que ele dizia amar.

Se ele chegou a me amar, se ainda me ama, ele vai fazer alguma coisa agora.

Elizabeth ouviu o som das palmas lentas de Jude, como se ele estivesse aplaudindo uma apresentação que acabara de testemunhar.

– Uau. Seria tão fácil acreditar em você se eu já não tivesse conhecido tantas garotas iguais – disse Jude. – Este é o problema com vocês... de todas vocês. Vocês falam que não foi consensual quando se deparam com as consequências. Você estava atrás de mim havia semanas, querendo aquilo. Ninguém me vê reclamando – concluiu Jude.

Havia uma cadência no tom dele que quase fazia parecer que via muita graça em tudo aquilo. Jude estava ainda mais perto dela. Tão perto que ela quase podia sentir seu hálito.

Isso fez o sangue dela ferver e a visão ficar turva de raiva. Elizabeth o empurrou e ele tropeçou de leve, escorregando um pouco, mas ainda sorrindo. Como se tudo aquilo fosse uma brincadeira.

– Eu te odeio e espero que você apodreça em uma cela. Não me importo com as suas ameaças ou com o que você tentar fazer comigo. Desde que você esteja atrás das grades, esse será o meu consolo. Porque você é um estuprador, Jude. Você é um estuprador e um covarde – disse, gritando tanto quanto a dor que sentia no peito.

O rosto dele se transformou. Os olhos se estreitaram e, antes que Elizabeth se desse conta, Jude a atacava com destreza, agarrando o pescoço dela e a jogando contra as paredes de azulejos. Com força.

Elizabeth pensou ter ouvido um estalo.

– O que você me disse? – ele cuspiu, o rosto vermelho e endurecido.

– Jude, pare... – August falou debilmente.

– Você não é *nada*. Não sabe disso? Ninguém vai salvá-la. Tente espalhar essas mentiras sobre mim. Você *vai falhar*. Sempre vai falhar – disse, o punho tremendo ao tentar arrancar o último sopro de vida de dentro dela.

De repente, Jude a soltou. Foi quando August o puxou e deu um soco.

Jude cambaleou para trás segurando o queixo, olhando para o amigo com uma expressão de choque e traição.

Elizabeth tossiu e arquejou, se recuperando.

Jude se recompôs, caminhou rapidamente na direção de August e o empurrou para trás.

– O que caralhos tem de errado com você? Eu te defendi daquela vagabunda – disse, empurrando-o novamente. – É assim que você me retribui?

Outro empurrão.

– Eu vou te matar – August gritou, tentando atacar Jude outra vez, mas Jude foi mais rápido.

Elizabeth tentou aproveitar a oportunidade para fugir rapidamente, mas, ao passar por eles, Jude se esticava para empurrar August novamente, no entanto suas mãos encontraram Elizabeth.

Ela se sentiu caindo.

Por tanto tempo que devia estar caindo na boca aberta da piscina vazia e inacabada. Bateu a cabeça no chão e, desta vez, sabia que a rachadura era real.

Por um momento, tudo escureceu.

Ao longe, ela ouviu August perguntar:

– O que vamos fazer? Ela não está se mexendo.

– Precisamos deixá-la – ouviu Jude responder ao longe.

– Alguém vai encontrá-la! – August respondeu.

– Pelo menos não vão encontrá-la com vida – disse Jude.

Houve uma pausa. Os passos agudos dos sapatos de Jude nos ladrilhos, e então ela ouviu um zumbido. *Que nem o de uma máquina.*

– Por que você ligou a máquina? Não vai dar certo. Vão saber que você esteve aqui...

– Relaxa, Auggie. Não espero que o concreto cubra tudo. É só para mostrar a *quem* vier procurar que alguém estava brincando com o maquinário. Quem vai poder se opor à história de que Elizabeth veio até aqui, mexeu em alguns botões e, *oops*, acidentalmente caiu lá dentro? Ela não é lá muito confiável, não é?

– Mas a gente não pode simplesmente ir embora...

– Vamos. Já é tarde demais para ela – Elizabeth ouviu Jude dizer enquanto a máquina zumbia.

Elizabeth conseguia escutar o barulho de algo viscoso caindo na piscina. Concreto.

Ela seria enterrada viva.

Pensou no que significava morrer sufocada. Ficar deitada ali, sem que ninguém soubesse de seu paradeiro, possivelmente para sempre.

Tentou se levantar, querendo lutar, mas era esforço demais com a cabeça latejando toda.

Não tinha certeza de quanto tempo tinha permanecido deitada, mas, quando já começava a aceitar o seu destino, ouviu o som de uma discussão sussurrada.

– O que aconteceu? Cadê ela? – Era uma voz familiar.

– Lá dentro... Ela está na piscina.

ELIZABETH MAL ASSIMILOU O QUE aconteceu a seguir, a visão turva por causa da queda. Mas lá estava ela, completamente vestida, tomando um banho quente, a água caindo sobre ela, batendo em sua cabeça latejante.

Estava convencida de que tinha morrido e que aquele era um purgatório bizarro.

– Qual é o seu problema, August? – disse a voz familiar.

– Não sei – respondeu August, parecendo choroso.

– Vou dar um jeito nisso, como sempre.

– Como?

Houve um suspiro.

– Vou fazer algumas ligações, providenciar um carro e mandá-la para casa. Fazê-la ficar quieta e me certificar de que nada disso venha à tona...

Elizabeth saiu lentamente do banho, desorientada enquanto rastejava em direção à porta entreaberta do banheiro. Pela fresta, viu que April e August não estavam de frente para ela. Estavam conversando num canto.

Observou April mandar August dormir um pouco e depois mandou que ele saísse pela porta dos fundos.

Observou April suspirar, olhar para o céu, enxugar o rosto com força e depois caminhar em direção à porta do banheiro. Elizabeth recuou quando a porta se abriu.

April pareceu surpresa por ver Elizabeth no chão, fora do chuveiro.

Elizabeth enxergou aquilo como a sua chance de se defender.

– Eu ouvi o que você disse a ele – Elizabeth falou, batendo os dentes. – Você não pode simplesmente me mandar embora...

– Não é o que eu planejava fazer – respondeu April.

43

PRESENTE
SEGUNDA-FEIRA

– **ACHEI QUE A MINHA HORA** tivesse chegado. – Elizabeth olhou para Sade, inabalada. – Eu estava esperando que o anjo da morte viesse coletar minha alma, mas ele nunca apareceu. De alguma forma, eu ainda estava viva. Parece que August se sentiu culpado, contou a April e eles me resgataram e me levaram ao dormitório dela. April disse a August que iria se livrar de mim, mas, vendo o que tinha acontecido, ela pareceu enfim acreditar em mim. Acreditou em tudo que eu falei sobre o irmão dela. Ela se ofereceu para me conseguir um atendimento médico de verdade, mas eu estava com muito medo de que eles me encontrassem. Enquanto eu permanecia no bunker, Jude ainda pensava que eu tinha morrido e August ainda pensava que April tinha resolvido tudo para ele. Achei que o meu ferimento na cabeça estivesse cicatrizando. Os sintomas da concussão foram desaparecendo lentamente e, embora eu soubesse que provavelmente precisaria de pontos, como minha mãe era enfermeira, eu me lembrei do que ela havia dito sobre manter os ferimentos limpos para evitar infecções. Só que eu fui piorando e agora... cá estou. Fora isso, eu não tinha nenhum plano de verdade. Mas a culpa de deixar Jude e os Pescadores escaparem impunes era um fardo maior do que o medo que eu tinha de ser encontrada. Eu só precisava de alguém para ver e expor tudo. April queria ajudar, mas por motivos próprios não podia fazer isso sozinha, e visto que você estava no meu quarto, com todas as evidências, imaginei que essa pessoa pudesse ser você.

"Eu mandei ela se aproximar de você para conseguir a chave do seu quarto; mandei ela entrar e colocar a caixa de música com todas as minhas anotações em algum lugar que você pudesse encontrar facilmente. Quando isso não pareceu funcionar, pedi a ela que arrumasse lâmpadas ultravioleta, para relevar o que estava escrito na parede. Eu esperava que você tivesse se dado conta bem antes..."

– Por que a April simplesmente não me contou? Em vez de plantar coisas e esperar que eu fizesse alguma coisa?

– Você teria concordado se uma garota que você nunca viu te contasse coisas sobre um garoto que você não conhece? – Elizabeth perguntou.

Os olhos de Sade encontraram o chão. Elizabeth não sabia toda a verdade. Que Sade o conhecia. Ela *sabia* exatamente quem Jude era e do que ele era capaz, e se April tivesse lhe contado, poderia ter encontrado Elizabeth antes.

Mas Sade não contou isso a Elizabeth. Não podia.

Sade queria fazer tantas perguntas, então fez a primeira da lista.

– Por que eu?

– O que você quer dizer com isso? – ela respondeu.

– Por que você não pediu a April para deixar tudo no quarto de Baz, ou por que não enviou um bilhete diretamente para ele? Por que achou que uma completa desconhecida descobriria o que estava acontecendo?

Elizabeth olhou para ela como se não estivesse dizendo tudo. Olhou para Sade como se elas se conhecessem.

– Eu só esperava que você entendesse, e você entendeu. O mínimo que eu podia fazer era contar a verdade à polícia. Eu disse a eles que August deve ter matado Jude.

– E eles acreditaram em você? – Sade perguntou.

Elizabeth não estava presente; por que acreditariam?

– Bem, eu contei a eles o que August e Jude fizeram comigo. Contei sobre a amizade fodida deles, o modo como sempre brigavam e como August às vezes ficava tão irritado com Jude que ameaçava matá-lo. Contei a eles tudo o que precisavam ouvir para duvidar da inocência de August.

Sade franziu as sobrancelhas.

– Mas você não acha que August realmente fez isso.

Elizabeth sacudiu a cabeça.

– Eu lhe garanto, ele está longe de ser inocente. Aconteça o que acontecer com August agora, ele merece enfrentar as consequências.

44

TERÇA-FEIRA

FUTUROS BRILHANTES

O CONSELHO ESCOLAR JÁ TINHA chegado a um veredicto sobre como lidar com a situação envolvendo Os Pescadores.

Concordaram em afixar cartazes sobre bullying na escola e agendaram assembleias sobre os perigos de usar drogas. Não tomariam nenhuma ação além dessas em relação aos meninos apontados pelo site.

A resposta deles foi não responder. As palavras *agressão sexual* ou *estupro* não foram mencionadas nem uma única vez.

O que, claro, não era surpreendente, já que muitos dos rapazes tinham contatos no mesmo conselho que tomara aquela decisão muito "difícil".

Na declaração que emitiram, inclusive, foi dito: "Não podemos simplesmente permitir que o futuro promissor destes garotos seja desperdiçado por causa de evidências infundadas levantadas, ao que parece, por uma única pessoa".

O quarto 313 parecia tão frio e assustador como sempre.

Embora soubesse que Elizabeth agora estava em segurança, Sade sentia a presença de Jamila a observando como sempre fazia. Sentindo a irmã gêmea irritada com ela por não ouvir. Por Sade não ter saído da escola quando ela pediu. Por optar por investigar o passado e embarcar naquela perigosa missão dentro da AAN.

Os meninos pararam de atualizar o chat, provavelmente sabendo que agora havia alguém os observando, levando em consideração tudo o que estava no site. Ela duvidava muito que aquilo significasse o fim das travessuras deles. Provavelmente tinham migrado o clube de cavalheiros dele para algum outro aplicativo mais seguro.

Sade não pôde deixar de sentir que falhara com todo mundo.

Sim, Jude estava morto, mas tinha sido transformado em mártir pela polícia e pela escola. Os outros garotos ainda vagavam pelos corredores exalando o poder de sempre, enquanto suas vítimas estavam mortas, feridas ou sofrendo em silêncio.

Sade não conseguia tirar o conteúdo do chat da cabeça.

Havia muitas fotos, conteúdo de vários anos. Era difícil dizer onde e com quem tudo aquilo tinha começado, mas não era exclusividade dos meninos da AAN. Estava em todo lugar.

Nas escolas, onde as pessoas deveriam ser protegidas pelos professores. Onde, às vezes, os próprios professores ofereciam perigo.

Nas comunidades menos favorecidas, onde as pessoas abusavam do poder que exerciam com tanta facilidade.

Em casas pelo mundo todo.

Em todos os lugares.

Meninos tinham tudo. O mundo fora e sempre seria deles. Sade aprendera a temer os homens que tinham tudo, porque nem a lua, os céus e a terra eram capazes de saciá-los.

Ela decidiu que não poderia ficar sozinha com os seus pensamentos por muito mais tempo e então se levantou, pôs as botas e a jaqueta e deixou o quarto, abandonando junto os seus fantasmas.

– É besteira – disse Persephone, com o rosto franzido.

Meia hora depois, Sade estava na sala comunal da Seacole com Persephone e Baz, que, para a surpresa dela, responderam imediatamente ao seu pedido de socorro no grupo das Minas Marrons (ideia de Baz) e se mostravam mais do que contentes em fazer companhia a ela e impedi-la de enlouquecer por conta própria.

Basil preparava um chá e Persephone segurava Muffin nos braços. Ao ver o roedor furtado pela primeira vez, ela franziu a testa e perguntou a Baz o que diabos era aquela coisa e por que estava no quarto dele, ao que ele respondeu:

– É a minha porquinha-da-índia, Muffin. – Segurava-a perto do rosto dela para que o animalzinho redondo ficasse no nível dos olhos de Persephone.

– Basil, se você não tirar esse porquinho-da-índia da minha cara, juro que vou te matar – dissera Persephone.

Ele prontamente afastou Muffin dela.

Mas, àquela altura, ali na sala comunal, ela tinha se tornado bem íntima do animalzinho de estimação.

– Como diabos aqueles cartazes antibullying baratos ajudam quando tantas estudantes estão sendo prejudicadas bem debaixo do nariz da administração escolar? Precisamos ir além do conselho da escola – continuou Persephone.

Muffin reclamou e Persephone lhe pediu desculpas.

– Desculpa, não tive a intenção de puxar o seu pelo. Só estou com raiva dos idiotas machistas que fazem parte do conselho escolar.

A maior parte do corpo discente não foi informada sobre Elizabeth. Tudo foi tratado como segredo. Sade se perguntou se os professores sabiam ou se Webber também escondia aquilo deles. Como alguma coisa mudaria se ninguém sabia o que de fato acontecia?

– Mas o que é superior ao conselho escolar? – Sade perguntou.

Persephone suspirou, olhando para o teto em busca de respostas.

– Não tenho certeza.

– Alguém quer chá? – Baz perguntou, emergindo pelas portas da copa momentos depois com uma bandeja de chá e biscoitos.

Ele estava bem melhor desde que Elizabeth fora encontrada, embora Sade suspeitasse que Elizabeth não tivesse revelado a ele tudo que contara para ela.

– Por que não? – Persephone disse à guisa de resposta, e Baz alegremente serviu-lhe uma xícara do líquido fumegante e marrom.

Sade observava o site deles em seu telefone, imaginando como alguém poderia ver tudo aquilo e não querer fazer nada.

Se ao menos Webber e as pessoas do conselho não tivessem tanto poder.

Ela se lembrou do que Elizabeth dissera sobre Webber, como, para ele, era uma questão da palavra dela contra a de Jude...

– E se for a nossa... Ou, bem, a palavra do site contra a deles... – Sade falou mais para si mesma.

– O quê? – Persephone perguntou enquanto tomava um gole de sua xícara de chá.

Sade a olhou.

– Estávamos muito focadas em destacar os supostos erros dos perpetradores. E precisávamos fazer isso, porque não falamos com as vítimas, não fomos atrás das histórias delas. Mas agora é a hora de mudar isso. O que é mais poderoso do que Webber e o conselho escolar? Nós... Nós somos.

Persephone e Basil compartilhavam a mesma expressão perplexa.

Sade pensou naquele banheiro grafitado. Aquele com a mensagem que dizia:

Michael O'Connell é um estuprador.

– Precisamos de uma nova seção no site onde as pessoas possam compartilhar de forma anônima as suas histórias com esses meninos.

– Você acha que a escola vai se importar com isso? – Baz perguntou. – Porque eles não parecem se importar, apesar das evidências mostradas.

– Acho que precisamos superá-los em número. Eles certamente vão se importar se isso afetar a reputação deles. Imagina se um jornal local soubesse que uma escola como a AAN está ignorando os relatos dos alunos. Imagine se os pais vissem. Somos mais poderosos do que eles querem que pensemos. Penso que devemos usar isso ao nosso favor.

NO MEIO DA NOITE, FOI acordada por um alerta de seu computador. Ela se sentou, com o coração batendo forte enquanto se levantava rapidamente da cama e ia até a escrivaninha para abrir a mensagem.

A princípio, esperava que fosse outro e-mail anônimo ameaçador, pedindo-lhe para deixar as coisas do jeito como estavam.

Mas era um tipo diferente de mensagem anônima.

Não Tão Nobre, estou com um problema..., dizia .

Era o primeiro relato deixado na caixa de mensagens anônimas do site que Sade criara naquela tarde, quando estava com Persephone e Baz.

Sade leu, sentindo um arrepio percorrer o corpo durante a leitura do relato.

Então houve outro alerta. Relato de outra aluna.

Quando o sol nasceu, Sade ainda estava acordada, debaixo das cobertas. Já tinham recebido quinze mensagens, cada história tão angustiante quanto a anterior.

Sade não sabia dizer se era a raiva que sentia pela situação, pela hora da manhã ou por ambos os motivos, mas de repente teve uma ideia.

Saiu do site e procurou os endereços de e-mail dos jornais locais. Então encaminhou o link do site para cada um.

Quando finalmente adormeceu, sonhou que a escola inteira pegava fogo. Sade segurava o galão de gasolina; e Elizabeth, o fósforo.

• • •

QUARTA-FEIRA

FOI PERTURBADORA A RAPIDEZ COM que as coisas se desenrolaram na escola.

Não houve tempo para processar a dor.

Uma estudante desapareceu, outro morreu, alegações de abuso... E, no entanto, nada no mundo parecia ser capaz de impedir uma prova surpresa.

O sr. Michaelides estava doente – tinha passado a semana toda sem aparecer, por isso o substituto dava tarefas aleatórias nas aulas de inglês.

Sade desejou que estivessem assistindo a um filme, como tinham feito no dia anterior, para poder pegar o telefone escondido e verificar as mensagens do site.

Naquela manhã elas estavam na casa dos trinta. Estranhamente, algumas mensagens não eram de alunos da AAN.

– Eu definitivamente fui mal – disse Sade a Persephone quando saíram da aula.

Persephone abriu o armário para pegar o livro para a próxima aula.

– Tenho certeza de que não é verdade.

Sade revirou os olhos.

– Você é literalmente a mestra das provas. Tudo que você faz é perfeito.

Persephone voltou-se para ela com um sorrisinho.

– Que bom saber que você me acha perfeita.

Sade retribuiu o sorriso, ignorando a forma como o seu estômago deu uma cambalhota e o seu coração disparou em resposta.

Os corredores pareciam mais movimentados do que o normal. Era algo que notara no começo do dia, mas a agitação só pareceu aumentar à medida que a dupla se aproximava do refeitório.

– O que está acontecendo? – Sade perguntou, mas Persephone apenas encolheu os ombros.

Quando entraram, sua pergunta foi finalmente respondida.

Todo o barulho e os olhares de esguelha estavam voltados para uma mesa perto dos fundos.

Onde estava August Owens, comendo um prato de macarrão como se não fosse nada.

Como se não tivesse sido detido por suspeita de assassinato na segunda-feira.

August ergueu o olhar, percorrendo a multidão de espectadores, e então o deixou pousar em Sade, que podia jurar tê-lo visto sorrir.

Xeque-mate, Sade imaginou que ele diria.

Um arrepio a percorreu.

– Não precisamos ficar aqui – falou Persephone, resoluta.

Sade olhou para a mesa onde August costumava ficar com a irmã e com aqueles que ela acreditava serem dignos de prestígio, mas a mesa estava vazia.

Sade assentiu, encarando August nos olhos.

– Vamos.

Dirigiram-se para o local a que sempre fazia sentido ir: a biblioteca.

Persephone foi pegar algo para comer na máquina de venda automática enquanto Sade se dirigia ao lugar habitual delas. A mente repleta de perguntas sobre o retorno repentino de August.

Quando chegou à mesa, ficou surpresa por ver Baz ali.

Ele parecia nervoso com alguma coisa. Sade percebia pela maneira como ele devorava ansiosamente um saco inteiro de biscoitos.

– Baz? – disse.

Ele a encarou, saindo de seu torpor.

– Ah, oi, eu esperava que você viesse aqui na hora do almoço. Te mandei umas mensagens, mas imaginei que você desligasse o telefone durante as aulas. Persephone está aqui?

– Está tudo bem?

– A pessoa que matou Jude foi pega – disse ele.

Uma mistura confusa de emoções a percorreu. Ansiedade, alívio, vazio, opressão. Acima de tudo, sentia o sentimento de destruição iminente.

Ela conseguia ouvir as batidas do próprio coração.

– *Quem? Como?* Foi por isso que soltaram August? – Não fazia sentido. Ele ainda era culpado por machucar Elizabeth.

Baz franziu o cenho.

– Eles soltaram August?

– Sim, ele está lá no refeitório neste mesmo momento, comendo o especial do almoço – disse ela.

– Acho que o pai deles deve ter dado um jeito. Ele conhece pessoas em cargos importantes e provavelmente seria fácil subornar um juiz, já que ele próprio é um juiz aposentado... Provavelmente livrou a cara de August ou algo assim.

– Quem eles pegaram? – Sade o interrompeu, percebendo que Baz ainda não lhe dissera isso.

– April – disse ele. – Ela confessou.

EIS A ARMA, LÁ POR TI[8]

Querido diário,

Já é tarde demais para mim?

---

[8] Um anagrama

45

QUINTA-FEIRA

A RAINHA ESTÁ MORTA

APRIL ESTAVA SOB CUSTÓDIA. E era o assunto de toda a escola.

A abelha-rainha tinha caído e, segundo a confissão dela, não apenas assumia ter matado Jude, como ser a mentora do site.

– Por que ela está mentindo? – Persephone perguntou, andando pelo dormitório de Sade.

– Talvez ela saiba que nós criamos o site e queria nos proteger. O pai dela é influente no meio jurídico. Talvez soubesse que ficaria bem, não? – Sade ofereceu em resposta, mas Persephone balançou a cabeça.

– É mais do que isso. Eu a conheço. Tem alguma coisa que ela não está contando.

Uma batida soou à porta e Sade foi abri-la, mas Persephone foi mais rápida.

Quando a porta se abriu, ela pareceu perplexa.

– Quem é você? – perguntou.

– Hum... este é o quarto da Sade, não é? Baz me mandou vir para cá para me encontrar com ele aqui.

Persephone ainda o olhava com desconfiança, mas Sade reconheceu a voz imediatamente.

– Olá, Kwame, pode entrar – disse.

Baz pretendia se juntar a eles, mas uma denúncia anônima delatara que ele estava abrigando um porquinho-da-índia roubado em seu quarto. Ele suspeitava que tinha sido o seu simpático colega de quarto, Spencer, quem finalmente o delatara.

– Onde ele está? – Kwame perguntou, pegando o laptop.

– Detenção – respondeu Sade.

Kwame pareceu um pouco preocupado, mas não muito surpreso.

– Estou com o que ele disse que você queria, a transcrição. Chegou hoje de manhã.

– Sim, obrigada – disse Sade, pegando a bolsa para pagar. – Baz já te recompensou pelo seu tempo?

Kwame sorriu e assentiu.

– Pode-se dizer que sim.

– Certo, bem, na verdade preciso de seus serviços para mais uma coisa... Você consegue acessar o histórico dos alunos?

– Provavelmente – disse Kwame.

Sade assentiu.

– Você poderia encontrar o histórico desses alunos, por favor? – ela perguntou, anotando os nomes e os passando para Kwame.

TRANSCRIÇÃO DA ENTREVISTA

Sem censura

POLICIAL: Esta entrevista está sendo gravada. Sou o POLICIAL STEVENS e estou na delegacia de Blackhurst. Por favor, diga o seu nome completo.

AO: É realmente necessário gravar isso?

POLICIAL: Sim, para os nossos arquivos. Você foi avisada que a entrevista seria gravada.

AO: Que seja, qual foi a pergunta mesmo?

POLICIAL: O seu nome completo.

AO: April Piper Owens.

POLICIAL: Obrigado, April. Então, como você disse quando conversávamos há pouco, você estava naquela festa, certo?

ADVOGADO DE AO: Ela estava.

POLICIAL: Desculpe, precisamos ouvir as respostas de April.

AO: Sim, eu estava.

POLICIAL: E você me disse que a vítima, Jude Ripley, te

encurralou e tentou te machucar. Você poderia, por favor, para que conste, repetir a sua declaração anterior?

AO: Minha confissão?

ADVOGADO DE AO: Para que conste, é uma declaração, não uma confissão.

AO: Quero dizer minha declaração.

POLICIAL: Sim, isso.

AO: Jude estava chapado... como sempre. Ele me pediu para conversar com ele no quarto, porque namoramos no passado e acho que ele queria encerrar o assunto. Eu estava errada, ele queria voltar. Falei a ele que não estava interessada e ele tentou me machucar, então eu me defendi e ele parou de respirar.

POLICIAL: Como exatamente você se defendeu?

AO: Ele tentou me estrangular. Consegui revidar, depois subi nele e o segurei pelo pescoço e ele parou de respirar.

POLICIAL: Hum... Bem, você está certa ao dizer que a causa da morte dele foi asfixia causada por estrangulamento, mas as suas mãos são muito menores do que as marcas de mãos no corpo dele. Aqui está a foto das marcas no pescoço dele. As mãos parecem mais grossas pelas impressões.

AO: Eu estava usando luvas.

POLICIAL: Numa festa?

ADVOGADO DE AO: Desculpe, como isso é relevante?

POLICIAL: É só para que possamos ter uma visão completa da noite.

AO: Sim, as luvas combinavam com a minha roupa.

POLICIAL: Certo, bem. As luvas que você apresentou como prova ainda estão sendo examinadas. Você também poderia apresentar as roupas que usou naquela noite?

AO: Acho que o meu pai já deu um jeito nisso.

[Tosse]

POLICIAL: Entendo... Devo ter deixado isso escapar, então. Bem, enquanto esperamos que tudo isso seja processado, esclareça uma outra coisa. Você admitiu anteriormente ter criado aquele site que estamos investigando, não? Aquele que detalha a vida privada dos meninos da sua escola.

AO: Sim. E eu não chamaria agressão sexual de vida privada.

POLICIAL: Tudo isso ainda está em debate, não é? Bom, só para constar novamente, gostaríamos de saber os seus motivos e justificativas para a criação do site.

AO: Eu estava entediada.

POLICIAL: Só isso?

AO: Sim.

POLICIAL: Srta. Owens, você entende que está confessando ofensas graves?

AO: Sim. Eu entendo.

ADVOGADO DE AO: Novamente, trata-se de uma declaração, não de uma confissão. Também entendemos que esta entrevista é apenas uma formalidade gentilmente arranjada pelo colega do sr. Owens, que acredito ser o seu chefe. Ela concordou e respondeu a todas as suas perguntas, então seria ótimo se pudéssemos encerrar esta entrevista, por favor.

POLICIAL: Entendo. Bem, obrigado, April, pelo seu tempo. Como você sabe, não posso manter você ou o seu irmão sob custódia. Mas estaremos em contato com os advogados do seu pai.

AO: Tudo bem por mim.

SADE REVIU A TRANSCRIÇÃO DA entrevista de April mais de uma dúzia de vezes.

Persephone estava certa. Havia alguma coisa *errada* naquilo.

Mas Sade sempre achou que tinha alguma coisa de *errado* com April. Uma desconexão. Daquela vez, porém, a sensação desagradável vinha de suas palavras, e não de sua energia.

Não parecia a confissão de um crime hediondo. Não havia culpa evidente.

April estava apenas recitando o que ela parecia saber ser verdade. De alguma forma, ela sabia que Jude tinha sido estrangulado até a morte.

April *estava* protegendo alguém.

Mas quem?

Sade não tinha certeza do que pensar daquela situação ou de April.

O alerta do site soou e a barra de notificação mostrou que setenta e sete pessoas já haviam enviado relatos anônimos. Mais e mais continuavam aparecendo a cada dia.

Sade se viu clicando no relatório policial que Kwame havia lhe dado e mexendo nas informações do telefone clonado.

Clicou nas fotos de April em uma das festas. Era a foto que anteriormente fizera Sade pensar sobre o envolvimento de April em tudo aquilo. Sade não parava de pensar a respeito. Especialmente agora.

Abriu os históricos de Jude, Francis e August que ela havia pedido a Kwame, e olhou da foto para os arquivos.

Enquanto olhava para a foto, Sade teve uma sensação estranha.

Era a linguagem corporal de April.

Ampliou devagar.

Se não tivesse visto o que uma dose de sedativo podia fazer com alguém, ela talvez nunca tivesse percebido.

April não estava sorrindo e gargalhando com os meninos da foto, como Sade pensara originalmente. Ela estava quase inconsciente.

April também tinha sido drogada.

EIS A ARMA, LÁ POR TI

UM ANAGRAMA:

E

I

A

S P

R

I

L A

M

T

O

R

A

EIS APRIL, A MORTA

46

SEXTA-FEIRA

A EQUAÇÃO FRANCESA

APRIL FOI ESCOLTADA DE VOLTA ao campus por quatro carros pretos, conferindo a ela uma aparência de cocheira dos quatro cavaleiros do apocalipse.

Usava um longo casaco preto por cima do uniforme, botas e óculos escuros, criando um nível quase dramático de intriga ao redor de seu retorno repentino. E, claro, os alunos da Academia Alfred Nobel adoraram.

Os mesmos alunos que tinham saboreado a suposta queda dela agora se encolhiam ao observar seu tranquilo retorno do mundo dos mortos. As pessoas assistiram em reverência pelas janelas das salas de aula enquanto a monarca retornava.

A chegada de April foi como um presságio. Sade podia senti-lo varrendo os prédios, tornando o céu cinzento e opaco enquanto a chuva atingia o cascalho com força.

E April sacou o guarda-chuva e passou pelas portas do prédio principal mais uma vez.

– Já chega de bisbilhotar, voltem para os seus livros, página treze.

A voz do sr. Lanister ecoou pela sala de psicologia.

Ela não pôde deixar de sentir que algo estava por vir e não tinha certeza se isso era bom ou ruim.

SADE HESITOU ANTES DE BATER à porta do quarto de April.

Em vez de ir jantar, foi correndo direto para a Casa Franklin, onde esperava encontrar April.

Não houve barulho nenhum, e Sade presumiu que April estivesse em outro lugar. Então ouviu passos suaves, seguidos pelo ruído da maçaneta antes que a porta se abrisse e April aparecesse à sua frente.

Usava um roupão de seda e chinelos e lançou um olhar cansado a Sade, como se ela fosse uma das últimas pessoas que queria ver no mundo.

– Oi – disse Sade. – Podemos conversar?

April gesticulou silenciosamente para que Sade entrasse, e ela entrou.

O quarto de April parecia muito diferente da última vez que o vira. Tinha uma aparência menos sombria agora, possivelmente porque não havia mais uma garota moribunda lá dentro. Sade avistou um toca-discos e uma pilha de discos de vinil com capas de álbuns que ela reconhecia dos pôsteres que ficavam na parede de Elizabeth, junto com um pote gigante de erva de chá e uma chaleira elétrica em sua escrivaninha. Vislumbres de como April e Elizabeth poderiam ter sido amigas.

April olhou para Sade com expectativa enquanto ela se sentava na cama, antes de voltar a pintar os dedos dos pés de um tom escuro de vermelho.

– O que você queria?

Sade hesitou antes de falar.

– Você sabia que, estatisticamente, os homens escolhem formas mais violentas de matar?

April levantou a sobrancelha para ela.

– Não, eu não sabia disso.

– Bem, é verdade. As mulheres tendem a usar coisas como venenos. Os homens costumam esfaquear, espancar ou estrangular alguém até a morte... ou outros métodos mais violentos.

– Essa conversa tem algum objetivo? – April perguntou.

– Eu sei que Francis matou Jude – Sade respondeu simplesmente.

April fez uma pausa, mergulhou o pincel do esmalte de volta no pote e começou a aplicar a segunda camada.

– Isso é *tudo* que você sabe? – ela respondeu, com um sorrisinho, a voz cheia de sarcasmo.

Sade ignorou o tom dela e continuou.

– Eu sei que Francis foi expulso da equipe de natação no ano passado porque encontraram drogas no armário dele. Eu sei que as drogas não eram dele, mas do

Jude, que as comercializava. Francis era um cliente fiel. Eu sei que Jude e Francis brigavam muito. Meu palpite é que o seu namorado não ficou satisfeito com a quantidade de *produto* que recebeu. E eu sei que eles brigaram na noite em que Jude morreu. A causa da morte de Jude continuou sendo um mistério para mim, mas você sabia porque Francis te contou, e também foi confirmado pela autópsia que Jude morreu asfixiado. Seu namorado, o viciado, o estrangulou até a morte...

– E daí se ele fez isso? Um monstro a menos no mundo – April respondeu de repente, olhando para Sade com aquela expressão vazia de sempre.

Um silêncio seguiu-se e Sade apenas a encarou.

O que Sade sempre interpretara como frieza no olhar de April parecia ser algo completamente diferente.

Estava claro que April estava em outro lugar, substituída por uma versão de si com armadura de aço e língua afiada.

– Eu também sei o que Jude fez com você enquanto vocês namoravam. Eu sinto muito.

Houve um silêncio tenso que se seguiu quando April pegou o telefone dela.

– Não sei do que você está falando – ela disse por fim, apertando a tela do telefone com uma das mãos e, com a outra, abanando suavemente para secar o esmalte dos dedos dos pés. – Acho que você deveria ir embora.

Sade suspeitava que aquela resposta estava por vir.

Não a pressionou. April claramente não queria falar sobre aquilo. Então ela a deixaria isso em paz.

– De qualquer maneira, estou aqui se você quiser conversar...

– Você não sabe nem metade do que acha que sabe – disse April, agora olhando para Sade com os olhos vidrados. – Você está sempre por perto, fazendo milhares de perguntas às pessoas, achando que sabe tudo. Mas não sabe. Você não sabe de nada.

Sade teve vontade de rir da ironia da situação.

– April... sinto muito, mas foi *você* quem me pressionou a fazer todas as perguntas. Eu não estaria aqui fazendo essas perguntas se você não tivesse me feito ir atrás das respostas. Conversei com Elizabeth e sei que você a ajudou. Sei que você me chamou para almoçar, semanas atrás, para descobrir como poderia me manipular para revelar quem eram os Pescadores e ajudá-la a expor o grupo deles, porque você não poderia fazer isso sozinha sem levantar suspeitas. Elizabeth até me contou que você regou as plantas dela. Você age de forma tão indiferente, April, mas sei que você se importa – disse Sade, arrependendo-se instantaneamente da aspereza de seu tom.

April a encarou sem piscar por alguns momentos. Então enfim enxugou o rosto e sorriu.

– Por favor, saia do meu quarto agora. A conversa acabou.

Sade não se mexeu a princípio, sem saber se deveria ficar, pedir desculpas e voltar a oferecer ajuda ou simplesmente ir embora. Por fim, escolheu a última opção. Especialmente porque April parecia estar pronta para torcer o pescoço dela.

Na saída do quarto de April, todo o significado da conversa delas pareceu desabar sobre Sade. April era tão vítima quanto Elizabeth e Jamila. Sade queria voltar correndo ao quarto e fazer alguma coisa, dizer alguma coisa... Mas estava claro que ela não era a pessoa de que April precisava naquele momento.

Ela sentiu o cheiro dele antes de vê-lo.

A figura sólida em que esbarrou ao dobrar a esquina rumo à escadaria para ir embora da Casa Franklin. O aroma de fumaça familiar misturado ao desodorante masculino e, por baixo de tudo, um cheiro azedo persistente.

Ergueu os olhos e lá estava ele.

Francis Webber.

Namorado de April. Enteado do diretor. E matador de monstros.

Seus olhos claros estavam injetados de sangue, embora não da maneira usual, e seu cabelo estava despenteado.

– Oi – disse ele.

Sade quase achou que o tivesse conjurado em pensamento. Mas não, ele estava realmente ali. Olhando para ela, parecendo estar prestes a vomitar.

– Ei – respondeu Sade, sem saber mais o que pensar de Francis.

Logicamente, deveria ter corrido na direção oposta assim que o viu, visto que ele era um assassino. Mas, por algum motivo, permaneceu ali parada.

– A A-April e-está... hum... bem?

Francis não tinha ideia de que Sade sabia sobre o segredinho sujo dele. Ele provavelmente achava que era só uma coisa entre os dois. April assume a responsabilidade, com a segurança de que ela ficaria bem por conta dos contatos do pai dela. Logo Sade não tinha certeza do que ele estava perguntando.

Franziu as sobrancelhas.

– O que você quer dizer?

Os olhos vermelhos dele estavam vidrados e desfocados.

– Eu sei que você sabe – disse, colocando a mão no bolso e endireitando-se.

– Sei o quê? – Sade perguntou, embora o coração dela tivesse parado de bater no peito e ela se sentisse tonta.

– April me contou por mensagem. Disse que você sabia... sobre o que aconteceu com Jude.

Sade não respondeu. Não sabia como.

Francis continuou.

– Escuta, não vou te culpar se decidir me entregar. Eu queria me entregar, estava sendo corroído pela culpa, mas a April não deixou. Ela disse que isso iria matá-la. O que eu não entendo. Não sei por que ela gosta de mim. Sou um viciado inútil, mas ainda assim ela gosta de mim. Ela me entende e eu a entendo. April significa muito para mim, então eu a deixei ir. – A voz dele falhou no final de sua confissão e ele repetiu baixinho, para si mesmo, que a *deixou ir*. Então, enxugou o rosto com força, xingando baixinho. – Não vou te impedir, mas peço que pense em April ao tomar a sua decisão, seja ela qual for.

Sade pestanejou, ainda sem saber o que dizer.

Ele basicamente tinha confessado tudo para ela. Ela deveria entregá-lo, certo?

Mas a quem isso serviria? Francis era um idiota, mas não era um dos Pescadores. Ela nunca encontrou nenhum vestígio dele no grupo.

Pelo visto, ele só era um idiota confuso que amava a namorada.

Uma revelação muito surpreendente.

– Estou indo – disse Sade, e os ombros de Francis caíram e ele assentiu, como se aceitasse o destino dele então.

– Tudo bem – Francis respondeu, e então subiu o resto dos degraus e começou a caminhar na direção do quarto de April.

– Espera – disse Sade, de repente virando-se e observando-o voltar lentamente para encará-la também.

– Sim? – Francis perguntou. À luz difusa do salão, ele parecia ainda pior do que antes.

– Por que você fez isso? – ela perguntou.

Ambos sabiam o que ela estava perguntando.

Por que você o matou?

Francis ficou quieto por um momento, olhando para ela, claramente tentando descobrir o que dizer e como dizer.

Ele abriu um sorriso meio triste e disforme.

– Eu sou a porcaria de um viciado inútil, já te falei – disse. Depois fez uma pausa e acrescentou: – E mataria de novo por April Owens.

47

SÁBADO

ÚLTIMAS DESPEDIDAS

ELIZABETH TINHA VOLTADO DO HOSPITAL.

O retorno dela não foi tão dramático quanto o de April.

Ela simplesmente chegou e passou o dia no escritório de Webber, cuidando de burocracias e evitando os olhares indiscretos dos alunos da AAN, que, em sua maioria, tinha ouvido falar do estranho retorno. Embora parecesse que os alunos ainda não tivessem percebido como Elizabeth, Jude e o site (que ainda estava ativo e recebia novas mensagens todos os dias) estavam todos conectados.

Sade a encontrou novamente no telhado do prédio de ciências antes do jantar. Baz tinha mandado uma mensagem para ela se juntar a ele e a Elizabeth na estufa para uma exibição supersecreta de *Shrek Terceiro* em seu laptop.

Elizabeth ainda não estava lá quando Sade chegou, mas Baz estava.

– Ajude-me a arrumar tudo. Ela deve chegar aqui em dez minutos. Falei a ela que precisava alimentar Muffin.

A porquinha-da-índia roubada foi devolvida aos laboratórios de ciências, mas demonstrou angústia por ter sido separada de Baz, por isso a escola permitiu que ele a mantivesse no mesmo espaço reservado ao mascote da Seacole, Aristóteles, o Lagarto, em vez de em seu quarto. Ele ainda teria um mês de detenção, mas era melhor do que "*perder Muffin para a ciência*", foi o que ele disse.

Sade o ajudou com os últimos detalhes da festa surpresa que ele parecia ter planejado para Elizabeth.

Na lateral da estufa havia uma faixa toscamente ilustrada que dizia BEM-VINDA DE VOLTA, BETE e, no chão, havia balões com sorrisos tortos e pequenas velas a pina que Baz tinha encontrado na cidade.

Elizabeth chegou na hora certa. Passou pelas portas da estufa, parecendo a mesma pessoa do primeiro dia, semanas atrás, mas também completamente diferente. Estava mais magra e parecia cansada, mas as máscaras que Sade vira em seu rosto tinham quase todas desaparecido. Diante dos dois estava a verdadeira Elizabeth Wang.

Elizabeth reparou na decoração um tanto angustiante e fez algo que os surpreendeu.

Ela chorou.

E então foi até os braços de Baz e o abraçou com força.

– Eu já te falei para nunca mais me chamar de Bete, Basil. Fico me sentindo uma velha senhora branca – ela falou baixinho junto da camisa de Baz.

– Foi mal, não farei de novo – Baz mentiu, apertando-a com mais força, como se temesse que, se a soltasse, ela pudesse desaparecer de novo.

Apesar de tudo o que tinha acontecido, Sade nunca conseguia se livrar da sensação de que estava sempre se intrometendo em alguma coisa que era deles.

– Estou feliz que você tenha voltado – Sade disse a Elizabeth quando ela finalmente se afastou de Baz.

Elizabeth enxugou os olhos com as mangas e sorriu para ela.

– Eu não vou ficar. Este é meu último dia na AAN – disse ela.

– O quê? – Baz perguntou em voz alta, vocalizando os pensamentos de Sade.

– Eu queria te contar pessoalmente. Conversei com a minha mãe e decidimos que seria melhor eu terminar os meus estudos em casa, para poder cuidar dela e garantir que ela receba a ajuda de que precisa. Fiquei no escritório de Webber o dia todo resolvendo tudo. Ele tentou me fazer assinar um acordo de confidencialidade para não falar nada disso à mídia... Foi muito estranho. Mas, de qualquer maneira, nas palavras de Shakespeare, está na hora de abandonar esse invólucro mortal ou seja lá o que o sr. Riley falou. Acho que o meu tempo aqui na AAN chegou ao fim.

Sade assentiu, entendendo por que Elizabeth tinha que ir embora.

Como alguém poderia ficar em um lugar cheio de tantas lembranças ruins, um lugar que negava o que tinha acontecido com ela e que não a protegeu quando ela esteve muito perto da morte?

Às vezes, um recomeço era a única forma de seguir adiante.

– Esta será uma festa de despedida, então – disse Sade.

Elizabeth assentiu.

– Ou, melhor ainda, uma festa de *au revoir*.

– Não é a mesma coisa? – Baz perguntou.

– *Au revoir* significa "até mais ver". É menos definitivo – disse Elizabeth.

As despedidas sempre tinham sido tão difíceis para Sade por causa de seu aspecto final. As despedidas eram dolorosas e ela esperava não ter que se despedir de mais ninguém por um bom tempo.

– Gosto disso – Sade respondeu.

SADE ACORDOU DO PESADELO ANTES que ele terminasse.

Sempre terminava do mesmo jeito.

Uma figura sombria a tiraria da água e a devoraria, e então ela se tornaria a figura.

– Você está bem? – uma voz gritou na escuridão.

Sade ergueu os olhos, esperando que a figura sombria emergisse, a tendo seguido além do sonho, como às vezes acontecia, mas, em vez disso, era só Persephone. Ela parecia quase brilhar no escuro.

– Sim, por quê? – Sade perguntou.

Persephone sentou-se na beira da cama.

– Você está chorando – disse.

– Tive um pesadelo – Sade respondeu.

– Era sobre a sua irmã?

Sade assentiu. Os sonhos quase sempre eram com a irmã.

Persephone se aproximou dela, apertando a sua mão.

– Por que você está aqui? – Sade perguntou.

– Você perdeu o jantar, por isso trouxe uma barrinha de cereal da máquina para você.

Sade ergueu a sobrancelha.

– Como sabe que eu perdi o jantar?

Persephone encolheu os ombros.

– Um palpite.

Sade aceitou a barrinha com um sorrisinho.

Houve alguns instantes de silêncio, e então Persephone encostou a cabeça na de Sade.

– Sade... – falou num sussurro leve, os rostos tão próximos.

– Hum?

– Nada disso é real.

– O quê?

– Acordar.

Sade acordou no chão do quarto.

Fazia anos que os seus sonhos não se desviavam daquele que tivera no dia da morte da irmã.

Olhou pelo quarto, esperando ver a sombra de Jamila, mas não havia nada.

Apenas uma barra de granola na mesinha lateral e um bilhete.

Coma ou vai acabar com uma úlcera – P. – Beijos

48

SEGUNDA-FEIRA

POPULARIDADE VIRAL

A SEMANA COMEÇOU COM MAIS uma assembleia.

A esta altura, o corpo discente parecia estar cansado de ouvir a voz de Webber e, da mesma forma, o diretor Webber estava cansado de se dirigir a eles.

– Bom dia. Tentarei manter a reunião de hoje o mais rápida e direta possível. Como vocês já devem ter ouvido falar, o site NãoTãoNobre.com foi divulgado em portais de notícias locais e de alcance nacional. Vários dos artigos publicados não retratam a nossa escola como a conhecemos: um ambiente solidário e atencioso, uma instituição que ouve os seus estudantes. Felizmente, devido aos contatos que possuímos, conseguimos remover alguns dos artigos.

O coração de Sade parou por um momento.

– Fomos informados também de que uma aluna, que também presumimos ser um das criadoras do site, foi uma peça fundamental na divulgação para vários destes meios de comunicação. Essa pessoa será imediatamente expulsa da Academia Alfred Nobel.

O salão inteiro ficou em silêncio e Sade sentiu a sua ansiedade assumir o controle. Suas pernas estavam inquietas, batendo na cadeira em que estava sentada, e o seu coração batia tão forte que ela estava convencida de que todos podiam ouvi-lo.

– Por hoje é tudo. Todos vocês serão dispensados em breve pela srta. Blackburn. Sade Hussein, por favor, permaneça no salão – disse o diretor Webber, em alto e bom som, olhando para ela no meio da multidão.

Houve um estrondo baixo de sussurros quando as cabeças começaram a se virar em sua direção.

Persephone a olhou do outro lado do corredor, onde estava sentada ao lado de Juliette e de um assento vago que normalmente seria ocupado por April, lançando um olhar questionador e ansioso a Sade.

Milhares de holofotes pareciam estar apontados para ela.

À medida que o salão esvaziava, fileira por fileira, permaneceu onde estava.

– Quer que eu espere por você? – Baz perguntou.

Sade balançou a cabeça.

– Tudo bem. Eu vou ficar bem.

Quando a sala finalmente estava vazia e só restaram o diretor Webber e a srta. Blackburn, Sade levantou-se e foi até onde a esperavam.

– Olá, srta. Hussein. Acho que você já sabe qual é a natureza desta conversa. Gostaria que nos seguisse até o meu escritório. Temos muito o que discutir – disse o diretor Webber.

SADE PASSOU O DIA INTEIRO no escritório do diretor Webber.

Quando acabou, já estavam no último período e o veredicto já fora decidido.

Ela tinha sido oficialmente expulsa da Academia Alfred Nobel, depois de apenas dois meses.

Tinha que ser algum tipo de recorde.

Ela não contestou nem se defendeu. Apenas ficou quieta durante toda a conversa. E então, quando tudo acabou, ela voltou para o seu quarto para começar a arrumar as suas coisas.

Ela tinha até a quarta-feira para providenciar a sua remoção da escola, como disse o diretor Webber.

Quando saiu, ela mandou uma mensagem para Persephone e Baz com a notícia, imaginando que seria muito mais fácil do que contar pessoalmente. Ela iria embora para sempre.

Sade estava cansada de despedidas, mas pelo visto elas ainda não tinham se cansado dela.

Quando entrou em seu dormitório, em vez de começar a arrumar as coisas sem perder tempo, Sade desabou na cama, permitindo que o silêncio a consumisse por completo.

Elizabeth tinha ido embora oficialmente. Sã e salva, mas não mais ali. E agora Sade partiria também.

Ninguém além dos fantasmas nas paredes do quarto 313 continuaria a existir ali depois daquela semana.

Uma batida soou à porta.

Encontrou Persephone atrás dela.

Parecia sem fôlego e molhada, como se tivesse corrido durante todo o trajeto.

– Oi – ela falou, com os olhos turvos. Sade não sabia dizer se Persephone estava à beira das lágrimas ou se era só por causa da chuva.

– Ei – Sade respondeu.

– Recebi a sua mensagem. É verdade? – ela perguntou e, pela maneira como sua voz falhou, assim como pelo som distante das gotas de chuva batendo no parapeito da janela, ficou claro que a expressão era causada pelos dois motivos.

Sade assentiu.

– Parto na quarta-feira.

Persephone balançou a cabeça, digerindo aquela nova informação. De certa forma, Sade já tinha processado tudo aquilo. Ela não veria os amigos por um bom tempo. E, mesmo depois de tudo, eles poderiam esquecer a existência dela. A ideia de Persephone esquecê-la fez o seu coração doer.

Persephone se aproximou dela e sussurrou a mesma pergunta que Sade queria lhe fazer havia semanas.

– Posso beijar você?

Sade queria dizer *sim*, mas parecia egoísta desejar coisas boas para si mesma.

– Estou indo embora. Isso não vai complicar as coisas para você? – Sade perguntou baixinho, enquanto se via involuntariamente se aproximando ainda mais dela.

Persephone tirou o cabelo de Sade do rosto e deu de ombros.

– Que compliquem – ela sussurrou.

Então Sade a puxou para perto, fechando a distância entre elas e unindo os lábios com os de Persephone.

• • •

TERÇA-FEIRA

BAZ FOI A TURING NO jantar do dia seguinte, batizando o evento de *A Última Ceia*, já que Sade partiria no dia seguinte.

Ele usava o seu chapéu de sapo verde e abriu um sorriso enorme quando a viu. Ela o abraçou com força e então foram comer o prato especial do dia no refeitório da Turing. Pizza.

Ele fez questão de mostrar a ela uma série de memes brasileiros para animá-la, afirmando que eram os melhores. Sade teve que concordar.

Como sempre, Jessica estava patrulhando o salão e, como sempre, ao ver Baz, lançou-lhe um olhar assassino.

– Você precisa ir, Basil. Este refeitório só pode ser usado por residentes da Casa Turing. Eu já te disse isso inúmeras vezes, mas é evidente que você adora dificultar a minha vida – disse ela.

– E que vidinha triste é essa, Jane – ele respondeu.

– Meu nome é Jessica.

– A pizza está molenga – disse ele, ignorando-a e virando-se para Sade, mas continuou comendo mesmo assim.

Era um pensamento estranho de se ter, mas ela sentiria falta de Jessica. Havia algo reconfortante na natureza perene de sua presença, em sua vigilância.

Depois do jantar, eles foram para Seacole para ficar com Persephone, que disse que os encontraria lá.

Elas não tinham se falado muito desde o beijo do dia anterior, e Sade também não tinha certeza de como seria o futuro da amizade delas, mas decidiu que aquela seria uma preocupação para uma versão futura dela.

Ela apenas tentaria aproveitar o presente.

Os quatro (incluindo Muffin) se encontravam deitados no chão da sala comunal vazia, olhando para o teto.

Deitar tinha sido ideia de Baz. Aparentemente, isso fazia com que todos os seus pensamentos fossem parar na cabeça, e ele achava que desse modo eles não se esqueceriam de todas as coisas importantes naquele dia.

– Eu li aquele artigo sexista – Persephone falou de repente.

– Qual deles – disse Sade.

Tantos tinham brotado àquela altura.

Como resultado da popularidade do site, que tinha se tornado viral, artigos – bons e horríveis – surgiram.

Um deles – *Deixem os cães dormirem: garotos de escolas particulares e os seus assuntos sórdidos e ocultos* – ficou do lado das vítimas, ainda que fosse escrito de uma forma que fazia com que o caso parecesse fofoca lasciva.

Mas um artigo escrito em resposta a esse, criticando o site por seus danos à população masculina da escola, também se tornou viral: *Onde repousam as mentiras: a moda tóxica do Movimento Me Too e seus defensores,* de Jeremy Dierden. O artigo falava sobre a aparente tendência de meninas e mulheres que não tinham nada mais a oferecer além de sua beleza buscarem vingança contra homens desavisados, arruinando a vida desses rapazes jovens e promissores. A postagem parecia quase uma paródia, como se ele tivesse lido algum manual sobre como ser o maior de todos os misóginos e o tivesse regurgitado.

– Que babaca – Persephone anunciou, olhando para a tela.

– Concordo – Baz respondeu.

– Infelizmente, pessoas como Jeremy Dierden sempre vão existir. O que importa é que existe uma plataforma fora do controle da escola onde as pessoas podem expressar coisas que não podiam antes. Embora o progresso possa não ser imediato, ele está chegando – refletiu Persephone.

Muffin guinchou em concordância.

– Isso é muito otimista da sua parte, Persephone – disse Baz.

– Não é otimismo, é apenas um fato. Eu sou inteligente e sei dessas coisas.

Baz concordou com a cabeça porque Persephone era, de fato, inteligente. Possivelmente mais inteligente do que Baz e Sade juntos.

– Ela tem razão – disse Sade.

– Quando eu for primeira-ministra, vou garantir que as coisas enfim mudem por aqui – disse Persephone.

– Você quer ser primeira-ministra? – Sade perguntou.

– Claro que quero. O que vocês querem ser quando forem mais velhos?

– Eu não sonho com trabalho – disse Baz.

Persephone riu.

– E você, Sade?

Sade pensou naquilo por um momento. Ela não tinha certeza do que queria fazer da vida. Durante muito tempo a sua vida consistira em ondas intermináveis de tristeza e dor, e agora ela parecia estar na praia, seca e segura.

– Acho que só quero ser feliz – disse. – De certa forma, acho que já estou. Porque eu tenho vocês dois.

QUARTA-FEIRA

HOUVE UMA BATIDA À PORTA de Sade em seu último dia na AAN.

Ela esperava que fosse Persephone de novo, querendo sair ou até mesmo beijar um pouco mais. Ela gostava muito de fazer aquilo.

Mas era Jessica com a sua habitual expressão de desgosto.

– A srta. Blackburn quer ver você – disse.

– Por quê? – Sade perguntou, surpresa que Dona Morte quisesse ser agraciada com a presença dela.

Sade presumiu que a srta. Blackburn estivesse comemorando e nunca mais fosse querer voltar a vê-la.

– Não sei, mas você deveria se apressar. Ela não parece estar de bom humor.

Sade já tinha experimentado os aparentes dias bons da srta. Blackburn. Não queria ver como seria ela em um dia ruim, mas parecia não haver escolha.

Calçou rapidamente os sapatos e correu até a recepção no prédio principal. A srta. Blackburn estava parada na entrada quando Sade chegou, esperando por ela como no primeiro dia.

– Você está atrasada, mas suponho que já deveria ter me acostumado com isso, quando se trata de você – disse a srta. Blackburn. – De qualquer forma, siga-me.

E Sade a seguiu até o escritório da recepção.

A srta. Blackburn fechou a porta atrás dela e mandou Sade se sentar.

– Nunca concordei com a maneira como o sr. Webber lidou com tudo, quero que saiba disso. O que você fez foi necessário, e você não merece ser expulsa por isso... Talvez pela sua tendência aos atrasos, mas não por isso. Isso nunca – disse ela, o que mais uma vez surpreendeu Sade.

Nunca, nem em um milhão de anos, pensaria que a srta. Blackburn estaria dizendo aquilo a ela, mas aprendeu que a vida era cheia de surpresas. Sade tinha parado de tentar prever as coisas inesperadas do caminho.

A srta. Blackburn não parecia ter terminado o discurso dela, por isso Sade não falou nada.

– Já faz um tempo que contesto o papel dele como diretor. O conselho não está satisfeito com o desempenho dele há meses, mas o manteve por causa do valor sentimental de manter o papel de diretor sendo transmitido de pai para filho desde o início da linhagem do fundador. Mas, ao que parece, estão prontos para se livrar dele a partir desta manhã. Resultado das muitas preocupações manifestadas tanto por pais como professores sobre a salvaguarda dos alunos desta escola e com base em alguns artigos recentes que vieram à luz... – a srta. Blackburn fez uma pausa, dando a Sade o que parecia ser um olhar de *aprovação*. – O conselho determinou que o sr. Webber não é mais um candidato adequado para a direção da escola, por isso o processo da sua expulsão foi pausado e será revisado por eles mais uma vez. Embora eu acredite no bem que a tradição pode trazer e costume ser totalmente a favor dela, às vezes as tradições precisam ser interrompidas. A sua permanência aqui será determinada pelo resultado de suas provas finais, assim como pelos relatórios dos professores. Você precisará de três boas recomendações, e dois de seus professores se dispuseram a fornecê-las. A terceira virá de mim.

Sade não conseguia acreditar no que ouvia; quase não conseguia falar.

Ela poderia ficar.

Mas será que ela ainda *queria* continuar na Academia Alfred Nobel? Afinal, ela tinha feito o que pretendia: conseguir justiça para Jamila – ainda que isso trouxesse mais complicações do que vitórias. O que mais havia para ela ali?

Mas voltar para casa seria como voltar a uma vida onde ela não era nada mais do que o próprio luto.

Apesar das muitas coisas ruins que ocorreram durante a sua estadia na AAN, ela estava mais feliz ali do que nunca.

Pensou em seus amigos, Persephone, Basil e Elizabeth, e, em como numa questão de poucas semanas, ela tinha deixado de ser solitária e cheia de raiva e culpa e passara a ter pessoas com quem ela se importava e que também se importavam com ela. Que não se importavam com o fato de ela ter defeitos e que a faziam se sentir merecedora de existir naquele mundo.

– Obrigada, srta. Blackburn – Sade respondeu por fim, sentindo-se um tanto quanto emocionada.

Então a srta. Blackburn lhe dirigiu o que Sade pensou ser um sorriso misturado com uma careta.

– Não me decepcione.

49

UM ANO (E POUCO) DEPOIS

EPÍLOGO

ERA 14 DE MARÇO E os alunos da Academia Alfred Nobel comemoravam o Dia do Pi, como faziam todos os anos naquela data. Era o segundo Dia do Pi que Sade celebraria na AAN, embora aquele tenha sido muito melhor que o anterior.

Muita coisa mudara em dezesseis meses.

O diretor Webber foi demitido e substituído pelo diretor Laurens, que parecia se importar um pouco mais do que Webber com o bem-estar do corpo discente.

Vários casos foram instaurados contra os vários membros dos Pescadores, alguns deles culminando com acusações de posse e distribuição de imagens indecentes de menores e expulsão imediata. A maioria das acusações, porém, acabou sendo retirada; os sistemas destinados a fazer justiça faziam tudo menos isso.

Os rapazes remanescentes que estavam envolvidos com os Pescadores foram colocados em uma espécie de período de teste acadêmico, e qualquer um encontrado com fotos explícitas de outra estudante seria imediatamente escoltado para fora da escola.

Os Pescadores estavam, em nome, acabados. Embora Sade tivesse ouvido rumores de uma nova versão deles que se encontrava pessoalmente e em segredo, que chamavam de *a rede*.

Era tudo uma mistura de decepção e triunfo.

Havia também uma terapeuta no campus, a srta. Tate, que tinha sido contratada para que os alunos tivessem alguém com quem pudessem conversar. Havia sessões individuais realizadas semanalmente, assim como as sessões em grupo para as vítimas. Sade sabia daquilo por causa de Persephone, que tinha ido em algumas com April no início.

Sade desejou que a terapeuta já estivesse lá quando Elizabeth estava por ali, assim, talvez, ela não tivesse se sentido tão sozinha. Jamila também. Talvez se Jamila tivesse alguém com quem falar, ela saberia que havia opções para ela.

Sade teve uma sessão individual depois de ter um dia de ansiedade particularmente intensa, esbarrando com April quando ela saía da sessão dela. Foi a primeira vez que April olhou para ela desde os ocorridos.

Como sempre, o olhar de April era vazio, e Sade agora sabia o motivo

Ela sorriu, mas April estremeceu e se afastou dela rapidamente.

Sade duvidava que April voltaria a falar com ela, e Sade não via problema nisso. Afinal, April tinha a terapeuta, Juliette e Persephone, e Sade achava que Persephone era a melhor pessoa que alguém poderia ter por perto.

April parecia estar melhor, e Sade estava feliz por April ter alguém com quem conversar. Várias pessoas.

Ela ainda namorava Francis, embora ele tivesse decidido que não aguentava mais ficar na escola e se mudou para um colégio só para meninos nas proximidades.

Felizmente, August também não estava mais lá. Sade não sabia dos detalhes, mas aparentemente os pais dele decidiram que seria melhor que ele terminasse os estudos de casa. Sade se perguntava se April também tinha algo a ver com aquilo.

As acusações contra April pelo assassinato de Jude foram resolvidas discretamente fora dos tribunais, e Sade suspeitava que isso tivesse a ver com uma bela indenização paga à família Ripley pelos Owens. Sade não contou à polícia o que realmente tinha acontecido na noite da festa de Jude. Afinal, qual era a verdade? Ela nem tinha certeza de que tinha ouvido a história completa, e também não tinha certeza de que algum dia a ouviria. Por fim, ela também não era completamente inocente.

Sade sabia que às vezes a justiça era daquele jeito: não era justa e não era correta. Mas já era alguma coisa. Um começo.

Felizmente, Sade não foi expulsa. Com espaço mental para se concentrar, Sade passou nas provas finais e tomou a decisão de continuar no internato.

Agora estava no quarto ano, e era a vice-capitã do time feminino de natação e estava namorando a monitora-chefe da AAN e presidente do clube de Shakespeare da escola, Persephone Stuart.

Sade ainda tinha sonhos horríveis e cheios de figuras sombrias que vagavam pelos corredores assombrados de sua mente. Suspeitava que sempre os teria. Mas pelo menos não eram tão frequentes.

No geral, ela estava bem.

Mas o problema do luto é que mesmo cem dias bons às vezes eram oprimidos pela culpa avassaladora do esquecimento. Às vezes ela ganhava uma competição de nado e, por um momento, esquecia o motivo de já ter sido triste, e a culpa por não ser constantemente consumida pelo peso da perda que havia experimentado era paralisante. Outras vezes, ela sentia o peso esmagador do passado tentando afogá-la de novo.

Durante as sessões, a srta. Tate dizia que Sade precisava abandonar a ideia de que era uma espécie de salvadora. Na verdade, a irmã dela estava sentindo muitas dores e precisava falar com um profissional. Não era culpa de Sade. Ela não era culpada por nenhuma das mortes na família dela.

– Os super-heróis são uma ficção; você não pode ser uma. Você é humana – dissera a srta. Tate.

– Nunca se sabe. Eu poderia ser picada por uma aranha radioativa ou coisa do tipo – falara Sade em resposta.

– Se isso acontecer, eu chamo uma ambulância – respondera a srta. Tate.

Aquela era a maneira da srta. Tate informar a Sade que ela não estava sozinha.

– Você sabia que existem oito casas na Academia Alfred Nobel porque somando os dígitos de 3,14 se obtém 8? – disse Kwame.

Kwame foi uma nova adição ao seu círculo. Ele e Baz finalmente estavam namorando, depois do tempo que Baz passou lhe dizendo que era apenas um arranjo de amigos que se beijavam e assistiam a novelas brasileiras juntos às vezes.

Sade respondeu que aquilo se parecia muito com um namoro na opinião dela.

Naquele dia comiam tortas como almoço, sendo a única opção no cardápio em comemoração ao Dia do Pi, já que, em inglês, Pi soa muito como *pie*, que quer dizer torta. Sade comia uma de legumes; Kwame, uma de carne com batata; e Basil optara pela de mirtilo, que Kwame roubava de vez em quando, Sade reparou.

Na maioria dos dias, os três se sentavam juntos no refeitório. De vez em quando Persephone se juntava a eles, mas ficava mais com as profanas dela.

Depois do almoço, Sade foi até a piscina do Newton.

Ela não via mais cadáveres boiando ao seu lado. Também não entrava em pânico ao submergir.

Mas, às vezes, ainda sentia o peso do corpo ao entrar em contato com a água. Como se as memórias e o trauma estivessem agora dentro dela, penetrando-a até os ossos.

A terapeuta dissera que o trauma era capaz de coisas como aquela. Grudava-se e repetia memórias em um ciclo infinito, às vezes na mente e outras vezes no corpo. E aquilo não queria dizer que Sade era defeituosa ou fraca, apenas significava que ela carregava uma experiência que a tinha moldado na pessoa que ela era agora. Ela aprenderia a viver, apesar de tudo isso.

A piscina a acolheu como sempre quando ela entrou, abraçando-a e cercando-a.

Sade decidiu que não iria nadar naquele dia, apenas se deitaria e ficaria à deriva até que a sua mente clareasse.

Enquanto o seu corpo deslizava pela água, ela se lembrou do que dissera à irmã e que, às vezes, nos dias ruins, dizia a si mesma:

Continue a nadar. Ou, se for muito difícil, pelo menos se permita boiar.

FIM

AGRADECIMENTOS

ONDE REPOUSAM AS MENTIRAS é uma história que simplesmente não existiria sem a orientação e o apoio de tantas pessoas. Escrevi este livro ao longo de três longos e árduos anos – a maioria deles no auge de uma pandemia global, quando não só estávamos presos dentro de casa e fomos forçados a encarar a nossa própria mortalidade durante meses a fio, mas também quando muitos de nós experimentamos ondas avassaladoras e constantes de tristeza. Perdi vários familiares na pandemia; parecia que todo mês recebíamos uma ligação informando que alguém tinha falecido, e em alguns momentos me convenci de que estávamos todos vivendo uma distorção do Dia da Marmota no qual o fim do mundo continuava chegando sem nenhum sinal de que aquilo chegaria ao fim.

No dia em que vendi *Onde repousam as mentiras* (junto com *Ás de espadas*) para a minha editora nos Estados Unidos, fiquei sabendo que a minha tia-avó Ariat tinha falecido. Eu realmente não conseguia comemorar a notícia de minha publicação nos Estados Unidos quando algo tão devastador tinha acontecido – e continuaria a acontecer durante toda a pandemia. Eu ainda estava na universidade, de alguma forma, desenvolvendo meu trabalho de conclusão e nas últimas entregas enquanto lançava *Ás de espadas*. Acho que tudo isso, combinado com o fato de que os segundos romances são notoriamente difíceis, significou que, ao trabalhar em *Onde repousam as mentiras,* eu estava tão esgotada do mundo real que não conseguia nem imaginar tentar criar um universo fictício. Mas, ainda assim, nas palavras de Kamala Harris: "Nós conseguimos, Joe!" O *nós* em questão se refere às pessoas incríveis sobre as quais falarei a seguir.

Em primeiro lugar, gostaria de agradecer às minhas brilhantes editoras: Foyinsi Adegbonmire, Becky Walker e Rebecca Hill, assim como aos responsáveis pela minha publicação no Reino Unido e nos Estados Unidos (Usborne e Macmillan), por serem tão pacientes comigo e com *este livro*. Obrigada a Foyinsi, Becky e Rebecca por não desistirem de mim e por estarem constantemente dispostas a atender uma ligação tardia após o expediente para tentar me ajudar a consertar o caos que foi rascunhar e editar este livro monstruoso (um monstro de quase duzentas mil palavras, devo acrescentar). Sinceramente, acho que os editores são mágicos, e Foyinsi, Becky e Rebecca são as rainhas da magia, é claro, e este livro não existiria se não fosse por seu ofício.

Como sempre, obrigada às minhas agentes Molly Ker Hawn e Zoë Plant por lerem as centenas de ideias rascunhadas sobre o que se tornaria este livro. (Quando digo centenas, não é um exagero.) Obrigada por sempre estarem ao meu lado e obrigada por serem bruxas também e por compartilharem a sabedoria mágica de vocês comigo.

Obrigada a Jean Feiwel e Liz Szabla pelo apoio contínuo às minhas histórias e à minha carreira. Obrigado a Dawn Ryan, Trisha Previte, Elizabeth H. Clark, Allene Cassagnol, Melissa Zar, Naheid Shahsamand, Katie Quinn e Morgan Kane; sem a sua magia, este livro também não existiria. Obrigada ao supertalentoso Aykut Aydogdu por ilustrar uma das capas mais lindas que já vi na vida. Sou uma grande fã de seu trabalho há anos e estou muito feliz por poder ter o seu trabalho como capa deste livro.

Agora vamos aos meus amigos maravilhosos:

Obrigada à brilhante Louangie por todo o seu apoio eterno. Às vezes, a impostora que vive nos cantos mais profundos e sombrios de minha mente quer se revelar, e Louangie sempre diz educadamente a essa impostora para ir se ferrar.

Obrigada, Terry, por acreditar no meu trabalho mais do que eu mesma e por me dizer para continuar depois de ler as primeiras páginas que enviei. Obrigada a Adiba por ser a melhor amiga e parceira de escrita que alguém poderia desejar. Obrigada por todas as ligações noturnas e por me deixar discursar por horas a fio sobre questões fictícias. Obrigada por ler o terrível primeiro rascunho deste livro monstruoso e por ameaçar enfiar um pouco de juízo na minha cabeça quando tentei desistir. Honestamente, se eu falasse sobre todas as coisas que Adiba faz, temo que seria mais longo do que este livro em si.

Obrigada às pessoas maravilhosas que ajudaram com as temáticas sensíveis na história: The Survivors Trust, Basil Wright, Jim Anotsu e Write Up.

Obrigada a Pippin (@hitchikerhobbit) e Hanna (@hannakimwrites) por compartilharem os seus conhecimentos sobre porquinhos-da-índia enquanto eu escrevia a sempre importante personagem Muffin.

Obrigada à minha mãe por ser quem mais me apoia.

E, por último, mas não menos importante, obrigada à minha chaleira, Steve. Segue bem e sempre confiável para uma boa xícara de chá perto do fim do prazo.

SUA OPINIÃO É MUITO IMPORTANTE

Mande um e-mail para **opiniao@vreditoras.com.br**
com o título deste livro no campo "Assunto".

1ª edição, jun. 2024

FONTES TradeGothic LT CondEighteen Regular 22/26,4pt;
Brandon Grotesque Black 11,5/13,8pt;
Arno Pro Regular 10,75/16,3pt

PAPEL Lux Cream 60g/m²

IMPRESSÃO Geográfica

LOTE GEO300424